अर्बन ढाबा

शौर्य बक्शी

राजमंगल प्रकाशन

An Imprint of **Rajmangal Publishers**

ISBN : 978-9394920118

Published by :

Rajmangal Publishers

Rajmangal Prakashan Building,
1st Street, Sangwan, Quarsi, Ramghat Road
Aligarh-202001, (UP) INDIA
Cont. No. +91- 7017993445

www.rajmangalpublishers.com
rajmangalpublishers@gmail.com
sampadak@rajmangalpublishers.in

प्रथम संस्करण : जून 2022 – पेपर बैक

प्रकाशक : राजमंगल प्रकाशन

राजमंगल प्रकाशन बिल्डिंग, 1st स्ट्रीट,

सांगवान, क्वार्सी, रामघाट रोड,

अलीगढ़, उप्र. – 202001, भारत

फ़ोन : +91 - 7017993445

First Published : June 2022 - Paperback

eBook by : Rajmangal ePublishers (Digital Publishing Division)

आभार

इस किताब को लिखने की प्रेरणा मुझे तब महसूस हुई जब मैंने आज के युवक और युवतियों को मौजूदा समय की आधुनिक जीवन शैली को जीते देखा। किस कदर यह शैली उनको अपनी खुदकी निजी ज़िन्दगी के अहम फैसले लेने में कितना कठनाई भरा वातावरण पैदा कर देती है।

मैंने इस किताब के माध्यम से आज के आधुनिक युग से जूझ रहे युवक और युवतियों के निजी जीवन के बारीक़ पहलुओं को करीब से देखने की कोशिश की है।

किस तरह वह अपने करियर और निजी ज़िन्दगी के विभिन पहलुओं में इस कदर जकड़े हुए हैं। उस वास्तिविकता का एक अहम चित्रण इस कहानी में हमें मिलता है।

अगर निजी प्रेरणा की बात करें तो मैं अपनी पत्नी 'भावना' को शुक्रिया अदा करना चाहूँगा जो उन्होंने मुझे प्रेरित किया कि मैं लिखूँ।

मेरी माँ श्रीमती नियति बक्शी ने मुझे बहुत प्रोत्साहित किया कि मैं यह उपन्यास 'अर्बन ढाबा' पूरा करूँ। यह शायद उनका विश्वास था कि मैं आज यह कहानी पूरी कर पाया।

इसके अलावा मैं अपने परिवार के सभी सदस्यों द्विपाँत , कीर्ति, पर्णिका आकाश सभी का बहुत आभारी हूँ जिन्हें मेंरी प्रतिभा में हमेशा से विश्वास रहा है।

इसके अलावा कुछ ख़ास लोग और हैं जिन्हें मैं शुक्रिया अदा करना चाहूँगा। उनमें से एक हैं श्रीमती 'वैदेही संचेती' जिन्होंने मुझे प्रोत्साहित किया कि मुझे अभिनय के साथ-साथ लिखते रहना चाहिए।

'आशीष गुप्ता' जो खुदका अपना डाटा प्रोसेसिंग का काम करते हैं लखनऊ में, जिन्होंने शुरुआती दिनों में मुझे प्रारम्भिक हिंदी लेखन से अवगत कराया।

मेरी बुआजी श्रीमती 'सुशीला श्रीवास्तव' जिन्होंने मुझे बचपन में हिंदी भाषा के विशाल स्वरुप से अवगत और रूबरू कराया।

कुछ ख़ास दोस्त जिनके साथ मैंने अपने स्कूल और इंजीनियरिंग के दिनों में काफी वक़्त बिताया है। जिनमें ऐश्वर्या कुमार, रचित टंडन, पंकज वर्मा शामिल हैं। जो कि इस सफ़र में मेरे साथ जुड़े रहे और जिनके लगातार दिए प्रोत्साहन से मैं यह सफ़र तय कर पाया।

अंततः यह उपन्यास 'अर्बन ढाबा' मेरे सभी दोस्तों के लिए समर्पित है जिनकी मौजूदगी में मुझे हमेशा अपने आप से जुड़े रहने का एहसास रहता है।

आपका आभारी
शौर्य बक्शी।

बेचैनी

नए साल 2013 की शुरुआत में जनवरी महीने की एक सुनहरी सुबह, सैटरडे के दिन सिलिकॉन वैली कहे जाने वाले शहर Bangalore के एक आलीशान इलाके कस्तूरी नगर में स्तिथ "**धीरज** " नाम के 3 BHK फ्लैट में एक सॉफ्टवेयर इंजीनियर निरपेश जोकि *टेक महिंद्रा* में काम करता था अपनी रोज़ाना एक जैसी चल रही *"corporate life "* से परेशान एक फुर्सत भरा वीकेंड चुराने कि कोशिश में लगा था। वह अपने drawing room में पड़े bean bag पे बैठा अपने लाए हुए एक दम नए smart TV पे अपने मन में चल रही बेचैनी के चलते एक के बाद एक remote पर चैनल्स पलट कर यह भी check कर रहा था कि क्या किसी भी चैनल पे कोई भी देखने लायक प्रोग्राम आ भी रहा है कि नहीं? काफी समय तक चैनल पलटने के बाद, हर बार की तरह इस बार भी उसे निराशा ही हाथ लगती है और आखिर में थक हार के वह MTV BeatsHD चैनल पे आकर रुक जाता है और उसे देखने लगता है। शायद उस चैनल पे आते गानों से वह अपने दिल और दिमाग में चल रहे मतभेद भरे ख़यालों को शांत करना चाहता था।

MTV Beats channel देखते हुए और रोज़ाना इस निराशा के रोज़ बढ़ते सैलाब और frustration से गुज़रते हुए कुछ इस तरह से वह खुदसे अपने आप से सवाल जवाब करने लग जाता है - " भौकाली में मैंने 80 हज़ार का यह बयालीस इंची बवाल ले तो लिया है लेकिन इस पे साला एक भी चैनल देखने लायक आता नहीं है कभी?"

(Remote पटकते हुए side टेबल पर) waste हो गए पैसे सारे ...अगर इसी तरह के प्रोग्राम आते रहेंगे टीवी पे तो मुझे लगता नहीं है कि जिस हिसाब से इस टीवी पे पैसे लगे हैं उसकी कुछ ख़ास वसूली मिल भी पाएगी हमें ...।

कुछ इस तरह के विचारों की तकरार उस वक़्त निरपेश के दिल और दिमाग में चल ही रही होती है कि इतने में धीरज में खाना बनाने वाली कन्नडिगा cook सुलेखा दाखिल होती है ,drawing room

में निरपेश का नाश्ता हाथ में लिए हुए और अचानक से उसके ख़यालोंको भंग करते हुए बोलती है ...

" Good Morning निरपेश भैया.. "

निरपेश(सुलेखा की तरफ मुंडी घुमाते हुए और अपनी अकड़ी गर्दन को ठीक करते हुए) - गुड मॉर्निंग .. सुलेखा Aunty बोलिए ...!!

" यह लीजिए ...आप के लिए इडली सांभर बनाया है ... नाश्ता कर लीजिए। यहाँ इधर डाइनिंग टेबल पे रख दिया है। खा लीजिए एक दम गरमा गरम है ...।"

निरपेश- **(डाइनिंग टेबल की तरफ देखते हुए और अचानक सुलेखा पर भड़कते हुए)**-क्या आंटी हर दिन वही इडली सांभर, डोसा, बड़ा खिलाती रहती हो आप हाँ ..!! ... क्या है यह सब...?? कुछ अलग नहीं बना सकती हो क्या...? पक गया हूँ वही सब खा खा खाकर रोज़ रोज़..... !!

सुलेखा- (घबराते हुए)- अरे भैया गुस्सा क्यों होते हो आप,? अमितेश और रितेश भैया भी इस घर में यही खाते हैं ..। इतने साल हो गए यहाँ मुझे खाना बनाते हुए किसी ने आज तक बोला ही नहीं कुछ अलग बनाने को?

"अच्छा ! .... अगर बोलते ..तो क्या तुम बना लेती हाँ?

बोल तो ऐसे रही हो जैसे की बहुत कुछ पता है आपको हमारी तरफ के खाने पीने का ..? बात करती है ..!"

निरपेश सर झटकते हुए अपनी निराशा ज़ाहिर करता है सुलेखा के सामने।

सुलेखा को इस बात का जवाब कुछ समझ में नहीं आता है और वह कुछ पलों के लिए ख़यालोंमें खो सी जाती है और एक अजीब सी चुप्पी सादे रहती है ...।

इतने में निरपेश उसके ख़यालोंको भंग करते हुए मस्ती में पूछता है - "अरे hello auntie ... कहाँ खो गयीं ख़यालोंमें तुम? ...

"अच्छा यह सब छोड़ो , एक बात बताओ... .... कभी नागपुर के ऊपर भी गई हो तुम भारत में? "

" नहीं भैय्याजी.. अपनी तो सारी ज़िन्दगी बस चौका बर्तन करने में निकली जा रही है। वही रोज़ का चौका बर्तन... पहले अपने घर का चौका बर्तन, फिर दूसरे घर का, फिर तीसरे घर का चौका बर्तन.....फिर निरपेश भैया आपके घर का चौका बर्तन और

फिर ....?"

निरपेश (बीच में टोकते हुए) - अरे अरे बस भी करो .... अब रुक भी जाओ auntie

तुम्हारी ट्रेन तो रुकने का नाम ही नहीं ले रही है किसी भी स्टेशन पे?

सुलेखा (हताश होते हुए) - क्या बताऊँ आपको ....!! तृस्त आ गई हूँ भैया रोज़ की इस मगजमारी से ..।

सही बताऊँ तो भैया ... मैं आज तक ...हुबली के ऊपर ... कहीं भी नहीं गई हूँ भारत में .. नागपुर के ऊपर जाना तो बहुत दूर कि बात है।

इतने में रितेश अपने कमरे से अंगड़ाईयाँ लेते हुए बाहर निकलता है।

रितेश (नींद से जागते हुए और औंघाई लेते हुए) - अरे सुबह सुबह क्या चिल्लम- चिल्ली चल रही है घर में? कान फट गए तुम लोगो की बहस सुनते सुनते।

रितेश भी सॉफ्टवेयर इंजीनियर है कॉग्निजेंट में और निरपेश के इंजीनियरिंग कॉलेज का दोस्त है और इत्तिफ़ाक़न उसका flatmate भी है।

निरपेश (दिल से गाली देते हुए) - तुम साले दोबारा सो जाओ ...जाकर कुम्भकरन,सुबह के साढ़े दस हो गए है और तुम पड़े-पड़े खटिया तोड़ रहे हो....?

रितेश (चुस्की लेते हुए) - तुम भी तो सुबह-सुबह हर हफ़्ते की तरह एमटीवी खोले confuse बैठे चैनल पलट रहे हो? ऐसा क्या नया कर रहे हो मेंरी जान....?

और फिर एक दम से बातचीत का रुख बदलते हुए रितेश सुलेखा ऑन्टी की तरफ मुँह फेरते हुए बोलता है –

" अच्छा आंटी यह बताओ ... क्या नाश्ता तैयार है मेंरा? "

निरपेश (बीच में बोलते हुए) - हाँ बे जाओ उधर... डाइनिंग टेबल पे इडली सांभर रखा है ...खा लो...।

"भैया यह निरपेश भैया का है आपके लिए मैं अलग से निकाल लाती हूँ दूसरी थाली में..... "

"नहीं -नहीं कोई ज़रुरत नहीं है ऑन्टी ... रितेश... तुम ही खा लो यह सड़ा हुआ नाश्ता ..हमें आज समोसा और जलेबी खाने की तलब हो रही है।"

"क्या बात है जानेमन आज बहुत जवानी हिलोरे मार रही है तेरी ...साले कौन देगा तुम्हें यहाँ समोसे और जलेबी बनाकर घर में हाँ.??.. "

" अबे यहाँ थोड़ी न बनावाएंगे ... !!

रुको बे एक मिनट नेहा को फोन लगाता हूँ ..फिर बात करता हूँ तेरे से..."

"ठीक है ...।"

रितेश इतने time में एक तरफ ब्रश करके चेहरा धोकर अपना दिन शुरु करने के लिए तैयार होना शुरू करता है ओर दूसरी तरफ कान लगाए निरपेश और नेहा के बीच चल रहे phone conversation को भी ध्यान से सुन रहा होता है।

नेहा (अचानक फ़ोन की आवाज़ से नींद से उठके चिल्लाते हुए बोलती है) - हेलो... क्या निरपेश .....सुबह सुबह जगा देते हो बोलो क्या बात है?

नेहा निरपेश की करीबी दोस्त है जिसने साथ में इंजीनियरिंग की है निरपेश,रितेश और इन तीनों के दोस्त अमितेश के साथ एक ही इंजीनियरिंग कॉलेज से।

नेहा इनफ़ोसिस में काम करती है।

निरपेश (दिवार पर लगी घड़ी को surprisingly देखता है और बोलता है)- अरे नेहा सुबह के पौने ग्यारह बज गए हैं और तुम अभी तक सो रही हो..?

"अरे वह सब छोड़ों बोलो क्या काम है ...ज़्यादा देर तक बात नहीं कर पाऊँगी...कल बहुत ज़्यादा लेट आई हूँ मैं आफ़िस से..!! You cannot imagine निरपेश .. तीन बजे सुबह तक मैं , गधों की तरह code fix करती रही आफ़िस में ..।"

"Monday को Client के साथ डेमो scheduled है ..मैनेजरबोला की किसी भी हाल में यह issue fix करके ही घर जाना। यह भी नहीं देखा उस निर्दयी इंसान ने की Friday night है ....। बस instruction देकर खुदअपने घर फ्राइडे इवनिंग एन्जॉय करने चल दिया। *I am seriously fed up यार of this development work* निरपेश ... "

फिर एक pause लेने के बाद **नेहा** (**disappointed feel करते हुए और गहरी साँस लेते हुए फ़ोन पे बोलती है**) -

...खैर ... enuf of this shit ..tell me yours ..? कैसे याद किया .. तुमने?

"ohh that's indeed rough I must say

Sorry यार नेहा , तुम्हें सुबह सुबह परेशान कर दिया मैंने फ़ोन करके!"

– " its ok यार ..कोई बात नहीं बोलो क्या काम है?"

- "यार तुम बता रही थी न उस दिन की OMBR लेआउट में एक नया कैफे खुला है जो दिखने में modern और traditional दोनो है ..... "

हाँ correct ...

"क्या नाम है उस कैफ़े का?"

"Let me recall ummm .... उसका नाम "*urban vibes*" hmmm sorry *"urban dhaba"* है।"

"I see great .. मुझे लोकेशन whatsapp कर दो उसकी।"

"अरे तुम्हारे घर से सिर्फ 4 किमी. पे ही तो located है।"

"यार ... 4 kms बहुत होते हैं ..., , लोकेशन भेज दो ना please .... "

"- अरे निरपेश तुम भी ना .... sometimes you act like a small kid सब कुछ spoon feed करना पड़ता है तुम्हे .. one second let me check सुबह -सुबह दिमाग लगवा रहा है यह लड़का...!!

यह लो भेज दिया ... whatsapp check करो अपना.. I."

निरपेश (mobile में देखते हुए)- एक minute ..let me check ... hmmm message from नेहा ...... let me search here it is .. Urban Dhaba OMBR Layout 2nd Cross 5 th main ..cool great ... thanks नेहा।

"Cool ...अच्छा जा तो रहे हो वहाँ पे ..थोड़ा बचकर रहना उस कैफे केमैनेजर"आकाश " से ...।"

"क्यों....?"

"थोड़ा ज़्यादा ही चिपकता है....।"

"अच्छा सिर्फ लड़कियों से ही ....या लड़को से भी चिपकता है...? 😅 "

नेहा (हँसते हुए)- Very funny ..shut up naughty boy..I just meant he is very talkative .." बहुत ज़्यादा बातें करता है।"

खैर तुम्हारा काम हो गया न... चलो अब let me sleep ...bye .. !!

"ठीक है रखता हूँ ! Phone ....bye have a nice sleep 😊 "

निरपेश (रितेश के कंधे पे हाथ फेरते हुए)- चलो फिर निकलते है रितेश darling , मजेदार नाशते से दिन की शुरुआत करते है।

रितेश- unbelievable man ...कुछ नहीं हो सकता है बे तेरा.. ।

रितेश- आंटी आप चाय बनाओ मैं यही इडली-सांभर खाता हूँ... । अमितेश का नाश्ता केसरोल में रख दो.. बाद में खुदनिकाल के खा लेगा ...अभी सो रहा है.....।

"ठीक है रितेश भैया... ।"

बदलाव

निरपेश फिर अपनी *Yamaha YZF R15 sportsbike* पे करीब 11:30 बजे अर्बन ढाबा पहुँचता है और कैफ़े की outdoor पार्किंग में bike park करता है। वह अर्बन ढाबा के बोर्ड जोकि कैफ़े की entrance पे लगा होता है उसे काफी देर तक घूरता है और फिर कुछ सोचते हुए कैफ़े के अंदर दाखिल होता है।वहाँ के outdoor courtyard में कई कुर्सी टेबल्स के खूबसूरत जोड़े पड़े होते हैं जिनमें से एक pair वह select करके उस पे बैठ जाता है। मुँह का स्वाद जल्दी से जल्दी चेंज करने कि चाहत में निरपेश फिरवहाँ टेबल पे पड़े Menu को अपने मन में चल रहे अंतर्द्वंद के बीच उठाता है।

उसने मेंनू पड़ना शुरू ही किया होता है की इतने में अर्बन ढाबा कामैनेजरतुरंत चलता हुआ निरपेश के पास आता है।

"सर Good Morning आपका स्वागत है अर्बन ढ़ाबा में ..

...what would you like to have ...?"

निरपेश (कैफ़े का ambience महसूस करते हुए और ठंडी साँसें भरते हुए कहता है)- हम्म्म Good Morning ..

good morning विश करने के बाद निरपेशमैनेजरके सवाल पे ध्यान देते हुए एकाएक मैनेजर से अर्बन ढाबा के बारे में बातें करना शुरू कर देता है।

" Urban Dhaba ... Nice name ...Very fresh and quite interesting ..लेकिन एक बात समझ में नहीं आई sir ...कि यह अर्बन के साथ ढाबा क्यों ....यह क्या combination हुआ...भला?"

"यही तो खूबी है सर इस कैफे की यहाँ आपको ढ़ाबे के माहौल में urban vibes महसूस होंगी।"

"वाह क्या बात बोली है impressive ... "

"जितना यह नाम interesting है उतने आदमी भी आप interesting लगते हो ... कहाँ से हो आप आकाशजी?"

आकाश- एक मिनट...... आपकोमेरा नाम कैसे पता, मैंने तोवह अभी तक आपको बताया नहीं ...

हम पहले कहीं मिले हैं क्या एक दूसरे से...?

निरपेश (**अपने sunglasses को साफ़ करते हुए और फिर उन्हें स्टाइल में पहनते हुए**) - जी यही तो अपनी कलाकारी है कि सारे शहर में हमारे खबरी फैले हुए है। उन्ही से पता लगा।

आकाश- अरे जनाब छोड़िए.. हम कोई तेज़ी से पॉपुलर हो रहे कलाकार नहीं हैं इस शहर में कि जिसका नाम पता लगाने के लिए किसी को खबरी लगाने पड़े ..।

आप मज़ाक अच्छा कर लेते है।

- खैर अगर आपकी इच्छा बताने की नहीं है तो रहने दीजिए....after all "*customer is god* " ऐसा अक्सर दुकानों पे लिखा रहता है and its true perhaps

"Wow "कलाकार " यह अंदाज़ भरा शब्द कहाँ सुनने को मिलता है Bangalore में? और आप तो गज़ब की अंग्रेज़ी बोल लेते है सर क्या बात बोली है आपने कि' customer is god ' lovely खैर ....ऐसी कोई बात नहीं है की मैंने आपके पीछे जासूस लगा रखें हैं basically मेंरी एक फ्रेंड है.... नेहावह अपने आफ़िस की एक पार्टी में पिछले week यहाँ आई थी...।

क्या आपको याद है?" i guess she met you ".... उसी से पता चला आपका नाम..." ..।

आकाश (सोचते हुए)- hmmm अब याद नहीं आ रहा है ठीक से ...बच्चे यहाँ बहुत से आते है...आस-पास के colleges और companies के so it's difficult to recall sometimes about some special people और आपको तो आजकल का माहौल पता ही है सब एक जैसे ही लगते है..।

"नहीं सर लेकिन नेहा थोड़ी *अलग* है.... "।

.. "हो सकता है लेकिन मैं उसे personally बहुत ज़्यादा जानता नहीं हूँ इसलिए कुछ कह नहीं सकता उसके बारे में .... चलो पे इन सब के बीच एक अच्छी बात यह है कि उन्होने अर्बन ढाबा का ज़िक्र तुमसे किया और तुम मेरे यहाँ आए।

खैर coming back to your question तुम मेरे native के बारे में पूछ रहे थे... तो जनाब ...हमारी पैदाईश और पढ़ाई लिखाई तो देहरादून से हुई है पे मैं करीब पिछले दस सालो से Bangalore में हूँ।"

निरपेश- DEHRADUN !

वाह क्या बात है what a coincidence मेंरी इंजीनियरिंग भी देहरादून से हुई है। 4 साल

बिताया हैं देहरादून में lovely place .. 😊

आकाश - great ...कमाल है और तुम कहाँ के रहने वाले हो?

निरपेश- - लखनऊ

आकाश - क्या कह रहे हो भाई लखनऊ ... *नवाबों का शहर* क्या बात है , अब बताओ हमने इंजीनियरिंग लखनऊ से की है ..

गज़ब ..

यह दुनिया कितनी छोटी है कभी कभी महसूस होता है।

"पे एक बात समझ में नहीं आई कि यह south में कैसे डाउनलोड हो गए आप? I mean Bangalore, south india में कैसे enter कर गए?"

'Download funny 😊 **..**अरे बड़ी लम्बी कहानी है कभी detail में बताएँगे आपको... !!

अभी बताए ... क्या लेंगे?

यह सामने टेबल पे हमारा Menu रखा है जो इच्छा हो बेझिझक मंगवाये।"

Yaa sure ..

"अरे छोटू ... ज़रा इधर आना? sir का आर्डर ले लो .. by the way ... आपका नाम तो पूछा ही नहीं मैंने?"

"जी ... निरपेश **... !** "

तभी उसी वक़्त इत्तेफ़ाक़ से कैफ़े की लैंडलाइन पे एक फ़ोन आ जाता है तो उसे attend करने आकाश café की reception desk पे चला जाता है।

तभी पीछे से रितेश,और अमितेश आ धमकते हैं कैफ़े में।

रितेश (निरपेश के कंधे पर हाथ फेरते हुए)- अरे भाई कुछ अपने भाइयों के लिए भी आर्डर कर दे ..?

अकेले ही अकेले सारे मजे लेगा क्या?

"अबे सालो तुम लोग यहाँ भी आ धमके.... हाँ लगता है आज आंटी को पूरा ही ignore मार दिया तुम लोगों ने?"

रितेश सबकी ओर से बोलते हुए कहता है "नहीं *भाई हमने सोचा आज हमारा दोस्त कुछ नया try कर रहा है life में ..... , तो क्यों न हम भी उसका साथ दे दें।"*

" हा हा.... 😊 इस जज़्बे की हम कदर करते हैं कोई नहीं ..।"

निरपेश आकाश को आवाज़ देकर टेबल पे बुलाता है ..

" अरे आकाश इधर आईये आर्डर ले लीजिए !"

आकाश (**फ़ोन attend करने के बाद वापस आते हुए निरपेश की seat पर**) -

मैंने छोटू को बोला था आपका आर्डर लेने के लिए not sure कहाँ चला गया खैर आप मुझे बताएँ ... ?

"अरे आकाश जी आपको सिर्फमेरा ही नहीं अब इन दोनों का भी ऑर्डर लेना होगा।"

"I see यह दोनों आपके दोस्त है?"

हाँ...

"क्या नाम है इन दोनों के ..?"

"He is रितेश,. He is अमितेश ..."

आकाश एक दम से बीच में interrupt करते हुए बोलता है - और. तुम निरपेश

– Yes ....

"No ..cannot accept this that's not possible I am sure ..कि तुम निरपेश नहीं हो सकते... are u kidding me?"

" - अरे मैं निरपेश ही हूँ !! आकाशजी ..."

no can't accept

"तुम्हें देख कर लगता है की ....

तुम्हारा नाम definitely कुछ अलग होना चाहिए

कुछ अलग ... कुछ और होना चाहिए?"

"hold on guys what's in a name?..... कहाँ फँस गए आप दोनों?"

रितेश surprise भरी आवाज़ में बीच में टोकते हुए बोलता है ..

"एक मिनट ... मुझे लगता है कि तुम्हारा नाम कुछ ऐसा होना चाहिए जैसे ....

Hmmmm something like .... *'सार्थक'* am I right?"

- but why सार्थक ,मेरा नाम change करना क्या ज़रूरी है?

"हाँ ज़रूरी है।"

" जिस तरह ज़माने का बदलना ज़रूरी है , समाज को बदलना ज़रूरी है , देश का बदलना ज़रूरी है उसी तरह तुम्हारे नाम का भी बदलना ज़रूरी है...।"

पर इस बात को आप इतनी यकीन के साथ कैसे कह सकते हैं?

क्योंकि मुझे तुम में वह चिंगारी दिखती है की तुम *बदलाव* ला सकते हो।

अरे आप मुझे जानते ही कितना है?

"किसने कहाँ " जानने " से ही लोग "पहचाने "जाते हैं, मेरे ख़याल से *" पहचाने " जाने से लोग "जाने " जाते हैं life में ।"*

I see क्या बात बोली है आपने respect your thoughts..

आकाश फिर निरपेश के कंधे पे हाथ फेरते हुए बोलता है...

" हम्म्म तो आज से तुम " सार्थक " हो " atleast मेरे लिए 😊 "

"चलो सार्थक ही सही अगर आकाश को यही नाम पसंद है तो आज से मैं सार्थक। .... बताओ तुम लोग क्या कहते हो?"

निरपेश अपने दोस्तों से राय लेता है।

अमितेश (आँख मारते हुए रितेश को)- अबे एक बात बोलूँ हमारी नज़रों में तो तू कुछ और ही है 😉 ।

अमितेश TCS में सॉफ्टवेयर इंजीनियर है और निरपेश का दूसरा flatmate है।

तू कहता है तो आकाश जी को बताऊँ.. 😉 ?

इस मस्त joke पे एक दम से सब हँस पड़ते हैं ..।

" पिटोगे साले तुम लोग..।"

आकाश -" ignore them " मैं सार्थक ही हूँ।

आकाश -ओके सार्थक as you say .....

तो यह बताओ क्या लोगे तुम सब?

सार्थक (सबकी तरफ देखते हुए) - जल्दी बताओ भाई लोग?

आकाश का बहुत समय बर्बाद कर चुके हैं हम सब पहले से ही।

"अरे नहीं ऐसी कोई बात नहीं है सार्थक ।

I think जितना भी समय बीता है अभी तक तुम सब के साथ काफी constructive बीता है with humor and revelations acting as perfect icing on the cake in all these interesting conversations between us 😊 "

"icing on the cake ... क्या बात है छा गए हो आप महफ़िल में ..... incredible English आकाश sir hats off sirji "

खैर अपने दोस्तों की तरफ मुड़ते हुए .... निरपेश पूछता है

" सालों अभी तक कुछ पसन्द नहीं कर पाए तुम लोग ...?"

" भाई तुम ही decide करके बता दो अपन लोग वही खा लेगें।"

सार्थक मेंनू में झाँकते हुए बोलता है ...

- "ठीक है तीन प्लेट जलेबी, समोसा और कचौरी मँगवा दीजिए आकाश.।"

आकाश --सिर्फ इतना ही?

सार्थक (हँसते हुए)- अरे मेरे हिसाब से तो काफी ठीक हैआर्डर।

... ohh you mean tea is missing for everyone?

"there u go .. " yes that's what i wanted to bring to focus

indirectly though .. .." 😊 "

"sure this is but obvious साथ में तीन चाय सबके लिए मँगवा दीजिए ।"

आकाश आर्डर लेकर चला जाता है और मनजोत को instruct करता है सारा order ready करे और खुदकुर्सी पे जाकर Laptop पे खट्ट खट्ट करने लगता है। सार्थक दूर अपने चेयर से उनकी तरफ देखता है और सोचता है कि यह लैपटाप पे क्या खट-खट कर रहा है। वह उनके चहरे पे बनते-बिगड़ते भाव देख रहा होता है। यह सब देखते हुए उसको लगता है कि कुछ तो struggle चालू है आकाश की life में ...?

निरपेश यह सब सोच ही रहा होता है कि उसके विचारों को अचानक से भंग करती हुई आकाश की माँ कैफ़े में दूर से ही बड़बड़ाते हुए एंटर करती है।

झलकियाँ उनके बीच हुई बातचीत की कुछ इस प्रकार हैं ...।

आकाश की माँ - अरे आकाश कब से तुम्हें फ़ोन कर रही हूँ , तुम घर कब आ रहे हो lunch के लिए.. और अपना फोन क्यों नहीं उठा रहे हो .." बताओ मुझे यहाँ आना पड़ रहा है तुम्हें बुलाने के लिए.... कम से कम तीन बार कॉल किया होगा तुझे बेटा पे तू उठाता ही नहीं है फ़ोन ?

आकाश (फ़ोन चेक करते हुए) – ओह ... मम्मी shit .. क्या कह रही हो आप? ohhh फ़ोन silent पे थामेरा I am sorry mummy ..

anyway मम्मी आप चलिए मैं आता हूँ थोड़ी देर में ....अभी कितने बजे है...?

" बेटा ढाई बज चुके है ...और कितना इतंजार करवाओगे तुम? .. मुझे और भी बहुत काम हैं घर में ...

.ना जाने इस लैपटाप में क्या लिखते रहते हो तुम हर वक़्त.."।

"मम्मी मैं, क्या बताओं आपको ... एक अलग एकदम नई कहानी लिखना चाहता हूँ लेकिन कुछ अच्छा नहीं मिल रहा है लिखने को ..... कुछ पन्ने लिखता हूँ फिर वह पसंद नहीं आते ...उन्हें हटाता हूँ... कुछ और पन्ने लिखता हूँ फिर उन्हें हटाता हूँ बस यही चल रहा है मम्मी "

तो अपने आस-पास ढूंढो कोई अच्छी कहानी, जैसी आज-कल Bollywood में नये- नये themes पे पिक्चरें आ रही है।"

"वैसे तुम भी कोई नया theme अपने आस-पास ढूंढो
उन लोगों में ढूंढो कहानी जिन लोगो को तुम जानते हो।"

"hmmm....मम्मी लेकिन मेरे आसपास जो लोग हैं उनकी ज़िन्दगी में कुछ भी interesting नहीं चल रहा है है जिसे मैं अपनी कहानी में इस्तेमाल कर सकूँ और अपनी लिखाई से बेहतर कर सकूँ।"

"खैर यह सबमैंनहीं जानती तुम देखो...... कि तुम्हें अपनी कहानी कैसे मिल सकती है....... तुम खुदजाँच पड़ताल करो "अभी चलो मेरे साथ बहुत लेट हो गया हैं। तुम्हें खाना खिलाने के अलावा मेरे पास और भी बहुत से काम हैं ...। बहुत काम पड़ा हुआ है घर पे।

जल्दी चलो।"

"बिलकुल ... मम्मीमैंचलता हूँ आपके साथ।

अरे मंजोत तुम जरा 1 घण्टे तक कैफे देखो मैं Lunch करके आता हूँ।"

जी आकाश सर.....।

फिर वह दोनो साथ में चले जाते है.......

सार्थक उन दोनों के बीच हुई यह सारी बाते समोसे और जलेबी का आनंद लिए सुनता है। उसको कुछ different vibes मिलती है आकाश से, कि बंदा... शायद कोई कहानी खोज रहा है लिखने के लिए ..... यह सारे विचार उसके दिमाग में चल रहे होते है कि तभी .....

रितेश- (आखरी जलेबी हजम करते हुए करते हुए बोलता है) अरे सार्थक, कहाँ खो गए भाई? चला जाए अब हम दोनो का भी हो गया।

"हाँ.. यार चलते है एक मिनट दो जरा...."

"अरे छोटू....जरा इधर आना !"

निरपेश छोटू के कान में कुछ फुसफुसाता है ..

"छोटू यह बताओ आकाश जी का Mobile No. मिलेगा?"

"आकाशजी एक *artist* हैं और इसके अलावा urban dhaba के owner भी हैं .. ऐसे ही हर किसी को अपना नम्बर नहीं देते..... आपको मैं उनका email address दे सकता हूँ आप उनको email करके उनका नम्बर ले लीजिए....OK......?"

"बहुत नम्बरी हो यार तुम।"

जी?

"अरे कुछ नहीं अच्छा उनका email id दो ज़रा?"

distinctआकाश @gmail.com........

"मै अभी मेल करता हूँ....।"

निरपेश कुछ देर सोचता है कि हिंदी में मेल करे आकाश को या फिर अंग्रेज़ी में। खैर उसकी खुदकी अभी थोड़ी देर पहले हुई आकाश से बातचीत को याद करते हुए वह कुछ सोच के अंग्रेज़ी में मेल बनाता है उनके लिए।

दूसरी तरफ अमितेश और रितेश कुछ बातों में मशरूफ होते हैं और इधर सार्थक आकाश जी को उसी वक्त एक ई-मेल ड्राफ्ट करता है अपने cellphone से ..और भेजता है...... Content कुछ इस प्रकार होता है mail का ...

Hi आकाश ,

"It was nice meeting you today", this is सार्थक ... "Can I get your contact details so that we connect more frequently on phone rather than just meeting at the café for some snacks."

My phone number is 9875432187**.** I think both of us are good conversationalists and we can connect on various topics relevant in day to day life which we find interesting to discuss.

Thanks and Regards

सार्थक ....

अमितेश – चलें मालिक हो गई तेरी मेल ? वैसे किसको कर रहे थे मेल ?

कोई नई लड़की पटा रहे हो क्या बे ... 😅

"अबे कहाँ हमारी ऐसी किस्मत कि कोई नईलड़की हमें घास डाले ... "

"किस्मत को तो दोष मत दो साले तुम ...नेहा को घुमाने का तो खूब experience है तुम्हारे पास .क्या पता उस experience का कहीं और इस्तमाल कर रहे हो .. तुम ? 😅 "

"अबे नेहा कहाँ से आ गई इन सब के बीच में। साले ख़याली पुलाओ मत बनाओ "मैनेजर" को मेल की हैं कि तबियत ठीक नहीं है शायद मंडे को नहीं आ पाएंगे।"

रितेश इन दोनों की बातें सुन रहा होता है और फिर कमेंट करता है निरपेश पर ..

"कमीना है साला यह ..चूतिया बनाना कोई इससे सीखे।"

"अच्छा बेटा मैं कमीना हूँ ... तो ठीक है मेरे साथ अमितेश जाएगा R15 पे तुम साले पैदल आओ अब ...। "

यह कहकर फर्राटे से अमितेश को अपने पीछे बैठा कर अपनी R15 लेकर निरपेश घर को निकल जाता है।

रितेश फिर कुछ और जुगाड़ करके घर आते हैं गाली देते हुए निरपेश को ...। 😊

फिक्स्ड पैटर्न

इस तरह इन करीबी दोस्तों की life में एक और हफ्ता ख़त्म होता है और दूसरा शुरू होता है..भारत की IT industry के silicon valley कहे जाने वाले शहर Bangalore में एक बार फिर रोज़ मर्रा की ज़िन्दगी शुरु होती है। हर सुबह की तरह इस सुबह भी एक fixed pattern में सारे आई.टी professiona या फिर corporate भाषा में कहे जाने वाले "*साइबर कुली*"अपने अपने बिल्ले लगाए अपनी अपनी

काँच की अंग्रेज़ी दुकानों या फिर कहें काँच की जेलों कि ओर चल देते है।

उन्ही IT Professionals की भीड़ में शामिल रितेश, निरपेश, अमितेश, नेहा, सब अपने-अपने 9-10 घंटे बिताने अपनी-अपनी काँच की जेलों की ओर चल देते है।

इस दैनिक सामाजिक आराजकता के बीच पूरा दिन खत्म होने के बाद... निरपेश नेहा को उसके घर छोड़कर सीधे अपने घर पहुँचता है..।.दोनो करीब 5 सालों से नौकरी कर रहे है Bangalore में।

नेहा आगरा कि रहने वाली है।

निरपेश *रोज़ाना एक disciplined life जीता है काम में भी पूरा फोकस है* पर *कुछ है जो उसको दिन रात परेशान* किए *रहता है। कुछ मन की बेचैनी है जो उसे हमेशा जकड़े रहती है।* आफ़िस में भीtimeसे आता हैtimeसे जाता है। उसका दफ्तर का काम सुबह 9 am शुरु होता है और शाम 7 बजे तक.. तक वह घर आ जाता   है । घर पर थोड़ा आराम करने और चाय पीने के बाद 8 बजे के बाद वह daily Gym जाता है। उसको Gym जाना पसंद है क्योंकि वहाँ जा के वह अपना बाहरी दुनिया को दिखने वाला 'आईटी professiona का मुखौटा ' उतारता है और अपने real self में आ जाता है। अपना यह IT professional का मुखौटा उतारने के बाद उसे बड़ा relaxed प्रतीत होता है...।

उसका दिल और दिमाग हमेशा इस बात पे खुदसे debate करते रहते हैं कि यह मुखौटा आखिर उसने क्यों पहना है ...? क्या वह सिर्फ इसी मुखोटे को सारी ज़िन्दगी पहनने के लिए बना है ...? या कुछ और भी ही जिसे उसे अपने जीवन में देखना और experience करना बाकी है? इन्ही सवालों के जवाबों की तलाश में शाम को वह अपने आप से "connect" होना चाहता है। इसलिए रोज़ का hectic schedule office में बिताने के बाद gym जाके वह खुदको रोज़ refresh करने में believe करता है ।

फिर एक दिन सोमवार को करीब 9.30pm जब वह gym से घर को अपनी sportsbike पर निकल रहा होता है ,अचानक

उसकेmobileपर एक फ़ोन आता है । वह बड़ी मुश्किल सेmobileअपनी gym जैकेट से निकालता है।

Hello....

फोन- Hello..... क्या मैं सार्थक से बात कर सकता हूँ।

"sorry Wrong No. "

यह कह कर निरपेश फोन काट देता है और अपनी बाइक पे आगे चलने लगता है।

कुछ दूर आगे बढ़ने के बाद वह फिर कुछ सोचते हुए अपनी बाइक रोकता है और उसी नम्बर पे दुबारा कॉल करता है ...। शायद उसे कुछ एक दम से स्ट्राइक किया होता है।

"Hello if I am not mistaken " is it आकाश ...."?"

"Hi yes its me only .. तुम्हारा mail देखा तो सोचा तुम्हें फोन करूँ..।"

"great... sorry man सुबह से मुझे बहुत spam calls आ रहे थे मुझे। उसी loop में गलती से आपका फोन भी निपट गया।"

"क्या मतलब है तुम्हारा मैं तुम्हारी life में spam हूँ...? "

" नहीं -नहीं .... no not at all ऐसी कोई बात नहीं है ..।"

आकाश (मज़ाक करते हुए)- take it easy "its cool" यार मैं तो बस मज़ाक कर रहा था.। अच्छा मैंने तुम्हारी मेल पढ़ी हाँ बात तो सही है तुम्हारी कि बातें हमारी काफी interesting रहती हैं। तुम्हारा अंदाजा शायद ठीक है कि हम अलग अलग पहलुओं पे बात कर सकते हैं ज़िन्दगी के क्योंकि मुझे भी बहुत दिलचस्पी है उन्हें करीब से जानने में और शायद तुम भी believe करते होंगे इसमें क्यों ...?

"जी बिलकुल सही interpret किया मुझे आपने, अच्छामेरा एक और observation है बोलिए तो express करूँ?"

"हाँ....बिलकुलबोलो.?"

"यही कि आप "*writer* "भी है।"

"अरे हां... तुम्हें कैसे पता चला ..?"

" उस दिन जब आप अपनी मम्मी से डाट खा रहे थे urban dhaba premises में तो गलती से मैं आप दोनों से थोड़ा दूर बैठे चाय का गिलास हाथ में लिए हुए वह सारा कातिलाना conversation सुन रहा था।"

"अरेरेरेरे.......!!!"

"हां-हां 😊 चलिए " Have a nice evening" फिर मुलाकात होगी। अभी रखता हूँ फोन........। जिम से निकल कर घर जा रहा हूँ....। आप से बात करके बहुत अच्छा लगा। great talking to you "

"अरेरेरे सार्थक..?"

– bye bye sir .. !! " until we meet again " 😊

निरपेश फिर घर पहुँच कर खाना खा कर सो जाता है बिलकुल उसी तरह जैसे उसके सारे दोस्त अपनी अपनी कंपनी से आकर खाना खाकर सो जाते है फिर अगले दिन कि वही दौड़ दौड़ने के लिए।

आकाश भी अपना कैफे बंद करके कुछ सोचते हुए अपने घर चला जाता है , एक बार फिर अगले दिन वापस कैफ़े आने के लिए।

एहसास

दिन भर आफ़िस का काम ख़त्म करने का बाद निरपेश Friday की शाम को करीब साढ़े पाँच बजे दाएं कंधे के side में अपना Laptop बैग टांगे चंद राहत की साँसें लेने के लिए Tech M की कैंटीन में enter करता है। वह Canteen के reception डेस्क पे जाकर अटेंडेंट से बोलता है कि " महेश बेटा एक चाय और ब्रेड पकोड़ा देना।" उसके पास कुछ Sodexho passes पड़े होते हैं जिनका वह दफ्तर में बखूबी इस्तेमाल करता है specially आफ़िस के lunches और evening suppers के लिए। कई talented fresher software engineers जो आईटी इंडस्ट्री में अपना फ्यूचर बनाने के लिए एंटर

करते हैं उनको रिझाने के लिए इस तरह के पासेज बनाएजाते हैं ताकि उनको रोज़ आफ़िस आने का motivation बना रहे ।. मासूम फ्रेशर्स यह भी नहीं जानते की यह पासेज कोई फ्री नहीं दिए जाते हैं जिनके इस्तेमाल से उन्हें फ्री का खाना और नाश्ता मिलता है आफ़िस में बल्कि उनकी CTC का पार्ट होते हैं।

खैर थोड़ा देर reception पे खड़े रहने के बाद महेश एक ट्रे में चाय और ब्रेड पकोड़ा लाकर देता है निरपेश को। निरपेश ट्रे को ले जाकर एक लाइन से पड़ी कुरसी टेबल्स में से पड़े किसी एक चेयर पे जाकर बैठ जाता है। वह चाय पीना शुरू ही करता है कि उसके दिमाग में वापस वह आकाश और उसकी माँ के बीच हुआ conversation scene घूमने लगता है और वह खुदसे मन ही मन बातें करना शुरू कर देता है।

" उस दिन थोड़ा अजीब सा लगा देख के कि एक कैफे का मलिक कुछ लिखना चाह रहा है......। ऐसा क्या लिखना चाहता है वह?

कहीं ऐसा तो नहीं वह *मेरी तरह अपने आप में में किसी तरह के विचारों के संघर्ष.. में फसा हुआ है ...?*

दिल कहीं और है और दिमाग कुछ और करवा रहा है ...?

mysterious और interesting बंदा लग रहा है....।

आज मिलता हूँ उससे, थोड़ा बात करता हूँ, पता तो चले कि क्या जंग चल रही है उसकी life में।"

सार्थक अपनी चाय खत्म करता है और अपने मन में उठ रहे सवालों को महसूस करते हुए आफ़िस की outdoor पार्किंग में पहुँचता है ,Yamaha R15 निकालता है और इन सवालों के जवाबों की तलाश में निकल पड़ता है अर्बन ढाबा की तरफ.......।

Yamaha R15 उसने अभी कुछ दिन पहले ही खरीदी है। वह sportsbikes का बहुत शौकीन है घर से वह अपनी पुरानी swift desire को लेकर आया है अपने पापा की सलाह पे क्योंकि उन्हें लगता है की शायद उनकी swift dezire का इस्तेमाल Bangalore में ज़्यादा अच्छे से हो पायेगा। अपने पापा की यह बात वह कुछ ख़ास समझ नहीं

पाया था लेकिन *शायद माँ बाप की कुछ बातें ऐसी होती हैं जिनको शायद blindly follow करने में ही आपका फायदा होता है life में।*

करीब आधे घंटे में सार्थक अर्बन ढाबा पहुँचता है और आउटडोर पार्किंग में bike पार्क करके सीधे ढाबे के अंदर पहुँचता है। शाम का करीब साढ़े सात बज गया होता है।

अंदर आते ही सार्थक सीधे आकाश की reception desk पे जाता है.....।

आकाश अंदर अपने कैफ़े के peons (मंजीत और छोटू) से बात कर रहा होता है।

बाहर आँगन में कैफ़े में कई लड़के लड़कियाँ बैठे होते हैं....।

अपनी अपनी life की कुछ न कुछ stories सबकी चल रही होती है।

इतने में सार्थक आकाश का discussion ख़त्म होते ही पूछता है - " और आकाश जी कैसे हैं आप? "

"अरे सार्थक तुम यहाँ......? और कैसे हो?

कैसा रहा दिन....?

अरे तुम आराम से इधर बैठो मैं भी बैठता हूँ तुम्हारे साथ ..।

थक गए होगे दिन भर काम करके.. have a seat भाई.....।

2 चाय मँगवाता हूँ ...। अरे मनजोत 2 चाय भेजो बेटा इधर ...।"

मनजोत - जी सर अभी बना के लाता हूँ ... सर कुछ खाने के लिए भी रहेगा?

"its ok मनजोत आफ़िस में कैंटीन से खा के ही निकला था सिर्फ चाय पी लूँगा "

"ठीक है सिर्फ 2 चाय ले आओ फिर .."

ok ..

मनजोत फिर अंदर किचन में निकल जाता है चाय बनाने के लिए ..

मनजोत चाय मस्त बनाता है .. उसको पीते ही तुम्हारी दिन भर की थकान झट से दूर हो जायेगी ..

सार्थक - अच्छा ऐसी बात है फिर पीकर आज़माते हैं ...। पर सर क्या बताऊँ आपको अब तो इस *थकान* के साथ जीने की आदत सी हो गई है मुझे ... बहुत अजीब सी थकान है यह !! मुझे लगता नहीं है मनजोत की बनाई हुई चाय पीने से यह जायेगी ...। यह जो मेंरी रोज़ की ज़िन्दगी है न..घर से आफ़िस ... आफ़िस से घर, शाम को थोड़ा बहुत gym... फिर टीवी उसके बाद सोना ...फिर अगले दिन चल देना same iteration को execute करने के लिए ... , *काफी बंधी हुई सी लगती है life मुझे मेरी इस रोज़ के स्पाइरल में ...।*

हर दिन यही एक चक्कर चलता रहता है ..।

आकाश भाई seriously कुछ तो करना पड़ेगा....।

खैर आप कुछ नया सुनाये....

"अरे इधर भी सार्थक भाई कुछ ऐसा ही scene है कुछ ख़ास अलग नहीं है , जीवनरुपी चक्की में इधर भी पिस रहे है रोज़ रोज़ ... "

"अरे अलग कैसे नहीं है आप इतना बढ़िया कैफ़े चला रहे हो वह भी अपने मन से।...

कोई बंधी हुई नौकरी का झंझट नहीं। डेली अपनेtimeपे आए cafe चलाया और चले गए ......। वह क्या कहते हैं अंग्रेज़ी में

"*Driving your life at your own terms*" और क्या चाहिए buddy ..?"

"कहते हैं life में जो सामने दिखता है अक्सर उससे हम धोखा खा जाते है I think.. तुम्हें भी कुछ धोखा हो रहा है।"

"अरे धोखा कैसे थोड़ा clear बतायें ....?"

इतने में मनजोत दोनों चाय लेकर पहुँचता है और उन्हें आकाश और सार्थक के सामने पड़ी टेबल पे दोनों कप रख कर अंदर कैफ़े के reception की तरफ चला जाता है।

"यह लो गरमा गरम चाय शुरू करो ..।"

आकाश सार्थक की तरफ चाय का कप आगे बढ़ा देता है ..।

सार्थक – ya sure Thanks

आकाश (**चाय का घूँट लेते हुए**)- हाँ तो सार्थक

देखो अपनी life में भी बड़े उतार चढ़ाव रहे हैं .....

मैं बचपन से ही पढ़ाई लिखाई सब में ठीक-ठाक था ....

खेल कूद में interest रखता था और अच्छा content और कहानियाँ पढ़ने का हमेशा से शौक़ रहा है मुझे ....।

हमेशा कोशिश की कहीं से कुछ प्रेरणा मिले कुछ अच्छा लिखने की ...कुछ अलग लिखने की .. जिससे ज़िन्दगी को थोड़ा करीब से समझने में मदद मिले और जिसेपढ़ के किसी को भी थोड़ा अलग सा महसूस हो सके।

"Hmmm interesting I see.. by the way किस "*प्रेरणा* "की बात कर रहे हैं आप?"

"यही की कुछ real stuff जिसेमैंअपने शब्दों का इस्तेमाल करके अपने कलम से उतार सकूँ...।"

" कुछ ऐसा लिखूँ जिसमें जीवन की अनकही दास्तानें छुपी हों.......।"

-" I see लेकिन आप तो बड़े छोटे रहे होंगें जब इस तरह के विचार आपके मन में घर बना रहे थे....?"

- "हाँ सार्थक, तब मैं कोशिश यही करता था जितने भी सब्जेक्ट हमें स्कूल में पढ़ाए जाते थे तो उनको realistic point of view से समझ सकूँ की उनके पढ़ने का असली मतलब क्या है क्यों ज़रूरी है यह सब जाना हिस्ट्री, भूगोल साइंस , मैथ क्या है? क्या है यह सब क्यों और कहाँ ज़रुरत पड़ती है इनकी जीवन में? कहाँ इस्तेमाल होता है यह सब? इसके beyond भी कुछ है तो वह क्या है। यह जीवन ऐसा क्यों है? क्यों यह सारे विषय की कताबें डिटेल्स में लिखी गई हैं? कैसे रहस्य हैं ये.......?"

सार्थक (चाय का आखरी घूँट लेते हुए)- I see .. .take it easy आकाश I mean . आपको सुनकर ऐसा लग रहा है की काफी गहरे thoughts थे तुम्हारे... खैर इन सब खयालों के बीच फिर आगे क्या हुआ? कैसे बढ़ी ज़िन्दगी आपकी? इधर कैफ़े कैसे पहुँच गए आप? यह सारा urban and traditional beautiful setup जिसे urban dhaba कहते हैं कैसे बनाया आपने?

"अरे इतने सारे सवाल .. एक ही पल में ..थोड़ा इत्मीनान रखो दोस्त...."

इतने में छोटू 2 चाय लेकर वहाँपहुँच जाता है। शायद मनजोत को अंदाजा लग गया होता है की इन दोनों का discussion थोड़ा लम्बा चलने वाला है इसलिए उसने छोटू को इशारा कर 2 और चाय भिजवाने का प्रबंध कर दिया होता है।

"चाय लीजिए ... आकाश जी

आप भी लीजिए सर ...."

सार्थक की तरफ देखते हुए....।

"Thanks छोटू ... काफी .smart लड़के हो 😊 .."

"छोटू एक मिनट रुक सार्थक कुछ खाओगे अब तो भूक लग आई होगी बातें करते करते?"

"नहीं आकाश चाय काफी है... आज दुपहर में तो खाना खाया ही था फिर आप तो जानते ही हो शाम को heavy नाश्ता कर लिया था कैंटीन में।"

" I see.. ठीक है छोटू तू जा फिर ... खाना आफ़िस में ही खाते हो की घर से लाते हो?"

"घर से लाते हैं एक कुक है वह बनाती है सबके लिए टिफन रोज़ ......।"

"हम्म..that's good . तो तुम जानना चाहते हो की यहाँ कैसे पहुँचे हम ....?

अजीब विडम्बना है जीवन की भाई यह भी ..।"

"अच्छा फिर देर किस बात की कह डालें ..।"

"मेरे पापा बिशम्भर नाथ श्रीवास्तव एक सरकारी नौकरी में थे। बचपन से अभाव में पले बड़े होने के कारण उन्होने बड़ी struggle की अपनी ज़िन्दगी में और बड़ी मुश्किल से एक अच्छी govt job हासिल की। वह FRI देहरादून में accountant थे ठीक- ठाक जॉब थी आफ़िस की तरफ से उन्हें रहने के लिए अच्छा बंगला मिला हुआ था।"

" मैं St Joseph's Academy में पढ़ता था। देहरादून का काफी नामी गिरामी स्कूल था वह, उन्होने बड़ी मेहनत और लगन से

हमारे घर को चलाया और मुझे भी अच्छी परवरिश दी..। मम्मी house wife थी.....। रोज़ की वही ज़िन्दगी चलती थी पापा आफ़िस जाते , मैं स्कूल जाता , मम्मी घर का ख़याल रखती। खाना बनाती हम दोनों के लिए फिर रात में डाइनिंग टेबल पे हम लोग खाना खाते ,कुछ बातें करते अपने दिन भर के experiences एक दूसरे से शेयर करते , थोड़ी देर टीवी देख कर कुछ बाते करते , फिर मैं अपने कमरे में जाके सो जाता। मम्मी पापा अपने कमरे में जाकर सो जाते और फिर अगले दिन वही चक्का चलता । हम सबकी ज़िन्दगी ऐसे ही चलती रहती थी......।"

"बस सिर्फ हफ़्ते के 2 दिन ही थोड़ा रिवर्स खेल होता था हमारे घर पे....।."

"Reverse खेल " interesting quote .. वह क्या? थोड़ा elaborate कीजिये? "

"वीकेंड पे पापा खाना बनाते और घर चलाने की सारी ज़िम्मेदारी खुदअपने ऊपर ले लेते थे।

मम्मी को एक दम काम नहीं करने देते थे। खुदसब संभालते थे खाना ऐसा बनाते थे की आप उँगलियाँ चाटते रह जाएँ .....। नाश्ते में जलेबियाँ समोसे कचोरी अलग अलग तरह के पकवान पापा बनाते और हमें खिलाते। लंच और डिनर में भी वह कभी कभी मटन या चिकन बनाया करते थे , वह भी इतना स्वादिष्ट की आप उँगलियाँ चाटते रह जाए।"

". मैं पल पल यही सोचता था की पापा पूरा हफ्ता काम करने के बाद इतना motivation कहाँ से लाते थे यह सब करने का... कौनसी ऐसी ताक़त या शक्ति थी जो उन्हें यह सब करने के लिया हौसला देती थी हमेशा यह सवाल मेरे दिल में बना रहता था ....."

"hmmm very different ... आपने कभी पूछने की कोशिश नहीं की पापा से अपने की वह इतना "*enthu*" कहाँ से लाते है?"

"मैंने कई बार उनसे पूछने की कोशिश की पर वह हमेशा मुझे छोटा बच्चा समझ के clearly कुछ बाताते नहीं थे। बस मेरे सर

पे हाथ फेरते हुए कहते थे की बेटा तुम अभी समझ नहीं पाओगे इन बातों को......।

तुम बस अपनी पढ़ाई लिखाई में ध्यान दो....।"

" हम्म काफ़ी *गहरी* बातें थी उनकी.. क्यों आकाश ....?"

"हम्म... और फिर जानते हो मैं जब मैं 10th class में था तब अचानक पापा ने फिर FRI की सब्सिडियरी IWST में ट्रांसफर ले लिया और हम सब Bangalore आ गए। I got admitted in St Francis College ..। खैर पढाई के standpoint से clean movement था , Admission हो गया मेरा यहाँ क्योंकि यहाँ SFC में भी same बोर्ड था , जो देहरादून में St Joseph's में था..। सो इसलिए मैं आराम से बोर्ड के exams में appear हो पाया और उसको डिस्टिंक्शन से पास कर पाया।"

" पर ताज्जुब की बात है की आपके फादर North से सीधे south आ गए। ऐसा क्यों किया उन्होने?"

"Basically मुझे काफ़ी देर बाद अंदाजा हुआ कि उन्होंने ऐसा क्यों किया... "

"शायद उस वक़्त उनको यह एहसास होने लगा था की आगे आने वाले सालों में इधर south में Bangalore में IT इंडस्ट्री seup होगी और वह खुदभी अपना *नया वेंचर* एक नईजगह पे शुरू कर सकते थे। Bangalore में मेंरी नौकरी और उनका नया वेंचर दोनों ही चीज़ें आराम से चल सकती थी। इसलिए उन्होने south मूव करने का फैसला किया।"

"पापा ने यहाँ आते ही सीधे कनारा बैंक से लोन लिया और फिर इधर OMBR Layout में सस्ती जमीन खरीदी उस जमाने में यहाँ जमीन के दाम करीब 2000 स्क्वेर फीट के करीब 6 लाख रुपय हुआ करते थे और फिर उसी ज़मीन पे उन्होने यह कैफे setup किया।"

"आपका कहने का मतलब है यह कैफ़े जहाँ हम बैठे हैं अभी?"

"हाँ यही कैफ़े जो तुम इतना बहुतरीन रूप से *सजा -धजा* देख रहे हो . .?"

"गज़ब आकाश भाई किधर है आपके पिताजी ...? मैं मिलना चाहूँगा उनसे अभी

?..*He has brilliantly designed this incredibly artistic café "*

आकाश (आँखों में आँसू आते हुए ..) - यही तो दिक्कत है कि उनको नहीं मिलवा सकता तुमसे .....

- " क्यों..... and why you started crying आकाश?"

- "क्योंकि अब वह इस दुनिया में नहीं रहे। कुछ सालों पहले जब मैं इंजीनियरिंग कॉलेज से पास आउट होकर IBM में जॉब ज्वाइन करने जा रहा था तब उनका देहांत हो गया था "

" उन्हें अचानक दिल का दौरा पड़ा और भगवान ने उन्हें हमसे छीन लिया।

all of a sudden मेंरी दुनिया बदल गई। मेंरी क्या मेंरी मम्मी की सबकी एक क्षण में सब ख़त्म हो गया।"

आकाश रुआँसा सा हो गया और बोला **..**

"कितना अजीब होता है न यार यह सब **...?**

इन्सान का कोई कन्ट्रोल ही नहीं है उसके जीवन पे या इस दुनिया में उसकी बनाई हुई गई किसी भी चीज पर...।"

सार्थक (आकाश के कंधे पे हाथ फेरते हुए)- I am sorry. मैं तुम्हें दुःख पहुँचाना नहीं चाहता था यह सब बातें करके .. मुझे बिलकुल भी idea नहीं था अंकल के बारे में ..।

छोटू थोड़ा पानी लाना।

आकाश (पानी पीते हुए) - अरे its ok तुम्हें कैसे मालूम होगा की मेंरी life में ऐसा कुछ घटा है ..।

जब बताऊँगा तभी पता चलेगा ना ..।

खैर कहाँ पे थे हम?

"आप यही बता रहे थे की अचानक से सब बदल गया आपके father के demise के बाद.।"

- "काफी दिक्कतों का सामना करना पड़ा हमें एक दम से ..। शुक्र है पापा की पेंशन का .... खाने पीने के लाले नहीं पड़े ..। घर चलाने लायक अच्छी पेंशन मिल जाती थी पापा को . ...। उनके इन्तेकाल के बाद मम्मी को वह पेंशन ट्रांसफर हो गई।"

"तुम लोगों का लोन pay हो गया है?"

– " हाँ पापा की कुछ savings थी उसी से हमने सबसे पहले इस लोन को खत्म किया अभी कुछ बकाया नहीं है .. Family pension पापा की आती ही है जो मम्मी को मिलती है।"

"आपके IBM की जॉब का क्या हुआ? ज्वाइन की आपने के नहीं?"

" यह एक बहुत बड़ा चैलेंज हो गया था मेरे लिए कि IBM में जाकर अपनी job join करूँ या अपने पिताजी का दिल से setup किया हुआ यह कैफ़े चलाऊँ?"

"Hmmm बहुत मुश्किल फैसला लेना था जहाँ तक आपके अपने जीवन का सवाल है ...."

" एक तरफ मेंरी बचपन से लेकर आज तक की पढ़ाई दाँव पे लगी थी। आज जब उसका फल मेरे हाथों में था,मेरा मनदुविधा में था किमैंउसे खाऊँ याठुकराऊँ.. और दूसरी तरफ मेरे दिमाग मेंवह सारे scene घूमते थे।वह सारे लम्हे जिन्हे मैंने मम्मी ने पापा ने साथ में बिताए थे , जिसमें पापा की खुशियाँ शामिल थी। उनका त्याग शामिल था। जिस तरह से उन्होने अपने कैफे खोलने के सपने को साकार किया था ,वो भी अपने रिटायरमेंट तक आते-आते.. , उनका वह मुश्किल हालातों से गुज़रना , मेंरी कान्वेंट स्कूल में पढ़ाई करवाना , फिर मुझे इंजीनियरिंग कॉलेज में दाखिला दिलवाना , मेंरी पढ़ाई फाइनेंस करना। आसान नहीं था यार यह सब उनके लिए...।जबकि वह एक सरकारी मुलाज़िम थे कितनी तन्खा होती थी उस वक़्त? वह 5 बहनों में अकेले भाई थे। सबकी शादी करवाना। पताजी का उनके जब वह 13 साल के थे तब ही देहांत हो गया थ। वह इन मुश्किल हालातों से जूझते हुए

बड़े हुए और अपनी खुदकी भी life बनाई और मुझे भी एक अच्छी परवरिश दी ..।"

आकाश pause लेता है थोड़ी देर के लिए.... फिर बोलता है...

"खैर आखिरकार उनका एक खूबसूरत सपना urban dhaba के form में जो सच हो गया था ... जो उन्हें ख़ुशी देता था ...एक ऊर्जा देता था रोज़ ज़िन्दगी को अपने तरीके से जीने की .... "

सार्थक - एक एहसास जिसे वह पिछले कई सालों से महसूस कर रहे थे , अपने हौसलों में शामिल किए हुए थे .., उनका साथ दे रहे थे और उसको मुमकिन कर दिखाया था ..... .।

आकाश -बिलकुल , जब मैंने इन बातों को गहराई से सोचा ..तब मुझे यह समझ में आया की मैं उनके efforts को ऐसे ही waste नहीं जाने दूँगा । जो सपना उन्होने साकार किया था , अपने जीवन में उसको जियूँगा उसको energy दूँगा और प्रगति की ओर अग्रसर करूँगा ..।

सार्थक -हम्मम यह सोच के फिर आपने जॉब नहीं ज्वाइन करने का फैसला किया और कैफ़े के काम को आगे चलाने का फैसला किया....।

"हम्मम correct बिलकुल सही analysis है तुम्हारी , यही हुआ ..।"

"आज आपके पिताजी जहाँ भी होंगे उनकी आत्मा कोशांति होगी कि आपने उनके कैफे की ownership ली और उसको अच्छे से चला रहे हैं।"

सार्थक - पर आपके अपने सपनों का क्या आकाश , आपके भी तो सपने होंगे ?आपकी भी तो अपनी निजी ज़िन्दगी है ..। उसका क्या?

"देखो .. काफी समय तक तो मुझे कभी clear नहीं था की मुझे क्या चाहिए अपनी life से , लेकिन जब यह situation खड़ी हुई पापा के demise होने के बाद , तब मैं सोचने पर मजबूर हुआ कीमेरा *लक्ष्य* आखिर जीवन में है क्या ? जिस तरह कि मैं स्कूल में पढ़े सब्जेक्ट

की रियल लाईफ में relevance ढूंढता रहता था उसी तरह से उस वक्त अपनी खुदकी life की existence , purpose और relevance के बारे में मुझे पता करना था।"

"अजीब बेचैनी महसूस हो रही थी मुझे , सीना बैठा सा महसूस होता था पापा के जाने से ग़मज़दा तो था ही एक डर भी था मन में कि कैसे सब चलेगा घर में क्योंकि mostly सब पापा ही संभालते थे घर की सारी dynamics ..बहुत confusion था mind में यह सोच के । दूसरी तरफ यह बेचैनी थी कि मेरे अपने सपने क्या हैं मुझे पता नहीं है और तीसरा angle यह भी था की पापा के सपने को ज़िंदा रखना बहुत ज़रूरी था as I knew *" how hard he had worked lifelong to achieve his dream "..*

"इन सभी बातों के चलते finally मुझे "एहसास " हुआ की शायद अगर मैं अपने पापा के dream को दिल से pursue कर ले जाऊँगा तो हो सकता है उनकी आत्मा को सुकून मिले।"

" तभी शायद मुझे अपने सपनों को पहचानने और जानने का मौका मिलेगा।"

" इसलिए कैफ़े चलाने के साथ साथ मैंने खुदको अपने बचपन के शौक़ से जोड़ के रखने के लिए creative writing को *pursue* करना शुरू कर दिया क्योंकि इस विषय मेंमेरा रुझान बचपन से था। मैं अच्छी कहानियाँ लिखना चाहता था रोज़ मर्रा के जीवन से , वह कहते है न Untold and Hidden Stories उनको दुनिया के सामने लाना चाहता था।"

-" हम्मम समझ सकता हूँ ... एक मिनट आकाश एक कॉल आ रही है ..। "

नेहा - अरे निरपेश कहाँ हो तुम मुझे लेने नहीं आए? तुम्हें ज़रा सा भी एहसास है कि करीब आधे घंटे से तुम्हारा वेट कर रही हूँ। कहाँ हो तुम यार?

फ़ोन म्यूट करते हुए?

"अरे आकाश time कितना हुआ है अभी?"

आकाश (**घड़ी देखते हुए**)- 9: 00 बज रहा है। .

निरपेश(खुद से बड़बड़ाते हुए) - shit नेहा मुझे खा जायेगी। उसने बोला था मुझे pickup करने के लिए आफ़िस से ...। उसको कुछ शॉपिंग करवानी थी ..। अब तो शॉपिंग भी नहीं हो पायेगी ...। क्या बोलूँ मैं उसको अब?..

निरपेश(फ़ोन unmute करते हुए)- नेहा मैं अभी पहुँचता हूँ। .. decidedtimeपे न पहुँच पाने के लिए ...I am sorry ...arriving soon alrite .. - यह कह के निरपेश फ़ोन रख देता है।

चलिए आकाश , मैं आपको कॉल करता हूँ अभी निकलना होगा ..। बढ़िया चाय पिलाने के लिए आपका बहुत बहुत शुक्रिया,, और हाँ काफी serious and engaging बातें हुई हमारे बीच आज ..।. . discussions जारी रखेंगे in topics पे ..bye for now ..

निरपेश parking lot से सीधे अपनी बाइक उठाता है और फर्राटे से नेहा की आफ़िस पहुँच जाता है करीब 10 बजे तक..।

नेहा अपने आफ़िस के एंट्रेंस गेट पेनिरपेशका बेसब्री से इंतज़ार कर रही होती है। तभी निरपेश अपनी बाइक उसके एक दम करीब लाकर रोकता है और फिर हेलमेंट उतार कर बोलता है अपने बालों पे हाथ फेरते हुए....

" सॉरी once again यार नेहा लेट हो गया मैं आने में ...."

नेहा परेशान होकर निरपेश को डांटते हुए बोलती है ..।

" Late ??.... "Extremely Late ok "... एक घंटे से मैं तुम्हारा इंतज़ार कर रही हूँ .. बिलकुल भी time की importance नहीं है तुम्हें। कहाँ गायब थे इतनी देर से??"

"अरे वह अर्बन ढाबा पे आकाश के साथ .."

नेहा (बीच में interrupt करते हुए)- अब यह आकाश से बात करना तुम्हारे लिए मेरे से ज़्यादा important हो गया .. बोला था न मैंने तुम्हें की उस बंदे से दूर रहो।.. कब समझोगे यार तुम?

"नेहा calm down यार I know की मेंरी गलती है की मैं लेट आया पे यार वह इतना भी खराब इंसान नहीं है जितना की तुम उसे समझती हो.I..."

"मैंने कब कहा की वह खराब है .. एक नंबर का चिपकू है बसI ..It really irritates .. me अगर कोई बहुत ज़्यादा चिपकता हैI.. .."

"अरे छोड़ो नेहा खैर हम आकाश को डिसकस क्यों कर रहे हैंI let's go for shopping ...."

"I told you न sometime back , time देखो घड़ी में its already 10:15 , तुम्हारे पापा की दुकानें नहीं है जो इस वक्त खुली रहेंगी ? अब चलो सीधे मुझे घर drop करो.. फ़िर कभी करेंगे shoppingI"

- " ठीक है as you wish चलो निकलते हैं .I."

निरपेश इस वक़्त नेहा के मूड को देखते हुए उससे और ज़्यादा बात नहीं करता है। इसलिए तुरंत उसकी बात मान लेता है क्योंकि उसको लगता है कि इस वक़्त नेहा की बात मान लेने में ही समझदारी है...I

फिलहाल नेहा निरपेश के बाइक के पीछे बैठती है और सीधे दोनों नेहा के घर पहुँचते हैं ..I

निरपेश नेहा को drop करता है उसके घर और सीधे अपने घर ..आ जाता है ..I

बेइज़्ज़ती

फिर सैटरडे को एक और वीकेंड शुरू होता है। हल्के ठंडे मौसम के बीच अच्छी धूप निकली होती है। निरपेश सुबह सुबह उठ के सीधे नेहा के घर चला जाता है। शायद वह इतनी सुबह उठकर नेहा

के घर इसलिए जाता है ताकी उसका मूड ठीक कर सके जो कल रात unfortunately ख़राब हो गया होता है खुदउसके लेट आने की वजह से।

सुबह का करीब 9:30 बज रहा होता है।

At नेहा 's place ...

दोनों के हाथ में कॉफ़ी के मग्स होते है ..। दोनों बाहर आँगन में पड़ी कुर्सियों पे बैठे coffee पी रहे होते हैं।

निरपेश(coffee का सिप लेते हुए) –नेहा ...और बताओ क्या चल रहा है? आफ़िस में सब बढ़िया?

"क्या बढ़िया यार same music I am playing everyday ... रोज़ वही issues को समझो , fix करो , post fixing run करके के देखो different environments में ..code deploy करो यही सब ही करती हूँ रोज़ दिनभर (हँसते हुए) .. अजीब सा खालीपन सा महसूस होता है ..। पर its ok.. चलता है शायद IT का environment ऐसा ही है ..। (coffee की घूँट लेते हुए नेहा खुद को एक्सप्रेस करती है।)

तुम बताओ how was your experience at work over the week ..?"

"कुछ नहीं यार इधर भी कुछ ऐसा ही है । अभी इस week appraisal discussion हुआ मेरा ?मैनेजरसाला ख़ुश नहीं है .... रेटिंग कुछ खास नहीं दिया इस बार....?"

"I see...

क्यों रेटिंग बिगाड़ दी उसने?"

"नहीं , पूरी तरह से बिगाड़ी तो नहीं है... काम तो मैं ठीक ही करता हूँ....बस एक प्वाईंट समझ में नहीं आया अपनी रेटिंग में...regarding improvement areas.....

बिलकुल भी हज़म नहीं हो रही है बात?"

"क्या लिखा है थोड़ा बताओगे?"

"यह कि he should work on his focus and concentration more and should contribute more as his work doesn't seem to be up to the mark at his level as per the expected standards at the industry .."

नेहा- I see.... **(एक और सिप कॉफ़ी का पीते हुए)** doesn't seem upto the mark ..that's rough man ..काफी dark बात लिखी है....।

– "हम्मम साली दिमाग से निकल नहीं रही है ....। दिल में चुभ सी रही है।

खैर coming back to his comment ..

What is your perception....? इस तरह की problem तुम्हें नज़र आती है मेरे day to day interaction में.. कि मेरा focus and concentration kind of stable नहीं है inconsistent है life में?"

"You know निरपेश ... *मेरे ऊपर तो तुम्हारा फोकस and कंसंट्रेशन ठीक ही लगता है मुझे।* 🙂 "

हँसते हुए...... नेहा तफरी लेती है निरपेश की।

"लेकिन, हाँ but कल हुए incident के बाद i think ... i need to again reaccess your performance towards me ... "

निरपेश- अरे यार नेहा तुम भी ना....। (**शर्माते हुए**)

"Just kidding वैसे can't say लेकिन अगर तुम्हारामैनेजरऐसा कह रहा है तो हो सकता है ऐसा होगा......... तुम्हारे काम में उसने observe किया होगा ... कहीं "

"he must have observed somewhere in your daily interactions and mails you sent over issues and discussion related to the project ....उसको कहीं से तो impression गया है कि तुम किसी परेशानी में हो .. जिसका effect तुम्हारे काम में उसे दिख रहा है। .. focus and concentration missing है।"

"हम्मम,I believe somewhere he has guessed that feeling कि मैं परेशान रहता हूँ...।"

"क्यों ...? कुछ और भी problem है? क्या हो गया? सब ठीक है घर पे। अंकल आंटी ठीक हैं?"

- "घर पे तो सब ठीक है पे मेंरी Life में कुछ ठीक नहीं चल रहा है।"

"ohh come on ....can I know निरपेश from you की क्या ठीक नहीं चल रहा है तुम्हारी life में?

एक अच्छी आईटी कंपनी में काम कर रहे , हो ठीक ठाक पैसा कमा रहे हो.. ।

AC में जा के बैठते हो और काम करते हो नो फील्ड वर्क...as such

शाम को time से घर आ जाते हो..।

घर पे कोई खाने पीने की टेंशन नहीं है। ठीक ठाक कुक लगा रक्खी है तुमने और तुम्हारे कॉलेज के फ्रेंड्स तुम्हारे रूममेंट्स हैं ...सब बढ़िया तो है।

"

"एक चीज़ शायद तुम भूल गयीं .... शाम को जिम भी जाता हूँ।"

"हाँ बॉडी भी बना रहे हो। you have good life यार निरपेश फिर distrurbance किस बात कि है तुम्हें?"

"यह सब तो ठीक है पे यह डेली का वही रूटीन पिछले 5 सालों से वही आफ़िस घर खाना टीवी सोना क्या है यह ? फिर अगले दिन same iteration के लिए चल देना आफ़िस यह सब क्या है यार ....रोज़ का same चक्कर?"

" It sucks यार। *इसके beyond भी निरपेश है कुछ* कि *सिर्फ इसी के लिए बना था ?"*

..मैं तंग आ गया हूँ यार ..... रोज़ रोज़ के इस *spiral* से .....!!. कब तक ऐसे चलेगा।?"

नेहा- (गुस्सा होते हुए) – hey hold on निरपेश, और क्या expect कर रहे हो हाँ तुम अपने आप से? कंप्यूटर साइंस से इंजीनियरिंग की , आईटी कंपनी में अच्छी नौकरी कर रहे हो ...अच्छा

करियर है तुम्हारे पास। इंजीनियरिंग नहीं करते तो और क्या करते तुम? जिस substandard engineering college से इंजीनियरिंग तुमने की थी उसके हिसाब से दस गुना अच्छी कंम्पनी में तुम्हारी नौकरी लगी है और जिसमें तुम इतने सालों से काम कर रहे हो और वैसे भी इंसान इंजीनियरिंग करता ही क्यों है अच्छी नौकरी पाने के लिए जो कि तुम्हारे पास है right। अब जब अच्छी नौकरी है तुम्हारे पास तो वह तुम्हें जम नहीं रही है। उसकी कदर नहीं है तुम्हें? this is indeed disgusting निरपेश..

"क्या मतलब है तुम्हारा नेहा? मैं अगर BSc या BA किया होता तो क्या कुछ न कर पाता life में ..? यह कहना चाहती हो तुम and by the way why are you commenting on my college..? तुम्हारा भी कोई ख़ास कॉलेज नहीं था ..यही..मेरा वाला ही कॉलेज था जहाँ सेपढ़ के तुम Infosys जैसी कंपनी में ऐश कर रही हो....""

हाँ तो मैं वह acknowledge करती हूँ। शिद्दत से नौकरी कर रही हूँ .... इनफ़ोसिस में !! तुम्हारी तरह रोती नहीं हूँ on a daily basis ...."

"अच्छा तो उस दिन क्या था? ... जब तुम बोल रही थी कि सुबह तीन बजे तक कोडिंग करती रही ....? were you not frustrated ..?"

"हाँ थी मैं frustrated , " *quality of work* " सेfrustatedथी,

तुम्हारी तरह नौकरी से नहीं...... 9 to 5 से नहीं ..... "

" और हाँ एक बात और सुन लो अगर तुम BA/BSc किए होते न आज तो जो यह तुम शान से R 15 लिए घूम रहे हो इधर उधर तो उसकी जगह हीरो साइकिल पे किसी सरकारी आफ़िस में जाते होते ....वो भी अगर गलती से सरकारी नौकरी मिल भी जाती तुम जैसे average performer को .!! .जो कि हमारे देश में आसानी से मिलती नहीं है ...! जिसे पाने के लिए लोग इधर उधर मारे-मारे फिरते हैं !... बात करता है ...!! नौकरी नहीं करनी है ....!. जाओ घर जाओ ..i don't feel like talking to you now , you are behaving like an immature brut who is thankless for what he has got.. जाओ यहाँ से i don't want to talk to you today .. .. बहुत काम हैं मुझे आज......!"

"हाँ मुझे भी कोई खास interest नहीं है तुमसे बात करने का further इस टॉपिक पे !

I am going bye .. "

निरपेश बहुत ही depressed और insulted फील करता है। फिर वह अपनी बाइक उठाता है नेहा के घर की पार्किंग से और सीधे अपने घर पहुँचता है। ..

घर पहुँचकर वह डाइनिंग टेबल पे ढका हुआ रखा खाना खाने की कोशिश करता है पर उसका ध्यान नेहा की बातों में ही कहीं खोया होता है। उसे पता भी नहीं चलता है की वह कब खाना खा के ख़त्म कर देता है। इत्तेफ़ाक़ से उस दिन वह घर पे अकेला ही होता है। वह अमितेश और रितेश के रूम में जाकर देखता है लेकिन उसे दोनों में से कोई दिखाई नहीं देता है। मन में बेचैनी लिए फिर वह अपने रूम में जाकर सोने की कोशिश करता है।। आँखें बांध करके लेटता तो है लेकिन नेहा के घर पे घटे scenes उसके दिल और दिमाग में घूमते रहते है ...।

उसे नींद नहीं आती है ..। करवटें बदलता रहता है लेकिन नेहा के शब्द उसे जकड़े रहते हैं है ..। करीब 5 बजे वह फिर से उठ जाता है.।

एक बार फिर दोनों के रूम में देखने जाता है लेकिन उसे कोई दिखाई नहीं देता। फिर वह सोचता है की उन्स्कीmobileपे कॉल करे पे कुछ सोच के फ़ोन उठा के तुरंत रॉक देता है।

मनमें कहता है

" खुदही कुछ जुगाड़ करना पड़ेगा इस फीलिंग से डील करने का .. अपने दोनों भाई कहीं बिजी हैं आज।"

"बिलकुल भी नींद नहीं आई आँखें कितनी भारी हो रही है सर में दर्द भी स्टार्ट हो गया है।"

नेहा की सारी बातें उसके दिमाग को पूरी तरह से घेरे रहती हैं।

बहुत दिल दुखाया था उसने निरपेश का आज अपनी कर्कश बातों से।

निरपेश(खुद से बात करते हुए) - कितनी गंदी बातें नेहा ने मेरे बारे में आज बोली .. " ठीक है स्कूल में academics में मैं एक average student था और ICSE aur ISC में अच्छे मार्क्स नहीं आए थे मेरे लेकिन इंजीनियरिंग में आकर तो मैंने अपने को सुधार लिया था तो क्या हुआ अगर अच्छे इंजीनियरिंग कॉलेज में एडमिशन नहीं हुआ मेरा लेकिन I passed out my engineering in honors ..बात करती है average performer बोलती है .. । लगता है बहुत low callibrate करती है मुझे।

खैर चाय बनाता हूँ ..। सर में भी भयानक दर्द अब शुरू हो गया है। एक तो यह साली Bangalore में गर्मी कहाँ से आ गई है। आजकल गर्मी भी ज़्यादा लग रही है ..। 5 बजे यह हाल है भाईसाहब.....। खैर डिस्प्रिन खाता हूँ। चाय पीने से पहले कम से कम दर्द तो कम होगा।

निरपेश एक बिस्कुट खा के डिस्प्रिन खाता है......... ताकि सर के दर्द से उसे थोड़ी राहत मिले ।

फिर चाय का गिलास हाथ में लिए थोड़ी देर के लिए आराम से बैठने की कोशिश करता है bean bag पर और धीरे से टीवी खोलता है। वही हमेशा की तरह बेचैनी में चैनल्स पलटता है पर कहीं किसी चैनल पर टिकता नहीं है कुछ देखने के लिए और झक मार के आखरी में टीवी बंद कर देता है ..।

इतना सब के दौरान थोड़ेtimeमें उसका सर का दर्द ख़त्म हो जाता है, लेकिन दिमाग में उसके नेहा की कही कर्कश बातें घूमती रहती हैं..।

वह उन बातों से उसी वक़्त निजात पाना चाहता है, पर उसे कोई ज़रिया नज़र नहीं आ रहा होता है अपना मन हलकाकरने के लिए ..। शायद उसके कॉलेज के दोस्त उस वक़्त अगर घर पे होते तो शायद

वह उनसे अपने मन की बात करके अपने मन को हलकाकर पाता..। पर वहाँ पर भी उसे निराशा ही हाथ लगी थी। रितेश और अमितेश दोनों में से कोई भी नहीं था घर पे ..उस वक़्त ..।

सार्थक फिर कुछ सोच के फ्रिज की और बढ़ता है और Smirnoff की बोतल निकाल लाता है ... ..। फिर कुछ सोच कर मन में बोलता है " लगता है आज अकेले ही पीनी पड़ेगी " निरपेश हमेशा अपने दोस्तों के साथ ही पीना पसंद करता है लेकिन शायद आज की situation उसे अकेले पीने पर मजबूर कर देती है ..।

साथ में 7 अप और कुछ अलमारी से नमकीन भी निकाल लाता है खाने के लिए ... ..।

फिर टीवी के सामने एक छोटी टेबल पे सारा सामान वह रखता है और खुदबीन बैग पे बैठ जाता है .. ..।

मन कीशांति को पाने की आशा में वह वापस से टीवी खोलता है और म्यूट का बटन दबाके MTV hd खोल के बैठ जाता है और उसे लगातार टिकटिकी लगाए देखता रहता है ..।

तुरंत दारू का एक "पटिआला पैग" बना के वह खुदको चियर्स करते हुए बोलता है ..।

"एक जाम निरपेश की नेहा द्वारा पिलाई के नाम ..।

यह बोलकर वह यह ग़म का घूँट पी जाता है ..।

अमितेश अचानक से उसी वक़्त एक दम सहीtimeपर घर में enter करता है ... ..।

अमितेश – अबे क्या बड़बड़ा रहे हो... ..? और यह क्या हमारे बिना पी रहे हो अकेले अकेले .. ..?

- "कुछ नहीं बे और बताओ, मेंरी जान कहाँ थे बे कमीने सुबह से ...?

इतनी देर तक इंतज़ार करने के बाद झक मारकर आखिरकार अकेले ही बोतल खोलनी पड़ी ..।"

"अच्छा ... ऐसी बात है? क्या बताएँ यार कुछ नहीं साला सटरडे को भी चैन नहीं हैमैनेजरको ... ..। आज बुला लिया काम करने के लिए ... ..। पूरा दिन ठोक दिया बे साले ने मेरा आफ़िस में ... ..।"

" निरपेश लहराते हुए ,," - अबे ... तू घर पे भी रहता तो साले क्या उखाड़ लेता .. ..?? . ऐसे ही पड़ा सोता रहता घर में ... । किसी कोने में थकान मिटाता रहता आफ़िस की पूरे हफ़्ते की. ..।..

अमितेश तुरंत टीवी की तरफ देखते हुए बोलता है ,

"साला दारू तो तुम पी रहे हो वह समझ में आता है , पर यह MTV म्यूट पे चूतिये क्यों सुन रहे हो ..? 😊 (हँसते हुए अमितेश बोलता है .. ।..) "

"अबे क्या बोल रहे हो, म्यूट पे हैं ? पर यार हमें तो गाना सुनाई दे रहा है ..सुनो..

" राह में उनसे मुलाक़ात होगई , जिससे डरते थे वही बात हो गई "..

"अबे यह गाना आ तो रहा है टीवी पे , पर साले आवाज़ तेरे मुँह से आ रही है चरसी ...., , टीवी से नहीं, ..। हँसते हुए 😊

"कितने पैग लगाए हो बे, जो दिल से गाने तेरी लड़खड़ाती ज़बान से इस कदर निकल रहे हैं ..? किसने मारी बे तेरी.....?"

"अबे वही साली नेहा..!! पता नहीं क्या समझती है अपने आपको...?"

- "i see नेहा ने मारी है भाई की, क्या बात कर रहा है यार तू?"

पर यार ...?

अमितेश पैग बनाते हुए और हाथ में कश लेते हुए बोलता है "वह तो सीधी लड़की है बे .. !! कॉलेजtimeसे अपन लोग उसको जानते हैं ..वह समझती है तुझे भाई..। She is sensible यार "

"अबे कहाँ की sensible, साली भूल गई की चारों साल किसने उसको पढ़ाया लिखाया है . .।."

" एक मिनट (अमितेश एक घूँट लेते हुए दारू का बोलता है), साले उसके माँ बाप ने उसको पढ़ाया लिखाया है इंजीनियरिंग कॉलेज में, तू कहाँ से आ गया ..बे ?"

"अबे मेरा मतलब है की सेमेंस्टर exams में, साली मुझसे मेरे notes माँगने आ जाती थी.., और मेरे notes से पढ़ कर exams में अच्छे नम्बरों से पास हो जाती थी....।"

" तुम साले एक नंबर के चूतिये थे, पहले रात रात जग जग के पढ़ाई करके notes बनाते थे, और सुबह उसको दान में दे आते थे ..। साले मेहनत तू करे और मिठाई वह खाये...।

भाई चरण कहाँ है तुम्हारे .... धो के पीना चाहूँगा . .।. भगवान ऐसे लौंडे लड़कियों को देश के हर एक इंजीनियरिंग कॉलेज में भारी संख्या में .... देता रहे ,देता रहे ..।"

"साले तफ़री ले रहे हो मेंरी .. ले लो राजा तुम लोगों के लिए सड़क पे नंगा भी हो जाऊँगा .. पर एक बात बताऊँ यार तुझे पता नहीं है नेहा में एक अलग सी कशिश है ..!!

एक मैग्नेटिक चार्म ,, साला सुबह होते ही मैं अपने रग-रग में एक खिचाव सा महसूस करता था हॉस्टल में ...और वेट करता था की कब classes शुरू हो और मैं नेहा के करीब जाकर बैठूँ।, उसको निहारता रहूँ पूरी क्लास में एक ताज़गी सी देती थी उसकी हर एक अदा....।"

"भाई एक मिनट ,, थोड़ा ज़्यादा हो रहा है ठीक है.. साले वह सिर्फ एक normal लड़की थी .. with good features .. तुम साले ऐसे बोल रहे हो जैसे कटरीना कैफ तुम्हारी क्लास में पड़ती थी ..।

..देख दारू पी रहा हूँ एक दम क्लीन बोल रहा हूँ। तुमने साले उसके इतने भाव चढ़ा रख्खा थे कॉलेज में , तुम और साले रितेश , जब देखो नेहा यह नेहा वह करते रहते थे।"

"यार नेहा थी कुछ ऐसी .."

अबे रितेश तो घर में नहीं है ..।,

"अबे अंदर ही है। "

"साले मरवाओगे क्या तुम ..? "

"अरे अरे मज़ाक कर रहा हूँ .. नहीं भाई धीरज रख .. सन्नाटा है घर में .. देख टीवी भी म्यूट पे है..।"

"अबे अब तू देख मैं कितना बड़ा चरसी हूँ तुझे बता रहा हूँ की टीवी म्यूट पे है , लेकिन फिर भी उसे अनम्यूट नहीं किया ..गज़ब चुतियापा है भाई।,"

"क्या बात है भाई आज सही पहचान दे रहा है अपनी काफी दिनसे revision नहीं हुआ था 😊 .."

- "साले कमीने , अच्छा अब मस्ती बंद कर यह बता हुआ क्या आज ..कैसे मारी नेहा ने तेरी?......"

निरपेश, पूरे दिन में पहली बार अचानक बने मस्ती के माहौल में जोकि अमितेश के घर में आने से बन गया थोड़ा सा comfortable महसूस कर रहा था उसकी कंपनी में। खैर दारू के नशे में ज़बान उसकी अभी भी लड़खड़ा रही थी but पहले से काफी बेहतर महसूस कर रहा था.. क्योंकि अपने दोस्त से अपने दिल की बात कर रहा था .।. शायद इंजीनियरिंग कॉलेज के दोस्त कुछ ऐसे ही होते है की आप कुछ भी बात कर सकते हैं उनसे और अपने मन को हलकाकर सकते है......।

"कुछ नहीं यार, मेरे मैनेजरने ओके टाइप रेटिंग दी मुझे और एक गन्दा कमेंट लिख दिया है मेरे appraisal में की काम में मेरे focus और concentration में और सुधार लाने की ज़रूर त है ..।"

अमितेश (बीच में interrupt करते हुए) - साला इतना भददा कमेंट ..भाई तेरी तो जल गई होगी यहपढ़ कर .. साले stud लौंडों की इतनी बेइज़्ज़ती..!!

"वही यार, इतना अजीब मुझे कभी नहीं लगा यार ,मेरा मतलब है प्रोब्लेम्स सबकी life में होती हैं ., मेंरी life में भी हैं , लेकिन मेरे काम को ले के कोई कमेंट करे वह मुझे accept नहीं हो पा रहा था ....। "

"हम्मम , can understand .. खैर फिर आगे क्या हुआ ..?"

"कुछ नहीं ऐसे ही आज सुबह नेहा के घर पे चाय पी रहे थे अचानक से बातों बातों में मुझे लगा की नेहा से इस event के बारे में बात करूँ उसका view लूँ इस बारे में । मैंने अभी उसे बताया था की ऐसा ऐसा हुआ है और क्या उसे भी ऐसा लगता है की मेरा कंसन्ट्रेशन

नहीं है आजकल ,which was just a normal thing to ask ... ! and ...?"

Hmmm फिर वह भड़की क्यों?

"पता नहीं यार क्या हुआ उसे अचानक से जब मैंने उसे कहा की मैं यह रोज़ रोज़ की एक जैसी चलने वाली ज़िन्दगी I mean यह रोज़ रोज़ की नौकरी के around बंधी हुई ज़िन्दगी से तंग आ गया हूँ and i am feeling myself struck in a regular mundane routine, तो अचानक से भड़क उठी मुझ पे और न जाने कहाँ कहाँ की खरी खोटी सुना डाली ,.. बहुत बेज्जती की मेंरी यार।"

"हाँ तो तुम बेफकूफ हो साले , उसको insecure कर दिए जाके , यह सब बातें बता के अपनी feelings के बारे में ..क्या ज़रूरत थी rating के बारे में बतानी की ...? अपनी नीची करने में उसके सामने मज़ा आता है तुझे? तेरा focus और concentration नहीं है काम में इसमें नेहा क्या बता पाती? यह तेरा और तेरे आफ़िस के बीच का मामला है और साले यह क्या बकर पेल के आए हो तुम उसे कि नौकरी के रोज़ रोज़ के रूटीन से चट गए हो? कौनसी ऐसी महिला होगी इस भारत देश जो तेरी इस बात पे नहीं भड़केगी? बता ज़रा?!"

"रुक इधर ज़रा अपना दाया गाल दिखा? हम्म्म शुक्र है नेहा के हाथों की छाप नहीं है। बच गए तुम साले , की थप्पड़ नहीं पड़ा तुम्हें उससे ... , नहीं तो साले ऐसा कंटाप पड़ता नेहा का तुझे की दिमाग ठिकाने आ जाते तुम्हारे।"

निरपेश(Smirnoff का घूँट लेते हुए) - नहीं यार कैसे नहीं बताता उसे , mostly मैं सब share करता हूँ अपनी life के बारे में उससे?

-" क्यों बे तुम्हारी बीबी है, जो उसे सब कुछ बताते हो ..?"

"अबे बीवी है तो नहीं पर बन जाएगी कुछtimeमें,
साले इतने सालों का प्यार है मेरा और नेहा का..!!"

" ओह hello , क्यों बे FOSLA के अध्यक्ष वन साइडेड लवर !! ... उसने आजतक तुझसे कभी इज़हार किया है कि वह तुझसे बहुत ज़्यादा प्यार करती है...? बोल...?."

"नहीं यार officially तो propose नहीं किया है... न ही उसने और न ही मैंने।"

"अबे personally भी नहीं किया है गधे....."

"लकिन मैं जानता हूँ उसके अंदर भी मेरे लिए feelings हैं।"

"क्यों?... just because कि वह तेरे साथ घूमती फिरती है , तुम साले सोचते हो कि तेरी गर्लफ्रेंड है ..? साले रोमियो की...!! तुझे पता नहीं है कि इंजीनियरिंग कॉलेज की लड़कियाँ कितनी चालू होती है , एक साथ कितने लड़कों के साथ धूमती हैं।"

"क्यों और किसी के साथ भी घूमती है क्या आजकल?... "

"और क्या ....मैंने उसे कई लौंडों के साथ टहलाते देखा है। mean collegetimeसे specially during the last two years of our college .. और अब यहाँ Bangalore में भी उसके रंग कुछ ख़ास बदले नहीं हैं। You know मेरे आफ़िस और उसके office के बीच में एक ccd है टेक पार्क में ..?"

"right CCD तो है।"

"हाँ तो बे सुन.. मैं जितनी बार भी वहाँ शाम 4 बजे कॉफ़ी पीने जाता हूँ , एक लौंडा हमेशा से उसके साथ होता है , उसे वहाँ कंपनी दे रहा होता है ..।"

निरपेश(एक घूँट पर तुरंत एक और घूँट लेते हुए) - i see , .. काफी स्मार्ट लौंडा है?

इस वाक़्या के साथ पूरा भरा गिलास ख़त्म कर देता है एक साँस में निरपेश

"हाँ भाई स्मार्ट लौंडा है ... *लहीम शहीम* है एक दम...

और कई बार तो दोनों को मैंने एक दूसरे से गले मिलते , एक दूसरे के गाल पे kiss करते और हाथ में हाथ डाल कर वहाँ घूमते हुए भी देखा है।

यह सुनते ही अचानक से निरपेश को उलटी आ जाती है.. क्योंकि उसने बहुत ज़्यादा पी रखी होती है ...और वह wash basin की तरफ भागता है ....।

अमितेश उसकी मदद करता है ..... और उसको वापस सुला देता है अपने कमरे में जाके ,..... उलटी हो जाने के बाद।

फिर खुदअपने कमरे में अपने आप से बोलता हुआ चला जाता है ...

" भाई भगवान ही मालिक है इसका !! ..

बावला हुआ पड़ा है नेहा के चक्कर में ...। "

प्रॉब्लम्स

अगले दिन संडे शुरू होने के साथ ही निरपेश खुदको धीरज की आबोहवा में बहुत बेचैन महसूस करता है। उसके दिमाग में उस वक़्त दो बातें सबसे ज़्यादा उसका भेजा गरम कर रही होती हैं : पहली की सीसीडी में रोज़ किसको लेकर आती है नेहा कॉफ़ी पीने ? वह लम्बा लहीम शहीम लड़का कौन है जो उसकी life में recently दाखिल हुआ है .. और दूसरी , जो उसकी बेइज़्ज़ती नेहा ने की है उसका वह क्या करे ..? उसकी तीसरी परेशानी जो सबसे ज़्यादा उसपे हावी है उससे तो वह अंदर ही अंदर बहुत ज़्यादा परेशान चल रहा है दिन प्रतिदिन उससे तो हम सब वाक़िफ़ ही हैं।

इन विचारों की टकरार में उलझे हुए वह सुबह की चाय पी रहा होता है Dheeraj के courtyard में।

सार्थक (सोचते हुए खुद से बात करते हुए)- चारों तरफ से लगी हुई है अपनी क्या किया जाए कुछ समझ में नहीं आता।

खुदसे चिंता ज़ाहिर करते हुए सार्थक सेलफोन अपने lower की जेब से निकाल कर - Whatsapp पे messages भी चेक करने लगता है in parallel .

अचानक से उसका फ़ोन ब्लिंक करने लगता है। फ़ोन पे आकाश का नंबर आने लगता है ..something like " आकाश Calling " on his Android Phone ..

-"hello आकाश सर how are you? बस आपको ही याद ही कर रहा था.. "

"hello सार्थक कैसे हो?"

"बस ठीक हूँ, अभी जस्ट डे शुरू करने की सोच रहा था, समझ में नहीं आ रहा था कहाँ से शुरू करूँ, इतने issues चल रहे हैं..life में इस वक़्त कि कहने को नहीं । "

"अरे chill करो सार्थक..... तुम सार्थक हो तुम्हारे पास तो हर चीज़ का solution होना चहिए boss ... ज़्यादा दिक्कत है तो इधर आ जाओ कैफ़े पे आराम से बैठ के बातचीत करते हैं..।"

"हाँ ज़रूर बिलकुल आता हूँ in an hour or so .. "

आ जाओ ..।

सार्थक करीब एक घंटे में नहा धो के पहुँचता है आकाश के पास ..।

आज बातों का रुख थोड़ा पलटता है दोनों के बीच ..।

सार्थक इस कदर अपने इश्यूज से बेचैन होता है की उसे इस वक़्त अपने आसपास किसी एक की ज़रूर त होती है जिससे वह अपने इश्यूज शेयर कर सके .. और थोड़ा कम्फर्टेबल फील कर सके ..।

Around 11 am Sunday Morning : At Urban Dhaba premises ..

सार्थक और आकाश अगल बगल बैठे होते हैं हैं चारपाई पे ...।

बातचीत शुरू होती है उसी बीच मनजोत 2platesजलेबी लाकर रख देता है सार्थक और निरपेश के बीच में ..।

आकाश (जलेबी ऑफर करते हुए निरपेश को) -यह खाओ अब यह बताओ क्या problem है ..?

"अरे वाह जलेबियाँ ....मुँह में पानी आ गया। आकाश आपको शायद मेंरी पसंद नपसंद का अंदाजा होना लगा है .. .। "

"अरे उस दिन की तरह आज देखो समोसे रह गए वह भी तो I think तुम्हें बहुत पसंद हैं वह भी मंगवाएं क्या? वैसे भी नाश्ते काtimeहै।"

"नहीं सर समोसे पसंद तो बहुत है लेकिन gym में इतना पसीना बहाते हैं फिटनेस रखने के लिए तो उसके लिए समोसे से दिल्लगी थोड़ी कम रखनी पड़ती है। "

"अच्छा funny खैर you narrate your problem now .."

"problem कहाँ से बताना शुरू करूँ आकाश भाई कुछ समझ में नहीं आ रहा है।"

"i see मतलब प्रॉब्लम्स का पिटारा खोले बैठे हो? "

आकाश सार्थक की चुटकी लेता है।

"अरे नहीं ऐसे ही अजीब टाइप कि प्रॉब्लम्स हैं .. सारी की सारी।"

- "अजीब टाइप कि प्रॉब्लम्स हैं तभी तो हम दोनों यहाँ आके बैठे हैं ताकि उनको डिसकस किया जा सके उनकी गहराईयों को महसूस किया जा सके और उनका solution समझा जा सके। "

"सही कह रहे हैं आप आकाश ....।"

"cool तो फिर बताओ ..?"

"अरे आकाश कल मैं नेहा के यहाँ गया था.। ऐसे ही परसों शाम को basically मेरे लेट हो जाने कि वजह से वह शॉपिंग पे नहीं जा पायी थी और थोड़ा upset थी तो सोचा उससे सुबह मिलकर उसका मूड थोड़ा ठीक कर दूँ ..। इसलिए सुबह सुबह उसके घर पहुँच गया था मैं।"

"i see नेहा वही तुम्हारी फ्रेंड जिसके बारे में तुम उस दिन मुझे बतायें थे जब हम first time मिले थे ..।"

"हाँ वही नेहा .।."

"हाँ तो फिर आगे क्या हुआ बोलो ..?"

"अरे हुआ कुछ नहीं ऐसे ही हम दोनों चाय पी रहे थे साथ में उसके घर के गार्डन में ,ऐसे ही regular बातें चल रही थी हमारे बीच..ऐसे ही बात करते करते अचानक से वह मुझ पे बरस पड़ी और मुझे खरी खोटी सुना डाली .. । जबसे उसके घर से लौट के आया हूँ तबसे मन बहुत खराब है मेरा ....।"

"hmmm i see ... तो यह बात है?"

"दरअसल एक हफ़्ते पहलेमेरा appraisal आफ़िस में मेरे मैनेजरने किया । Appraisal ओवरआल ok है पर कुछ ख़ास अच्छा नहीं है ..।"

"हम्म्म appraisal यानी कि तुम्हारा performance at work over the year evaluate किया है तुम्हारेमैनेजरने?"

"हाँ correct , उसने एक improvement area लिखा है कि मेरा अपने काम में उतना फोकस नहीं है जितना कि होना चहिए industry में अपने लेवल पर । कम है उसे improve करना होगा।".

"हाँ काफी गहरी बात लिखी है .. लेकिन अजीब भी है . उसको कैसे महसूस हुआ की तुम काम में ढंग से फोकस नहीं कर रहे हो ..?"

"note sure आकाश यही बात तो मुझे समझ में नहीं आ रही है ...की उसको क्या देख के ऐसा feel हुआ .. मैं अपना काम जो की मेरे हिस्से का होता है वह तो ख़त्म करके निकल लेता हूँ रोज़ ..।"

"I see फिर कहाँ फोकस नहीं है राजा? बात कुछ चमकी नहीं तुम्हारेमैनेजरकी ।"

निरपेश (चाय की चुस्की लेते हुए)- वही ..!

"anyway नेहा के साथ क्या हुआ फिर?"

"अरे हाँ वही नेहा को जब मैंने यह बातबताई पहले तो वह उसे lightly ली और normal react करी।"

" अच्छा फिर भड़की कब?"

"भड़की तब जब मैंने उससे कहा की मैं यह रोज़ की ज़िन्दगी से परेशान हूँ, रोज़ आफ़िस घर आफ़िस घर टीवी आफ़िस घर .. करता रहता हूँ और मेंरी ज़िन्दगी किसी भी दिशा में नहीं जा रही है ... बोर हो गया हूँ यह रोज़ के iterations से।"..

". हम्म्म तो यह बात है .. ? ."

"अरे यह खालीplatesले जाओ छोटू ज़रा।".

"देखो उसका भडकना वाजिब है ..।"

"वह कैसे ..?"

"अच्छा यह बताओ पहले .. थोड़ा personal सवाल है ..क्या मैं पूछ सकता हूँ?"

"जी बिलकुल ,, आपसे तो मैं बहुत comfortable हूँ कुछ भी share करने में...।"

"हम्म्म that's nice to know .. "

"हाँ तो आप क्या जानना चाहते हैं यह बताएँ? .."

"सार्थक यह बताओ , कि नेहा तुम्हारी दोस्त है? या गर्लफ्रेंड है? क्या है status क्या है उसका तुम्हारी लाईफ में अभी.........?"

" interesting question !! .. सर अगर आप मेंरी नज़रों से देखें तो हाँ मैं ज़रूर उसे अपनी गर्लफ्रेंड समझूंगा लेकिनअगर नेहा की नज़रों से आप मुझे देखेंगे तो मैं सिर्फ आपको उसका दोस्त दिखूंगा बॉयफ्रेंड नहीं .. तो फिर आप समझ लीजिए कि वह मेरे लिए क्या है ..।"

"अरे वाह सार्थक क्या analysis दी है जैसे कि किसी शॉर्ट स्टोरी का synopsis हो .. एक बार में सारी कहनी समझ में आ गई तुम्हारी ।"

hey hey ..my pleasure sir

- " खैर jokes apart तो इसका मतलब है की तुम उसको पसंद करते हो but she has not accepted you still? ... in those terms right?"

"जी हाँ infact हम दोनों ने इंजीनियरिंग साथ में की है एक ही कॉलेज से और करीब 8 सालों से हम एक दूसरे को बहुत अच्छी

तरह से जानते हैं ..। पढ़ाई और हर तरह की struggle सब साथ में *handle* की है हम दोनों ने .।. काफी जुड़े रहे हैं एक दूसरे से पिछले कई सालों में mentally and emotionally ..!!"

" We share a close companionship with each other 😊 "

"फिर भी वह तुम्हें एक दोस्त से ज़्यादा और कुछ नहीं समझती है?"

"हम्मम शायद .. वहीangleमुझे समझ में नहीं आता ..।. लेकिन उस दिन सुबह वह इतना परेशान क्यों हो गई जब मैंने उसे कहा कि मैं इस रोज़ की बंधी-बंधी ज़िन्दगी से खुश नहीं हूँ। इतना anxious होने की क्या ज़रुरत थी उसे .. क्यों आकाश आपको क्या लगता है?"

"हम्मम यहाँ पे एक *twist* लगता है .. शायद तुमने उसको *insecure* कर दिया यह सब कह के ! .. "

"insecure? didn't get कैसे आकाश ..?"

" देखो,लड़कियाँ अधिकतर lifelong सिक्योरिटी देखती हैं when it comes to there life and choosing a life partner for marriage .. वह कभी भी एक *unsettled* लड़के के साथ अपनी आगे की ज़िंदगी नहीं देखना चाहेगी ..।"

- "पर मैं तो settled हूँ?"

" हाँ बाहर से दखने में settled तो हो , पर *अपने mind में, अपनी जॉब को लेकर सेटल्ड नहीं हो।*

उस दिन तुमने अजीब सी बात की उसको ..।"

"अजीब जैसे की..?"

"अजीब इस तरह से कि तुमने उसे यह express किया कि आप इस stable job और उससे जुड़े lifestyle से खुश नहीं हो और कुछ और करना चाहते हो । तुम्हारी इस बात ने उसे काफी परेशान किया कि सार्थक ऐसा क्यों सोच रहा है........?"

"वह क्यों छोड़ना चाहता है अच्छे खासे settled career को........?"

"I see yeah now i can sense it a bit ..... तो इसका मतलब यह है की

वह कहीं न कहीं दिल में मेरे लिए सोचती है?"

"अरे छोटू ज़रा एक चाय और लाना ....."

आकाश एक चाय और आर्डर करता है अपने लिए

"हम्मम interesting observation ...... पर to be very frank कह नहीं सकते सार्थक कि उसके दिल में क्या चल रहा है तुम्हारे लिए गुरु.. मैं उसको इतना ज़्यादा जानता नहीं हूँ..... जितना की तुम जानते हो I believe तुम बेहतर बता सकते हो ..."

"but even i am confused .. .."

- " लेकिन एक बात बताओ तुमने इतने सालों में उसे propose नहीं किया क्या एक बार भी उसकी फीलिंग्स को check करने के लिए अपने लिए?"

"नहीं हिम्मत नहीं हुई आकाश जी , इसलिए क्योंकि मुझे डर था की कहीं propose करने के बाद हमारी इतनी गहरी दोस्ती जो है कहीं वह टूट न जाए......? और अगर ऐसा हो जाता तो मैं एक दम अकेला हो जाता इस शहर में। .. "

"क्यों तुम्हारे और दोस्त नहीं है इस शहर में ? तुम्हें ऐसा क्यों लगता है कि सब कुछ ख़त्म हो जाएगातुम्हारे लिए अगर उसने मना कर दिया तो ..?"

"आकाश देखिए दोस्तों की बात अलग होती है और गर्लफ्रेंड की अलग। मैं अपनी आगे की life नेहा के साथ visualize करता हूँ। मुझे उसका साथ बहुत अच्छा लगता है एक अलग सी ख़ुशी मिलती है जिसको सिर्फ वही फील करा सकती है और कोई नहीं। .. मेरे दोस्त भी नहीं भर सकते उस part of my life को ..I दोस्तों के साथ एक अलग experience होता है in comparison to जो नेहा के साथ होता है। उनकी presence एक different level का comfort देती है।

- "तो इसका मतलब नेहा तुम्हारी Dream Girl है right?"

"Yes सच में वह है..।"

- " तो तुम किसका इंतज़ार कर रहे हो ? propose क्यों नहीं करते उसे? पता तो चले उसके दिल में क्या है तुम्हारे लिए?"

"अरे आकाश बताया न आपको की क्या परेशानी है? मैं उसको दुःख नहीं पहुंचाना चाहता...? उसे खोना नहीं चाहता मैं ..।"

"हम्म्म पे एक बात तो है बहुत भवर हैं तुम्हारे केस में .. एक बार सारे पहलू खोलते हैं और लिंक करते हैं सारे पहलुओं को ..।"

- " सार्थक अपनी current नौकरी से खुश नहीं है कुछ और करना चाहता है जिससे उसे ख़ुशी मिले ज़िन्दगी में ..।

नेहा जो कि उसकी बहुत ही करीबी दोस्त है जिसे वह चाहता भी है और शादी करना चाहता है वह उसके इस फैसले से खुश नहीं नज़र आती है ..।

अब वह क्यों खुश नहीं है , इसलिए कि वह उससे प्यार करती है और वह नहीं चाहती कि सार्थक अपने जस्बातों में आकर कोई गलत फैसला ले........ अपनी चल रही स्टेबल ज़िन्दगी को लेकर।

या फिर सिर्फ एक अच्छी और *गहरी दोस्त* होने के नाते सार्थक को समझा रही है और गुस्सा कर रही है की वह यह काम न करे .. । "

" सार्थक इन बातों की वजह से उलझन में है की अब अगला कदम वह अपनी life में क्या ले right? .. यही scenarios हैं न सार्थक तुम्हारे?"

" एक scenario और भी है आकाश (चाय का एक लम्बा घूँट लेते हुए) मैं काफी ज़्यादा परेशान हूँ।"

"समझा (हँसते हुए) तो एक और छुपा हुआ angle है बंधू... तुम्हारी और नेहा की उभरती हुई मोहोब्बत में ☺ अब वह भी कह डालो ..।"

" हाँ सर यह एक *dangerous angle* है । एक handsome लड़का है नेहा के आफ़िस में जिससे रोज़ नेहा मिलती है आफ़िस कैंपस

के सीसीडी में में .. और दोनों में emotional & physical closeness भी develop हो रही है समय के साथ साथ।"

"ओहह अच्छा । see , यह बात तुम्हें किसनेबताई ..?"

"अमितेश ने इस बात का खुलासा किया..।"

- " *now this is a big time twist in your love story सार्थक .. "*

तभी अमितेश का फ़ोन आता है सार्थक के फ़ोन पे।

"excuse me, अमितेश का फ़ोन..।"

"हाँ अमितेश बोलो क्या scene है?"

- "मजनू भाई किधर हो? .. नेहा के घर तो नहीं बैठे हो 😅 ?"

"अबे .. कुछ भी और कोई काम नहीं है मेरे पास क्या?"

"अरे मेंरी जान गुस्सा क्यों हो रही हो .. मस्ती ले रहा था तेरी ..। 😅 "

"कोई न बोल क्या बात है?"

"अबे मूवी चलने का प्लान बना है आ जा घर जल्दी .. 3 बजे का शो है लीडो में .. come fast dude its already 2 PM "

"क्या कह रहे हो यार 2 बज गया !! पता ही नहीं चलताtimeका आजकल ...! ठीक है कुछ समय में घर वापस पहुँचता हूँ फिर मूवी देखने चलते हैं साथ में ठीक है । bye dude .. "

"आकाश यह सारा conversation सुनता है और कमेंट करता है।"

"तुम्हारी life भी एक मूवी की तरह ही चल रही है अभी 😊 lot of drama ,emotions adrenalin rush isn't it?"

"हाँ आकाश जी और इस मूवी का direction अब मैं आपको handover कर रहा हूँ । Do think about it .. और जहाँ तक यह सब चल रही confusions and uncertainty की बात है मेरे life में , अब deal तो करना पड़ेगा इन सब issues से वैसे भी अभी break लेते हैं इस chaos से..। मुझे बहुत अच्छा लग रहा है आपसे यह सब discuss कर के।"

"ठीक है सार्थक , यार देखो life complex होती है , अगर complex न हो तो फिर उसको जीने का मज़ा भी नहीं है , हमें अपनी काबलियत का पता तब चलता है जब हम अपनी life की complex issues को अपने wisdom और abilities से solve करते हैं और difficult situations में उनसे हिम्मत नहीं हारते हैं।..इसलिए *believe in yourself..* देखते हैं , what should be the best way forward.. इस situation से deal करने के लिए।"

" बिलकुल सर शायद भगवान ने आपसे मुझे मिलाकर कुछ तो उपकार किया है।

..I feel more confident in dealing with my problems now"

" अरे सार्थक take it easy रुलाओगे क्या? .. "

"अरे सर आज का बिल कितना हुआ?"

- "जाने दो , तुम घर निकलो अमितेश तुम्हारा इंतज़ार कर रहा होगा ...।"

"अरे सर फिर भी ..?"

"चिंता मत करो आगे और भी मौके आएंगे तुमसे बिल वसूल करने के। 😊 chill dude .. go home .. "

"cool I like your style आपकी *stayed mobility* मस्त है सर ..। चलिए bye for now मुलाक़ात रहती है फिर....।"

sure bye ..!

कबाब में हड्डी

उसी शाम रविवार को करीब 6:30 बजे लीडो सिनेमा हॉल से अमितेश और निरपेश मूवी देख कर पार्किंग lot की तरफ निकल ही रहे होते हैं तभी अचानक से अमितेश की नज़र नेहा पे पड़ती है जोकि उसी आफ़िस वाले handsome और लहीम शहीम बन्दे के साथ मूवी देख कर हॉल की ओपन पार्किंग में parked Honda CRV में बैठ कर निकल रही होती है। उसी पल वह निरपेश का focus उसकी तरफ set करता है और बोलता है ..

.....

"अबे निरपेश वह देख नेहा उधर?"

"किधर?"

अमितेश (उसका मुँह उधर करते हुए)- भाई उस तरफ ....

"अबे यार यह तो नेहा है और उसके साथ वह हैंडसम लड़का कौन है?"

"यह वही है जिसके बारे मैंने उस दिन तुझे बताया था ......।"

"हम्मम भाई यह तो सीधा लग रहा है।"

"मतलब....?"

" यह ही की इनका *scene गहरा* लगता है ....।"

"हम्म वही मुझे भी शक था इसलिए तुझे बोला उस दिन...।"

फिर उसी पल नेहा की नज़र भी अमितेश और निरपेश पे पड़ती है जोकि पार्किंग लोट की दूसरी तरफ जहाँ Bikes की open parking होती है उस तरफ मॉल के exit gate से निकलते हुए जा रहे होते हैं। नेहा उनको हाथ raise करके व्हिस्पर करते हुए बोलती है "Hey अमितेश hang on you guys I 'll be there !"

अमितेश भी उसको देख कर उसके Hi को acknowledge करता है

रोहित नेहा को जब SUV से दूसरी तरफ जाते हुए देखता है तो कार बंद करके वह भी नेहा के पीछे अमितेश और निरपेश की तरफ आने लगता है मॉल के exit gate की तरफ जहाँ दोनों खड़े होते हैं।

निरपेश (surprise भरी नज़रों नेहा और उसके दोस्त की तरफ देखते हुए)- तू यह देख इतना scene आगे बढ़ चुका है इनका की साथ में दोनों अकेले मूवी देखने तक आ गए है। .....

"कह तो सही रहे हो गुरु।"

इतने में नेहा दोनों के एक दम करीब आ जाती है।

"hey Guys what a pleasant surprise ..Good to see you here ..क्या कर रहे हो तुम दोनों इधर?"

यह कहकर दोनों से हाथ मिलाती है नेहा। नेहा का दोस्त भी उसके बगल में आकर खड़ा हो गया होता है। थोड़ा अजीब सा माहौल हो जाता है निरपेशऔर अमितेश दोनों के लिए।

" ऐसे ही मूवी देखने निकल आये...।"

अमितेश - कूल , और कैसी लगी मूवी?

- "बढ़िया थी lot of twists were there ..! "

"हाँ और निरपेश तुम्हारा मुँह क्यों लटका हुआ है तुम्हे अच्छी नहीं लगी मूवी... क्या?"

"नहीं ऐसी कोई बता नहीं है। अच्छी फिल्म थी, बस ऐसे ही थोड़ा थका हुआ हूँ ऐसा सुबह से थोड़ा busy था आज कुछ घर के कामों में।"

"I see... anyway इनसे मिलो यह मेरे पिछले प्रोजक्ट के टीम लीडर हैं रोहित recently he got promoted as a manager for his outstanding performance .. "

निरपेश -i see nice to meet you रोहित and congratulations for the promotion ......

रोहित की personalityदेख कर थोड़ी देर के लिए वह उसको एक टूक नज़र से देखता रहता है।

रोहित – thanks .

अमितेश – Wow great news Congrats रोहित

"सो आज रोहित की ही ट्रीट है he invited me for a movie and dinner ..so we are here !!.. Hey रोहित let me tell you about both these guys..

निरपेश and अमितेश have graduated from my engineering college, दोने अच्छे दोस्त हैं , हम सब ने साथ में ही इंजीनियरिंग की है।"

They stay together and share a flat currently in Kasturi Nagar .. "

रोहित - Great Guys .. तुम लोगो से मिल कर अच्छा लगा।....

निरपेश और अमितेश – हमें भी.... ।

रोहित - तुम लोग भी हम लोगों के साथ डिनर करो आज , अच्छा लगेगा मुझे .. ।

निरपेश कुछ सोचते हुए doubtful eyes से नेहा की तरफ़ देखता है पे वह कुछ खास interest नहीं लेती है दोनों लोगों को बुलाने के लिए .. और वैसे भी पहली मुलाकात में कोई किसी के साथ डिनर करने थोड़े ही चला जाता है।

निरपेश (कुछ सोचते हुए बोलता है) - Its ok you guys carry on, फिर कभी चलते हैं ,हम लोगों को थोड़ा घर के लिए सामान खरीदना है सो अभी मार्किट जाएंगे .. ।

Unnecessarily हम लोगों की वजह से तुम लोगों का personal time impact होगा .....!

"As you wish folks .. चलो नेहा I believe we should leave now? .. "

"Yeah you are right we should .. चलो guys बाद में मिलते हैं.....।"

नेहा दोनों को हग करने और bye बोलने के बाद रोहित की Honda CRV में बैठ के निकल जाती है।

अमितेश (निरपेश की तरफ देखते हुए) - भाई कौन सा सामान खरीदना है मालिक बताओगे थोड़ा ....?

"अरे कुछ नहीं यार वैसे ही इन लोगों को टालने के लिए बोला था। सीधे घर चलते हैं .... ।वैसे ही मूड ऑफ हो गया है तुम यह देखो...., नेहा ने एक बार भी नहीं बोला की तुम लोग चलो हमारे साथ डिनर के लिए which clearly means की वह अकेले जाना चाहती है रोहित के साथ dinner पे। समझ रहो हो दोस्त...?"

यह कहते हुए निरपेश अमितेश के कंधे पर हाथ फेरता है।

"हाँ समझ सकता हूँ पर even if she would have asked us to join both of them तो क्या हम लोग उनके साथ चले जाते?"

" whatever यार जाते नहीं पर यार इंसान courtesy में पूछता तो है। तू यह देख इतनी decency रोहित ने दिखाई हमें पूछने की ... जबकि रोहित हम लोगों को जानता ही कितना है? Basically नेहा को being our close friend पूछना चाहिए था instead of him inviting us .. इससे साफ़ ज़ाहिर होता है कि वह हमें कबाब में हड्डी नहीं बनाना चाहती थी...।"

"I guess something fishy going on निरपेश bhai anyway जाने दो दोनों को let's move from here for home ...... "

उन लम्हों का दिलो दिमागी तनाव महसूस करने के बाद निरपेश और अमितेश निकल जाते हैं R15 पर अपने घर के लिए।

झटका

Monday की सुबह करीब 11 बजे कॉफ़ी का गिलास बगल में रखे निरपेश अपने क्यूबिकल में टेक महिंद्रा के थर्ड फ्लोर पे अपने Laptop पे नज़रें गड़ाए बहुत seriously काम कर ही रहा होता है कि अचानक उसका फ़ोन ब्लिंक और रिंग करने लग जाता है ..।

नेहा Calling ..

निरपेश ignore करता है फ़ोन को , वैसे भी उसका मन नहीं कर रहा होता है नेहा से बात करने का कल के नेहा द्वारा मिले surprise के बाद। थोड़ी देर में सेलफोन की blinking और ringing बंद होते ही .।

और अचनाक से 2 messages लोड होते हैं एक साथ उसके फ़ोन पे .... ।

"सीसीडी पे मुझे 4 बजे मिलो need to talk to you about something important today - .. .. i *badly and urgently need to talk to you ..* "

यह message पढ़ते ही निरपेश थोड़ा सोच में पड़ जाता है कि क्या करे वह इस message का ..।

निरपेश का आफ़िस और नेहा के आफ़िस में सिर्फ 20 मिनट का फासला था सिर्फ 2 किमी की दूरी पे उनके आफ़िस थे बिलकुल बीचो-बीच दोनों के आफ़िस के एक CCD पड़ता था। वहीँ पे नेहा ने उसको बुलाया था to discuss something important ....

मैसेज पढ़ने के बाद अपने मन में चल रहे सोच विचार की जंग के बीच निरपेश लंच के लिए Tech M food court जोकि एक दम top floor पे होता है बिल्डिंग के वहाँ जाता है। उसने lunch खाना शुरू ही किया होता है की 2-3 messages एक के बाद एक और load होते हैं उसके फ़ोन पे ..।

नेहा- क्या हुआ कोई response नहीं?
नाराज़ हो क्या किसी बात पे?
क्या हुआ ?
r u coming?
Pls respond ..
where r u
Urgently need to talk......

निरपेश का दिमाग काफी disturbed हो जाता है इन sudden surge of messages से

... किसी तरह से वह खाना ख़त्म करके वापस अपनी डेस्क पे पहुँचता है।

सोचता है की अचानक क्या हो गया नेहा को क्यों बुला रही है उसे इतनी urgency से.... I

" क्या हो गया अचानक?"

"साला मन भी नहीं कर रहा है मिलने का उससे....."

वह कुछ सोच के फिर msg करता है

"*sry busy हूँ I*

ttyl "

तुरंत reply आता है नेहा का

" *k go to hell* .."

वह पड़ते ही निरपेश gets very upset ..

एक दम से अपनी क्यूबिकल सीट से उठ जाता है

He replies ...

"अरे नेहा अच्छा मैं आता हूँ ,काम ख़त्म करने की कोशिश करता हूँ फिर 4 बजे तक पहुँचता हूँ।"

नेहा replies - *ok will wait for you for sure there ..do come.......*

By 4 PM at CCD

निरपेश arrives on his Yamaha YZF R15

नेहा अंदर होती है फ़ोन पर कहीं बात कर रही होती है।

निरपेश CCD में enter करता है।

नेहा (फ़ोन पर बात करते बोलती है) Hey निरपेश sit ...let me just finish with this call ....

अरे code deploy कर दो Ravi i have done the coding and unit tested it , its all working clean deploy कर दो ।

और अब don't disturb me for next one hour ....

अगर कुछ issues हैं तो message करो will respond after one hour ..alrite ..चलो then bye ..

हाँ निरपेश बोलो sorry यार यह आफ़िस कभी भी पीछा नहीं छोड़ता है हमारा ..।

" हाँ वह तो है ही और बताओ क्या हो गया अचानक ..?

You seem to be quiet upset .. "

" अच्छा यह बताओ क्या नाराज हो मुझसे फ़ोन जो नहीं उठाया मेंरा?

और messages का reply क्यों नहीं दे रहे थे..?

दो घंटे बाद msg आया तुम्हारा..।.

अब क्या मुझसे भीज़्यादा कुछ important हो गया है तुम्हारे लिए ..?"

नेहा रोहित को *ताना* कसते हुए बोलती है

निरपेश - (झिझकते हुए) -यह सवाल तुम्हे अपने आप से पूछना चाहिए.... rather than you asking me ..

क्या मतलब?

निरपेश - (एक दम से बात टालते हुए), अरे कुछ नहीं जाने दो अभी stressed हूँ सुबह से बहुत काम था आफ़िस में और वैसे भी सालामैनेजरआजकल नज़र रखा हुआ है मुझ पे मेरे deliverables ट्रैक करता है..closely

"हाँ उसके negative comments तुम्हे अभी भी haunt कर रहे हैं right?"

"hey निरपेश, यार sorry उस दिन के लिए. तुम्हे बहुत कुछ बोल दिया मैंने.....।"

"ठीक है यार, तुमने कुछ गलत नहीं बोला अपनी जगह सही थी तुम..।"

" लेकिन तुम भी ना you act so immature at times कि मुझे तुम्हें डाँटना ही पड़ता है..। अब आठ साल से हूँ तुम्हारे साथ, बहुत अच्छे से समझती हूँ तुम्हे ...! तुम्हारा ध्यान भी रखना पड़ता है ना ... .!!."

नेहा की इसी तरह की बातें बहुत उलझन में रखती थी निरपेश को कि क्या वह सही में उसे चाहती है या फिर सिर्फ एक अच्छा दोस्त मानती है? . यह लगाओ से भरी बातें उसकी हमेशा उसे confusion में रखते थी ..।

खैर निरपेश वापस से focus सेट करता है conversation का ..।

"खैर यह सब छोड़ो यह बताओ क्यों बुलाया मुझे अचानक से? एक सेकंड रुको बातें शुरू करने से पहले कुछ आर्डर कर देते हैं।"

"excuse me .. 2 cold coffee please .. one with ice cream and one plain cold coffee with less sugar and more of coffee ... "

"unbelievable तुम कॉलेजtimeसे अभी तक मेंरी ज़रूरतों को भूले नहीं हो impressive 😊 ."

my pleasure मैडम .. 😊

"और हाँ fitness expert type specifications मस्त देते हो अपने आर्डर में .. 😊 ।"

"अरे यार ऐसा नहीं है its just like की यह लोग बेकार में बहुत ज़्यादा calories load न कर दें बॉडी में क्योंकि बहुत मेहनत लगती है gym में बॉडी को shape में लाने में ..।"

" हम्म can relate ..

अच्छा सुनो निरपेश यार एक problem हो गई है ..।"

"क्यों क्या हुआ?"

"अरे यार उस दिन u remember रोहित की पार्टी में मैं गई थी तुमसे और अमितेश से सिनमा हॉल में मिलने के बाद।"

"हाँ संडे यानी कल की तो बात है...... !!"

" हाँ उसी दिन..। '

हम्म इतने में तुरंत आर्डर लेकर वेटर आ जाता है टेबल पे।

निरपेश अपनी कॉफ़ी उठाता है और मुँह में गिलास लगाता ही है की उसी पल नेहा बोलती है की.....

“यार उस शाम डिनर के लिए हम दोनों Rendezvous restaurant में जाकर बैठे ही थे कि अचानक रोहित ने मुझे शादी के लिए propose कर दिया...। ”

निरपेश एक दम से कॉफ़ी का घूँट लेकर खांसने लगता है जैसे कि कोई गहरा धक्का उसे लगा हो और धीरे धीरे वह खासी बहुत तेज़ हो जाती है।

"Hey निरपेश क्या हुआ तुम ठीक तो हो?"

निरपेश (गला साफ़ करते हुए खराशें भरते हुए हलका हलका खाँसते हुए)- नहीं मैं ठीक हूँ बस ऐसे ही थोड़ा सा ठसा लग गया...।

"I see मेंरी बात सुन के...?"

"नहीं ऐसे ही कुछ अचानक से हो गया . i ll just go to the rest room and come back ok just .. give me a minute "

निरपेश restroom की तरफ बढ़ता है उसका सीना एकदम से भारी और जकड़ने लगता है दिमाग भी बहुत heavy होने लगता है.. जिस office stress को वह दूर करके नेहा के पास आया था अचानक से वह फिर उस पे हावी होने लगता है .. फर्क सिर्फ इतना होता है इस बार कि नेहा ने खुदउसे इस stress में एक दम अचानक से धकेला होता है।

निरपेश रेस्टरूम पहुँच कर उसमें लगे शीशे में अपने को देखने लगता है अचानक उसकी आँखे लाल होने लगती हैं...।..एक अजीब सी बेचैनी और जलन होने लगती है उसके दिल में जैसे की उसका दिल बैठा जा रहा हो..।

शायद ऐसा ही महसूस होता है अगर आप जिस लड़की को चाहते हो और उसे कोई और propose कर देता है तो....।

खैर इन सब हालातों के बीच निरपेश बाहर आता है रेस्टरूम से और आते ही तुरंत पानी माँगता है सीसीडी के रिसेप्शनcounterपे खड़े attendant से। नेहा भागते हुएcounterपे आती है निरपेश के पास.....।

"Are you ok निरपेश? क्या हुआ कॉफी पे पानी क्यों पी रहे हो?"

"बस ऐसे ही गला साफ कर रहा हूँ तुम सोफे पे आराम करो। I will come .. "

"ok .. तुम्हारी आँखों में आँसू क्यों आ गए है?"

"अरे ऐसे ही ....लगता है की breathing pipe में coffee चली गई और इस लिए सारे system में disturbance आ गई। शायद इसी लिए आँखों में आँसूं भी आ गए anyway I will be fine .. "

"तुम इत्मिनानं से बैठो सोफे पे with your coffee . Give me 5 minutes I will come back to you . "

यह सुनते ही नेहा पहुँच जाती है सोफे पे और फिर किसी सोच विचार में खो जाती है..। निरपेश पानी पीता है और रेस्टरूम चला जाता है और शीशे के सामने अचानक से बहुत रोने लगता है ..। ऐसा लग रहा होता है कि उसके अंदर का बच्चा बहुत बुरी तरह दुखी हो गया है। शायद उसके अंदर की वह बेपनाह मोहब्बत वाली फीलिंग जो नेहा के लिए कही दबी हुई थी वह अचानक से बाहर आ जाती है और वह समझ नहीं पा रहा था की अपनी फीलिंग को normal और calm down कैसे करे ..?

फिर ज़ोर से वह अपने को थप्पड़ मरता है to get himself normal ..आँसुओं को बहने से रोकता है किसी तरह से..यह सब करते हुए लगभग दस मिनट लग जाते है । तभी रेस्टरूम के बाहर नेहा दरवाजे पे खट-खटाती है।

"hey निरपेश, तुम ठीक तो हो कोई दिक्कत तो नहीं है shall we go to the doctor?"

नहीं मैं ठीक हूँ ... जल्दी ही आता हूँ बस चार मिनट में ..।

थोड़ी देर में निरपेश बाहर आता है और सीधे नेहा की तरफ जाता है सोफे पे उसने अपने को उस फीलिंग के impact से थोड़ा तो खुदको संभाल लिया होता है।

फिर नेहा और निरपेश साथ में बैठते है । दोबारा से बातचीत चालू होती है।

नेहा -यह काफी तुम्हें हमेशा याद रहेंगी यार.. पूरा सिस्टम हिला दिया इसने तुम्हारा..?

निरपेश - हाँ याद तो रहेंगी ही यह ... *काफी कुछ हिला दिया इसने*...।

"चलो कोई नहीं you are a strong guy ..हो जाता है कभी कभी ..।"

निरपेश कितना emotionally strong है अपनी life में उसका calibration अब शुरु हुआ था कि वह इस घटित घटना की गहराइयों को समझ सके कि दिल टूटना क्या होता है। मन ही मन उसके अंदर एक अजीब सी insecurity शुरु हो गई थी ।खैर.. अभी उसे *normal* दिखना था नेहा के सामने।

नेहा continues ..

नेहा - हाँ तो u won't believe उसने मुझे अंगूठी पहना के propose किया.। उसने मेरा हाथ अपने हाथ में लिया और बोला ...

निरपेश चाहता था की जो अगला sentence आएवह उसको सुनाई ना दें । कुछ ऐसा हो जाए उसके आस पास कि वह शब्द उसके ज़हन में ना दाखिल हो..।

" नेहा मैं तुमसे बहुत प्यार करता हूँ और तुमसे शादी करना चाहता हूँ ... " और यह कहते कहते उसने मेरे हाँथ में यह अंगूठी पहना दी...।"

निरपेश के दिल के इस रोहित के *love confession* को सुनने के बाद टुकड़े टुकड़े होते चले गए और उस एक एक टुकड़े की गूँज उसको अपने कानों में सुनाई दे रही थी। उस वक़्त , ऐसा लग रहा था उसे की एक दम से उसकी ज़िन्दगी का सारा motivation और enthusiasm उसके शरीर से निकल कर कहीं बाहर जा रहा है...।

शायद उस दिन उस कॉलेज वाले निरपेश की मौत हो गई थी जोकि काफी भोला और मासूम था.. और नेहा से मन ही मन बेइंतेहा मौहब्बत करता था।

निरपेश - ओह । see ...

उसको कुछ समझ में नहीं आया की वह नेहा से क्या पूछे अब? उसने खैर हिम्मत जुटा के पूछा...।

"anddddddddddd... (pause लेते हुए).. तुमने क्या जवाब दिया उसे?"

बहुत बेचैन था निरपेश उसका reply सुनने के लिए , उसको ऐसा लग रहा था कि इस जवाब से उसके आगे की ज़िन्दगी का रुख तय होना था ...।

"what was your reply to him? .."

"क्या बात है बहुत बेचैन हो रहे हो मेरा जवाब सुनने के लिए तुम्हें क्यों बताऊँ? personal matter है।.."

"हम्म्म तो एक पल में मुझे पराया कर दिया .? ठीक है फिर मैं आया ही क्यों हूँ इधर.... चला जाता हूँ? .. यह कह के निरपेश वहाँ से उठ के जाने लगता है अपनी आधी कॉफी छोड़ के .. in a fit of rage garbed by his fake coolness which he was showing currently in front of नेहा .. बहुत ही अजीब तरह के mixed emotions से झूझ रहा था निरपेश उस वक़्त ..।"

"अरे कहाँ चले मैं मज़ाक कर रही थी निरपेश ..।"

नेहा उसको तुरंत हाथ से पकड़ कर वापस खींचती है .." तुम्हें पराया समझती तो तुम्हें यहाँ क्यों बुलाती? अपनों से ही तो इंसान इस तरह की बातें शेयर करता है ..।.इधर बैठो आके....।"

निरपेश बड़ी मुश्किल से वापस आके बैठता है और कॉफी का गिलास उठा कर एक सिप मारता है ताकि उसके अंदर की आग कुछ शांत हो सके कोल्ड कॉफ़ी की ठंडक से ...।

-" हम्म्म तो तुम मेरा जवाब जानना चाहते हो न तो सुनो .."

"यार मैंने उसको बस यह ही कहा की अभी तक मैंने अपनी शादी के बारे में इतना seriously नहीं सोचा है और हाँ जहाँ तक तुम्हारी बात है definitely तुम्हें मैं like ज़रूर करती हूँ और इसलिए तुम्हारे सिर्फ एक बार कहने पे मैं तुरंत तुम्हारे साथ मूवी और डिनर करने को तैयार हो गई , ताकि तुम्हारे साथ अच्छा समय बिता सकूँ और तुम्हें अपनी personal space में थोड़ा बेहतर समझ सकूँ।"

निरपेश उस वक़्त थोड़ा सा better feel किया की नेहा didn't say an immediate , "I love you too " to रोहित that she also loves him ... instantly पर यह ज़रूर है की उसके अंदर एक insecurity की feeling और ज़्यादा गहरी हो गई जब उसने यह सुना की नेहा रोहित को यह बोली कि I like you और तुम्हारे साथ और समय बिताना चाहती हूँ। नेहा की इस बात में काफी वजन था जिसने निरपेश के दिलो दिमाग में अच्छी खासी हलचल पैदा कर दी थी ..।

खैर इन विचारों के बीच में निरपेश ने उससे आगे की बात पूछी रोहित के proposal के बारे में ..।

"हम्मम फिर और कुछ भी बोला तुमने उसे की *topic change* कर दिया ... ।"

निरपेश ने वापस अपना as usual cool self establish करने की कोशिश की , शायद इस वक़्त वह मस्ती लेना चाहता था नेहा से.....।

नेहा हाज़िर जवाब थी तुरन्त बोली "क्यों तुम बहुत interested हो कि topic change कर देती मैं? अगर मैं यह कहूँ कि मुझे same topic को आगे discuss करना था तो तुम क्या कहोगे?"

फिर से insecurity वाली फीलिंग अन्दर बाहर होने लगी उसके । निरपेश फिर सटपटाते हुए बोलता है -

अरे I was just kidding तुम्हारी life है , you take a call की तुम आगे अपनी life कैसे और किसके साथ जीना चाहती हो और यहाँ तो रोहित ने तुमसे तुम्हारी आगे आने वाली ज़िन्दगी के साथ जुड़ने के लिए तुम्हारा जवाब माँगा था, तो मैं समझता हूँ कि तुम्हें call लेना है .. की तुम उसके साथ जाना चाहती हो की नहीं?

- "right .... so i stayed with the topic और मैंने उसको बोला कि

देखो रोहित .... शादी के बारे में अभी तक मैंने seriously कभी सोचा नहीं है । अभी तुमने बोला तो मुझे लगा हाँ मुझे शादी करनी चाहिए ,और तुम मुझसे प्यार करते हो ... "

"हम्म्म पागल है न रोहित एक दम ? "

नेहा शरमाते हुए दूसरी तरफ देखते हुए बोलती है ..

" हा हा .. 😊 तो तुम उसको बोली की वह पागल है क्योंकि वह तुमसे प्यार करता है ..?"

"अरे intentionally नहीं it was just a pun intended .. "

" मैंने बोला उसको कि मैं अभी कुछ commit नहीं करना चाहती उसको लेकिन हाँ उसको further date करना चाहती हूँ कुछ समय के लिए यह देखने के लिए कि am I really falling in love with him .. "

"I see , तो तुमने उसे date करने का फैसला भी कर लिया तुरंत? तुम जानती ही उसे कितना हो .. ज़्यादा से ज़्यादा 2 साल वह भी सिर्फ office campus में primarily? .. "

"हाँ इसलिए तो date करके देखूंगी बुद्धू उसे कि

If he really fits for me as a life partner or not बाकी position wise he is good , manager बन गया है handsome भी है look wise .. "

"अच्छी family को belong करता है तो technically सब ok ही लगता है professionally ...he is doing great as well.. "

एक बार फिर निरपेश का दिल बैठने लगता है और तेज़ धड़कने लग जाता है।

नेहा के मुँह से रोहित की इतनी तारीफ़ सुनकर , *उसको ऐसा लगने लगता है की अब नेहा उसकी ज़िन्दगी से धीरे धीरे चली जाएगी* ..। नेहा के उसकी ज़िन्दगी से दूर चले जाने का एहसास एक बार फिर हावी होने लगता है उसके दिलो दिमाग में। ... उसको धीरे धीरे यह फील होने लगता है की रोहित का candidature नेहा की life में उसकी तुलना में काफी strong है।

नेहा (निरपेश की तरफ देखते हुए) - अरे कहाँ खो गए *Lost boy* ...?

"कहीं नहीं अब यह बताओ जब तुमने फैसला कर ही लिया है की उसे Date करोगी तो मुझे क्यों बुलाया है यहाँ? ... "

"यह देखने के लिए की तुम्हें यह सब सुन के कैसा लगता है?.... 😊 "

निरपेश को एक दम झटका सा लगता है यह सुनके ...।

फिर नेहा ज़ोर से हँसने लगती है .. " hey chill dude come on I am joking 😊 "

"हाँ मैं तो बस तुम्हारे लिए एक joke ही बन के रह गया हूँ अब.. ? "

निरपेश बहुत ही devastated और upset फील कर रहा होता है । अपने अस्तित्व को ख़त्म होता महसूस कर रहा होता है नेहा के सामने अभी के चलते हालातों में उसकी बातें सुनकर।

"अरे सुनो ... jokes apart मैंने तुम्हें यहाँ इसलिए बुलाया है क्योंकि मुझे बहुत अजीब लग रहा है की मैं आखिर उसे date भी क्यों करूँ?"

" न वह मेरे बचपन का दोस्त है , जिसे मैं बहुत अच्छे से जानती हूँ , न ही मैं उसकी कभी फैमिली से मिली हूँ जो मुझे पता है की मैं किस फैमिली में जाऊँगी।"

"वह सिर्फ मेरे एक office ka colleague है जो मेरे साथ project में काम करता था।..हम लोग दोनों ही बहुत मेहनत करते थे .. बहुत काम उसने मुझे उसने पिछले project में सिखाया . ।.बहुत help की मेंरी काम में उसने, वह अपने काम में बहुत अच्छा हैं ..शायद तभी वहमैनेजरभी promote हो गया है .. और मैं अभी भी एक struggling developer ही हूँ। ..."

" हम्म तो यह तो अच्छी बात है की वह काम में अच्छा है? फिर तुम्हें confusion क्यों है उसके proposal पे ..?"

" उलझन इसलिए है क्योंकि यह सिर्फ उसका *professional front* है .. जिसमें वह अच्छा दिखता है .। .लेकिन अपनी खुदकी निजी ज़िन्दगी में वह कैसा है ...? Do we really know that ..? .. क्या उसके professional front का यह coolness और charm उसकी personal life में भी नज़र आता है ..? क्या वह अपनी responsibilities निभाने में अच्छा है at a personal level

..specially in terms of treating me ..my likes , dislikes etc कि मैं उस पे emotionally depend कर सकूँ ..there are many other factors . . शादी ब्याह कोई बच्चों का खेल नहीं है ,its serious business यार निरपेश what do you feel ..?"

"यार तुम सही कह रही हो दोनों ही अलग platforms हैं। .. professional life and personal life .. but हाँ I agree with you जैसा तुम कह रही हो की दोनों platforms पे बन्दे को evaluate करना ज़रूरी है .. और जहाँ evaluation है वहाँ पे dating aspect justifiable और ज़रूरी होता है क्यों ..नेहा?"

"हाँ there you are यह एक logical conclusion है .. *हमारे विचार कितने मिलते हैं* निरपेश, *u understand me so well* , इसलिए मैंने सोचा की मेंरी personal life से related अब तक कि मेंरी सबसे ज़रूरी बात में तुमसे discuss करूँ.., और मैंने तुम्हें इधर इसलिए सीसीडी पे बुलाया ..Thanks निरपेश for being that *x factor*..in my life 😊 You deserve a kiss on your cheek for this ...!!. "

नेहा उठी है ज़ोर से निरपेश के गाल पे kiss करती है ..।

यह देख कर CCD में बैठे बाकी लोग उनकी तरफ देख के हँसने लगते हैं ... । 😊 😊 😊

निरपेश को एक मिनट को करंट दौड़ जाता है सारी बॉडी में उस kiss वाली feeling से ..। नेहा से वह वैसे ही बहुत attracted होता है पिछले कई सालों से और ऊपर से kiss मिल जाना उसी लड़की से "जन्नत में होने का एहसास देता है *उसे* "वह होश से बाहर हो जाता है थोड़ी देर के लिए कहीं खयालों में।

तभी नेहा उसे बोलती है ..

"निरपेश सर कहाँ खो गए खयालों में 6 बज गया है अब चलें घर??"

"हाँ sure but एक बात बताओ नेहा decide क्या हुआ फिर? ,.. " –

"अरे यही decide हुआ sweetu की अब मैं रोहित को *date* करूँगी शादी के लिए .. and let's see आगे कैसा रहता है .. । "

– "लेकिन अभी तो तुम कह रही थी की तुम confusion हो की date करो की नहीं उसे ?.. "

– "हाँ कह तो रही थी लेकिन दिल और दिमाग agree नहीं कर रहा है पूरी तरह से अभी कि इस dating angle से ignore किया जाए ..। रोहित को डेट करना तो बनता है ।"

"I see so you have decided ultimately that you will date him then in that case?"

नेहा – हाँ यार its clean now .. करूँगी डेट उसे ।..

यह बोलते हुए नेहा R15 पे बैठ जाती है ।..

- "हम्म I see ठीक है . ।... कोई *time frame* रखा है तुमने?"

" अरे यह कोई IT project थोड़ी है जो एकtimeफ्रेम में डिलीवर करना है। , its my life involved here , अच्छे से देखूँगी परखूँगी मैं उसे।.. कुछ महीने या साल नहीं रखे हैं मैंने .. जब मेरा दिल और दिमाग एक conclusion पे पहुँच जाएगा accordingly I will take the decision to marry him or not but कोईtimeफ्रेम as such नहीं रहेगा ..।"

"I see so you mean to say की तुम कभी भी यह फैसला ले सकती हो की तुम्हें किस तरफ जाना है?"

"Yes. अब सब कुछ , कभी भी हो सकता है .. *तुम जानते हो न मुझे college days से की मैं कितनी intense and unpredictable हूँ अपने actions और decision making में ..।"*

निरपेश के मन में नेहा की यह बातें सुनकर एक डर सा पैदा हो जाता है और दिमाग उसका थोड़ा टाइट सा महसूस करता है जैसे की एक दम से किसी मेंन्टल टेंशन ने उसे जकड लिया हो immediately वह इस माहोल से निकलने कि सोचता है और कहता है ..

.."चलो फिर निकलते हैं इधर से , let's rush to your home ! "

निरपेश अपनी R15 उठाता है , नेहा को बैठाता है पीछे वाली सीट पे और सीधे अपने आफ़िस से अपना बैग collect करते हुए नेहा को उसके घर drop करता है। फिर अपने regular working day model के हिसाब से रात में gym जाता है to fresh himself up और फिर वापस आकर Dheeraj में खाना खा कर सो जाता है ! उस eventful evening में पूरेtimeउसके दिमाग में वह सीसीडी वाली बातें घूमती रहती है।

कहानी की तलाश

CCD वालेincidentके बाद बड़ी मुश्किल से गुज़रता है पूरा हफ्ता निरपेश की life में। इस week में पिछले week के events द्वारा generate हुआ emotional pressure जो कि नेहा के जीवन में आते changes से महसूस होना निरपेश को शुरु हो जाता है। उसकी वजह से ...वह पहले की तुलना में बहुत ज़्यादा disturbed और worried रहने लगता है ...। अब एक और टेंशन उसके दिमाग में जुड़ गई होती है कि अब नेहा भी शायद कुछ ही दिनों की मेंहमान रह गई है उसकी ज़िन्दगी में, जिस तरह से रोहित बहुत smartly उसके जीवन में दाखिल हो चुका है और उसे *intelligently propose* कर चुका है शादी के लिए..। निरपेश को इस दौरान कुछ clear समझ में नहीं आ रहा होता है कि वह आगे क्या ऐसा करे कि नेहा निरपेश को जीवन साथी के रूप में accept कर सके over and above the fact की वह नेहा का lifelong सिर्फ एक अच्छा दोस्त बनकर रह जाए। बहुत से ऐसे

सवाल निरपेश को घेर लेते हैं ..। अपनी निजी ज़िन्दगी में एक तूफान सा आया महसूस कर रहा होता है निरपेश...।

इस week में निरपेश *अपने* attitude *को नेहा के प्रति थोड़ा चेंज करता है ..।* कई बार उसका फोन आता है तो वह उसको busy है कह के टाल देता है ..। इनफैक्ट शाम को आजकल उसे पिकअप भी नहीं करता है आफ़िस से ..। Office में व्यस्त रहता है और अपने पे फोकस करता है पूरी तरह से ..। शायद उस वक्त के गुज़रते पल उसे यह एहसास कराते है कि अब उसे अकेले अपने लिए जीने का जज्बा रखना चाहिए क्योंकि सब कुछ .. जो उसके आस पास था जो उसका था ऐसा लग रहा था की अब उसका नहीं है किसी और का है . .।

फ्राइडे को दुपहर करीब साड़ी तीन बजे निरपेश अपने आफ़िस के क्यूबिकल में काम कर रहा होता है तभी अचानक से उसका फ़ोन बजने लगता है।

"आकाश Calling .".

निरपेश (हाथ में पहनी घड़ी देखते हुए) - अब आकाश बाबू को क्या हो गया? .. मुझे याद कर रहें है इस वक्त ......?

"Hi सार्थक कैसे हो? कहाँ गायब हो यार इतने दिनो से..?"

"हाँ ठीक हूँ ... कहीं नहीं इधर हूँ मुल्ला की दौड़ मस्जिद तक और क्या .. आफ़िस में busy थे .. बोलिए ..?"

"कुछ नहीं बस ऐसे ही तुमसे मिलने का मन था सो पूछा देखें क्या कर रहे हो?.. "

"I see.. कुछ खास बात थी?"

" अब क्या खास है और क्या खास नहीं बता पाना मुश्किल है। अभी सिर्फ यही सोच है की अपनी उलझी हुई ज़िन्दगी को कायदे से सुलझायें ताकी ज़िन्दगी थोड़ा ढंग से जियें...मैंभी काफी परेशानहूँ अपनी writing को ले के ... i need to write some good stuff so that *i can take this interest of mine forward ताकि* पूरी तरह से इसमें focus कर सकूँ और पूरी तरह से अपने को इसमें involve कर सकूँ।"

"समझ सकता हूँ आपकी भावनाओं को.. चलिए आकाश मैंपहुँचता हूँ 7 बजे तक। आपके कैफे पे वहीं चर्चा करते हैं आपके इस बारीक मुद्दे पे ..। हम 7 बजे वहाँ होंगे इधर फोन पे इन sensitive बातों के बारे में बात करने का कोई मतलब नहीं है..... । "

"ठीक है आ जाओ.. । आज शाम को gym तो नहीं जाना है?"

" नहीं आज rest day है fortunately आपके लिए अच्छा है सर .. लम्बा बैठ सकते हैं आप के साथ.....।"

- " शाम का खाना फिर मेरे साथ ही खाना ठीक है सार्थक?"

" ज़रूर ..मैं बोल देता हूँ सुलेखा को फिर आज बाहर ही खाऊँगा खाना.।"

सार्थक सुलेखा को कॉल करता है ...

` "`सुलेखा आंटी आज मेरा खाना मत बनाइयेगा?"

सुलेखा -भैया आज मैं आपके लिए 'आलू के पराठे ' बना रही थी आपको बाहुत पसंद हैं ना?

" अरे अच्छा ...सही है ...*changes* ला रहीं है आप घर में ..।"

" हाँ कोशिश में तो हूँ की अलग अलग चीज़ें बनाऊ खाने की .. सभी के लिए।"

" अच्छी बात है .. ।. ठीक है आप रितेश और अमितेश के लिए बना दीजिए पराठे ....।. मैं अपने हिस्से के पराठे कल सुबह नाश्ते में खा लूँगा ठीक है?"

"ठीक है बेटा जैसा तुम कहो..।"

"चलिए आंटी मैं रखता हूँ bye .. "

" bye bye खुश रहो..।."

शायद सुलेखा भी अब घर का माहौल change करना चाहती थी .। रोज़ का वही खाना बच्चों को नहीं खिलाना चाहती थी...।

सार्थक अपने बतायें हुए निर्धारित वक़्त शाम 7 बजे café पहुँच जाता है...।

"और आकाश जी बतायें आप की सेवा में हाजिर है सार्थक..।"

"क्या हुआ दाढ़ी नहीं बना रहे हो आजकल?"

" हाँ इस महिने दाढ़ी नहीं बनाने का फैसला किया ..।"

– " क्यों?"

"अरे ऐसी ही आजकल मन नहीं करता..।"

"क्यों?"

"अरे जाने दीजिए आप अपना बत क्या बात है?"

"बात कुछ ऐसी है .. कि मैं एक अच्छी कहानी लिखना चाहता हूँ और मुझे लिखने के लिए कोई fresh interesting content नहीं मिल रहा है....।"

ओह : मैं समझ सकता हूँ आप अपना 'writing career ' शुरु करना चाहते है ..?"

हाँ .. जैसा मैंने तुम्हे उस दिन कहा था कि यह सारा कैफे का seup जो है पापा का किया हुआ है .. *मैं सिर्फ उनके सपने को जी रहा* हूँ ...। अभी क्योंकि मेंरी आगे की ज़िन्दगी involved है इन सब में ... तो अभी सोच रहा हूँ थोड़ा clear करूँ scene आगे का...।"

"अब देखिए कितनी interesting बात है आकाश भाई *..आप भी उसी नाव पे सवार हैं जिसमें मैं भी सवार हूँ काफी* similarity *है क्यों?"*

" हाँ यार काफी हद तक समानता है बस तुम्हारे में एक नेहा वाला एक *extra angle* जुड़ा हुआ है ... जोकि मेरे में नहीं है ..।"

" हम्मम काफी खतरनाक बन गया है अब वह twist ... "

" क्यों फिर कुछ हुआ?"

" अरे फिर बात करेंगें उस पे ...।"

"अभी आपकी problem पे चर्चा करते हैं..।"

" हाँ तो सुनो..।"

" मुझे एक कहानी की तलाश है जोकि सबसे अलग हो एक दम अलग जो आज तक किसी ने सुनी ना हो एक दम fresh and different .. ऐसी कहानी अभी मैं सोच नहीं पा रहा हूँ .. । इस वक़्त writing की दुनिया में नए writers की ज़रूर त है जोकि अच्छा content लिख सके ।.. storytelling का level बढ़ना चाहिए .. ।"

"हम्मम अब इस तरह की कहानियाँ कहाँ से manufacture की जाए यह ही सवाल है right आकाश?"

" हम्मम सही पकड़े हो.. चलो अभी घर चलो मेरे dinner का समय हो रहा है.?"

"चलिए हाँ पहले से ही 9 बजे गए हैं....।"

"चलो घर पास में है ... पैदल चलते हैं ..।"

"छोटू थोड़ा ध्यान रखो ढाबे का हम लोग 11:30 तक आते हैं अभी 2 से 2½ घण्टा तुम्हे ध्यान रखना है कुछ दिक्कत हो तो मुझे call कर लेना ..।"

छोटू- ठीक है भैया आप बेफिक्र रहें मैं ध्यान रखता हूँ ..।

आकाश सार्थक को लेकर अपने घर पहुँचता है ....।

" अच्छा घर है..।"

"हाँ सब मम्मी का setup किया हुआ है...। जिस तरह का पापा चाहते थे।

आओ तुम्हे मम्मी से मिलवाता हूँ..।"

आकाश – मम्मी देखिए सार्थक आया है?

वैसे तो इसका नाम निरपेश है दुनिया की नज़रों में पे मेरे लिए यह सार्थक है मम्मी।

आकाश की माँ - हे भगवान आकाश .... तू और तेरी बातें?

" नमस्ते आंटी कैसी हैं आप?"

सार्थक झुक के उनके पैर छूता है ..

आकाश की माँ - बेटा खुश रहो .. कैसे हो तुम ..? आकाश तुम्हारे बारे में बातें करता रहता है .।

" I see ...अच्छा ऐसा क्या आकाश भाई ? 😊 ..अच्छा हूँ आंटी ...।"

" मम्मी जल्दी से खाना लगा दो हम लोगों के लिए बहुत भूख लगी है...।"

"हाँ बिलकुल wait करो dining table पे तुम दोनो थोड़ी देर में लाती हूँ..।"

सार्थक और आकाश dining table की ओर बढ़ते हैं।

" आओ सार्थक बैठो ..।"

" हम्मम .. हाँ तो चर्चा जारी रखते है ..।"

" हाँ यार वही बोल रहा था की अच्छी स्टोरी की तलाश है भाई।"

" जहाँ *तक कहानी की बात है एक कहानी मेरे दिमाग में है जो आप use कर सकते हो..।"*

" I see कौनसी ..?"

इतने में आकाश की माँ आती है खाना लेकर..

"लो बच्चों खाना खाना आ गया ..।"

आकाश ऑफर करता है सार्थक को .।. डाइनिंग टेबल पहले से ही सजी होती है plates से।

" हाँ मम्मी आ जाओ आप भी बैठो हम लोगों के साथ ..।"

आकाश की माँ - हाँ तुम लोग शुरू करो मैं थोड़ी देर में join करती हूँ तुम लोगों को।

" आंटी घर बहुत अच्छा है। अंदर से बहुत अच्छा maintain किया है आप लोगों ने....।"

आकाश की माँ - हाँ सार्थक यह सब आकाश के पिता का design किया हुआ है । बहुत interest था उन्हे घर को खूबसूरत बनाकर रखने का, एक सकून सा महसूस होता है आते ही घर में .।.

उनका कहना था ऐसा लगना चाहिए कि

"life जी रहे है आप घर में काट नहीं रहे हैं " . "positive energy रहनी चाहिए घर में.. इसी लिए तुम इतनी paintings , family photographs etc को लगा देख रहे हो ड्राइंग रूम में .. .।

"हाँ आंटी एक अलग सी *artistic vibes* महसूस हो रही हैं और *freshness* है घर में..।"

आकाश की माँ - हम्मम अब वह दुनिया में नहीं रहे लेकिन उनकी *presence* हमेशा से बनी रहती है इस घर में और आकाश हमेशा इस कोशिश में रहता हैं की उनका एहसास हमेशा हमें होता रहे इस घर में और अपनी अपनी personal lives में..।

"हाँ मुझे आकाश ने बताया, infact आकाश उनका बनाया हुआ कैफे भी इसी लिए पूरी शिद्दत से चला रहा है ताकि उनका dream जी सके है .. . । . बहुत influential रहे हैं वह आकाश की life में . ।"

आकाश की माँ - हम्मम जो अपने आप में बहुत अच्छी बात है 😊 ।

लेकिन मैं इससे यही कहती हूँ कि अपनी ज़िन्दगी के बारे में भी कुछ सोचे की अब इसे आगे क्या करना है .. . । यह क्या ज़िन्दगी है कि दिनभर कैफे में जा के बैठ गए और पूरा दिन निकाल दिया उधर .... । एक कहानी लिखने का नया शौक़ पाला हुआ है इसने .. रोज़ कुछ ना कुछ laptop पे खट-खट करता रहता है.. . ।

लेकिन परेशन है क्योंकि अच्छी कहानी नहीं लिख पा रहा है .. कोई अच्छी story मिली आकाश तुझे की आज भी खिट-पिट कर रहा है बस?

आकाश – नहीं माँ अभी तलाश ज़ारी है .. एक अच्छी कहनी की ..कुछ खास हाथ लगी नहीं है .. अभी तक ।

आकाश की माँ - जैसा मैंने तुम्हें उस दिन भी कहा था तुम अपने आस पास अपने दोस्तो में क्यों नहीं ढूंढते कोई कहानी, शायद वहाँ कुछ तुम्हे नया मिले लिखने को ..।

आस पास की ज़िन्दगी *में बहुत कुछ मिल जाता है लिखने को अगर हम उसे शिद्दत से ढूंढे* .. तुम देखो ... और हाँ अपनी शादी के बारे में भी सोंचो 30 के होगए हो .. कब करोगे शादी ..? *बेटा जीवन को सही तरीके से जीना ज़रुरी है* ...।

"मम्मी आप आराम से बैठ के खाना खाओ हमारे साथ, हाँ एक-एक करके सब कुछ देख रहा हूँ .. जैसा आप कह रही हैं वैसा ही करने की कोशिश ज़ारी है।"

" हाँ आंटी आप चिंता मत करो . आकाश जी तो बहुत *mature* और खुले दिमाग के बंदे हैं ,वो सब ठीक कर देंगे .।. वैसे

आकाश भाई , आंटी ठीक कह रही हैं आप गौर फरमाएं तो कहानी बगल में बैठी है आप के 😊 ..।"

(सार्थक आकाश की ओर देखता है..)

– "I see ... यह तो सोचा ही नहीं मैंने ..।"

" *चिराग घर पे ही जल रहा है और हम उसे मंदिर में तलाश रहे है ..।"*

इस बात पे दोनो हँस पड़ते है और खाना खाना शुरु करते हैं .।. उस दिन देर रात हो जाती है तो ज़्यादा बाते हो नहीं पाती है दोनो की सो वह decide करते हैं कि अगले दीन शनिवार को सुबह नाशते पे discuss करेंगे café के campus में, सारा matter .

सार्थक उस रात आंटी को ज़बरदस्त खाने के लिए धन्यवाद कह के वापस अपने घर को चला जाता है..।

अगले दिन सुबह शनिवार को 11 बजे आकाश और सर्थक चर्चा को आगे बढ़ाते हैं...।.

गेम

अगले दिन सैटरडे को करीब सुबह 11 बजे निरपेश अर्बन ढाबा प्रेमिसेस में एंटर करता है ...।.

"आओ सार्थक बैठो ..।"

"Good Morning आकाश भाई।"

आकाश और सार्थक चाय और कुछ snacks के साथ एक साथ बैठते हैं .., बाहर पड़ी कुर्सी टेबल पे।

"So कल तुम्हारा इशारा यह था कि मैं तुम्हारी कहानी को लिखूँ, were you serious ?"

"हाँ very serious बिलकुल, क्यों नहीं ..?"

"लेकिन तुम्हे दिक्कत तो नहीं है अगर मैं इस content को जोकि तुम्हारे जीवन में चल रहा है इस एक exciting story का form दूँ.....?"

"हाँ मुझे कोई दिक्कत नहीं लगती .. और एक फायदा और है इस कहानी तो लिखने में .... इसमें पहले से ही इतना excitement चल रहा है की आप को कुछ ज़्यादा अलग से form नहीं करना पड़ेगा ..। progressive content है। बस हाँ एक angle यह जरुरी है कि यह कहानी किस तरफ जायगी कोई नहीं जानता वह हमें आगे ही पता चलता जायेगा....।"

"हम्म exciting .. !! यही इस कहानी को लिखने का USP होगा, खैर अभी जो स्थिति है उस स्थिति को control में लाना होगा हमें.....।"

"अभी क्या होगा कि इस कहानी से हम दोनो की 'future lives connect ' हो जायेगी और एक नयापन define होगा और infact आप के लिए बहुत ही बढ़िया experience होगा.....। . पूरी कहानी को लिखना और उसे एक रुप देना.. set in the contemporary urban space of today . "

" सही है तो में एक काम करता हूँ , कल शाम तक मैं अभी तक की सारी कहानी की इक synopsis बना लेता हूँ और फिर जैसे जैसे कहानी आगे बढ़ेगी उसको मैं frame करता जाऊँगा ....।"

" सही है सार्थक help करने के लिए .। thanks ! तुमने मेंरी टेंशन दूर कर दी कितने दिनों से मैं एक अच्छी स्टोरी न मिलने कि जद्दो-जहद में क़ैद था...।आज बहुत आज़ाद महसूस कर रहा हूँ......। '

"अरे थैंक्स की क्या बात है एक दूसरे के काम तो आना ही चाहिए .. आखिर दोस्ती किस बात की है ? क्यों आकाश भाई?"

"बिलकुल..... "

इस बात पे दोनों आकाश और सार्थक हाथ मिलाते हैं।

"चलिए मैं आपको एक खतरनाक मोड़ जो मेंरी कहानी ने लिया है उसके बारे में रूबरु कराता हूँ। पिछले वीक में घटा एक event काफी ज़्यादा critical बन गया है मेरे लिए.....।

"I see क्यों क्या हुआ?"

"आपको याद है उस दिन हम फिल्म देखने के लिए निकल के गए थे मैं और अमितेश ...।"

- "हाँ याद है फिर....।"

"हाँ उस दिन जब हम दोनों Lido cinemas पहुँचे तो वहाँ हमें इत्तेफ़ाक़ से नेहा एक और लड़के रोहित के साथ दिखी।"

"I see फ़िर....? ."

"फ़िर क्या ...वह date पे आई हुई थी रोहित के साथ जोकि उसके आफ़िस में काम करता हैं ...। वह उसका former team lead रहा होता है उनके पिछले projects में जिनमें दोनों ने साथ में काम किया होता है। हाल ही में रोहित का promotion हुआ होता है manager के रूप में, और उसी की treat देने के लिए उसने invite किया होता है movie और dinner के लिए नेहा को वह भी अकेले..।

"और मैडम उसके साथ अकेले treat पे निकल भी आई थी....।"

"हम्मम तो यह माजरा है ... ! तुम्हे तो बहुत अजीब लगा होगा नेहा को एक अजनबी के साथ देख के वह भी अकेले एकदम अचानक सिनेमा हॉल में.... "

" हाँ बहुत surprised.. , infact हैरान हुआ मैं उन दोनों को साथ में देख कर ..। एकदम दिल की धड़कनें बेचैन सी हो गई।। have no clue क्यों ऐसा महसूस हुआ मुझे? ... ".

"feelings सार्थक feelings , अज़ीब सा दर्द देती हैं यह *feelings* .. तुम्हे भी वही महसूस हुआ होगा उस वक़्त ..। कॉलेज मेँ वह ज़्यादातर तुम्हारे साथ घूमती होगी ,इधर तुमने उसे एक अलग बन्दे के साथ घूमते देखा तो एकदम से यह feelings hurt करने लगी होगी तुम्हे......।"

"खैर फिर क्या हुआ.....?"

"फ़िर नेहा ने हमारे साथ उसका intro करा दिया और उसके as a Manager promote होने के बारे में बताया।"

"हम्मम...... नेहा उसे कितने सालों से जानती है?"

"करीब 3 साल से दोनो एक ही प्रोजेक्ट में थे ..।"

"3 साल तो अच्छा खासा समय है specially जब आप एक ही project में काम कर रहे हो इतने सालों से । एक दूसरे को जानने का मौका भी अच्छा खासा मिला है .. नेहा और रोहित को .. "

"हम्मम वह कह रही थी मुझसे, professional growth से उसकी तो वह काफी satisfied है। उसके attitude towards work कि भी काफी तारीफ की उसने।"

"हम्मम....खैर क्या हुआ आगे फिर...?"

"कुछ नहीं रोहित ने मुझसे और अमितेश से formality में पूछा कि तुम लोग भी हमारे साथ dinner करो लेकिन हम दोने ने बहाना मार दिया की हमें काम है शाम को , घर के लिए समान लाना है इस लिए we cannot join you guys .. so you guys carry on with your plans .."

– "हम्मम सही किया । क्या करते उस वक्त वहाँ। बहुत *अजीब* सा feel करते ..।"

"हम्मम वही ..। उस वक़्त यही समझ में आया मुझे।"

" Moreover नेहा ने भी ज़्यादा ज़ोर नहीं दिया चलने को।"

"अच्छा तो बस अब यही event हुआ है उस हफ़्ते में कि और भी कुछ हुआ है ?.. "

"आकाश भाई उसके बाद एक और *emotionally devastating event* हुआ है मेरे लिए......।"

"अच्छा वह क्या ?"

"उस दिन weekend के बाद अगले हफ्ता शुरु हुआ तो बीच में एक दिन नेहा ने मुझे आफ़िसtimeमें कॉल करके ccd पे बहुत ही urgently बुलाया की कुछ खास बात करनी है ..।"

"I see फिर..?"

"फिर मैं शाम को उससे बात करने पहुंचा तो पता चला ...."

शांत हो जाता है सार्थक जैसे कि उसके मुँह से अलफाज खत्म हो गए हो एक दम से... ..।

आकाश एक दम से सार्थक को हिलाता है।

"अरे सार्थक क्या हुआ बोलते बोलते रुक क्यों गये..?"

- वो".... कुछ नहीं हाँ तो फिर .... "

"फिर क्या बोला नेहा ने ..?"

"हाँ तो फिर नेहा ने एक ऐसी बात बताई कि जिसको सुन के मेरे पैरों तले जमींन खिसक गई ..।"

"क्या बात थी वह बोलो ...?"

"यह जो रोहित है उसने उस रात डिनर पे नेहा को propose कर दिया शादी के लिए..rendezvous restaurant में।"

आकाश - (shock होते हुए) क्या ....???

" हाँ और उसको यह भी बोला कि वह उससे बहुत ज़्यादा प्यार करता है और शादी करना चाहता है.....।"

"ओह, this is shocking .. तुम तो बहुत hurt हुए होगे यह सब सुनके ..?"

"हाँमेरा तो जैसे *heart sink* कर गया ना जाने कहाँ कहाँ के emotions की firing मेरे दिल ओ दिमाग पे होने लगी थी। उस वक्त बहुत mixed emotions से आने लगे मन में। दिल बहुत तेजी से धड़कने लगा। फिर मैंने किसी तरह से अपने आप पे काबू पाया ...।"

"हम्मम, यार यह तो बहुत बुरा हुआ तुम्हारे लिए ..। दुख हो रहा है सुनकर ..।"

"हाँ आकाश यह लड़का कहाँ से आ गया मेरे और नेहा के बीच ? बिलकुल भी विश्वास नहीं हो रहा है,वह भी बस एक office ka colleague है उसका .. । ऐसा भी नहीं कि कॉलेज या स्कूल का दोस्त हो ..। मैं बहुत ज़्यादा shocked हूँ और surprised भी हूँ कि इस level की बात हो गई उसके और नेहा के बीच में..।"

"हम्मम, धीरज रखो सार्थक *जस्बातों* का मामला बहुत ही अजीब होता है। आपको पता भी नहीं चलता है कि कब उस तरह की feelings आ जाती है किसी के लिए .. । हो सकता है नेहा के साथ काम करते करते रोहित के अन्दर ऐसी feelings develop हो गयीं हो और उससे ना रहा गया हो.. ...। शादी की उम्र तो तुम सभी दोस्तों की including नेहा की भी हो रही है ..। तो इसलिए उसने अपना proposal नेहा के सामने रख दिया अपना feelings को trust करते हुए ..। कौनसा लड़का आज कल अच्छी लड़कियों पे chance मारना नहीं चाहता..?"

" हाँ वह तो है.. थोड़ा पानी मिलेगा ?.. कुछ दिल में अजीब सा हो रहा है..।"

"हाँ बिलकुल अरे छोटू थोड़ा पानी लाना...... भैया के लिए।"

छोटू पानी ले के पहुँचता है और सार्थक को देता है। सार्थक पानी का एक घूँट पीता है और थोड़ा सा अच्छा महसूस करता है।

"सार्थक मैं समझ सकता हूँ जिस situation से तुम गुजर रहे हो, लेकिन हम लोग hope नहीं छोड़ सकते.. ।ऐसी स्थिति में थोड़ा patience रखो .. अच्छा यह बताओ जब रोहित ने उसे propose किया तो नेहा का क्या reaction था? उसने तुम्हे बताया कि वह इस proposal को लेकर क्या सोचती है ? फिर उसने रोहित को उस वक्त क्या जवाब दिया..?"

सार्थक -हम्म तो नेहा का जवाब यह था कि वह उसे अभी इतना जानती नहीं है एक personal level पे कि उससे शादी करने का फैसला ले सके । लेकिन हाँ वह उसे वैसे पसन्द है professionally, उसने अच्छी growth दिखाई है अपने कैरियर में, विशेष रूप से बहुत जल्दी manager भी बन गया है। इसके अलावा.. helpful है forward looking है.. as far as professional aspects are concerned और जिन हालातों में दोनों ने कंपनी में एक दूसरे के साथ काम किया है।

यह सब उसको उसमें ठीक लगता है लेकिन"personal life " में वह कैसा है वह जानकरी उसे अभी नहीं है ..। इसलिए उसने यह

फैसला किया है कि वह उसे date करके judge करेगी कि वह उसके साथ personally कैसा feel करती है और उस आघार पे आगे शादी के लिए सोचेगी की उसके साथ आगे बढ़ा जा सकता है कि नहीं ...।

"I see तुम्हारी बातों से ऐसा लगता है नेहा काफी intelligent ..और practical लड़की है.. और intelligence का काफी effectively इस्तेमाल करती है it seems ..."

-**सार्थक** – hmmm true ..इन बातों से तो लग भी रहा है की काफी जायदा practical है। बिलकुल भी उसने अपनी feelings को mix नहीं किया ..। जैसा भीव ह उस बंदे के लिए professionally सोचती है उसको बिलकुल भी personal level पे assume नहीं करना चाहती है। Infact date करके देखना चहती है कि बंदा निजी जीवन में भी उसे equally पसंद करता है कि नहीं **?** क्या वह उससे emotionally connected feel कर पाएगी on a personal front **..**? I believe यह सब aspects वह evaluate करना चाहती है रोहित की personality के बारे में **..**।

आकाश -बिलकुल .....महीन लेकिन एक दम clear cut life changing difference है क्यों. उसके thought process में...**?**

सार्थक- हाँ और आप ने यह भी सही फरमाया की नेहा काफी intelligent और clever है अपने attitude में **...**इंजीनियरिंग कॉलेज में भीवह बहुत अच्छे से लड़को को handle करती थी। देखने में भी अच्छी थी, थोड़ी dusky और charming थी तो सभी लड़के चाहें सीनियर हो या अपने बैच के हो उसे approach करने की कोशिश करते थे लेकिन वह बहुत ही smartness के साथ और cleverly dealing देकर उन्हें निकल जाती थी..। बहुत ही तेज तर्रार लड़की है। उसको पता है किसको अपने कितना करीब लाना है और किस level पे treat करना है एक अलग तरह की maturity है उसमें अपने आप को लेकर काफी clear सोचती है वो....।

-" I see अच्छा describe किया तुमने उसके बारे में **..** शायद यही कारण है कि तुम उसे बाहुत पसंद करते हो उसके charisma

और personality से काफी जायदा attracted हो। उसके अंदर की maturity और attitude तुम्हे attract करता है उसकी तरफ ..।"

"हाँ सही कहा आपने (शायद ऐसा ही) है...।"

-" हम्मम तो अब scene यह है की उसका dating period शुरु होगा रोहित के साथ ..**?**"

"हाँ correct "

"तो इसका मतलब है कि वह अब तुमसे मिलाना जुलना कम कर देगी और रोहित से ज़्यादा मिलेगी उसे personal level पे evaluate करने के लिए **..?**"

-"हाँ .. यही route लगता होगा उसका आगे का **..**।"

"हम्मम तो एक काम करते हैं, तुम भी अब अपना आगे का game इसमें जोड़ दो और अब इस route को complicated और ज़्यादा interesting और thought provoking बना दो "

"वो कैसे थोड़ा elaborate करो आप....?"

"हम्मम elaboration में बहुत अलग level की कलाकारी शामिल है सार्थक इसमें कलाकारी दिखनी चाहिएअपन लोगो की और थोड़ी तुम्हारी किस्मत भी काम करनी चाहिए.. अगर हम favorable results चाहते है तो....।"

"हम्मम शुरू करते हैं है फिर game **,**बताए क्या करना है मुझे ..**?**"

"सुनो अब जब इस तरह का *scene* है कि आर पार वाली स्थिति हो गायी है तुम्हारे लिए, तो तुमने जो काम अभी तक नहीं किया है नेहा को propose करने का वह अब कर दो **...** यही सही समय है ..।"

सार्थक- क्या ..**?** आप serious हैं आपको लगता है कि मुझे वह करना चाहिए**?**

"हाँ बिलकुल **...** बिलकुल करना चाहिए।.. यही समय है .।. देखो .. तुम उसके अच्छे दोस्त काफी समय से रह चुके हो और अगर practical रूप से देखा जाए तो इस समय तुम उसके साथ बहुत समय से close and friendly relationship में हो....और उसे एक life partner के रुप में देख रहे हो। इसलिए तुम्हे अपने जीवन को उस दिशा में मोड़ना पड़ेगा क्योंकि तुम अपनी feelings को लेकर clear हो की बस मुझे इसी बंदी से शादी करनी है और अपनी आगे की ज़िन्दगी गुज़ारनी है इसके साथ ..।"

"हम्मम सही बात है कब तक दोस्ती अब लगभग 9 साल होने को आए है दोस्ती को, कब तक ऐसा चलेगा और वैसे भी मेरे पास और भी दोस्त है, इस case में *मुझे उसकी दोस्ती* नहीं *lifelong partnership even future में मेरी lover और wife के रूप में चाहिये।* साफ तौर पे बोलना पड़ेगा उसको .. हम्मम लेकिन एक problem है "

– बोलो ..

"वो रोहित तो उसे पहले से ही propose कर चुका है और अब मैं भी propose कर दूँ, कैसा लगेगा नेहा को.. कि मैं भी कुछ और चहता हूँ उससे?"

आकाश – देखो तुम यह मत सोचो कि उसको कैसा लगेगा ..। जब वह तुमसे रोहित के proposal पे चर्चा करने आई थी तब उसने सोचा कि तुम्हे कैसा लगेगा बताओ..?

सार्थक- हम्मम सही कह रहे हो, वह क्यों सोचेगी ...? पे उसे मैंने propose थोड़े कर रखा था .. या फिर आपनी feelings बता रखी थी ..।

"सही .. तो अब वही situation है तुम्हे उसको अपनी feelings को बताना है,वह तुम्हारी इस बात को किस तरह लेती है यह हम बाद में देखेंगे। वह उसके reaction पे depend करता है लेकिन अब तुम्हे उसको अपने दिल की बात बताना बहुत ज़रुरी है .., ताकी अगर उसके दिल में तुम्हारे लिए कहीं छुपा हुआ प्यार या मोहब्बत है ... तो वह clearly बाहर आए .. .। आगे आने वाले दिनों में , इतने दिनों में अगरवाकईमें वह कहीं छुपा हुआ बैठा है।"

"Right ..अभी उसे पता ही नहीं है कि मैं उसको किस तरह से feel करता हूँ और उसे किस level पे लेता हूँ , उसे बताने की ज़रूरत है . .। सही.. कह रहे हो आप।"

"बिलकुल, बहुत ज़रुरी है उसे अपने दिल की बात बताना इस वक़्त तुम्हारे लिए।"

"Thanks आकाश मैं अब बहुत better feel कर रहा हूँ ..। Much better infact.....!!"

हम्मम ... great .. !!

"लेकिन एक बात यह बताओ आकाश अगर उसने मना कर दिया तो सारी कहनी ही खत्म हो जायगी , मेरा दिल टूट जाएगाऔर शायद दोस्ती भी ..।"

"hmmm यह एक possibility है, लेकिन फिर वही बात है की तुम अपने को लेकर इतना negative क्यों हो?, क्योंकी एक बात हमें भी clear है कि नेहा रोहित को personal लेवल पे evaluate करना चाहती है और अगर वह personal level के बजाय केवल professional angle से देखती रोहित को तो उसे उसी दिन हाँ कर चुकी होती जिस दिन रोहित ने उसे propose किया था ...। उसको date करने का विचार नहीं बनाती। इसलिए hopeful रहो क्योंकि जितना तुमने बताया है उससे यही लगता है कि तुम्हे personal level पे काफी पसंद करती है वो...।.अपनी हर छोटी-बड़ी बात *share* करती है ,...और तुम पे विश्वास है। अगर उसे life partner के angle से ऐसा बंदा चाहिए तो क्या पता हो सकता कि तुमने उसे अभी तक propose नहीं किया है तो उसे लगता हो कि शायद तुम उसे सिर्फ दोस्त मानते हो , उसे उस तरह से पसंद नहीं करते.........।"

"हाँ correct अब सब कुछ साफ़- साफ़ दिख रहा है... हो सकता है यह भी एक possibility है........।"

"हाँ इसलिए उसे propose करो और फिर देखते हैं कि वह कैसे लेती है तुम्हारे proposal को और accordingly आगे बढ़ा जाएगाइस मामले में.. Be a man dude .. "

"सही आकाश भाई (thanks बहुत अच्छा लग रहा है)...... "

"Cool , चलो अब "lunch " करते हैं......।"

"एक मिनट आज आप का दोपहर का lunch मेंरी तरफ से, अच्छे रेस्तरां में चलते है .. आप ग्रील्ड chicken खायेंगे . एक बढिय़ा Sizzler Joint है इंदिरा नगर में उधर चलते है...।"

"I see .. अरे रहने दो तुम हो आओ , मेरे लिए घर पे खाना already बना होगा मैं वहीँ खा लूँगा ..।"

नहीं आकाश सर चलना तो पड़ेगा आपको मेरे साथ, इतना light महसूस कर रहा हूँ सिर्फ आपकी वजह से।"

"अरे यार light तो मैं भी महसूस कर रहा हूँ। 😊 "

वो कैसे ..?

"क्योंकि मुझे मेंरी दिलचस्प कहानी जो मिल गायी है जो मैं इतने समय सेढूँढरहा था .. और वह भी तुम्हारी वजह से .. thanks यार ... feeling very relaxed ..."

"अरे आकाश thanks की क्या बात है यह सब तो ऊपर वाले का किया हुआ संजोग है जो सही हिसाब से जुड़ गया हमारे बीच। thanks , मेरे हिसाब से हम दोनो को ऊपर वाले को करना चाहिए..।"

"हम्मम सो तो है।"

सार्थक और आकाश (एक साथ आसमान की तरफ देखते हुए)" Thanks भोलेनाथ बस आगे भी हम दोनो का साथ देते रहिए ...। 😅

सार्थक- चलो अब निकलते हैं आ जाओ आप bike पे...।

आकाश - ठीक है चलो.....।

Routine

आकाश और सार्थक दोनों इस अच्छी फीलिंग के एहसास को और अपनी अपनी lives के *बदलते मौसम* को महसूस करते हुए करीब 3 बजे तक Sizzlers Joint इंदिरा नगर पहुँचते हैं। आकाश पहली बार रोहित की R15 पे ride लिया होता है।। आज से पहले वह

कभी स्पोर्ट्स बाइक पे बैठा नहीं था। जब sizzlers पे वह बाइक से उतरता है तो उससे रहा नहीं जाता है और वह कहता है ...

"सार्थक यार एक बात बताओ यह bike तुमने अपने मन से ली है की नेहा को इम्प्रेस करने के चक्कर में खरीदी है ?"

– " Ha Ha good one आकाश bhai ..50-50 कह सकते हो आप । "

- " jokes apart .. अभी तुम जो 8 मिनट में कस्तूरी नगर से इंदिरा नगर खींच लाए मैं तो imagine ही नहीं कर सकता था अपने Honda Activa पे। क्या feel है इस पे बैठने का ...extremely enjoyable मज़ा आ गया ।"

- "हाँ *different experiences* को महसूस करने के लिए इस पे खर्चा किया गया है। "

– " I see **...** लड़के शौक़ीन लगते हो तुम। "

"थैंक्स आइये अब sizzlers के अंदर चलते हैं , उसका experience लेते हैं "

– " हाँ चलो।"

"यह तो काफी मस्त restaurant है..। यहाँ सिर्फ Sizzler ही मिलते है**?**"

"हाँ Sizzler का ही USP है इनका,वह ही serve करते हैं..।"

"अच्छा Sizzler से याद आया वह एक और मुद्दा जो "Sizzle " कर रहा है तुमरी life में उसकी भी चर्चा कर लेते है इस लंच पे , क्या कहते हो ?"

"हाँ बिलकुल क्यों नहीं लेकिन चलो पहले order यहाँ दे दें। यहाँ समय लगता है Sizzler आने में ....।"

"ज़रूर ..।"

सार्थक 2 combo Sizzler ऑर्डर करता है.. और जब तक वह आता है ,चर्चा शुरु हो जाती है दोनो के बीच ..।

"हाँ तो अब तुम्हारे अगले issue पे चर्चा करते है ..।"

"जी पूछिए ..।"

"अब दिक्कत यह हैं *कि सार्थक को रोज़ के routine से दिक्कत है, पहले routine को खोलते है क्या है यह routine? क्यों यह इस तरह कि दिक्कत देता है ?"*

"सार्थक routine सिर्फ एक हमारे मन और दिमाग का बनाया हुआ शब्द है जोकि हर काम में लागू हो जाता है .. क्यों तुम्हे क्या लगता है....?

"हाँ वह तो है .. जो भी काम हम पूरे दिन करते है " पैसे "कमाने के लिए और इसे रोज़ रोज़ repeat करते हैं उसे ही routine का नाम दे देते है....।"

"वोही.. और एक बात यह भी है जो हर जगह लागू है कि इस दुनिया में काम करना ज़रूरी है क्योंकि पैसे से दुनिया चलती है और पैसे कहाँ से आते है जब हम कोई काम करते है और जब वह पूरा हो जाता है तो उसके बदले में उस काम के हमें पैसे मिलते हैं।"

"पर यह ज़रूरी तो नहीं है कि हमें वह काम पसंद हो जिसके हमें पैसे मिल रहे हैं..?"

" हाँ ज़रुरी नहीं है लेकिन बिना काम के आप survive कैसे करेंगे आज कल के समय में ? यह भी तो सोचो?"

"जीने के लिए खाना खाना जरुरी है और खाना खाने के लिए पैसा कमाना जरुरी है और पैसा कमाने के लिए कोई काम करना जरुरी है...।"

"हम्मम बहुत convoluted है यह सब...।"

"हम्मम अच्छा तो यह बताओ....??"

इतने में वेटर sizzler लेकर आता है ..।

एक उसमें से chicken sizzler होता है और दूसरा lamb sizzler.. lamb sizzler सार्थक ने मँगवाया होता है और chicken sizzler आकाश ने, sizzler की अवाज शायद पहली बार सुनी होती है आकाश ने ..वह एक दम excited हो के बोलता है..।

"अरे सार्थक इसको खाते कैसे हैं ? इस base में ही खायें या plate में भी निकल सकते है?"

सार्थक- एक दम हँस पड़ता है ..।

"हा हा अरे दोनो जगह से खा सकते है आपको जो easy लगे। 😊 "

"I see direct sizzler से खाना tough है .. भाई ! जल गया तो ..? .. 😊 इसलिए मैं इसे प्लेट में ही निकाल के खाता हूँ ..।"

आकाश सीधे से प्लेट में निकल के खाना शुरु करता है ..। खैर forkऔर knife से खाने में इसे कोई दिक्कत नहीं है ,वह उनका बखूबी इस्तेमाल करता है sizzler खाने में।

पहला bite लेता है sizzler का और फिर एक दम से कहता है।

" मजा आ गया...। lovely taste "

– " हाँ tasty होता है ,आपको जरुर पसंद आयेगा।"

–" हम्मम ... तो कहाँ थे हम..?"

"आप कुछ पूँछ रहे थे..।"

"हाँ अब यह बाताओ की तुम्हारे interests क्या क्या है ? .. "

"मेरे बहुत सारे interests है आकाश जी .. स्कूल समय से मुझे क्रिकेट में बहुत interest था.. खूब क्रिकेट खेला...।"

"फिर जब इंजीनियरिंग करने आए तब वहाँ पे भी क्रिकेट खेला , जब job में आया फिर क्रिकेट अचानक छूट गया और में नौकरी में stable होने की कोशिश करने लगा .. क्योंकि यह ।T . का profession बहुत challenging है।"

"इंजीनियरिंग में जो भी हम पढ़ के आते हैं उसका इस्तेमाल ज़्यादातर इधर काम में होता नहीं है तो शुरू में मुझे बहुत मेहनत करनी पड़ी तो सारा तन मन धन सब उसमें ही लगा दिया कि किसी तरह job में set हो जायें आज 5 साल हो गए है काम करते करते पर अब मन ऊबने सा लगा है यह रोज़ कि वही मारा-मारी से ..।"

" वही code लिखो चालाओ फिर एक और requirement समझो फिर उसका code लिखो चालाओ . .।. बकवस लगता है यह सब अब ... .। बंध के रह गए है इस काम में । कुछ और सोच नहीं पाते हैं ,दिमाग भी जैसे बंद सा हो गया है. .।.... *creative liberty* नहीं है इस काम में ... *एक fixed format में चलता रहता है सब कुछ.. ।"*

–" क्रिकेट दोबारा शुरु कर सकते हो क्या ? लेकिन शायद उमर का भी तकाजा है पहले से ही 30 के ऊपर हो ...।"

- "हम्म सही कहा अभी मैं खेल सकता हूँ, लेकिनअभी सर्फ interest point of view से ही खेलूँगा career बनाने के perspective से नहीं। Technically मैं अभी तक तो स्कूल कॉलेज level पे ही खेला था.. उसके आगे नहीं । मैं यहाँ कोई club में शामिल हो सकता हूँ और खेल सकता हूँ लेकिन सिर्फ खुशी के लिए .. । एक अच्छे professional level पे अपना खेल improve करूँगा.. .. । Creativity क्रिकेट में भी बहुत है....।"

"I see ..good thought इसके अलावा अपने ongoing life की journey में तुम्हे और कोई interest develop हुआ जिसने तुम्हें अपनी तरफ attract किया हो?"

"हाँ इस दौरान फिल्में देखने में काफी interest develop हुआ है मेरा , specially आजकल के समय में थोड़ी different movies आने लगी है। Content अच्छा आ रहा है , फिल्मों में acting बढिय़ा होती है। अच्छे-अच्छे actors आने लगे है फिल्मों में . बढ़िया अभिनय देखने को मिलता है .। . Craft पे focus अच्छा है teams का in all areas of filmmaking "

– "यह सुनकर लगता है तुम्हे *creative arts* के प्रति रुझान हो रहा है।

तुम्हारा झुकाव उसी तरफ लगता है ? "

"हां बिलकुल .. क्योंकि science काफी structured है। एक limitation में हम काम करते है। लेकिनareas like filmmaking , acting , direction , writing इनसब areas में बहुत creative depth है involve होने की and there is no limit to learn and apply there . बहुत interesting space है अपनी creativity को showcase करने के लिए...। *मैं अपनी creative skills को explore करना चाहता हूँ*। मुझे कोई जल्दी नहीं है । मैं इसे मसाला चाय की तरह मजे लेते हुए करना चाहता हूँ जैसा कि हम सब आप के uber cool कैफे पे देसी चाय enjoy करते है ।"

"अच्छा... तो इसमें से कौनसा area तुम्हे लगता है जिसे तुम आगे बढ़ा सकते हो ताकि अपनी रोज़ की बंधी बंधाई ज़िन्दगी से कुछ लम्हे अपने मन के चुरा सको और एक creative liberty की तलाश कर सको अपनी ज़िन्दगी में....।"

-" हम्म अच्छा सवाल है। अभी हाल ही में हम लोगों ने वह पिक्चर देखी थी '*Race*' *2* **...**

ज़बर्दस्त फिल्म थी , firstपार्ट की तरह सेकंड पार्ट भी ज़बरदस्त था मूवी का। infact मुझे सैफ की acting बहुत पसन्द आई .. रेस के दोनों पार्ट्स में। गज़ब की acting थी moreover movie content भी बढ़िया था **..** कहनी में बहुत ट्विस्ट थे और गज़ब का actors का coordination था .. अक्षय खन्ना भी शानदार थे एक विलेनके रुप में..... रेस firstपार्ट में।"

सार्थक – इसलिए उसको देखने के बाद मुझे लगा कि क्यों न *मैं acting फील्ड को एक्स्प्लोर* करूँ ? इस line में गहराई है..., variety है... personality development बहुत बढ़िया है.. विभिन्न प्रकार के किरदार निभाने को मिलेंगे.......।.अभी क्या है सिर्फ एक IT Professional की character में ही रहता हूँ मै....। हर रोज़ हर हफ़्ते .. अब इसमें change आयेगा, थोड़ा माज़ा आयेगा .. *theatre* करुँगा में वहाँ पर अभिनय सीखूंगा और करुँगा, अलग अलग नाटक में काम करुँगा।.. कुछ इस तराह बढ़ूगा इस area में फिर देखते हैं आगे क्या होता है। *अभी इस passion को अपने कल्टीवेट* करू *गा nurture* करूँ *गा......।*

aah there you go .. देखो जवाब तुम्हारे पास ही है, cool रहो फिर .. । तुम वहाँ से शुरुआत कर सकते हो.. और इस interesting field . को explore कर सकते हो , मुझे लगता है कि इसमें अच्छा perform करने के लिए तुम्हें writing process और filmmaking को भी काफी करीब से समझना पड़ेगा ताकि तुम actor की relevance को समझ सको इस पूरी process में। वह कैसे fit

बैठता है और कैसे वह फिल्म को आगे ले जाने की दिशा में contribute करता है .। मज़ा आयेगा तुम्हें काफी ..।"

"इतने में वेटर आ जाता है lunch का बिल लेकर.।. सार्थक बिल का भुगतान करता है और फिर दोनो लोग चेले आते है अर्बन ढाबा..।"

At Urban Dhaba ... - 6 PM IST

आकाश – so I hope कि यह ' routine ' problem कुछ solve होती दिख रही है हमें ?

– "Lovely सर .. बिलकुल आपकी analytical skills गज़ब की है एक दम core को strike करते हो ..। Great आकाश सर आज का दिन जबरदस्त रहा....काफी confusions clean हो गए क्यों ? "

"हाँ यार कल शाम से काफी clarity establish हो गई है life में मेंरी और तुम्हारी दोनो की ..।. शायद यही observation की power है मेंरी.. .। जैसा मैंने तुम्हे कहा था कि मैं बचपन से ही अपने आस पास के environment को महसूस करता था ,काफी कुछ सीखने को मिलता था उससे शायद आज उसका फायदा ही मिल रहा है....।. "

"और अगर तुम गौर करो तुम्हारी वह focus और concentration ना करने वाली समस्या है उसका भी उपाय मिला हमें ..। तो मुझे लगता है कि आफ़िस में भी तुम्हारे manager को अब चिंता नहीं होगी .. जैसा कि तुम clear रहोगे mind में की अपने आफ़िस के काम और अपने passion को कैसे in parallel pursue करना है अच्छे से... तो overall इस तरह से तुम मन लगाकर काम करोगे ..।"

" अब तुम्हारे पास एक नया purpose है apart from spending your energies and time on IT projects जो तुम्हे

restrict करती हैं और तुम अपने self को further explore नहीं कर पा रहे हो और शायद इसलिए तुम्हें confusion है .. और यही चीज़ तुम्हारे manager ने पकड़ी है .. कि तुम्हें अपने को पहचानने की ज़रूरत है on a bigger scale "

" सही कह रहे हैं आप... यह problem definitely solve होगी मेंरी.. ,जहाँ तक passion की बात है देखते हैं कि इस लाइन में कुछ कर सकते हैं...तो आगे .. थोड़ा realistically चलना होगा ..।"

– आकाश भाई एक विचार और आया है..

बोलो सार्थक...

"कुछ तो बात है आप के urban dhaba में .. कुछ तो ऐसी हवाएँ हैं जो यहाँ चलती है जो जीवन पर जमी धूल को साफ़ करती है ..।"

" हँ एक दम fresh महसूस कर रहें है हम दोनो...। clear feel कर रहे हैं हम दोनों जबसे आजके दिन कि शुरुआत हमने वहाँ से की है आजके और वैसे भी।"

"After few days of dedicated interactions that happened there I am getting incredible vibes and energy I must say .. "

सार्थक (बाइक स्टार्ट करते हुए) - चलिए फिर मैं निकलता हूँ . ।.अब इन thoughts को execute करने का समय है .. और फिर देखते हैं आगे क्या होता है..।

आकाश - बिलकुल ...यही जीवन है । ...शायद इसीलिए गीता में लिखा है

" *कर्म करो फल की इच्छा मत करो।* "

सार्थक आकाश को bye करता है café पे और खुदनिकलता है अपने घर.. । काफी *satisfied* महसूस कर रहा होता है सार्थक उस दिन..।

Onsite

Next week Wednesday को नेहा अपने आफ़िस में अपनेमैनेजरके केबिन में enter करती है। शायद उसकेमैनेजरने उसे वहाँ किसी ख़ास काम के लिए बुलाया होता है। सुबह के 10:30 am IST बज रहे होते हैं।

नेहा - आपने बुलाया सर? , Good Morning ..Saw your mail once I logged in for the day ..

नेहा का मैनेजर- हैलो नेहा Good Morning yes please have a seat ...

sure सर ..।

नेहा अपने नोटपैड और पेन जिन्हें वह अपने हाथ में लिए होती है उन्हें टेबल पे रखती है है और सामने पड़ी सीट को खींच कर उस पे बैठ जाती है।

नेहा की मैनेजर- तुम्हें पता है ना रिलीज होनी वाली है अमेंरिका में next month end?..

नेहा - Yes

"हां, तो मैं चाहता हूँ कि आप अमेंरिका में Deployment टीम में शामिल हों ताकि UAT closure होने के समय urgent fixes पर आप उनकी मदद कर सके।"

नेहा - मतलब , कि सर आप चाह रहे हैं कि मैं Boston जाके support करूँ application का UAT closure करने के लिए?

नेहा के मैनेजर- हाँ... आप B1 Visa पे जाओ just be there to support on the fixes with the team .. if you stay there we can deliver fast as I am really impressed with the way you have supported so far during the ongoing UAT from offshore ..!!

- **"ठीक है सर,.** really you surprised me with this news .. A quick tour to US would be good for my career . as well .. "

"indeed yes **,** मैं mail ड्रॉप कर रहा हूँ तुम्हे अपनी बी1 visa processing initiate कर दो 20-25 days में आ जायगा ..।"

"Hopefully if all goes well .. by mid of next month, you will be flying to US... **"**

"ओके सर ..।"

नेहा के मैनेजर- fine you can leave now and get started with the day ..

Thanks Sir **..** 😊

नेहा वहाँ से उठती है और आपनी सीट पे चली जाती है ..। उसकी दिल की धड़कनें बहुत तेज़ हो जाती है as बहुत unexpected news उसे मिलती है आज दिन की शुरुआत में ही। बहुत excited महसूस करती है वह इस वक़्त। अपने घर पे फोन करके सबसे पहले वह अपनी मम्मी को बताती है कि वह अगले महीने US जा रही है। सब बहुत खुश होते हैं घर में, यह न्यूज़ सुनकर। .. फोन रखने के बाद...., कुछ सोचते हुए नेहा खुदसे बोलती है.......।

" Let me call निरपेश now .."

नेहा निरपेश को फोन लगाती है।

"नेहा calling" blinking on निरपेश's phone **:**

At निरपेश *'s office*

निरपेश " नेहा Calling " देख कर कुछ सोच के तुरंत फ़ोन काट देता है.।

"अरे फोन काट दिया निरपेश ने .. दोबारा करती हूँ ..।"

"अरे दुबारा कॉल कर रही है .. *मुझे क्यों कर रही है रोहित को करे* ..? क्या हो गया है इसे ?"..

निरपेश फोन उठाता है .।.

बहुत ही रुखी अवाज में बोलता है...।

–" Hello ...Ya Hi नेहा बोलो *क्या काम है?*"

"क्यों काम के लिए ही फोन करती हूँ मैं क्या ....हमेशा ..तुम्हें , जो तुम ऐसे बोल रहे हो ?"

"अरे, नहीं work की वजह से stress है यार बोलो .. बहुत काम है आज।"

"हम्मम, अच्छा सुनो मैं US जा रही हूँ , अगले महीने के end में ..।"

निरपेश (**एक दम से surprise होते हुए और दिल में बेचैनी वापस से फील करते हुए**)- क्या .. अच्छा... I see .. कितने समय के लिए..

"अरे B1 पे जा रही हूँ अभी तो फिलहाल *minimum* एक महीने के लिए post production release तो मान के चलो ,लौटने कामैनेजरने कुछ बताया नहीं है हो सकता है थोड़ा extend हो जाए...। may be overall for 3 months "

–" अच्छा... क्या हुआमैनेजरको तुम्हारे इतना मेंहरबान है तुम पे अचानक से ? "

"तुम्हें "onsite " भेज रहा है वह भी US . "

– "impressed है मेंरी performance से, इसलिए भेज रहा है ...।"

" तुम्हारेमैनेजर की तरह नहीकि कहे फोकस and कंसंट्रेशन पे इम्प्रूव करो।"

निरपेश (**एक अजीब सी बेचैनी महसूस करते हुए अपने दिल में**) – hmmm I can sense that ..हाँ वैसी भी आजकल तुम्हरा performance life के हर आस्पेक्ट में टॉप पे चल रहा है .. bang on target जिसे कहते हैं ..।

काफी लोगों को impress कर रखा है .. तुमने।

नेहा – क्यों *comment* मार रहे हो ? खुशी नहीं हुई तुम्हें यह सुनके कि मैं अमेंरिका जा रही हूँ ?

– " नहीं ऐसी बात नहीं है " मैं खुश हूँ".

अच्छी बात है की तुम "States "जा रही हो ..।

रोहित को बताया कि नहीं अभी तक?

you can share your news and happiness with him "

"क्या यह एक और comment है? इतना formal क्यों behave कर रहे हो..?"

"अरे formality कि क्या बात है यार, उसको पता होना चाहिए आखिरकार तुम लोग एक दूसरे को *date* कर रहे हो ..।"

"हाँ मैं उसे बताऊँगी । याद दिलाने के लिए शुक्रिया, । believe मुझे उसको ही पहले बताना चाहिए था ,बेकार में तुम्हें मैंने पहले कॉल किया , चलो मेरे पास बहुत काम है बाद में बात करती हूँ तुमसे ..।"

" ठीक है ..।"

निरपेश वापस से अपनी सीट पे बैठ जाता है और शायद नेहा के onsite जाने की न्यूज़ सुनने के बाद

" नेहा की उससे दूर जाने वाली फीलिंग " निरपेश के मन में और गहरी होने लग जाती है ...।

पूरे दिन उसका कुछ ख़ास काम में मन नहीं लगता है और वह जल्दी घर चला जाता है।

वैसे भी आजकल वह नेहा को office से pickup करने जाने में भी कोई interest नहीं दिखा रहा होता है।

कई बार नेहा को sms ड्राप करके कि वह नहीं आ पाएगाशाम को सीधे अपने घर निकल जाता था आफ़िस से .।

नेहा रोहित को भी कॉल करके बताती है इस बारे में .। ..वह भी normal ही response देता है ऐसा कोई बहुत excited नहीं महसूस करता है news को सुनकर ..। नेहा सोच में पड़ जाती है कि इस प्रकार की reactions क्यों आ रहे हैं दोनो करीबी दोस्तों से

उसके..। खैर इसी कशमकश में वह शाम के समय फोन करती है निरपेश को..।

"अरे निरपेश तुम आ रहे हो मुझे लेने ? waiting for you "

"नहीं नेहा में आज जल्दी निकल गया घर.. .। तुम Taxi करके चली जाओ।"

"अरे तुम्हारा sms भी नहीं आया आज ? कम से कम एक फोन करके बता देते ..?"

"अरे यार हर छोटी छोटी बात के लिए तुम्हें बताना ज़रुरी है क्या ...?

भूल गया sms करना तुम्हें आज ...।"

"कभी कबार भूलने की permission है कि नहीं मुझे ?"

"तुम कोई दूध पीती बच्ची हो जो अपने आप नहीं जा सकती अपने घर ?"

"कुछ मेंरी भी अपनी personal space है ... की नहीं की हमेशा तुम्हारे ही हिसाब से चलाऊँगा अपनी ज़िन्दगी?"

"इस तरह से बात करोगे मुझसे ..? ठीक है मैं खुदअपना ध्यान रख सकती हूँ thanks .! .और हाँ कल से कोई जरुरत नहीं है, कभी भी मुझे pickup करने के लिए do u understand ..? । "I can manage on my own .."

नेहा फोन रख देती है और फिर cab करके अपने घर चल देती है.... ।

नेहा - (cab में सोचते हुए..) यह निरपेश को क्या हो गया है ? आजकल इतना rude क्यों behave कर रहा है मेरे साथ? ..Very surprising ..

फ़िर कुछ सोच कर वह आपनी roommate वर्तिका को फोन करती है...।

Hey वर्तिका ,घर आ गईं तुम?

वर्तिका - हाँ यार मैं तो घर पे ही हूँ अभी थोड़ी देर पहले आफ़िस से आई चाय बना रही थी । तू .. कहाँ है?

"मै भी घर को आ रही हूँ कैब से.....।"

वर्तिका - क्यों? निरपेश कहाँ है? Is he not dropping you today ..?

-" अरे यार वह मेरा Driver थोड़ी है जो हर बार pick n drop करेगा..वह जल्दी चला गया घर आज.... ।"

–" अच्छा I see ... "

"चल मैं घर पहुँच के बात करती हूँ । मुझे कुछ important बात करनी है तुझसे आज..।"

-" हाँ sure आ जा में तेरे लिए चाय भी बना लेती हूँ साथ में hope you are nearby .. "

"हाँ यार पास में ही हूँ. ।. दस मिनट में घर पहुँच जाऊँगी ..।"

-" ठीक है आज जा मैं चाय बना के रखती हूँ तेरे और अपने लिए..।. 😊 "

नेहा – ok bye love !

शक

नेहा के घर के ड्राइंग रूम में एक मिड साइज की rounded कॉफी टेबल होती है जिसके चारों ओर २ वुडेन सोफे की कुरिस्यां रखी हुई होती हैं और एक बड़ा लम्बा वुडेनसोफा रखा होता है। ड्राइंग रूम

के side में एक ओपन किचन बना हुआ है। ड्राइंग रूम से किचन दिखता है ।टीवी कॉफ़ी टेबल के एक दम सामने सामने रखा होता है।

नेहा घर में enter करती है ।करीब रात का 8:30 बज रहा होता है।

नेहा (**सोफे पर अपना Laptop बैग फेकते हुए**) - अरे वर्तिका, दरवाजा क्या मेरे स्वागत में खुला छोड़ा हुआ है मेंरी बहन ?

नेहा वहाँ पड़े सोफे पे बैठते हुए टीवी खोलती है।

वर्तिका (किचन से झाँकते हुए) - धत, इतनी भी important नहीं है तू। अरे यार आजकल गरमी बहुत पड़ रही है Bangalore में, तो मैंने सोचा थोड़ी देर के लिए खोल के रखूँ दरवाजा , ताकि cross ventilation होता रहे..। खैर और बता कैसा"रहा दिन तेरा? कुछ important बात बताने वाली थी तू ?

बात ख़त्म होते ही Tray में 2 चाय लेकर वर्तिका नेहा के पास ड्राइंग रूम में आती है और उसके बगल वाली सीट पे बैठ जाती है।

वर्तिका रिमोट से टीवी की साउंड कम करती है ताकि बातचीत करने में आसानी हो।

यह करने के बाद फिर दोनों चाय का कप हाथ में उठाते हैं और अपनी बातें शुरू करते हैं।

नेहा (चाय का घूँट लेते हुए) - बस ऐसे ही लेकिन एक छोटा सा change हुआ पूरे routine में आज के ?

" I see interesting कैसा change यार ? अभी थोड़े दिन पहले तो एक surprising और exciting event हुआ था तेरी life में ..। आज क्या हुआ मेरा जान, रोहित बाबू कुछ और gift दिए क्या तुझे impress करने के लिए ?"

"अरे नहीं यार, आजमैनेजरने अपने पास बुलाके मुझे बोला की तुम कुछ दिनो के लिए America जाओ...।"

" क्या बात है onsite? सही में... "

" जी बिलकुल....।"

वर्तिका (हाथ मिलाते हुए नेहा से) – amazing यार, congrats कितने समय के लिए जा रही हो...?

" यार वैसे तो कुछ समय के लिए है, but it would be a welcome change over the daily routine isn't it वर्तिका ..? what do u feel ..?"

वर्तिका – बिलकुल और थोड़ा freshness रहेंगी तेरी life में। उधर हाँ काम भी रहेगा, लेकिन environment भी change होगा और तुम कम से कम weekend के दौरान कुछ interesting places को visit भी कर सकती हो ..।

इतने में वर्तिका फ्रिज से जलेबियाँ लेकर आती है नेहा का मुँह मीठा कराने के लिए।

नेहा(इतराते हुए बोलती है)

- हाँ यार, पता करती हूँ Boston और उसके suburbs में में क्या क्या घूमने को है ।.. .. 😊

"Bitch **...** you are making me jealous .. "

"खैर यह ले मुँह मीठा कर .. आज आते ही जलेबियाँ खाने की इच्छा हो रही थी तो office से आके बनाई है मैंने...। "

"अरे वाह इतनी जल्दी तूने कैसे बना दी यह?"

"अरे सुबह जब आफ़िस गई थी तभी सारी preparation कर दी थी शाम को आते ही जलेबियाँ तल दी मैंने .. ...। 😊 "

"wow lovely **!!**.. Love u वर्तिका.. ...। तुरन्त मुँह में डालते हुए**..** जलेबियों को .. amazing यार क्या taste है, *you are an amazing cook यार* ! कहाँ तू यह IT के चक्करों में फँसी हो? तुझे तो अपना restaurant खोलना चाहिए ? तुम इतना अच्छा खाना बनाती हो... ...।"

"अरे मेरे ऐसे नसीब कहाँ यार कितना investment लगता है रेस्तरां खोलने में you know right , हम IT के लोग " गरीब जनता " कहाँ से इतना माल लाएंगे.. बता..?"

" अरे ठंड रख ऊपर वाला सब सही करेगा .. ...। फिलहाल तो तूने खुश कर दिया लड़की मस्त जलेबियाँ खिला के .. ...।"

" thanks यार खैर वैसे भी तू कुछ और भी important बात करने वली वाली थी कि यही अमेंरिका जानी वली बात थी?"

"नहीं इसके अलावा एक और बात थी.. .. ...।"

(चाय का घूँट पीते हुए, उसके मूड व चहरे के भाव बदल जाते हैं ...।) "

वर्तिका (चाय पीते हुए)- I see बोलो ..

" यार जब से मैंने निरपेश को रोहित के proposal के बारे में बताया है बहुत अजीब सा behave कर रहा है वह.. । ठीक से बात नहीं कर रहा है मुझसे ....comments मार रहा है।

Not sure क्या हो गया है उसे ....he is not like that .. अचानाक क्या हो गया है उसे suddenly?"

"अच्छा, वैसे तो वह बड़ा well behaved , lively और कूल बंदा है .. जितना मैंने तुम दोनो को देखा है। but this is indeed weird .."

" हम्मम तुझे क्या लग रहा है वह ऐसा behave क्यों कर रहा है?"

" हम्मम, देख नेहा मुझे *शक* है की एक possibility यह है कि

वह तुझे बहुत अपने दिल ही दिल में पसंद करता है और शायद हो सकता है उसे जब से यह पता चला है कि रोहित तुझे चाहता है और शादी करना चहता है वह अन्दर से बहुत परेशान हो गया है ? .... "

“ हाँ quiet possible ... और तुझे याद है न उस शाम CCD में क्या हुआ था ?”

“ हाँ right तूने बताया था, वह एक दम shocked हो गया था coffee पीते पीते, काफी instinctive reaction था उसका ..। हो सक्ता है उसको एकदम से बहुत गहरा सदमा लगा हो internally कि now you are planning to see this guy रोहित . Moreover when he came to know की रोहित expressed ki he wants to marry you वह बहुत ज़्यादा upset और disturbed हो गया है ..।”

“लेकिन वर्तिका, अगर निरपेश वाक़ई में मुझसे प्यार करता है और मुझे पसंद करता है वह मुझसे कह सकता था की रोहित को मैं न डेट करूँ जबकि रोहित सिर्फ मेरा एक आफ़िस का colleague है। ऐसा भी नहीं है की मेंरी दोस्ती है रोहित से उतनी गहरी जितनी की मेंरी निरपेश से है ,वह कुछ भी रोहित के लिए negative बोल के convince कर सकता था मुझे.. और *कुछ भी ऐसा वैसा कह के he would have persuaded me not to date रोहित ..* । लेकिन उसने ऐसा कुछ नहीं किया ? Infact उसने मुझसे कहा कि मुझे उसे date करके evaluate करना चाहिए... । काफी practical बात की उसने । अगर वह मुझ में interested होता तो मुझे ऐसा नहीं करने को कहता isn’t it?”

“अच्छा एक बात बता ? तू चाहती तो उससे यह रोहित के proposal वाली बात छुपा सकती थी right ..?... फिर भी तुमने क्यों बताया निरपेश को ? वहाँ ccd में उसको बुलाकर उसको यह सब बताने की जरुरत क्या थी? why was his validation needed here ..over this proposal?”

“वो इसलिए क्योंकि मुझे अन्दर से लगा कि निरपेश को मुझेयह बात बतानी चाहिए, इतनी बड़ी बात हो गई मेरे साथ, वह मुझे कॉलेज के दिनों से जानता और समझता है ,इसलिए उसे जानना चाहिए..... ।”

" क्यों understand तो हम सबके भाई बहन भी हमें करते हैं, family members भी करते हैं .., निरपेश को बताने का ऐसा क्या था?"

"वर्तिका बात देख तेरी सही है लेकिन पता नहीं क्यों मुझे ऐसा लगा की निरपेश को यह बात पता होना चाहिए, हो सकता है मेंरी honesty ने मुझे यह बताने के लिए force किया, की he should know about this क्योंकि हम दोनो की इस तरह की bonding है.... आपस में।"

"अच्छा तो तुम्हारा मतलब है कि तुम भी उसे बहुत प्यार करती हो , इसलिए तेरे अन्दर की सच्चा प्यार करने वाली लड़की ने तुझे यह अवाज दी कि तुझे अपने प्यार 'निरपेश' को सब सच सच बता देना चाहिए कि एक office के colleague ने तुझे शादी के लिए approach किया है।"

"ओह हैलो मैडम क्या है यह प्यार वयार हाँ ?..वह भी निरपेश से .!! .निरपेश ??.... Ohh come on my foot , i cannot imagine , can't think of him as my boyfriend come on ..निरपेश ??? क्या बोल रही है यार तू भी?"

"why not ..? he is decently good looking और अच्छा दोस्त रहा है तुम्हारा , इतने सालों से तुम्हारी care करता है, बहुत ख़याल रखता है तुम्हारा... *। कॉलेज में जब तुम आई थी तब कैसी थी, सब जानते हैं और तुम कितनी बदल गई हो जब से तुम्हारी मुलाकात निरपेश से हुई है।"*

"I know कि तू कॉलेज में निरपेश से मिलने के बाद लड़कों को डीलिंग देना अच्छे से सीख गई है पर यार यह तेरी life का serious मामला लग रहा है मुझे ....।"

"बस-बस बहुत तारीफ करने की जरुत नहीं है उसकी...। मैं जानती हूँ कि कितना *care* करता है । अभी तुम्हे उसकी latest की हरकतें नहीं पता है...। छोड़ो यार यह सब मैं अभी details में नहीं जाना चाहती हूँ ..। अभी बहुत tired हूँ यार ,फिर कभी बात करते हैं

निरपेश के बारे में ...। अभी तो बहुत जोरो की भूख लगी है । तू बस यार खाना लगा दे ,मैं थोड़ा fresh हो के आती हूँ restroom से....।"

" yeah why not .. sure .... infact मैं भी खाती हूँ Its been a hectic day for me as well .. .. "

इस तरह निरपेश के ऊपर चली बातचीत किसी खास अंजाम की तरफ नहीं पहुंचती है। ऐसा प्रतीत होता है कि नेहा ने उसको अभी उतना seriously लिया नहीं है अपनी life में when it comes to marriage, though she has " *intimate feelings* " for him that's for sure , लेकिन उन feelings का type क्या है किस तरह की feelings है वह ? अभी इतना clearly निकल के नहीं आता है दोनो की बातचीत से। .... बहुत ज़्यादा , नेहा निरपेश के प्रति अपनी feelings reveal नहीं करती है वर्तिका को जोकि उसकी काफी करीबी roommate है ..। चलिए देखते हैं आगे क्या होता हैं.......।

नज़रिया

Next working day :

नेहा अपनी visa processing activities में लग जाती है.. अपने आफ़िस में।

निरपेश office time में, जो भी उसे थोड़ा बहुत समय मिलता है इंटरनेट पे अच्छी ' acting classes 'ढूँढ़ता है which he can pursue in city of Bangalore , जोकि art and culture point of view से काफी vibrant शहर माना जाता है। ...इसके अलावा उसके दिमाग में यह विचार घूम रहे होते हैं कि वह कब और कैसे नेहा को propose करके अपनी feelings ज़ाहिर करे ।...., क्योंकि यह बहुत ज़रूरी हो गया था अब उसके लिए। तभी निरपेश की नजर पड़ती है एक मानव कौल के थिएटर वर्कशॉप पे जोकि वह Bangalore शहर में conduct करने जा रहे होते हैं..। उनका एक 12 weekend programme होता है जिसमें वह theatre का वर्कशॉप conduct करना चाहते हैं जोकि ख़त्म होगी एक प्ले द्वारा जिसका आयोजन वर्कशॉप के end में किया जाएगा। मानव कौल का एक छोटा सा interview भी पोस्ट होता है website पे जिसमें उनसे पूछा जाता है कि वह मुंबई छोड़ कर Bangalore में क्यों एक्टिगं क्लास कर रहें हैं...?

निरपेश अपने डेस्क पे कॉफी की चुस्की लेते हुए उस interview को खोलता है और अपने headphones लगा के सुनता है अपने Laptop पे ..।

मानव कहते हैं, "Bangalore एक बहुत ही urban city है और जिस तरह से सिनेमा जगत बदल रहा है we need actors who are more realistically inclined who can show " elements of realism "in there characters .Good part is professional arena भी काफी developed है यहाँ, instead of regular commercial arena which we encounter in city like मुंबई इसलिए वह ऐसे कलाकार develop करना चाहते हैं, जोकि *regular urban living में as professionals absorbed* हो और एक तरह का नयापन ला सकते हैं अभिनय के क्षेत्र में , यह मानव explore करना चाहते हैं। Since they have a good sense of how in current era urban life is progressing realistically in true sense on a daily basis. इस vision को ध्यान में रखते हुए उन्होंने Bangalore में एक workshop आयोजित करने कि पहल की ताकि अभिनेताओं की उस league को पाया जा सके जो film उद्योग में नयापन ला सके। उन्होंने यह भी mention किया कि जो लोग उनकी workshop में शामिल होंगे और अच्छा अभिनय करके दिखाएंगे, उन्हें 3 और नाटकों में काम करने का मौका मिलेगा, जो स्वयं Bangalore में मानव द्वारा निर्देशित किए जाएंगे और जिन्हें नसरुद्दीन शाह, पंकज कपूर, शबाना आज़मी आदि जैसे कुछ महान *industry stalwarts* द्वारा देखा जाएगा। ..So this was an exciting space to be in और कौन जानता है कि भविष्य में उन अभिनेताओं के लिए क्या छुपा हो?

निरपेश यह सारा interview सुनता है और उसको वास्तव में अच्छा लगता है workshop का content और फैसला करता है की वह इस वर्कशॉप को pursue करेगा और अपने अभिनय के शौक़ को आगे बढ़ाएगा। तुरन्त वह आकाश को फोन लगाता है ..।

समय 11 am IST :

" कॉलिंग आकाश......."

आकाश फ़ोन उठाता है ..।

"Hi सार्थक कैसे हो....?"

"बढिय़ा सर दुआ है आपकी ..। कुछ बताना था आपको..।"

- "हाँ बोलो फिर कुछ हुआ क्या ?"

" अब और क्या बाकी रह गया है होने को ..? ☹ "

"हाँ वह तो है.....any way... फिर भी हिम्मत रखो दोस्त। ☺
"

एक acting workshop join कर रहा हूँ अगले weekend से .. मानव कौल की है .. । थोडी अलग वर्कशॉप लग रही है । आप देखो जरा website पे जाकर www.manav theatre.com .. एक interview भी है मानव का... जहाँ उन्होने बताया है कि वह Bangalore में workshop क्यों कर रहें है.....?आप सुनो उसको फिर मैं बात करता हूँ आप से दोपहर तीन बजे के आसपास lunch के बाद ठीक है?

सही है बिलकुल सुनता हूँ and will share my views over it .

At आकाश 's Café :

आकाश सुनता है सारा interview and gathers the context beautifully what सार्थक wanted to convey to आकाश ....

दोपहर 3 बजे के आस-पास खुदही कॉल करता है सार्थक को ..।

-" Hi सार्थक.. "

"Hi आकाश सर ...सुना फिर आपने ?? कैसा लगा आपको?"

-" हाँ मस्त है।.. अच्छा part यह है workshop से जुड़े उसके कुछ insights है वह "seriously actors " खोज रहे हैं । वह भी Bangalore में एक "long term vision" के साथ....।"

- "हाँ वह बात मुझे attract करती है यह बंदा theatre का है सो he must be very good in knowing nuances of theatre and अच्छा cultivate करेगा अभी students को in field of acting . लगभग 25000 Rs workshop की cost है 12 weekends के लिए लगभग 3 महीने की । उसके बाद एक नाटक किया जाएगा acting students द्वारा जिसमें मज़ा आएगा... 😊 ।"

"और ऐसा नहीं है workshop के बाद मानव के साथ आपका association खत्म हो जाएगा... । वह अगले 3 नाटक जोकि Bangalore में conduct करेंगे उसमें अपने workshop के actors को भी रोल देंगे यह भी रोमांचक प्रक्रिया लग रही है...... । *तुम उन नाटकों में भाग ले सकते हो और confidence gain कर सकते हो इस line में .... ।"*

"हाँ बिलकुल ..।"

"सही है... ठीक है तुम इसे pursue करो this will also help you to focus on other things apart from that complicated नेहा issue जोकि तुम्हारे जीवन में चल रहा है। तुम्हारे office में चल

रही परेशानी को भी यह aspect fix करेगा ..। तुम्हारा confidence, focus and concentration बढ़ेगा यह सब करके ..। *Performing arts का सबसे बड़ा फायदा यह है कि वह आपके व्यक्तित्व को जबरदस्त तरीके से निखारता है.....।"*

"हाँ सही कह रहे हो आप ...।"

"अरे नेहा से याद आया, आकाश भाई वह अमेंरिका जा रही है month end में 3 महिने के लिए आफ़िस की तरफ से.....।"

"सही है गुरु बहुत 'action' चल रहा है उसकी life में ....क्यों..?"

"और सारा' reaction' मैं झेल रहा हूँ ...।"

"हाँ समझ सकते हैं लेकिन तुम्हे भी अपना खेल चालाकी से खेलना है... , इन सारी घटनाओं के बीच...।"

"बिलकुल ......।"

"तो तुम अब यह प्लान करो कि नेहा को कब और कहाँ propose करना है ..। मेरे ख़याल से तुम उसे अमेंरिका जाने से पहले ही propose कर दो *ताकि उसका देखने का नज़रिया तुम्हें लेकर बदले..* कि तुम कुछ और चाहते हो उससे..।"

"हम्म right जाने से पहले ही करना सही है। ठीक है आकाश मैं सोचता हूँ कि कब करना है फिर हम लोग connect करते हैं ..। चलिए फिर have a nice day ahead फिर बात करतें हैं......।"

AT DHEERAJ :

रात 9 बजे के आसपास..... ..

रितेश और अमितेश के साथ डाइनिंग टेबल पे
उसी शाम:

निरपेश-भाईयों मैंने एक फैसला किया है..।

रितेश - अबे तुम फैसले भी लेते हो। see क्या बात है, mostly हम तो सोचते थे की तुम आज तक चूतिया ही बनते आए हो 😊 ।

यह बात सुनकर अमितेश और रितेश दोनो हँस पड़ते हैं.. *Including* सार्थक.. ।

"भाईयों मैं serious हूँ.. सुनलो मालिक...।"

रितेश - अमितेश भाई लौंडा गंभीर लग रहा है चलो सुन लेते है इसकी बातें... बोलो राजा।

निरपेश–"यार मैंने तय किया है कि बहुत हुई दोस्ती-वोस्ती नेहा के साथ अब उसको propose करुँगा शादी के लिए ..।"

अमितेश और रितेश यह सुनकर एकदम आश्चर्य चकित हो जाते हैं .. और अचानक से बोलते हैं .. "यह हुई ना मर्दों वाली बात .. great thought bro .. अच्छा लगा देख के कि तुम इस relationship को एक सही राह की तरफ ले जा रहे हो ..।"

"हाँ यार करना तो पड़ेगा ही चाहे कुछ भी हो ..। उम्र हो रही है यार अब तुम्हारे भाई की शादी वाली.... । कब तक ऐसे ही दोस्तो की तरह घूमते रहेंगे ...।"

तभी पीछे घर का verandah जोकि घर की entrance के बाहर होता है वहाँ से आवाज आती है...।

"निरपेश are u there ..?" घंटी बजती है घर की...।

अमितेश - लो देखो अब propose करेंगे भाई साहब ....। 😆

निरपेश - अबे तुम भी देखो अधनंगे बैठे हो दोनों लोग..। 😊 नेहा है दरवाजे पे और खिड़की भी खुली हुई है....।

अमितेश – भागो !!.....bc

रितेश और अमितेश दूसरे कमरे में भागते हैं

सार्थक (door पे जाकर हँसते हुए दरवाज़ा खोलता है) -अरे नेहा तुम इस वक्त घर पे ... क्या हुआ? बैठो।

रितेश और अमितेश भी पीछे से अपने कमरों में निकल जाते हैं क्योंकि उन्होंने नेहा के सामने आने लायक कपड़े नहीं पहने होते हैं।

- "कुछ नहीं निरपेश, क्या हम कॉफ़ी पीने चल सकते हैं .. अभी?"

- "यार मैं डिनर कर रहा था ..।"

"अच्छा तो डिनर चल रहा है तुम्हारा ?"

"नहीं बस जस्ट अभी finish किया ..। Did you have yours ? if not तो मेरे यहाँ खा सकती हो....।"

"हाँ यार खा के आई हूँ तुम अभी मुझे कॉफी के लिए ले चलो कुछ बात करनी है।"

"अच्छा ठीक है.... चलते हैं।"

नेहा और निरपेश .. अर्बन ढाबा पहुँचते है ..। लगभग 10:30 बजे.. सबसे nearby कैफे वही होता है..।

छोटू होता है उस वक्त कैफे पे..। आकाश शायद घर चले गए होते है.....।

"अरे छोटू दो कॉफी लाना, साथ में कुछ biscuits ..भी।

बैठो नेहा.. "

"ठीक है सार्थक भैया....।"

" सार्थक? तुम तो निरपेश हो । is this kid mad ..?"

"अरे ignore him नेहा वह किसी और से confuse कर रहा होगा मुझे.।

तुम मुझे बताओ क्या बात है जो इस वक़्त तुम्हें मेरे यहाँ आना पड़ा...?"

" अरे कुछ नहीं यार वह रोहित है ना पता नहीं अपने आप को क्या समझता है...।"

"hmmm क्यों ..? अब क्या किया उसने...?"

" बहुत अजीब बंदा है यार...। उस दिन जब मैंने share की news उससे कि मैं अमेंरिका जा रही हूँ तो उसने कोई भी reaction नहीं दिया....।"

" कोई भी reaction मतलब ?"

" यही कि "he didn't show any emotion ".. ऐसा लगा उसे जरा सी भी खुशी नहीं हुई....।

उसने केवल अच्छा ओके कह कर फिर सीघे पूछा कि कब जा रही हो...।" got very formal response from him "

"हम्मम तो हो सकता है कि उसने उस खबर को normally लिया हो क्योंकि IT industry के लोग अमेंरिका आते जाते ही रहते है, India की बाहर जाना बहुत normal है आमतौर पे आईटी industry में......।"

"लेकिन फिर भी, उसने मुझे propose किया है उसको मुझे समझना चाहिए, मेंरी ख़ुशी में शामिल होना चाहिए, यह क्या कि एक दम blank looks जैसे कुछ हुआ ही नहीं ।........... कुछ तो ख़ुशी express करता यार..?"

"अरे chill करो, यह लो कॉफी आ गई कॉफ़ी पियो......।"

निरपेश नेहा को कॉफी ऑफर करता है ......।"

yeah sure , (सिप लेने के बाद) "हम्मम nice coffee ... "

निरपेश(सिप लेते हुए) – हाँ तो यह बताओ कि सिर्फ यही बात थी कि कोई और भी बात थी?

"एक और बात भी है जिसे सुनते ही मुझे लगा की सीधे थप्पड़ मार के आऊँ उसे...।"

"ओह्ह बात तो बताओ?....."

"यार अभी मैंने उसको upcoming weekend में मेरे साथ shopping चलने के लिए बोला as मुझे अमेंरिका जाने के लिए कुछ woolen clothes खरीदने हैं ..। Moreover वैसे भी अभी सर्दियाँ होंगी Boston में तो पता है वह क्या बोला?"

"क्या बोला?"

"बोला की मुझे अपने दोस्तों के साथ फिल्म और डिनर पे जाना है... और वह मुझे shopping कराने नहीं जी सकता....।"

"क्या ... unbelievable? साला अभी तक शादी नहीं हुई है और अभी से तुम्हे " for granted "ले रहा है...।"

"वोही .. I mean what is this यार ...?its ridiculous this is highly kiddish of him, उसे बिलकुल भी idea नहीं है कि कितना ज़रूरी है उसके लिए मेंरी इस वक़्त की नीड्स को समझना। उसको सिर्फ अपने दोस्तों के साथ ड्न्नेर और मूवी की पड़ी है जो की वह किसी और वीकेंड पे भी कर सकता है। I am extremely disappointed मुझे इतना गुस्सा आया की क्या बताओं तुम्हें ...।"

"तो तुमने क्या किया उसे फोन पे पेल दिया अच्छे से ..?"

"नहीं , मैंने immediately गालियों की बौछार नहीं की उसपे लेकिन एक दम से फोन काट दिया...। क्योंकि बहुत गुस्सा आया मुझे... और मेरा मन किया कि सीधे उसके घर जाके कंटाप देकर आऊँ उसे...।"

" तुम जानते हो मेरा गुस्सा right कॉलेज में तुमने देखा है .. किस तरह से मैं लड़को को झाड़ देती थी.......। जब कोई ओवरस्मार्ट बनने की कोशिश करता था मुझसे।"

"हाँ लेकिन जब नयी- नईआई थी तुम कॉलेज में तो हम सब जानते हैं कि तुम कैसी थी ..।"

" हाँ लेकिन थर्ड ईयर ईयर तक आते आते मैं वैसी बनगई थी जैसा मुझे होना चाहिए था.।, लेकिन यह रोहित की बात इतनी irritate कर रही है मुझे कि लगा साले को वहीं थप्पड़ मार के आऊँ समझता क्या है अपना आप को.....।"

निरपेश- हाँ वह तो है .. इरिटेट करने वाली बात तो की उसने , specially तुम्हारे प्लान और मौके की नज़ाकत को उसने importance नहीं दी ..। very strange ..i must say

कुछ समय के लिए रुक जाता है निरपेश बोलते बोलते ..।

निरपेश- (**वह फिर से बोलता है**) य फिर सही बताऊँ मैं , उसका जवाब सुनकर मुझे इतनी हँसी आ रही है... जैसे कि एक टीनएजर है जोकि मूवी देखने और डिनर पे अपने दोस्तों के साथ जाने की जिद कर रहा हो।..बिलकुल भी *maturity* शो नहीं की उसने इस बात में ......। खैर फिर उसने दोबारा फोन किया तुम्हे.....?

"हाँ एक दो बार आया उसका फोन, लेकिन मैंने काट दिया़ और मैंने उसे sms किया की its ok you carry with your plans ill manage ...."

"बस इतना लिख के छोड़ दिया उसको? " go to hell ", "अपने काम से काम रखो।" " what do u think of yourself " ऐसा कुछ नहीं लिखा?"

नेहा - (एक और सिप लेते हुए) – और क्या लिखती यार *अभी उस पे इतना ज़्यादा हक थोड़ी न है जितना मेरा तुम पे है ... /* तुम्हें तो मैं कुछ भी लिख सकती हूँ। ...लेकिन फिर मैंने उसको जाने दिया। but seriously यार I think I need to reconsider my decision to date such an immature guy **.** क्यों?

" अच्छा ! **...**अब मैं क्या बोलूँ?..तुम दोनो का matter है ..।"

नेहा(coffee का सिप लेते हुए) - खैर रोहित की छोड़ो ... यह बताओ?,

तुम चलोगे मुझे shopping कराने saturday को?? सुबह सुबह ही निकल जायेंगे......?

"Saturday को, यार मुश्किल होगा सुबह मुझे तो.....। ."

– "क्यों सुबह सुबह Girl Friend से मिलने जाना है...?"

- "अरे गर्ल फ्रेंड तो shopping कराने साथ ले जाना चाहती है....।"

- "what ..?"

– " just joking यार ..chill ..but to be very frank मेंरी एक acting वर्कशॉप शुरू हो रही है, इस Saturday से , full day weekend classes हैं 12 वीकेंड्स तक और उसके बाद stage पे एक theatrical performance ... है ...।"

-" I see acting हाँ **....**impressive ... तो जनाब acting सीख रहे हैं nice यार **...**।

हाँ यार थोड़ा कुछ अलग सीखते है apart from everyday job जोकि हम लोग कर रहे हैं...।"

– " can understand , लेकिन but why specifically acting? .. "

– "*interest develop हुआ है* इसलिए सीख रहा हूँ.......।"

– " I see interest ... हम्मम .. अच्छा एक बात बताओ? ...इसके अलावा ,

और भी कहीं interest develop हुआ है तुम्हारा इस दौरान..?"

शायद नेहा यह जानना चाह रही थी कि इस दौरान किसी और लड़की से भी रुबरु हुआ है क्या निरपेश......? या फिर अगर एक अलग नज़रिये से देखा जाए तो यह भी हो सकता है की उस दिन वर्तिका ने नेहा के कान में बात डाली थी की हो सकता है निरपेश उसमें interested हो...। क्या पता अपने इस सवाल से नेहा वह validate करने की कोशिश कर रही हो?

- "अब तुम पूछ रही हो तो मैं बता ही देता हूँ तुम्हें ..."

- " बोलो बोलो .. i am dying to know that "

- *" मेंरा तुम में भी बहुत interest develop हुआ है इस दौरान। क्या तुम मेरी life partner बनोगी?"*

नेहा के हाथ थामते हुए निरपेश तहे दिल से कहता है उससे अपने मन की बात।

– " what !! क्या बोले तुम .? .... are you serious ..? तुम्हारा दिमाग तो ठीक है?

– do you know what you are talking?"

– " yes I am... and I am very serious about it .. after all मुझे भी शादी करनी है अपनी आगे आने वाली ज़िन्दगी में। उम्र भी हो रही है। 30 के आसपास हो गया हूँ मैं। ...कब तक ऐसे bachelor life चलेगी..। सोचने और आगे बढ़ने कि ज़रूरत है .. और मुझे लगता है कि तुम मेरे लिए सही हो ..।"

" उसका हाथ पकड़ कर अपने सीने से लगाते हुए अपने मन का सच्चे जस्बात ज़ाहिर करता है निरपेश।"

-" हाँ शादी की उम्र तो हो गई है ..
पर मुझ से शादी...?. highly immature of you !!
How can u think that way हाँ !! ...of me ..?"
यह बोलते हुए एक दम से नेहा अपना हाथ खींच लेती है निरपेश के हाथों से।

..." never expected that from you निरपेश ..?.."
irritate होते हुए नेहा बोलती है ..।

- "हाँ जो भी तुम समझो तुमने मुझसे पूछा कि मेरा और कहाँ interest develop हुआ है acting के अलावा तो मैंने अपनी feelings तुम्हें बाता दी clearly कि मुझे तुम में interest है ... I now its upto you to ..think , take your time and let me know .. "

नेहा -अच्छा अब थोड़ा ज़्यादा silly हो रहा है ok , अब हमें चलना चाहिए करीब 11: 30 हो गया है बहुत रात हो गई है कैफ़े भी बंद होने वाला है .. । कल आफ़िस भी है.... ।

हाँ ठीक है, चलो let me drop you home ......

नेहा और सार्थक R15 पे निकल जाते हैं नेहा के घर की तरफ। दोनों ने रास्ते भर एक दूसरे से बात नहीं की। एक अजीब सा सन्नाटा सा आ गया था दोनों के बीच। लेकिन यह रात काफी eventful रही सार्थक के लिए...। एक बड़ा बोझ उसके दिल से उतर गया ..। उसने नेहा को propose कर के अपने दिल से बहुत बड़ा बोझ उतार दिया था। उस दिन ऐसा लग रहा था कि सार्थक अपनी life को थोड़ा easy करना चाहता था। *धीरे-धीरे अपने जीवन के interests को pursue कर रहा था कठिनाइयाँ को हटा रहा था शायद उस वक्त यही जरुरी था जिस उम्र में वह आ चुका था...*।वह तैयार था कि अब नेहा का चाहें जो भी फैसला हो उसे लेकर वह उसे पूरी हिम्मत से accept करेगा और जिस तरफ भी रुख भगवान उसकी life का मोड़ते हैं उसे 'happily accept 'करेगा ..।

वह अपनी आने वाली life को एक अलग ढंग से जीना चाहता था....।

उस रात नेहा को रात भर नींद नहीं आई ..।

निरपेश के उस रात अचानक उसको propose करने के एहसास ने उसकी आँखों को एक पल के लिए भी नींद के हवाले नहीं होने दिया। अगले दिनआफ़िस भी जाने की इच्छा नहीं हुई उसकी। उसने सुबह की चाय पीते पीते निरपेश को message किया...। उसके मन में कई प्रकार की भावनाएं आ रही थी जिन्हें उसने अपने messages में express किया।

अगली सुबह तड़के निरपेश के फोन पे कुछ इस तरह का message आता है नेहा से..।

निरपेश चाय पीते हुए message पढ़ता है...।

"निरपेश मैं नहीं जानती कि तुम serious थे कल रात को , या फिर मज़ाक कर रहे थे मेरे साथ...। लेकिन जो कुछ भी हुआ हमारे बीच वह बिलकुल भी funny नहीं था and what made you think की मैं तुम से शादी कर सकती हूँ, तुम ऐसा सोच भी कैसे सकते हो ? Anyway whatever may be the case भले ही कि हम दोनो बहुत अच्छे दोस्त है लेकिन तुम्हारी कल रात की हरकत से मैं बहुत ज़्यादा disappoint हुई हूँ , मुझे फोन मत करना तुम आगे से .. ...। I don't feel like talking to you .anymore . bye ......"

निरपेश message पढ़ के अजीब सा feel करता है । उसका दिल बैठने लगता है । थोड़ा खास्ता है ..। उसको लगता है की नेहा से Breakup होने की कगार पे आ गई है उसकी life.. पर शायद उस वक़्त की नज़ाकत के हिसाब से उसे अपने केस को आर पार करना

ज़रूरी था ...। इस वक़्त उसको अपने सामने दो ही रास्ते दिखाई दे रहे थे , या तो नेहा उसकी life में हमेशा के लिए शामिल हो जायेगी ...या फिर बाहर जाएगी उसकी life से। उसको अपने आपको दोनों अंजामों के लिए तैयार करना था ..।

निरपेश उस message का कोई भी जवाब नहीं देता है और पूरे दिन फिर नेहा का कोई भी message नहीं आता है उसके पास।

Acting Workshop

एक और वीकेंड आता है,। पूरे हफ़्ते नेहा का एक भी message नहीं आता है निरपेश को।

इस वीकेंड पे *सार्थक* सुबह-सुबह फुल जोश में निकल जाता है एक्टिंग वर्कशाप के लिए। ' मानव Acting Studio Koramangala' जहाँ मानव अपनी classes शुरू कर रहे होते हैं। वहाँ पे जब वह पहुँचता है है तो बहुत ही simple माहौल होता है उस acting space में। लगभग 30 छात्र होते हैं वहाँ पे ईकट्ठा जिसमें की लगभग 10 लड़कियाँ और 20 लड़के होते है ..। जब सबके intro rounds conduct होते है मानव के साथ to introduce themselves into the class.. तो निरपेश यह observe करता है कि सारे लड़के, लड़कियाँ जो वहाँ पे होते हैं सब उसकी तरह IT industry में काम कर रहे होते हैं ..। पहली बार उसे यह महसूस होता है उस माहौल में कि शायद इस शहर में कुछ और भी लोग है जो उसकी तरह अपनी life को एक अलग तरीके से जीना चाहते हैं....। deeply absorbed नहीं हैं अपनी current नौकरी में और रोज़ की भाग दौड़ में।.. इसके अलावा कुछ और भी करना चाहते है .। कुछ ऐसा जिसमें उनकी खुदकी पसंद शामिल हो.....। इन्ही विचारों के बीच वह धीरे-धीरे क्लास

में interest gain करने लगता है , जैसे जैसे मानव वर्कशॉप का focus set करते हैं।..

इतने में मानव सार्थक को अपना introduction देने के लिए बुलाते है सारी क्लास के बीच....।

सार्थक अपना intro देता है .. सबके सामने..। अपने बारे में सबको बताता है । अपने interests के बारे में भी अपनी feelings convey करता है ..।..तभी मानव उसे बीच में interrupt करके पूछते हैं ....।

मानव - निरपेश यह बताओ जब तुम्हें क्रिकेट इतना पसंद था तो तुम acting में क्यों आना चाहते हो...?

निरपेश (कुछ सोच के बोलता है) - मानव सर देखिए क्रिकेट खेलना मेरा बचपनसे शौक रहा है। अब मैं अपनी middle age में हूँ और जहाँ तक क्रिकेटिंग करियर pursue न करने की बात है जब मैं academic studies कर रहा था तो उतनी openings नहीं होती थी इस कैरियर में...। उतने different platforms नहीं होते थे अपने talent को showcase करने के लिए जैसे की आज हैं ...। यदि मैं अभी क्रिकेट शुरु करता हूँ तो अभी मुझे बहुत समय लग जाएगा अपनी जगह बनाने में इस क्षेत्र में और अगर भगवान की दया से आता भी हूँ तो बहुत लम्बे समय तक नहीं contribute करपाऊँगा किसी भी लेवल पे। इस लिए मैं अपने एक और interest जोकि acting है ,इनफैक्ट सिनेमा और entire filmmaking process में है उसे pursue करना चाहता हूँ। मैं इस field में आगे contribute करना चाहता हूँ artist बनके।

इस line में मुझे अलग-अलग किरदार करने को मिलेंगे जो हम अपनी आम ज़िन्दगी में नहीं कर पाते हैं......।

मानव – Nice thoughts ..निरपेश hope you enjoy the workshop ahead ..It would be good fun experience for you 😊 ....

thanks सर....।

खूब तालियाँ बजती हैं। शायद सबको निरपेश का यह खुल के बात करने वाला अंदाज़ पसंद आता है। अपना introduction देने के बाद निरपेश स्टूइडो में बिछे फ्लोर मैट्स पे जाकर बैठ जाता है.....।

अपने अपने respective intros complete होने के बाद सारे students को एक act किसी भी अपनी एक "gained experience in life " के ऊपर करना होता है। उसमें एक यह भी clause होता है कि अगर वे 2 लोगों को शामिल करना चाहते हैं तो वह क्लास में मौजूद बाकी students से एक व्यक्ति को ले सकते हैं औरवह act सिर्फ 3 मिनट का होगा ,यह expectation मानव सर set कर देते हैं सभी स्टूडेंट्स के बीच ..।

सबसे पहले मानव निरपेश को बुलाते हैं .।. बोलतें हैं तुम आ जाओ मंच पे और एक act करो.......।

निरपेश थोडी देर सोचता है की कौनसा एक्ट करे सबके सामने कौनसा experience show करे अपनी life से। थोड़ी देर तक काफी सोच विचार करने के बाद वह फिर मानव को बताता है कि उसे group की किसी एक लड़की की ज़रूर त पड़ेगी इस act को करने के लिए ..।

मानव फिर यह request सारे लेडीज ग्रुप में फ्लोट करते हैं कि कौनसी लड़की निरपेश की साथ act पे काम कर सकती हैं....?

फिर ग्रुप में से एक लड़की एक दम अचानक हाथ उठाती है और बोलती है........

"Hi Sir ... May I ..?"

निरपेश एकाएक उस लड़की की तरफ देखता है और अपनी नज़रें हटा नहीं पाता है। *इस कदर कि खूबसूरत लड़की निरपेश ने*

अपनी life में आजतक नहीं देखी होती है। वह उसे देख कर एक दम उसकी नशीली आँखों में कहीं खोकर मंत्रमुग्ध सा हो जाता है।

मानव – yeah sure " वाणी " , please join ....

"**वाणी घोष** " कोलकता को belong करती है। अभी हाल ही में Bangalore आई होती है अपनी जॉब के लिए....। 6 महिने पहले ही उसने Infosys join की होती है। दिखने में एक बंगाली ब्यूटी से कम नहीं होती है। उसकी खूबसूरती देखकर निरपेश थोड़ा स्तब्ध सा रह जाता है....।"

"Hey निरपेश,मैं तुम्हारे साथ इस एक्ट में काम करूँगी, मुझे बताओ क्या करना है......?

"Hi वाणी , तुम बहुत साफ़ हिंदी बोलती हो...। 🙂 "

वाणी - थैंक्स, चलो एक्ट समझाओ........

निरपेश उसको सारा एक्ट समझाता है स्टूडियो के एक कार्नर में ले जाकर। वह वाणी को वह सारा scene समझाता है जो उसने कुछ दिन पहले नेहा को propose करने केtimeपे experience किया होता है। वह इस एक्ट को बखूबी चुनता है वाणी के साथ perform करने के लिए। लगभग 5 मिनट में वह सारा एक्ट वाणी को समझाता है और उसके बाद वह दोनो मनव के सामने execute करते हैं सारा performance ..

वह performance कुछ इस तरह से होता है ...।

------------ ********** **************** -------------

- *Recreated Act –* निरपेश *proposes* नेहा *at Urban Dhaba :*

" वाणी "नेहा के किरदार में (coffee का सिप लेते हुए)
– निरपेश क्या तुम चलोगे मझे shopping कराने Saturday को? सुबह सुबह ही निकल जायेंगे.....।.

निरपेश– Saturday को, यार मुश्किल होगा सुबह मुझे तो......।

वाणी - क्यों, Girl Friend से मिलने जाना है...?

निरपेश- अरे गर्ल फ्रेंड तो मुझे साथ में शॉपिंग के लिए ले जाना चाहती है....

वाणी - what ..?

निरपेश– just jokingयार .. नेहा ... to be very frank मेंरी एक acting workshop शुरू हो रही है, इस Saturday से , full day weekend classes हैं ...12 वीकेंड्स तक यह वर्कशॉप चलेगी और उसके बाद stage पे एक theatrical performance ... होगा ...।

वाणी - I see impressive तो acting सीख रहे हो nice यार।

निरपेश- हाँ यार थोड़ा कुछ अलग सीखते है apart from everyday job जोकि हम लोग कर रहे हैं...।

वाणी – can understand , लेकिनspecifically acting ही क्यों? ..

निरपेश– interest develop हुआ है इसमें ... इसलिए सीख रहा हूँ.......।

वाणी – I see interest ... हम्मम .. अच्छा एक बात बताओ इसके अलावा और किसी चीज़ में भी interest develop हुआ है तुम्हारा इस दौरान..?

निरपेश- अब तुम पूछ रही हो तो बता ही देता हूँ।

वाणी - बोलो बोलो ..!! i am dying to know that

निरपेश-मेरा तुम में भी बहुत interest develop हुआ है इस दौरान। क्या तुम मेंरी life partner बनोगी?

नेहा के हाथ थामते हुए निरपेश अपने मन की बात बयां करता है।

वाणी – what क्या बोले तुम?..... are you serious ..? तुम्हारा दिमाग तो ठीक है?

निरपेश– yes I am... and very serious about it .. after all मुझे भी शादी करनी है going forward in my life उम्र भी हो रही है 30 के आसपास हो गया हूँ मैं ...कब तक ऐसे bachelor life चलेगी.. सोचने और आगे बढ़ने की ज़रूरत है .. और मुझे लगता है कि तुम मेरे लिए सही हो उसका हाथ पकड़ कर अपने सीने से लगाते हुए निरपेशअपने दिल की बात नेहा से बोलता है।

वाणी - हाँ शादी की उम्र तो हो गई है.. पे मुझ से शादी.... highly immature of you ... never expected that from you निरपेश ..?..

irritate होते हुए नेहा बोलती है

निरपेश- हाँ जो भी तुम समझो ..तुमने मुझसे पूछा कि मेरा और कहाँ interest develop हुआ है तो मैंने अपनी feelings तुम्हें बाता दी clearly कि मुझे तुम में interest है ... now its upto you ..think , take your time and let me know ..

वाणी - अच्छा अब थोड़ा ज़्यादा silly हो रहा है अब हमें चलना चाहिए करीब 11: 30 हो गया है कैफ़े भी बंद होने वाला है .. कल आफ़िस भी है....

निरपेश– हाँ ठीक, चलो let me drop you home ......

Recreated Act Ends ...

------------ ********* *************** -------------

यह एक्ट खत्म होता है और वाणी और निरपेश की performance को देख कर बहुत खुश हो जाते है मानव और बाकी स्टूडेंट्स...।

मानव – बहुत बढ़िया performance, क्या रेलेंटलेस acting की है तुम दोनो ने। ..Amazing piece of work ...कहीं से acting सीखी है तुम दोनो ने क्या यहाँ आने से पहले...?

वाणी और निरपेश - नहीं सर अभी पहली बार ही सीखने ने आए है आप से ..।

मानव – Great मुझे "energy " बहुत पसन्द आई तुम दोनो की .. creative potential है तुम दोनों में एक अच्छे लेवल की acting करने का..। skill develop करनी होगी तुम दोनो को और उसे बनाए रखना.... है।

वाणी और निरपेश को बहुत अच्छा लगता है यह connect और feedback मानव का over the skill of acting ....।

इनकी performanceके बाद बाकि सब लोगे की performance भी होती हैं और मानव कुछ notes लेते कि किन areas पे focus करना है सरे students को.... और कैसे उनको "train " करना है। इन सब performances के बाद उस दिन की class खत्म हो जाती है।

क्लास ख़त्म होने के बाद निरपेश एक अच्छी 'क्रिएटिव एनर्जी ' absorb करते हुए कुछ सोचता हुआ अपनी R15 की तरफ जा रहा होता है कि एक दम से वाणी उसके पास आती है.....।

"Hey निरपेश .. can u hang on for a while ..? Wow Nice sportsbike हाँ .. Like the muscles and this incredible navy blue colour .. very royal I must say .."

– "yes .....indeed and ya thanks वाणी जी for the lovely compliment given for my sportsbike .. इतना अच्छा compliment तो मुझे मेंरी बाइक का अभी तक किसी से मिला नहीं जितना की आपने इसकी तारीफ़ की। 😊 Thanks for giving it so much of appreciation "

"my pleasure and most welcome .. एक दम दिल खुश हो गया तुम्हारी यूनिक R15 को देख कर , बाकी सब regular बाइक्स के बीच इधर पार्किंग स्टैंड पे इसलिए मुझसे रहा नहीं गया तुम्हारी बाइक की तारीफ़ किए बिना।"

– "I see I am elated .. thanks mam for your graceful comments 😊 "

"Cool and indeed good work निरपेश ..amazing appreciation today you received in the acting class as well ....super cool performance दी तुमने एक दम ...।"

"congrats to you as well वाणीजी आपकी performance भी बहुत ज़बरदस्त थी आज.....।"

"हे निरपेश don't call me जी .. वाणी ही काफ़ी है......।"

"ओके वाणी।"

– "cool ...जी बिलकुल aunty type sound करता है.....।"

"हम्म can understand , मुझे भी कोई निरपेश जी कहके बुलाएगा तो अजीब ही लगेगा मुझे ..।"

वाणी – "हाँ तो coming back to the performance मुझे तो लगा की नार्मल ही परफॉर्म किया मैंने , अभी there is so much to learn about this amazing craft ahead .."

निरपेश को यह humility से भरा attitude बहुत पसंद आता है वाणी का और उसे कुछ समझ में नहीं आता है की अब क्या जवाब दे वह वाणी की बात का। कुछ सोच कर वह फिर वाणी को बोलता है *"और शायद इसलिए आप यह मानव सर की वर्कशॉप को बहुत पैशन के साथ attend करने आई हैं?"*

"yeah so u have sensed it right .. *Acting is my passion* 😊 अच्छा निरपेश don't call me आप please ...बहुत बड़ा बड़ा फील होता है ..। अभी मैं बहुत tired महसूस कर रही हूँ। घर जाने से पहले मैं एक स्ट्राँग कॉफी पीना चाहती हूँ..। क्या तुम मुझे पास के CCD पे drop सकते हो? ,इधर 2 किलोमीटर पे ही है..। आप कस्तूरी नगर में रहते है. right . मुझे कोरमंगला जाना है ..। 100 feet road सीसीडी भी बिलकुल on the way आयेगा... तुम्हारे। तुम्हे special efforts नहीं देने पड़ेंगे ..। अभी मैं बहुत ज़्यादा थक गई हूँ शायद अब आदत नहीं रही है लम्बी classes attend करने की। बिलकुल भी पैदल जाने का मन नहीं कर रहा है ....।

I see ..फ़िर I think ऑटो से जा सकती हो।

"अरे 2 किलोमीटर के ऑटो वाला 50 रुपये ले जायेगा.....। you don't know these buggers इनको जितना avoid कर सको उतना अच्छा है.......।

Bangalore में लूट मचा रखा है इन लोगों ने ..।"

.Yeah that's true perhaps point noted ..

"Ok थक तो मैं भी बहुत गया हूँ ..।"

"अब तो तुम्हारी बाते सुनकर कॉफ़ी पीने की प्रबल इच्छा मुझे भी होने लगी हैं.. to gain instant energy .. "

वाणी - great ....then why don't you also join me for coffee ....?

" दोनो लोग कॉफ़ी पियेंगे साथ में, थोड़ी बातें करेंगे और फ़िर अपने-अपने घर निकलेंगे......क्यों what do you feel ..?"

निरपेश - (**कुछ सोचते हुए**) - ज़रूर चलिए .. लेकिन आपको मुझे CCD का रास्ता बताना होगा......location you know ..?

"अरे चिंता की कोई बात नहीं मैं हूँ ना।"......... will guide you .. 😊 "

निरपेश वाणी को बाइक पे बैठाता है और दोनो बैठ कर पास सीसीडी पहुँचते है......।

At Koramangala CCD 100 Feet road :

समय - शाम 5: 30 बजे।

वाणी (R15 से उतरते हुए और सीसीडी के अंदर जाते हुए) - आज बहुत थका देने वाला दिन था..। आदत नहीं है ना क्लास करने की इसलिए शायदा थोड़ा ज़्यादा लग रहा है.....।

निरपेश और वाणी सीटें लेते हैं ...।

निरपेश (बैठते हुए) -हाँ can understand , तुमने बताया था अपने intro में कि तुमने नई joining की है इंफोसिस में। ..... लगभग *6* महिने पहले......hmmm

तो वाणी तुमने...? वाणी interrupts ..

Hey निरपेश पहले आर्डर कर देते हैं वरना बहुत देर हो जायेगी है। ....

Excuse me .Can you come here ...(वाणी calls the waiter)..

Waiter - Yes mam ...

वाणी(मेंनू में देखते हुए) - मेरे लिए एक cappuccino तुम्हारे लिए क्या आर्डर करूँ निरपेश ......?

– its ok मैं आर्डर कर दूँगा.......।

वाणी - ओ नो not at all today's coffee is on me ......

-"वह क्यों..?"

वाणी – क्योंकि तुम मेंरी वजह से यहाँ आए हो ...।

निरपेश कुछ सोच मेंपढ़ जाता है वाणी का जवाब सुनकर। फिर वाणी उसको देखते हुए तुरंत यह बोलती है।

"अरे अगली बार तुम पिला देना ... alrite"

निरपेश -ओह्ह I see now I get it ..hmmm तो ऐसा है ...।

अगर मैं यह कहूँ की मेरा भी मन था तुम्हारे साथ यहाँ आने का ..?

"Very flirty hmmm interesting boy 😉 you are anyway .. let's focus on order now .. तो बताओ क्या लोगे?"

"वैसे तो चाय पीने की हमारी *प्रबल* इच्छा है लेकिन कॉफ़ी पी लेंगे तुम्हारी खातिर ..। वैसे भी सी सी सी की डिप वाली चाय है.. I hate .. "

" I see impressive क्या बात है जनाब मुझे *"हमारी प्रबल इच्छा है"* statement और *"खातिर"* शब्द बहुत बढ़िया लगे , I believe UP में बोले जाते हैं ऐसे sentence और इस तरह के वर्ड्स क्यों? I Are you from UP? ..एक दम मस्त और वह क्या कहते हैं UP में एक दम "दमदार " हिंदी बोलते हो तुम। 😊 "

" correct ..सही पहचाना......।"

" hmmm cool तो क्या तुम ' लखनऊ ' से हो? What we call as ' अदब और तहज़ीब वाला नवाबों का शहर ' "

"जी हाँ .. एक दम सही पहचाना तुमने 😊 "

"बढ़िया ठीक है। 'नवाब साहब ' फिर आर्डर करते हैं एक और कैपचीनो तुम्हारे लिए...कुछ और खाओगे....?"

-" अभी 2:30 बजे पे लंच किया था अभी 5:30 बजा है उतनी खास भूख भी नहीं है।"

इस conversation के बाद वाणी CCD के वेटर को 2 कॉफ़ी लाने के लिए बोलती है।

"और बताओ निरपेश कुछ आपने बारे में.... कब से हो ...बंगलौर में?"

" यही कोई 5 साल के करीब हो गए होंगे ..।"

"अच्छा.. तो तुम यहाँ अकेले रहते हो या तुम्हारे कॉलेज के दोस्त भी भी यहाँ हैं?"

" कॉलेज के दोस्तों के साथ ही रहता हूँ। यह अच्छा रहा fortunately हम सब कॉलेज friends के लिए की सबकी नौकरी एक साथ ही लग गई Bangalore में ..।"

" नहीं तो बड़े और अनजान शहरों में अकेले फँस जाना emotionally .. बहुत पेनफुल बन जाता है ☹ "

वाणी – yeah indeed तुम लोग lucky हो ..। इधर तो मैं अकेली ही *फँस* गई हूँ Bangalore में । जैसा की तुमने अभी एक्सप्रेस किया ,मेरा तो कोई भी दोस्त इंफोसिस Bangalore या किसी और भी

Bangalore based IT कंपनी के लिए नहीं चुना गया। सिर्फ मेरा ही हुआ है इधर।।

"अच्छा.. तो अकेले ही हो यहाँ पे?"

" हाँ ईधर एक PG Hostel है कोरमंगला में ,उधर ही रहती हूँ.......।"

" अच्छा...।"

तभी वेटर कॉफी लेकर आता है... और उन्हें serve करता है।"

तभी वाणी एक आद सिप मार कर फिर कुछ सोचते हुए निरपेश से पूछती है।

अच्छा एक बात बताओ.. यह जो act आज हमनें किया था साथ में 'वो real act था या fake था...?

" good question ... 'real' था...."

"ओ...good to know ... अच्छा यह नेहा कौन है hang on let me guess ..."

'I think तुम्हारी बहुत करीबी दोस्त जिसे तुम बहुत प्यार करने लगे हो lately and ... who is your newly developed love interest....?"

निरपेश यह वाक्य सुनने के बाद कुछ सोच के फिर एक दम से वाणी से बोलता है

"Ohh hang on ..तुम तो काफी डीप चली गयीं अरे मेरा मतलब है characters real थे लेकिन act faked up था..। Indeed नेहा exists और वह मेंरी एक करीबी दोस्त भी है, लेकिन हमारे बीच कुछ भी इस तरह का scene नहीं है। मैंने सारे कैरेक्टरस को ध्यान में रख कर यह act बनाया था। वर्कशॉप के शुरुआत में मुझे पता था कि यह लोग शायद सबसे एक act करवायेंगे तो एक छोटा सा improv जोकी theatre language में कहते हैं मैंने already रेडी करके रखा था......।"

"I see so ऐसा लगता है की तुम दोनों की इस कदर गहरी दोस्ती है कि तुमने इस तरह का improv उसको ध्यान में रख कर बनाया , unbelievable "

" Good Observation ... हाँ close friend तो है....। हम दोनों करीब पिछले 8 सालों से दोस्त हैं .।"

वाणी (मस्ती लेते हुए निरपेश से) - "हम्म long time हां... अच्छा उसको बता ज़रूर देना कि क्या इम्प्रोव लिखा है तुमने और कहाँperformकिया है उसे तुमने।.. अगर उसे किसी और से पता चलेगा तो बहुत पिटाई होगी तुम्हारी 😊 ..... "

वाणी -अच्छा एक observation और था मेंरा, not sure whether I should say to you

ठीक है बोलो .. ।

"मानव सर और सभी स्टूडेंट्स को लगा होगा तुम्हारा एक्ट देख कर कि यह तुम्हारी life का काफी personal इंटरेक्शन था जो तुमने यहाँ पब्लिक फोरम पे वौइस् कर दिया ..isn't it क्यों? what is your take on it ..?"

" see वाणी उसके पीछे एक reason है . I. मानव सर realism से inspired actorsढूँढरहे है और उन्हे develop कर रहे है, इसलिए I took a call कि मुझे एक real characters द्वारा driven scene enact करना चाहिए। वह बात अलग है कि act fake था लेकिन characters real थे तो scene में acting potential अच्छा बन रहा था। यहाँ तक कि scene में दिखाए incident की बात है कि मुझे और तुम्हें पता है की वह faked up है और क्योंकि तुम्हें curiosity हुई details जानने की ऐसे ही हो सकता है मानव सर कोई भी होगी ...I in case वह पूछेंगे तो उन्हें बता देंगे की faked up था सारा scene ..उसमें छुपाने वाली क्या बात है ...।"

"but from craft point of view scene का real दिखना ज़रूरी था जो कि मैंने real characters use करके किया (जिन्हें मैं

अपने दिमाग में imagine करता हूँ and i know there mannerisms) और somehow तुम्हारी acting and chemistry उस scene में ज़बरदस्त बैठ गई और scene एक दम निखर गया।"

"hmmm true , Intelligent and deep thoughts निरपेश ... । कमाल की analysis जी very impressive .. "

निरपेश -कूल ...। कॉफ़ी बढ़िया बनाई है लड़के ने।

वाणी – I am not sure कि कॉफी बढ़िया है या हमारी बातचीत मस्त और दिलचस्प चल रही है, थोड़ा confused हूँ...... 😊 ।

निरपेश -हाँ हाँ .. interesting वैसे तुम्हारा sense of humor काफी बढ़िया है... 😅 ।

"थैंक यू .. "।

"अच्छा मैं भूल गई तुम और नेहा कहाँ काम करते हो?"

" hmmm तो तुमने यह सुन लिया कि में कहाँ रहता हूँ Bangalore में, लेकिन यह नहीं सुना कि कहाँ काम करता हूँ ...... कमाल है .।"

– "hey hang on dude .. .. इतने सारे लोग ।T के थे वहाँ किस-किस की कंपनी याद रखूंगी...।"

"ok makes sense .. मैं टेक महिंद्रा में काम करता हूँ और इन्फोसिस में नेहा काम करती है.....।

"Great .. so नेहा इन्फोसिस में है?"

– "जी.......।"

वाणी – "कभी मिलवाओ यार उनसे ..? infact कैंपस में उनसे कभी भी मिल सकती हूँ, provided पहला intro तुम्हारी तरफ से हो जाए.....।"

"ओह्ह तो तुमने इतना आगे तक सोच लिया......?"

"क्या मतलब..?"

"अरे कुछ नहीं just kidding ज़रूर मिलवॉउंगा..। अभी वह वैसे भी project के सिलिसले में कुछ महीनों के लिए अमेंरिका जा रही है.....।"

"Great, जब वह अमेंरिका के लिए जाएंगी तो तुम उन्हें एअर पोर्ट छोड़ने जाओगे.?.....if yes तो मुझे भी साथ ले के जाना ठीक है मेरा intro करा देना उनसे यार ...।"

– "ha ha ओके.... ज़रूर।"

निरपेश (मस्ती लेते हुए)- वैसे किस..(pause लेते हुए) रिश्ते से तुम्हे मैं उससे मिलवाऊंगा..?

"अरे as your friend come on यार निरपेश कैसी बातें कर रहे हो ..BTW are we not friends from today?"

" अभी तक तो formally declare हुए नहीं हैं .. as friends ..?"

"ठीक है so u want formal announcement हाँ !! मैं अभी चिल्ला के बोलती हूँ सीसीडी में कि मैं और निरपेश आज से अच्छे दोस्त हैं.....।

"

– "hey hold on don't do that मैं समझ गया आपकी बात.. हाँ ठीक है हम दोनो दोस्त हैं आज से, don't shout ठीक है ? ..... you are too direct यार वाणी ।

मैं तो डर ही गया था।"

"ok cool...relax dude .. "

"चलो अब चला जाए रात के 7 बज चुके हैं.. ।कल सुबह 9 बजे वापस भी आना है क्लास के लिए...। तुम सीधे कोरमंगला 2nd main जाओगी ! .... right .?"

"हाँ.....।"

"ओके क्योंकि मुझे कस्तूरी नागर जाना है , कोरमंगला 2nd main on the way पड़ेगा, if you are comfortable तो मैं आपको drop कर सकता हूँ.......।"

-" sure, निरेपेश, चलो चलते हैं I will guide you through the way to the PG, once we reach kormangala ..2nd main "

"ठीक है...।"

निरपेश वाणी को छोड़कर उसके पीजी पे सीधे 9 बजे शाम को अपने घर पहुँचता है...।

रितेश – डाइनिंग टेबल पे बैठे हुए.. आओ महाराज आओ।

निरपेश – बोलिए सरकार ...?

रितेश - आज बड़े ख़ुश नज़र आ रहे हैं ..?

निरपेश – हाँ यार ख़ुश तो हूँ..।

रितेश - क्यों भाई नेहा ने proposal तेरा accept कर लिया क्या...?

निरपेश - अबे .. साले तुम लोगों को लगता है मेंरी life सिर्फ नेहा के चारों ओर ही घूमती है और कोई लड़की नहीं आ सकती तेरे भाई की ज़िन्दगी में.....?

रितेश – तुम्हारा कहने का मतलब है कि कोई और लड़की भी है?

निरपेश - अबे सुधर जा भाई...।

रितेश – ok cool मज़ाक कर रहा था अब seriously बता कैसा रहा दिन..?

निरपेश - अबे तुम लोगों को बताया था ना कि मानव की acting क्लास ज्वाइन की है आज पहली क्लास थी यार...।

रितेश – I see dude तो कैसी रही क्लास? लगता है मस्त रही खुश दिख रहा है भाई...?

निरपेश - हाँ यार काफ़ी liberating रही .. । थोड़ा excitement भी है कि अब Next क्या-क्या सिखाएंगे सर मन काफ़ी हलका महसूस हो रहा है ..enthu आ रहा है।

"और लड़कियाँ भी थी क्लास में?"

" साले तुम लोग घूम फिर के जब मेंरी बात होती है तो लड़कियों पे क्यों आ जाते हो....?"

रितेश – क्योंकि साले पता है न हमें तेरा कि लड़कियों में तुम हमेशा से बहुत interest लेते हो और फिर उन्ही के बीच फँस जाते हो दिल और दिमाग के खेल में....।

निरपेश - हम्म महीन लौंडे हो .. । भाई के खून में बहते हो तुम सब...।

"सत्य वचन गुरुदेव अब हमसे बेहतर तुम्हें कौन जानता है। लेकिन भाई अब सिटियाबाज़ी की उम्र नहीं है, एक अच्छी लड़की पकड़ो और उससे शादी बनाओ क्यों? समझ रहे हो की नहीं बे?"

" हाँ यार वह तो है ..। इसलिए तो नेहा को propose किया है.. ..। let's see देखेते हैं क्या होता हैं आगे।"

"हाँ तूने बताया अभी कुछ दिन पहले .. ..। काफ़ी informal proposal था भाई और शयाद तूने सही समय पे convey कर दी अपनी feelings नेहा को वह भी उसके पूछने पे .. ..। ऐसा लग रहा है कुछ भगवान का design किया हुआ arbit setup था। ...उस पल somehow वह proposal पड़ना अर्बन ढाबा पे जरुरी था... क्यों..?

लेकिन villain के रूप में जो रोहित साला .. तेरे और नेहा के बीच में... आ गया है उसका क्या करोगे boss ..?"

" हम्मम situation tricky और challenging तो हो गई है इस वजह से, लेकिन situation को इसी तरह स्वीकार करना होगा हमें ..क्यों रितेश?"

" भाई मेरा तो तुझे suggestion यह ही है की तुम worst case के लिए तैयार रहो..in case नेहा रोहित के साथ जाती है तो तुम अपनी life के साथ क्या करेंगे? तुम्हे और options भी explore करने चाहिये....।"

हाँ यार सही कह रहे हो.....।

"मै तो कहता हूँ कि तुम अपनी profile shaadi.com वगैरह में upload करो and start dating different girls at the same time keep checking your compatibility with them in parallel .. ठीक है? इनसब बातों में समय लगता है .. और जहाँ तक नेहा का सवाल है एक timeframe तक ही तुम इस proposal को आगे बढ़ा सकते हो...। एक timeframe तक ही तू इस proposal को pursue कर .. अब। Don't make it a lifelong affair की तू wait कर रहा है इस assumption पे की कभी तो वह accept करेगी और तब तू उससे शादी करेगा। Indefinite मत रख कुछ भी practical रखो .... *practical ज़िन्दगी है* ..। In parallel नेहा से थोड़े-थोड़े दिनों तक पूँछता रह कि उसका क्या जवाब है और इधर दूसरी लड़कियाँ देखता रह, बीच-बीच में तू उसको बोल सकता है कि घर वालो का pressure है वह भी कुछ लड़कियों से मिलने को बोल रहे हैं और

तुम उनसे मिल रहे हो...। इससे नेहा पे भी pressure रहेगा कि अगर उसने जल्दी कोई फैसला नहीं किया तो तो तू कहीं और भी शादी कर सकता है । समझ रहा है न मैं क्या कह रहा हूँ...?"

निरपेश – हाँ यार थैंक्स भाई साले तुम लोग न होते तो इनसब situations से deal करना बहुत मुश्किल रहता ..। कठिन समय चल रह है मेरा ...। कुछ भी हो सकता है मेरे साथ.......।

रितेश - take it easy .. its ok यार। हम सब तेरे साथ है धीरज रख ! समय के साथ सब सही हो जाएगा।

" चल फिर अब सोते हैं already 11 बज चुके हैं। Thank God की कल संडे है रिलैक्स करके आराम से उठ सकते हैं .।.नहीं तो तू तो जानता है रोज़ की तरह मस्जिद जाना होता है हम सभी को अज़ान पढ़ने .।"

"हाँ यार वही मुल्ला की दौड़ मस्जिद तक कर रहे हैं हम सब। *इसका भी जल्द ही कुछ इलाज करना पड़ेगा भाई ..।"*

"तूढ़ूँढइलाज फिर हमें बता साले ..।"

"अब सोजा बे upcoming "एक्टर " तेरी क्लास है कल। अच्छी नींद लेकर जा कुछ नया सीख वहाँ पे ...। Good Night "

घर की डाइनिंग टेबल पे हुई इस ख़ास बातचीत के बाद दोनों अपने अपने कमरों में जाकर सो जाते हैं। अमितेश के कमरे की बत्तियां भी थोड़ी देर में बुझ जाती है।। वह रोज़ लेट नाईट तक कुछ न कुछ IT की किताबें पढ़ा करता था। रोज़ खाना शाम को जल्दी ख़त्म करने के बाद उसका रोज़ का यही रूटीन था ...।

फिलहाल एक और संडे आता है। सुबह के 8 बजे रहे होते हैं। निरपेश सुबह जल्दी उठकर full enthu में ready हो गया होता है acting class के लिए और डाइनिंग टेबल पे ब्रेकफास्ट कर रहा होता है। इतने में सुलेखा auntie एक और पराठा लेकर उसके पास आती हैं ...।

सुलेखा – भईया़ यह लीजिए एक और पराठा.....।

निरपेश(हँसते हुए) – अरे बस-बस आंटी इतने पराठे खिलाओगी तो मैं क्लास में सोता रहूँगा सीखूंगा कब 😊 ......?

सुलेखा – अरे भैया acting करने जरहे हो ताकत नहीं होगी तो कैसे चलेगा ..?यह पराठा खत्म करके जाना... आप।

निरपेश – अच्छा ठीक है .।.वैसे एक बात केहनी थी आंटी आपसे ...काफी improvement है आजकल आप के काम में..सबके दिल में जगह बना रही हैं आप.... धीरे धीरे 😊 ।

सुलेखा -हाँ भैया मैं आजकल आप लोगों के हिसाब से ही खाना बना रही हूँ जो आपको पसन्द है वही बना रही हूँ आप सभी के लिए ..।

निरपेश - हाँ मैंने note किया है कि आप काफी बदलाव ला रही है घर में.......।

एक मिनट आंटी एक फोन करना है मैं आप से बाद में बात करता हूँ......।

निरपेश आकाश को फोन लगाता है ..।

निरपेश - Hi आकाश .. कैसे हैं सर ..?

"बढ़िया हूँ सार्थक.....।"

"क्या हुआ सो रहे थे?"

" हाँ यार अभी थोड़ी देर पहले ही उठा ..। कल पूरी रात कहानी लिखता रहा.....।"

" सही है सर, वह क्या कहते हैं हिंदी में ... *आपकी लेखनयात्रा चल पड़ी है...।* 😊 "

- " हाँ यारवह तो है ..। भाई तुम्हारी ही कृपा है जो इस पथ पे चल पा रहा हूँ ...।.और बताओ यार तुम तो ईद का चाँद हो गए हो..?"

"अरे सर कैसी बात कर रहे हैं ..*शुक्रगुज़ार तो मैं हूँ आपका की आपने मुझे खुद से मिलवाया है ...*। और जहाँ तक ईद का चाँद होने की बात है आपको मैंने बताया था ..वही workshop चालू हो गई है कल से ..वहीं occupied रहते हैं दिन भर ...। बाकी weekdays में तो आप जानते ही हो... वही रोज़ की दिनचर्या।"

" हाँ यार चलो देखते हैं let's see उससे कब निजात मिलेगी.....।"

" चलिए मैं निकलता हूँ किसी weekday पे मिलता हूँ आपको शाम को ठीक है ..। एक बार sync करते हैं और देखते हैं आगे क्या करना है..?.कैसे बढ़ना हैं?"

" sure have a nice day boy ... "

" u too ... "

उसके बाद सार्थक सीधे अपने क्लास पहुँचता है 9 बजे तक। उस दिन मानव सर course content बताते हैं students को और topic wise शुरु करते है acting class ...। बहुत सारी acting exercises कराते हैं छात्रों को ताकी वे खुदके साथ comfortable हो सकें।.. एक और अच्छा दिन बीतता है निरपेश का..। वाणी भी काफी बातें करती है निरपेश के साथ। दोनो की दोस्ती अच्छी develop हो रही होती है... वर्कशॉप के दौरान ।.

उसी दिन शाम को पूरा दिन शॉपिंग करने के के बाद दोनों लड़कियाँ नेहा और वर्तिका अपने घर पहुँचती है रात के साढ़े सात बज गए होते हैं।

नेहा - बहुत हेक्टिक रही यार आज शॉपिंग.. । मुझे लगता है कल सैटरडे ही चलना था हमें लेकिन वो घर के कामों में अपन दोनो इतना फँस गए कि आज ही निकल पाए।

"हाँ बहुत ठंड होगी उधर सो यह सब कपड़े लेने भी जरुरी थे तेरे लिए...।"

नेहा – हाँ वह तो है .. ..। रुक मैं चाय बनाती हूँ।

– " हाँ.... अच्छा ok।"

नेहा (**चाय का पानी गैस पे चढ़ाते हुए**)- अरे वर्तिका .. कुछ बताना था यार तेरे को..।

-" हाँ बोल...?"

-" यार निरपेश न... बिलकुल पागल है .। ."

वर्तिका- क्यों अब क्या हुआ....?.. क्या किया उसने?

"बोलता है किवह मुझसे बहुत प्यार करता हैं.. और मुझसे शादी करना चाहता है।"

-" क्या...? !! .. गज़ब यार तेरी तो चांदी है आजकल जहाँ देखो propose पड़ रहे है तुझे ....।"

"हाँ यार समझ नहीं आ रहा है कि क्या चल रहा है ..। बहुत सारे changes एक साथ हो रहे है life में......I even I am surprised you know .."

"hmmm interesting .. फ़िर तूने क्या सोचा है??.. देख मैंने तुझे उस दिनभी कहा था कि लगता है कि निरपेश तुझे चाहता है...। और अब तू देख ..मेंरा अंदाजा सही था..।"

नेहा (चाय देते हुए...) - हम्म्म शयाद तेरा analysis सही था यार एक दम confusion create हो गया है suddenly मेंरी life में।

तुझे पता है .. मैंने हमेशा से निरपेश को अपना एक बहुत अच्छा दोस्त माना है,I mean जिससे मैं कुछ भी अपनी personal बातें share कर सकती हूँ। I can trust him u know ... पर यार कभी उसे उस नज़रों से देखा नहीं है ..I i know I mean अजीब सा लग रहा है ... अगर उस तरह से सोचूँ तो जैसा की वह मुझे महसूस कराना चाहता है .।.

I am seriously confused यार with all this stuff now

– " take it easy यार ..अच्छा यह बता उसने तुझे propose कैसे किया?"

"अरे ऐसे formally नहीं किया जैसे फिल्मों में दिखाते हैं ऐसे ही बस ऐसे ही बातों-बातों में propose कर दिया।"

" फ़िर भी बता.....?"

"अच्छा सुन उस दिन u remember मैं काफी पीने गई थी रात में, निरपेश के साथ, as I was upset over रोहित कि वह आना नहीं चाहता था आज की शापिंग के लिए तब ऐसे ही मैं जब मैं अपना frustration शेयर कर रही थी निरपेश के साथ तो उसी माहौल में। asked him about his interests?.. "

– " I see interests as if .. .."

"अरे he just expressed की वह acting workshop join कर रहा है as he has developed an interest in acting "

"अच्छा तो महानुभव acting सीख रहे हैं......?"

"हाँ surprising... any way हाँ तो जब उसने यह express किया तो मैंने उससे बातों बातों में पूछा अच्छा यह बताओ की तुम्हें और भी कहीं interest develop हुआ है इस दौरान in parallel , just out of curiosity you know ..? वैसे भी तूने मेरे दिमाग में कीड़ा डाल दिया था उस दिन कि शायद निरपेश मुझे मन ही मन चाहता है तो उस बात को clear करने के लिए शायद मेरे यह sub conscious mind से यह सवाल निकला अचानक से.. और वर्तिका वैसे भी अब 30 का हो गया है निरपेश शादी उसे भी ..आज नहीं तो कल में करनी है..कि अपने दोस्तों के साथ ही घूमता रहेगा ज़िन्दगी भर...?.

खैर anyway coming back to the topic .. u know उस silly guy ने मेरे पूछे गए सवाल के जवाब में क्या कहा?.... "

वर्तिका – क्या.... कहा?

– " बोला कि उसका मुझ में भी interest develop हुआ है इस दौरान और

मुझसे शादी करना चाहता है और अपना जीवन साथी बनाना चाहता.... है।"

"हाँ हाँ extremely cute and funny proposal यार 😊

what a way to express his feelings so natural and real "

" तू तो एक दम भौचक्की रह गई होगी...? उसके इस कदर दिल से निकले intense जस्बातों से ..?"

"बिलकुल यार जैसे वह चाचा चौधरी की कॉमिक्स में चाँद तारे घूम जाते हैं, .. वैसी ही मेरा दिमाग भी धूम गया .. ।.पागल है यार निरपेश एक दम.... ।. "

–" तुझे लगा होगा एक पल को की वह मज़ाक कर रहा है.......।"

"हाँ वोही लेकिन वो serious है मुझे लगता है कि अगले दिन भी मेरे sms करने पे कोई इस तरह का reply नहीं आया कि he was just joking I think clearly he told me about what he feels for me ..during the night "

"अच्छा अब तो तेरे लिए बहुत मुश्किल खड़ी हो गई है......?"

"हम्मम मुश्किल तो नहीं पे situation tricky जरुर हो गई है...... "

वर्तिका - स्थिति यह है कि अब एक तरफ रोहित है और दूसरी तरफ अब निरपेश भी हो गया है ..। तूझे किसी एक को चुन्ना है ... या फिर अब तू दोनो को reject करने का सोच रही है?तेरा कुछ पता तो भी नहीं चलता है *सभी लड़कों के साथ समान सा व्यवहार करती है.....कॉलेज टाईम से तेरी आदत है......* ।.

नेहा - हाँ यार देख आज नहीं तो कल शादी तो करनी ही है हमें। कब तक ऐसे spinsters की तरह रहेंगे यार हम लोग ..। अगले साल मैं लगभग 30 की हो जाऊँगी.....और मेरा हमेशा से यह मानना है कि शादी के लिए *प्यार का एहसास* होना बहुत जरुरी है। शादी जैसे relationshipको प्यार और respect ही fuel कर सकते हैं और फिर वह enthu for each other दिखता हैं...... दोनों लोगों के दरमियान।

वर्तिका - हम्म यार बात तो तेरी सही है .. but love is such a complicated thing .. we never know ki real love कभी हमारी life में आयेगा भी या नहीं ..? लेकिन एक point पे decisions तो लेने ही पड़ते हैं लाईफ में as हर चीज का एक तय और ज़रूरी समय होता है। एक लड़की की ज़िन्दगी में शादी, बच्चे, घर... इन सब मुकामों को सही समय पे हासिल करना ज़रूरी होता है।

-" वोही तो.. !! अब जहाँ तक रोहित का सवाल है वह एक आफ़िस का colleague है । कोई शक नहीं कि उसने मेंरी मदद की है मेरे career में , professionally काफी sound है और अभी promotion भी हो गया है... । लेकिन उसके लिए भी मेरे जस्बात कभी उस तरह .. के पैदा नहीं हुए जबकी हमने घंटों साथ में काम किया हुआ है। बहुत involved होकर काम करता है रोहित। सारी टीम के साथ बहुत committed रहता है I respect him for his performance at work , the way he handles his career , but when it comes to loving him I still don't feel that *magnetism* towards him ..

वर्तिका - हाँ लेकिन उसकी तो feelings generate हो गई है.. तेरे लिए तभी उसने तुझे propose किया है। तूने I believe उसे magnetize कर दिया है अपनी तरफ... 😅

नेहा – ऐसा हमें लगता है बाहर से देखने में .., पर मुझे यह ज़रूर जानना है इस वक़्त क्या वह magnetize होके मेंरी तरफ़ आ रहा है कि कुछ और भी चल रहा है उसके दिमाग में ..? i need to check this out .. क्योंकि यह कॉलेज मेंपढ़ रहे किसी लड़के ने propose नहीं किया है.. की दिल में प्यार और attraction महसूस हुआ लड़की के लिए और उस भावना में आकर propose कर दिया। यह एक *कॉरपोरेट seup* है ..। इसtimeतक लड़के कॉलेज वाली mentality से *grow out* कर चुके होते हैं, वे एक आदमी की तरह सोचते हैं और ज़्यादातर practical life को मद्देनज़र रखते हुए चीज़ें करते हैं ....।

एक सेकंड ... एक फोन आ रहा है।

रोहित calling

Hi रोहित ..

बोलो....

रोहित – Hi नेहा । hope तुम्हारा मूड ठीक है?

"हाँ मेरे मूड को क्या हुआ है......?"

"माफ़ करना यार मैं आ नहीं पाया तुम्हे shopping करवाने आज ....।"

"its ok ...... "

रोहित - तुम सोच रही होगी कि मैंने दोस्तों के साथ सब कुछ क्यों प्लान किया..despite knowing the fact कि at the moment shopping is so important for you as you are travelling to States ..in few days?

यार basically प्रमोशन की पार्टी का प्लान था उनके साथ .. और मैंने उनको कमिट कर रखा था । अगर मैं तुम्हारी वजह से उसको reschedule करता तो उन बिचारों का दिल टूट जाता..।

नेहा- अच्छा, तो यह बात थी...? so you really feel for your friends? तो बुद्धू उस दिन साफ-साफ मुझे यह बता देते..? यह बात तुमने अपने मनमें दबाये क्यों रखी...?

रोहित - एसे ही बस .. । पता नहीं था तुम कैसे react करोगी ? मुझे शायद तुम्हें Priority देनी चाहिए थी इस situation में over my friends ..? hope you are not angry नेहा?

नेहा - पहले थी पर अब नहीं हूँ ...। यह अच्छी बात है की you value your friends as they have been there with you may be for more time than me so its fine understandable ..I can relate .. समझ सकती हूँ ..। मैं अब ठीक हूँ रोहित .. और बाताओ आज का दिन कैसा रहा..? पार्टी निपट गई... अच्छे से कल ?

रोहित -हाँ अच्छी गई पार्टी कल बहुत लेट नाईट तक एन्जॉय करते रहे हम लोग तो आज तो बहुत लेट सोकर उठा , feeling more relaxed now after talking to you .. तुमको लेकर थोड़ा tensed भी था... सुबह से।

"अरे tension किस बात की.. थी?"

"यह कि कैसे मैंनेज करोगी तुम अपनी शॉपिंग अकेले, यह अच्छी बात थी कि वर्तिका ने तुम्हारी मदद की..। एक बार फोन देना उसे thanks बोल देता हूँ..।"

"ज़रूर .. "

"वर्तिका रोहित तुमसे बात करना चाहता है...।"

वर्तिका – Hi रोहित कैसे हो ,,?

"Hi। ठीक हूँ।

thanks यार ..आज नेहा को शॉपिंग कराने के लिए ..। मेंरी वजह से तुम्हें बहुत तकलीफ हुई..।"

"अरे तकलीफ़ कैसी यार नेहा मेंरी रूममेंट ही नहीं मेंरी बहन जैसी है मैं बहुत ख़ुश होकर गई उसके साथ and we chose the best clothes for her "

"lovely... that's great ! 😊

"

- "cool, रूको मैं नेहा को फोन देती हूँ..।"

"ठीक है रोहित अब आराम से सो जाओ वैसे भी काफ़ी देर हो गई है, कल ऑफ़िस भी है फ़िर बात करते हैं good night .. "

"गुड नाईट ।"

वर्तिका -यह क्या हो गया रोहित को अचानक.. thanks बोल रहा था why was he getting so formal ..?

"कुछ नहीं थोड़ा guilty महसूस कर रहा है कि आज आ नहीं पाया.. और तुम्हें उसकी जगह पे fill in करना पड़ा।"

" I see चलो ठीक है .. । अच्छा यार अब सोते हैं कल फिर आफ़िस जाना है...।"

"गुड नाईट स्वीटी...।"

"Good Night ! "

Valentine's Day

एक और सप्ताह शरू हो जाता है...। नेहा अपने आफ़िस में अपने क्यूबिकल में अपनी मेंल्स चेक कर रही होती है early morning करीब 10 बजे। अचानक उसकी नज़र USCIS से आई मेल पे पड़ती है जिसमें लिखा होता है की उसे अपना वीसा स्टाम्प कराने इस वीकेंड पे चेन्नई जाना है ।मेल पढ़ने के बाद एक खुशनुमा में अंदाज़ में नेहा अपनी आफ़िस की कैंटीन में जाती है चाय पीने के लिए।

चाय पीते पीते वह रोहित को फ़ोन लगाती है।

नेहा – hey रोहित what's up?

रोहित - Hi नेहा tell me ....!!

नेहा - मेरे वीजा की स्टैम्पिंग की date आ गई है, मैं इस weekend में वीज़ा स्टैम्पिंग के लिए जा रही हूँ... चेन्नई।

रोहित - चलो अच्छा है, तुम कैसे जाओगी ..?

नेहा - यार एक ही दिन के लिए तो जाना है Friday night की फ्लाइट ले लूँगी सैटरडे स्टैम्पिंग और संडे मैं Bangalore में आ जाऊँगी।

रोहित – अच्छा...।

नेहा - किसी दिन बीच में मिलते हैं आफ़िस के बाद?

रोहित - हाँ ठीक है जिस दिन भी चलना हो मुझे afternoon में फ़ोन कर देना, accordingly will meet you in evening ..

नेहा - ठीक है..perfect अच्छा एक बात और कहनी थी मुझे।

रोहित – बोलो?

नेहा (चाय का sip लेते हुए और अपना हाथ और अपनी अंगूठी देखते हुए)

☺ - तुम्हारी अंगूठी काफी sleek and sexy है I good choice handsome

रोहित – Thanks Its good that you liked it ☺

नेहा – अच्छा रखती हूँ फ़ोन अब I you also carry on with your work

नेहा फ़ोन रख देती है , और अपनी चाय पीने लगती है। फिर उसका ध्यान निरपेश की तरफ जाता है।

वह उसके बारे में सोचने लगती है और मन हीं मन ख़ुदसे बातें करने लगती है।

" यह निरपेश को क्या हो गया है .. I don't feel like talking to him.. अचानक से शादी का ख़याल कहाँ से आ गया उसे और वह भी मुझसे..? यकीन नहीं होता what is going on with him एक तरफ रूटीन से बोर होता है। दूसरी तरफ शादी करना चाहता है मुझसे..। अगर नौकरी छोड़ देगा तो क्या करेगा फिर.?.acting का भूत भी उसे सवार हो गया है..। यकीन नहीं होता कि वह ऐसा क्यों कर रहा है ..। पर एक बात का डर है मुझे अगर मैं उससे बात करना बंद कर दूँगी इस वक़्त जब वह crossroads पे है और ख़ुद से जूझ रहा है तो वह बहुत अकेला हो जायेगा ..और इस चक्कर में कहीं कुछ उल्टा सीधा न करले अपनी लाईफ में? एक emotional crisis से गुज़र रहा है वह इस वक़्त। I believe I should not leave him alone at the moment and rather be with him .. जहाँ तक उसके proposal की बात है तो मैं उससे बोलूँगी कि अभी खुदपे focus करे वह ज़्यादा important है उसके लिए..।"

यह फैसला आपने मन में लेने के बाद वह वापस आ जाती है अपने आफ़िस के bay area में और अपने काम में मशरूफ हो जाती है...।

इधर निरपेश काफ़ी मिस कर रहा था नेहा को weekdays में .. जो interactions नेहा और उसके बीच हुआ करते थे वह अब बंद हो गए थे उसके नेहा को propose करने के बाद ...। एक अजीब सा खालीपन create हो गया था उसकी रोज़ मर्रा की लाईफ में .. सिर्फ weekend को छोड़ के , जब वह acting की क्लास करने जाता था जहाँ वह बहुत liberated फील करता था और एक फ्रेशनेस सी महसूस करता था उस माहौल में। *इसके साथ साथ वाणी से बढ़ती दोस्ती भी किसी हद तक निरपेश के life में बने खालीपन को भरती थी।*

इसी दौरान Valentine's day वाले दिन:

नेहा आफ़िस में अपने क्यूबिकल से रोहित को call करती है... /

"रोहित, क्या तुम मेंरी बिल्डिंग में आ सकते हो...?"

"ज़रूर .. लेकिन क्या काम है?"

"कुछ खास नहीं एसे ही लाइब्रेरी चलेंगे कुछ समय के लिए। मुझे कुछ समझना है तुमसे..।"

"I see sure मैं आता हूँ .. I. "

"come post 5 PM फ़िर शाम को मुझे you can drop me at my place "

"can't commit you for dropping you at your place लेकिन हाँ शाम को आता हूँ तुम्हारी बिल्डिंग की तरफ़...।"

नेहा अपनी बिल्डिंग के corridor में इंतज़ार करती है रोहित का उसके हाथ में किताब होती है और एक रजिस्टर होता है।

करीब 5:30 बजे रोहित आता है उसकी बिल्डिंग..। दोनो लाइब्रेरी की तरफ निकलते हैं..।

"और नेहा ...क्या हो गया अचानक ? क्यों बुलाया..?"

नेहा (मन ही मन सोचते हुए)– बस ऐसे ही ऐसे ही थोड़ा discuss करना है.. ।.

"अच्छा.."

नेहा सोच रही थी कि नई'रेड साड़ी ' जो आज उसने वैलेंटाइन'स डे के मौके पे पहनी थी, आज उसे पहना देख रोहित उसकी तरफ आकर्षित महसूस करेगा और उसकी तारीफ करेगा लेकिन वो बहुत ही नार्मल रिएक्शन देता है और विश भी नहीं करता है नेहा को। नेहा ने अपने दाए हाथ में रोहित की दी हुई रिंग भी पहनी हुई थी लेकिन उस पे भी रोहित का ध्यान नहीं गया ।

खैर दोनो लाइब्रेरी पहुँचे..।

नेहा - Let's find some isolated place ..hmmm

चलो इधर बैठते हैं..।

नेहा और रोहित बैठते हैं सीट पे..।

"फ्राइडे को जा रही फिर वीज़ा स्टैम्पिंग के लिए..?"

"हाँ ....!! देखो मिलता है कि नहीं वीजा..?"

"मिल जाएगायार B1 Visa US का मिल जाता है ज़्यादा दिक्कत नहीं होती है..।"

"हम्म्म ...let's see !! , खैर रोहित एक बात बताओ?"

"तुम seriously interested हो मुझसे शादी करने में right ..? timepass तो नहीं कर रहे हो ना?"

" हाँ I am definitely interested क्यों तुम्हे ऐसा क्यों लग रहा है..?"

"इसलिए क्योंकि हैंडसम हो.. तुम्हे बहुत सी अच्छी लड़कियाँ मिल सकती है .. फिर मैं ही क्यों ..?"

"हम यह discuss करने आए हैं... यहाँ? 😊 "

"हाँ बिलकुल क्योंकि यह सब बातें मैं अपने या तुम्हारे cubicle में बैठकर पे नहीं कर सकती.. थी।"

"I see can understand , लेकिनआफ़िस के कैंपस की बाहर भी कर सकते थे... यह सब बातें?"

" यार वैसे भी it's a weekday or moreover तुम इतना बिजी रहते हो so its ok लाइब्रेरी में भी solitude हैं ..। यहाँ बात करते हैं ..।"

"ठीक है ..दखो नेहा "why you " is a difficult question to answer .... "

" तुम्हें ऐसा क्यों लगता है why its difficult ..?"

"क्योंकि इसके पीछे कई वजह है..।"

" जैसे..?"

" यही कि देखो मैं Boys स्कूल में पढ़ा हुआ हूँ so I was not having any girlfriends in the past during my school days , फ़िर जाब इंजीनियरिंग कॉलेज में आया तो भी कुछ खास लड़कियाँ नहीं थी मेरे कॉलेज में.. जिनको गर्लफ्रेंड बनाया जा सके।"

"खास से क्या मतलब है तुम्हारा..?"

रोहित – खास से मतलब जिसे मैं पसंद कर सकून । एक attraction महसूस कर सकूँ ..या उनसे बात करने का मनकरे, उनके साथ involve होने की चाहत महसूस हो..।

"तो इसका मतलब है की तुम मुझसे बहुत ज़्यादा attracted हो?"

रोहित – attraction पे तो मैं comment नहीं कर सकता लेकिन there is something more about you which triggers me towards you.. तुम्हारे साथ प्रोजेक्ट में काम करके कुछ तो महसूस हुआ मुझे शायद एक "comfort level "का .. जैसे की "at ease " रहेंगी आगे की life तुम्हारे साथ ..। क्योंकि as a team जब भी हमने काम किया है प्रोजेक्ट्स पे साथ में , अच्छा काम किया है, शादी भी एक प्रोजेक्ट की तरह है.. इसमें भी उतार-चढ़ाव आएंगे और एक अच्छा साथी कौन नहीं चाहता.. एक शादी में..।

नेहा –मैं partially agree करती हूँ तुमसे, लेकिन in my view सिर्फ काम की वजह से companionship नहीं create होनी

चाहिए..। हर situation में होनी चाहिए, naturally develop होनी चाहिए। किसी भी तरह के माहौल या setup में होनी चाहिए,इसके लिए एक दूसरे को समझना ज़रूरी है और एक दूसरे के साथ involve होना जरुरी है.. personal level पे ..। शादी कोई काम नहीं है। जीवन भर का बन्धन है जिसमें दोनो लोग अपनी मर्जी से बंधना चाहते हो किसी और कारण से नहीं ...।

रोहित – लेकिन समझने और इनवॉल्व होने की सीमा क्या है.. ?बताओ नेहा पूरा जीवन कम है एक दूसरे को समझने और इनवॉल्व होने के लिए..?

नेहा - हम्मम so you mean to say तो तुम्हे मेरे साथ आफ़िस में काम करके अच्छा लगता था ,सिर्फ इस फीलिंग के basis पे शादी के लिए तुमने मुझे propose कर दिया? you actually don't have strong feelings of love and attraction towards me .. ..?

"I am just hoping कि our Companionship will ultimately spread its wings in our personal lives too , which eventually will lead to loving each other ऐसा मेरा मानना है, इसलिए क्योंकि मुझे तुम्हारा साथ अच्छा लगता है, इसलिए मैंने तुमसे शादी करने की बात कही .. बाकि nobody knows की प्यार क्या है ..।"

- " हम्मम ठीक तो तुम्हें लगता है ultimately हम दोनो के बीच attraction और प्यार हो जाएगा ..?"

"हाँ उम्मीद तो है ..।"

"चलो I appreciate की तुमने अपनी feelings honestly share करीं। मैं भी बहुत honest लड़की हूँ इसलिए मैं transparency में believe करती हूँ।"

- "यह जानकर अच्छा लगा .. और बताओ अगला सवाल क्या है..?"

नेहा (सोचते हुए) - सवाल तो बहुत है पर अभी के लिए इतना ही...।

रोहित - what about ..your feelings for me ...?

" देखो रोहित जैसा मैंने तुम्हें उस दिन भी कहा था मैं कोई भी decision जल्दबाजी में नहीं लेती हूँ। अभी मैं सोचती हूँ हम दोनो को और मिलना चाहिए.. specially office campus के बाहर.. our boundaries of knowing each other should not only restrict itself at office rather it should extend and reflect everywhere isn't it रोहित?"

"yes indeed मैं respect करता हूँ तुम्हारे thoughts . की.जैसा तुम्हे ठीक लगे....।"

"चलो अब चलते हैं यहाँ से, क्या तुम मुझे छोड़ पाओगे मेरे घर..?"

- " नेहा आज तो नहीं मेंरी मीटिंग है 7 बजे के आसपास 1 घण्टे करीब चलेगी..।"

"ठीक है, तुम अपनी मीटिंग देखो..। फिर मिलेंगे जब मैं visa stamping से वापस आऊँगी।"

"ओह मैं तो पूँछना ही भूल गया कल कितने बजे निकलोगी शुक्रवार शाम को...?"

" लगभग शाम 5 बजे निकलूँगी , 8 बजे की flight है..।"

"मैं चलूँ तुम्हारे साथ...?"

"नहीं ठीक है मैं manage कर लूँगी..। मैं cab से निकल जाऊँगी।"

"ठीक है कुछ problem हो तो बताना मैं तुम्हें एयरपोर्ट तक छोड़ने की कोशिश करूँगा...।"

"ठीक है...।"

" बातें बनवा लो बस इससे ...।"

नेहा मन में सोचती है इसको क्या बुलाऊँ .. आखिरी पल में मना कर देगा कि नहीं चलना है तो क्या करूँगी ..?

इस शख्स पे भरोसा नहीं कर सकती।

इस interaction की बाद दोनो लोग लाइब्रेरी से निकल जाते हैं...।

उधर निरपेश के office में शाम के समय .. लगभग 7:30 बजे अचानक निरपेश के mobile पे SMS आता है।

"Hi निरपेश, क्या तुम काम से फ्री हो गए हो ..?"

निरपेश - (**सोचते हुए अचानक नेहा का message यह तो बात नहीं करना चाहती थी हम्म्म mysterious girl** ..) "*हाँ, about to leave for home in some time* " टाइप करके जवाब देता है।

"ओके हैंग ऑन मैं तुम्हारे आफ़िस आ रही हूँ, तुम मुझे शाम को छोड़ देना मेरे घर...।"

(replies) "sure ठीक है..तुम reception में आ जाओ वहीं से निकल चलेंगे पार्किंग और फिर तुम्हारे घर की ओर।"

- "ठीक है।"

लगभग 10 मिनट में नेहा निरपेश के office पहुँच जाती है...Tech M के ground floor के reception में।

नेहा रिसेप्शन में पड़े सोफे पे बैठकर इंतज़ार करती है । इतने में लिफ्ट से नीचे आता है निरपेश और सीधे सोफे की तरफ आता है जहाँ नेहा बैठी होती है।

निरपेश - Hi नेहा कैसी हो ..hey and by the way you are looking absolutely gorgeous in this new red saree ..

नेहा - थैंक्स निरपेश –" वैसे हैप्पी वैलेंटाइन्स डे ". तुम्हें कैसे पाता यह नई साड़ी है..?

"yes हैप्पी वैलेंटाइन्स डे टू यू टू। (नेहा हाथ मिलाती है निरपेश से)

"अरे मुझे सब पता रहता है कॉलेजtimeसे। तुम्हारी सारी wardrobe पे मेंरी नज़र रहती है ..।"तुम कब क्या पसंद करती हो पहनने के लिए सब का idea है ..। This is a new red saree which you have recently purchased ...am I right ..?"

"perfect .. you are absolutely right ..impressive यार और तुम्हारामैनेजरकहता है तुम्हारा focus ठीक नहीं है .। .इससे ज़्यादा क्या focus होगा किसी पे ..?"

"Madam वह काम में फोकस करने की बात करता है तुम्हारे ऊपर फोकस की नहीं .. 😊 ।"

"you bet .".

दोनो खूब हँसते है।

"अच्छा यह बताओ नई साड़ी का angle क्या है? रोहित तो पहले से ही impressed है तुमसे उसे और कितना बेचैन करोगी?"

"अपनी बेचैनी बड़ा रही हो उसके दिल में.? . इस तरह की क़ातिलाना साड़ियां पहन के?

"अरे कहाँ निरपेश...? रोहित ने तो बिलकुल भी observe ही नहीं किया मेंरी साड़ी को । thought कि आज लाइब्रेरी में वह मुझे मेंरी नई साड़ी के लिए compliment देगा लेकिन कोई interest नहीं दिखाया उसने मेंरी नई साड़ी में और न हीं wish किया वैलेंटाइन्स डे पे.. । "

" I see very poor observation skills ...and very disappointing कि wish भी नहीं किया तुम्हें..।"

" हाँ यार वह तो है indeed very insensitive of him, पता ही नहीं है उसे कि लड़कियों को उनकी तारीफ करने वाले कितने पसंद होते है...।"

"हम्म वोह काफी sober बंदा दिखता है..। very process oriented kind of a guy.. काफी mechanical है life में ऐसा लगता है..।"

"ओह हेलो...dude जेंटलमैनटाइप है हैंडसम देखा है कितना है...? ।

am not sure how many girls might have fallen for him because of his handsomeness ...... "

"I see हाँ स्कूल में उसकी गर्ल girl friends रही होंगी जरुर...?"

"कहाँ से होती बेचारा boys स्कूल में जो पढा है हमेशा से...।"

- "ओह्ह poor soul ... कितनी गर्ल्स ने उसे मिस किया । think "

"

"shut up .. पर एक बात तो है निरपेश ...पता नहीं मुझ में क्या पसंद आया है उसे...?"

"अब घर चले अब सिक्योरिटी वाले भी हमें घूर के देख रहे हैं । यह बस एक वेटिंग areaहै " chat zone " नहीं। डिटेल discussion तुम्हारे घर पे भी हम कर सकते है..।"

" हाँ चलो ..let's go बाकी बातें घर चल के...।"

" दोनो बेसमेंट में जाके swift dezireमें निकल जाते हैं नेहा के घर..।"

आज की बातचीत से दोनों के बीच में एक वापस सा पहले जैसा *कम्फर्ट लेवल* establish होता हुआ दिखाई देता है। शायद उसको ही वापस से खड़ा करने के लिए ,आज खुदनेहा निरपेश से मिलने उसके आफ़िस आई थी। निरपेश भी नार्मल ही behave कर रहा था जैसे कि कुछ भी नहीं हुआ हो उन दोनों के बीच।proposalकी वजह से दोनों की दोस्ती में किसी भी तरह की खट्टास नहीं दिखाई दे रही थी आज की बातचीत में।

थोड़ी देर में दोनों लोग नेहा के घर पहुँचते हैं।

नेहा के घर पे: 9:30 PM IST

नेहा - चलो finally another hectic day over... thank god its Friday tomorrow !!

निरपेश - हम्म शुक्रवार आता है तो ऐसा लगता है कि *"कैद "* से छुटकारा मिलेगा दो दिन...!

" फ़िर वोही निरपेश अपनी नौकरी की इज़्ज़त करो यार *यह lifestyle जो हम जी रहे है सब उसकी वजह से ही है..।"*

"अरे नेहा अब दोबारा मत शुरु हो जाओ ..। अच्छा तुम आराम करो मैं निकलता हूँ ..।"

"नहीं रूको चाय पीके जाओ ..। मैं बनाती हूँ तुम्हारे लिए चाय ..। अगर फ्रेश होना है तो रेस्ट रूम हो आओ। take some rest फिर आराम से घर चले जाना..।

"ठीक है .. लेकिन एक बात बताओ तुम तो मुझे उस दिन message की थी कि कभी मैं तुम से कभी बात न करुँ , और न हीं तुम मुझसे बात करोगी फिर आज अचानक कैसे बात करने लगी तुम?"

नेहा (चाय का पानी रखते हुए..)- कुछ नहीं तुम्हे punish करना था उस रात की हरकत के लिए..। I still feel की you are joking कह दो कि वह सब मज़ाक था?

"मज़ाक नहीं था...। I was and I am serious about it .. !!

एक सेकेन्ड मैं रेस्ट रूम हो के आता हूँ।"

नेहा (ओफ्फो यह लड़का...? नेहा मन में बोलती है) -sure you get fresh ,मैं तब तक चाय बनाती हूँ तुम्हारे लिए..।

निरपेश करीब 5 मिनट में मुँह हाथ धोके और फ्रेश हो के बाहर आता है..।

नेहा उसे चाय serve करती है और साथ में कुछ बिस्कुट रहते है...।

"यह लो पियो...।"

"थैंक्स नेहा, बड़ी तलब हो रही थी चाय की इस वक्त...।"

"हम्म hectic day था न at work ..?"

"हाँ काफ़ी busy day था....।"

" हम्म्म मुझे पता है, कॉलेज time से जानती हूँ तुम्हे और तुम्हारी जरुरतों को... । इसलिए मैंने तुम्हें अपने घर पे रोक कर चाय पिलाई और फ्रेश होने के लिए कहा..।"

–" great.. तुम कितनी अच्छी तरह समझती हो मुझे..।"

"indeed true .. तुम भी मुझे समझते हो वैसे ...अच्छे से।"

"हाँ बहुत नोटस् बनाएहैं तम्हारे लिए ..। सही समय था यार वो... "

"हाँ और तुम कितना ख़याल रखते थे मेरा ..। साथ में शाम को हम लोग कैंटीन में कभी Tea Joint पे कभी एक साथ कॉलेज के पास के वोह पार्क में, जो बेंच थी वहाँ जा कर बैठते थे कितनी बाते की हैं हमने....।"

–" हाँ!! क्या बात है ... तुमने उस "टी ज्वाइंट" की याद दिला दी यार ..दिल खुश हो गया..।

नेहा – क्यों?

"क्योंकि वह गुमटी थी मैडम ! बस शाम को वहाँ हमारा तुम्हारा रोमांस दिखता था। दिनभरवह कॉलेज के लड़के लड़कियों की सुट्टा मारने वाली जगह थी..?"

"अच्छा छी !! .. ... तुम मुझे वहाँ ले जाते थे बातें करने के लिए?"

निरपेश – अब क्या करता मैं? यही एक जुगाड़ था सुकून में समय बिताने और बतियाने के लिए तुम्हारे साथ। ☺

"I see ... hmmm ...अच्छा सुनो मेंरी वीसा स्टम्पिंग है चेन्नई में वीकेंड पे कल मैं निकल रही हूँ चेन्नई के लिए।"

"I see that's good .. "

"हाँ फिर मंडे तक वापस आ जाऊँगी ..। उम्मीद है कि वीज़ा उसके अगले 15 दिनों तक मिलेंगा और फिर एक वीक और and then I will fly to Boston.. may be in three to four weeks from now .. "

" सही है यार onsite जा रही हो ..।"

" हाँ यार onsite जाने का excitement तो है लेकिन थोड़ा अजीब लग रह है..। कभी तुम लोगों को especially you and वर्तिका जो मेरे सबसे अच्छे दोस्त हो, कॉलेजtimeसे, कभी ऐसे तुम लोगों को अकेले छोड़कर गई नहीं हूँ .. ..।"

"अरे its ok एक न एक दिन तो हम तीनो का साथ छूटना ही है .. ..। इतना क्यों सोचती हो....?"

" क्यों ..छूटना क्यों है?"

" अरे मान लो कल तुम्हारी रोहित से शादी हो जाती है फिर तुम कहाँ मेरे और वर्तिका के लिए समय निकाल पाओगी...?"

" फ़िर तुम्हारी कमेंट्री चालू हो गई निरपेश देखो यह गलत है। तुम रोहित को बीच में मत लाया करो हर बार। अरे यार अभी कहाँ कुछ क्लीयर है scene उसके साथ, तुम ज़बरदस्ती यह सब बोला करते हो..?"

" *अगर रोहित नहीं तो फिर कौन नेहा ?,* मेरे को भी तुम कुछ clear नहीं बता रही हो..I already expressed my feelings for you ! की मैं क्या सोचता हूँ तुम्हारे बारे में और मैं बहुत serious हूँ तुम्हें लेकर ... लेकिन तुम अभी भी नहीं बता रही हो कि तुम्हारे दिमाग में क्या चल रहा है..।"

" कुछ और बात करें? I am not in a mood to discuss all this with you निरपेश at the moment !! अभी मुझे निकलना है tomorrow for visa stamping ,मैं केवल उसी पे फोकस करना चाहती हूँ...।"

इतने में वर्तिका enter करती है..।

वर्तिका – Hi Guys

नेहा और निरपेश – Hi वर्तिका..

वर्तिका - हे निरपेश बहुत दिन बाद आए तुम घर ?कैसे हो तुम..?

" बस बढ़िया हूँ ऐसे ही बस थोड़ा busy था..।""

"हाँ नेहा ने बताया तुम weekend में acting क्लास करते हो और weekdays I can understand there is nothing new in life of IT professionals ....!!"

"हाँ वही तो 12 वीकेंड तक अब ऐसा ही रहेगा। उसके बाद कुछ plays में काम करना शुरू करूँगा... gradually will develop myself on this craft .. "

"गज़ब यार so you have a plan in place हाँ ..?"

नेहा - क्या प्लान है? मुझे पता है वह अभी थोड़े दिन का जनून है। यह सब अभी कुछ ही दिनों में ठंडा पड़ जायगा..। *U know वर्तिका he has a dangerous tendency to loose interest in things..।* कॉलेज में कभी भी एक consistent बंदा नहीं रह रहा है निरपेश..। has always been a wavering mind ... !

वर्तिका – लेकिन तुम्हे लेकर तो waver नहीं हुआ है आज तक? तुम उसके फोकस मैं आज भी हो .. 😊 ।

"ऊम्दाह वर्तिका क्या बात की है। well said !! 😊 "

"वर्तु अब तू भी शुरू हो गई..।"

वर्तिका - अच्छा बाबा ..चिल।

" वर्तिका वैसे तुम सही कह रही हो नेहा को लेकर आज भी एक consistent पारी खेल रहा हूँ..?"

नेहा -अच्छा !! very funny ..

निरपेश - jokes apart but if we discuss the other side , are you sure नेहा की मेंरी personality consistent नहीं है as far as pursuing my interests is concerned?

"very sure ...तुम्हारे interest consistent कहाँ रहते है? तुम खुदको लेकर ही इतने उलझे हुए रहते हो..।मैं हमेशा यही सोचती हूँ की मैं अगर तुम्हारी ज़िन्दगी में न होती तो क्या होता.. तुम्हारा?

"हमेशा मुझे तुम्हें कॉलेज के समय से मुश्किल परिस्थितियों से बाहर निकालना पड़ता है।"

"तो तुम कहना चाहती हो कि मेरा contribution तुम्हारी ज़िन्दगी में कुछ भी नहीं है? सिर्फ तुम्हारा ही है ..? everybody used to know that innocent , charming girl from Agra was an easy target to mock and make fun of during first year of our engineering !! तुम्हें याद है कॉलेज के समय का या भूल गयीं..?"

वर्तिका - हाँ, yeah indeed very difficult times she had to be through specially in the first year सीनियर्स की भी नजर रहती थी नेहा पे..।

" हाँ !! जो कि सबसे मुश्किल साल था जो मैंने कॉलेज में experience किया था। thanks कि तुम्हारी और मेंरी दोस्ती हो गई उस दौरान including वर्तिका my roomie since college days और फिर अगले 3 साल तक हम एक साथ अच्छे से कॉलेज में रहे..। मैं और तुम साथ-साथ रहते थे तो लोगो को अलग ही *vibes* मिलती थी हम दोनो को लेकर"।

"अच्छा, खैर अब क्या बोलूँ कॉलेज की दोस्ती के खातिर तुम्हारे लिए सब माफ है.. ! तुम को मेंरी कमियों पे comments करने का पूरा right है.. *लेकिन नेहा दोस्ती का मतलब यह नहीं है कि हम एक दूसरे के interests की respect न करें।"*

"everybody has a right to pursue new interests that they develop ..right??"

" हाँ तो करो किसने रोका है ..। क्या मैंने तुमसे कहा कि तुम acting न सीखो..?"

वर्तिका (interrupting in between saying to नेहा) -जी हो गया आपका?

अरे लड़ो मत दोस्तो, साथ में डिनर करते हैं बहुत जल्दी बन जायेगा..।

"ओके मैं चलता हूँ तुम दोनो आराम करो.. डिनर फिर कभी कर लेंगे...।"

"वैसी भी जब नेहा onsite से आयेगी तब बढ़िया सा डिनर साथ में करेंगे सब क्यों वर्तिका..?"

" not sure !"

" why not sure ..? it's a good idea .!! . लेकिन मैं खाना नहीं बनाऊंगी,। नेहा has to give a party for it..!!

" ओके मैडम पहले जाने तो दो ।T industry में तो last मिनट तक पता नहीं होता है लोगों को की, fly करेंगे कि नहीं , आखिरी मिनट में cancel भी हो जाते हैं onsite ट्रिप। इस लिए जबतक फ्लाइट में बैठ के उड़ न जायें तब तक नहीं समझना चाहिए कि चले गए onsite .. समझे भक्तजनो..?"

"भली भाँति सौ प्रतिशत सही बात बोली आपने..।"

"yeah very true ..infact !!

"अच्छा मेंरी एक ख्वाहिश है ...। मैं चाहती हूँ कि आप लोग मुझे छोड़ने के लिए एयरपोर्ट पे हों .. क्योंकि आप लोग मेरे lucky charm हैं।"

"निरपेश और वर्तिका तुम दोनो आओगे न..?"

वर्तिका - अरे पहले तू वीज़ा स्टैम्पिंग करके आ फिर जब तेरा जाने काtimeआयेगा तब देखेंगे..।

नेहा- देखेंगे नहीं चलेंगे...। I don't want any excuses..

"अच्छा मेंरी माँ अब जाने दे निरपेश को उसे देर हो रही है।"

निरपेश –thanks वर्तिका, यह नेहा की बातचीत तो चलती ही रहती है 🙂 चलो नेहा see you.. have a safe flight tomorrow for Chennai

" हाँ कल आफ़िस से सीधी निकल जाऊँगी चेन्नई ...। आफ़िस की कैब कर लूंगी..।"

निरपेश – कुछ operational issue आता है तो बताना ठीक है तुम्हें अपनी कार से Airport छोड़ दूँगा..। लेकिन only in case अगर कुछ आता है not JLT ok यह कॉलेज नहीं है कि pranks चल रहे हैं तेरे prankster.. 🙂

" ok sure ,but अच्छा लगा तुमने पूछा thanks for asking "

नेहा hug कर लेती है निरपेश को ..।

निरपेश – अरे its ok .. my pleasure .. I am always with you ...!!

निरपेश – cool ..अच्छा तुम लोग आराम करो..। मैं फिर निकलता हूँ। एक message कर देना कि you have boarded the flight

नेहा-sure ..

इस बातचीत के बाद निरपेश निकल जाता है अपने घर ..।

बढ़ती कहानी

फ्राइडे को नेहा आपनी चेन्नई की फ्लाइट बोर्ड कर लेती है और fly कर जाती है।वहाँ एक 5 star होटल में उसकी अगले 2 दिन की बुकिंग रहती है। बहुत ज़्यादा worried नहीं रहती है वह अपनी वीजा स्टैम्पिग को लेकर वैसे भी B1 वीजा आसान है H1b और L1 वीजा की तुलना में मिलना जिसपे अधिकतर रिजेक्शन आ रहे होते उन दिनों ।IT इंडस्ट्री में ...।

नेहा की अपने personal life में चल रहे ongoing conflicts पे सबसे ज़्यादा चिंता चल रही होती है ..। *रास्तें भर* वह *यह सोचती है कि* निरपेश *का वह क्या करे कहीं वह अपनी dissatisfaction और interest की क्लैश में अपनी* ज़िन्दगी *को रिस्क में तो नहीं ले जाएगा* ? Moreover नेहा उसको खोना भी नहीं चाहती है। वह अपने दिल की हर छोटी बड़ी बात उससे शेयर कर लेती है क्योंकि निरपेश उसको बहुत अच्छे से समझता है। निरपेश उसे लाईफ लाँग partnership का प्रस्ताव रख चुका होता है..। रोहित दूसरी तरफ नेहा से शादी करना चाहता है। अभी जल्द ही रोहित के personal front पे कुछ बदलाव महसूस हुआ नेहा को लेकिन इतना यकीन हो गया होता है उसे कि वह इस assumption से आगे बढ़ रहा है नेहा के साथ की उसकी आफ़िस वाली companionship उसकी personal life में भी बढ़िया कनर्वट होगी और उसने यह बात उस दिन लाइब्रेरी में एक्सप्रेस कर दी थी नेहा को...।

इस बीच Bangalore में...।

वाणी और निरपेश की दोस्ती अच्छी चल रही थी काफी समय गुजार रहे थे दोनों एक दूसरे के साथ थिएटर क्लास में, इसीलिए एक फ्रेशनेश थी निरपेश की life में over जो उदासी और खालीपनव ह महसूस कर रहा था नेहा को propose करने के बाद..। एक अजीब सी बेचैनी उठ जाती थी दिल के किसी कोने में निरपेश के...जब वह उस proposal वाली शाम को फोकस में लाता था.. या उसके बारे में सोचता था।

थिएटर का भी आनंद लें रहा था निरपेश.. यह art form experience कर रहा था पहली बार अपने जीवन में ..। स्कूल और

इंजीनियरिंग के दिनों में, वह ज़्यादातर sports में रहता था, dramatics space कभी एक्स्प्लोर नहीं की थी उसने। फिल्में देखने तो जाता था लेकिन कभी उंनकी technicalities में नहीं जाता था तब।

फ्राइडे को निरपेश आफ़िस से करीब 7 बजे निकल रहा होता है, अचानक से वर्तिका का कॉल आता है..। उस समय वह अपनी बाइक स्टार्ट कर रहा होता है... कंपनी की आउटडोर पार्किंग में।

"Hi वर्तिका .। ."

"Hi निरपेश .. बोलो तुमने दिन में फ़ोन किया था मुझे? सॉरी मैं बिजी थी आफ़िस में फ़ोन नहीं उठा पायी तुम्हारा इसलिए कॉल बैक कर रही हूँ।

– "कुछ नहीं यार यह बताओ नेहा कब आएगी? मैं पूँछना भूल गया उस दिन नेहा से... वह कुछ तो बता रही थी अपनी return के बारे में पे मैं शायद ठीक से सुननहीं पाया।"

" यार वह Monday तक वापस आ जाएगी .. पहले वह संडे को आने का सोच रही थी पे उसकी बुकिंग संडे नाईट तक थी होटल में इसलिए वह मंडे को आ रही है।"

" अच्छा ठीक है.।. मेरे लिए कोई message तो दे के नहीं गई हैं तुम्हे उसको पिक करने के बारे में या कुछ और भी..?"

"नहीं ..कुछ बोला तो नहीं उसने...।"

"ठीक हैं और तुम बताओ सब बढ़िया है..?"

"हाँ यार चल ही रहा है.. भगवान भरोसे..।"

"Hey hey अरे इधर भी ऐसा ही है प्रभु का सहारा है अब आगे की ज़िन्दगी भगवान पे छोड़ रखी है. 😊 .। "

"हम्म।"

"चलो ..I leaving for home now .. talk to you later .. "

निरपेश फ़िर फोन कट करता है .. और सीधे आकाश को काल लगाता है।"

"**आकाश** - हलो..।"

"और सरजी प्रणाम कैसे है?"

" बढ़िया सार्थक बस तुम्हारा ही सहारा है?"

"अरे .. जिसके सहारे मैं हूँ वह खुदमेरे सहारे हैं .. अजीब विडम्बना है प्रभू की .. 😅 "

" Hey interesting , आज तुम अच्छे मूड में लग रहे हो..?"

"हाँ मूड ठीक है.. आप अगर फ्री हैं तोमैंअभी आता हूँ अभी फ्री हो गया हूँ आफ़िस से..।"

– " हाँ आ जाओ, मैं तुम्हे अपना ड्राफ्ट दिखाता हूँ जो हमारी आखिरी बातचीत के आसपास तक मैं ले आया हूँ ..।"

" सही है उसके बाद के डेवलपमेंट्स आप कैप्चर कर सकते हो वन्स मैं आज उधर अर्बन ढाबा पे आकर आपको update कर देता हूँ की क्या क्या हुआ है पिछले दिनों ..।"

" बिलकुल आ जाओ फिर..।"

निरपेश अगले 45 मिनट में पहुँचता है अर्बन ढाबा ..।

आकाश एक सीट पे Laptop के साथ बैठा होता है..।

"Hey आकाश .. कैसे है आप..?"

दोनों लोग हाथ मिलाते हैं और गले मिलते हैं।

" बस निरपेश दुआ है तुम्हारी.. बैठो..।"

" यह देखो मेरा ड्राफ्ट तैयार है..।"

निरपेश Laptop में देखता है ..।

थोड़ी देर ब्राउज़ करता है और फ़िर बोलता है "बढ़िया है तुमने पूरा formatting के साथ edit कर दिया है content..?"

"क्लीन लग रहा है काफ़ी narrative of the novel "

'हिंदी में रख रहे हैं सारा ..?"

"हाँ हिंदी मेँ रख रहा हूँ। बीच-बीच में उर्दू का भी इस्तेमाल किया है काफ़ी गहराई होती है expression में..through urdu language "

– " यह तो है ..। I love how गुलज़ार साहब और जावेद अख्तर उसका इस्तेमाल करते हैं अपने गानों में..।"

" बिलकुल..।"

"चलिए बढ़ियां है.. एक बात बताए.. characters के नाम same रखे हैं कि बदल दियें हैं?"

"interesting .. अभी तक तो यार सब same ही रखा है ताकि deeply involved रह सकूँ स्टोरी के साथ..।"

" हम्म पॉइंट है .. लेकिन मुझे लगता है कि जब हम लोग long term सोच रहे हैं तो हम नामों को in the realistic view of things बदल सकते हैं , क्योंकि इससे मुझे और आपको भले ही कोई समस्या नहीं है लेकिन जब यह किताब बाजार में आयेगी तब कुछ लोगों को.. इससे problem हो सकती है। जैसे हम नहीं जानते है कि अमितेश कैसा फील करेगा या नेहा कैसा फील करेगी यदि यह सारी चीज़े पब्लिश होंगी उन्हीं के नाम से। .."

- " हम्मम ठीक है चलो देखते हैं..। खैर नेहा से याद आया बताओ फिर क्या हुआ उस फ्रंट पे..?

" हम्मम सो I can recall मैंने आपको वहाँ तक बताया था जब मेंरी classes शुरू हो गयीं थी और नेहा का US visit decideहो गया था..?"

" yes वह US वाला development काफी इनोवेटिव है तुम्हारे लिए .. कितने महीनों के लिए जा रही है ..?"

" मुझे लगता है कि 3 महिने के लिए तो जायगी..।"

"सही है ...तो इससे पहले कि वह उड़ जाए आप उसे propose करें ..समझे .. एकदम सही टाइमिंग है यह ..। "

"अरे सर .. मौका परस्ती में हमने कोई कसर नहीं छोड़ी है..। 😊 "

" what .....? तुमने कर दिया क्या उसे propose..?"

"जी सर मैंने कर दिया..।"

" क्या बात है जियो मेरे लाल (हाथ मिलाते हुए) पर कैसे किया प्रप्रोज formally कहीं जाकर?"

" अरे नहीं ऐसा कोई प्लान करके नहीं गए थे बस हो गया..।"

– "अच्छा you mean to say यह सब अचानक से हो गया..?"

"हाँ.. "

"थोड़ा विस्तार से बताओ कैसे घटित हुआ ये. .।" 🙂

"हम्म तो हुआ क्या आकाश भाई .. एक दिन शाम को देर रात नेहा मेरे घर आई मुझसे बोली कि कॉफी पीने चलते हैं..।"

"अच्छा तो फिर तुम लोग मेरे यहाँ आए कॉफी पिने उस दिन रात को?"

–" हाँ सही...।"

"कमाल है superb man 🙂 !!"

"बताओ यार तुम्हारी ज़िन्दगी का यह अहम पल हमारे अर्बन ढाबा परिसर में घटित हुआ ..। धन्य भाग हमारे ..। पिताजी तुसी महान हो...।"

" हा हा हा....।"

– "हाँ छोटू ने मुझे बताया था कि तुम दोनो यहाँ आए थे फिर भीतर क्या हुआ तुम दोनों के बीच उसका उसे आईडिया नहीं था..।"

"फ़िर .. नेहा मुझे बताने लगी कि रोहित ने उसे शॉपिंग कराने से मना कर दिया for a silly reason, कि उसे अपने दोस्तों के साथ फिल्म और डिनर पे जाना है...।"

"इस बात पे वह बहुत गुस्सा थी उससे और उस बात से जुड़ा अपना frustration मुझसे शेयर कर रही थी....।"

" इस दौरान वह मुझसे बोली कि रोहित की ऐसी बातों से उसे लगता है कि वह rethink करे अपने decision को उसे डेट करने पे as बहुत ही किडिश behaviourलगता है उसको उसका..।"

"अच्छा यह तो पॉज़िटिव बात है तुम्हारे पक्ष में..क्यों..?"

"हम्मम खैरे आगे तो सुनिए .. फिर मुझे request करने लगी तुम चलो मेरे साथ Saturday को shopping कराने के लिए

फिर मैंने जाब यह बोला कि मेंरी उस दिन acting की क्लास है तब discussion का रुख change हुआ..।"

"अच्छा कैसे..?"

"जब मैंने बताया कि मुझे अभिनय की फील्ड में interest develop हुआ है, तो वह बोली impressive and then अचानक से उसने पूछा कि अच्छा अब यह बताओ इसके अलावा और भी कहीं interest develop हुआ है तुम्हारा इस दौरान..?"

"अच्छा interesting, कहीं यह कोई पॉइंटर तो नहीं था तुम्हारे लिए .. कमाल है एक interest के बाद दूसरा interest पूछने लगी .. गहरी और शातिर लड़की है..।"

" वोही, तब मैंने सोचा कि मौका अच्छा है अपने दिल की बात कह डालो ..। तब मैंने उससे कहा कि मेरा इस दौरान तुम में भी बहुत ज़्यादा interest develop हुआ है और तुमसे मैं शादी करना चाहता हूँ.. । "

"there you go, that's like a man तुमने बहुत अच्छा काम किया great dude..बहुत सही मौके पे चौका मारा तुमने..।"

"सही है फिर क्या reaction रहा नेहा का..कहीं एक थप्पड़ तो रसीद नहीं कर दिया तुम्हें इस बात पे उसने.. ? "

"नहीं.. थप्पड़ तो नहीं रसीद किया लेकिन बहुत surprise और shocked हो गई कि यह अचानक से क्या बोल दिया मैंने...। उसको लगा कि मज़ाक है...।"

"hmm उसको लग होगा यह क्या बोल दिया इकदम से इसने..।"

"hmm पूछी कि serious हो तुम..?"

" अच्छा। तुमने क्या कहा फिर...?"

"मैंने कहा बिलकुल मैं पहले से ही 30 के ऊपर हो गया हूँ अब आगे settle होना चाहता हूँ और मुझे लगता है कि तुम मेरे लिए सही हो...clear cut बताया मैंने उसको..।"

"hmmm सही है फोकस में लाए तुम यह realistic parameters.. उसे यह नहीं सोचना चाहिए कि तुम्हारी दोस्ती just for granted है उसके लिए और तुम इस relationship से अब कुछ और चाहते हो.. । इस रिश्ते को आगे बढ़ाना चाहते हो .. ।"

"yeah...फिर उसको कुछ समझ में नहीं आया कि क्या बोले वह मुझसे ..। एकदम से झक मार कर बोली.. कि बहुत *immature* हो तुम.. never expected this kind of an act from you !"

" hmmm समझ सकता हूँ वह लड़कियों का होता है कि जब कुछ समझ में न आए तो कुछ भी arbit बोल दो..।"

" हाँ .. खैर मैंने अपनी expectation clear कर दी । उसके बाद मैं अंदर से बहुत हलका महसूस कर रहा था..।"

– " great सही है .. अब आगे बस हमें wait n watch .. करना है तुम अपने actions को direction देते रहो।"

"हाँ वह तो है.. sir एक development और हो गया है इस दौरान.। ."

"अच्छा अब क्या हुआ..?"

"ऐसा लग रहा है कि एक लड़की थोड़ा ज़्यादा involve हो रही है मेरे साथ Acting Class में..।"

"सही है गुरू .. सही जा रहे हो मोहित कर रहे हो लड़कियों को अपने ऊपर एक के बाद एक.. हाँ 😊 ?"

"अरे नहीं sir अभी तो शुरुआत है मुझे नहीं लगता कि अभी ऐसा कुछ scene है उसकी तरफ से but we never know .. "

आकाश (smile करते हुए)– चलो फ़िर इधर भी आगे देखते हैं .. 😜 ? what do you say? ...

"हा हा ...। "

दोनो हँस पड़ते हैं ... 😊 😊 ।

नज़दीकियाँ

फिर अगली सुबह अपनी R15 पे जल्द ही सुबह का नाश्ता करके निरपेश निकल पड़ता है acting classes के लिए.. । जैसे ही bike start कर रहा होता है कि वाणी का फोन आ जाता है उसके पास ...।

अरे वाणी are you ready ..?

वाणी - Hi निरपेश...yes .. कैसें हो?

"मैं अच्छा हूँ बस क्लास पहुँच ही रहा था..।"

"great can you do me a favor ..?"

" हाँ बोलो ..।"

"क्या तुम मुझे मेरे पीजी hostel से क्लास के लिए pick up कर सकते हो आज के लिए..?

Location whatsapp कर रही हूँ...।"

निरपेश - अरे its ok मुझे याद है.. 😊

"cool तो आ रहे हो फिर..?"

"अगले 25 मिनट में, मैं तुम्हारे घर आता हूँ..।"

"ठीक है मैं तुम्हारा इंतज़ार कर रही हूँ..।"

" निरपेश अगले 25 मिनट में वाणी के PG पहुँचता है..।"

वाणी एक बहुत ही प्यारे' जम्पसूट 'में बाहर आती है लाल रंग का जम्पसूट उसकी सुन्दरता को निखार रहा होता है...।

निरपेश से रहा नहीं जाता है .. और वह बोलता है

"Hey वाणी you are looking absolutely gorgeous in this jumpsuit .. "

"Thanks Handsome... 😊 "

निरपेश एकदम से चौक जाता है *आजतक नेहा ने उसे कभी हैंडसम नहीं कह होता है पिछले आठ साल की दोस्ती में और इधर वाणी एकदम ज़बरदस्त धमाका करती है यह कहकर और* निरपेश *एकदम से शर्मा जाता है..।*

निरपेश bike start करता है फिर मानव sir के studio की तरफ चलता है.. । वाणी का वह दिया हुआ compliment लगातार उसकी दिमाग में घूमता रहता है।

वाणी निरपेश की बाइक पे काफी क्लोज होकर बैठती है। वह उसे बहुत करीब से महसूस कर पा रहा था..। नेहा उसकी बाइक पे काफी बार बैठी थी लेकिन हमेशा एक दूरी बना कर ही बैठा करती थी। इस तरह का एहसास जो उसे वाणी के उसकी बाइक के पीछे बैठने से हो रहा था वह पहले कभी नेहा के साथ उसे फील नहीं हुआ था।

इन्ही एहसासों के बीच तभी एकदम से निरपेश वाणी से पूछता है.. ।

"अरे वाणी क्या तुम्हे सच में मैं हैंडसम लगता हूँ..?"

"क्यों तुम्हे कोई शक है?"

"नहीं ... ऐसा कुछ खास तो नहीं..।"

" फ़िर ऐसा सवाल क्यों पूँछ रहे हो..?

एक दम natural reaction था मेंरी side से तुम्हारे लिए ..।"

"I see ... सही है।"

"cool अच्छा यह बताओ तुमने नाश्ता किया कि नहीं ? अगर नहीं, तो मैं तुम्हें कंपनी दे सकती हूँ ..we still have time till classes start at the studio .. "

"हाँ I had properly .. I hope तुमने भी कर लिया है?"

"हाँ I am full sir.. "

"great.. !!"

फिर दोनो करीब 30 मिनट में स्टूडियो पहुँचते हैं..।

आज मानव सर क्लास में improv करवाते हैं, सभी स्टूडेंट्स से... . । वाणी और निरपेश enjoy करते हैं क्लास को .. । अच्छी learning हो रही होती ही दोनो कि और इस तरह से धीरे धीरे दोनों एक दूसरे के करीब भी आ रहे होते हैं।

तभी लंच टाईम होता है ..। मानव सब को लंच करके आने के लिए बोलते है..।

पिछली classes में निरपेश और वाणी अलग-अलग जाके लंच करतें है पर आज कुछ अलग होता है..।

वाणी निरपेश को बोलती है .. "hey निरपेश..

आज तुम मेरे साथ लंच करोगे.. !"

निरपेश -पूछ रही हो कि बता रही हो समझ में नहीं आ रहा है?

वाणी (हँसते हुए) - बता रही हूँ.. its an instruction

"क्यों वाणी हम साथ में क्यों खायेंगे...?"

"इसलिए क्योंकि मैं नहीं चाहती कि तुम बाहर जाकर जंक फूड खाओ और अपनी फिटनेस को खराब करो ..।"

निरपेश – ohh इतना concerned हो तुम मेरे लिए..?

"बिलकुल हूँ तुम अब एक कलाकार के रूप में खुदको तैयार कर रहे हो and then you should also maintain yourself as an artist . You should continue looking good और हाँ तुम्हे धीरे-धीरे पता चलगा कि मैं काफी clear हूँ ..अपनी needs को लेकर .. और काफी गहराई से सोचती हूँ।"

"तुम इतना पसीना बहाते हो जिम में और फालतू खाना खा के अपनी फिजिक को और smartness को क्यों खराब करना है..?"

" hmm point ..makes sense यार काफी observe कर रही हो तुम मुझे... "

"मानव सर के अनुसार अगर हमें अच्छे अभिनेता या अभिनेत्री बनना है तो "observation " बहुत important है।"

"हाँ वह सब तो ठीक है पर मैं ही क्यों मुझे ही क्यों observe करना है तुम्हें?"

"offo अब भूख लग रही चलो खाना खाते हैं ..। तुम सवाल बहुत करते हो..!!"

"मुझे brown rice और चिकन दिख रहा है।"

"जी specially आप के लिए.. this will give you both energy and power for the exhaustive class ahead ..!!"

"lovely I am incredibly impressed वाणी..। 😊 "

"my pleasure .!!. 😊 "

फ़िर दोंनो मज़े से ख़ाना ख़ाते हैं .. और फ़िर second half में pantomime की क्लास होती है..।

निरपेश पूरे क्लास में वाणी के बारे में यह सोचता रहता है कि आखिर उसके behaviourमें उसके लिए इतने concerns क्यों दिख रहे होते हैं निरपेश को . ।.कुछ तो vibrations उसे मिल रही होती हे वाणी से।

तभी..

वाणी interrupting निरपेश's thoughts ..

" hey निरपेश क्लास खत्म हो गई है .. तुम कहाँ गहरी सोच में चले गए थे...?

- " नहीं (topic से ध्यान हटाते हुए और बातचीत का रुख मोड़ते हुए) ऐसे ही थोड़ा पापा-मम्मी को याद कर रहा था काफी दिन से घर नहीं गया हूँ.... was missing them "

"ohh I see..can understand ...यह ही तो अर्बन cities की problem है कि बच्चे चाह के भी mummy papa के पास रहकर नौकरी नहीं कर पाते .. और वे उन्हें बहुत ज़्यादा miss करते हैं ..।"

"हाँ वह तो है पर क्या किया जाए अब काम ही इधर है हम लोगों की लाइन में तो इधर ही रहना पड़ रहा है..।"

- "सो तो है.. चलो फिर घर चलें..? क्लास over हो गई है.. कल continue करेंगे discussions .."

निरपेश शाम को वाणी को उसके पीजी drop करता है..। नजदीकियां दोनो के बीच अच्छी develop हो रही हैं होती हैं workshop के दौरान..। निरपेश के ज़हन में एक यह भी confusion घूम रहा था कि क्या उसको भी वाणी के साथ बराबर लेवल की emotional involvement show करनी चाहिए जैसा की वाणी उसे शो कर रही थी? इस बात को मद्देनज़र रखते हुए कि उसने पहले ही नेहा को propose कर रखा है और उसे अपनी feelings से रूबरू करा दिया है। दिल से उसको बहुत जबरदस्त attraction था नेहा के लिए और वह नेहा की सहमति का इंतज़ार कर रहा था, लेकिन उसका दिमाग उसको यह कह रहा था कि आगे जो भी scene बने उसकी life में उसे वह pursue करे और वैसे भी नेहा के केस में क्लेयरटी नहीं थी उसे कि क्या होगा ...? क्यावह उससे शादी करेगी considering रोहित भी उसे लाइक करता है.. और propose कर चुका है। यह सब सवाल उसके ज़हन में घूम रहे थे।

वाणी की जहाँ तक बात है उसके अभी तक के हाव-भाव से ऐसा लग रहा था कि उसका झुकाव निरपेश की तरफ बढ़ रहा था हर बीतते दिन के साथ। यह vibes निरपेश तक जा रही थी... , जैसे जैसे acting वर्कशॉप आगे बढ़ रही थी ..।

खैर रात में शाम को निरपेश खाना खा के उठा.. तभी उसका फोन अचानक से बजने लगता है।

"वाणी Calling " ब्लिंक कर रहा था.. निरपेश के सेल फ़ोन पे।

निरपेश (अपने आप से बात करते हुए)

- अरे वाणी ...इस वक़्त क्यों call कर रही है..?

निरपेश अपने बाएं हाथ में पहनी हुई घड़ी देखता है उसमें रात का 11 बज रहा होता है।

"Hi निरपेश क्या कर रहे हो.. अभी?"

"Pleasant surprise .. वाणी इस वक़्त , तुम्हारा फ़ोन.. !!"

"क्यों मैं तुम्हे इस वक़्त फोननहीं कर सकती क्या ..?? सिर्फ तुम्हारे कॉलेज के दोस्त नेहा वगैरा को ही हक है इस वक्त तुम्हें फोन करने का..?"

" अरे वाणी कर सकती हो ...। मेंरा वह मतलब नहीं था तुम तो बहुत ज़्यादा sensitve हो गई..। chill "

"देखो sensitive तो मैं हूँ निरपेश, शायद तुम्हें पता नहीं है मेरे मम्मी पापा मेरे sensitive nature को लेकर काफी परेशान रहते हैं..।"

"I see, वैसे sensitive लोगों की जरुरत है acting लाइन में .. मानव सर के लिए एक अच्छी find हो तुम ..।"

" वैसे ही जैसे आप निरपेश ...you seem to be a charming man, काफी impress कर रहे हो मुझे जब से क्लासेस शुरू हुई हैं.. beware dude ..मैं बहुत टेढ़ी चीज़ हूँ ..।"

" I see (निरपेश इकदम से हक्का बक्का हो हो जाता है वाणी की यह बातें सुनकर) .. interesting .. तो तुम्हारे कहने का मतलब मुझे सतर्क रहना चाहिए ..।"

"गुड नाइट निरपेश कल मिलते हैं .. let's call it a night !!"

निरपेश फोन रखता है। अब उसके मन में वाणी के प्रति चल रहे विचार और भी ज़्यादा गहरे हो जाते हैं .। उसपे..कि यह वाणी का angle क्या है जो बहुत ज़ोरों से और बहुत तेजी से incline हो रहा है उसके जीवन में ..। उसकी बेचैनी नेहा के जवाब को लेकर आज की रात गुज़रने के साथ साथ और भी ज़्यादा बढ़ जाती है।

खैर अगले दिन रविवार की सुबह होती है..।

निरपेश नाशता कर होता है साथ में रितेश और अमितेश भी नाशता कर रहे होते हैं ..।

निरपेश - अरे guys अपना तो मुझे समझ में आता है तुम दोनो कहाँ सज धज के निकल रहे हो आज..?

रितेश - अरे भाई हमारी ज़िन्दगी आपकी तरह इतनी रंगीन कहाँ? उसको ही रंगीन बनाने की कोशिश में जा रहें हैं..।

निरपेश – interesting , क्या मैं जान सकता हूँ कि क्या कोशिश की जा रही है..?

रितेश और अमितेश - भाई क्रिकेट किट लेने जा रहे हैं। हम दोनो ने एक क्रिकेट कोचिंग ज्वाइनकी है इधर KCA ground में..

अमितेश - अबे रितेश यह भी बता की गिटार खरीदने भी जा रा है ..।

भाईसाहब को यह एक नया शौक़ पैदा हुआ है पता नहीं कहाँ से !!

निरपेश - क्या बात है मेंरी जान गिटार ....? हाँ अमितेश लगता है किसी लड़की को इम्प्रेस करने का प्लान है साले का **...**।

अमितेश - हाँ you are right तभी मैं कहूँ यह क्रिकेट और गिटार का क्या कीड़ा लगा है साले को।

निरपेश - सही है guys.. वैसे जोक्स apart एक बात समझ में नहीं आई अचानक से तुम दोनों क्रिकेट खेलोगे वह भी लेदर बॉल क्रिकेट ....कैसे guys..?

रितेश – अरे भाई to be very frank तुम से inspiration मिली है हम दोनों को। जैसे तुम अपनी ज़िन्दगी में बदलाव लाने में लगे हो वैसे हम दोनो ने भी यह तय किया है कि जीवन का आनंद लेना शुरू करें सिर्फ कुत्ते के पट्टे के सहारे नहीं रहना है। *अपने interest की थ्रेड्स को पकड़ना है ताकि life में हमारा involvement बढ़ सके..।*

निरपेश – I see so you also have the same thoughts अमितेश?

अमितेश - बिलकुल भाई खुदही लाना पड़ेगा बदलाव अपनी ज़िन्दगी में। तुमसे ही inspiration मिल रही है।

रितेश - और एक angle और भी है, हम तीनो 30 से ऊपर हो गए हैं.. शादी के बारे में भी सोचना जरुरी है ..। कोई और तो आयेगा नहीं शादी कराने खुदही पहल करनी पड़ेगी.. सो इस angle से निरपेश तुम्हारी वह गिटार वाली फिलॉसफी फिट होती है 😅।

इतने में आती है सुलेखा.. ।.

"बहुत अच्छा लग रहा है आप सब को आपस में सुबह- सुबह बातचीत करते देखते हुए.. । जब आप सब साथ में बैठ के नशता या खाना खाते हो तो यह घर घर लगता है ..। मुझे भी बहुत अच्छा लगता है आप सब के लिए खाना बनाना.. 😊 "

"आज सबके लिए मैंने दुपहर के लिए कढ़ी चवाल बनाया हैं आप लोग खाईएगा ज़रूर ..!!"

रितेश - सुलेखा आंटी आपका ब्रेड ऑमलेट भी जबरदस्त बना है आज.. मैं तो दूसरा खा रहा हूँ..।

सुलेखा - थैंक यू रितेश भैया।

रितेश - और आंटी क्या बात है कढ़ी चवाल.. !! बहुत दूर की डिश बना दी 😊 आपने ..कहाँ से सीखा?

सुलेखा - अरे बेटा बस youtube per reci reci reci.. क्या बोलते हैं उसको

निरपेश – अरे आंटी "recipeeee" देखके की... और youtube !! क्या बात है... ज़बर्दस्त guys.. !!

सुलेखा - अरे अरे .. हाँ भईया जी बहुत जानकारी मिलती है उधर । जब से भइया आपने उस दिन मुझे बोला है तब से मेंरी यही कोशिश है की मैं सभी को अच्छा खाना बना के खिला सकूँ..।

रितेश – अरे आंटी ख़ुश कर दिया आपने..। बहुत बढ़िया approach है आपका.।.इस मकान को घर बना रही हो आप..।

अमितेश – गज़ब क्या बात बोली है..। जियो रितेश।

चलो भाई अब निकलते हैं फिर शाम को अपना नेट प्रेक्टिस भी है..।

निरपेश वाणी और नेहा के confusion के बीच सुबह की यह fresh talks होने के बाद निकलता है क्लास के लिए..। पहली बार सुबह-सुबह उसे धीरज में positivity का एहसास होता है..। उसे कुछ ऐसा महसूस होता है की शायद अर्बन ढाबे की हवायें अब धीरज में भी चलने लगी हैं और अपना असर दिखाने लगी हैं।

उस दिन रविवार को "character building " के ऊपर क्लास शुरु होती है..।

मानव सभी को groups में बाँटते हैं.. और हर group को चरित्र के निर्माण में नवरस की भावनाओं का कैसे उपयोग करना है scenes में उसपेsessionलेते हैं और उनके ऊपर प्रैक्टिस एक्सरसाइजेज कराते हैं स्टूडेंट्स से।

सबको एक scene playout करने का टास्क दिया जाता है।

इस बीच इस टास्क के सन्दर्भ में निरपेश और वाणी आपस में बात करतें हैं..।

– "कौनसा character build किया जाए..?"

वाणी (सोचते हुए..)- मुझे यह task ड्राइव करने दो..।

वो एक corner में जाती है और कुछ लिखना शुरू कर देती है..। थोड़ी देर में फिर से वह scene जो उसने लिखा होता है सुनाने के लिए निरपेश के पास आती है..।

कुछ इस तरह की activities से closeness और intimacy काफ़ी बढ़ रही थी वाणी और निरपेश के बीच...।

दोनों को इस बात का एहसास भी हो रहा था जैसे-जैसे समय बीत रहा था..।

उनकी दोस्ती और गहरी होती जा रही थी ..।

उधर नेहा चेन्नई से अपना वीजा interview पूरा करके आ जाती है next week में..।

रोज़ की ज़िन्दगी सबकी चल रही थी.. अगले हफ़्ते भी।

नेहा और रोहित रोज़ की तरह अपना इंटरैक्शन और बढ़ा रहे थे आफ़िस में जब भी उनको समय मिलता था..। रोहित ज़्यादातर

व्यस्त रहता थामैनेजरबनने के बाद पर जब भी समय मिलता वह नेहा से मिलता रहता था आफ़िस कैंपस में।

डार्क हॉर्स

करीब दो हफ़्ते बाद फ्राइडे के सुबह रोज़ की तरह अपने आफ़िस में नेहा काम कर रही होती है की उसकी डेस्क पे आफ़िस का चपरासी आता है एक कूरियर लेकर। नेहा कि दिल की धड़कनें एक दम से तेज़ हो जाती है कूरियर को देख कर क्योंकि उसको यह एहसास हो जाता है कि शायद उसका पाsupportआ गया है जिस पे शायद US के वीसा की मोहर लग चुकी होती है।

चपरासी - मैडम आपका कूरियर ।

"अच्छा कहाँ sign करना है ?"

" मैडम इधर।"

"ओके let me open it ..पाsupportलग रहा है। looks like my visa is stamped "

नेहा ओपन करती है एनवलप उसमें से passport निकलता है और फिर एक पेज पे US का वीसा लगा देखती है। एक दम से एक ख़ुशी की लहर उसमें दौड़ती ही और उसके मुँह से निकलता है।

" yes I got it .. great .. let me inform my manager . "

नेहा मैनेजर की डेस्क पे जाती है।

" सर वीसा आ गया है मेरा "

मैनेजर- ग्रेट CONGRATS। So when you can fly now?

"sir next weekend should be good !!"

- "great raise a travel request then ..for next weekend asap !"

"ok sir "

नेहा अपनी डेस्क पे जाकर बैठ जाती है और धीरे धीरे excitement बहुत बढ़ जाता है उसके अंदर।

एनर्जी लेवल्स काफी बेटर होते हैं उस वक़्त उसके।

वह सबसे पहले रोहित को फ़ोन करती है।

"Hey रोहित I am flying next weekend !"

"Great congrats **"**

–"I am free now can we meet over coffee now wanted to talk to you?"

-"sorry नेहा can't come right now lot of work today .."

"I see पर क्या थोड़ाtimeनिकाल सकते हो may be 15-20 minutes for a quick talk ..?"

"नो नेहा sorry नहीं हो पाएगाकाफी बिजी हूँ !"

"ohh .. ok will call you later . "

हम्म्म नेहा अकेली ही कॉफ़ी पीने निकल जाती है एक दम से उसे एक खटास सी महसूस होती है मन में जैसे कुछ था जो पूरा नहीं हुआ। वीसा आने की ख़ुशी उसे कुछ उसी तक सिमटी हुई लग रही थी । वह एक तड़प सी फील कर रही थी मन में की कोई उसकी यह ख़ुशी उसके साथ शेयर करे या उसकी ख़ुशी में शामिल हो।

कॉफ़ी पीते हुए in the pantry एक दम से नेहा के थॉट आता है दिमाग में।

नेहा (**speaking to herself**) - यह किस टाइप का बंदा है यार रोहित बिलकुल भी flexible नहीं है। ridiculous !!

Suddenly निरपेश receives a message on his cellphone ..

" Where the hell are you? I got my visa today .."

निरपेश reads it .. !!

बिलकुल उसी वक़्त निरपेश कामैनेजरउधर आता है wanted to discuss your year end appraisal with you ..

निरपेश तुरंत रिप्लाई करता है Ok to नेहा ।

उधर से नेहा का रिएक्शनआता है ..

"Just ok what the hell .. !!"

अभी बताती हूँ बच्चू को।

Meanwhile while she is typing message ..

इधरमैनेजरऔर निरपेश का discussion शुरू होता है.. केबिन में। ..

मैनेजर - हम्म तो मैंने तुम्हारे कमैंट्स देखे जोकी तुमने अपने गोल्स के अगेंस्ट लिखे ।

जैसा की मेरा observation मिड टर्म में था, अब उसमें चेंज दिख रहा है मुझे। *तुम पूरे प्रोजेक्ट पे उतना फोकस नहीं करते थे अब करने लगे हो।*

" I see but sir फोकस तो मैं पहले भी काम पे करता था ..आपने फिर भी यह कमेंट लिखा था क्यो?"

मैनेजर- करते थे पे सिर्फ जो काम तुम्हें दिया जाता था उस पे ही बस ...कभी पूरे प्रोजेक्ट पे फोकस नहीं करते थे वह किधर जा रहा है और क्यों जा रहा है ? अभी you have started focusing on the bigger picture एक sense of involvement मुझे दिखने लगा है तुम्हारा mails में की तुम project delivery कराने के लिए कितने serious हो।

"I see appreciate your observation sir but मुझे बिलकुल भी immediately क्लियर नहीं हुआ था की आप किस चीज़ पे फोकस करने को कह रहे थे जब आपने वह कमेंट लिखा था।"

" अरे ऐसी बात थी तो पूछे क्यों नहीं discussion क्यों नहीं किया मेरे साथ?"

"हाँ सर करना तो चाहिए था।"

सोच में पड़ जाता है निरपेश कि अब क्या जवाब दे सर को। "anyway और हाँ तुमने अब mentoring शुरू कर दी है अपने साथ वाले developers की helping them on there deliverables। अच्छा फीडबैक भी आया है तुम्हारे लिए सबका की निरपेश प्रोजेक्ट लेवल पे सबकी मदद कर रहा है and everybody is thankful to you .. ! "

"अच्छा ऐसा बोला सबने?"(सबकी तरफ देखते हुए)

सीट पे घूमते हुए आउटside मैनेजर'स केबिन निरपेश सबकी तरफ देखता है और बोलता है " थैंक्स वन्स अगेन सर "

-"एक बात बताओ यह चंद महीनों में इनफैक्ट दिनों में इतना रिमार्केबल चेंज कैसे आया तुम में ? "

निरपेश अपनेमैनेजरसे बिलकुल भी इस बात के बारे में चर्चा नहीं करता है की वह acting जैसी किसी आर्ट फॉर्म को pursue कर रहा है in parallel personal level पे जोकि उसे अपने से बेहतर कैसे बना जाता है life में उसे direction देती है और शायद यही reason है की उसका connect अपने काम में एक डिफरेंट लेवल पे पहुँच गया है।

यह सारा बदलाव निरपेश के अस्तित्व में अपने आप से हुआ है और किसी के ख़ास कहने से नहीं।

Instead he narrated जोकि उसके मैनेजर को impressive लगे उसके बारे में।

" सर basically आपने जो वह कमेंट लिखा था की मेरा *फोकस नहीं है जोकि* मेरे *experience से मैच होना चाहिए* तो मैंने जब उस पे सोच विचार किया तो कुछ सवाल मेरे ज़हन में उठे की जब मैं अपने देलीवेरबलेसtimeसे डिलीवर करता हूँ तब भी क्यों आपको लगता है की मैं फोकस्सड नहीं हूँ?

तो मैंने जब गहराई से सोचा तो मुझे लगा कि मेरा फोकस शायद मेरे experience के हिसाब से प्रोजेक्ट के अलग अलग पहलुओं पे नहीं है तो मुझे यह लगा की जब यह प्रोजेक्टमेरा अपना है और मैं इसमें developer का रोल प्ले कर रहा हूँ तो इस रोल को मद्दे नज़र रखते हुए और किस तरीके से मैं इस प्रोजेक्ट की प्रोडक्टिविटी बढ़ा सकता हूँ?

बहुत सोचा तब मुझे यह एहसास हुआ है की अब सारा फोकस मैं अब प्रोजेक्ट लेवल पे सेट करूँगा और फिर मैंने वही किया। तो अब मैं अपना development का काम करने के अलावा जो भी मुझे प्रोजेक्ट लेवल पे इश्यूज दिखते थे फंक्शनल और टेक्निकल मैं उनको स्टडी करता था अपना काम ख़त्म करने के बाद और उनको resolve कराता था टीम के साथ। आप मेंरी सारी मेंल्स में copied रहते हैं आपने देखा ही होगा की कैसे मैंने मेंजर फंक्शनल ब्लॉकर इश्यूज सोल्व किए हैंworkingwith team and different stakeholders

मुझे एक अच्छा सटिस्फैक्शन मिला यह सब करके not sure how ...? यह सटिस्फैक्शन पहले इस लेवल की फीलिंग नहीं देता था जब मैं अपना काम करके निकल जाता था घर without thinking about the project .

एक visually appealing पिक्चर मुझे प्रोजेक्ट की दिखती थी and रोज़ मुझे दिखाई देता है की प्रोजेक्ट किस तरफ जा रहा है और क्या दिक्कतें हैं प्रोजेक्ट में और उन्हें कैसे हटाना है।

सब अपने आप से मैं डील करने लग गया बाकी टीम मेंबर्स को जिस भी लेवल पे problem आती थी मैं उनकी मदद करने लगा था but not sure यह सब facets मेंरी personalityके कैसे काम करने लगे around my constructive thoughts यह सारा experience बहुत ही इन्ट्रिंसिक था। सर इसके पीछे कोई ख़ास वजह नहीं थी मेंरी या कोई स्पेशल interest कि अगर मैं यह करूँगा तो मुझे यह मिलेगा ऐसा कुछ नहीं था sir but क्यों मैं यह सब कर रहा हूँ मुझे clearly दिख नहीं रहा है लेकिन रोज़ मुझे यह करने की प्रेरणा कहाँ

से मिल रही है कोई तो हिडन एनर्जी है जो मुझसे यह सब करवा रही है not sure सर आप ही बता सकते हो।

मैनेजर- its all true जो भी तुमने कहा निरपेश यह सब मैंने तुम्हारे behaviourमें observeकिया है in last 3 -4 months एक इनक्रेडिबल चेंज देखा है तुम में। Good part is कि तुम मेरे मन की बात जान गए बिलकुल यह ही मेरे observations थे and I think you sensed it right intelligently शायद इसलिए ... .you explicitly didn't come and ask me about what I am expecting .. जो तुमने बोला एक दम क्लियर कट बोला extremely impressive

.I really want you to groom yourself in the technical leadership space where you can contribute to the fullest as you have those skills to drive complex technical landscapes operational in the so called complex IT projects operational in Tech M

देखो मेरा यह पहला प्रोजेक्ट है as a manager तो मैं यह चाहता हूँ की it should be driven best within my abilities जब मुझे promotion मिला है टेक म में at this role

तो मुझे लगता है मुझे अपने इस रोल को जस्टिफाई करना चाहिए और उसके साथ साथ अच्छे IT professional क्रिएट करने चाहिए जोकि मेरे साथ काम करते हैं. Well I believe they should feel like that that they are the well deserving members of this industry 😊

तुम्हारे अंदर मैंने वह *लीडरशिप qualities*देखीं हैं जिसको तुम utilize कर सकते हो आगे अपने career में।

"Great sir I liked your thoughts ..मुझे पता नहीं था की आप इस लेवल की रिफाइंड थिंकिंग रखते हैं और इतना concerned हैं मेरे करियर को लेकर कौन सोचता है सर आजकल इतना।"

मैनेजर- I may be sounding philosophical but I think Philosophy has a great role to play in improving our lives both at personal and professional front if we apply it correctly ..

"indeed सर मुझे *realization* है इस बात का।"

"चलो अब बहुत ज्ञान की बातें हो गयीं सो तुम्हारी रेटिंग पे आते हैं। इस बार I am giving you higher rating for understanding on your own कि what I expected

सो तुमने मेंरी expectations को exceed किया है in a way and you have delivered on that front !!"

निरपेश - Great Sir 😊 !

मैनेजर- और हाँ एक और चीज़ अब मेंरी expectations तुमसे यही रहेंगी की तुम अच्छे से इस टीम को ड्राइव करो। मैं करुणेश से तुम्हारी प्रमोशन की बात करूँगा की तुम्हें immediately next job band दिया जाए so that you can be an official team lead in the company .. pretty soon . From the project फ्रंट मैं एक मेल में announce करूँगा सभी team मेंबर्स को they start listening to you on various tasksas I will make you the team lead . तुम उनको tasks देना and ensure करना की they are growing in there work and at the same time solving issues on time .

"बढ़िया सर thanks a lot but एक angle था सर ...एक दम से कैसे team members मुझे follow करने लगेंगे as सबका experience आगे पीछे ही है will they not feel bad?"

उसकी तुम चिंता मत करो अब next रिलीज़ का जो काम आने वाला है अगले एक महीने में उससे पहले ही मैं तुम्हारे प्रमोशन को ट्रिगर करवाऊँगा। so once the work starts you will be the official team lead of this team तब तक तुम टीम की हेल्प करते

रहो make sure go live of current release happens smooth in sometime ..

" but sir technical evaluation in terms of experience पे rebelकर सकते हैं बाकी team members?"

"don't worry अगर ऐसा कुछ होता है तो मैं उनसे बात करूँगा। मेरे पास बहुत से ऐसे data points हैं जिनपे तुम stand out करते हो सभी से।"

" ठीक है सर फिर मैं टीम लीडिंग रोल में involve होने लग जाता हूँ टीम के साथ officially।"

"हाँ अब virtual TL का मास्क उतार लो और real TL बनो 😉 "

"ha ha interesting सर liked the term आपने जो use किया "***मास्क***"

"बढ़िया ठीक है फिर बस यही बात करनी थी Have a nice day ahead ..!!"

निरपेश कुछ सोचता हुआ अपनी डेस्क पे वापस पहुँचता है।

"incredible यार लग रहा है समय change हो रहा है मेरा । "

पहली बार वह थोड़ा सा personally satisfied फील कर रहा था और उसे कुछ अपनी relevance महसूस हो रही थी यह आईटी इंडस्ट्री की दुनिया में की उसका भी कोई कंट्रीब्यूशन है इस इंडस्टी को आगे बढ़ाने में। इन्ही सब खयालों के साथ जैसे ही वह अपनी डेस्क पे बैठता है ...

He sees so many messages of नेहा loaded on her phone ..

Reads them one by one .

ओह भाई ... shitt ....

- .. *just ok . only*

Where are you ..

Not bothered हाँ ..

मैं जियूं या मरुँ !!

"No msgs no phone calls ..what's going on ..??"

" To hell with you forever ..if you don't !!"

"Call me in evening ...!!"

"ओह भाई uff यह लड़की न क्या किया जाए? इतने सारे messages बहुत गालियाँ पढ़ने वाली हैं अब।"

"Not sure what is going on in her mind ..!!"

"न हाँ बोलती है और न ना बोलती है मेरे proposal को ? मुझे अपने से दूर भी नहीं रहने देती ।अजीब मृगतृष्णा है यह , खैर अब शाम को जाता हूँ इसके आफ़िस।"

ठीक 7 बजे इनफ़ोसिस गेट के बाहर निरपेश नेहा को कॉल करता है।

"फुर्सत मिल गई मुझसे बात करने के लिए?"

"अरे नहीं वहमैनेजरपकड़ लिया था आज।"

" तुम्हें मुझे छोड कर सब पकड़े ही रहते हैं क्यों?"

"अरे चिल नेहा क्या हुआ रोहित से लड़ाई हुई क्या?"

"न !! जस्ट शट उप हर वक़्त तुम रोहित को हर चीज़ में क्यों ले आते हो?"

"ओह नेहा थोड़ा कम डाँटो !! अच्छा pack your bags and come out , will drop you home I am waiting outside gate 3 . "

"हम्म्म better ठीक है मैं आती हूँ !!"

नेहा करीब 15 mins में बाहर आती है।। तब तक निरपेश सोच रहा होता है कि वह नेहा को यह बात बतायें की नहीं की उसका प्रमोशन in progress stage में है या फिर सिर्फ यह ही बतायें की he got a commendable rating so that she feels good about him जैसा की we know that की उसने अपना proposal भी queue किया हुआ था नेहा की life में।

खैर he decides he will stay mum on his promotion as of now ..as its not yet declared officially buttimeके साथ होगा ।

तभी नेहा arrives ... and suddenly hugs निरपेश ।

"Ohh निरपेश कैसे हो तुम?"

"Thank गॉड की तुमने hug किया मुझे else मुझे तो लग रहा था सीधे हेलमेंट उतारते ही एक रसीद करोगी मुझे। 😊 "

"हम्म सही सोच रहे थे, यह भी scene हो सकता था 😊 but तुम्हें देखते ही मेरा मन बदल गया।"

"अच्छा कमाल है मतलब मुझ में कुछ अलग लगा तुम्हें ..?"

"हम्म कह सकते हो .।"

" अच्छा ... हम्मम खैर तुम्हारा US वीसा लगने के लिए तुम्हें बहुत बहुत मुबारक।"

"I am very happy for you !!"

"थैंक्स अच्छा really?"

"एक दम दिल से।"

दिल पे हाथ रखते हुए निरपेश कहता है।

" अच्छा (स्माइल देते हुए) "

"अब चलें?"

" हम्म बिलकुल चलो अब फटाफट घर पहुँच के बातें करते हैं।"

" करीब 1 घंटे में they reach नेहा 's home "

वर्तिका दरवाज़ा खोलती है।

"अरे नेहा तू निरपेश के साथ बहुत दिन के बाद तुम दोनों को साथ आते देख रही हूँ।"

" तू भी न नौटंकी है पूरी मेंरी मर्ज़ी जब चाहूँ जिसके साथ आऊँ जाऊँ जब चाहूँ अकेली आऊँ तू क्यों जीपीएस की तरह हम दोनों को ट्रैक कर रही है?"

"hey come on girls don't start a cat fight here ...?"

"अरे कैट फाइट कहाँ वर्तु तो मेंरी cutie pie है see how cute she looks?"

" क्यों जी आज बहुत तारीफ़ की जा रही है लगता है मुझे चाय बनाने के लिए motivate किया जा रहा है?"

" नो I not this time यार .....। हर बार तू किचन में चली जाती है तुम निरपेश के साथ बैठो मैं फ़टाफ़ट चाय और कुछ बढ़िया बनाती हूँ।"

-" क्या बात है आज सही मूड में लग रही है?"

" सही मूड में क्यों नहीं होगी आज वीसा जो लग गया है लड़की का।"

" ग्रेट तो वीसा आ गया !! congrats my doll "

"हम सब में सबसे पहले विदेश जाने वाली महिला बनेगी अपने ग्रुप में मिस *नेहा गुप्ता* "।

" हम्म दारू खुलनी चाहिए एटलीस्ट abreezerयार वर्तिका?"

"बिलकुल यार अपनी बहन US जा रही है breezer तो बनती है।"

"वेट मैं लेकर आता हूँ।। हे नेहा चाय रहने दे let's have दारु all of us !"

"देखो इस लड़के को इसको बस मौका चाहिए बोतल खोलने का। कॉलेज में भी यह यही करता था। हम लोगों को सीढ़ी बना रहा हैbreezerपीने के लिए। anyway fridge में beers and breezers दोनों रखें हैं डिनर से पहले खोलेंगे अभी चाय पीते हैं।"

"फ्रिज में बियर and breezer सही है यार तुम लोगों का भी ... 😊 बाहर से दिखने में कितनी शरीफ लगती हो दोनों 😊 ।"

वर्तिका और नेहा - क्यों शरीफ लड़कियाँ दारू नहीं पी सकती क्या किसी किताब में लिखा है? हम नए ज़माने की लड़कियाँ *है I we too can celebrate with beer and wine ..* 😊

"ओके बाबा तुम लोग तो सेंटी हो गयीं चिल गर्ल्स।"

"सब लोग चाय पीकर अपनी थकान उतारते हैं और एनर्जी के लिए ब्रेड आमलेट खाते हैं।"

टीवी पे KBC आ रहा होता है सब लोग एन्जॉय करते हैं। वर्तिका swiggy से आर्डर करके नॉनवेज मँगा लेती हैं सबके लिए स्टार्टर्स and मटन मँगवाया जाता है।

फिर थोड़ी देर बाद सब लोग Budweiser's and ब्रीज़र्स खोलते हैं and चियर्स किया जाता है for नेहा 's onsite visit .!!

निरपेश announce करता है "चियर्स for नेहा 's onsite visit ..!!"

– on the rocks ..!!"

फिर माहौल बन जाता है और बैकग्राउंड पे म्यूजिक चलाया जाता है।

इतने में वर्तिका के दोस्त का फ़ोन आ जाता है और वह उससे बात करने में मशगूल हो जाती है।

नेहा -यार यह वर्तिका है न, बहुत मिस करूँगी यार इसे मैं US में । बहुत ख़याल रखती है यह मेंरा।

निरपेश नेहा की तरफ देखता है और कुछ सोचता है कि शायद दारू का असर नेहा पे हो रहा है।

हो सकता है आज नेहा उससे अपने दिल की बात कहे .. ।

वह conversations को बहुत intelligently आगे बढ़ाता है।

"वह तो है। she is a nice soul !!"

" तुम्हें भी बहुत मिस करूँगी मुझे फ़ोन तो करोगे न?"

"अरे यार फ़ोन तो तुम्हें करना चाहिए नाकि मुझे।"

" क्यों?"

निरपेश- अरे रोज़ रोज़ ISD कॉल करूँगा तो सारी सैलरी तो उसी में चली जाएगी मेंरी?

"ha ha witty boy and yeah you are growing intelligent वैसे day by day !"

" is it ..? मुझे तो realize ही नहीं हुआ की मैंने intelligent बात की शायद तुम लोग बेहतर बता सकते हो।"

" anyway मैं कॉल करूँगी तुम्हें but उठा लेना। आजकल तो busy रहते हो will make use of whatsapp video call feature as well sometimes to track you 😊

की तुम कहाँ बिजी हो। अब यह भी use करना पड़ेगा। तुम बहुत naughty होते जा रहे हो day by day .. मैं देख रही हूँ।"

" I see क्या बात है बहुत responsibility लेने लगी हो मेंरी any fresh announcement I am expecting क्या?"

" Shut up !! again started हाँ इतने में नेहा का फ़ोन बजने लगता है।"

"ऊपर वाले स्टेटमेंट से नेहा के निरपेश को एहसास होता है की उतनी भी मदहोश नहीं है नेहा दारु पीकर ....अभी भी अच्छी खासी होश में है।" 😊

- " इस वक़्त कौन कॉल रहा है ..? its almost 10:00 PM "

निरपेश can u pick up my phone ..?

निरपेश फ़ोन उठाता है उस पे ब्लिंक कर रहा होता है "रोहित कालिंग !!"

Its रोहित ..

बजने दो नहीं बात करनी है।

निरपेश- क्यों क्या हुआ?

"यह बंदा भी न highly irritating है जब मुझे ज़रुरत होती है तब कभी सही से respond नहीं करता है work work work बुलशिट !!"

यह कहते हुए एक जाम और लगाती है नेहा।

निरपेश- अरे chill यार तुम ज़्यादा लोड ले रही हो। again the phone starts ringing

रोहित calling ...

नेहा – I will blast him off now ..

"Give me the phone .. "

"रात का 10 बज रहा है और तुम्हें अब याद आ रही है मुझे कॉल करने की? पूरे दिन में 9 घंटे बीत गए हैं एक बार भी तुमने मुझे पलट के फ़ोन नहीं किया यह जानने के लिए की मैं क्या बात करना चाहती थी।"

" मेरी needs और बातों की कोई value नहीं है life में तुम्हारी?"

रोहित- हे नेहा चिल क्या यार सीधे शुरू हो गयीं तुम?

" अच्छा hold on क्या मैंने तुम्हें commit किया था की मैं तुम्हें कॉल करूँगा जो तुम expect कर रही थी to talk to you ...I told you न I am busy at work "

"कैसा काम है तुम्हारा यार तुम 5 मिनट निकाल के मुझे कॉल नहीं कर सके? यह भी नहीं सोचा की what kind of emotions I am going through? bloody I am traveling to US for the first time and you are not even bothered? ...जिस इंडस्ट्री में तुम काम करते हो मैं भी उसी में काम करती हूँ and moreover तुम तोमैनेजरहो.. । हम developers तुमसे ज़्यादा occupied रहते हैं दिन भर और तुम पूरे दिनमें २ मिनट नहीं निकाल पाए मेरे लिए? pathetic u creep ... "

एक दम से निरपेश पास आता है नेहा के ..।

"hey नेहा control yourself यार ..।"

"hold on यार let me talk to this screwhead .. "

"तुम ज़्यादा नहीं बोल रही हो नेहा इतनी सी बात को इतना आगे बढ़ा रही हो are you drunk?"..

" तुम्हारे लिए इतनी सी बात होगी !! ..... मेरी ख़ुशी तुम्हारे लिए इतनी सी बात होगी !! but मेरे लिए it's a big thing .. I believe in growing and rising to the occasion and you are a big time mood spoiler .. !!"

"तुम नीचे तो आओ सामने सामने बात करते हैं । मैं बाहर खड़ा हूँ तुम्हारे घर के !"

" नीचे !! माय फुट।। leave me alone मेरा मन नहीं है तुम्हारी शकल देखने का !!"

"वहीँ से लौट जाओ I don't want to talk to you right now दफा हो जाओ मेंरी नज़रों से।"

"are you sure ..?"

" yes very sure गुड नाईट।"

नेहा फ़ोन काट देती है और सामने टेबल पे फेक देती है।

"अरे नेहा क्या हो गया यार?"

"कैसे क्या हो गया यार dose देना ज़रूरी था इसे। god damn I am dating him for marriage and यह बंदा serious ही नहीं है। इसको सिर्फ और सिर्फ हर वक़्त काम काम की पड़ी रहती है साला एक नंबर का चू है।"

"अरे यार बिजी होगामैनेजरहै responsibilities भी ज़्यादा रहती हैं।"

"क्या बोल रहे हो यार तुम ?? why are you favoring him?"

निरपेश- I am not favoring him आज मुझे पता चला कीमैनेजरउतने बुरे भी नहीं होते जितना की हम उन्हें सोचते हैं।

नेहा- कैसे?? (नेहा का मूड और एक्सप्रेशंस चेंज हो जाते हैं) elaborate करो थोड़ा। इतने में वर्तिका आती है और ज्वाइन करती है दोनों को।

वर्तिका - अरे नेहा किसको पेल रही थी फ़ोन पे?

"कुछ नहीं यार वह गधा रोहित था हमेशा से गलतtimeपे ही फ़ोन आता है उसका।"

"उसको दे दिया मैंने अच्छे से। anyway let me listen to निरपेश 's philosophy about मैंनेजर्स बोलो निरपेश।"

' you remember मेंरी रेटिंग वाली बात जो मैंने तुमसे डिसकस की थी आज मेरे मैनेजरने मुझे खतरनाक वाला surprise दिया।"

नेहा – yes I can recall क्या बोला वह?

" Year end appraisal मेरा क्लोज कर रहा था वह आज। मेरे पास आया और बोला की वह फोकस and कंसंट्रेशन वाला issue मेरा अब नहीं है and in fact he is surprised की मैंने टीम की हेल्प करना शुरू कर दिया है and started leading them . In fact officially though I am not a team lead still, मैंने ओनरशिप ली प्रोजेक्ट की और overall मेरे काम और responsibility टेकिंग ऐटिटूड से इम्प्रेस होके उसने मुझे commendable रेटिंग दी है।"

"सॉलिड बॉस !! क्या बात है !! (गिलास ऊपर करते हुए।) it calls for another toast for my dude friend निरपेश ... 😊 "

"बिलकुल। cheers let's get another bottle each of beer and breezers "

.वर्तिका चली जाती है ड्रिंक्स लेने।

"अच्छा सुनो guys अब थोड़ी देर में डिनर भी शुरू कर देते हैं else बहुत लेट हो जाएगा।"

निरपेश – thanks यार .. नेहा good to see you happy .. and Ya वर्तिका thanks to you too for cheering for me .. !!

नेहा – – keep it up dark horse !! और वैसे भी

.

क्यों नहीं खुश होंगी यार? हम लोग पिछले 8 साल से साथ हैं it means something ..तुम हमेशा से सुख दुःख में मेरे साथ रहे हो very happy for you commendable rating is indeed mast यार। इस लम्हे में कुछ lines अर्ज़ करना चाहूँगी ।

निरपेश और वर्तिका- इरशाद।

कुछ बदला बदला सा मेरा यार नज़र आता है ..।
मुझे तेरे साथ गुज़ारा हुआ वह ज़माना याद आता है ...।
ख्वाहिश मेरी रब से है की तू हमेशा मेरे करीब रहे ..।
लकिन कम्भख्त यह शादी का ख़याल बार बार आता है .. ।

निरपेश - क्या बात है ज़बरदस्त "गहरा "शेर but शादी का ख़याल कम्भख्त तो नहीं होता। नेहा सही चढ़ा ली है यार तुमने 😄

नेहा- अच्छा !! **(एक घूँट और लेते हुए)**

" मैं एक दम surprised and शायद confused भी था। मैंनेमैनेजरसे पूछा की आपने suddenly ऐसे कैसे observe किया मेरे मैं changes मैं तो आपसे कुछ discuss नहीं किया था during mid term about this "

"hmm so what did he say?"

"बोला की मैंने observe किया तुम्हारा outlook कि कैसे तुमने अपना फोकस और कंसंट्रेशनअपने तक सीमित न रखते हुए प्रोजेक्ट के लेवल तक बढ़ाया and subsequently तुमने जब जूनियर्स को mentor किया selflessly by taking ownership of the project on your shoulders वह बहुत impressive move लगा मुझे तुम्हारी तरफ से ,वह भी खुदअपने आप से बिना मेरे बोले हुए। इसलिए तुमने अपने खुदके expectations से बढ़ के अपना class showcase किया है और यह ही रीज़न की मैं तुम्हें higher rating दे रहा हूँ .. "

" हाँ butउसने कमेंट लिखा तो था की तुम्हरा फोकस नहीं है जो industry में चाहिए।"

right तो वह जो इंडस्ट्री वाली बात थी I think उसका मतलब यह ही था की being the senior most in experience in a very young team here I should contribute more in driving the team and also optimizing delivery by sharing his experience ..with the team ..सो वह जब मैंने ownership ली और प्रोजेक्ट को डिलीवर करवाया तो वह showcase हो गया।"

"I see so इस तरह से जो तुमने changes किए अपने behaviourमें towards the team वह point blank उसके दिल पे पड़े and he was impressed and gave you a good rating .. "

निरपेश – yes there you go ..

"तो अगर हम बाहर से देखें तो इसका मतलब है की उसने सही लिखा था तुम्हारे appraisal कमेंट में की फोकस नहीं है इंडस्ट्री लेवल का तुम्हारे काम में वह कमेंट appropriate था। क्योंकि पहले

सिर्फ अपना काम करके निकल जाते थे तुम without thinking की प्रोजेक्ट किधर जा रहा है। वह ज़िम्मेदारी तुम नहीं लेते थे।"

"yes करेक्ट।"

"वर्तिका देख कितना ज़िम्मेदार बना दिया है मैंने इस लड़के को?"

नेहा एक और पेग बॉटम्स उप करती है।

निरपेश- I see तो उसका क्रेडिट भी तुम ही लोगी?

" क्यों मेरे अलावा और कोई भी आ गई है क्या ज़िन्दगी में तुम्हारी so called " क्रेडिट" लेने वाली?"

"आई *तो नहीं है पर क्या पता आ भी सकती है who knows !!"*

वर्तिका - अरे क्या बोले जा रही है नेहा चुप कर। और निरपेश तुम भी शुरू हो गए।

"Its ok वर्तिका let her speak her heart out .. "

पर शायद निरपेश को अंदर से थोड़ा बुरा तो लगता है नेहा की बात का। *खैर* he carries on further with the discussion after a tender moment ..

"जोक्स अपार्ट लेकिन एक बात बताओ हम दोनों की बात हुई थी जब तब एक अलग tangent पे चली गई थी अचानक से तुम यह changes लाए कैसे? अपने काम में what motivated you to upgrade so much towards your work?"

"even I am not sure अपने आप ही मैं bigger vision में अपने काम को मैं लेने लगा ,relevance ढूंढ़ने लगा अपने काम की overall setup में की और मैं क्या क्या बेहतर कर सकता हूँ project में अपने full potential का इस्तेमाल कैसे कर सकता हूँ ..interest लेने लगा team की activities में उन्हें help करने लगा .. and project optimize way में और बेहतर तरीके से चलने लगा ..।"

– " कहीं यह changes तुम्हारे अंदर intrinsic तो नहीं हो रहे हैं ..?"

– "हाँ शायद .. जिसका मुझे खुदभी पता नहीं चल रहा है ....।"

"अच्छा ऐसा भी नहीं है की तुम दिन रात आफ़िस में बैठ के काम कर रहे हो ..उतने हीtimeकाम करते हो जितना की पहले करते थे with these additional tasks ..?"

– "yes you are right in fact अब मैं अपना काम जल्दीख़त्म करके बाकी team members को हेल्प करने लगता हूँ with there tasks ..in the same amount of time .. "

"better productivity हाँ ...?"

निरपेश – जी ...

"सही जा रहे हो लड़के ..। incredible !!"

निरपेश – thanks नेहा ..

"अच्छा अब तुम दोनों का हो गया हो तो खाना खा लें ..बहुत late हो रहा है रात के 12 बज चुके हैं .. "

" Ohh man ...

Its 12 am

चलो चलो सब खाना खाते हैं ....।"

At the dining table :

नेहा (खाना खाते हुए)– I have decided then next weekend फिर निकल रही हूँ वर्तिका and निरपेश मैं ..for States .. !!

निरपेश – hmmm , good so finally time has come to kiss you goodbye ..किसी Shakespeare की किताब में पढ़ा था।

(वर्तिका की तरफ देखते हुए उसे आँख मारते हुए निरपेश बोलता है)

– "ha ha ..yeah you can say but no kiss only handshake or hug ...ok but its fine I will be back soon !"

"ok ok ..तुम्हें क्या लगा मैं वाक़ई में kiss करूँगा मेंरी इतनी जुर्रत ..?"

– "hmmm समझदार हो गए हो ..!!"

"अच्छा अब यह बताओ तुम दोनों मुझे छोड़ने आओगे न airport ..?"

वर्तिका – अरे पहले फ्लाइट डिटेल्स तो भेज फिर देखते हैं ..।

– "हम्मम confirm us by mid of next week फिर देखते हैं ..।"

– "no देखते हैं .. चलना है बस ..।"

– "हाँ baba चलेंगे ..।"

वर्तिका – So निरपेश how are your acting classes going ..?

– " yeah you are right यह तो मैं पूछना भूल ही गई ..।"

– " *हाँ जो अच्छी बातें मेरे से रिलेटेड होती हैं वह तुम हमेशा पूछना और बताना भूल जाती हो college से आदत है तुम्हारी....* 😊 ।"

"ha ha "

– " खैर jokes apart , बस चल रही हैं मज़ा आ रहा है काफी happening craft है। ..but very difficult as well "

– "क्या conclusions हैं अभी तक जो classes हुई तुम्हारी अभी तक? ..apart from the intrinsic changes that you discussed .. "

– " काफी relaxed महसूस कर रहा हूँ , thinking काफी clear होने लगी हैं ..overall अच्छा feel कर रहा हूँ नेहा।"

I see ..

"और वह जो तुम्हें restlessness सी होती थी वह है ¡ अभी?"

"restlessness अब उतनी नहीं है ..। अभी सब fixed रहता है कि डे कैसे drive होगा .. क्या activities रहेंगी .. तो clean है काफी day to day life .. "

" that's good , so looks like this decision of pursuing acting is satisfying your soul in a way ..?"

yes ..!!

– " but तेरा कोई भरोसा नहीं है कब तक sustain कर पाएगाmotivation .. you have a tendency to loose interest in things very soon , anyway I will not go to that discussion as अगर मैं क्रिटिकल होंगी तो तुम भड़कने लगोगे and I don't want to spoil the feel of the hour .. हे वर्तिका .. यार खाना ज़बरदस्त था .. I कहाँ से मँगवाया था dinner आज?"

वर्तिका – अरे एक नया north indian restaurant खुला है वहीँ से मँगवाया है .. I

– " यह area मस्त होता जा रहा है *lot of* good restaurants cafes coming up and location is also pretty uber cool , good residential area ..I must say !! "

– " चलो guys let's go to sleep now its 2 am ! "

"निरपेश तू इधर ही सो जा सोफे पे don't go its late night .. !! "

– "अरे मैं चला जाऊँगा।"

- " बोला न इतनी late नहीं जाओगे तुम ..।"

– " अरे लोग क्या सोचेंगे ..दो जवान लड़कियों के घर में एक जवान लड़का रात बिता रहा है। 😅 "

"ha ha ...लोगों को सोचने दो जो सोचना है ..। पर तुम इतनी रात कहीं नहीं जाओगे। you are completely intoxicated and moreover आजकल Bangalore में incidents भी बहुत हो रहे हैं .. I don't want that you should fall in any kind of trouble .."

"वर्तिका तेरी cupboard में एक blanket पड़ी है वह निकाल दे इधर drawing room में निरपेश को ठण्ड लगेगी its getting cold .. "

– "sure and हाँ मेरे brother का sleeping suit भी रह गया था यहाँ I will give it to निरपेश , वह यह पहन सकता है और आराम से सो सकता है ..।"

– "ठीक है ... । एक बात पूछनी थी .. क्या मैं रात में टीवी देख सकता हूँ till time I am not able to sleep?"

"चुप चाप सो जाओ अब no more TV ,, you act like kid sometimes .. वर्तिका पता है अभी tv चला के यह क्या करेगा .? . बस channels पलटता रहेगा और फिर MTV hd पे रुक जाएगा जाके to listen to music .. और हम सब को भी गाने सुनवायेगा रात में 3 बजे .. चुप चाप आँखें बंध करके सो जाओ .. Good Night .. "

" सब लोग थोड़ा हँस के सो जाते हैं ....।"

फिर सुबह निरपेश अपने घर निकल जाता है ..।

मुलाक़ात

शनिवार की सुबह जब निरपेश acting क्लास के लिए जा रहा होता है तो उसके दिमाग में नेहा के साथ कल शाम को डिसकस हुई बातें घूम रही होती हैं। शायद वह होता तो present में है पे उसका मन कहीं और फँसा होता है।

इतने में वाणी जोकि उसकी बाइक के पीछे बैठी होती है इस खामोशी के बीच बोलती है

"कुछ बोलोगे की ऐसे ही ड्राइव करते रहोगे?"

"क्यों क्या हुआ वाणी?"

"अरे कुछ बोल ही नहीं रहे हो करीब 10 मिनट हो गए बाइक पे बैठे हुए। कुछ problem है क्या?"

"अरे नहीं वाणी कल थोड़ा पार्टी हो गई थी नेहा के घर पे सो उसके बारे में ही सोच रहा हूँ।"

"I see किस बात की पार्टी?"

"अरे वह नेहा अगले वीकेंड US निकल रही है न सो ऐसे ही उस ख़ुशी में सबने थोड़ी थोड़ी पी ली थी कल रात में।"

"अरे ग्रेट तो नेहा का फाइनली वीसा आ गया?" आजकल US का वीसा मिलना अपने आप में एक चैलेंज है।"

"बिसनेस वीसा है फॉर शार्ट टर्म ट्रेवल सो इतनी दिक्कत नहीं होती है बिज़नेस वीसा मिलने में।"

"सही है हे निरपेश तुम एयरपोर्ट छोड़ने जाओगे न नेहा को?""

निरपेश- हाँ बिलकुल।

"मैं भी चलूँगी तुम्हारे साथ।"

"ओह्ह हाँ याद आया sure but तुम्हेँ awkward नहीं लगेगा। आजतक उससे कभी मिली नहीं और सीधे एयरपोर्ट?"

"तो क्या हुआ अक्सर ख़ास मुलाकतें एयरपोर्ट्स पर हो जाती हैं।"

"ohh man सो filmy हाँ। acting classes का काफी असर होने लगा है आप पे।"

"जी मानव सर चीज़ ही कुछ ऐसी हैं मस्त ट्रेनिंग दे रहे हैं।"

"वह तो है मैं आफ़िस में भी बहुत प्रोडक्टिव हो गया हूँ अपने काम में।"

"ओह्ह चलो बातों बातों में we reached the class. Let's get into the class ..!!"

"क्लास शुरू होती है। आज फिर एक नए अध्याय के साथ क्लास शुरू होती है with lot of exercises in between .. "

" दोनों वाणी and निरपेश बहुत मन लगा के क्लास attend करते हैं ..।"

Its been 8 weeks now and gradually play plots मानव डिसकस कर रहे थे सभी के साथ ..।

लंच के बाद काsessionथा।

मानव – guys and गर्ल्स अब next week से हम अपने ninth week में enter कर रहे हैं और जैसा की आप जानते हैं की हमें अब जैसे की class ka format है की post 12 weeks completion you all will have 8 weeks for rehearsals and then a show to perform सो मैं यह सोच रहा था की अभी से now we should start doing the plotting ..

Plots के suggestions you guys make ready we will discuss in next class and हम plot block कर देंगे उसकी next class में ..for respective groups

10th क्लास में I will announce the teams .. तुम लोग in total 10 students हो तो मैं करीब 5-5 की दो टीम्स बनाऊंगा दोनों प्लेस के लिए and I want that you guys go through the complete process of directing the play ., definitely I will provide the assistance through my specific team of experts who will handle lights and stage but तुम लोगों को end to end काम करना है ..to get a feel of how a stage production works !!

निरपेश काफी excited था यह सब सुनकर बोला की " sure sir .."

इस नोट पे क्लास खत्म हो जाती है।

वाणी और निरपेश हमेशा की तरह क्लास से बाहर निकलते हैं।

"अब मज़ा आएगा क्यों निरपेश?"

"हाँ प्ले के क्रिएटिव आस्पेक्ट्स पे मेहनत करनी होगी स्किल्स को शोकेस करना होगा। it will be good fun

but पहले तो एक प्लाट ढूंढ़ना होगा हमें जैसे की मानव सर ने बोला है।"

"करेक्ट जैसे की किस थीम पे प्ले develop किया जाए? i have no clue seriously about story writing so far ..i think I need to consult some books .. !!"

"are you an avid reader निरपेश by any chance? , just a personal question .. और हाँ सारी बातें यहीं कर लोगे *as* I am very tired let's go to some hangout where we can discuss all these creative stuffs ..!!

why not you suggest me some *creatively vibrant suitable hangout?"*

" चलो "अर्बन ढाबा "ले चलता हूँ तुम्हें ...!!"

" अर्बन ढाबा , यह क्या नाम हुआ भला?.. "

" यह ही तो खूबी है .. *नाम ज़बान पर आता तो है पर समझ में नहीं।"*

- "hey hey sounds funny n cool will go with you but थोड़ा चेंज करना पड़ेगा।"

"शायद मुझे भी करना पड़ेगा। एक काम करते हैं। पहले तुम चेंज कर लो फिर मैं अपने घर चलता हूँ वहाँ चेंज करता हूँ and फिर हम दोनों साथ में अर्बन ढाबा चलते हैं।"

–" sure .. चलो फिर let's not waste anymore time , take me to my hostel "

निरपेश बाइक स्टार्ट करता है और सीधे वाणी के PG पहुँचता है।

वाणी एक बढ़िया सी " distressed जीन्स और टीशर्ट " पहन के आती है एक दम casual looks में।

निरपेश उसे compliment दिए हुए बिना नहीं रह पाता है।

हमेशा की तरह ग्लैमरस लग रही हो 😊 ।

"Thank u ..!! फिर तुरंत यह बोलकर वाणी निरपेश के गाल पे kiss कर लेती है।"

निरपेश एक दम से surprise होकर बोलता है कि " यह वाक़ई मेरे लिए kiss था की भावना में बह गयीं थी तुम? 😊 "

"shut up चलो अब..।"

निरपेश करीब चालिस मिनट की ड्राइव के बाद पहुँचता है अपने घर।

"nice house यार निरपेश.. and lovely locality ..!"

पहली बार वाणी निरपेश के घर आई होती है।

"हाँ locality बढ़िया है इसलिए हम लोग यहाँ काफी समय से रह रहे हैं।"

"इतनीrelaxedरेजिडेंशियल प्लेस Bangalore में मिलना ... very surprising यार !! कोरमंगला का हाल देखा है क्या हो गया है?"

"हम्म वही तो जिस हिसाब से आजकल Bangalore का हाल है atleast there is some respite here .. "

इतने में अमितेश दरवाज़ा खोलता है।

अमितेश वाणी के साथ निरपेश को देख के थोड़ा surprise होता है।

वाणी –हेलो ..?

"हे अमितेश शी इस वाणी माय थिएटर फ्रेंड ..।"

"वाणी he is अमितेश my engineering college buddy !!"

"great साथ में रहते हो तुम लोग?"

"हाँ।"

अमितेश -Nice to see you ... वाणी ... , nice name ..

"Thanks वैसे हर कोई मेरे से पहली बार मिलके मेरे नाम कि बड़ी तारीफ़ करता है।"

वाणी निरपेश की तरफ देखते हुए बोलती है।

अमितेश -अरे तुम दोनों अंदर आओ , kindly bear कमरा थोड़ा ऐसे ही पड़ा है ..I let me switch on the TV मैं चाय बनाता हूँ तुम लोगों के लिए ..।

"भाई रहने दे हम लोग अभी अर्बन ढाबा ही जा रहे हैं। कुछ खाएंगे पिएंगे उधर ही। मैं इधर बस कपड़े चेंज करने के लिए आया हूँ।"

"oh I see ..!!"

"तुम भी ज्वाइन करो हमें?"

"नहीं वाणी तुम लोग जाओ मैं खुदकुछपढ़ रहा हूँ एक किताब पड़केख़त्म करनी है।"

"I see कौनसी किताबपढ़ रहे हो आप?"

"अरे कोई नहीं ऐसे ही थोड़ा Big Data के बारे मेंपढ़ रहा था। आजकल मार्किट में काफी हॉट चल रहा है।"

"Ohh so you also are a part of "everywhere visible " IT इंडस्ट्री?"

- "जी बिलकुल आप लोगों की तरह।"

इतने में निरपेश बाहर आता है।

"अरे यार u won't believe वाणी अमितेश जैसे लोगों से ही इंडस्ट्री चल रही है। extremely good coder he is "

"अरे कहाँ यार ignore him इसका न जहाँ लड़की देखी तारीफों के पुल बाँधने लगता है मेरे लिए।"

निरपेश(**अमितेश को cuddle करते हुए)** अरे मेंरी जान दिल से बोल रहा हूँ। 😊

"ओके ओके।। चलो अब निकलो वाणी को ज़्यादा इंतज़ार मत करवाओ तुम "you guys should rush to the urban dhaba " "

"how is the place अमितेश?"

"अच्छी जगह है काफी फ्रेश प्लेस है some good creative connects can get established there, I think तुम्हें पसंद आएगी specially " थिएटर artists " will like it !!"

"ग्रेट चलो फिर चलते हैं।"

"Sure चलो वाणी। let's go "

थोड़ी देर में दोनों लोग पहुँचते हैं अर्बन ढाबा।

निरपेश ने आकाश को बताया नहीं था कि वह यहाँ आने वाला है।

जैसे ही दोनों एंटर करते हैं to take there seats .

इतने में आकाश वहाँ आता है ...।

आकाश(सार्थक से गले मिलते हुए) - - अरे सार्थक भाई चलो दर्शन तो हुए तुम्हारे कहाँ गुमशुदा हो गए थे इतने दिनों ? और यह तुम्हारे साथ *मौतअलमाह* कौन हैं?

" हाँ भाई आप तो जानते हो की कहाँ गायब हैं।"

"हाँ सो तो है।"

"इन्से मिलो यह वाणी हैं।"

"Hello वाणी nice name "

"ohh not again .. "

– " what?"

- "अरे आकाश भाई वाणी थोड़ी fed up हो गई है अपने नाम की तारीफ़ सुन सुन के इसलिए थोड़ा irritate सा हो जाती है।"

आकाश (वाणी की तरफ देखते हुए) -

अरे कोई नहीं , ऐसी क्या बात है " *we can have conversations which can interest her ".* 😊 क्यों सार्थक?

"hey BTW guys who is सार्थक you are निरपेश right?"

" अरे वाणी forget it मैं आकाश के लिए सार्थक ही हूँ।"

वाणी – I see but क्यों? समझ में नहीं आया?

"अरे चिल करो फिर कभी बताऊँगा इसके पीछे की कहानी।"

निरपेश आकाश की तरफ देखते हुए बोलता है।

"Let me introduce him to you now वाणी ..!!"

" आकाश is a good friend of mine he is an engineer too just like us but these days an upcoming writer and also he is driving this urban ढाबा café ..!!"

engineer and writer .. क्या बात है terrific creative combination " मैं writers की एंटरटेनमेंट इंडस्ट्री की दुनिया में बहुत respect करती हूँ। " impressive nice to meet you आकाश ..

– "thanks . "

" वैसे निरपेश तुम्हारी वाणी से कहाँ मुलाक़ात हुई ..?"

निरपेश(आकाश की ओर देखते हुए) - मानव सर की acting क्लास में और तुम (वाणी की तरफ देखते हुए) कह सकते हो कि यह मेंरी थिएटर फ्रेंड है।

प्रोफेशन से हम सब की तरह इंजीनियर है और अभी इनफ़ोसिस में काम कर रही है।

आकाश -अरे वाह क्या बात है ताज्जुब है यह देख कर की आजकल engineers आर्ट में रुझान रख रहे हैं। इंजीनियरिंग लाइन में क्रिएटिव स्कोप कम हो गया है क्या?

वाणी – मेरे ख़याल से its more about pursuing individual interests आकाश जी , engineers जो वाक़ई में इंजीनियरिंग में contribute करना चाहते हैं they can sit day and night at office and work for the white man in US !!

But जो engineers अपनी life से ज़्यादा चाहते हैं या फिर अपने क्रिएटिव पोटेंशियल को और एरियाज में भी test करना चाहते हैं शायद वह आर्ट्स में भी रुझान रखते हैं। ऐसा मुझे लगता है।

आकाश -वाह क्या खूब कहा तुमने वाणी। दिल जीत लिया। बहुत गहरी बात बोली है तुमने।

वाणी -चलो अब कुछ खाएं बहुत भूख लग रही है।

आकाश -हाँ sure you guys order। सब मिलता है इधर। मेंनू उधर टेबल पे रखा है।

मैं थोड़ी देर में आता हूँ।

निरपेश- -sure ... वाणी और बताओ कैसी लगी जगह?

वाणी -हम्म काफी fresh है। एक newness है थोड़ा " *conflicting vibes* " भी आ रही हैं।

निरपेश- 'conflicting vibes ' मतलब didn't get you?

"यह ही की life में freshness holds some meaning its not just about working daily and coming back home ..from office , the vibes that I am getting here is very different from what I am getting at office completely in contrast है ."

"यहाँ आकर इस जगह की freshness से relate और connect कर पारी हूँ see the अम्बिएंस

So organic ..!

Amazing paintings around . every painting conveying some artistic relevance through it ..!!"

"हाँ यार and you know the background behind all this यह सब आकाश के फादर ने बनाया है।"

"दिख रहा है की बन्दे ने पूरा enthu लगा के बनाया है।"

"yeah true " ..

इतने में आकाश खुदवहाँ दोनों के लिए चाय लेकर आता है।

" यह लो you guys must be tired so here is a fresh ginger tea for both of you "

"अरे आकाश आपने क्यों तकलीफ की मनजोत को बोल देते?"

"नहीं यार तुम दोनों स्पेशल लोग हो , जिनके आने से मेरे इस कैफ़े की शोभा बढ़ जाती है 😊 "

वाणी -thanks for the lovely compliment ..for us like your thoughts आकाश

anyway hang on we didn't order for anything else so far? Will add it to the overall bill in case we order more stuffs ....

"कोई बात नहीं चाय मेंरी तरफ से आप दोनों के लिए।"

वाणी --that's cool , .काफी दिलदार बन्दे लगते हैं आप?

"अरे अपनी ख़ुशी से लाया मैं आप दोनों के लिए अपने फ्रेंड्स में चलता है।"

वाणी(interestingly says) - हाँ but its your daily business ..currently just on emotions we cannot run the show right ?

"हाँ I understand but अक्सर निरपेश और मैं जब ढाबे के बाहर मिलते हैं he pays at times for me सो हो जाता है एडजस्टमेंट।"

वाणी (निरपेश की तरफ देखते हुए) – I see that's nice so you guys seem to be close buddies right?

-" हाँ वाणी।"

"Great ..!!"

निरपेश(चाय की तरफ देखते हुए और सिप लेते हुए) - हाँ धीरे धीरे तुम्हें पता चेलगा की आकाश चीज़ क्या हैं।

आकाश (वाणी की तरफ देखते हुए)- थैंक्स , वैसे वाणी निरपेश ने जो बात बोली उस पे अगर गौर फ़रमाया जाए तो उसका कहने का मतलब है की *मैं तुम्हारी जैसी क्रिएटिव पर्सनालिटीज का बहुत ख़ास ध्यान रख सकता हूँ।*

"तो मैं चंद घंटों में आपके लिए ख़ास हो गई? अच्छा फ़्लर्ट कर लेते है आप आकाशजी।"

इतने में दोनों (वाणी और निरपेश) ज़ोर ज़ोर से हँस पड़ते हैं। 😊 😊

आकाश थोड़ा embarrass होते हुए कुछ सोच रहा होता है। उसका flirtatious comment वाणी ने catch कर लिया होता है।

इतने में वाणी तुरंत बोलती है ..

वाणी(**आकाश की तरफ देखते हुए**) - हे आकाश आप तो टेंशन में आ गए I was just kidding। I understand ! क्योंकि मैं निरपेश की दोस्त हूँ जोकि आपके ख़ास हैं इसलिए you are also treating me that way .!!

" I caught the vibes आकाश। cool man ..relax .. !! "

"चलिए अच्छी बात है अगर आप relate कर पाईं तो (शर्माते हुए आकाश बोलता है।) "

निरपेश-आकाश एक बात अभी यहाँ बैठे बैठे एक दम से स्ट्राइक की मुझे,

भाई ...आपकी ज़रुरत पड़ेगी हमें?

एक मिनट वाणी कुछ आर्डर कर यार कुछ?

"Let me see the मेंनू। हम्म छोला बटूरा खाओगे निरपेश? serious वाली भूख लग रही है।"

- "sure ..आकाश भाई मिल जाएगा यह भी?"

"बिलकुल अभी बनवाते हैं। हे मनजोत बेटा , इधर आना। २ प्लेट छोले बटूरे बनवाना शुरू कर दो जल्दी से। और क्या लेना पसंद करोगे तुम लोग बढ़िया बढ़िया शेक्स और लस्सी भी हैं। क्या prefer करोगे तुम लोग?"

वाणी - छोले बटूरों के साथ तो लस्सी ही चलेगी।

"बिलकुल।। let's go for 2 lassis .. "

"ठीक है मनजोत बेटा दो lassis भी बनवा दो साथ में।

हाँ अब बताओ तुम दोनों की मेंरी कहाँ ज़रुरत है?"

"Basically आकाश जी हमारी classes ख़त्म हो रही है और हमें एक प्ले में काम करना है। उसके लिए हम एक प्लाट ढूंढ़ना जिस पे हम एक स्टोरी बिल्ड कर सकें।"

" I see interesting "

"क्योंकि आप राइटर हैं जैसा की इन्होने बताया ....आपको हम दोनों की मदद करनी पड़ेगी प्लाट identify करने में और scenes लिखने में जिस पे प्ले conduct क्या जा सके।"

"अरे वाणी अपकमिंग राइटर हूँ esablished नहीं हूँ अभी।"

" still but I believe you can help us इस कैफ़े में मुझे कुछ अच्छे vibes मिल रहे हैं जो यह एहसास दिला रहे हैं आप कर सकते हैं मदद हमारी।"

" I see अगर तुम दोनों को विश्वास है तो करते हैं फिर !! controlling idea सोचते हैं प्लाट align करते हैं और फिर scenes लिखते हैं।"

"निरपेश का तो नहीं कह सकती but मुझे आप पे विश्वास हो रहा है , you can do it ..!!"

" क्या बात है वाणी पहली मुलाक़ात में काफी इम्प्रेस कर दिया है तुम्हें आकाश ने?"

" बिलकुल बॉय *" टैलेंट स्काउटिंग"* में I am very good ... you don't know me in school days कोलकत्ता में मैंने अपने स्कूल में बहुत थिएटर किया है dude !"

निरपेश(वाणी और आकाश की तरफ बार बारी से देखते हुए)-" ओहह I see पहले कभी बताया नहीं। . Now I can understand की तुम्हारी performance इतनी comfortable and consistent कैसे है classes में। सो यह राज़ है आकाश भाई देख रहे हैं।"

"अभी देखते जाओ और भी राज़ खुलेंगे अभी तो शुरुआत है dude !!"

आकाश - ज़बरदस्त क्या बात है क्या माहौल बन गया है !!

मनजोत - यह लीजिये गरमा गरम छोले बटूरे हाज़िर हैं और यह रही आप लोगों की लस्सी !!

वाणी (ऊपर उठाते हुए गिलास को)- wow I like the glass its hugeयार ।

आकाश - आप यह न भूलें की आप अर्बन ढाबे पे हैं !!

"और आपने plates observe की हैं की नहीं?"

"ओह्ह lovely bone china ... extremely अर्बन!!"

" जी यह ही ब्यूटी है अर्बन ढाबा की a healthy mix of urban and traditional is always available here !! "

"Superb आकाशजी। खुश कर दिया आपने।"

"अरे वाणी you can call me आकाश " अभी भी मैं काफी यंग दिखता हूँ !! "

" अरे बिलकुल मैं तो बस आपको respect में आकाश जी बोल रही थी not because of your age "

निरपेश- हे हे quirky humor वाणी .. I like it सही है यार बहुत मज़ा आ रहा है आज की शाम आकाश के नाम !

'बिलकुल आकाश तुसी छा गए आज की रात।"

Ohh I just realized my Punjabi is not that bad हाँ।

वाणी मस्ती के मूड में खुदको एक्सप्रेस करती है।

इसके बाद दोनों खाना शुरू कर देते हैं आकाश थोड़ाtimeके लिए counter पे जाता है and brings his food also and फिर तीनों साथ में डिनर करते हैं।

At time of completing the dinner

वाणी asks आकाश ..

"हाँ तो आकाशजी । mean आकाश आप प्लाट बताएँगे न हमें?"

एक शर्त पे।

"वाणी आपको मुझे तुम कह कर करके बुलाना होगा and no जी and आप to be used for me "

"Its ok cool but तुम्हें भी मुझे तुम कहना होगा?"

" बिलकुल !! done .. "

" great so finally निरपेश we have an incredible writer on board who will help us in framing the plot of the play .."

"but after प्लाट बाकी कैसे करेंगे।"

वाणी -वह सब तुम मुझ पे छोड़ दो step by step will take this forward lot of stage production experience I have in school सो उसकी बिलकुल भी चिंता मर करो तुम।

"सो सारे challenges से तुम वाक़िफ़ हो जो आते हैं एक प्ले को produce करने में?"

"बिलकुल but हाँ स्कूल में जब हम करते थे तो कोई professiona गाइडेंस नहीं होती थी खुदसे ही क्रिएट करते थे , बनाते थे।"

आकाश -I think इस play में तो तुम लोगों को मानव assist करेंगे । उनकी टीम होगी जो प्रोडक्शन में assist करेगी।

निरपेश- हाँ आकाश वह तो है।

वाणी - फिर बन गया काम 😊

आकाश - सही है !! all set !

इतने में निरपेश घड़ी की तरफ देखता है और कहता है।

" अरे देखो देखते ही देखते 10 बज गए।"

"ओह्ह 11 बजे हॉस्टल का गेट बंद हो जाएगा निरपेश चलो अब निकलते हैं।"

"sure चलिए आकाश भाई इजाज़त दीजिए निकलते हैं। और हाँ प्लाट सोचिये फिर बताएँ हमें।"

"You know what निरपेश, when आकाश is there we don't need to worry .. *I can trust him on his writing skills* "

" अरे बस करो तुम लोग रुलाओगे क्या too much of flattery हाँ let me think guys give me sometime ..!!"

"ठीक है आकाश take your time। चलो वाणी let's go !!"

"Bye आकाश जल्दी मिलूँगी तुमसे।"

वाणी बाइक पे बैठती है दोनों निकल जाते हैं वाणी के PG Hostel बाइक पे।

At वाणी 's hostel gate :
Time 10 :45 PM IST

निरपेश उसको accompany करके हॉस्टल गेट जाता है while walking towards the gate कुछ इस तरह के conversations होते हैं दोनों के बीच।

"तुमने तो यार आज आकाश को बुरा फँसा दिया गालियाँ दे रहा होगा तुम्हें।"

"क्यों? वह तो राइटर ही उसके लिए प्लाट फिगर आउट करना मामूली बात होनी चाहिए।"

"अपकमिंग राइटर है वाणी वह अभी बन नहीं गया है राइटर !"

"तो क्या हुआ अगर profilic writer नहीं है तो?"

" मतलब कि I am not sure whether how much he will be able to contribute ..जहाँ तक प्लाट फ्रेम करने की बात है ..।"

"अच्छा निरपेश एक बात बताओ तुम्हें क्या इस वक़्त मालूम है कि अगले एक महीने में मानव के प्ले में तुम क्या काम करने वाले हो? नहीं right but you still "believe "की तुम वह प्ले कर सकते हो being an upcoming actor who is still a newbie and learning the craft ..?

"Definitely and I believe कि मैं कर सकता हूँ !!"

"हम्म तो वही बात है की तुम सोचते हो बिलीव करते हो अपने आप पे कि तुम कर सकते हो इसलिए मैं भी यही सोचती हूँ और मुझे विश्वास है कि आकाश भी प्लाट लिख सकता है और अच्छा लिख सकता है।"

“कैसे वाणी तुम उसे जानते ही कितना हो तुम हार्डली उससे आज पहली बार मिली हो?”

“देखो निरपेश किसी को जानने के लिए कभी कबार एक ही मुलाक़ात काफी होती है। " the way he " conducted himself "today at his amazing café in front of me was awesome !! ." उसका "लैंग्वेज पे कमांड " देखो उसका "बात करने का style "देखो "confidence "देखो "way of treating people "देखो गज़ब का था।। एक राइटर को और क्या चाहिए? यह सब ingredients हैं , जो एक अच्छे राइटर में होने चाहिए। who has a " sense of the culture " existing around him and also strong on his observations about the surroundings . "

"I see हाँ वह तो है जितना मैं आकाश से मिला हूँ इनफैक्ट मेरा तो अब वह काफी अच्छा दोस्त है, बहुत मज़ा आता है उसकी कंपनी में शुरू से।"

"very charismatic personality .. "

“खैर charming तो तुम भी हो !"

"वह कैसे?"

" Charming हो तभी तुम्हारे साथ वाणी जैसी क्लासी और खूबसूरत लड़की घूम रही है वह भी रात के 11 बजे।"

"हम्म वह तो है।"

" और यह ही रीज़न है की तुम मेरे *करीबी दोस्त* भी बन गए हो।"

निरपेश(मन में खुद से बात करते हुए)- करीबी दोस्त? वह भी इतनी जल्दी?

- "charming नहीं होते तो तुम्हें अपना करीबी दोस्त थोड़ी न बनाती और देखो जैसा मैंने आकाश के लिए बोला, ख़ास लोगों को मैं झट से पहचान लेती हूँ। तुम करीबी दोस्त हो तभी तुम्हें देर रात में फ़ोन करती हूँ और रात के 11:30 बजे तम्हारे साथ हूँ।"

"I see that nice and I am thankful however more surprised infact that you have tagged me as " करीबी दोस्त " "

"Most welcome but मेरा सवाल अब तुमसे यह है की मैं तुम्हारी life में क्या रेलेवंस रखती हूँ अभी निरपेश? अगर तुम्हारे पॉइंट ऑफ़ view से देखा जाये?"

"what am I to you in your life?"

निरपेश– you are a nice friend of mine

- सिर्फ nice करीबी नहीं?

निरपेश- I mean ....

"what do you mean की करीबी दोस्ती तुम्हारी सिर्फ नेहा हो सकती है मैं नहीं?"

"hey come on वाणी तुम और नेहा दोनों अलग लड़कियाँ हो cant compare both of you .. "

" *but she holds a better position "in your life* "being your close friend from engineering college .. not me and I am just a nice friend ..and nothing else for you?"

"अरे नहीं बाबा।"

और क्या? really feeling bad यार ।

अच्छा बाबा you are also my close friend वह तुम्हारी लैंग्वेज में क्या कहते है उसे " "करीबी दोस्त " from today "

"यह हुई न बात !! let me hug you 😊 "

"वाणी निरपेश को hug करती है।"

" चलिए निरपेश सर 12 बज चुका है अब निकलते हैं बहुत chit chat हो गई हॉस्टल वाले निकाल देंगे मुझे कि यह लड़की तो हॉस्टल में रहती ही नहीं है कभी , देर रात लड़कों के साथ घूमती रहती है।"

निरपेश - लड़कों के साथ you mean मेरे अलावा और भी लड़कों के साथ देर रात बाहर रहती हो तुम? 😊

"shut up ... चलो अब गुड नाईट तुम भी घर जाओ and drive safely !"

"थैंक्स वाणी गुड नाईट।"

डिनर इनविटेशन

अगले हफ़्ते से वाणी निरपेश को आफ़िसtimeमें भी कॉल करने लगती है हाल चाल लेती रहती है। *ऐसा लगता है जैसे उस रात जो गहरी दोस्ती की टैगिंग हो गई थी दोनों के बीच वह अब रोज़ की ज़िन्दगी में दिखने लगती है।* उसी हफ़्ते में तीन दिन बाद निरपेश आफ़िस से निकल रहा होता है तभी वाणी का फ़ोन आता है।

"Hey निरपेश – how are you?"

"hi वाणी bolo ..

वाणी – can you come outside your office? I am waiting for you at the gate . "अरे तुम आफ़िस के बाहर क्या कर रही हो?"

"कुछ नहीं बस ऐसे ही ही मिलने का मन किया और मैं आ गई।"

" अरे अभी 2 दीन पेहले तो मिले थे क्लास में और अर्बन ढाबा में .. । और फोन पे भी बाते regular कर रहे थे पिछले कुछ दिनों से?"

"चली जाऊँ क्या?"

"अरे hang on वेट करो मैं आता हूँ।"

निरपेश आपनी बाइक पे बाहर आता है और वाणी को देखता है .. .. । वाणी बहुत सुंदर लग रही होती है अपने आफ़िस की फॉर्मल

ड्रेस में .. । निरपेश की सिट्टी पिट्टी गुल हो जाती है उसको देख के और वह उसे compliment दिए बिना रह नहीं पाता है।

" आज तुम बहुत हॉट लग रही हो वाणी। ...क्या बात है आफ़िस ख़त्म होने के समय भी इतनी fresh दिख रही हो?"

वाणी (आँख मारते हुए) - अरे यह तो है हमरी क्लास है धीरे धीरे आपको पता लग रहा होगा। 😊

निरपेश - हाँ वह तो है ...। बहुत कुछ पता लग रहा है।

"अच्छा सुनो मैं यह पूछने आई हूँ .. कि नेहा की फ्लाइट कब है? तुम भूलना नहीं हाँ मुझे उससे मिलना ज़रूर है।"

"सिर्फ इतनी सी बात पूछने के लिए तुम मेंरी पास आ गयीं फोन भी तो कर सकती थी तुम?"

वाणी - कर सकती थी पे तुमसे मिलने का और देखने का मन कर रहा था इसलिए मैं आ गई।

निरपेश - i..see कमाल है यार ।

वाणी – and now .. you also have to drop me to my hostel ..!!

निरपेश– ohh ok sure why not ..at your service वाणी !!

वाणी निरपेश की बाईक पे बैठती है और वह उसे छोड़ने जाता है होस्टल।

रास्ते में निरपेश यह सोच रहा होता है की आज तक वह नेहा को ही उसके घर छोड़ता था और अब यह नया लूप चल गया है वाणी का .. । उसको कुछ अलग vibes मिल रही होती हैं।

इतने में वाणी की आवाज़ बाइक की पिछली सीट से आती है .. ।

"आकाश का कुछ फ़ोन आया? प्लॉट का क्या हुआ यार?"

"नहीं अभी बात तो नहीं हुई है उससे ,लेकिन करनी है बात।"

वाणी - कमाल है यार तुम लोग serious ही नहीं हो ..? तीन दिन हो गए हैं , कोई development नहीं है उस फ्रंट पे। .. तुम मेरे साथ शेयर करो आकाश का नंबर , मैं बात करती हूँ उससे।

निरपेश – sure घर पहुँच के sms करता हूँ।

वाणी - ठीक है good.. और हाँ नेहा से भी बात करो and let me know the time when her flight is I will go with you to meet her at the airport ..

निरपेश – sure ..

निरपेश वाणी को उसके हॉस्टल ड्राप करके अपने घर पहुँचता है।

घर पहुँचते ही वह नेहा की 6 मिस्ड कॉल देखता है अपने फ़ोन पे।

"6 मिस्ड कॉल नेहा !!"

एक sms भी होता है।

अंदर आके घर खोलने के बाद बहुत सेहम के निरपेश sms खोलता है नेहा का।

निरपेश (मन में) - भाई .. कहीं देख तो नहीं लिया इसने मुझे वाणी के साथ बाइक पे?

कहानी लग जायेगी अपनी अगर ऐसा हुआ तो।

निरपेश opens the message -

"Where are you निरपेश? फ़ोनतो उठाओ यार कहाँ गायब हो?"

" मेरे फ्लाइट ticketsबुक हो गए हैं।

I am leaving on Saturday early morning flight 4 am from Bangalore airport

direct to Detroit .. call me when you see this msg ..need to tell you something important !!"

निरपेश - अरे सब कुछ तो लिख दिया है अब और क्या important बताना चाह्ती है? जल्दी से निरपेश चाय बनाता है और सोचता है कि ऐसा और क्या ज़रूरी बताना चाहती है नेहा? उसकी दिल की धड़कनें बढ़ जाती *हैं*कहीं नेहा ने हाँ तो नहीं कर दी है रोहित को

और USA से लौट के आते ही अपनी शादी बना ले उसके साथ यह डर उसके दिमाग में घर कर रहा होता है ..।

खैर बढ़ी मुश्किल से से वह कॉल लगाता है नेहा को।

नेहा करीब 5 calls के बाद उठाती है निरपेश का फ़ोन

"अरे कहाँ बिजी थे कितने कॉल किए मैंने?"

"अरे ट्रांजिट में था घर आ रहा था बाइक पे सुनाई नहीं दिया तुम्हारा फ़ोन।"

- "ohh I can understand . .. !!"

- "और बताओ कैसा है रोहित?"

"अरे मेंरे हाल चाल तो लो रोहित पे पहुँच गए सीधे?"

"अरे नहीं तुम्हारे हाल चाल तो बढ़िया ही होंगे अब US जाने की आखरी घड़ी जो आ गई है तुम्हारी।"

"हाँ वह तो है सुनो मेंरी Saturday Morning 4 am की Flight है ..for US ..बाकी Thursday Night का डिनर तुम्हारा मेंरे यहाँ है तुम आफ़िस से निकल के सीधे मेंरे यहाँ आ जाना ठीक है ..?"

"अच्छा रोहित को भी invite किया है?"

"हाँ किया है।"

निरपेश- is he coming ..?

"हाँ ,बोल तो रहा है आएगा। let's see !!"

" हम्मम चलो फिर आता हूँ ,अच्छा यह बताओ इसके अलावा और भी कोई बात थी तुमने लिखा था की कुछ important बताना है?"

"अरे बस यही बताना था बुद्धू और क्या बताऊँगी?"

निरपेश - सही है **(feeling much relaxed)** चलो मिलते हैं थर्सडे को फिर।

done dude !

bye नेहा ..!

bye निरपेश ..!

प्रमोशन मेल

बुधवार की सुबह साढ़े नौ बजे office में निरपेश अपना Laptop खोलता है अपनी डेस्क पे और उस पे अपनी मेंल्स खोलता है।

Mails open करते ही उसको एक मेल दिखता है जिसका सब्जेक्ट लाइनहोता है

Congratulations – You have been promoted as TL (Team Leader) JL5 .

वह मेल पड़ते ही निरपेश एक दम से surprise हो जाता है उसके अंदर एक ख़ुशी की लहर दौड़ पड़ती है।

वह सीधे अपनेमैनेजरके केबिन में जाता है।

निरपेश – Hello Sir ..May i come in?

मैनेजर - हाँ निरपेश बोलो।

- थैंक यू सर मुझे अभी अभी मेरा प्रमोशनलेटर मिला है।

(नि रपेश उनके पैर छूने के लिए जाता है)

अरे।..its ok ..

निरपेश - नहीं सर छूने दीजीये, *" बहुत कम लोगे होते हैं जो talent को पहचानते हैं ज़िन्दगी में "*। आप उन्ही में से हो सर .. its out of respect for you sir .. 🙂

प्रबंधक - अरे यार तुम ज़्यादा emotional हो गए। *its ok* ...प्रो फेशनल दुनिया में टैलेंट को वह मिलना चाहिए जो वह deserve करता है ..। यह प्रमोशन तुम "deserve " करते थे।

निरपेश – is it sir? I am happy you believe that way .. I cannot imagine

"yes .. you deserve it dude "

–" 4 years experience and 12 lakhs per annum salary all because of you sir thanks a lot !!"

-" अरे its because of your skills boy don't worry ..enjoy your time "

"thanks u sir once again ..!!"

यह कहते हुए वह अपनी डेस्क पे वापस लौट जाता है।

..निरपेश बहुत खुश महसूस करता है। उस पल उसको समझ में नहीं आता है की वह किसको कॉल करे और यह प्रमोशन वाली न्यूज़ शेयर करे?

आकाश का नाम ही उसके ज़हन में आता है ..।

नेहा को वह खुदकि यह ख़ुशी शेयर करने से रोकता है क्योंकि उसके यहाँ वह आलरेडी थर्सडे को जा रहा होता है for house party ..

आकाश भाई क्या शाम को मुलाक़ात हो सकती है 4 बजे आपके यहाँ? कुछ बढ़िया बात सुनानी है आपको। 😊

"एक काम करते हैं तुम और मैं चलेंगे किसी बियर बार में let's have some mid week fun . !!"

" सिर्फ मस्ती के लिय बुला रहे हो बंधु कि कुछ ख़ास बात है? .. क्योंकि शाम को यार पीक समय रिहता है कैफे पे। तफरी नहीं मार सकते ज़्यादा। weekdays चालू हैं और फ़िर तुम्हारी खूबसूरत दोस्त एक काम और पकड़ा गई है उसमें भी व्यस्त हैं।" 😅

"हा हा .. ख़ास बात है सर आप मिलो तो सही ..।"

"ठीक है। फिर तुम मुझे pickup कर लेना 4 बजे अपनी बाइक पे फिर जहाँ कहोगे चल देंगे गुरु लेकिन गुरु ज़्यादा नहीं बैठेंगे।"

निरपेश - ठीक है सर आता हूँ फिर।

निरपेशमैनेजरके क्यूबिकल में जाता है।

सर आज थोड़ा जल्दी निकलूँगा थोड़ा काम है।

"समझ सकता हूँ दोस्त पार्टी माँग रहे होंगे प्रमोशन की?"

निरपेश- नहीं सर बस थोड़ाpersonal काम है थोड़ा ज़रूरी है।

"ok dude .. carry on "

निरपेश - थैंक यू सर।।

मैनेजर - most welcome boy

फ़िर निरपेश उस दिन का काम ख़त्म कर 4 बजे तक निकले जाता है अर्बन ढाबा । आकाश उसको तैयार मिलता है।

कुछ लिखा पड़ी कर रहा होता है मनजोत की साथ।

निरपेश बाइक पार्क करके जाता है आकाश की डेस्क पे।

"आकाश भाई यह लड़के कभी बड़े भी हो पाएंगे हिसाब किताब में? यह तुम्हें इतना पकड़े रहते हैं हिसाब किताब में की आप कैफ़े की देखभाल कब करते हो?"

आकाश - हाँ यार देखो कब कर पाते हैं देखभाल , यह मनजोत हमेशा ही confused रहता है।

साला थोड़ा सा हिसाब किताब बढ़ता नहीं है कि इसके कैलकुलेशन बिगड़ जाते हैं।

-क्यों भई मंजोत इतना confusion क्यों?

मनजोत - सार्थक भैया मैथ्स से मुझे बचपन से डर लगता है। बड़ी मुश्किल से 10 वी पास करी तीन बार में।

निरपेश – तीन बार में !! अबे दसवी की मैथ्स तो कुछ होता ही नहीं है?

जिसको फेल होना होता है वह नवी में फेल हो जाया करता है दसवीं तक जाता ही नहीं है।

मनजोत - but मेरे लिए बहुत था निरपेश भैया साला इस सब्जेक्ट में fail हो जाते थे और हमारे प्रिंसिपल हमें लटका देते थे class में।

निरपेश- हा हा फिर तीसरी बार में कैसै पास किए?

आकाश -तीसरी बार हम इनके साथ बैठे पेपर में और solve करवाए बगल में बैठ के 😊 हमने सोचा कम से कम 10 वी तो पास कर ले यह लड़का किसी तरह से।

निरपेश - क्या बात है *another feather in your cap !!* आकाश भाई।

आकाश - थैंक्स अब बस एक ही डर रहता है कि बत्ती ना लागे दे दूकान की यह किसी दिन हिसाब किताब में।

" हा हा !!"

आकाश - हाँ गुरु इसलिए कह रहा हूँ कि इससे मत उलझो इसके जवाबों में सुलझाओ कम उलझाओ ज़्यादा है।

निरपेश - हा हा .. मस्त बोले चलिए जल्दी निपटाएं लड़के को .. फ़िर निकलते हैं।

हाँ वेट करो कुछ चाय वगैरह चाहिए तो भिजवाएं?

निरपेश- नहीं अब चलके सीधे बियर पिएंगे आकाश भाई।

सही है काफीrelaxedलग रहे हो।

अरे सर जी निपटाओ काम जल्दी।

आकाश - ok give me 10 minutes .

10 mins में आकाश फ्री होकर आता है निरपेश के पास।

" क्या बात है आज तो आपकी अर्बन ड्रेसिंग है आज आप अपना सिग्नेचर सफ़ेद कुरता पयजामा नहीं पहने हैं "

"अबे क्या हर वक़्त राइटर ही बने रहेंगे.. । बार में stud बनके चलेंगे तुम्हारे साथ जीन्स में।"

"यह हुई न बात मस्त लग रही है यह फटी जींस।"

"distressed जीन्स बोलो .. चलो फ़िर निकलते हैं। .. कहाँ चल रहे हैं वैसे?"

निरपेश – Jimi Beer Café !!

- जिमि .. क्या नाम है गुरु काफी *shady* लगता है?

नहीं गुरुदेव क्लीन है चलिए अब आप भी न बस अपना *आर्टिस्टिक टच* हर जगह डालते रहते हैं।

आकाश - हा हा हा 😊 😊 चलो बंधू।

जिमि बियर कैफ़े

दोनों निकलते हैं और शाम 6 बजे तक जिमि बीयर कैफ़े पहुँचते हैं।

वीकडे होने की वजह से कुछ ख़ास क्राउडेड नहीं होता है कैफ़े।

अंदर अच्छे पोस्टर्स लगे होते हैं Indian सिंगर्स and अमेंरिकन rockstars के।

खैर दोनों जगहढूँढके बैठते हैं आकाश conversation शुरू करता है।

- " जगह मस्त लाए हो निरपेश लेकिन लगता है थोड़ा जल्दी आ गए हैं अपन लोग यहाँ। माहौल तो देर शाम को बनता है ऐसी जगहों पे?"

"हाँ भई आपका ध्यान तो रखना पड़ता है। .. artist लॉग पर्टिकुलर होते हैं जगहों और लोकेशंस को लेकर तो इसलिए यह जगह चुनी। .. जहाँ तक शाम को रंगीन बनाने की बात है उसके लिए हम दोनों ही काफी हैं। believe अपने आप ही माहौल बन जाएगा। .." 😊

आकाश - क्या बात है .. । तुम भी तो अब artist बन रहे हो धीरे धीरे झलकियां दिख रही है मुझे।

"अच्छा सुनिए इस कलाकार का अपनी करंट लाइन में प्रमोशन हो गया है आज और 2 लाख सैलरी में इज़ाफ़ा भी हो गया है।"

"अरे सही मेरे लाल क्या खबर सुनाई है।"

"yes बॉस।"

आकाश एक दम से उठता है और निरपेश को गले लगा लेता है ...।

Well done निरपेश बहुत बढ़िया।

सर बस आपकी वजह से है यह सब।

अरे मेंरी वजह से कहाँ यार सब तुम्हारा effort है आफ़िस में तो तुम ही काम करते हो।

निरपेश – नहीं लेकिन "सेल्फ डिस्कवरी "जो हुई " "खुदको जाना है" जानने से ज़्यादा खुदा को जो पहचाना है आपसे मिलने के बाद यह सब उसका ही नतीजा है।

आकाश- चलो अच्छी बात है कि मैं तुम्हारे कुछ काम आ पाया I am very happy for you एक बात और है not sure की तुमने observe करी कि नहीं?

- वह क्या?

"लगता है सब ऊपर वाले की प्लानिंग और execution चल रही है .. । जिस तरह events हो रहे हैं, तुम्हारे और नेहा की lives में strange लगता है यह सब।"

निरपेश – सही बताऊँ तो बहुत सही टाइमिंग है इस प्रमोशन की।

एक मिनट कुछ आर्डर कर देते हैं फिर बातों का सिलसिला आगे बढ़ाते हैं। अरे भाई साहब थोड़ा इधर आएंगे?

निरपेश वेटर को बुलाता है।

waiter - sure sir

"आपका मेंनू किधर है?"

वेटर – "यहाँ तो है साहब।"

" आकाश देखो भाई बाताओ क्या लोगे आप ? "

आकाश –" यार आजकल हम बीरा के fan बन गए हैं।"

" बीरा ... देसी beer मुझे लगा के फोस्टर वगैरह ऑर्डर करोगे प्रीमियम आदमी हो आप 😊 ।"

" अरे भाई देसी हैं अपन। अपने देश की बीयर्स को भी तो आगे बढ़ाना है। बीरा taste की है कि नहीं तुमने अभी तक ..?"

निरपेश – not yet कुछ ख़ास है क्या इस बियर में?

"हाँ यह वीट बियर है ज़बरदस्त taste है try करो।"

" सही है!! फिर तो भइया दो बीरा ले आओ।

"आकाश ड्रिंक्स के साथ और क्या लेना पसंद करोगे ..?"

"यार लंच तो कर लिया है कुछ स्टार्टर्स मंगा लो और क्या।"

निरपेश - ओके non veg ki veg?

आकाश - नॉनवेज।

"फिश चलेगी? फिश फिंगर्स और एक फ्रेंच फ्राइज भी मँगवा दें?"

आकाश - ठीक है।

निरपेश - get these please..!!

वेटर आर्डर लेता है और निकल जाता है लाने।

conversation आगे बढ़ता है आकाश और निरपेश के बीच।

आकाश - हाँ तो तुम सही टाइमिंग कह रहे थे।

"हाँ वही देखिए इधर नेहा अमेरिका निकल रही है और इधर मेरा प्रमोशन हो रहा है ..?"

" तुमने सही पकड़ा है कुछ भगवान का ही डिज़ाइन चल रहा है।"

"हाँ सो तो है और बताओ अब तुम्हारी क्या strategy है नेहा के केस को लेकर?"

"हम्म वह थोड़ा interesting मोड़ पे है scene कल नेहा ने मुझे invite किया है डिनर पे onsite जाने की ख़ुशी में।"

आकाश – I see

इतने में बीयर्स और स्टार्टर्स लेकर आता है वेटर।

दोनों चीयर्स करते हैं और पहला घूँट अंदर लेते हैं।

हम्म रोहित को भी invite किया है उसने?

"हाँ वह भी invited है।"

आकाश - हम्मम।

निरपेश - मैं यह सोच रहा था की आकाश तुम्हारा क्या view है इस बारे में क्या मैं कल नेहा को यह प्रमोशन वाली न्यूज़ दूँ?

आकाश - रोहित के सामने?

"वही क्यों कोइ दिक्क्त लगती है आपको ..?"

"दिक्कत तो नहीं लगती मुझे .. । अगर तुम्हें याद हो नेहा ने रोहित के प्रमोशन की खबर तुम्हारे सामने हीबताई थी, if I can recall at the cinema hall . "

"हाँ राइट।"

"तो तुम कल नेहा की घर पे reveal कर दो इस बात को . चौके की जवाब में छक्का मारो।"

निरपेश - हाँ एटलीस्ट नेहा मेरे proposal को एक नए नज़रिये और तरीके से देखेगी hopefully मेरे बताने के बाद।

आकाश - हाँ अगर तुम्हारा proposal उसकी स्कीम ऑफ़ थिंग्स में है तो। वैसे एक बात बताओ उसका रिएक्शन क्या रहता है जब तुम उससे पूछते हो कि उसका क्या विचार बना तुम्हारे proposal को लेकर .?

"हाँ कुछ अजीब रियेक्ट करके बात घुमा देती है ....। कुछ क्लियर नहीं बताती है yes नो में।"

आकाश - - hmmm यही बातें लड़कियों की अच्छी नहीं लगती है मुझे ....? *confusion में रखती हैं लड़कों को।* ... .अब लड़का आखिर कब तक वेट करें इस उम्मीद में कि वह कभी तो हाँ बोलेगी और कहीं ऐसा तो नहीं कि कई साल वेट करने के बाद एक दिन अचानक से ना बोल देंगी। उनकोबिलकुलभी अंदाजा नहीं होता है कि लड़कों के दिल पे क्या बीतती है, इस तरह की हरकत से। ना करना है तो जल्दी ना करो। ...लड़कों को लटका के ना रखो ,इसी उम्मीद में कि शायद एक दिन वह उनका proposal accept करेंगी खैर

यह कहकर एक ड्रिंक लेता है आकाश फिर थोड़ा रुक के बोलता है।

अरे लड़कियों से याद आया यार वाणी तो हाथ धोकर पीछे पड़ी हुई है "प्लाट " के लिए प्ले के ? कम से कम पिछले 3 दिनमें 7-8 बार कॉल कर चुकी है मुझे।

- "7-8 बार !!"

"हाँ यार ultimately मुझे कहना पड़ा कि तुम बार बार अगर मुझे कॉल करती रहोगी तो मैं नया प्लाट कैसे सोचूँगाऔर लिखूँगा ? मुझे थोड़ा समय चाहिए वह भी तन्हाई में प्लाट लिखने के लिए।"

यह कहने के बाद थोड़ी राहत यह मिली है कल उसका फिर फ़ोन नहीं आया पूरे दिन 😊 । खैर यह बताओ तुम अभी क्या सोच रहे हो निरपेश कब तक वेट करोगे नेहा के proposal के लिए कोईtimeसोचा है?

निरपेश - यही अभी समझ में नहीं आ रहा है मुझे लगता है अभी भी शायद not sure आकाश भाई but still I think थोड़ा और ट्राई करना चाहिए कुछ दिनऔर रुक के देखना चाहिए।

आकाश - *trying ...यही वर्ड तो motivation लाता है life में क्यों?*

निरपेश - हम्मम वही अरे ट्राइंग से याद आया लगता है वाणी भी मुझ पे अब chance मार रही है काफी अच्छे से। मेरे से gradually attraction होता जा रहा है उसे लगता है।

आकाश - अच्छा (pause) बताओ उलटी हवाएँ चल रही हैं। जहाँ तुम चाहते हो की हवाएँ चलें वहाँ तो चल नहीं रही हैं एक दम ही उलटी direction में चल रही हैं। कमाल है रे ज़िन्दगी।

निरपेश - हाँ वही कुदरत का खेल है सब।

आकाश - खैर बताओ क्या हुआ उसकी किसी लेtest हरकत से तुम्हें ऐसा महसूस हुआ?

निरपेश - बहुत ज़्यादा मेंरी अटेंशन सीक कर रही है आजकल ....। अभी परसों मेरे आफ़िस आ गई बोली को मुझे देखने का मन कर रहा है इसलिए आफ़िस आ गई फिर आने के बाद घर छोड़ने के लिए बोलने लगी जबकि रोज़ सुबह और शाम दो बार बात करती है मुझसे पिछले कुछ दिनों से phone पे।

"काफ़ी अपनापन दिखा रही है क्यों?"

"हाँ यार .. काफ़ी , इनफैक्ट अब मेरा काफ़ी ध्यान रखने लगी है , मुझे appreciate करती है ,काफी involve हो गई हैं मेरे साथ ,कभी कभी मुझे बहुत गिलटी महसूस होता है क्योंकि मेरा involvement उस लेवल पे आ नहीं पाता है उसके लिए।"

"कैसै आएगा यार तुम्हारा मन तो कहीं और फँसा हुआ है .. लेकिन यार एक बात ज़रूर है।"

- "वह क्या?"

- (Bira का बड़ा घूँट लेते हुए) .. *"बला की खूबसूरत है .. वाणी !!"*

- "हाँ वह तो है गज़ब की ब्यूटी है।"

"हम्म वही उस दिन जब कैफ़े पे तुम उसे लेकर आए थे तो "*क्लीनबोल्ड* "सा हो गया था मैं उसे देख कर।"

- "हाँ वह आपके mannerisms और बातचीत में दिख रहा था।"

"सही पकड़े हो थोड़ा conscious सा हो गया था मैं।"

- "आप कहीं उसे मन हीं मन चाहने तो नहीं लगे हो?"

(शराब का घूँट लेते हुए निरपेश यह गहरी बात बोलता है आकाश को)

"like तो नहीं कह सकता अभी , but उसने एक ख़ास लड़की जोकि मेरे इंजीनियरिंगtimeमें मेरे साथ थी उसकी याद दिला दी हैं यार ...।"

"ऐसा लगता है वह एक बार फिर मेरी life में आके खडी होगई हैं।"

वही चाल ढाल ,वही बात करने का तरीका ।

निरपेश - I see hey hey आकाश भाई तो आप भी प्यार मेंपढ़ चुके हैं?

"अरे यार अजीब सी स्टोरी हैं यह , तुम दुखी हो जाओगे सुनकर। इतना अच्छा समय बीत रहा है अभी उसे खराब नहीं करते हैं।"

"अरे इससे फरक नहीं पड़ता है आकाश भाई आपने मेरा दुःख सुना मेरा मन हलका हो गया, शायद मैं आपका दुःख सुनूँ तो आप हलका महसूस करें।"

"यार दुःख तो नहीं है लेकिन एक " *खालीपन* "ज़रूर महसूस होता है , जब भी उस लड़की के बारे में सोचता हूँ।"

" हम्म खैर हुआ क्या था आप लोगों के बीच?"

" एक मिनट !! let me order 2 beers more "

"अरे रहने दो यार।"

"अरे काहे रहने दें माहौल बना हुआ है वेटर 2 KF स्ट्राँग लाओ भाई।"

आकाश - changing the beer brand why?

"भाई KF स्ट्राँग थोड़ा इमोशनली स्ट्राँग लड़कों के लिए होती है let me order that और वैसे भी गहरी बातें चल रही हैं अभी हमारे बीच उनको फील करते हैं करीब से स्ट्राँग KF पीकर। 😄 "

आकाश – I see सही है।

वेटर 2 KF's लाकर पहुँचता है।

Anymore starters sir?

No.. !!

निरपेश- हाँ तो सर बताएँ अपनी स्टोरी क्या हुआ था?

आकाश – अच्छा सुनो ..। मेंरी क्लास में एक लड़की थी मोहिनी और उसका बॉयफ्रेंड था रवि । हम तीनों same क्लास में थे। मोहिनी was very much in love with Ravi right from our first year of engineering मैं इन दोनों के पीछे बैठता था और उनकी relationshipको पीछे से observe किया करता था।

निरपेश -आईसी observation की स्किल इसलिए । believe अच्छी डिवेलप हुई है आपकी 😜 specially प्यार मोहब्बत के मामलों में।

" हाँ कह सकते हो रवि और मोहिनी दोनों ही मेंरी सीट के सामने बैठते थे front benchers थे दोनों। मैं उनके बगल में बैठ जाता था आकर जब कभी sessionals होते थे to help them on tests . वह दोनों classes में कम और एक दूसरे को जानने में ज़्यादा involve रहते थे mostly मेरे ही notes रेफर करते थे at time of semester exams or sessionals मोहिनी काफी खूबसूरत थी and रवी भी हैंडसम था एक दम मॉडल pair था कॉलेज का very refreshing ड्रेसिंग सेंस भी काफी अच्छा था मोहिनी का।"

" वैसे वाणी का ड्रेसिंग सेंस भी काफी अच्छा है in a similar way "

" तभी ना मैंने बोला की *she reminded me of मोहिनी।"*

"आईसी buildup काफी अच्छा है तो आप उनको deeply observe करते थे by sitting behind there desks 😜 "

"कह सकते हो। *मोहिनी बहुत खूबसूरत थी* शायद ही कोई ऐसा लड़का होगा जो उसे ऑब्जर्व ना करता हो । खैर यह सिलसिला करीब इंजीनियरिंग के शुरुवाती सालों में चला।"

'एक पैटर्न सा सेट हो गया यह लोग साथ-साथ आते , साथ-साथ क्लास attend करते , साथ-साथ घूमते , काफीtimeदोनों साथ बिताते थे।"

"मेंरी दोस्ती दोनों से थी but you know right इंजीनियरिंग कॉलेज में एक "circle of friends " बन जाता है तो लड़के और लड़कियाँ ज़्यादातर उसमें ही रहना पसंद करते हैं। मेरे साथ भी था मेरा अपना सर्किल but क्योंकि हम तीनों एक ही क्लास में थे तो काफी बातें होती रहती थी हमारे बीच। मोहिनी थोड़ा मजाकिया किस्म की लड़की भी थी और मुझे छेड़ती रहती थी। कुछ न कुछ pranks होते रहते थे हमारे बीच। रवि भी उनको लेकर cool था as he knew मेरा

कोई scene नहीं है मोहिनी के साथ। रवि डे स्कॉलर था और मोहिनी और मैं hosteler थे।"

" यह सिलसिला काफी दिनों तक चलता रहा, हम थर्ड ईयर में आ गए। फिर एक दिन सुबह कुलदीप सर की क्लास चल रही थी , रवि पिछले 2 दिन से कॉलेज आया नहीं था वह अपने किसी कजिन की मैरिज attend करने फैजाबाद गया हुआ था। मोहिनी से जब मेंरी लास्ट बात हुई थी तो उसने बताया था कि उसको आज सुबह आना था क्लास attend करने but वह उस दिन अभी तक आया नहीं था। सुबह से मोहिनी परेशान हो रही होती है कि अभी तक रवि आया क्यों नहीं कॉलेज? उस जमाने मेंmobileफोन तो होते नहीं थे कि कॉल करके पता कर ले मोहिनी रवि से डायरेक्ट कि कहाँ पे है। इंसान को patience रखनी पड़ती थी बहुत सारी चीज़ों को लेकर। इसी बीच मोहिनी क्लास के बीचो बीच मुझसे कहती है ....

यार बड़ी टेंशन हो रही है पता ही नहीं रवि अभी तक आया क्यों नहीं?

आकाश -अरे चिल करो आ जाएगा सर के लेक्चर पे फोकस करते हैं।

"हाँ यार exams भी तो आने वाले हैं। ...ध्यान से नहीं सुना lecture तो नुकसान हो जाएगा।"

"Hmmm सो तो है।"

दोनों ध्यान से लेक्चर सुनते हैं सर का फॉर next 15 mins तभी अचानक EC ब्रांच का तुशारएक दम से क्लास में इंटर करता है और अनाउंस करता है एक्सक्यूज मी सर ...!!

कुलदीप – yes

तुशार– "सर रवि दुबे की डेथ हो गई है।"

कुलदीप - what कैसे ....?

मोहिनी – "क्या ओह गॉड ... "

तुशार-सर एक्सीडेंट में क्लास डिफर कर दीजिए।

यह खबर सुनते ही मोहिनी एकदम से *shock* में चली जाती है और फूट फूट के रोने लगती है, अपना सर मेरे कंधे पे रख कर।

"हे भगवान दिल बैठा जा रहा है आकाश यह क्या हो गया ...।"

" संभालो अपने आप को मोहिनी।"

"I can't believe this आकाश मुझे संभालो ,मुझे कुछ हो जाएगा..।"

मोहिनी आकाश के कंधे पे सर रखकर रोने लगती है ...।

"मोहिनी धीरज रखो हम सब तुम्हारे साथ हैं।"

"अरे कोई पानी लाएगा प्लीज...?"

"रतनेश " पानी लाता है मोहिनी के लिए।

आकाश- मोहिनी प्लीज थोड़ा पानी पी लो यू विल फील बेटर।

मोहिनी- क्या फील बेटर यार cannot describe what I am going through ओह्ह गॉड यह क्या हो गया। *I am breaking down !!*

आकाश - अरे मोहिनी अपने आप को संभालो तुम इसे पियो पहले।

मोहिनी पानी पीती है और अपने आप को काबू में लाने की कोशिश करती है एक दम से आकाश को बोलती है।

"आकाश मुझे प्लीज रवि को देखना है मुझे उसके घर ले चलो कैसे भी करके?"

इधर निरपेश कहानी का यह मोड़ सुनकर शॉक में आ जाता है।

उसका reaction कुछ ऐसा था जब उसने रवि की डेथ का न्यूज़ सुना।

"what (surprise होते हुए) क्या बात कर रहे हो यार? रवि का एक्सीडेंट हो गया cant believe this but आकाश मोहिनी के दिल पे क्या बीती होगी कैसे रियेक्ट की होगी यह न्यूज़ सुनकर?"

वह तो एक दम स्टेट ऑफ़ शॉक में चली गई बड़ी मुश्किल से उसको होश में लाए उसे।

निरपेश - हम्म फिर क्या हुआ?

आकाश - होना क्या था यार जैसे तैसे करके लेकर गए उसे रवि के घर मानहीं नहीं रही थी।

निरपेश- एड्रेस कैसे मिला आपको? आपने तो रवि से पूछा नहीं होगा?

आकाश - वह प्रिंसिपल आफ़िस से निकलवाया रतनेश ने ऐसे तैसे करके।

निरपेश- hmmm अच्छा फिर?

आकाश- क्या होगा यार एक दम मातम का माहौल था उसके घर पे रवि की डेड बॉडी पड़ी थी काफी बुरी तरह smash हो गई थी as it was a fatal accident that had happened ..

निरपेश - ohh shit Man बस और मत बताओ यार मैं समझ सकता हूँ drink and drive का केस था क्यों?

हाँ यार यह सब लोग basically ड्रिंक करके शादी से लौट रहे थे Wagon R में और रास्ते में एक सरिया से भरा ट्रक खड़ा था दिखा नहीं।

निरपेश – aah that's terrible आकाश भाई।

आकाश - हाँ यार रौंगटे खड़े हो गए मेरे जब लोगों ने बैकस्टोरीबताई।

निरपेश - मोहिनी ने बात की आकाश के parents से?

आकाश- क्या बात करती यार? उनको क्या बोलती की रवि मेरा बॉयफ्रेंड था। बस दिल पसीज कर रह गई। उसके अरमान पूरी तरह से बिखर गए थे।

"I think उस age में उतनी अकल भी नहीं होती की यह सब बातें parents को अर्ली स्टेज ऑफ़ relationshipमें बताईं जाएँ कि नहीं?। सारी बातें रवि की सब उसके दिल में दफ़न होकर रह गयीं थी उस वक़्त और उस वजह से उसकाbehaviourऔर भी अजीबो गरीब हो गया था उस दिन।"

निरपेश - but कुछ तो बात हुई होगी उसकी रवि के parents से?

आकाश - उसने खुदको रवि की अच्छी दोस्त कहकर introduce करवाया और console किया उसके parents को .....और क्या करती? कोई चारा भी तो नहीं था उसके पास ....खुलकर अपना दिल का दर्द कैसे बयां करती उनसे..? *किस रिश्ते से बयां करती?*

निरपेश- क्या console किया होगा उसने उनको बेचारी खुदएक दम टूट गई होगी...? आई can understand उसकी तो एकदम सारी दुनिया खत्म हो गई। आप यह सोचो कि रवि के parents की क्या हालत हुई होगी जिसका जवान बेटा चला जाए। दुनिया में इससे बड़ा बोझ नहीं है आकाश भाई किसी भी माँ -बाप के लिए।

आकाश - हाँ यार दिल धड़कता है सोच के उस वक्त मुझेबिलकुलसमझ में नहीं आ रहा था कि मैं इतना इंवॉल्व क्यों हो गया था इस सारे मामले में? देखा जाए तो रवि और मोहिनी were just classmates of mine and not close friends but despite of being just that much related to them I went on to attend the funeral of Ravi to be with मोहिनी all the time helping her best to absorb the shock which I knew कि बहुत टफ होगा उसके लिए not sure मैं ऐसा क्यों कर रहा था किसके लिए कर रहा था। मेरे पास इन सब सवालों के जवाब नहीं थे उस वक्त।

निरपेश- मैं बताऊँ आकाश भाई ...?

आकाश - हाँ बिल्कुल।

"इसलिए क्योंकि आप एक अच्छे इंसान हैं। आपके अंदर *humane* क्वालिटीज है जो बहुत कम लोगों में होती हैं आज के जमाने में। यू आर a great soul आकाश भाई।"

"अरे नहीं निरपेश मैं भी एक आम इंसान हूँ .. I think उस situation में वही करना ठीक लग रहा था मुझे।"

"इस incident के बाद मोहिनी का क्या हुआ कैसा behave कर रही थी वह आने वाले महीनों में आकाश?"

"इस incident के बाद यार वह करीब 2 हफ़्ते के लिए अपने घर चली गई।"

निरपेश– hmmm break लेना उसके लिए ज़रूरी था अपने दिमाग को शांत करने के लिए classes join करने के बाद उसका behaviourकैसा था?

"जब वह ज्वाइन करी क्लासेस कई दिनों तक तो एक दम उसने किसी से बात ही नहीं की .... "

आपने उससे बात करने की कोशिश नहीं की?

"जब कुछ दिन तक उसने मुझसे बात नहीं की तो फिर 1 दिन चाय पे चलने के लिए मैंने उससे पूछा।"

आईसी कैसे?

"इन बिटवीन class break पे एक दिन मैं उसको ले गया ... कुछ इस प्रकार था वह ice breaking conversation .. "

आकाश - बहुत थक गए मोहिनी कुलदीप सर की क्लास में क्या तुम मेरे साथ चाय पीने चल सकती हो यह न्यूमेंरिकल एनालिसिस सब्जेक्ट तो अच्छा है लेकिन कुलदीप सर का पढ़ाने का तरीका इसको पका देता है क्यों?

मैंने Numerical analysis के बारे में बात करके टॉपिक चालू किया कि इस बहाने मोहिनी से कुछ बात तो हो। ... रवि था तो एक माहौल बन जाता था। अब सिर्फ एक अजीब सा सन्नाटा सा महसूस हो रहा था उन benches पे जिस पे कभी मोहिनी और रवि बैठा करते थे। रवि के अचानक चले जाने के बाद एक अजीब सा void experience कर रहे थे मैं और मोहिनी। क्लास में अक्सर हमारी जो चुलबुली बातें हुआ करती थी एकदम से बंद हो गई थी। एक घुटन सी लगती थी उस खालीपनसे भरे माहौल में। मेरे मन में आया कि क्यों न इस घुटनके माहौल से थोड़ा लड़ा जाए? खुली हवा को एहसास करने की ज़रूर त थी उस वक्त।

मोहिनी - नहीं मन नहीं है मेरा आकाश और जहाँ तक सब्जेक्ट की बात है मुझेबिलकुलभी पल्ले नहीं पड़ रहा है what is the meaning of this definition " area of mathematics and computer science that creates, analyzes, and implements algorithms for obtaining numerical solutions to problems involving continuous variables. " मेरे समझ के परे है यह।

आकाश - कल्पना से विचित्र व्याख्या है यह ...।

मोहिनी - मतलब ..?

आकाश - चलो इसको चाय पे थोड़ा और डिस्कस करते हैं ..।

"आकाश प्लीज don't force me .."

आकाश - चलते हैं ना देखो बाहर कितना अच्छा मौसम है ...। ठंडे ठंडे मौसम के बीच कितनी अच्छी धूप निकली है। कैंटीन तक वॉक करते हुए जाएंगे तो अच्छा लगेगा। **मोहिनी(खिड़की की तरफ देखते हुए)** - ऐसा क्या ...? मौसम काफी सुहाना है तुम्हें लगता है कि अच्छा लगेगा मुझे ...?

वह मुझे घूर के देखने लगी।

आकाश (कुछ सोच कर बोला) - मैं समझ सकता हूँ कि तुम किन हालातों से गुजर रही हो पे atleast try तो कर सकते हैं शायद थोड़ा ठीक लगे हमें ... । थोड़ा बात करेंगे over tea तो शायद थोड़ा अच्छा फील करो तुम ....।

क्या पता यह मौसम तुम्हारी life में किसी तरह का आगाज लाए ..?

मोहिनी – hmmm सही कह रहे हो try तो करना ही चाहिए कि इस बदलते मौसम में बाहर निकलूं और थोड़ा इसे महसूस करूँ चलो चलते हैं ...।

तभी आकाश के narration के बीच आए इस पड़ाव पे निरपेश अपनी feeling एक दम से शेयर करता है।

निरपेश - सही नाइस इमोशनल conversation। किसी भी सिचुएशन में किसी को भी convince करने में तो आप उस्ताद हो। मोहिनी को भी उस situation में मोह लिया आपने। ☺

आकाश - नहीं यार it was not about any plan hidden behind that talk of mine rather it was just to make her feel slightly better और उस दिन मौसम सॉलिड था तो सोचा ट्राई करते हैं उसे फ्रेशनेस अप्रिशिएट कराने की। .... instinctive थे वह सारे actions ...

"शायद आप किसी इंसान को उदास नहीं देख सकते क्यों?"

आकाश – not sure खैर फिर हम दोनों कैंटीन में गए कुछ इस तरह से चली आगे की बातचीत हमारी।

" मोहिनी घर पे सब लोग कैसे हैं तुम्हारे?"

" सब ठीक हैं बस मैं ही ठीक नहीं हूँ इसलिए वह लोग थोड़ा परेशान है।"

" तुम्हारे घर में लोगों को पता है कि ऐसा कुछ घटा है तुम्हारी life में?"

"नहीं आकाश अभी हम थर्ड ईयर में इंटर किए हैं मुझे सही नहीं लगा यह सब बताना कि मेरा affair चल रहा था रवि के साथ और अभी ऐसा कुछ हो गया है।"

"यह बोलते बोलते उसकी आँखों में आँसू आ गए।"

आकाश मोहिनी को console करता है और वह धीरे से उसके कंधे पे अपना सिर रख देती है।

आकाश - सॉरी यार मोहिनी मुझे यह बात नहीं करनी चाहिए थी तुम्हारी दुखती रग पे हाथ रख दिया मैंने।

मोहिनी -इट्स ओके यार तुम्हारी गलती नहीं है मैं ही depressed हूँ और शायद घर वालों को भी ऐसा लग रहा था।

आकाश - लो चाय आ गई ...।

मोहिनी चाय पीती है और एक दम से बोलती है

"चाय बढ़िया है आकाश !!।"

आकाश को ऐसा प्रतीत होता है कि चलो कम से कम *इन द मोमेंट* तो है मोहिनी at least उस वक्त ....जब वह दोनों साथ चाय पीने आए हैं।

फोकस present में सेट कर देता है आकाश मोहिनी का।

आकाश - हाँ अच्छी है।

मोहिनी - तुम्हारे घर में कौन-कौनहै?

आकाश - पापा मम्मी और मैं।

मोहिनी- छोटा परिवार सुखी परिवार 😊

Present Time :

इस दौरान बढ़ती रात को महसूस करते हुए अपनी घड़ी की तरफ देखते हुए निरपेश आकाश से बोलता है

निरपेश-अरे आकाश भाई 11:00 बज गया है निकला जाए क्यों?

आकाश -हाँ यार बातों में पता ही नहीं चला कि समय कहाँ निकल गया।

खैर एक बात क्लियर हो गई यहाँ तक कि बातचीत से ...

आकाश - वह क्या?

निरपेश- हमें अपने "प्ले का प्लॉट " मिल गया है।

"Is it ..?"

"जी।"

हाँ वैसे इस स्टोरी में सारे emotions हैं जिससे एक play तैयार किया जा सकता है।

"और एन्ड भी काइंड ऑफ़ ट्रैजिक है क्योंकि आपने बोला था कि उसे सुनते ही मैं दुखी हो जाऊँगा ।"

" हाँ सो तो है ...।"

निरपेश - तो फिर हुआ क्या आगे आकाश?

आकाश - यार आगे इस कैंटीन वाली मुलाक़ात होने के बाद हम दोनों की नजदीकियां बढ़ती गई। धीरे-धीरे रवि का ख़याल मोहिनी के मन से निकलता गया और मैं मोहिनी के दिल में जगह बनाता चला गया और वह मेंरी अच्छी दोस्त बन गई और काफी इंवॉल्व भी हो गई फाइनल ईयर आते-आते मेरे साथ।

निरपेश-पे यह तो सब अच्छा angle है दुखी होने वाला angle किधर लगता है?

आकाश - पर्सनली लगता है।

"What do you mean by personally .. थोड़ा खुल के बताएँ?"

"इतने में वेटर आकाश को आज का बिल पकड़ाता है सर आपका बिल।"

"अरे आकाश मैं पे करता हूँ मैंने आपको बुलाया था।"

ओके ...।

"तो तुम्हारा सवाल है की मुझे पर्सनली दुःख कैसे पहुँचा ? .... "

"कैसे पहुंचा होगा थोड़ा सोचो ...? थोड़ी देर में खुदही समझ जाओगे।"

निरपेश-1 मिनट रवि के जाने के बाद। hmmm ...

निरपेश थोड़ा सोचता है और फिर एकदम से आफ्टर a minute react करता है यू मीन टू से उस दिनके बाद से मोहिनी आप में gradually over a period of time interested हो गई है जैसे जैसे आप लोग फाइनल ईयर में एंटर किए। I mean पहले आप दोनों में दोस्ती हो गई और फिर वह आपको प्यार करने लगी और उसने फाइनल ईयर में आप को propose किया।

आकाश -बिलकुल

निरपेश - oh man फिर आपने ..? Don't say you are still single right now ..?

इतनी खूबसूरत लड़की को अपने जाने कैसे दिया अपनी life से?

"वही तो यार उस वक्त एक अलग ही धुन में थे हम।"

"चलिए बाइक पे बैठिए।"

आकाश निरपेश की बाइक पे बैठ जाता है दोनों bar से निकलते हैं।

किस धुन में?

"यही अपनी राइटिंग वाली धुन में और कैरियर की इनसिक्योरिटी भी थी काफी की not sure क्या होगा IT में आगे ...जैसा कि उस वक्त तुम जानते हो की आईटी इंडस्ट्री नईथी India में ..।"

" पे आपकी जॉब तो आईबीएम में कैंपस प्लेसमेंट में लग गई होगी?"

"हाँ लग तो गई थी।"

" फिर काहे मना कर दिया भाई ? "

आकाश - बताया ना इनसिक्योरिटी इनसिक्योरिटी बहुत गंदी चीज होती है कहीं का नहीं छोड़ती इंसानको ...।

इनसिक्योरिटी कि जॉब sustain कर पाऊँगा कि नहीं?

इनसिक्योरिटी कि उसको इतना प्यार कर पाऊँगा कि नहीं जितना की वह मुझे करती है।

इनसिक्योरिटी कि उसको खुश रख पाऊँगा कि नहीं?

सो मच ऑफ नेगेटिव thoughts मुझे जकड़े हुए थे और ऊपर से पिताजी का देहांत भी हो गया उसी दौरान तो और प्रेशर में आ गया मैं कि अब IBM की नौकरी ज्वाइन करूँ कि नहीं ...? कैफे की जिम्मेदारी भी लेनी थी आफ्टर ऑल Café पापा का सपना था इन्हीं सब उधेड़बुन में उस नाजुक age में मुझे यही ठीक लगा कि शायद इस कहानी को यहीं खत्म कर देते हैं।

निरपेश- अरे तो कौनसी immediately शादी कर लेते आप लोग थोड़ाtimeबाद करते जब कैफ़े का काम settleकर लेते और मुझे नहीं लगता है कि अगर आप जॉब ज्वाइन नहीं करते और कैफ़े ज्वाइन करते हो तो उसमें मोहिनी का कोई problem होती ... लड़कियाँ मुश्किल *समय में अपना प्यार नहीं छोड़ती है बल्कि उनके साथ खड़े रहती हैं।*

आकाश - सही कह रहे but I think मैं अपने confidence levels को judge नहीं कर पाया था उस वक्त। खुदपे उतना बिलीफ नहीं रखता था। Papa क्योंकि उसtimeचले गए थे दुनिया से उसके बाद से सिचुएशन को हैंडल करने का confidence और भी बहुत कम हो गया था मेंरा।

ऐसे ही बातें करते करते दोनों urban ढाबा के पार्किंग Lot में पहुँचते हैं।

वहाँ पहुँच जाने के बाद भी उनकी बातें चलती रहती हैं।

निरपेश-but यार जॉब भी लग गई थी आपकी ? आप जॉब ज्वाइन कर लेते। आपकी मम्मी कैफ़े चला लेती और फिर थोड़ेtimeमें आप लोग किसीमैनेजरको रख लेते कैफ़े चलाने के लिए , यह सब किया जा सकता था मेरे ख़यालसे but वही नआज इस age में समझ में आता है की यह सब किया जा सकता है, जब आप करीब २३-२४ साल के होते हो उतनी समझ कहाँ होती है किसी भी लड़के में की वह यह सारे equations समझ सके।

आकाश- हाँ पर वही न जॉब तो लग गई थी ..पे क्योंकि अच्छे इंजीनियरिंग कॉलेज में पढ़े नहीं थे और इंजीनियरिंग एंट्रेंस में अच्छा perform नहीं कर पाए थे इसलिए शायद अपना *caliber* समझ नहीं पा रहे थे। दूसरा यह भी मेरे दिमाग में था कि अगर मैं और मम्मी किसीमैनेजरको भी रखते हैं कैफ़े चलाने के लिए तो क्या वह इतनी शिद्दत से काम कर पाता कैफ़े पे कि नहीं क्योंकि वह उसे मेरे पिताजी का सपना समझ के काम नहीं करता बल्कि सिर्फ एक जॉब समझ के करता।

निरपेश- I see पर आपको मन में विश्वास होना चाहिए था की आप उसको motivate करके यह सारी सिचुएशन ठीक कर सकते थे। ऐसा तो नहीं था की आपने perform नहीं किया था अपने स्कूल days में? आप एक अच्छे स्टूडेंट रहे थे। वह confidence reinstate कर सकते थे आप दुबारा अगर चाहते तो। हम्मम पे यह बिलीफ आप दुबारा रीस्टैब्लिश क्यों नहीं कर पा रहे थे I am not sure I

आकाश-I think despite of good academic credentials which I gathered at school since I failed to get into a good engineering college despite performing well in my engineering coaching उस aspect ने मेरे life में needed confidence को dent कर दिया था और शायद यह ही रीज़न था की जब मोहिनी ने मुझे propose किया इवन जबकि मेंरी और उसकी जॉब लग चुकी थी मैं उसको कमिट नहीं कर पाया और वह मेंरी life से चली गई।

"I see काफी गहरी analysisबताई आपने।"

आकाश- यही रीज़न रहा होगा और क्या? जो मैं confident नहीं था मोहिनी को लेकर जबकि वह मुझसे कहती थी कि यह सब मैंनेज हो जाएगा but it was me जिसने खुदअपने पैरों पे कुल्हाड़ी मार दी उसको खो दिया।

यह कहते कहते वह रुआंसा सा हो गया।

"क्या यार बहुत दुःख हो रहा है आपके लिए , क्या मोहिनी की जॉब लग गई थी?"

"मोहिनी की जॉब लग गई थी , she got selected in CTS "

"I see किस सिटी में है वह आजकल?"

"Bangalore।"

"Bangalore में है !! उसे ढूंढो भाई किस हाल में है वह क्या उसकी शादी हो चुकी है या अभी होनी है?"

आकाश - कोई फ़ायद नहीं है अब।

निरपेश - क्यों?

आकाश- अभी पिछले साल उसकी शादी हो गई एक बंगाली लड़के के साथ जोकि उसकी कंपनी में काम करता था।

निरपेश- shit यह inside इनफार्मेशन कैसे पता चली आपको?

आकाश- अरे वह रत्नेश याद है तुम्हें?

निरपेश- रत्नेश I see वह जो आपके class में था हाँ जो रवि दुबे का एड्रेस लेकर आया था प्रिंसिपल आफ़िस से।

"हाँ उसने बताया मुझे वह CTS में ही जॉब करता है इधर Bangalore में।

उसकी ही कंपनी में है।"

निरपेश- हम्म दुनिया कितनी छोटी है आकाश क्यों?

आकाश- सही में तुम यह देखो इसी शहर Bangalore में कितनी सारी स्टोरीज़ चल रही हैं इन पैरेलल।

निरपेश - हाँ incredible but you know what

आकाश- क्या?

निरपेश- आपने सही कहा था की मैं दुखी हो जाऊँगा आपकी कहानी सुनकर ।

आकाश - *कोई नहीं यार life है ..दुःख और सुख तो life का हिस्सा है।*

निरपेश- शायद यही रीज़न है की आप चाहते हैं की मैं नेहा को अपनी life से न जाने दूँ?

आकाश- yes try your best ... I know चीज़ें हमारे हाथ में उतनी होती नहीं है life में लेकिन जितनी भी होती हैं उतनी को तो संभालना चाहिए।

निरपेश - *हाँ मुश्किल रास्तों पे चल कर ही हमें पता चलता है की वह रास्ते कितने मुश्किल हैं ....।*

आकाश- आसान नहीं है कुछ भी life में लेकिन हौसला और belief होना ज़रूरी है अपने आप पे अपनी क्षमताओं पे।

" चलो यार 12 बज रहा है और अपना ध्यान रखो।"

"मेंरी स्टोरी सुनी है आज तुमने। I didn't wanted to demotivate you ..!!"

"don't worry sir मैं वापस ठीक हो जाऊँगा , sensitive हूँ शायद सारे artist होते ही हैं but practical भी हूँ life में will be fine soon "

आकाश- yeah I know why I was worried as you like me a lot and *इंसान शायद जिसको पसंद करता है उनके लिए इमोशनल काफी ज़्यादा होता है*।

"हाँ सो तो है चलिए फिर अच्छा एक और बात?"

"बोलो?"

" फिर अगर next time वाणी का फ़ोन आता है तो उसे बोल देना की प्लाट मिल गया है।"

"हाँ बोल दूँगा but are you sure this plot will work?"

"Yes definitely it will work lot of dramatic potential है इसमें moreover वाणी जब यह प्लाट सुनेगी तो I think क्योंकि उसके पास थिएटर experience है वह relate कर लेगी सारे scenes।"

आकाश- हम्म ठीक है चलो अब बहुत रात हो चुकी है अब तुम घर जाओ मैं भी कैफ़े क्लोज करके निकलता हूँ।

Dinner @ नेहा 's place

जिमि बियर कैफ़े में गुज़री शाम के चलते दिल में पैदा हुई मिक्स्ड फीलिंग्स से झूझता हुआ निरपेश बुधवार देर रात अपने घर पहुँचता है। उसका मन थोड़ा सा खराब हो गया होता है आकाश वाले interaction के बाद। उसके केस में पिक्चर थोड़ी डिफरेंट होती है क्योंकि उसको पता नहीं था अभी तक की नेहा के मन में उसके लिए क्या है। जहाँ तक आकाश की बात थी "*वह जीती हुई बाज़ी हार गया था* "। उसकी स्टोरी से निरपेश के मन में नेहा को पाने का motivationऔर बढ़ गया था। अब वह नेहा को किसी भी हालत में अपनी ज़िन्दगी से जाने नहीं देना चाहता था। उसकी और आकाश की गुज़रते समय के साथ दोस्ती गहरी होती चली जा रही थी , निरपेश इस सोच में पड़ा था कि वह कैसे आकाश को अपनी life में emotionally comfortable होने में मदद करे क्योंकि आकाश निरपेश को हर एक दिन के साथ एक बेहतर इंसान बना रहा था। खुदमें believe करना सिखा रहा था। मोहिनी क चैप्टर क्लोज तो हो गया था आकाश के लिए पर क्या कोई और चैप्टर खुल सकता था आकाश के लिए इन सब के बीच चलिए देखते हैं क्या होता है आगे।

निरपेश घर पहुँचता है और सीधे अपने कमरे में कब बोर्ड से कॉलेज की एल्बम निकालता है । वह farewelltimeऔर नेहा के last birthday in college की पिक्स देखता है। सब तस्वीरों को देखते हुए वह पुराने समय में खो जाता है और याद करता है उन मस्त scenes को जो उसकी life में रौनक किया करते थे। उन तस्वीरों में से एक तस्वीर थी फेयरवेलtimeकी जो अमितेश ने दोनों की खींची थी। उसमें नेहा एक दम gorgeous लग रही थी सिल्क सारी में और निरपेश एक दम *dapper* लग रहा था सूट में।

उस तस्वीर को देखते हुए Farewelltimeका एक conversation याद आया निरपेश को। नेहा बोलती है ड्रिंक्स हाथ में लिए हुए .... ।

नेहा- क्या बात है आज तो एक दम dapper लग रहे हो? *किसी जूनियर को इम्प्रेस करने के चक्कर में इतने स्टड बनकर* आए *हो ?*

निरपेश - क्यों ज़रूरी है क्या की जूनियर्स को इम्प्रेस करने के लिए ऐसे *decked up* होकर आए हैं? क्या पता कोई साथ वाली भी हो सकती है। 😜

नेहा- I see तो chance मार रहे हो? कौन है वह बदनसीब या खुशनसीब? whatever

निरपेश - why बदनसीब !! खुशनसीब यार क्या तुम्हें अपना कूल friend हैंडसम नहीं लगता है?

नेहा- हम्म्म **(ध्यान से देखते हुए निरपेश की तरफ)** हैंडसम तो नहीं पर हाँ क्यूट ज़रूर लगता है 😊

इतने में अमितेश उनकी चुलबुली बातें सुनता हुआ वहाँ आ जाता है।

अमितेश – I see so let me take a snap of these "cute friends "

नेहा – sure why not

तभी निरपेश और नेहा की यह pic खींची गई थी और वह conversation उस फोटो में कहीं छुपा होता है। निरपेश एक दम से

उस scene से निकल के वापस reality में आता है, और मन हीं मन उस मोमेंट को याद करता है। एक ख़याल और उसके मन में आता है कि वह यह pic फ्रेम कराएगा और नेहा को देगा। उसे उम्मीद है इस framed फोटो के ज़रिये वह उसके अंदर उन खूबसूरत लम्हों का एहसास एक बार फिर पैदा करने की कोशिश करेगा जो उन दोनों ने साथ बिताये थे कॉलेज days में। *अक्सर वह लम्हें नौकरी की दौड़ धूप में कहीं दफ़न हो कर रह जाते हैं। ... लेकिन आज निरपेश को कुछ महसूस हुआ की शायद उनको दुबारा बाहर निकालने की ज़रुरत है।*

खैर अगला दिन शुरू होता है।

निरपेश रोज़ की तरह अगली सुबह घर से आफ़िस के लिए निकलता है।He was a happy man that day as उसका प्रमोशन हुआ था ।...थोड़ा confidence भी up हुआ था उसका क्योंकि उसकी सैलरी भी बढ़ी थी। सुबह वह अपने घर के पास वाली शॉप में फोटो फ्रेम करने के लिए दे आता है ताकि शाम को उठा सके। इवनिंग में फोटो फ्रेम कलेक्ट कर कर निकल जाता है वह नेहा के घर।

वहाँ पहुँचते ही निरपेश नेहा के घर की bell बजाता है।

नेहा बाहर आती है।

"Hey निरपेश good to see you आओ।"

नेहा hug करती है निरपेश को।

निरपेश फ्लावर्स ,वाइन की बोतल और एक गिफ्ट पैक ऑफर करता है नेहा को..।

"Hi नेहा , यह तुम्हारे लिए है ..।"

"Wow इंग्लिश वाइन bottle must be very costly . हाँ ... and लवली फ्लावर्स और यह क्या है?"

" Costly तो है पर तुम्हारे से ज़्यादा इसकी वैल्यू नहीं है। यह एक छोटा सा तोहफा है तुम्हारे लिए ..।"

"but एक बात समझ में नहीं आई । its just a short trip that I am going for ..Wine किस ख़ुशी में लाए हो और यह तोहफा? इतनी formality क्यों यार?"

"अरे there is a reason behind it बताता हूँ तुम्हें अब क्या सारी बातें दरवाज़े पे ही कर लोगी?"

नेहा - ओह्ह yes अंदर तो आओ।

नेहा वह फोटो फ्रेम जो कि गिफ्ट रैप होता है, उसको अभी डिस्कस नहीं करती है निरपेश के साथ डिटेल में। उसको वह छोटी टेबल पे वाइन के साथ रख देती है। निरपेश फिर अंदर आता है और सोफे पे बैठ जाता है। आज नेहा का घर चकाचक चमक रहा होता है। निरपेश surprised होता है कि आज घर इतना कैसे चमक रहा है आज वैसे भी तोworkingडे था नेहा और वर्तिका दोनों के लिए इसलिए वह नेहा से पूछता है ...

"आज घर बहुत ज़्यादा अच्छा दिख रहा है दिन भर सफाई की है क्या? आफ़िस नहीं गई?"

"हां यार आज छुट्टी ले ली मैंने wanted to take a break as it will be hectic month in US as there is a project release work जोकि किया जाएगा next वन मंथ और फिर पोस्ट प्रोडक्शन supportइसलिए सारी सफाई मैंने करी है आज and dinner also i have prepared .. "

" I see so no involvement of वर्तिका today !!"

नेहा - उसको मैंने बोला तुम आराम से आफ़िस करो don't worry about the evening party

" बहुत अच्छी लड़की है ना वर्तिका ...?"

नेहा - हाँ यार she is indeed very special for me !!

निरपेश – can understand और रोहित का क्या प्लान है?

नेहा -बस आता ही होगा।

तभी एक दम से घंटी बजती है ...।

नेहा -See you think of the devil and the devil is in !!

रोहित - हे नेहा how are you ?

"आई एम गुड रोहित गुड टू सी यू चलो तुम आए तो आज ...I was wondering कि कहीं आज भी?"

नेहा hug करती है रोहित को।

" नहीं यार आज तो I made sure कि मैं आऊँ तुम्हारे यहाँ डिनर पे।"

"आओ बैठो ...।"

नेहा उसे बैठा कर किचन से पानी और कुछ snacks लेने चली जाती है

निरपेश - Hi रोहित good to see you कैसे हो?

निरपेश हाथ मिलाता है रोहित के साथ।

रोहित – going on .. तुम कैसे हो?

" बस आई एम फाइन।"

"cool you have a great physique यह स्लिम फिट शर्ट है राइट?"

"yes स्लिम फिट ही पहनता हूँ।"

इतने में नेहा बाहर आती है and starts speaking

नेहा- रोहित you don't know निरपेश is an avid gymmer , fitness conscious है बहुत।

रोहित - yeah i see he is very well toned .. IT इंडस्ट्री में इतने फिट बन्दे मिलते कहाँ हैं? काफी अलग दिखता है निरपेश।

निरपेश - should i take this as compliment guys ..?

रोहित – ohh sure दिल से .बोल रहा हूँ निरपेश।

नेहा- अरे अब इतनी तारीफ़ मत करो। हवा में उड़ने लगेगा। have some water and these chocolate biscuits .. मैं टीवी on करती हूँ let's put some good music on ..!! ..

निरपेश - यार आज वह MTV HD मत लगाना वह सोनी मिक्स लगाओ आज let's hear some 60's songs थोड़ा माहौल बनेगा।

" क्या बात है निरपेश,liked कि तुमने कुछ change करवाया else यह चैनल तो हमेशा on ही रहता है मेरे टीवी पे तुम्हारे लिए और शायद तुम्हारे घर पे भी mostly यह ही चलता है?"

"नेहा अब मेरे taste and choices change हो रहे हैं 😊 specific choices पे फोकस कर रहा हूँ आजकल।"

" I see अच्छा हम्मम।"

फिर से घंटी बजती है इसी दौरान।

"लगता है वर्तिका is in let me check the door "

नेहा opens the door ...

" Hey Vartu my doll come in ..!!"

निरपेश- आओ वर्तिका हम सब तुम्हारा ही eagerly वेट कर रहे थे।

वर्तिका - अच्छा मुझे खुश करने कि कोशिश की जा रही है relax हाँ?

नेहा - अरे इन्ही अदाओं पे तो मैं तेरी फिदा हूँ।

नेहा उसको अचानक से किस करती है।

वर्तिका - अब इन्हें देखो यह भी शुरू हो गयीं।

अरे आज सारा डिनर इसने ही बनाया है

" Hmmm I am aware .."

निरपेश - देखो कितना प्यार करती है तुम्हें नेहा।

वर्तिका (hmmm cuddle करते हुए) -चलो देखते हैं how much excitement is in store for us at the dinner table वही पता चलेगा।

नेहा – ohh u bet चलो देखते हैं how is the experience for everyone !!

वर्तु बैठो। let me get some water for you too ...

वर्तिका बैठती है।

"Wow आज तो मस्ती आ रही है इंग्लिश वाइन लवली फूड all is ready "

"हे रोहित गुड टू सी यू।"

"Hi वर्तिका yes पहली बार मुलाकात हो रही है आपसे?"

"yeah टेक्निकली true फोन पे तो बात हुई है हमारी at times .. "

"yes true ..!!"

इस बात के बाद करीब 30 सेकंड की शांति रहती है तभी नेहा एकदम से बोलती है।

"अरे निरपेश यह गिफ्ट क्या है मैंने तो देखा ही नहीं अभी तक ...मैं भी कितनी डंबो हूँ कितनी देर से टेबल पे रखा हुआ है ...।"

"खुदही खोल कर देख लो।"

रोहित – hmmm some surprise from निरपेश it seems?

निरपेश -आज की डेट में surprise ही लगेगा आप सभी को but नेहा के लिए एक स्पेशल surprise है ये।

वर्तिका – sounds exciting !!

जल्दी से नेहा खोलती है गिफ्ट को। खोलते ही फोटो फ्रेम बाहर आता है जो अपने साथ कुछ यादों को रिफ्रेश करता है नेहा के दिमाग में । निरपेश eagerly wait करता है नेहा के reaction का , यह देखने के लिए कि शायद वह करीबी एहसास नेहा के अंदर क्या आज भी ज़िंदा है जिसने कॉलेज में उन दोनों को एक दूसरे से बाँधा हुआ था।

नेहा-निरपेश यह तुम क्या ले आए हो?ohh god this so refreshing !!

एक दम से नेहा के अंदर कहीं दबे हुए emotion कुछ बाहर से आने लगते हैं। नेहा अचानक से अपनी कुर्सी से उठती है और उसके गाल पे किस करती है thank you दिल खुश करने के लिए मेंरा।

रोहित यह मंज़र देख कर बहुत surprised फील करता है .....।

यह मेंरी ज़िन्दगी के सबसे बेहतरीन दिन थे। इंजीनियरिंग कॉलेज से ग्रेजुएट होने वाले वह 4 साल जो मैंने निरपेश के साथ रहकर बिताये । कॉलेज में इस लड़के ने मेरे अंदर life को खुलकर जीने का जज़्बा पैदा किया और मेरे अंदर कि उस लड़की को एक नई energy दी जिसके चलते मैं एक अच्छी खुशाल ज़िन्दगी जी सकूँ। वह लड़का

इस frame में मेरे जीवन के उन खूबसूरत लम्हों के साथ कैद है। .... मैं इस frame को US लेकर जाऊँगी अपने साथ।

"बस यहीं purpose था मेरा की मैं यह फोटो फ्रेम लाया तुम्हारे लिए जब कभी तुम्हें अकेलापन महसूस हो इसे देख लेना एक दम से रिफ्रेश और रिजूवनेट हो जाओगी... 😊।

कुछ लोग है तुम्हारी life में तो तुम्हारी खुशी और गम में हमेशा तुम्हारे साथ हैं..।"

नेहा की आँखों में बहुत सारे मिक्स्ड इमोशंस आ जाते हैं इन कन्वरसेशंस के बाद। कुछ तो हिट किया होता है उसके दिल को , पे *यह टेंपरेरी हिट होता है या permanant होता है यह हमें आगे ही पता चलेगा।*

रोहित - Hey नेहा तुम तो एक दम बह गई emotions में calm down यार its ok .

निरपेश - its ok रोहित let her एक्सप्रेस अपने लोगों के बीच इंसान अपने आप को एक्सप्रेस करता है।

रोहित - हम्म ओके makes सेंस।

वर्तिका – show me the frame नेहा?

नेहा - हाँ देखो।

वर्तिका - I see lovely।

नेहा - तुझे पता है यह (थोड़ाpauseकरते हुए) निरपेश और मेंरी फोटोग्राफ अमितेश ने खींची है। अरे यार I forgot to invite अमितेश today ..निरपेश उसको भी बुला लेते यार। मैं भी कितनी बुद्धू हूँ उसको बुलाना ही भूल गई।

निरपेश- अरे its ok कोई नहीं वह वैसे भी अपनी टेक्निकल बुक्स के साथ खुश रहता है। you know न not much of a socialite he is !!

नेहा - हम्म सो तो है anyways सो वर्तिका this pic is very special उस दिन तो निरपेश जी कहर धा रहे थे see how dashing he is looking एक दम dapper दिख रहा है सूट में। Have you guys observed this snap ..?

निरपेश- *अच्छा उस दिन जबमैंने तुमसे पूछा था तो तुम कह रह थी हैंडसम नहीं cute दिख रहा हूँ आज कह रही हो dapper दिख रहा हूँ?*

नेहा – shut up हो सकता है मेरे *भी taste चेंज हो रहे हो* ☺

नेहा सब में रोटेट करती है फ्रेम को ..

रोहित के पास जब फ्रेम आता है तब वह discussion का रूट थोड़ा सा घुमाता है नेहा की तरफ।

बोलता है ..

रोहित- हम्म "Dapper निरपेश ".. but i would say you are looking extremely glamorous too in Saari .. so feminine नेहा .. ☺

यही कहकर साला रोहित brownies .. बटोरने लग गया वह भी सही वक़्त पे but this is ironic and different to what kind of behaviourhe had showed earlier टुवर्ड्स नेहा।

निरपेश रोहित की तरफ देखता है और मन में सोचता है साला रोहित इन्ही सब बातों से लड़कियों को आकर्षित करता है अपनी तरफ । काफी मौका परस्त है और शायद इसलिए नेहा की तारीफ में अपने कुछ कमैंट्स कसता है।

निरपेश(रोहित की तरफ देखते हुए) – you know रोहित उस दिन नेहा मुझसे क्या कहती है?

रोहित - क्या?

" यह ही की तुम जूनियर्स को इम्प्रेस करने के लिए इस तरह की ड्रेस पहन कर आए हो। अब तुम एक बात बताओ , जिस बन्दे की इतनी खूबसूरत दोस्त खुदउसके बगल में खडी हो उसका ध्यान जूनियर्स की तरफ क्यों जाएगा भला ? चाहे जितनी भी खूबसूरत जूनियर्स क्यों न घूम रही हो उसके अगल बगल। सारा ध्यान मेंरा तो मैडम ने अपनी तरफ आकर्षित कर दिया था उस दिन। "

यह कहकर नेहा की अटेंशन वापस अपनी तरफ खींचता है निरपेश।

"मेरे दिमाग में आया ही नहीं कि जूनियर बैच की लड़कियों को इम्प्रेस करूँ तो शायद ज़्यादा फायदा हो सकता है life में। 😜 "

रोहित - सही बात है जिस हिसाब से नेहा इस ड्रेस में दिख रही है I think farewell night में सब लोग उसको ही देख रहे होंगे extremely sophisticated and gorgeous ..!!

नेहा - guys इतनी भी खूबसूरत नहीं हूँ मैं alrite?। रोहित तुम्हें पता नहीं है , firstईयर जूनियर बैच में एक से एक खूबसूरत लड़कियाँ आईं थी और इस निरपेश को मैंने इतनी बार कहा कि कॉलेज की firstईयर की लड़कियों में गर्लफ्रेंड बना ले but यह सुनता कहाँ था जब देखो मेरे साथ ही घूमता रहता था ।पता नहीं मेरे साथ घूमने में क्या मज़ा आता था इसको??

रोहित - अरे यार तुम्हारा इतना अच्छा दोस्त रहा है वह। तो तुम्हारे साथ नहीं घूमेंगा तो और किसके साथ घूमेंगा कॉलेज में?

नेहा - but गर्लफ्रेंड भी तो बनानी चाहिए थी न इसको ?? 4 साल ऐसे ही निकाल दिए इसने ..? but नहीं कोई एक्शन नहीं उस फ्रंट पर

हर वक़्त बस ...नेहा यह.. नेहा वह।

anyway thanks निरपेश for refreshing these memories 😊

निरपेश - always there for you नेहा , यह फ्रेम अपने साथ ले जाना US as i said earlier जब भी कभी मूड ऑफ हो काम से इसको देख लेना you will immediately get refreshed 😊

नेहा - अच्छा तेरी इस फोटो को देखने के अलावा भी मेरे पास बहुत काम होगा उधर।

"जैसे की?"

नेहा - अरे वीकेंड पे घूमूँगी फिरूँगी will explore new places

निरपेश - हाँ वह तो है।

वर्तिका -guys enuf of talks now let's open the Wine and start the celebrations ..

नेहा - एक मिनट मैं स्टार्टर्स लेकर आती हूँ किचन से ओवन में गरम कर के hang on folks I will be back in 5-10 minutes ..

वर्तिका - ill also join you in serving नेहा ..

नेहा - आ जा फिर।

guys open the wine we girls will join you soon ..

निरपेश - रोहित सर वाइन खोलिए?

रोहित - अरे यार सॉरी but मुझे वाइन खोलना नहीं आता है।

निरपेश - what क्या बात कर रहे हो?

रोहित- हाँ यार sorry if i am sounding dumb but that's how it is ..

नरपेश – I hope दारू पीते हो?

रोहित – बहुत rarely , i prefer बियर वह भी तब जब दोस्त लोग बहुत ज़्यादा इंसिस्ट करें।

निरपेश- कमाल है भाई धन्य हैं आप। अगर नार्मल दारू नहीं पीते हो तो वाइन तो आप के लिए बहुत दूर की चीज़ होगी ....?

रोहित- हाँ i have heard it tastes good . but उतना कुछ ख़ास idea नहीं है।

निरपेश- चलो कोई नहीं। आज पी लो hopefully you will like the taste ..!!

इतने में नेहा और वर्तिका पहुँचते हैं स्टार्टर्स लेकर। नेहा interrupt करके बोलती है

"और क्या बातें हो रही है आईटी प्रोफेशनल्स में?"

निरपेश- यह IT professionals बोलना ज़रूरी था लड़की?

Anyway ...अरे यार नेहा कुछ बातों का कल्पना से विचित्र खुलासा हो रहा है।

नेहा - कैसा खुलासा?

रोहित सर ड्रिंक नहीं करते हैं और हम सब मिलकर उनको वाइन पीने का न्योता दे रहे हैं ज़बरदस्ती।

नेहा – ohh I never knew.. रोहित shall I get something else for you ..?

रोहित- नो नेहा i would drink it else you would again say i am playing a spoilsport in the cool party .मैं ले लूँगा।

अरे बाबा डरने की बात नहीं है मुझे कोई दिक्कत नहीं है इधर सब अपने ही लोग हैं तुम कुछ और ले लो।

निरपेश - रोहित भाई Thumbs Up लेंगे (आँख मारते हुए वर्तिका को) सब लोग हँस पड़ते हैं इस बात पे 😊 😊

नेहा- शट उप निरपेश don't make fun of रोहित। रोहित tell me shall I get you some juice or maybe a beer?

रोहित - अरे chill guys i will take wine itself don't embarrass me ..!!

नेहा - ओके ओके ठीक है हाँ taste करो you will like it.. !!

इतने में निरपेश सब के लिए वाइन खोलता है और सब लोग नेहा के US जाने की ख़ुशी में चियर्स करते हैं। *एक फोटो भी ली जाती है सबकी वर्तिका द्वारा to capture that special moment ..!!*

शायद उस मोमेंट में रोहित के साथ किया गया वह मस्त जोक भी *capture* हो गया होता है 😉

तभी पार्टी के बीच में।

रोहित - नेहा यार एक request है डाटोंगी तो नहीं?

नेहा- नहीं नहीं बोलो?

रोहित- यार एक आफ़िस की कॉल लेनी है its slightly important।

नेहा- what? इस वक़्त रात का 10 बज रहा है रोहित।

रोहित - हाँ नेहा वह onsite वाले counterpart के साथ एक डील पे important discussion चल रहा है i really had to take this call for 15 minutes max . .can i यार?

नेहा- हाँ **(एक pause लेते हुए gathering her emotions)** hmm ok .. ठीक है क्या बोलूँ मैं? ले लो कॉल !! उस रूम में जाकर ले लो।

रोहित अपना वाइन गिलास लेकर उधर चला जाता है दूसरे रूम में।

इधर नेहा वर्तिका और निरपेश के पास आकर बैठ जाती है।

एक दम से रोहित से हटाकर अपना ध्यान निरपेश की तरफ करती है

नेहा- so निरपेशऔर बताओ बाकी क्या चल रहा है?

" पहले यह बताओ वाइन कैसी लगी तुम्हें?"

"मस्त यार तुम कोई चीज़ लाओ और हमें अच्छी न लगे ऐसा कैसे हो सकता है। 😊 "

निरपेश - जी what about you वर्तिका? hope you are enjoying it ..?

वर्तिका- it tastes great पहली बार इंग्लिश वाइन taste कर रही हूँ because of you

निरपेश - great my pleasure its good both of you girls are feeling happy .शाम जवान कर दी तुम दोनों ने not sure रोहित को कैसी लग रही होगी ज़बरदस्ती पिला दी उसे हम लोगों ने बेचारे को।

नेहा- एक बात बताओ निरपेश I have read कि wine जितनी पुरानी होती है उतनी ही ज़बरदस्त होती है is it true?

निरपेश - yes offcourse its true , बिलकुल हमारी दोस्ती की तरह कितनी पुरानी लेकिन एक दम मज़बूत। 😊

नेहा – yeah there you go cheers dude ..!!

वर्तिका – agreed man !!

"सही है।"

"और कैसे लगे स्टार्टर्स तुम्हें? फ्रेंच फ्राइज and चिल्ली चिकन?"

निरपेश - वर्तिका तुम बताओ तुम्हें doubts थे मुझे तो बहुत बढ़िया taste लग रहा है।

वर्तिका- amazing taste यार। नेहा तेरी कुकिंग बहुत इम्प्रूव कर गई है Good Going गर्ल।

नेहा – Thank u मैडम।

इतने में रोहित वापस आ जाता है अपनी कॉल ख़त्म करके।

"so guys i am back .."

निरपेश - अरे तुम गए कब थे जो वापस आओगे? 😅

रोहित - कहीं नहीं bro एक officialकॉल attend करने गया था।

निरपेश - I see very professional

इतने में नेहा बोलती है ...

"guys let me start the dinner else बहुत लेट हो जाएगा already its 9 pm now ..let me go to the kitchen ..!!"

निरपेश - हे नेहा मैं भी तुम्हारी किचन में मदद कराता हूँ

नेहा- अरे तुम रोहित के साथ बैठो he will feel bored ..

अरे वर्तिका है न relax नेहा .वह chit chat करेगी रोहित से (वर्तिका को आँख मारते हुए)

नेहा- ओके आ जाओ फिर।

निरपेश नेहा के साथ किचन में जाता है। नेहा उसको इंस्ट्रक्ट करती है की साथ साथ वह टेबल भी सेट करता जाए ताकि सब लोग खाना साथ में टेबल पे खा सकें।

खैर नेहा खाना गरम कर रही होती है एक दम से पूछती है निरपेश से।

"So निरपेश यह बताओ मिस करोगे मुझे तुम?"

"हाँ यार करूँगा तो वैसे एक महीने के लिए ही जा रही हो न?"

नेहा - हाँ फिलहाल तो एक महीने का है ट्रिप लेटस सी हो सकता है एक आद महीना और एक्सटेंड हो जाए पोस्ट Go Live !!

निरपेश - I see तुम्हें क्या याद आएगी मेंरी नेहा?

नेहा - आएगी पे यह फ्रेम जो तुम ले आए हो उससे दिल को सुकून रहेगा कि तुम मेरे पास हो परदेस में भी 😊।

" I am glad कि मैंने यह फ्रेम बनवा लिया।"

निरपेश- थैंक्स नेहा।

थोड़ी देर शांति रहती है किचन में निरपेश plates लगाता है टेबल पर जाकर।

उधर ड्राइंग रूम में वर्तिका और रोहित अपनी official life की कुछ बातें डिसकस कर रहे होते हैं।

एक दम से नेहा फिर बोलती है।

नेहा (ओवन में डालते हुए बिरयानी) - थिएटर ट्रेनिंग कैसी चल रही है तुम्हारी अब तो काफी कुछ सीख गए होंगे।

अच्छी चल रही है हाँ its been a deep dive मज़ा आ रहा है काफी।

कुछ दोस्ती बनी उधर? काफी लड़के लड़कियाँआते होंगे उधर?

निरपेश - हाँ लड़कों से तो ज़्यादा नहीं but हाँ एक लड़की से अच्छी दोस्ती ज़रूर हो गई है।

नेहा (अच्छा ज़ोर देते हुए) -I see क्या नाम है उसका? कहाँ काम करती है?

"तुम्हारी इनफ़ोसिस में ही है उसका नाम वाणी है।"

नेहा- I see ...interesting।

इतने में रोहित उधर किचन में आता है अरे यार तुम दोनों बातें ही करते रहोगे की खाना भी serve करोगे?

बहुत भूख लग रही है यार।

sure रोहित खाना तैयार है।

नेहा- निरपेश तुमने टेबल लगा दी ठीक से?

हाँ अच्छे से कर दी है सेट।

नेहा- स्मार्ट बॉय।

इस compliment के बाद सब लोग डाइनिंग टेबल पे set हो जाते हैं और नेहा फूड serve करती है सबको सब लोग खाना शुरू करते हैं। ग्रेजुअली सब लोग रेलिश करते हैं खाना जो नेहा ने बनाया होता है। non veg and veg फूड का अच्छा मिक्स बनाया था नेहा ने। चिकन,मटर पनीर, दही।

everything was there .. सब लोग अच्छे से food एन्जॉय कर रहे होते हैं। कुछ इस तरह की बातें हो रही होती है डाइनिंग टेबल पे।

वर्तिका - कमाल है नेहा। एक दम ज़बरदस्त खाना बनाया है तुमने ।मुझे पता नहीं था की तुम इतना अच्छा खाना बनाती हो।

"अरे वर्तु तुम्हें अभी नेहा की क्लास का अंदाजा कहाँ है?"

रोहित- खैर हमें तो वह है प्रोजेक्ट्स में experience किया है। अंदाजा है नेहा is classy

अच्छा ऐसी बात है?

नेहा - अच्छा अभी तुम मुझे जानते ही कितना हो रोहित।

"स्टिल धीरे धीरे जान तो रहा हूँ तुम्हें i agree की तुम्हें वर्तिका और निरपेश के जितना नहीं जानता क्योंकि मैं तुम्हारी life में काफी देर से आया हूँ इनके मुक़ाबले।"

"अरे रोहित भाई चिल करिये आप तो सेंटी हो गए। नेहा थोड़ा डायरेक्ट हो जाती है but वह दिल से अच्छी इंसान है।"

" नेहा थोड़ा पुलाओ पास करो मैं उसमें डूब जाना चाहता हूँ। पुलाओ मिक्स्ड विथ चिकन yummy !!"

"हाँ यार लो और चाहिए तो बताना किचन में और भी रखा है। अरे मैं तो भूल ही गई guys अभी याद आया यह जो *वाइन* हम सब पी रहे हैं और जो ख़त्म होने का नाम नहीं ले रही है 😊 यह निरपेशआज किसी *,खास वजह* से हम सबके लिए लाया है निरपेश ।बताओगे किस ख़ुशी में आज वाइन आई है सबके लिए?"

रोहित- I see बताएँ निरपेश भाई?

निरपेश – guys मेरा प्रमोशन हो गया है। कल I got promoted to Team Lead position in my company !!

नेहा- ग्रेट , that's wonderful Congratulations निरपेश Very Happy for you 😊

वर्तिका – congrats निरपेश यह तो बहुत अच्छी खबर है।

रोहित - इनडीड और इसके बाद तो सीधेमैनेजरबनोगे निरपेश तुम?

निरपेश - देखो लेटस सी।

रोहित- गुड न्यूज़ निरपेश Keep it Up ! Congratulations ..

नेहा (leg piece खाते हुए)- यार निरपेश यहमैनेजरतो बहुत सही चीज़ निकला। काफी मेंहरबान है तुम पे क्यों?

निरपेश - हाँ शायद उसे talent की पहचान है।

नेहा- I see .. टैलेंट हम्म but I have a different thought to this यार टैलेंट होता तो किसी अच्छे इंजीनियरिंग कॉलेज मैं सलेक्ट हुए होते ऐसे नार्मल कॉलेज से passout नहीं हुए होते यह तो किस्मत अच्छी है अपनी की हम लोग decent companies में select हो गए पोस्ट डिग्री कम्पलीशनऔर आज काम पे लगे हुए हैं।

निरपेश - नेहा मुझे लगता है टैलेंटेड तो हैं हम। लेकिन *लक* साथ नहीं दी हमारी शायद इसलिए landed up doing engineering from a normal college but क्योंकि हमारे अंदर टैलेंट था इसलिए हम अपनी जगह बना पाए इंडस्ट्री में और ठीक ठाक कर रहे हैं अपनी अपनी lives . में ,infact we are able to pay our bills on time ..

नेहा- सही बात है .i agree with your analysis.. moreover industry टैलेंट पे चलती है और इंडस्ट्री लीडर्स का काम होता है कि वह सही टैलेंट को पहचाने और उसे ग्रूम करें to grow them as well and also the industry together ..

नेहा- रोहित , are you getting this point तुम अभी नएमैनेजरबने हो?

"हाँ बिलकुल। it's a serious role .. "

वर्तिका - यार निरपेश तुम्हारी एक पार्टी तो बनती है इस प्रमोशन पे कब देगा यार?

निरपेश– let's see अभी तो I think window नहीं है आलरेडी इतनी पार्टीज हो गई हैं और अब नेहा भी निकल रही है सैटरडे मॉर्निंग सो जब लौटटी है तब देखते हैं।

वर्तिका - ओके कूल।

रोहित- चलो guys its 11:30 PM कल आफ़िस भी है let's call it a night and leave for our respective homes ...

निरपेश - हाँ भाई निकलना चाहिए।

सब लोग नेहा के corridor में पहुँच जाते हैं वहाँ निरपेश और रोहित की बाइक park होती है।

नेहा - फिर कौन-कौन आ रहा है मुझे छोड़ने एयरपोर्ट यह तो डिस्कस हुआ ही नहीं?

निरपेश -सुबह 4:00 बजे है ना तेरी फ्लाइट सैटरडे मॉर्निंग को कुछ ज़्यादा ही जल्दी नहीं है? 😊

नेहा- क्या करें यार US की फ्लाइट late night / early morning ही निकलती है तुम लोगों की नींद डिस्टर्ब होगी।

थोड़ा मन छोटा हो जाता है नेहा का यह बात कह कर।

दूसरी तरफ रोहित बाइक पे बैठता है और बोलता है।

"अच्छा हाँ नेहा ....मेरा कुछ कंफर्म नहीं है ट्राई करूँगा कि आ सकूँ but can't comment depend करेगा कि रात में मेंरी meetings तो नहीं है but will try my best to come .. "

नेहा - चलो तुमने try your best तो कहा something is better than nothing when it comes to you चलो फिर you leave now ..

नेहा उससे हैंडशेक करती है और hug करती है।

रोहित - चलो फिर बाय बाय जैसा भी होगा मैं कॉल ज़रूर करूँगा in case सैटरडे मॉर्निंग नहीं आ पाया तो।

नेहा -ओके।

यह कहकर रोहित निकल जाता है अपने घर।

नेहा फिर धीरे से निरपेश की बाइक की तरफ जाती है।

इतने में वर्तिका बोलती है।

नेहा मैं सोने जा रही हूँ you guys talk ok .. सोते वक्त बाहर का दरवाजा बंद कर देना ।

नेहा - तूने बताया नहीं चलेगी कि नहीं?

वर्तिका- अरे चलूँगी यार।

वर्तिका फिर नेहा के पास आती है और उसे धीरे से kiss करती है और फिर सोने चली जाती है अपने कमरे में गुड नाईट करते हुए।

अब रह जाते हैं नेहा और निरपेश corridor में।

निरपेश अपनी बाइक पे रेडी रहता है तभी नेहा बाइक का हैंडल पकड़ते हुए पूछती है।

"यह बताओ निरपेश *का कालर ठीक करते हुए तुम्हारी सैलरी भी कुछ बढ़ी की नहीं?"*

"हाँ बिलकुल बढ़ी है but उस वक़्त क्यों नहीं पूछा तुमने रोहित के सामने?"

"अरे यार सैलरी पूछना अच्छा नहीं लगता है सबके सामने ,

अपनों से ही तो पूछ सकते हैं।"

"but रोहित तो अपनों में ही आता है , specially तुम्हारे पॉइंट ऑफ़ view से देखा जाए तो। '

"हाँ i understand i am dating him seriously for marriage but अभी कुछ फाइनल नहीं किया है मैंने।

अपनों के zone में नहीं आता है वह अभी मेरी life में।"

" i don't think अभी इस तरह की बातें specially तुमसे related मैं उसके सामने कर सकती हूँ।"

"I see .. " अपनों का zone "बहुत हार्ड नेहा सही टर्मिनोलॉजी इस्तेमाल करती हो good going girl।"

"बिलकुल।"

"हम्म तो कितनी बढ़ी सैलरी?"

"यार now my salary is increased by 2 lakhs per annum so it sits at 12 Lakhs p.a "

"wow 1 lakh per month amazing यार निरपेश क्या करोगे इतने पैसे का 😅 तुम ? "

"enjoy करेंगे quality generate करेंगे life में और invest भी करते रहेंगे।"

"सही है गुरु मज़ा आ गया।"

"तुझे पता है?"

"क्या?"

"मेंरी सैलरी अभी भी 9-10 lakhs p.a के बीच में चल रही है। तुम आगे निकल गए हो अब टेक्निकली सैलरी में। "

निरपेश - *और तुम life के और aspects में आगे बढ़ गई हो* 😊

"मतलब?"

"मतलब तुम अच्छी तरह जानती हो।"

"तुम घूम फिर कर उसी टॉपिक ..पे आ जाते हो। अच्छा tell me how is your new friend वाणी? Infy में है वह राइट?"

"हाँ she works for Infy ..!!"

"हम्मम interesting।

तुमने पहले कभी बताया नहीं कि तुम्हारा इस बंदी से मिलना जुलना है?"

"तुमने कभी पूछा ही नहीं आज पहली बार तो तुमने डिटेल में बात की है उस बारे में की acting क्लासइस में किनसे मिलता जुलता हूँ। तुम्हें लगता है की मैं serious ही नहीं हूँ craft को लेकर जल्दी ही interest loose कर जाऊँगा क्यों?"

"अरे यार तुमने इम्प्रेशन ही हमेशा से ऐसा दिया है अपना मेंरी नज़रों में कॉलेजtimeसे , कैसे depend करूँ बताओ ? but हाँ I believe मुझे पूछना चाहिए था इस लड़की के बारे में तुमसे यह बात तुम्हारी सही है।"

"चलो फिर नेहा बहुत लेट हो रहा है i 'll take your leave now good night .. "

"ठीक है तुम निकलो। गुड नाईट और आराम से जाना no need to rush .. "

" sure bye ..!"

Plot

At Dheeraj ...

निरपेश घर पहुँचता है , जैसे ही अपने रूम में एंटर करता है अपना सेलफोन चेक करता है। फ़ोन पे नेहा का message होता है

Hope you reached safely?

निरपेश replies - yes i am home now .

नेहा replies - कूल I hope तुम दोनों बहुत ज़्यादा involved नहीं हो एक दूसरे के साथ ओवर थिएटर classes?

निरपेश replies - does it really matter to you ? its upto me and her how we are driving this friendship ...do u get that ..? साथ में classes कर रहे हैं तो एक दूसरे के साथ involved तो रहेंगे ही। तुम भी न यार।

नेहा - ok ,sounds reasonable ...fair enough good night .

निरपेश (खुद से कहते हुए) - अजीब लड़की है न clear करती है कि मेंरी साथ शादी करनी है और न हीं मुझे किसी और के साथ आगे बढ़ने देती है but its फाइनमैं जिस रास्ते पे हूँ वही सही है इस वक़्त। यह सोच कर वह सो जाता है।

Friday Morning at Urban Dhaba .. -Time 11 :30 AM IST

आकाश के फ़ोन पे वाणी का call आता है।

Hi आकाश

Hi वाणी

"और आकाश कैसे हो?" "

"बस चल रहे हैं आप कैसे हो?

"आप?"

"Sorry तुम।"

"Yeah much better मैं ठीक हूँ eagerly वेट कर रही हूँ आपके प्लाट क्रिएशन का?"

"I see वैसे प्लाट मिल गया है।"

"ग्रेट मिल गया।? what a news .. सुबह सुबह यार।"

"हाँ तुम आ जाओ किसी भीtimeजब फ्री हो तब डिसकस कर लेते हैं।"

"Sure I will क्या मैं निरपेश को अपने साथ लाऊँ?"

"मेरे ख़याल से उसे रहने दो। मेंरी उससे बात हो गई है उसको Plot पसंद है। उसने ग्रीनफ्लैग कर दिया है प्लाट।"

"सही है आप दोनों बहुत स्मार्टली एक्शन ले रहे हो i am impressed .!!"

"तुम्हारी संगत का कुछ असर सा हो रहा है हम दोनों पे ☺ "

"Flattery हाँ artist लोगों में यह अक्सर देखा जाता है। ☺ "

"अच्छा मुझे आईडिया नहीं है इस बात का? May be क्योंकि हम एक amateur artist हैं और तुम एक professiona artist।"

"अच्छा जी चढ़ाये जाओ आप बस तो चने के झाड़ पे हमें। हम तो बस स्कूल और कॉलेज में थोड़ा बहुत perform कर लिया करते थे ।एक्चुअल आर्ट तो अब सीख रहे हैं ।खैर जोक्स अपार्ट चलिए फिर ठीक है फिर आज शाम को आती हूँ आपके पास प्लाट सुनने के लिए।"

"जी?"

"सॉरी आकाश फिर मैं शाम को *तुमसे* मिलने आती हूँ।"

"Much better सही है कितने बजे तक आओगी?"

"इतने में वाणी के फ़ोन पे निरपेश का कॉल आता है।"

"आकाश एक मिनट होल्ड करना , निरपेश कॉल कर रहा है।"

"Hi वाणी। अरे तुम्हें डिस्टर्ब तो नहीं किया आफ़िस में?"

"नहीं बोलो?"

"अच्छा नेहा की फ्लाइट सैटरडे मॉर्निंग 4 am को है काफी अर्ली है।"

"हम्मम काफी नहीं बहुत अर्ली है but its ok will go with you "

"अच्छा are you sure? सारी रात खराब हो जायेगी तुम्हारी। You will not be able to sleep over the night .."

"नहीं its ok , i will manage .. "

"I see इतना excitement नेहा से मिलने का? सारी रात खराब करने को तैयार हो कमाल है जी।"

"excitement कितना है कितना नहीं है यह थोड़ा personal है। तुम नहीं समझोगे। चलो मैं रखती हूँ। आकाश दूसरी लाइन पे है।"

"अच्छा ठीक है you talk to him और हाँ प्लाट मिल गया है। मुझे सही लग रहा है तुम आकाश से डिसकस कर लो।"

"हाँ उस पे ही बात चल रही है आकाश से चलो फिर see you tomorrow। कितने बजे एयरपोर्ट निकलना है do let me know I will be ready accordingly .. "

"ओके मोस्ट प्रॉबब्ली मैं तुम्हें pickup करूँगा।"

"Obviously तुम ही pickup करोगे चलो फिर bye।"

वाणी फिर वापस connect होती है आकाश से।

"हेलो आकाश सॉरी थोड़ा stretch हो गया कॉल।"

"कोई बात नहीं।"

"हाँ तो फिर मैं शाम को 5 बजे तक आती हूँ आपके यहाँ if you are ok?"

"5 तो थोड़ा जल्दी हो जाएगा, can u make it 6 क्योंकि तब तक मैं शाम का काम ख़त्म कर चुका हूँगा and इवनिंग का काम डेलिगेट कर दूँगा मनजोत को and then will be able to focus with you on the plot "

'ठीक है 6 बजे done रहा फिर।"

"ok will wait for you .."

शाम को 6 बजे dot वाणी आकाश के अर्बन ढाबा पहुँचती है।

वाणी - Hello आकाश ..

आकाश को hug करते हुए।

"Hi वाणी good to see you? कैसा रहा दिन तुम्हारा?"

"ठीक ही रहा।"

"तुम नेहा की कंपनी में हो राइट?"

"yes।"

"कभी मुलाक़ात हुई उससे ? क्या निरपेश ने कभी मिलवाया तुम्हें उससे?"

"Not yet but मिलूँगी उनसे। काफी गहरी दोस्ती है निरपेश की। कुछ तो ख़ास बात होगी उनमें।"

"हम्म सो तो है। मैं भी जानना चाहूँगा। 😊 "

" कुछ scene वीन तो नहीं है इनका आपस में?"

I am not sure तुम पूछ सकती हो उससे।

आप गहरे दोस्त हैं निरपेश के बताया तो होगा उसने?

इस बारे में मेंरी बात नहीं हुई उससे।

आकाश intelligently किनारे हो गया इस बात से ताकि वाणी को बिलकुल भी शक नहो।

I see surprising anyway। चलिए प्लाट पे आते हैं। तो बतायें आप?

हाँ तो प्लाट यह है ..।

आकाश पूरी स्टोरीलाइन सुनाता है वाणी को , वाणी बढ़े ध्यान से सुनती है साड़ी स्टोरीलाइन को और understand करती है स्टोरी के थीम , इमोशनल aspects और dramatic arc को। .. Since the story was very tragic in terms of मोहिनी loosing Ravi and also the other guy later जिसने उसकी life में वह खुशियाँ दुबारा से ज़िंदा करीं जोकि रवि के जाने के बाद चली गई थी, इसलिए वाणी काफी मन से सुनती है स्टोरी को और अपने observations and judgements बनाती है स्टोरीलाइन पे और उन्हें शेयर करती है आकाश से। आइये देखते हैं स्टोरी सुनने के बाद ..

What are her reactions given to आकाश ...

"Very tragic स्टोरीलाइनऔर ऐसा कैसे हो गया कि उस बन्दे को पता ही नहीं चला की मोहिनी उससे प्यार करने लगी है।"

"हाँ दुःख की बात है की वह लड़का मोहिनी के प्यार को समझ नहीं पाया गहराई से जबकि मोहिनी ने उसे इतनी बार propose किया।"

"देखो आकाश यह चीज़ मुझे लड़कों की अच्छी नहीं लगती है *..they don't understand girls correctly in true sense .. "*

"True Sense पे थोड़ा elaborate करो।

"अरे यह ही की लड़की उनसे प्यार करती है कि नहीं करती इस बात पे ...। जबलड़कियाँउनसे प्यार करती हैं तो उनको उनका प्यार समझ में नहीं आता। ....जब वह उन्हें बताती हैं की वह उनसे कितना प्यार करती हैं तब guys जो हैं insecure हो जाते हैं की उनका ख़याल कैसे रखेंगे commitment से डरते हैं। बाद में जब वह लड़की कहीं और चली जाती है तब उसे मिस करते हैं अपनी life में की शायद अगर वह होती तो life कितनी बेहतर हो सकती थी ....। तब इस ग़म में अपने आगे की life खराब करते हैं की अब वह लड़की उनकी life से हमेशा के लिए चली गई हैं। बहुत दुःख होता है जब यह सब analyse करो तो।"

गज़ब क्या explain किया तुमने।

"*हाँ* but i am really concerned for the guy what he must be going through now when मोहिनी has left him and went with some other guy at his office ..!!"

"वह लड़का कहाँ है आजकल? और by the way plot मुझे बहुत ज़बरदस्त लगता है। बहुत पोटेंशियल है इस कहानी में।"

" तुम्हें *रीयलिस्टिक* लगी यह स्टोरी?"

"हाँ realism standpoint से तो एक दम सॉलिड स्टोरी है। वैसे यह बंदा exist करता है क्या रियल में? or is it a made up plot by you? *इतना रियल प्लाट made up तो नहीं हो सकता है। किसी की life का experience लगता है। क्यों आकाश?"*

आकाश दुविधा में होता है की वाणी को बतायें या न बताए। उसका रिश्ता वाणी के साथ बहुत नया होता है। वह इस बात को कैसे इन्टरप्रेट करेगी और क्या इमेंज बनाएगी उसके खुदके बारे में उसका उसे अंदाजा नहीं होता है। खैर उसकी अंदर की आवाज़ कहती है की अब चाहे जो भी हो वह क्लियर रहेगा अपने एक्सप्रेशंस में। Confusion नहीं रखेगा रिश्तों में? क्योंकि मोहिनी को loose करके उसे यह तो पता चल गया था की किसी शिद्दत से प्यार करने वाले के जीवन में होने और न होने से किस हद तक फरक पड़ता है। आज की डेट में जब आकाश motivation को तलाश रहा था उसकी एक वजह यह भी थी की उसकी ज़िन्दगी में किसी ख़ास की जगह आज भी खाली थी जो उसे motivate कर सके कुछ अलग करने के लिए और उस जगह की खाली होने की वजह वह खुदबन गया था । एक यह भी एहसास उसे मजबूर करता था कि वह कैसे उन खुशियों को दुबारा ज़िंदा करे अपनी life में। किस तरह से वापस पाए उन खुशियों को एक अजीब सी बेचैनी से वह गुज़र रहा था।

खैर हिम्मत जुटाकर उसने वाणी को सब सच सच बताया।

" हाँ वाणी यह बंदा एक्सिस्ट करता है।"

" कौन है कहाँ है वह?"

"तुम्हारे सामने ...वह अहमक लड़का मैं ही हूँ वाणी।"

"what??? are you kidding me ..?"

" no i am serious its me only *मेरी ही life से मोहिनी चली गई थी ।"*

"ओह्ह गॉड आकाश क्या यार i can't believe this तुम जैसा सुलझा हुआ इंसान ऐसी बेफ़कूफी कैसे कर सकता है अपनी life में।"

"अब क्या करें यार बेफ़कूफी तो हो गई।"

"बेफ़कूफी।। it was big time blunder you committed boss ... "

" हम्म अब क्या कर सकते हैं।"

"खैर don't get demoralized ..मेरा यह मकसद नहीं था की मैं आपको demotivate या demoralize करूँ but मैं बहुत surprised हूँ क्योंकि जो मेंन्टल इमेंज आपकी मेरे दिमाग में है ,वह एक दम ही questionable हो गई है यह सुनने के बाद क्योंकि मैं जब आपसे मिली तो मुझे आपके अंदर एक बहुत सुलझा हुआ mature अपने आस पास के environment को समझने वाला इंसान दिखा।"

"और अब तुम बहुत ज़्यादा surprised इसलिए हो की एक सुलझा हुआ इंसान ऐसी बचकाना गलती कैसे कर सकता है ...?"

"बिलकुल anyway एक personal सवाल है। आज की डेट में do you have any girlfriend ..?"

"नहीं वाणी। ☹ "

"हम्म चलिए कोई नहीं। नहीं है , तो कोई न कोई तो ज़रूर बनाई होगी ऊपर वाले ने आपके लिए शायद आपको तलाशना है अपने आस पास ढूँढ़ते रहिये। .... तब तक मैं और निरपेश आपके फ्रेंड्स आपके साथ है। आपकी भावनाओं और आपकी कलाओं से जुड़े हुए हैं patience रखिए times will change for you आपकी life में आज नहीं तो कल।"

"थैंक्स वाणी इतना इज़्ज़त अफ़ज़ाई दी तुमने पे एक बात बताओ तुमने *तब तक* क्यों कहा?"

"इसलिए की जब आपकी GF हो जायेगी तब हमारे लिए समय कहाँ होगा आपके पास?"

"नहीं मेरे लिए मेरे फ्रेंड्स भी equally important हैं। उनके बिना ज़िन्दगी में रौनक नहीं होती। जब इंसान दिन भर जद्दोजेहद से उलझता हुआ शाम को किसी शांत वातावरण में आता है और तब उसी समय अगर उसकी किसी ख़ास दोस्त से बात हो जाए तो अचानक एक मैजिक क्रिएट होता है उस माहौल में की इंसान अपनी सारी टेंशन भूल जाता है और at ease फील करता है। इसलिए मेंरी ज़िन्दगी में मेंर निजी ज़रूरतों के साथ मेरे दोस्तों की भी बहुत अहमियत है क्योंकि उनके साथ मैं अपने दिल की कोई भी बात शेयर कर सकता हूँ।"

"I see बहुत खूब I like your attitude .. very balanced .but मोहिनी के केस में क्या कर दिए आकाश? ☹ "

"अब क्या बताएँ बहुत दुखी होता हूँ जब उसincidentके बारे में सोचता हूँ तो।

"खैर अच्छा तुम्हें कैसी लगी स्टोरीलाइन ?overall करीब २ घंटे डिसकस किया हमने।"

"स्टोरीलाइन बढ़िया है but i believe scenes पावरफुल तैयार करने होंगे with good dialogues to give a dramatic push to it which is visually appealing .. "

"yeah वह तो है मैं मोस्टली सारे डायलॉग्स वही रखूंगा जो हम दोनों के बीच एक्सचेंज हुए थे उस टेंस पीरियड के दौरान जब मोहिनी मुझे लेकर काफी serious हो गई थी।"

" scenes के लिए मैं आपसे डिसकस करूँगी आगे अभी मानव को मैं यह स्टोरीलाइन put forth करती हूँ hopefully he will like it and will give his go ahead for it .. "

"sure जैसा हो मुझे बताना आगे बढ़ेंगे फिर accordingly "

"sure आकाश। चलिए मैं अब निकलती हूँ रात में एयरपोर्ट भी जाना है।"

"एयरपोर्ट क्यों , अच्छा हाँ , नेहा US निकल रही है?"

"हाँ उसी से मिलना है जाने से पहले।"

"सही है मिलकर आओ।"

"आप मिले हैं नेहा से पहले?"

"नहीं उतना रूबरू तो नहीं हुआ हूँ but नेहा ही शायद वह लड़की थी जिसने निरपेश को मेरे इस अर्बन ढाबा के बारे में बताया and मेंरी उससे मुलाक़ात हुई और फिर उसके ज़रिये तुम जैसी क्रिएटिव and glamorous लड़की से मुलाक़ात हुई मेरी । कभी सामना होगा उससे तो उसको थैंक्स ज़रूर बोलूँगा , वह स्पेशल है। ."

"wow amazing आकाश क्या explain किया आपने और कितना इम्प्रेस करोगे?"

"थैंक्स यार बस कोशिश ज़ारो है।"

"सही है चलिए आकाश अपना ख़याल रखिए and thanks for sparing time for me for this discussion .मैं संडे को क्लास जाऊँगी and will discuss with मानव over this plot and फिर देखते हैं how it goes अप्रूवल मिलता है कि नहीं।"

"Sure "

"चलो फिर मुलाक़ात रहती है।"

वाणी आकाश को hug करती है और फिर ऑटो पकड़ कर अपने हॉस्टल निकल जाती है।

"पूरे रास्ते ऑटो में उसके दिमाग में आकाश की स्टोरी घूमती रहती है अभी भी उसका मन बिलीव करने को तैयार नहीं होता है की आकाश के साथ ऐसा हो सकता है। आकाश इतना charming sensible and sensitive बंदा होके ऐसा ब्लंडर कैसे कमिट कर सकता है this thought was bothering her a lot .."

Anyway हॉस्टल पहुँच के वह रिफ्रेश होती है और airport जाने के लिए रेडी होती है।

वह अपना डिनर फिनिश करके आई होती है रूम पे की निरपेश का फ़ोन आता है उसके सेल पे।

"हेलो आकाश "

"आकाश?? its me निरपेश वाणी।"

"ओह्ह सॉरी हाँ बोलो।"

"क्या बात है आकाश तुम्हारे दिल ओ दिमाग पे छाए हुए हैं लगता है ? उनकी स्टोरी से काफी ज़्यादा इन्फ्लुएंस हो गई हो तुम .. it seems ! "

"हाँ यार कह सकते हो।"

"very intense story and feeling really bad for that guy .. *his life could have been very different if मोहिनी would have been in his life ..*"

"हाँ यार दुःख तो मुझे भी बहुत हुआ था उसके लिए but अब क्या कर सकते हैं life has to move on .."

"वही ....very heartbreaking i must say .."

" खैर being his close friends we should not push him to that zone and उसको हम यह realize करवाएं की उससे बड़ी गलती हुई है । यह उसकी आगे की life के लिए अच्छा नहीं है इनफैक्ट हमें उसे आगे बढ़ने के लिए for something better motivate करना है।"

"बिलकुल एक दम सही कह रहे हो।"

"अच्छा सुनो i just called you to say कि हम आज मेंरी कार में चलेंगे एयरपोर्ट ठीक है?"

"तुम नेहा और वर्तिका को पिक नहीं करोगे?"

"नहीं मैंने नेहा से पूछा था but she said की शी and वर्तिका विल रीच एयरपोर्ट डायरेक्टली। मुझे उसने मनकर दिया आने के लिए।"

"क्या?? मुझे लगता है तुम उसकी मदद कर सकते थे उसके साथ बहुत सारा सामान होगा, उसको हेल्प की ज़रूरत होगी ..।"

"हाँ कर सकता था but उसने मना कर दिया I don't know कॉलेज में भी वह यही करती थी she never used to let me drop her to station or assist her with her बैगेज सारे काम अपना वह खुदही करना पसंद करती है।"

"I see .. then it makes sense .. I believe चलो फिर ठीक है फिर अभी प्लान क्या है?"

"मैं तुम्हारे हॉस्टल करीब 1:30 बजे आऊँगा। एयरपोर्टपहुँचनेमें करीब एक घंटा लगेगा हमें तो i will come on my car यह लोग कैब करके डायरेक्टली पहुंचेंगे।"

" ठीक है I will wait for you ... I"

एयरपोर्ट

इस बातचीत के बाद करीब ढाई बजे सुबह Bangalore एयरपोर्ट पहुँच रहे होते हैं निरपेश और वाणी। निरपेश ट्रैक पैन्ट्स and टीशर्ट में होता है और वाणी एक डिस्ट्रेस्सेड जीन्स and टॉप में with a cute pony tail वाले getup में होती है।

वह दोनों एयरपोर्ट पहुँचने ही वाले होते हैं की निरपेश के फ़ोन पे नेहा का कॉल आता है।

वाणी की नज़र पड़ती है निरपेश के फ़ोन पर और वह एक दम से बोलती है ..

"Its नेहा निरपेश .... on the phone .. "

" अच्छा !! , ठीक है तुम फ़ोन उठाओ और उसे बोलो की I am driving and just reaching the departure bay area वहीँ पे वेट करे हमारा।"

"are you sure कि मैं pickup करूँ फ़ोन नेहा का?"

"हाँ करो क्या दिक्कत है?"

"नहीं कभी बात नहीं हुई उससे ..तो थोड़ा अजीब नहीं लगेगा?"

"नहीं its ok तुम phone उठाओ और बात करो और अभी जब मिलेंगे तब फॉर्मल intro भी हो जाएगा तुम्हारा उसके साथ।"

"ok as you say "

"वाणी फ़ोन उठाती है।"

"हेलो "

" Hello? who is it where is निरपेश?"

"hi नेहा वाणी this side , निरपेश अभी ड्राइव कर रहे हैं and almost पहुँच रहे हैं हम Departure पे।"

नेहा (थोड़ा surprise होती है वाणी की आवाज़ सुनकर और वर्तिका की तरफ देखती है) अच्छा ... ok और फिर हड़बड़ाती हुई आवाज़ में वाणी को बोलती है कि ok वाणी tell him कि मैं और वर्तिका 6 नंबर बोर्ड के पास खड़े हैं in Departure Bay Area waiting for him वहीँ आ जाए।

"निरपेश यार तुम 6 नंबर पे ले चलो।"

वाणी फ़ोन hold करके निरपेश को बोलती है।

"फाइन नेहा see you there , we will be there in 5 minutes "

"Ok !!"

उसके बाद वाणी फ़ोन कट कर देती है।

थोड़ी देर में they reach milestone 6 of the departure ..bay area

इत्तेफ़ाक़ से रोहित भी निरपेश से पहले वहाँ पहुँच गया होता है। *This was very surprising* कि *infact he came to see off नेहा*

नेहा मोस्टली लीस्ट makeup में होती है , as she was leaving very late during the night ..

इधर वाणी was very well casually dressed and was looking absolutely glamorous !!

निरपेश और वाणी कार से निकलते हैं।

नेहा की नज़र एक दम से वाणी पर पड़ती है। उसने हाथ में हाथ डाला होता है निरपेश के। इनफैक्ट रोहित भी closely observe कर रहा होता है वाणी को। नेहा के चहरे पर बनते expression को

देख कर निरपेश धीरे से वाणी के हाथ में लिपटा अपना हाथ बाहर निकाल लेता है।

पहली बार नेहा ने निरपेश को किसी और लड़की के साथ इतना करीब से देखा था वह भी हाथों में हाथ डाले सो थोड़ा अंदर ही अंदर यह देखते हुए उसे कुछ irritation सा भी महसूस हो रहा होता है।

शायद उसका मन यह accept नहीं कर पा रहा था कि निरपेश *किसी और लड़की के साथ भी घूम सकता है वह ही हाथ में हाथ डाले।*

इतने में निरपेश वाणी के साथ नेहा रोहित और वर्तिका के करीब पहुँचता है ...।

"Hi नेहा , Hi रोहित , Hello वर्तिका "

रोहित - hey man good to see you ..,

नेहा- Hi निरपेश (यह कहकर एक दम से वाणी की तरफ देख कर थोड़े serious अंदाज़ में अपने irritation को छुपाते हुए बोलती ही if I am not mistaken she is

वाणी right निरपेश ..in an enquiring tone?

निरपेश- yes ..

वाणी - nice to meet you नेहा ..

वाणी नेहा को एक दम से hug करती है (नेहा थोड़ा surprise होती है वाणी के इस gesture से)

बहुत सुना है निरपेश से आपके बारे में । कई बार आपका ज़िक्र अक्सर होता रहता है हमारे बीच।

निरपेश - हाँ नेहा और फिर वाणी का बहुत मन था तुमसे मिलने का सो मैं उसे अपने साथ ले आया आज तुमसे मिलवाने के लिए before you leave for US

नेहा- अच्छा किया खैर यह बताओ क्या डिसकस करता है निरपेश तुमसे मेरे बारे में वाणी?

वाणी- वह तो नहीं करते उतना but मैं करती हूँ कभी कभी ।

नेहा- *अच्छा काफी interested लगती हो तुम मुझे जानने में क्यों?*

इसलिए क्योंकि निरपेश जैसे dashing और हैंडसम बन्दे की करीबी दोस्त में कुछ तो बात होगी जो कुछ ख़ास होगी। बस उसको ही महसूस करना चाह्ती हूँ और इसलिए आज शायद आप सबके सामने हूँ। 😊

नेहा -वाह क्या बात बोली काफी डेरिंग हो अपनी बातों में तुम तो? 😊

रोहित - superb explanation I must say ..

यह बोलते बोलते तालियाँ बजाता है निरपेश

" thank u folks "

निरपेश- खैर अब Let me formally introduce you guys to वाणी ... she is my friend at the theatre ...!!

वाणी- सिर्फ थिएटर में ही नहीं अब तो रियल life में भी हम दोनों करीबी दोस्त बन गए हैं right निरपेश?

"Yes Yes वाणी ... !!"

"strong expression in your statement वाणी

सो बहुत करीब आ गए हो तुम लोग हम्म्म?"

"जी कह सकती हैं आप।"

नेहा(निरपेश की तरफ देखते हुए) – I see बहुत अच्छी बात है यह तो।

निरपेश- हे नेहा वाणी थोड़ा एक्सप्रेसिव ज़्यादा है आर्टिस्टिक traits तुम्हें महसूस होंगे उसमें उसकी बातों में और उसके बोलने के अंदाज़ में। काफी clean thoughts एक्सप्रेस करती है अपने conversations में।

नेहा - हाँ वह तो दिख रहा है।

वाणी - वैसे मैंने सब सही सही कहा निरपेश क्यों?

निरपेश - बिलकुल एक दम सही।

नेहा- हम्म अच्छा **(वर्तिका की तरफ देखते हुए)**

बातों का रुख फिर मोड़ते हुए निरपेश फिर एक दम से बोलता है

"Guys i think most of you are meeting वाणी for the first time .. she is a software engineer like all of us and is currently working for Infosys ..same company as नेहा "

"अरे मेंरी कंपनी में ही हो तुम तो?"

हाँ निरपेश ने बताया आप भी इनफ़ोसिस में हैं small world न .?

"Yeah तुम as a fresher ज्वाइन की हो कंपनी में?"

"हाँ अभी 6 months ही हुआ है gradually getting the feel of the industry .."

-" I see then why pursuing acting in parallel ..?"

"because मुझे लगता है अपने क्रिएटिव side को theatrical scene में ज़्यादा बेहतर तरीके से utilize कर सकती हूँ rather than restricting it only in IT "

" i see but how can u say आईटी में क्रिएटिविटी रेस्ट्रिक्ट हो जाती है you still need to gain a lot of experience there?"

"yeah I know but मेरे कई सीनियर्स को वहाँ creativity restriction महसूस हो रहा है इंडस्ट्री में कई साल बिताने के बाद and they are looking for a way out for ways ..to bring out the creative liberation in them .."

"I see काफी क्लियर हो अपनी requirements को लेकर तुम?"

"Yes वह तो मैं हूँ।

"कहाँ से हो?"

"I am from कोलकत्ता आप कहाँ से हैं?"

"I am from आगरा।"

"आगरा - The Land Of Taj Mahal !! Architectural Marvel हाँ।"

Indeed it is ... you talk like an artist . इंजीनियर तो लगती ही नहीं हो 😊

"हाँ आपको मेरी बातें sharp ही लगेंगी।"

"हम्म interesting।"

रोहित - हे नेहा अब चलो लेट होगा तुम्हें सिक्योरिटी चेक के लिए you should proceed now ..

"हाँ रोहित मैं तो बातों में एक दम मशरूफ हो गई मुझे अब निकलना चाहिए।"

नेहा रोहित को hug करती है।

"चलो बॉस टेक care ऑफ़ योरसेल्फ बात करते रहेंगे हम।"

"अरे वाणी तुम्हारा इंट्रो रोहित से तो कराया नहीं। . रोहित and myself are dating each other for marriage he works in my company as a technical manager ..he is also currently a good friend of mine हमने कई प्रोजेक्ट्स में साथ काम किया है।"

रोहित थोड़ा सा *timid* फील कर रहा होता है उसका कुछ ज़्यादा ही specific intro दे दिया होता है नेहा ने।

"So he is not your boyfriend yet ..?"

नेहा (seeing at रोहित)- yes I don't think सो की अभी वह बॉयफ्रेंड है।"

" so still evaluating हाँ?"

"कह सकती हो।"

वाणी - wow so both of you are also in infosys, dating each other pleasant surprise revealed निरपेश न ?

शायद above statements से वाणी intelligently निरपेश से यह पता लगाना चाहती है की उसको पहले से इस बारे में जानकारी है की नहीं ?

निरपेश - खैर मेरे लिए तो surprise नहीं है नेहा ने मुझे रोहित और अपने बारे में बता रखा है की कुछtimeसे वह एक दूसरे को डेट कर रहे हैं शादी के लिए।

वर्तिका - हम्म मेरे लिए भी surprise नहीं है हे। नेहा चल अब लेट हो जाएगा वरना

नेहा - हाँ but सामान बहुत है .i need someone to accompany me till the check in counter entry हे निरपेश तुम चलो मेरे साथ।

"Ok sure नेहा।"

वाणी- और मैं यहाँ क्या करूँगी? रोहित क्यों नहीं जा सकता नेहा के साथ निरपेश?

नेहा वाणी की तरफ देखती है शायद उसको उसको कुछ एहसास होता है की वाणी थोड़ा possessive है निरपेश के लिए उसको यह स्टेटमेंट अच्छा नहीं लगता है उसका।

नेहा - नहीं निरपेश तुम ही चलो।

नेहा वाणी की तरफ देखते हुए निरपेश का हाथ पकड़ के सामान की तरफ खींचती है ,थोड़ी अपनी possessiveness शो करते हुए निरपेश को और।

निरपेश - वाणी तुम वर्तिका और रोहित के साथ रहो ,बात करो उनसे मैं थोड़ी देर में आता हूँ , नेहा को मेंरी मदद की ज़रुरत है उधर check in counter पर सो मैं थोड़ा जाता हूँ।

"ओके ठीक है जैसा तुम्हें ठीक लगे।"

नेहा -निरपेश तुम टिकट ले लो एयरपोर्ट counter से अंदर आने के लिए।

"Sure "

यह बोलकर निरपेश ticketcounterकी तरफ चला जाता है।

"खैर वाणी एक बताओ यह निरपेश सारी classes attend करता है की स्किप करता रहता है?"

"नहीं नेहा he is very serious about acting बहुत involved होकर क्राफ्ट सीख रहा है।"

"I see अच्छी बात है कॉलेज में तो इसका पता ही नहीं चलता था कि इसका interest किस areaमें है बहुत जल्दी interest और motivation loose कर जाता था।"

"जो भी हो but आज की डेट में निरपेश बहुत ही मोटिवेटेड और interested है क्राफ्ट को सीखने में।"

"but surprising है की इतना चेंज personality में इतनी जल्दी आ कैसे रहा है इस लड़के में "

"अब यह तो आप खुद evaluate कीजिए उसकी गहरी दोस्त जो हैं।"

इतने में निरपेश टिकट लेकर वापस आ जाता है नेहा के पास।

"चलें?"

नेहा - one मिनट।

फिर नेहा एक एक करके सबको सीऑफ करती है।

नेहा वर्तिका को hug करती है और उसकी आँखें थोड़ी सी रुवासा हो जाती हैं उसे hug करते हुए।

"चल वर्तिका मिलते हैं फिर।। बहुत मिस करने वाली हूँ तुझे।"

वर्तिका - मैं भी यार । एक दम से घर सूना सा लगेगा तेरे बिना खैर गुड पार्ट इस की it is temporary तू थोड़ेtimeमें आ जायेगी।

"हाँ वह तो है चल फिर अब मैं निकलती हूँ else would get लेट घर का ध्यान रखना and be in close touch one सेकंड।"

"रोहित ,चलो मैं चलती हूँ अब अच्छा लगा तुम आए आज .।"

"pleasure नेहा anytime .."

"Anytime तो ना ही बोलो यार हर बार क्या होता है मुझे पता है।"

"mend your ways dude else you never know .!!"

"मुझे डरा रही हो ..?"

"नहीं reality checkदे रही हूँ चलो फिर (hug करते हुए) bye for now जल्द ही मिलती हूँ। We will connect over फ़ोन ठीक है regularly।"

"Sure "

"चलो वाणी बहुत अच्छा लगा मिलकर तुमसे बहुत खूबसूरत और attractive हो तुम और हाँ आर्टिस्टिक भी (नेहा उससे हाथ मिलाती है और उसे भी hug करती है) "

इस सारी बातचीत के बाद नेहा और निरपेश अंदर जाते हैं एयरपोर्ट के।

निरपेश - नेहा आराम से carefully जाना its your first international trip ..

नेहा - *रहने दो यार तुम वाणी की चिंता करो।* वह मुझे गाली दे रही होगी की मैं तुम्हें use कर रही हूँ अपने कामों के लिए और तुम्हें यहाँ ले आई हूँ अपना सामान उठवाने के लिए उसे अकेला छोड़कर।

निरपेश - नहीं वह ऐसी नहीं है ...इस तरह से न सोचो।

नेहा (एक दम से रुकते हुए) अच्छा इतने कम समय में काफी ज़्यादा जान गए हो उसके बारे में हाँ? उसकी सिफारिश कर रहे हो मेरे सामने ... सुन नहीं सकते उसके खिलाफ कुछ भी।

निरपेश- ओह्ह come on नेहा (थोड़ा रुकते हुए) और तुम भी अजीब नहीं हो ...? क्या ज़रुरत थी वाणी को यह बताने की that you are डेटिंग रोहित?

"क्यों क्या गलत था उस बात में?"

"As if you don't know कि उस बात में क्या गलत था? थोड़ा सोचो "

"क्यों क्या गलत था उसमें?"

"तुम्हें कुछ गलत नहीं लगा उसमें? you clearly know that i have also proposed you for marriage और मैं तुम्हारे जवाब का वेट कर रहा हूँ।"

"हाँ पर मैंने तुम्हें किसी भी तरह का कोई कमिटमेंट नहीं दिया है अभी तक राइट। जो ऑनगोइंग फैक्ट है वह मैंने बता दिया वाणी को।"

"you are talking abut फैक्ट्स हाँ yeah i know बहुत डायरेक्ट हो तुम हर चीज़ में तो एक फैक्ट यह भी जान लो की वाणी और मैं आज की डेट में बहुत ही अच्छे करीबी दोस्त बन गए हैं और मुझे लगता है की वह काफी interested है इस रिलेशन को आगे बढ़ाने के लिए मेरे साथ।"

"हाँ मुझे भी महसूस हुआ ...।"

"देखा तुम दोनों को हाथों में हाथ डाल के घूमते हुए ...!! गुड गोइंग निरपेश। काफी इम्प्रेस कर रखा है बंगालन को तुमने।"

" क्यों तुम रोहित से इम्प्रेस्सेड नहीं हो? जोकि मेरे होते हुए मेरे सामने उसे डेट कर रही हो। its all relative नेहा।"

नेहा (IN A STATE OF COMPLEX इमोशन)- खैर don't want to fight over any thing . while leaving ...

".leave the topic !!"

"Tell me one thing मुझे कॉल तो करोगे न?"

निरपेश - वह भी मुझसे करवाऊंगी तुम?

नेहा - ohh yes international call angle , .. hmmm no i will call you sorry

निरपेश - हम्म ठीक है।

नेहा - अच्छा निरपेश इधर आओ इतना दूर क्यों खड़े हो मुझे तुम्हें hug करना है।

निरपेश नेहा के करीब आता है।

नेहा निरपेश को hug करती है।

Bye करती है और फिर चेक इन counter और इमग्रेशन हेल्पडेस्क की तरफ चली जाती है।

निरपेश की आँखें थोड़ी नाम हो जाती हैं काफी देर तक नेहा क देखता रहता है जाते हुए उधर नेहा की आँखें भी नम होती हैं जैसे जैसे वह immigration desk और सिक्योरिटी चेक के तरफ आगे बढ़ती है।

निरपेश वह गुस्से वाले लम्हों से धीरे धीरे बाहर आता जाता है। एक बार फिर नेहा के इमोशंस उसे आकर्षित कर लेते हैं अपनी तरफ।

नेहा इमीग्रेशन डेस्क की तरफ बढ़ती है और अपने डाक्यूमेंट्स वेरफिकेशन के लिए देती है ...।

उसके mind में निरपेश का लास्ट सेंटेंस ...।

"मुझे लगता है की वह मुझ में काफी interested है इस रिलेशन को आगे बढ़ाने के लिए मेरे साथ "

...घूम रहा होता है जोकि एक indication था की अगर नेहा ने जल्द ही निरपेश को क्लियर नहीं किया अपना decision तो निरपेश अपनी ज़िन्दगी में आगे बढ़ सकता है। वाणी के साथ उसके बढ़ते सम्बन्ध काफी मज़बूत होते जा रहे थे। जैसे जैसे एक एक दिन निकल रहा था नेहा अभी भी किसी नतीजे पर पहुँची नहीं थी शायद।

उधर निरपेश दुखी तो था की नेहा US जा रही है पर नाउम्मीद नहीं था अपनी life को लेकर। एक तरह से उसने ठीक किया कि नेहा को वाणी के एक्शन्स के बारे में बता दिया ताकि नेहा को यह भी एहसास हो कि किसी भी लड़के की life एक लड़की की वजह से रुकती नहीं है। निरपेश *प्रैक्टिकल लड़का था। हाँ चाहता वह बहुत था नेहा को पर अपने से भी बहुत प्यार करता था और अपनी personal individual life को भी वैल्यू देता था* क्योंकि उसकी खुदकी life की बागडोर सिर्फ नेहा के around नहीं थी। *बहुत से लोग थे उसकी ज़िन्दगी में जो अहमियत रखते थे।*

चलिए देखते हैं आगे क्या होता है ...।

निरपेश नेहा को सी ऑफ करके वापस lounge में पहुँचता है। सुबह का करीब 4:30 बज चुका होता है।

वर्तिका - hey निरपेश छोड़ आए नेहा को?

"हाँ यार। अरे रोहित कहाँ गया?"

"वह निकल गया।"

"अच्छा। काफी professional है। निरपेश कुछ अजीब सी फीलिंग के साथ यह बात बोलता है। उसने तुम्हें घर ड्राप करने के लिए ऑफर नहीं किया?"

"नहीं बस बोला कि मैं निकलता हूँ।"

"अजीब बंदा है practical situations का उसको बिलकुल भी आईडिया नहीं है नेहा जैसी इतनी फोकस्सड लड़की को कैसे हैंडल करेगा वह मुझे बहुत डाउट होता है।"

"अरे its ok यार। he must be फीलिंग awkward to ask ...me जानता ही कितना है मुझको वह ..? तुम्हारी तरह इतना फ्रैंक मिजाज़ का नहीं होगा वह।"

"Anyway whatever उसको डिसकस करके कोई फायदा नहीं है।"

"Hmmm अरे तेरी eyes इतनी नाम क्यों है?"

"as if तेरी नहीं हैं?"

वाणी रेस्टरूम से आती है तभी देखती हैं की कुछ सेंटी बातें चल रही है।

वाणी- ओह्ह guys both of you are crying ...?

वर्तिका - फीलिंग्स मैडम फीलिंग्स। am sure उधर नेहा भी रुवासी होगी फ्लाइट में?

इतने में अचानक नेहा का फ़ोन आता है वर्तिका को

"see think of the devil and she is calling .."

वाणी- so its नेहा कमाल है sentiments भी अजीब चीज़ होते हैं।

वर्तिका - हे नेहा बैठ गई फ्लाइट में?

नेहा- हाँ यार (**रुवासी होते हुए**) यार तुम लोगों को बहुत मिस करूँगी।

वर्तिका -वह तो है ....।काम के लिए जा रही है अच्छे से Go Live करके आओ प्रोजेक्ट को।

"हम्म सो तो है अच्छे से deliver करवाना है प्रोजेक्ट।"

"निरपेश है की चला गया?"

"है।"

"बात करेगी?"

"नहीं ऐसे ही बस पूछा, चल फिर रखती हूँ।"

"ok हैप्पी जर्नी।"

"थैंक्स bye "

उसके बाद नेहा की फ्लाइट सीधे न्यूआर्क एयरपोर्ट के लिए निकल जाती है।

इधर वर्तिका ,निरपेश और वाणी भी एयरपोर्ट से निकल जाते हैं।

At नेहा 's residence ..

Time – 8:00 AM IST

Day – Saturday

वर्तिका - हे निरपेश thanks for dropping , यार तुम लोग नाश्ता कर के जाओ its already 8 am झट से बन जाएगा।

"नो थैंक्स वर्तिका तुम भी आराम करो वाणी को ड्राप करके मैं भी अपने घर निकल जाऊँगा। I guess आज तो हम सब सोयेंगे ही as पूरी रात जागे हैं।"

"Ok take care yeah thanks once again for coming and dropping me .."

"Pleasure चलो bye !!"

इसके बाद दोनों लोग निकल जाते हैं वहाँ से towards Vaani's हॉस्टल।

वाणी- निरपेश एक काम करते हैं भूख लग रही है बहुत शांति सागर restaurant जो हॉस्टल के पास है मेरे उधर चलकर खाते हैं।

"हाँ बिलकुल चलो।"

"निरपेश शांति सागर पर गाड़ी रोकता है और दोनों लोग नाश्ते के लिए पहुँचते हैं Shanti Sagar में।"

"दोनों उस दिन south इंडियन नाश्ता करते हैं ,इडली और डोसा मंगवाते हैं करीब सुबह का 9:30 बज रहा होता है बहुत तेज़ धूप होती है।"

"आज तेज़ धूप है क्यों निरपेश?"

"हाँ यार।"

"अच्छा एक बात बताओ ,तुम्हें south इंडियन फ़ूड से कुछ problem तो नहीं है?"

"नहीं क्यों तुम्हें ऐसा क्यों लगा?"

"ऐसे ही पूछा।"

"दिक्कत तो नहीं है। इनफैक्ट कभी कभी खाओ तो अच्छा लगता है।"

"yes इसलिए आज ही आर्डर किया।"

वाणी ने इडली वडा और चाओ चाओ बाथ आर्डर किया होता है।

"सही है।"

" नेहा से मिलकर कैसा लगा तुम्हें आज?"

"अच्छा लगा काफी well behaved है और sharp है काफी उसकी पर्सनालिटी।"

"हाँ उतनी खूबसूरत तो नहीं है जितनी की तुम हो but हाँ बहुत well behaved है और अच्छा carry करती है अपने को।"

" but एक बात बड़ी अजीब लगी उसकी मुझे।"

"वह क्या?"

"यह ही कि नेहा ने जानपूछ कर यह बोला की वह रोहित को डेट कर रही है और वह भी सबके सामने और वह भी मुझसे। वह मुझे जानती ही कितना है और यह कितना personal आस्पेक्ट है एक लड़की के लिए कि किसी को यह बताना की वह किसी को डेट कर रही है। कुछ ख़ास लोगों को ही बताता है इंसान यह डिटेल्स। moreover introduction point of view से यह बात उसने पहले बोली फिर बाद में यह बताया की रोहित उसके साथ काम करता है। अजीब expression था यह उसका।"

" जानपूछ के और ख़ास मतलब (चाय की चुस्की लेते हुए निरपेश पूछता है वाणी से) किस context में।"

'यह ही की तुम और वर्तिका दोनों ही यह बात जानते थे और वहाँ थे। तुम नेहा के कॉलेज के क्लोज friend फ्रेंड हो तुम्हें पता होना its kind of logical पे सिर्फ मैं उससे आज firsttimeमिली और वह मुझे इतनी personal बात कह गई तुम लोगों के सामने थोड़ा awkward मोमेंट था मेरे लिए ऐसा लगा की शायद specifically मेरे लिए था वह expression।"

"हम्म्म तुम कहना चाहती हो की वह शायद तुम्हें ज़बरदस्ती जता रही थी?"

" But you are right उसमें उसका क्या फायदा है? आज वह तुमसे पहली बार ही तो मिली थी।"

निरपेश थोड़ा घुमा के बोलता है वाणी को।

" हम्म्म इसलिए यह question मैं तुम से कर रही हूँ की वह यह बात मुझे क्यों बता रही है? तुम उसके करीबी दोस्त हो जैसे की आजकल मेरे भी हो।"

"not sure यार ..seriously I cant say ..बता नहीं सकता।"

अंदाजा नहीं है तो अंदाजा लगाओ निरपेश।

" कुछ तो चल रहा है उसके दिमाग में I think.. "

निरपेश- " नेहा – the mysterious .. ".

वाणी - हम्म, and दूसरा awkward angle जो मुझे लगा सुबह वास् की वह तुम्हें क्यों ले गई अंदर to get her luggage managed instead of रोहित ..? somehow I didn't like it ..

"Hmmm मैं समझ सकता हूँ।"

वाणी - वही आप बन्दे को डेट कर रहे हो , its a serious business यार , *आपको उसको स्पेशल फील कराना चाहिए in these kind of situations* अगर आप उसको पूरा इग्नोर कर रहे हो तो फिर उस बन्दे को कैसा लगा होगा उस वक़्त।? and तुम उसके अच्छे दोस्त हो इसका मतलब यह नहीं है की उसकी मज़दूरी करते फिरो मुझे somehow ठीक नहीं लगा यार to be very frank i know i should not speak much between you and नेहा bu tमेरा मन कहता है की मुझे तुम्हें यह बताना चाहिए।

निरपेश– its fine यार दोस्तों में एक दूसरे की सिर्फ अच्छी चीज़ें ही डिसकस हो यह किस किताब में लिखा है?

एक दूसरे की जो चीज़ें जो पसंद नहीं आती हैं उसको भी एक्सप्रेस करना दोस्ती में बहुत ज़रूरी है।

वाणी – basically मेरा कमेंट करना सही नहीं लगता क्योंकि मैं उसे ज़्यादा जानती नहीं हूँ , but still ..?

" अरे यार तुम बहुत detailing और specificity में चली जाती हो chill its ok सब अपने ही लोग हैं इतना लोड लेने का नहीं है।"

"अच्छा एक बात बताओ , अभी तुम्हें कैसा महसूस हो रहा है? are you going to miss her during the next one month और may be 2-3 months जब तक वह लौट के नहीं आती है?"

" हाँ मिस तो करूँगा पहली बार इतनेtimeके लिए दूर गई है मुझसे पिछले कई सालों से हम साथ हैं कॉलेजtimeसे फिर इधर जॉब में Bangalore में एक ek sudden emotional turmoil तो फील हो रहा है मुझे।"

यह कहते कहते उसकी आखों में आँसू आ गए।

" Its ok यार take some water अब यह complicated टॉपिक बंद करते हैं और घर जाकर सोते हैं पूरी रात जागे हैं ठीक है।"

Sure ..!!

निरपेश और वाणी फिरवहाँ से निकलते हैं और घर जाकर सो जाते हैं।

इस दिन सब आराम ही करते हैं। दूसरी तरफ नेहा US पहुँच रही होती है।

निरपेश करीब शाम को 7 बजे उठता है and अपना सेलफोन चक करता है देखता है वाणी के messages पड़े हैं फ़ोन में।

"dude we missed the class today कल पक्का चलेंगे and let's discuss over आकाश 's plot with मानव Sir ... !!"

निरपेश sure करके रिप्लाई कर देता है वाणी को।

स्टोरीलाइन का अप्रूवल

अगले दिन सुबह दोनों मानव सर की क्लास में पहुँचते हैं।

First Half में क्लास के नवरस और डायलाग डिलीवरी काsessionचल रहा होता है जसिमें की टाइप्स and फॉर्म्स ऑफ़ इमोशन को समझाया जाता है फिर कुछ स्टेज बेसिक्स का revision करवाया जाता है to get people geared up for rehearsals which they may need to do for there प्ले।

सेकंडHalfमें मानव सबकी storylines सुनते हैं।

निरपेश and वाणी को अपना group उस हिसाब से तैयार करना होता है depending on number of characters they want in the play ..

anyway निरपेश और वाणी बैठते हैं मानव के साथ conversation कुछ इस प्रकार होता है।

मानव - हाँ तो तुम दोनों बताओ क्या स्टोरीलाइन है?

"निरपेश मैं बताओं सर को?"

"Yes sure !!"

वाणी स्टोरीलाइन narrate करती है मानव को।

वह एक synopsis narrate करती है स्टोरी का जिसमें मेंजर plot points and triggers सब बहुत अच्छे से appreciate करवाती है मानव को।

मानव इस दौरान पूछते हैं - "Hey वाणी tell me one thing तुम्हें इन सब आस्पेक्ट्स ऑफ़ storytelling का आईडिया कैसे हैं। क्या तुमने scriptwriting सीखी है अपने स्कूल या कॉलेज days में। क्योंकि जितने भी constructs मैंने तुमसे स्टोरी में पूछे वह सब तुमने आराम से समझा दिए।"

वाणी- नहीं सर कॉलेज में मैं प्लेस conduct करती थे तो सारे आस्पेक्ट्स का आईडिया हो गया with प्रैक्टिस। हाँ professiona हेल्प उतनी नहीं मिलती थी but there are certain books available which I used to refer to and frame the plays .. in college ..

मानव- great I like the attitude .. self driven हो। काफी enthusiastic हो क्राफ्ट को लेकर anyway continue with the storyline sorry to interrupt you ..

वाणी continues with it ..मानव पूरी स्टोरी को ध्यानसे सुनते हैं और फिर कुछ इस तरह का रिएक्शन देते हैं।

"स्टोरी तो intense है काफी .lot of potential to show varied emotions ..of a character "

"scenes पावरफुल फ्रेम करने होंगे ताकि audience को impact हो सो वह तुम लोग कितना comfortable हो create करने के लिए?"

"सर वह हम लोग वर्क करेंगे उनपे and काफी रियल रखने की कोशिश करेंगे उनको।"

"सही है देख लेना अगर कुछ reviews चाहिए मुझसे तो करवा लेना ठीक है।"

"सो सर are you approving this play?"

"हाँ ठीक लग रहा है प्ले .i think we can go ahead with it .. *approval granted* 😉 *!!*"

वाणी- yesss .... Thank u Sir ..

उस दिन क्लास क्लोज होती है शाम को दूसरी टीम भी अपना प्ले finalize करती है मानव के साथ so ultimately दोनों प्लेस approve हो जाते हैं और क्योंकि मानव को लगता है की दोनों प्लेस काफी बड़े हैं तो दोनों के timings अलग अलग दिनपे रखना decide किया जाता है। अब टीम्स को पूरा next two months , फॉर प्रेपरेशन ऑफ़ स्टोरी and and another 15 days रेहर्सल्स पे फोकस करना होता है।

इतवार की शाम पोस्ट मानव सर क्लास :

वाणी - हे निरपेश चलो let's visit आकाश उसको गुड न्यूज़ देते हैं की उसकी स्टोरी select हो गई है।

निरपेश- सही में यार great guy आकाश ... सच में बहुत हेल्पफुल बंदा है।

इस बातचीत के बाद सीधे आकाश के अर्बन ढाबा पहुँचते हैं दोनों लोग।

अर्बन ढाबा , *शाम 7:30 बजे :*

आकाश अपने Laptop पे बैठा कुछ काम कर रह होता है on one of the seats ..

निरपेश- अरे कहाँ बिजी हो आकाश?

आकाश -हे सार्थक कैसे हो अचानक ओह् वाणी is also with you ..

हेलो वाणी।

" हेलो आकाश कैसे हो ? "

"बस तुम लोगों का आशीर्वाद है चल रहे है बस।"

" अरे यार ऐसा मत कहो तुम्हारी मेंहेरबानी पे तो हम लोग चल रहे हैं।"

"हे हे ऐसा क्या?"

"अरे लो मुँह मीठा करो तुम्हारी स्टोरी select हो गई है मानव सर के प्ले के लिए।"

वाणी मिठाई खिलाती है आकाश को।

"अरे गुड चलो सही है approve कर दिया उन्होने?"

आकाश मिठाई खाते हुए बोलता है।

"बढ़िया भाई very happy for you।"

"अरे सब ऊपर वाले का करम है।"

निरपेश- i think यह अर्बन ढाबा का भी कमाल है।

"सही में फ्रेश vibes जो यहाँ हमें मिलती हैं।"

आकाश -अब यह बताओ आगे का क्या प्लान है तुम लोगों का?

एक मिनट चाय और समोसे भी आर्डर कर देते है,तुम लोग दिनभर के tired होगे।

"मनजोत तीन चाय और तीन प्लेट समोसे ले आओ सबके लिए।"

"हाँ अब प्लान आगे का वाणी तुम ही बताओ क्या करना है?"

"पहले तो scenes build up करने हैं हमेंrightफ्रॉम स्टार्ट जोकि प्ले में दिखाए जा सकते हैं और उसके बाद उन scenes को rehearse करना होगा की कैसे बनकर आ रहे हैं।"

निरपेश-scenes buildup I think तुम और आकाश मिलकर करो ,जहाँ पे ज़रुरत हो मेंरी मुझे बताओ I will join and then we can rehearse those together and see की कैसे बनके आ रहे हैं scenes।

वाणी- हाँ करेक्ट यह ही सही रहेगा।

आकाश और बतायें और भी किसी राइटिंग endeavor पर काम चल रहा है आपका ?

"हाँ एक पर चल रहा है।"

"क्या थीम है?"

"यह ही urban complexities of life उस पे ही है।"

वाणी- सही है must be an exciting रीड।

"हाँ देखो अभी तो काम चल रहा है।"

निरपेश को देखते हुए आकाश बोलता है।

"निरपेश तुम बहुत शांत बैठे हो क्या बात है? नेहा की याद आ रही है क्या?"

वाणी निरपेश की मस्ती लेती है 😜

"हाँ यार to be very sure आ तो रही है not sure whether she has reached safely ."

वाणी - don't worry she will call you once she reaches .

आकाश- अरे यह तो पूछना ही भूल गया मैं कैसी लगी तुम्हें नेहा वाणी?

"अच्छी लेडी है काफी डायरेक्ट interactions करती है।"

हम्म निरपेश इस पे कुछ कहना चाहोगे?

निरपेश- हाँ डायरेक्ट बातें करना अच्छी बात है पे कभी कबार बहुत ज़्यादा डायरेक्ट होना भी ठीक नहीं लगता है । उसमें सामने वाले को आपकी कुछ बातें बुरी लग सकती हैं।

आकाश --हम्म but honesty भी तो important है relationships में उसमें direct होना ही पड़ता है।

वाणी-rightbut आकाश लड़कियाँ काफी हद तक confusion बना के रखती हैं अपनी life में और दूसरों की भी।

यह बात सुनकर निरपेश और आकाश बहुत हँस पड़ते हैं।

वाणी – guys why are you laughing ..?

निरपेश- अरे इग्नोर कर वाणी ऐसे ही तुम्हारी बात पे हँसी आ गई deep बात थी काफी।

पर observation कमाल का है यार तुम्हारा वाणी।

आकाश --मानना पड़ेगा। I agree

" Thank You Gentlemen !!"

इस बात के बाद तीनों लोग खा पीकर अपने अपने घर को निकलने की तैयारी करते हैं।

जाते जाते वाणी कहती है

" चलो आकाश फिर मैं कॉल करके वीकडे में तुम्हारे पास आऊँगी।"

"Sure चलो तुम लोग इत्मिनान से जाना थोड़ा लेट हो गया है।"

निरपेश - Sure ..

वाणी- - बिलकुल very nice of you आकाश।

आकाश- pleasure ..

इसके बाद दोनों निकल जाते हैं।

Romantic Scenes

अगले दिन सुबह अर्ली मॉर्निंग जब निरपेश नाश्ता कर रहा होता है तभी नेहा का फ़ोन आता है।

नेहा- Hi निरपेश कैसे हो?

"Hey I am good "

"तुम पहुँच गयीं ठीक ठाक?"

"yes "

"और कैसा लग रहा है?"

"यार imagine नहीं कर पा रही हूँ इतनी सफाई यार सब कुछ बहुत सटीक दिख रहा है । कितनी ज़्यादा सफाई रखते हैं यार यह लोग अपने देश में।"

"हाँ यार काफी एडवांस्ड कंट्री है US "

"और होटल में सब ठीक है कोई दिक्कत तो नहीं?"

"हाँ यार सब ठीक है थैंक्स फॉर आस्किंग।"

"अरे थैंक्स की क्या बात है पूछना तो बनता है।"

"तुम मेरा कितना ध्यान रखते हो न?"

"हाँ but I believe रोहित को भी बता दो he must be worried about your whereabouts "

"हाँ बात करती हूँ उस गधे से।"

"अच्छा सुनो?"

"उस दिन के लिए सॉरी।"

" I was rude with you ."

"Its ok कोई नहीं।"

"और वाणी ठीक है?"

"हाँ ठीक है।"

"अच्छा लगा मिलकर उससे काफी फ्रेश thoughts और हाई enthu वाली लड़की है।"

" ओके ठीक है बोल दूँगा तुम्हारा रिव्यु उससे I am sure वह ज़रूर पूछेगी नेहा को मुझसे मिलकर कैसा लगा।"

" हम्म और काफी खूबसूरत है यार face cut वगैरह एक दम ज़बरदस्त है very आर्टिस्टिक।"

निरपेश- हाँ यार वह तो है she is a mesmerizing beauty ..!!

"यह bengali girls भी गज़ब की beauties होती हैं क्यों?"

"बिलकुल !"

"और बातचीत में कैसी है?"

"Very entertaining काफी मज़ा आता है उसकी कंपनी में।"

"अच्छा ....!! मुझसे भी ज़्यादा? !!"

यह कहकर नेहा फ़ोन काट देती है।

ऐसा लगता है उसे पिछले स्टेटमेंट में हुई वाणी की तारीफ़ अच्छी नहीं लगती है।

निरपेश को काफी insulting और embarrassing लगता है उसका एक दम सा फ़ोन काटना।

निरपेश surprise हो जाता है अचानक से बिना कुछ बोले कि फ़ोन क्यों काट दिया नेहा ने?

उसके फ़ोन काटने के बाद नेहा का message आता है चलो will talk to you later have some important work !!

निरपेश थोड़ा अजीब सा मह्सूस करता है और फिर नाश्ता करके आफ़िस निकल जाता है अपनी मिक्स्ड फीलिंग्स के साथ।

इधर नेहा होटल में settleहो रही होती है और उसके मन में निरपेश की बातें घूमती रहती हैं । तरह तरह के सवाल उसके मन में उठ रहे होते हैं। *ऐसा लगता है थोड़ा insecure फील कर रही होती है नेहा* निरपेश *को लेकर ....*।

कुछ तो चेंज होता दिख रहा होता है नेहा के अंदर पिछले कुछ दिनों से जब से वह US पहुँची *है।*

खैर इन्ही thoughts से जूझते हुए वह अपना आफ़िस अगले दिन ज्वाइन करती है और सभी टीम मेंबर्स से मिलती है।

नेहा Hershey's के क्लाइंट side पे गई होती है Boston में वहाँ उसके टीम के डेवेलपर्स आलरेडी रहते हैं और उनको वह ज्वाइन करती है।

With some of the people from testing team and deployment टीम वह ऑफशोर टीम के साथ कॉल्स ज्वाइन करना शुरू कर देती है फ्रॉम Day 1 of joining the team और UAT में फुल supportदेना शुरू कर देती है। Last phase UAT का चल रहा होता है prior to go live of the application

नेहा की *analytical स्किल्स* अपनी टीम में सबसे ज़्यादा तेज़ होती हैं और defect resolution में उसका turnaround टीम में

सबसे बेहतर माना जाता है। धीरे धीरे वह वहाँ के माहौल में एडजस्ट होती जाती है और मेहनत से काम करने लगती है।

जब भी उसे फ्री time मिलता था tea /coffee breaks / lunch breaks पर उसके दिमाग में अपना करंट डेटिंग पीरियड घूमने लगता है एक तरफ रोहित का इवैल्यूएशन चलता है और दूसरी तरफ निरपेश का इवैल्यूएशन... दुविधा में रहती है नेहा इन सब खयालों के बीच।

उधर इंडिया में देखते हैं क्या चल रहा होता है।

वाणी आकाश को कॉल करती है और उस वीक में दो तीन बार आकाश से मिलती है । दोनों लोग scenes develop करते हैं बैठ कर। इनफैक्ट आकाश का Laptop वाणी ने ले लिया होता है for updating the scenes what आकाश was narrating ..ऐसे ही एक buildup discussion के बीच दोनों में कुछ इस तरह की बात होती है।

Day – Thursday

Time – 7 PM IST

वाणी(Laptop पर काम करते हुए)- आकाश थोड़ा कुछ खाने को मिलेगा बहुत भूख लग रही है।

"why not क्या खाओगी?"

"जो तुम्हारा मन करे वह मँगवा दो।"

आकाश फिर छोले बटूरे आर्डर करता है वाणी के लिए और अपने लिए भी।

वाणी Laptop बंद करती है।

"कूल जब तक खाना आता है let's talk .."

"Sure बोलो।"

वाणी -अब आगे क्या सोचा है तुम्हें शादी करनी है की नहीं?

"अरे यार तुम भी मेंरी मम्मी की तरह शुरू हो गई उनका भी यह ही सवाल रहता है मुझसे।"

"अरे अब आंटी यह सवाल तो पूछेंगी ही। तुम्हारी उम्र भी तो हो गई है। You are almost 34 !!"

" हाँ उमर तो हो गई है पर उसके लिए अच्छी लड़की भी तो मिलनी चाहिए जिससे शादी की जा सके।"

"अपने आस पास देखो क्या पता मिल ही जाए।"

आकाश समझ नहीं पाता है की क्या वाणी ने कुछ इशारा उसे दिया है यह बात कहकर?

"मतलब?"

"मतलब की ढूँढ़ो क्या पता आस पास ही कहीं मिल जाए। तुम्हारा कैफ़े इतना बढ़िया है ,खूब youngsters यहाँ आते हैं even I like coming here .क्या पता यहाँ पे ही किसी दिन you will find that special one ..!!"

इतने में मनजोत छोले बटूरे लेकर वहाँ पहुँचता है और साथ में दो लस्सी भी।

"अरे लस्सी तो मैंने बोली नहीं थी।"

आकाश- अरे वह by default मंगवाई मैंने तुम्हारे लिए । knew की अभी नहीं तो बाद में तुम ज़रूर मँगवाओगी 😁

'Wow तुम कितना समझने लगे हो मुझे इतने कम दिनों में 😊 "

आकाश एक बार फिर थोड़ा अचंभित होता है। *इस तरह की लाइन उसे मोहिनी के जाने के बाद किसी भी लड़की से* सुनने *में नहीं मिली थी*। वह खाना खाते खाते कुछ शांत सा हो जाता है।

"अरे कहाँ खो गए boss? एक दम साइलेंट। मोहिनी के बारे में तो नहीं सोचने लगे क्या? 😜 "

"नहीं ऐसा तो नहीं है।"

"उसकी कोई photo है तुम्हारे पास?"

"हाँ है।"

"दिखाओ?"

आकाश अपने पर्स से मोहिनी की फोटो निकाल के दिखाता है।

वाणी- wow she is beautiful पंजाबी थी क्या वह?

आकाश - हाँ मोहिनी चोपड़ा नाम था उसका।

वाणी - I see amazing फीचर्स आपने न?? क्या बताऊँ बहुत अजीब लग रहा है ।

हम्मम।

"खैर don't worry you will find your special one ..soon "

आकाश -तुम्हारी कोई नज़र में हो तो बताओ?

"अरे मैं भी बस उसी मझधार में हूँ। आपकी नज़र में कोई अच्छा लड़का हो तो बताओ।"

इस बात पे दोनों हँस पड़ते हैं।

"अच्छा तो let me summarize आज हमने तीन ' बिग पिक्चर scenes ' finalize किए।

पहला setup scene जिसमें आपको ,

रवि को और मोहिनी को एक साथ क्लास में पड़ते दिखाया गया है।

दूसरा वह scene जिसमें वह लड़का एक दम से न्यूज़ शेयर करता है रवि की डेथ की,

और फिर रवि के घर वाला scene जब मोहिनी और तुम रवि के घर पहुँचते हैं औरवहाँ के experience हम स्टेज पे दिखाते हैं।"

"but एक problem है।"

"क्या?"

वाणी- देखो हमें रवि और मोहिनी के कुछ *प्राइवेट scenes recreate* करने होंगे ताकि ऑडियंस को पता चले की they are in a healthy relationship and are avid lovers ..

"यह सारे scenes setup establish करने के बाद हमें रखने होंगे before the death वाला scene "

"But वह मैं तुम्हें कैसे बताऊँगा ? मैं उनके साथ उनके *private moments* में घूमता थोड़ी न था।"

"हाँ तभी बोले न मैंने की उसे recreate करना होगा हमें क्या तुम वह लिख सकते हो?"

"I think तुम लिख सकते हो ठीक है let's do this together। तुम कुछ romantic scenes लिखो फिर हम दोनों एक बार उस पे act करेंगे।"

"अरे तुम मुझसे acting भी करवाओगी ? I believe तुम्हें और निरपेश को करने चाहिए वह scenes।"

"ok I can enact those scenes with you and निरपेश both ..!!"

"अच्छा अब एक और चीज़ देखनी है की characters कैसे finalize होंगे प्ले में। I think 3 characters main हैं।"

"रवि

मोहिनी

आकाश

आकाश .... अभी तक की स्क्रिप्ट दिखाओ थोड़ा?"

"यह लो।"

आकाश -हम्मम so looking at characters ..

मोहिनी तुम होगी

आकाश निरपेश होगा

रवि।।? अरे यार रवि किसको लोगी प्ले में?

"हाँ एक और बंदा लेना पड़ेगा जोकि for sometime प्ले में रहेगा till he dies "

"right but अभी के लिए रवि कौन प्ले करेगा?"

"For practiceमैं तुम्हारे साथ कर लेती हूँ यह scenes।"

"अरे !!"

"please आकाश you have to help me .. "

" but यार romantic scenes होंगे वह।"

" तो क्या हुआ तुम भी romantic और reasonably handsome हो। ☺ "

"अच्छा !! मुझे पता नहीं था।"

"अरे जिसका तुम्हें पता नहीं है उसका मुझे पता है। अब बस देखते जाओ आगे।"

"अरे यार अब तुम राइटिंग के साथ acting भी करवाओगी मुझसे।"

"why not? writers can act well I believe as they know how scenes are written and will come out in real time .."

" हम्म can appreciate सही कह रही हो।"

"चलो फिर done रहा हमारी कास्टिंग kind of clean हो गई है अब।"

" बिलकुल।"

इतने में वाणी फिर ऑटो करके निकल जाती है अपने हॉस्टल।

उधर निरपेश अपने आफ़िस में नया रोल संभाल लिया होता है । सब उसको उसके प्रमोशन के लिए मुबारकबाद दे रहे होते हैं ।उसको respect भी मिल रही होती है टीम में जैसा कि वह सोच रहा था की शायद उसके साथ के experience वाले उससे jealous होंगे ऐसा नहीं था सब उसको follow कर रहे थे और प्रोजेक्ट काफी streamline हो गया था उसका।

ऐसे ही उस दिन इसी माहौल के बीच।

At Nirpesh's office –

निरपेश कामैनेजर- आओ आकाश let's go over coffee at the pantry

"अरे सर आप क्यों आ गए मेंरी डेस्क पे मैं आ जाता आपकी डेस्क पे।"

"अरे its doesn't matter .."

उसका मैनेजर पैंट्री में पहुँचता है और दो कप coffee बनाता है and gives one of it to निरपेश and then they both sit over a table and चाय r ..

मैनेजर - और बताओ how are you feeling Nirpesh these days at work ..?

"very nice sir .."

मैनेजर (**आँख मारते हुए**) – contended फील हो रहा है professionally की नहीं?

"जी सर बिलकुल सब आपका ही किया धरा है।"

"अरे नहीं यार हम तो सिर्फ ज़रिया हैं मेहनत तो सारी तुम्हारी है।"

"एक personal बात कहूँ I mean जो मेरा observation है।"

"जी सर बिलकुल।"

"I know इंडस्ट्री में मैंनेजर्स को लेकर काफी खराब perception है सभी का।"

"ख़राब perception मतलब can you elaborate सर?"

" यह ही की managers बहुत rude and aggressive होते हैं अपने आगे leads and डेवलपर्स को कुछ समझते नहीं है। respect नहीं करते हैं जूनियर्स की all that wrath you know ."

" I see यह तो है I think अगर वोटिंग की जाई तो 90 percent लोगों का यह ही perception है "

"हाँ वही दुःख होता है यह सब सुनकर। I mean why people are judgmental? what is your view निरपेश?"

"सरमेरा view यह ही है की जीतने भी लोग यह सब बोलते हैं उनके सबके experiences खराब रहे हैं मैंनेजर्स के साथ and hence they spit this feeling out। यह ही अगर अच्छे एक्सपेरिएंसेस होंगे तो वह अच्छा बोलेंगे।"

"rightसो its all linked। मैंने जर्स अच्छे तभी होंगे जब अच्छे लीडर्स बनेंगे और इस लाइन में अच्छे मैंने जर्स आएंगे।"

"rightसर।"

"हम्म तो और बताओ बाकी personal life कैसी चल रही है तुम्हारी?"

"हाँ सर ठीक है।"

" I never asked you though.. Are you married?"

"नो सर not yet "

"अरे अब कर लो यार you are 31 राइट?"

" Yes सर कोशिश जारी है।"

" Any गर्लफ्रेंड?"

निरपेश(शर्माते हुए बोलता है) – No sir ..!

" कमाल है इतने हैंडसम हो and no girlfriend ...?"

" क्या करें सर अब ऐसा ही होता है life में देख लीजिए।"

" कोई नहीं try to work out things there as well ..."

"चलो मैं निकलता हूँ , lot of work today "

"फाइन सर।"

" मैं बस एक फ़ोन कॉल करके आता हूँ।"

आकाश को फ़ोन लगाता है निरपेश।

"हेलो सार्थक?"

"हाँ आकाश भाई कैसे हो?"

" बस ठीक है तुम्हारे scenes पे काम चल रहा है।"

"हाँ कुछ आगे बड़ा मामला? वाणी मिल रही है आपसे regularly?"

"हाँ यार एक दो बार आई वह कुछ scenes तो मैंने उसको शेयर कर दिए हैं but यार कुछ scenes और add हो रहे हैं प्ले में उनपे काम चल रहा है।"

" I see "

"अच्छा निरपेश यार वह स्टोरी भी update करनी है मुझे तुम कब मिल सकते हो?"

" हाँ right let's get that updated आपको स्टोरी को भी आगे बढ़ाना चाहिए as there are lot of developments that happened lately "

" ठीक है मैं कल शाम को आता हूँ।"

"आज थोड़ा काम है लेट तक बैठ कर निपटाता हूँ फिर अपन कल मिलते हैं शाम को। थोड़ा जल्दी आ जाऊँगा तुम्हारे पास।"

"ओके भाई done फिर।"

"cool let's catchup tomorrow at your place ..."

अगले दिन शाम को 6 बजे निरपेश आकाश के यहाँ पहुँच जाता है।

आकाश अपने Laptop पे अपनी script लिए बैठा होता है और चेक करा रहा होता है की उसकी स्टोरी कहाँ तक updated है।

निरपेश- आकाश कहाँ तक update किया है तुमने स्टोरी में।

वही जब नेहा US जाने के लिए रेडी रहती है और तुम्हारी acting classes शुरू हो जाती हैं।

I see फिर सुनो इसके आगे क्या होता है। एक narrative ready कर लो।

अगले एक घंटे में सार्थक आकाश को आगे की सारी स्टोरी update करवाता है आज की डेट तक। यह सारा काम ख़त्म करने के बाद दोनों लोग वाणी के बतायें scenes के ऊपर बात करने लगते हैं। वह conversation कुछ इस प्रकार होता है।

आकाश- हाँ तो कल वाणी आई थी फॉर scenes preparationऔर डिस्कशन से यह निकला कि मुझे मोहिनी और रवि के scenes recreate करने होंगे which will highlight love and romance that blossomed between them

" I see तो आकाश आपका observation तो काफी स्ट्राँग है कुछ ऐसे incidents याद हैं आपको जिन्होने मोहिनी को रवि के करीब लाया होगा?"

" हाँ let me think may be I can recall !!"

"तब तक तुम चाय पियो।"

" मनजोत 2 चाय लाना ..।"

आकाश करीब 5 मिनट के बाद बोलता है याद करके।

" हाँ एक incident याद आया इनफैक्ट' 2 incidents' याद आए मुझे।"

" I think firstईयर की बात थी।"

"इंजीनियरिंग mathematics करके एक सब्जेक्ट था तो उसकी क्लास चल रही थी

हमारे एक सर थे कुलदीप नाम के जो हमें मैथ्स पढ़ाया करते थे।

एक' लाप्लास ट्रांसफॉर्म' के ऊपर मैथमेंटिक्स का चैप्टर था।

तो मुझे याद है एक दिन सुबह क्या हुआ around 9 am पे firstक्लास थी कुलदीप सर की।

आज वह हार्ड questions डिसकस करने वाले थे बच्चों के साथ

रवि उस दिन थोड़ा लेट हो गया था आने में जैसा की मैंने बताया की वह डे स्कॉलर था he used to come from the heart of the city to college .. फिर सर ने एक सवाल लिखा बोर्ड पे और स्टूडेंट्स से पूछने लगे उसका आंसर and at the same time खुदभी solve करने लगे।"

"इतने में रवि mid of the क्लास में पहुँचा और सवाल देखते ही बोला की कुलदीप सर इस सवाल का आंसर पाई / २ है यह जवाब सुनकर सर थोड़ा intimidate हो गए और सारी क्लास एक दम से हँस पड़ी। मोहिनी जो उस वक़्त बगल वाली बेंच पे बैठती थी जब रवि सीट पे आके बैठा तो बोली।"

"वाह क्या बात है answer रट कर आए हो?"

"नहीं यार I have proof .."

"अच्छा फिर दिखाओ?"

"रवि अपने बैग से कॉपी निकालता है और वही सवाल खुदsolve किया हुआ step by step कॉपी में मोहिनी को दिखाता है।"

"यह सारा conversation कुलदीप सर भी सुन रहे होते हैं as both मोहिनी and Ravi were sitting in front rows ..उसकी कॉपी देख कर मोहिनी बोलती है गज़ब क्या बात है रवि सुपर्ब यार। फिर सर की तरफ मुड़कर देखती है और उनको कॉपी हैंडओवर करते हुए बोलती है देखिए सर इसने कल रात में ही solve कर दिया है सवाल in fact not only this इसने कॉपी में वह सारे सवाल करे हुए हैं जो आज आप डिसकस करने वाले हैं हमसे very proactive of him sir .कितना involved है देखिए mathematics में यह बंदा। फोकस और proactiveness देखने लायक है।"

कुलदीप (कॉपी देखते हुए) - very nice Ravi ..आप जैसे होनहार अपकमिंग engineers कि इंडिया को ज़रुरत है . good job boy ..सब लोग रवि के लिए तालियाँ बजाएं।

फिर एक तालियों की गूँज होती है और रवि को थोड़ा *अलग हट के फील होता है क्लास में।*

मोहिनी - Indeed extremely impressive रवि

यह कहते हुए मोहिनी उठ के रवि की सीट के बगल में बैठ जाती है आकर।

उस दिन से मोहिनी और रवि साथ ही एक ही बेंच पे बैठा करते थे क्लास में।

सार्थक - बढ़िया may be it was a sign of attraction shown by मोहिनी towards Ravi वह attract हुई उसकी तरफ तभी उसके पास बैठी आके । कुछ energy महसूस हुई उसे।

"हाँ यहincidentकाफी यूनिक था अपने आप में imagine कुल्लू उधर सवाल solve करने में सर खपा रहा है उधर readymade pie/2 answer तैयार है रवि द्वारा। I still recall the comedy it created गुड फन भाई firstईयर का यह मस्त scene ज़हन में बसा हुआ है। 😊 "

"वाक़ई मस्त था इंसिडेंट।"

" अच्छा सुनो स्टोरी अभी ख़त्म नहीं हुई है , कुछ interesting incidents और भी जुड़े हुए हैं इसके साथ।"

"I see बताए?"

मनजोत - यह लीजिए आप दोनों की चाय।

.**आकाश (चाय का घूँट लेते हुए)**- तो फिर जब क्लास ख़त्म हुई तो मैं रवि और मोहिनी के पास गया और मैंने रवि को congratulate किया।

इस पे मैंने एक proposal रखा कि चाय मेंरी तरफ से हम तीनों के लिए । इत्तेफ़ाक़ से मोहिनी भी उस वक़्त रवि के साथ खड़ी थी। फिर हम लोग कैंटीन की तरफ गए। रास्ते में बातें होती रही अपन लोगों की।

"गुरु आप तो छा गए रवि ... !! क्लास में क्या एंट्री मारी एक दम हीरो टाइप।

रवि - हाँ काफी unexpected रिस्पांस था सभी का।

"हाँ वह तो है यार रवि एक request है तुमसे मेंरी "

रवि (मोहिनी की तरफ देखते हुए) - बोलो?

"यार as you know की इस बार सेमेंस्टर exams मैथ्स के एक्साम् से शुरू हो रहे हैं और to be very frank मैं यार कुछ ज़्यादा पढ़ नहीं पाया हूँ।"

" so will you be able to help me for the exams ..?"

" अरे ऐसी क्या बात है तुम library में आ जाना will teach you but एक मिनट टुडे its Thursday and exams next Tuesday से हैं ....।"

" मैथ्स काexamTuesday को है।"

"वही यार टेंशन हो रही है इसलिए।"

"हम्मम but why you didn't study?"

"ऐसे ही यार थोड़ा पढाई से मन उठा हुआ है मेरा । mean engineering entrance में इतना मेहनत करने के बाद इस substandard कॉलेज में एडमिशन पाए ..।"

" Frustrating यार ... !! I was a very good performer in my coaching institute , but still couldn't get a good rank in the entrance तब से ही यार ऐसे बेमन से इंजीनियरिंग चल रही है।"

"मन का कॉलेज नहीं मिला यार ☹।"

रवि (कंधे पे हाथ रखते हुए आकाश के) - I see but अब तो एडमिशनले लियो यहाँ और हम जैसे लड़कों के साथ पढ़ रहे हो ,इसलिए मेरा एक suggestion है

" प्लेटफार्म कोई भी हो वह छोटा नहीं होता perform करने के लिए।"

आकाश- मतलब?

मोहिनी -Yes Ravi even I couldn't understand what you are trying to say ..

रवि- यार यही की जब तुम कोचिंग में थे वह एक *मंच* था वहाँ pefrform करते थे अब यहाँ आ गए हो क्योंकि performनहीं कर पाए इंजिनीररिंग एंट्रेंस में लेकिन अब भी *जंग* तुम्हारी ख़त्म नहीं होनी चाहिए की तुम दुबारा अपनी performance को खड़ा कर सकते हो इस नए मंच पे ......*यही life है ज़्यादा कुछ है नहीं।*

मंच बदलते हैं आदमी वही रहता है ... ।

अब यह आदमी पे है वह अपनी नज़र में ऊपर जाना चाहता है बदलते मंच के साथ या फिर नीचे जाना चाहता है ....।

बस इतना सा फलसफा है।

और फिर इस मंच से अपने आगे की life को review करो की क्या करना है किधर जाना है। 😅

मोहिनी- क्या बात है रवि इतनी clarity .. life के बारे में। इस बात पे मैं तुम्हें गले लगाना चाहती हूँ (इसके बाद वह रवि को गले लगा लेती है।)

शायद रवि का खिचाव और उसकी तरफ हो जाता है और ज़्यादा गहरा होने लगता है समय के साथ।

आकाश- क्या सॉलिड बात बताई है रवि भाई तुमने *मैं दुबारा मोटिवेटेड फील कर रहा हूँ।* एक बार फिर एक फ्रेशनस सी फील हो रही है आज पहली बार कॉलेज में मुझे। काफी दिनों से घुटे हुए दम से घूम रहा था कॉरिडोर्स में कॉलेज के लेकिन आज दुबारा से मैं खुली साँसें ले पा रहा हूँ और साँसें ताज़ी है सबसे अच्छी बात यह है।

थैंक्स यार गले तो यार मैं भी तुम्हें लगाऊँगा। 😊

रवि- अच्छा लेकिन तुम्हारा केस डिस्कस करने के बाद मुझे मेरा केस याद आ गया। मेरा केस थोड़ा डिफरेंट तरीके से *twisted* है मेरे पिछले मंच पे।

आकाश - अच्छा कैसे।

रवि - तो सुनो। यार हम तो खिलाड़ी रहे थे स्कूल में पढाई लिखे ज़्यादा किए नहीं ।पिताजी अमर उजाला में चीफ एडिटर थे उन्होने अपने काम को हमेशा मेंरी ज़रूरतों से ऊपर अहमियत दी। जब मेरा 12th हुआ तो पापा ने कहा इंजीनियरिंग कर लो तुम्हारा भला हो जाएगा पहली बार मुझे लगा की पिताजी ने इतने सालों में पहली बार ध्यान दिया हम पे।

तो मैंने उनका कहा मानकरexamलिख दिया और यहाँ आ गया मैंनेजमेंट सीट पे। मैंने सिर्फexamलिखा था , शिद्दत और तैयारी से दिया नहीं था और शायद इसलिए मैंनेजमेंट सीट मिली।

मोहिनी- ओह्ह मैंनेजमेंट सीट। हम्म so you are " *रिच स्कॉलर*" 😅 by the way ..

आकाश- I see तो तुम मैंनेजमेंट पे कॉम्प साइंस ब्रांच पे आए हो फिर तो फीस बहुत ज़्यादा लगती होगी तुम्हारी?

हाँ लगती तो है पिताजी के पास कौनसी कमी है कभी घर आओ हमारे तुम्हें पता चलेगा बड़े शौक़ीन मिजाज़ हैं पिताजी हमार। 😅

अच्छा but एक बात बताओ अभी क्यों पढाई में इतनी sincerity show कर रहे हो?

भाई इसके पीछे भी एक रीज़नहै।

वह क्या?

यार हमने सोचा कि पिताजी इतना पेल के पैसा खर्च कर रहे हैं हम पे तो क्यों न उनको उसका मुनाफा दिला दिया जाए। इसलिए इंजीनियरिंग अच्छे से कर रहे हैं ताकि उनको यह न लगे की उनका पैसा *waste* हो गया। स्कूल में तो ज़्यादा पढाई की नहीं अब यहीं कर लेते हैं लिखाई पढ़ाई। एक और मस्तangleयह भी है हम अपने दिमाग में यह क्लियर करना चाहते हैं की *क्या हम इस सीट के लायक थे ?* अगर अच्छे से इंजीनियरिंग की कोचिंग और पढाई किए होते तो अच्छे कॉलेज में एडमिशन पा सकते थे क्या?वही potential evaluate कर रहे हैं इंजीनियरिंग कॉलेज की में भर्ती होने के बाद।

आकाश- अच्छा तो वह कैसे पता करोगे तुम फिर से एंट्रेंस लिखोगे हर साल चेक करने के लिए?

रवि - नहीं यार अब काम यह करना है की मैंनेजमेंट सीट होते हुए भी हम टॉप 5 में consistentरहने की कोशिश करेंगे कॉम्प साइंस ब्रांच में वह भी अपने बलबूते और मेहनत पे। कोई नक़ल नहीं पर्ची नहीं सब खुदके दम पे। **..**" I want to measure this seat by testing out my engineering acumen not by money which my dad paid to get me here .." इस मंच पे बस यह ही evaluate करना है मुझे।

आकाश- और अगर ऐसा कर पाए तो शायद वह पन्ना हिस्ट्री में कुछ अलग तरीके से लिख सकते थे तुम जो तुम बिना पड़े और कोचिंग किए इस कॉलेज में मैंनेजमेंट कोटा पे आ गए।

रवि - there you जो करेक्ट हाँ वह भी है।

आकाश- ओह्ह बॉस क्या daring बन्दे हो यार तुम। मोहिनी देख रही हो।

मोहिनी - I like the hard rock attitude of this guy .. seriously।

आकाश- भाई कल्पना से भी विचित्र विचार हैं तुम्हारे नमस्कार करता हूँ। 😊

रवि- ऐसा ही है गुरु। चलो अब तुम्हारेexamपे आते हैं तो देखो dude ऐसा है अभीtimeहै नहीं ज़्यादा की हम तुम्हें पढ़ा सकें पूरा

सेमेंस्टर का कोर्स मैथ्स में तुम ऐसा करनाexamमें मेरा पेपर कॉपी कर लेना ।life बना देंगे तुम्हारी दोस्त उस दिन।

आकाश- I see थैंक्स भाई तुम्हारी तैयारी पूरी है?

रवि - हाँ एक दम झकास ...आज नमूना नहीं देखे कुल्लू की क्लास में?

आकाश- - अनिल कपूर के फैन लगते हो

रवि - ha ha

आकाश - थैंक्स भाई वैसे भीexamमें अपनदोनों अगल बगल ही बैठते हैं सो I think manage हो जाएगा ..।

रवि - बिलकुल।

अगले वीक फिर exams होते हैं। रवि और मोहिनी का रोल नंबर आगे पीछे होता है और मैं रवि के बगल में बैठता हूँ exam में। उस दिनजब मैथ्स का पेपर बटता है तो मैं भगवान का नाम लेकर right from first question to 5th question सारा पेपर रवि का छाप देता हूँ। फिर लास्ट में जब मैं पेपर सबमिट करता हूँ इंविजिलेटर को तो वह एक observation शेयर करता है। हँसता है और बोलता है।

"महाशय ज़रा इधर आइये।"

"हाँ सर बोलिए।"

" बेटा कॉपी तो कायदे से किया करो पूरे एंथु में रवि का नाम और रोल नंबर भी कॉपी कर दिए अपनी ही कॉपी में "

यह सुनकर सारी क्लास मुझ पे इन्क्लूडिंग मोहिनी और रवि सब बहुत ज़ोरों ज़ोरों से हँस पड़ते हैं।

" यह बहुत ही embarrassing moment था मेरे लिए।"

सार्थक - क्या रोल नंबर और नाम भी ha ha गुरु तुम्हारी चुम्मी लेने का मनकर रहा है मेरा जबर मस्ती too good bhai

"और क्या करता *observation* ही कुछ ऐसा था ...।"

सार्थक – लेकिन इस मामले में इंविजिलेटर का observation आपसे ज़्यादा सॉलिड था ।

" खैर फिर क्या हुआ पेपर कैंसिल कर दिया गया आपका?"

"नहीं invigilator बोले की जाओ वाइट इंक लेकर आओ जल्दी से मैं खड़ा हूँ फिर इरेस करो रवि का नाम और रोल नंबर और उसकी जगह अपना नाम डालो।"

सार्थक- क्या वाइट इंक (ha ha ha 😊 😊 😊) धन्य हो प्रभु।

हाँ I was surprised , यह देख के ऐसा लगा की ऐसे *दयालु* टीचर भी होते हैं इंजीनियरिंग कॉलेजेस में आजकल ....? तुरंत मैंने उनका नाम पता किया एक और टीचर से जब मैं क्लास के बाहर वाइट इंक का जुगाड़ करने गया तो।

उनका नाम था सुशिल मिश्रा। second year में इलेक्ट्रिकल इंजीनियरिंग पढ़ाते थे।

सार्थक- काफी सुशील तरीके से यह इशू उन्होने क्लोज किया 😅

Mind Blowing... हँसते हँसते पेट फूल गया।

रवि का क्या reaction था?

"रवि और मोहिनी सर को हाथ जोड़ते हुए क्लास से बाहर निकल गए जैसे कि कलियुग में प्रभु राम के दर्शन हो गए हो उन्हें। 😊 "

"बस इन सारे एक साथ घटे incidents के बाद से मोहिनी और रवि की नज़दीकियाँ बढ़ती गयीं और मेंरी रवि और मोहिनी की एक दोस्ती सी हो गई आपस में।"

सार्थक- दोस्ती तक तो ठीक है पर मोहिनी रवि को उस तरह से चाहने कैसे लगी?

आकाश- अब बाद में दोनों के बीच personal लेवल पे क्या हुआ यह बताना तो मुश्किल है मेरे लिए but *किसी भी कहानी को अच्छा बनने के लिए उसकी* शुरुआत *अच्छी होना बहुत ज़रूरी होता है।* वह हमें ऊपर वाले incidents में दिखा from Ravi's standpoint , पर उसके बाद रवि ने second सेमेस्टर में मैथ्स में टॉप भी किया पूरे बैच में। इन सारे incidents के बाद मोहिनी रवि की

काफी respect करने लगी थी। उस दौर में academics से भी लड़कियाँ बहुत impress हुआ करती थी लड़कों से। ....रवि ऊपर से दिखने में भी अच्छा था और academics में भी अच्छा performकर रहा था। दोनों सेमेंस्टर्स में he had secured 7th and 5th rank in comp science class एक अच्छा allrounder बन रहा था रवि और बाकी extra curricular activities में भी participate कर रहा था कॉलेज में।

सार्थक – I see कौन कौनसे स्पोर्ट्स खेलता था वह?

आकाश- वही क्रिकेट और badminton में he had enrolled सेकंड ईयर से उसका प्लान athletics में participate करने का था।

सार्थक – impressive भाई।

आकाश- हाँ वही उसके अंदर वह ingredients थे जिससे लड़कियाँ उससे attract हो कॉलेज की।

सार्थक - शायद confident भी बहुत था और अपने में बिलीव करता था की he can do things on his own effectively क्यों?

आकाश- हाँ confidence लेवल भी अच्छे थे उसके।

" सही है।"

"चलो अच्छा फ्रेमवर्क रेडी है आपके पास मोहिनी और रवि के romantic scenes फ्रेम करने के लिए और उनके प्यार मोहब्बत की शुरुआत को दिखाने के लिए।"

" बिलकुल फिर एक बात और थी वह दोनों वह सब करते थे जो कॉलेज में लड़की लड़कियाँ जोकि नए नए प्यार में होते हैं करते हैं।"

"जैसे?"

"यह ही की कैंटीन में घंटों बैठे रहना , ढाबे पे Maggi खाने जाना साथ में ,शामों को कॉलेज के पार्क की बेंच पे बैठना , शाम को टहलना गर्ल्स हॉस्टल के आगे ,साथ में मूवी जाना।"

सार्थक- hold on hold on .... आपको यह सब इतना डीपली कैसे पता है?

आकाश- भाई मैं होस्टलर था और मोहिनी से दोस्ती भी हो गई थी मेंरी अक्सर शाम को जब मैं कैंटीन जाता था या फिर ढाबे पे अपने दोस्तों के साथ Maggi खाने जाता था वह दोनों दिखाई देते थे साथ में , observe करता था उनको उन सब जगहों में और क्लास में भी आईडिया होता जाता है gradually !!

सार्थक- I see but how come u came to know they finally fell for each other?

क्योंकि घूमते फिरते तो लड़के लड़कियाँ *आजकल दोस्ती यारी में भी हैं?*

आकाश- interesting एक दिन मैं शाम को ढाबे से दोस्तों के साथ maggi खा कर लौट रहा था तो मोहिनी का फ़ोन आया boys हॉस्टल की गेट पे लगे फ़ोन पे। Gatekeeper ने मुझे रोक कर फ़ोन पे बात करने को कहा। मोहिनी ने मुझे तुरंत गर्ल हॉस्टल पे आने को कहा उसको मुझसे कुछ ख़ास बात करनी थी। मैं तुरंत गर्ल्स हॉस्टल पहुँच कर उसका वेट करने लगा।

सार्थक- I see फिर मोहिनी बाहर आई ?

आकाश- नहीं मैं बहुत देर तक उसकी राह देखता रहा पे वह बाहर नहीं आई । फिर मैंने वापस बॉयज हॉस्टल जाकर उसके हॉस्टल में फ़ोन किया तब उसने बताया की वह फिर कभी बात करेगी मुझसे इस बारे में।

सार्थक- I see फिर क्या अगले कुछ दिनों में उसने तुम्हें कुछ बताया की क्या डिसकस करना चाहती थी?

"नहीं लेकिन मुझे किसी और तरीके से idea हो ही गया।"

"वह कैसे?"

"एक दिन लाइब्रेरी में मैं अपनी बुक भूल गया था। जब मैं उसे वापस लेने आया था तभी मैंने रवि और मोहिनी को एक दूसरे को *Kiss* करते देखा।"

सार्थक- हम्मम but लाइब्रेरी में और लोग भी तो होंगे?

आकाश- नहीं पूरी लाइब्रेरी खाली थी शाम 4 बजे का वक़्त था मोस्टली उसtimeतक सब चले जाते हैं classes के बाद अपने अपने घर या हॉस्टल।

सार्थक- I see तो क्या उन लोगों ने तुम्हें देखा?

आकाश- हाँ देखा और थोड़ा शर्मा गए और हँसने लगे " मैंने फिर किताब अपने मुँह पे रख कर एक डायलॉग मारा की guys मैंने कुछ नहीं देखा और मैं हॉस्टल जा रहा हूँ।

सार्थक- ग्रेट फिर तो scenes अब interestingly recreate कर सकते हैं आप? You have lot of events which can validate that they were madly in love

आकाश- हाँ बनाता हूँ let me capture all the events gracefully and create the scenes और बताओ नेहा का कुछ फ़ोनआया पहुँच गई ठीक ठाक?

" हाँ पहुँच गई।"

"कुछ behaviourमें बदलाव दिखा तुम्हें उसके वाणी से मिलने के बाद?"

"हाँ कुछ तो महसूस हो रहा है पर sure नहीं हूँ।"

"जैसे?"

"अभी a couple of days back she called me and was enquiring in detail about वाणी !! उसकी खूबसूरती की तारीफ़ करि मुझसे और यह भी पता कर रही थी कि कैसी हैं behaviour में एंटरटेनिंग है की नहीं?"

"मतलब की वह यह पता लगाने की कोशिश कर रही थी की तुम उसकी कंपनी में कैसा फील करते हो?"

"हाँ I think यह ही पता कर रही थी।"

"तो तुमने क्या कहा?"

"वही जो सच है (चाय का घूँट पीते हुए) की वाणी बहुत एंटरटेनिंग और interesting हैं।"

"क्या बात है। यह हुई न मर्दों वाली बात। मस्त *जलाया* उसे क्यों?"

"हाँ लगता तो है।"

"उसका क्या रिएक्शन था?"

" बोली , क्या मुझसे भी ज़्यादा? : और यह कहकर फ़ोन काट दी की बाद में बात करेगी कुछ काम याद आ गया उसे।"

आकाश- Looks like तुमने उसे insecure कर दिया थोड़ा यह कहकर सही है dude अब यह ही attitude तुम्हें रखना है नेहा के प्रति।

"बिलकुल अब पीछे नहीं हटना है reality से जुड़े रहना है सो नो assumptions आकाश भाई।"

'बिलकुल भाई चलो फिर यह scene भी add आकर देता हूँ स्टोरी में अब

(आँख मारते हुए आकाश बोलता है)

सार्थक - हाँ हाँ कर दो।

आकाश- यार स्टोरी किस तरफ जायेगी ज़बरदस्त सस्पेंस है भाई?

सार्थक -वही life का रुख क्या होगा अभी क्लियर नहीं है but सही है *यह ही मज़ा भी है जीने का ..थोड़ा uncertainty बनी रहनी चाहिए क्यों?*

"हाँ बिलकुल निरपेश।"

"ठीक है फिर Scene is added now .. , चलो फिर तुम निकलो यार लेट हो रहा है काफी its 10 PM फिर मिलते हैं।"

"हाँ आकाश चलो निकलते हैं बात होती है फिर।"

"Bye for now ... "

सार्थक अपनी बाइक उठाता है और सीधे अपने घर को निकल जाता है।

Importance

अगला हफ्ता शुरू हो जाता है। उधर कुछ दिन लग कर आकाश scenes कम्पलीट करता है मोहिनी और रवि के और प्लान करता है वाणी को बुलाकर दिखाने के लिए। इधर वाणी मोहिनी के करैक्टर को स्टडी कर रही होती है और उसके mannerisms को अपने में inculcate करने की कोशिश कर रही होती है ताकि जब scenes की rehearsals स्टार्ट हो वह अच्छी position में हो उस करैक्टर को प्ले करने के लिए।

नेहा उधर US में अपने काम में फोकस कर रही होती है उसने इस वीकेंड Go Live कर दिया होता है successfully। बहुत confident महसूस कर रही होती है professiona फ्रंट पे। अब बस प्रोडक्शन supportदेना होता है करीब next one and half months उसे जैसा की उसकेमैनेजरने release के बाद उसे फ़ोन पे बोला था।

वह इस बीच रोहित को कई बार कॉल करती है but 4 में से सिर्फ एक बार ही उसकी रोहित से बात हो पाती है। शायद वह भी अपने काम में बहुत ज़्यादा मशरूफ होता है। सात समुन्दर की दूरी के बीच रोहित को लेकर frustration नेहा का और भी ज़्यादा pile on हो रहा होता है उसके दिमाग में। She was not sure whether she is taking the things with him in correct direction or not ..does he deserve to be given that much of importance from her इस तरह के सवाल घूम रहे होते हैं उसके दिमाग में। *शायद वह इस चीज़ से ज़्यादा खफा होती है* कि वह अपने करियर को लेकर बहुत ज़्यादा focused होता है और नेहा के लिए उसके पास बिलकुल भीtimeनहीं होता है। नेहा का life को लेकर balanced outlook है शायद वह बैलेंस उसको रोहित में नहीं दिख रहा होता है। बहुत disappointed फील करती है वह रोहित के फ्रंट पर।

इसी disappointment से लगातार जूझते हुए वह एक बार फिर निरपेश को फ़ोन करती है।

मंगलवार के दिन सुबह के 9:30 बजे निरपेश अपनी टीम के साथ मीटिंग रूम में एक मीटिंग में होता है। तभी उसके फ़ोनपे नेहा कालिंग ब्लिंक और रिंग करता है। निरपेश एक्सक्यूज़ me कह कर

फ़ोन उठाता है। . Guys I need to pick this call यह कहकर वह बाहर चला जाता है मीटिंग रूम के।

नेहा – Hi निरपेश

निरपेश - Hi नेहा

"कैसे हो?"

"ठीक हूँ मीटिंग में था।"

"ओके ठीक है फिर मैं बाद में बात करती हूँ।"

"its ok we can talk , these guys can wait !!"

यार Go Live हो गया वीकेंड पे मेरे प्रोजेक्ट का and it went successful अभी 2 दिन हो गए हैं production support start हुए but no major issues reported so far...

" क्या बात है यार congrats वैरी हैप्पी फॉर यू बहुत अच्छा लग रहा है सुनकर।"

" थैंक्स निरपेश एक confidence सा बढ़ा है इस प्रोजेक्ट के रिलीज़ होने के बाद *थोड़ा विश्वास अपने* ऊपर *बढ़ गया है।*"

"हाँ वह तो मैं समझ सकता हूँ तुम जिस involvement से अपनी life में काम करती हो confidence तो बढ़ना तय है in getting better and better at things .. "

" हम्मम।"

" एक मिनट मैं इन लोगों को बोल के आता हूँ की they can have a short tea break meanwhile as I would be back to the meeting after 10 minutes .. "

" Ok "

निरपेश(announce करता है मीटिंग रूम में) - Guys I need to attend this call its important , I will connect with you guys ater 15 minutes in meeting room ..

"हाँ नेहा बोलो अब सही है यार खुश कर दिया तुमने सुबह सुबह।"

" हम्मम but एक बात है तुम भी ग्रेट हो निरपेश। , , कितनी खूबसूरती से तुमने अपने टीम के लोगों को हैंडल किया। मेंरी कॉल को

importance देते हुए meeting reschedule कर दी सिर्फ मुझसे बात करने के लिए कमाल है यार .... !!"

"ओह्ह फोन म्यूट पे नहीं था , were you hearing the conversation ..?"

" हाँ its ok कोई बात नहीं खैर जोक्स अपार्ट अच्छा लगा यार तुमने मेरे लिए 15 minutes निकाले।"

" Its ok यार मीटिंग्स वगैरह तो चलती रहती हैं बिज़नेस चलता रहता है but तुम अभी US से कॉल कर रही हो इसलिए मुझे तुमसे बात करना चाहिए पर यह ISD कॉल क्यों , तुम मुझे Whatsapp पे कॉल कर सकती थी?"

" ओह्ह हाँ मैंने देखा नहीं यह ISD Call हो गई आदत है न...तुम्हारा नंबर घुमा देने की जब भी कुछ शेयर करना हो या परेशानी हो।.... शायद भूल गई थी की साथ समुन्दर पार बैठी हूँ।"

" हम्म its ok अपना मेहनत का पैसा मत जलाओ ISD कॉल पे .... मुझे Whatsapp कॉल कर लो।"

"ओके करती हूँ।"

नेहा फ़ोन कट करती है और Whatsapp पे कॉल करती है। निरपेश पिक करता है कॉल।

" हाँ नेहा अब बोलो।"

"कुछ नहीं यार मुझे वाक़ई में सोचना पड़ेगा रोहित को लेकर।"

" क्यों अब क्या हुआ?"

"यार he is not picking up my calls किसी भी time कॉल करती हूँ उठाता ही नहीं है अभी तक सिर्फ एक बार बात हुई है वह भी जब मैं यहाँ US लैंड हुई थी उसके बाद से उसका कोई अता पता नहीं है।"

" अच्छा कहाँ बिजी है?"

"Not sure यार।"

"Whatsapp पे approach किया?"

"हाँ dropped him messages but no replies .. "

"अच्छा ठीक है मैं आज उसे फ़ोन करता हूँ की कहाँ है और क्यों तुम्हें respond नहीं कर रहा है।"

"हाँ एक बार कॉल करो देखो कहाँ बिजी है ....? इतना क्या बिजी है यार मुझे तो कभी कभी लगता है वह serious ही नहीं है इस relationshipको लेकर तुम्हारा क्या view है निरपेश?"

" अब मैं क्या बताओं यह तुम्हें देखना है।"

" हाँ मुझे देखना है पर मैं सिर्फ तुमसे अपनी फीलिंग और डिस्कम्फर्ट एक्सप्रेस कर रही हूँ। तुम्हारा जवाब नहीं माँग रही हूँ।"

तुम्हें options की क्या कमी है देख सकती हो किसके साथ जाना है किसके साथ नहीं?

क्यों boss तुम अपना chance देख रहे हो?

यार chance नहीं देख रहा हूँ what I am really concerned about is that why he is not reciprocating the way he should . i am not sure कि क्या वह वाक़ई में तुम्हारे लिए वह कुछ फील भी करता है?

"हाँ वही पॉइंट थोड़ा मुश्किल है समझ पाना concern शो करता है but genuinely दिल से involved नहीं दिखता है इस relationship में । बहुत cosmetic involvement दिखता है उसका।"

"काफी evaluation किया है तुमने उसका it seems !!"

" मेरे बारे में भी किया है कुछ? 😊 "

"Shut up तुम्हें क्या evaluate करूँगी तुम्हें डेट करने की explicitly ज़रुरत नहीं है। मैं तुम्हें बहुत अच्छी से जानती हूँ और वह भी बहुत समय से।"

" फिर दिक्क्त क्या है मुझमें?"

" तुम फिर शुरू हो गए ..?"

"ओके ठीक है रोहित पे वापस आते हैं।"

"rightखैर तुम्हारी बात हो उससे तो बताओ फिर I will talk to him .."

" let him call me now .."

"ओके।"

"और बताओ how is your new role at office? कैसा लग रहा है?"

"अच्छा लग रहा है यार लीड करने को मिल रहा है टीम को। ..it feels good ..really!!"

"हम्मम अच्छा evolve हो रहे हो।"

"I see तुम्हें ऐसा लगता है?"

"और acting क्लास कि क्या position है? अभी भी चल रही हैं classes कि you dropped in between?"

"Come on यार I have spent around 30k over the classes and बहुत शिद्दत से सीख रहा हूँ एक्टिंग। कैसे छोड़ सकता हूँ बीच में।"

" और मोटिवेटेड और खुश रखने के लिए acting क्लास में तुम्हें खूबसूरत लड़की भी मिल गई है क्यों? क्यों that glam doll वाणी फ्रॉम कोलकाता ...!!"

"Come on .. किसी को *जलन* हो रही है it seems?"

"नो not at all मैं तुम्हारी फितरत जानती हूँ कॉलेज से।"

"*जहाँ खूबसूरत* लड़कियाँ *होती है वहाँ तुम double enthu से काम करते हो।*"

I see good observation but अब मैं एक different version of निरपेश हूँ एक upgraded version ज़ो अपनी life अपने terms पे ड्राइव करता है। किसी और के कहने या किसी वजह से नहीं।

" अच्छा अपने टर्म्स पे हम्म अभी थोड़ेtimeपहले ही यह upgraded version confusion में किसी एक ख़ास लड़की के पास आया था वहtimeभूल गए?"

"अरे वह 6 महीने पहले वाला निरपेश था। पिछले 6 महीने में बहुत फरक आ गया है मुझ में अब मुझे अपनी प्रोब्लेम्स को हैंडल करने के लिए किसी के पास जाने की ज़रुरत नहीं है। खुदहिम्मत रखता हूँ अपनी प्रोब्लेम्स से डील करने की।"

"अच्छा हम्म वह तो दिख रहा है पिछले 6 महीने में थिएटर चल रहा है । आफ़िस में प्रमोशन हो गया है , खूबसूरत लड़की दोस्त बना ली है जिसके साथ काफी अच्छा time बिता रहे हो अब मैं भी US चली गयीं हूँ may be for next 3 months तो और दूर हो जाओगे मुझसे , और पास आ जाओगे उसके क्यों?"

" ohh come on नेहा अगर तुम्हें avoid करना होता तो मैं अभी मीटिंग में टीम को भगा के तुमसे बात नहीं कर रहा होता alrite ..?"

" अरे चिल यार I know you care for me मैं तो मज़ाक कर रही थी।"

नेहा बोल तो रही थी की यह मज़ाक है पे लगता है उसकी मनहीं मनमें बढ़ती insecurity उससे बुलवा रही थी ... ।.जैसे जैसे समय बीत रहा था और वक़्त के साथ जैसे जैसे क़रीबियाँ बढ़ रही थी निरपेश और वाणी में।

"कमाल है तुम ऐसे gears चेंज करती हो conversation के की पता ही नहीं चलता।"

"हम्म खैर अभी वर्कशॉप ख़त्म होने में कितनाtimeरह गया है तुम्हारा?"

"अभी करीब 4 weekends और हैं फिर उसके एक महीने के बाद प्ले है जो हम कर रहे हैं।"

" Wow great कब है प्ले?"

" डेट अभी फाइनल नहीं है but जल्द ही बताऊँगा।"

"so u mean to say in 2 months from now I will be seeing you performing on stage ..?"

"Yes you will अगर तुम वहाँ इंडिया में हुई तब तो।"

"Offcourse यार तुम साले acting करऔर हम देखने भी ना आएं तुम्हारी acting ऐसा कैसे हो सकता है I will be surely back by that time .. "

" मैं लास्ट वीक ऑफ़ जून में वापस आ जाऊँगी कलमैनेजरसे बात हुई थी बोला की 45 days तक रुक जाओ उधर फिर निकल आना।"

निरपेश - सही है फिर प्ले केtimeतक आराम से आ जाओगी Bangalore I

"Yes dude ... शहर में होंगी तब "

" Cool बढ़िया।"

"तुम्हारी स्क्रिप्ट रेडी हो गई ? कौन रेडी कर रहा है? तुम लिख रहे हो?"

"यार script preparation एक चैलेंज था खैर अब वह sort out हो गया है।"

"अच्छा कैसे?"

"यार वह आकाश याद है तुम्हें?"

"आकाश अच्छा वह अर्बन ढाबा का मालिक? याद आया।"

" he is helping me and वाणी to come up with the script .."

I see ... but its surprising उसको कैसे शामिल कर लिया तुमने इन सब में?

"अरे बताता हूँ हे नेहा तुम मुझे शाम को कॉल करो मैं डिटेल में बताता हूँ अभी meeting के लिए लेट हो रहा है . you can call me at 7 :30 pm IST that will be your 8 am in Boston तब बात करते हैं ठीक है।"

" ओके ठीक है will call you sharp at 7:30 PM but half an hour ही बात कर पाऊँगी as I would have to leave for office as well "

" ओके bye "

" चलो फिर bye talk to you over evening .."

" Bye Bye "

उसके बाद मीटिंग के लिए चला जाता है निरपेश और शाम तक आफ़िस में काम करता है।

उधर नेहा surprising angle कि आकाश स्क्रिप्ट लिख रहा है... कैसे?? ...सोचते हुए सो जाती है।

Insecurity

उसी दिन शाम को करीब शार्प 7:30 बजे नेहा का फ़ोन आता है। निरपेश उस वक़्त अपने घर में अपने लिए शाम की चाय बना रहा होता है।

" नेहा कालिंग "

"हेलो नेहा .."

"Hi निरपेश .."

"हाँ तो अब बताओ "

निरपेश -कहाँ पे थे हम?

निरपेश चाय छानते हुए एक हाथ से और दूसरी तरफ कंधे से फ़ोन पकड़ते हुए बात करता है।

"वही की तुम आकाश को involve कर रहे हो स्क्रिप्ट पे।"

"राइट।"

but how u engaged him on this?

"बस यार ऐसे ही दोस्ती यारी में।"

" दोस्ती यारी में don't tell me की वह भी तुम्हारा दोस्त बन गया है apart from वाणी?"

"हाँ यार बन तो गया है तभी तो वह स्क्रिप्ट में हेल्प कर रहा है।"

"Its funny ढाबा ओनर तुम्हारा दोस्त।"

"कोई क्लास है तुम्हारी कि नहीं?"

"अरे ढाबा ओनर क्या समाज में respect नहीं gain कर सकते?"

"और moreover वह मर्ज़ी से ढाबा ओनर है।"

"Professionally he is an इंजीनियर like you and me !!"

"हाँ जॉब नहीं लगी होगी कहीं तो ढाबा खोल के बैठ गया होगा? "

"अरे मैडम सबके बारे में एक दम से जजमेंटल मत हो जाय कारो तुरंत ज़रूरी नहीं है जो आप सोच रही हो वह हमेशा सच ही हो।"

"अच्छा तो फिर सच क्या है?"

"एक इंजीनियर ढाबे पे क्या कर रहा है?"

निरपेश – he got job in IBM through campus placement but due to the untimely demise of his father he decided to run his family business instead of joining the lucrative job at IBM ..

" ohh that's sad यार , पर यह स्क्रिप्ट राइटिंग के लिए कैसे तैयार हो गया वह ऐसे scenario में इतना easy नहीं है script लिखना does he have any experience?"

" नहीं experience तो नहीं है। upcoming amateur writer है उसको राइटिंग का शौक़ है तो राइटिंग करता है apart from handling the café "

" I see तो as an artist भी अपने को groom कर रहा है राइटिंग में?"

"हाँ कह सकती हो।"

"और यह artistic connection ही तुम दोनों को एक दूसरे के करीब लाया क्यों?"

"करीब कैसे आए हम और आकाश that's a different story altogether "

"अच्छा that's a different स्टोरी। कितनी स्टोरीज़ पका रहे हो निरपेश तुम एक साथ?"

"स्टोरीज़ होती हैं life में तभी तो interesting बनती है life।"

"एक artist की तरह बात करने लगे हो। इंजीनियर तो तुम लगते ही नहीं हो अब।"

"क्यों इंजीनियर artist नहीं हो सकते?"

"cannot comment ..खैर I am surprised about आकाश .. .. बंदा इतने कमtimeमें इतना अच्छा दोस्त बन गया तुम्हारा की तुम्हारे प्ले के लिए स्क्रिप्ट लिख रहा है?"

"अब ऐसा ही है।"

"हम्म्म और वह लड़की वाणी भी तुम्हार प्ले में है?"

" Obviously यार she is the other main lead working with me "

"Interesting तो जो प्ले आकाश तैयार करेगा उसमें तुम दोनों काम करोगे स्टोरी आकाश की रहेंगी ?"

" Correct there you go .."

"फिर तो बहुत क्लोसेली तुम लोग रेहर्सल्स भी करोगे to get into respective characters and then get the play in shape ready to be performed .. "

"Yes एक दम professional प्ले करेंगे।"

"हम्म but वह केमिस्ट्री लाओगे कैसे तुम दोनों? . you guys hardly know each other "

"ओह्ह come on नेहा हम दोनों बहुतtimeस्पेंट करते हैं आपस में इनफैक्ट infact she is very fond of me and enjoys my company ,मैं भी एन्जॉय करता हूँ उसकी कंपनी as she is an interesting girl too , creative आर्ट्स में काफी अच्छी है। She has lot of experience doing plays in her college days। अभी वह professional training ले रही है to bring refinement to her skills .. वर्कशॉप्स में we have spent a lot of time with each other practicing different facets of acting and अभी प्ले में वह सब शोकेस करेंगे तो मुझे लगता नहीं है की we cannot scale up on the chemistry aspects of the play .. it will come out well for sure .."

नेहा काफी देर तक निरपेश की बातें सुनती है और थोड़ी देर तक सोचते हुए बोलती है।

" तुम यार वह बन्दे ही नहीं रहे ... ।"

"I don't know whether I should say this or not?"

"मतलब?"

"बहुत change हो गए हो लगता है। you are able to associate now की तुम्हें क्या चाहिए अपनी life से और एक consistency दिख रही है पहली बार।"

"इतना sincerely acting pursue करोगे मुझे पता नहीं था। .i thought की you will loose interest soon over it but you didn't !!"

"So is this a good thing or a bad thing?"

"No its good और एक बात और है?"

"क्या?"

"खैर छोड़ो I am getting late for office .. !!"

"नेहा वह अधूरा सेंटेंस छोड़कर निरपेश को एक बार फिर suspense और confusion में छोड़ के आफ़िस चली जाती है।"

नेहा इस बार जब अपने आफ़िस की कैब में होटल से निकल कर आफ़िस जा रही होती है तो उसे एक ऐसी फीलिंग महसूस हो रही होती है जो आज से पहले कभी उसे महसूस नहीं हुई थी । उसका दिल भारी सा और बैठ सा जा रहा होता है। कुछ *insecurities* उसके अंदर अचानक आने लगती हैं। रोहित का ख़याल suddenly background लेने लगता है और निरपेश के thoughts उसके दिमाग पे छाने लगते हैं .....।

कुछ इस तरह के सवाल उसके ज़हन और दिमाग में आने लगते हैं।

काफी गहरी दोस्ती हो गई है इन तीनों की , हो सकता है शायद इन artist की केमिस्ट्री में नेहा की कोई जगह न बने आगे चल कर और वह irrelevant हो जाए इन लोगों के बीच में।

नेहा को यह भी एहसास होने लगता है की despite की निरपेश ने उसे propose किया होता है पर वह अपने मन में तैयार

होता है किसी भी अंजाम के लिए और उसके हिसाब से निरपेश के पास अब एक अच्छी लड़की का option life में आ गया होता है वाणी के फॉर्म में , एक ऐसी लड़की जिसके interest निरपेश से काफी match करते हैं specially in field of acting और आज अपनी हुई बातचीत में निरपेश ने clearly नेहा को यह एक्सप्रेस कर दिया होता है की वह वाणी की कंपनी बहुत enjoy करता है and both of them are in happy space और even अगर नेहा यह decision लेती है की वह रोहित के साथ जाती है तो most probably निरपेश को ज़्यादा फरक नहीं पड़ेगा। उसका दिल ज़रूर टूटेगा for sometime but वाणी की पिछले दिनों से दिख रही बढ़ती दोस्ती और आत्मीयता निरपेश के टूटे हुए दिल को जोड़ने में मलहम का काम करेगी क्योंकि Bangalore एयरपोर्ट पे उसको यह एहसास तो हो ही गया होता है की वाणी निरपेश के प्रति attracted है और उसको लेकर possessive भी हो गई है तो इसलिए आगे चल कर एक पॉसिबिलिटी ज़रूर है की वह दोनों एक दूसरे के रोमांस में फँस जाएँ और नेहा का चैप्टर निरपेश की life में हमेशा के लिए क्लोज हो जाए वन्स and फॉर आल।

यह सारे thoughts vibrate कर रहे होते हैं नेहा के दिमाग में और इन thoughts के लगातार हावी होने की वजह से पूरे दिन नेहा बहुत प्रेशर में काम करती है आफ़िस में।

BUSY..... रोहित

शाम को नेहा के पास रोहित का फ़ोन आता है। नेहा अपने रूम में वापस लौट चुकी होती है आफ़िस से। आजकल फुलtimeबिजी रहती है आफ़िस में वह क्योंकि रिलीज़ का support वर्क जोरों शोरों से चल रहा होता है । अच्छी नेटवर्किंग हो गई होती है उसकी onsite टीम के साथ।

नेहा वहाँ सबकी मदद कर रही होती है development और टेस्टिंग वर्क में ताकि go live हुई एप्लीकेशनऔर भी ज़्यादा स्टेबल हो सके प्रोडक्शन supportके दौरान,

पर अपनी personal life में stability पाने की तालश में पिछले कुछ दिनों से काफी worried रहने लगती है नेहा अपने आपको लेकर। रोहित उसको लीस्ट interested दिखाई दे रहा होता है जहाँ तक personal life का सवाल होता है। नेहा को ऐसा लगता है की शायद रोहित इस relationshipको for granted ले रहा है और serious नहीं है। इस confusion के बीच वह रोहित से बात शुरू करती है फ़ोन पे जब उसका फ़ोन उसके पास आता है।

नेहा - हे रोहित कहाँ गायब हो? इतने कॉल्स किए तुम्हें पर नो रिस्पांस? ऐसे कैसे चलेगा यार?

रोहित – yes नेहा I saw your calls but क्या बताओं इतना बिजी था आफ़िस में कि तुमसे बात ही नहीं हो पायी? आज जब सुबह निरपेश का फ़ोन आया तो मुझे लगा श्याद तुमने उसे बोला है मेरे *whereabouts* पता करने के लिए तब मैंने उससे बात की और उसे बोला की शाम को बात करता हूँ नेहा से।

But by the way तुम निरपेश से मेंरी enquiry क्यों करवा रही हो? तुम्हें मुझ पे शक है क्या?

"Oh come on रोहित तुम पिछले एक हफ़्ते से फ़ोन नहीं उठा रहे हो मेरा न हीं regularकॉल्स न हीं Whatsapp कॉल्स? ऐसे scenario में मैं अपने दोस्तों से कहूँगी नहीं कि पता करो कहाँ है रोहित? *I got worried about you रोहित?"*

"अच्छा worried हो की मुझपे शक कर रही हो की पीछे से मैं तुम्हें ignore तो नहीं मार रहा हूँ?"

"अरे नहीं रोहित now you are shifting the focus of the discussion rather than saying sorry to me की यार I couldn't pick up your कॉल्स तुम मुझे blame कर रहे हो की मैं तुम पे शक कर रही हूँ this is disgusting रोहित !!"

रोहित - अच्छा but I know girls उनकी शक की सुई पहले घूमती है over anything else anyway as I told you I was busy at work

वही रीज़न था और कुछ नहीं।

"अच्छा छोड़ो लेट'स not fight further on this ."

"ओके बोलो।"

"तुम बताओ और क्या चल रहा है? मुझे मिस कर रहे हो?"

"हाँ थोड़ा खाली पनतो है but I have lot of work you know तो तुम्हारे बारे में सोचने का ज़्यादा time नहीं मिल रहा है?"

"अच्छा एक बात बताओ इतना काम किस चीज़ के लिए कर रहे हो? is there any purpose behind it ..?"

" मतलब?"

" इतनी जो मेहनत कर रहे हो आफ़िस में वह किसके लिए कर रहे हो?"

"अपनी लिविंग के लिए और क्या हर कोई इसलिए ही काम करता है।"

"अच्छा हम दोनों अभी क्या कर रहे हैं?"

" Dating each other !!"

"So what next is your agenda for life?"

" शादी करनी है?"

"rightतो शादी करने के लिए जिस लड़की से भी तुम करना चाहते हो I I presume मुझसे as you proposed me for it तुम्हें क्या करना चाहिए?"

" उसको pursue करना चाहिए for marriage "

"rightतो उस फ्रंट पे कुछ कर क्यों नहीं रहे हो?"

"क्या करूँ बताओ कैसे करते हैं pursue?"

" don't tell में की मुझे तुम्हें बताना पड़ेगा की क्या करना है?"

" वही की तुमसे बात करना चाहिए regularly ताकि तुम convince हो सको की हमारी शादी हो सकती है आपस में?"

"हम्मम so why are you not calling me then ..?"

"हाँ my fault not sure यार somehow this office work is occupying me a lot ,मुझे समय निकाल कर बात करनी चाहिए तुमसे वैसे तुम कब वापिस आ रही हो इंडिया तब हम ज़्यादा मिल सकते हैं एक दूसरे से पर्सनली and then get to know each other well?"

"अभी करीब 6 वीक्स मान के चलो but still I would say don't wait for me to come to India अभी मैं यहाँ हूँ US में तो मेरे शाम के time and your early morning we can talk with each other अगर तुम थोड़ा adjustment करो अपने schedule में।"

" ..yes you are right let me think what I can do and will inform you over whatsapp ठीक है?"

"ऑलराइट।"

" चलो अब रखते हैं फ़ोन।"

Ok bye !!

Bye

इस तरह से यह बातचीत भी ख़त्म हो जाती है हमेशा की तरह दोनों के बीच। नेहा एक बार फिर निराश महसूस करती है रोहित के फ्रंट पे और मुद्दा वही है दोनों के दरमियान की रोहित time नहीं निकलता है अपनी personal life की ज़रूरतों के लिए। शादी जैसी important इवेंट के लिए भी नहीं। He is not serious about नेहा जोकि उसे इतना pursue कर रही करीब लास्ट 3 months से जबसे उसने उसे propose किया है for marriage..

इधर Bangalore में आकाश was done with his scripting for the first scenes of Ravi's relationship with मोहिनी। जो incidents उसने सार्थक को communicate किए थे वह सब उसमें कैप्चर करके बढ़िया scenes तैयार कर लिए होते हैं। वह सारे scenes सार्थक और वाणी दोनों को मेल कर देता है।

मेल करने के बाद वाणी को कॉल करता है आकाश।

आकाश - Hi वाणी।

वाणी -hello आकाश।

आकाश- हाँ वाणी मैंने भेज दिए हैं scenes तुम्हें। एक नैरेटिव यह है की यह scenes उस time के बारे में हैं जब रवि और मोहिनी के बीच प्यार हुआ और उनकी relationshipevolve हुई। एक बार पढ़ लेना and let me know if you have any comments . अगर ठीक लगता है तो हम आगे के scenes पे काम बढ़ा सकते हैं ठीक है?

वाणी- ग्रेट sure आकाश मैं शाम को रीड करती हूँ सारे scenes तुम्हारे। बताती हूँ जो भी फीडबैक है।

आकाश- sure तब तक मैं आगे के scenes की बैकग्राउंड शुरू कर देता हूँ we just have 2 more weeks to complete the complete script क्यों? ..

वाणी – yes उसके बाद rehearsals पे फोकस करना है।

आकाश - ठीक है २ वीक्स इस गुड time तब तक मैं कम्पलीट कर दूँगा।

वाणी -ओके कूल।

अगले २ दिन वाणी सारे scenes लेट इवनिंग तक पड़ती है और एक करैक्टर अंडरस्टैंडिंग develop करती है रवि और मोहिनी की।

वाणी जब सारे scenesपढ़ कर ख़त्म करती है तो वह उस interesting world में पहुँच जाती है जिसमें आकाश रवि और मोहिनी कभी हुआ करते थे। इन्ही सब विचारों के बीच फ्राइडे शाम को करीब 7 बजे वह आकाश को फ़ोन करती है। और उन्हें थोड़ा time निकाल कर अपने हॉस्टल के सामने वाले पार्क पे आने के लिए बोलती है।

आकाश पहले तो थोड़ा सा reluctant होता है लेकिन फिर आने को तैयार हो जाता है।

कोरमंगला पार्क

Time – 8 PM IST

Day – Friday

आकाश – Hello वाणी

वाणी – hi आकाश , कैसे हो।

आकाश - बस यार ठीक हूँ आज काफी बिजी रहा था customer भी ज़्यादा थे लेकिन तुम्हें दिए हुए वादे के मुताबिक़ मैंने तुम्हारा दिया हुआ काम कम्पलीट कर ही दिया जैसे तैसे।

वाणी - सही है कुछ चाय वगैरह लोगे इधर पार्क के बाहर काफी अच्छी कुल्हड़ की चाय मिलती है?

आकाश- फिर कभी वाणी , अभी वैसे भी 8 बज गया है सीधे तुमसे मिलने के बाद खाना खाऊँगा।

वाणी - सही है चलो फिर walk करते करते बातें करते हैं।

आकाश - यह सही है 😊

वाणी- हाँ तो मैं कह रही थी की अभी थोड़ी देर पहले ही मैंने आपके scenes ख़त्म किए *very nicely crafted scenes* ।

। बिलीव यह सब रियल हैं राइट? एक्चुअल में हुए हैं?

"हाँ 100 percent रियल !"

"Wow too गुड यार। क्या humour है क्या subtext है एक दम सॉलिड !"

" थैंक्स !"

वाणी- अच्छा आकाश कुछ thoughts चल रहे थे सोचा तुमसे थोड़ा बात करती हूँ उनपे।

"हाँ बिलकुल बोलो?"

"तुम कैसे इतना अच्छी तरीके से पढ़ लेते हो लोगों को?"

"not sure वाणी यह तुम लोग ही बेहतर बता सकते हो।"

"और क्या राइटिंग स्किल्स हैं आपकी , expression इतना अच्छा है कंटेंट में की मुझे ऐसा लगा कि कोई फिल्म चल रही है मेंरी आँखों के सामने।"

." मुझे ख़ुशी है कि तुम्हें मेरे लिखने का अंदाज़ पसंद आया?"

.." you don't know how much I admire you now after reading these scenes ..*amazing human being you are* .."

" Come on give me a tight hug .."

यह कहते कहते वह पार्क में एक दम से आकाश की पीठ को थपथपाती है और उसे गले लगा के hug करती है।

आकाश वाणी की साँसों को महसूस करते हुए थोड़ा सा मंत्रमुग्ध होता है पर पूरे होश हवास में बोलता है कि अरे यार its ok आम इंसान हूँ मैं सब लोगों की तरह।

वाणी (थोड़ा रुकते हुए और आकाश की आँखों में आँखें डालते हुए) - *नहीं आप आम नहीं ख़ास हैं ...*

आकाश (थोड़ा इनफॉर्मल होते हुए बोलता है) - आप नहीं तुम यार ...

.तुम बोला करो तुम मुझे ..... आप बड़ा formal लगता है।

वाणी- हम्मम ok... !!

यह कहते कहते एक बार एक बार फिर दोनों वाक करने लगते हैं।

वाणी फिर पार्क की खूबसूरती देखते हुए

बोलती है .. ।

तुम्हें पता है आकाश .... *तुम वाक़ई में बहुत special हो। धीरे धीरे मुझे अपनी तरफ खींच रही हो अपनी writing से।*

आकाश (थोड़ा सोचते हुए बोलता है) - अरे मेंरी कोई ऐसी मंशा नहीं है बस कला का प्रदर्शन है तुम कह सकती हो।

वाणी- अच्छा come on don't lie to me *आकाश ....एक कलाकार से कलाकारी हाँ?*

आकाश-हाँ हां 😊 😊

वाणी- हम्म

दोनों इस बात पे खूब हँसते हैं।

फिर थोड़ी देर में आकाश वापस से कंटेंट पे फोकस सेट करते हुए वाणी से पूछता है।

अच्छा यह बताओ वाणी , तुम्हें दोनों characters में कुछ ख़ास लगा? did you find them realistic?

You know what आकाश तुमने cleanly carve out किए हैं characters . मोहिनी is the best example of a typical engineering college girl who falls for a guy who is an all rounder in his area of work and also very handsome .. good at talking .उस age में लड़कियाँ यह सब ढूँढ़ती हैं।

आकाश - but *क्या सभी लड़कियों को मोहिनी की तरह उस ख़ास लड़के से प्यार होता है? यह भी एक बहुत* अहम *सवाल है?*

"90 percent केस में होता है।"

"but what अबाउट रेस्ट 10 percent?"

"अरे positiveside देखो सर why should we bother about those 10 percent ..

" अरे उस 10 percent का ही तो टेंशन है।"

"what?"

.. "अरे मेरा मतलब है why not? वह 10 percent भी तो Society का हिस्सा हैं।"

"देखिए Destiny और Luck भी कोई चीज़ हैं उनको हम undo नहीं कर सकते। शायद उन 10 percent को हम unlucky कहेंगे that they fall in this category .."

आकाश- I see .. anyway so you are able to engage with मोहिनी 's character because तुम्हें वह करैक्टर प्ले करना है so u should have a backstory in your mind कि वह किस टाइप की लड़की है?

वाणी- yes बाकी क्योंकि आप उसके साथ बहुत समय बिताए हैं हैं तो अगर कुछ specifics होंगे तो मैं ज़रूर पूछूँगी।

"ठीक है वाणी अच्छा एक बात बताओ ऐसे ही ज़हन में आई ।"

" हाँ बोलो?"

आकाश- तुम्हारा कोई बॉयफ्रेंड क्यों नहीं बना इंजीनियरिंग कॉलेज में? I believe you are still single?

"हम्म्म good question अरे बंगाल में mostly कहाँ हैंडसम लड़के मिलते हैं mostly ओके टाइप्स ही होते हैं। मुझे approach तो किया काफी लड़कों ने कॉलेज में but I didn't find them worthy enough to have a relationship with them .."

"but क्या हैंडसम होना ही सब कुछ होता है?"

"नहीं ज़रूरी नहीं है उसके साथ *इंटेलीजेंट ,रीयलिस्टिक , चार्मिंग और mature outlook का भी होना बहुत ज़रूरी है।* लड़कियाँ *वह सब भी देखती हैं अपने life पार्टनर में।"*

"I see *मुझे नोट कर लेने चाहिए यह सारे पॉइंट्स* 😊 "

"ha ha you are so funny ... 😊 "

"कूल अच्छा what अबाउट रवि?"

" *Ravi is a strange guy* , I थिंक उसका करैक्टर इंजीनियरिंग कॉलेज में ज़्यादा खुलकर सामने आता है। स्कूल में he didn't gain any kind of respect from his parents despite being a good sportsman .. जब professiona एरीना आता है suddenly he changes gears to show his class in that stream of life so that he can gather attention earn respect and admiration from his parents and establish his relevance in the family that he is useful to them .. मुझे वह scene बहुत

अच्छा लगा जिसमें की वह अपने घर जाता है अपनी मार्कशीट लेकर और अपने parents को दिखाता है की he tops in mathematics in his class and earns a 4th position in his class during 3rd semester ..of engineering .."

"उसके फादर पहली बार ज़िन्दगी में उसके कंधे पे हाथ रख के बोलते हैं well done my boy and keep it up। बस इतना expression उनका उसे motivate करने के लिए काफी होता है अपनी life में। पहली बार उसको अपनी रेलेवंस का एहसास होता है अपनी फादर के नज़रों में very emotional scene आकाश।"

" Thanks वाणी।"

" चलो आकाश अब बहुत रात हो गई है मैं यह scenes सुबह निरपेश से भी डिसकस कर लेती हूँ and let me take them to मानव as well in case he has any queries .."

"Sure !"

"चलो आकाश do take good care of yourself आप.. I mean तुम आगे के scenes पे वर्क करो।"

"Sure "

पूछ ताछ

अगले दिन सुबह सुबह शनिवार को मानव सर की क्लास में निरपेश और वाणी पहुँचते हैं ..।

दोनों टीम्स अपने अपने अब तक के रेडी scenes का प्रिंटआउट सबमिट करती हैं।

मानव speaks ...

"Great Guys I like तुम लोग सब मन से काम कर रहे हो अपने अपने प्लेस पे..। मैं देखता हूँ तुम लोगों की scripts and रिव्यु करके बताता हूँ कि कहाँ कहाँ गैप्स हैं। आप लोग अपने अपने scenes की प्रेपरेशन करिए । आज की क्लास में see how you guys can bring it on stage .एक प्रेपरेशन स्टार्ट कर दो तुम लग आज से .. and figure out a way की तुम सब अपनी अपनी rehearsals को और टोन डाउन कैसे कर सकते हो ।"

वाणी you can help निरपेश over the same . ..?

वाणी - sure मानव sir

" कुछ difficulties हो तो please feel free to ask me will help you guys ..!!

सर बस एक problem है जो upfront आपको बताना चाहती हूँ "

"बोलो?"

" सर basically हमारे प्ले में 2 main characters ही हैं but उन सब के बीच एक करैक्टर की death हो जाती है after few scenes तो हमें उस करैक्टर को प्ले करने के लिए एक बंदा चाहिए जोकि वह role प्ले कर सके।"

"I see ठीक है मैं दूसरी टीम से बात करता हूँ और देखता हूँ की अगर कोई available है। कल तक बताता हूँ ठीक है।"

" sure सर।"

इधर वाणी और निरपेशआपस में सारे scenes जो आकाश ने लिखे होते हैं वह डिसकस करते हैं। निरपेश को भी बहुत पसंद आते

हैं वह सारे scenes जिस तरह से वह उभर के आए हैं। He too was awestruck over आकाश 's writing skills ... !

निरपेश - यार खतरनाक लिखी है स्क्रिप्ट आकाश ने।

"Yes indeed काफी मज़ा आने वाला है इसको एक्ट करने में हमें।"

"हम्म्म सो जैसा मानव ने classes में बताया है observation and character building will be the key क्यों for this play ... "

"हाँrightसारे mannerisms बॉडी लैंग्वेज करैक्टर बैकग्राउंड वह सब अच्छे से execute करना होगा हमें।"

"हम्म सही है।"

वाणी -अब एक जो बढ़िया बात होगी वह यह की आकाश और मोहिनी के scenes जो बनकर आएंगे हमारे पास वह भी ज़बरदस्त रियल होंगे।

निरपेश - how can you say so?

वाणी -अरे जब आकाश इतना गज़ब का characterization किया है मोहिनी और रवि का तो वह अपने और मोहिनी के इंटरेक्शन्स कितने बढ़िया तरीके से लिखेगा can you imagine?

" Yes you are right and they all will be real .. "

"एक दम रियल and फ्रेश . I am waiting for those scenes with lot of excitement !!"

निरपेश - Yeah me too वह हम दोनों execute करेंगे प्ले में !

वाणी - Yeah ... सही मज़ा आने वाला है मैं मोहिनी और तुम आकाश wow that would be exciting ..

"एक बात पूछूँ वाणी?"

"हाँ बिलकुल।"

"क्या तुम मुझे गाइड करोगी over the scenes as you have lot of experience of conducting it in school days ..specially from a directorial standpoint?"

" Yes बिलकुल यार और तुम तो मेरे बहुत ही करीबी दोस्त हो तुम्हारी हेल्प नहीं करूँगी तो और किसकी करूँगी?"

वाणी - अरे करीबी दोस्त से याद आया? नेहा पहुँच गई थी ठीक ठाक?

" हाँ यार।"

" तुम दोनों का भी अजीब scene है।"

" तुम दोनों एक दूसरे के इतने करीब हो फिर भी नेहा को किसी और को डेट करने की ज़रुरतपढ़ रही है फॉर शादी कमाल है उस लड़की का यार।"

" चल चाय पीने चलते हैं।"

यह कहकर वाणी निकल जाती है चाय पीने। निरपेश उसको follow करता है।

चाय की दुकान पर ....

वाणी(चाय पीते हुए) - चाय बढ़िया है निरपेश क्यों?

"हाँ मस्त है।"

"तुमने बताया नहीं की क्यों ज़रुरत पड़ रही है उसे?"

वाणी निरपेश की आँखों में आँखें डालते हुए पूछती है यह सवाल।

निरपेश- मैं क्या बताऊँ i think नेहा बेहतर जानती होगी।

"अच्छा as if कि you don't know her ..much?"

"I know her but यह उसकी personal चॉइस है । मैं इसमें क्या बोल सकता हूँ।"

"personal चॉइस ...हम्मम ..यह भी एक बिमारी है जो इंसान की हालत अजीब सी कर देती है।"

" समझा नहीं थोड़ा elaborate करो।"

"तुम्हें लग रहा होगा मैं नेहा के बारे में तुमसे इतनी ज़्यादा *पूछ ताछ* क्यों कर रही हूँ?"

निरपेश(कुछ बोलता नहीं है for sometime)- हम्म थोड़ा लग तो रहा है।

वाणी- देखो निरपेश मैं बहुत *honest* लड़की हूँ और ख़ास तौर से अपने दोस्तों में मैं blatantly honest हूँ। उनको कभी भी धोके में नहीं रखती मैं।

" I see यह तो अच्छी बात है।"

"हाँ और मैं तुम्हें आज एक ख़ास बात बताना चाहती हूँ मैं दोस्ती भी उनलोगों से करती हूँ जिनमें कुछ attraction होता है या उनकी personalityमें कुछ डिफरेंट होता है that is first *I check with myself that whether I am liking the person or not ... if I am liking and feeling some kind of attraction then only I am making them my friends . ...* "

"... I see like your elaboration बहुत क्लियर हो अपनी नीड्स को लेकर तुम at such an age .. "

" हाँ I keep my mind and heart clearउसमें ही भलाई है और हाँ sensitive भी बहुत हूँ जैसा की मैंने तुम्हें पहले बताया।"

"हाँ मुझे याद है।"

"हाँ तो बात यह है की *मैं तुमसे बहुत attracted हूँ और बहुत ज़्यादा like करती हूँ।* तभी मैंने तुम्हें उस दिन हॉस्टल गेट पे अपना करीबी दोस्त बनाया। बहुत ही कम लोग हैं जो मेरे करीब होते हैं as I feel that you have that distinctiveness in your personality जोकि लड़कियों को पसंद आती है but हाँ अभी मेंरी फीलिंग्स इतनी स्ट्राँग नहीं हैं तुम्हारे लिए कि तुम्हें उस तरह से चाहूँ ...but you never know how things can shape up between us as days pass by ... it all depends की आगे क्या होता है and how we move forward both of us in this beautiful relationship that we share .. "

"इसलिए मैं आज तुमसे यह क्लियर जान लेना चाहती हूँ .i mean there are 2 things I want to clear with you today .. "

" do you like me as your friend or I am just piling on you being your friend?"

" Offocurse मैं तुम्हें पसंद करता हूँ and we are good friends "

"हाँ because I don't think I am a boring person ..!!"

" yes I enjoy your company very much .बहुत मज़ा आता है मुझे तुम्हारे साथ।"

"कूल अच्छा अब next बात this is clear now .. "

"what is your next question ..?"

"तुमने मानव सर की इंट्रो क्लास में जो scene conduct किया था was it really fake कि it was real? Did that event indeed happened तुम्हारे और नेहा के बीच? *तुमने नेहा को indirectly propose किया था की नहीं? सच सच बताना?"*

"it was fake यार।। थिंक मैंने तुम्हें तब भी बताया था की। cooked up the scene with real characters . "

'हम्मम ओके देखो निरपेश I want you to be true in our फ्रेंडशिप क्योंकि मैं अपने फ्रेंड्स के साथ बहुत ट्रांसपेरेंट हूँ and same I expect from the other side as well *..कभी मुझे धोखा मत देना .. if somebody betrays me I can be very " dangerous and unpredictable "*I am very sensitive about i*t .... मेरी पीठ के पीछे मुझे कोई धोखा दे या धोखे में रखे मुझे बिलकुल बर्दाश्त नहीं है।"*

" अरे वाणी I know that अच्छा यह बताओ आकाश के बारे में तुम्हारा क्या ख़याल है ?"

"*आकाश* ***(pause लेते हुए)*** hmmm you don't know निरपेश how much that guy has impressed me to the core *..बहुत respect करती हूँ मैं उसके creative टैलेंट की। उसमें भी कम attraction नहीं है एक अलग टाइप का फ्लेवर है उसकी personality में*!!"

" अच्छा so you find him extremely creative ..?"

"off course यार जितने भी मेंरे interactions हुए हैं उसके साथ अभी तक he has impressed me on every occasion we have met and faced each other उसकी personalityभी काफी स्ट्रॉंग and impressive है क्या लिखता है बंदा क्या बोलता है ...too good "

"सो तुम मुझसे ज़्यादा उससे impressed हो?"

"I see सो किसी को बहुत ज़्यादा जलन हो रही है?"

"अरे नहीं यार why i said like this कि इतनी तारीफ़ तो तुमने मेंरी कभी नहीं की जितनी की आकाश की की "

"अरे यार तुम दोनों का कोई comparison थोड़ी न है आपस में both of you are incredibly talented people और हाँ तुम तो मेंरे इतने favorite handsome boy हो तुम्हारी अगर इतनी ज़्यादा तारीफ़ करूँगी तो तुम सर पे नहीं चढ़ जाओगे 😊 । यह कहकर ज़ोरों से hug कर लेती है वाणी निरपेश को ... और उसके गाल पे kiss भी करती है और बोलती है "

" इतनी hot लड़की तुम्हें kiss कर रही है यह छोटी बात नहीं है निरपेश कुछ तो है तुम में चलो अब बहुत chit chat हो गई अब निकलते हैं its already 5 PM we should rush back home। कल मानव सर से feedback लेते हैं की उन्हें स्क्रिप्ट कैसी लगी and any changes he wants to suggest or not .. "

"हाँ और वह रवि का करैक्टर प्ले करने के लिए भी लड़का select करना है हमें। I think मानव will share his details after talking to the other team . "

इसके बाद दोनों लोग निकल जाते हैं वहाँ से।

रोहित Calls

उधर वीकेंड पे रोहित नेहा को कॉल करता है दोनों में काफी बातें होती हैं but शायद नेहा अभी भी कुछ मिस कर रही होती है रोहित से वह एक *boyish charm* जोकि उसकी बातों में होना चाहिए वह उसे नहीं मिल रहा होता है। बहुत ही *प्लास्टिक टॉक्स* लगती है उसकी I उसे .emotional involvement नहीं दिखता है , instead self absorbed बातें ज़्यादा दिखती हैं I उनके conversation की झलकियां कुछ इस प्रकार हैं।

रोहित- hey नेहा how are you?

बस रोहित ठीक हूँ तुम बताओ क्या चल रहा है?

"Just done with work , तुम्हारी शिकायतों के बारे में मैंने सोचा and I think I should improve over them . "

"I see ठीक है तो आज के discussion में तुम मुझे अपनी फॅमिली के बारे में कुछ बताओ?"

" हम्मम तो मेंरी फॅमिली में मेरा एक छोटा भाई है जोकि 12th मेंपढ़ रहा है and I am the eldest and we stay in Shivaji Nagar locality of Agra I पापा मेरे SBI में ब्रांचमैनेजरहैं और मम्मी हाउस wife हैं बस इतना बड़ा परिवार है।"

"I see that's nice "

"हम्मम तुम्हारी फॅमिली में कोन कौन है?"

"I am the single child of my parents पापा एक स्टील कंपनी के चेयरमैन हैं और मम्मी एक गवर्नमेंट स्कूल में प्रिंसिपल हैं , we belong to Chandigarh as we are Punjabis "

"एक बात बताओ नेहा in case we decide to get married to each other तुम्हारे parents Punjabis में रिश्ता करने करने के लिए ready होंगे?"

" हम्मम that is a good question ,see हम लोग बनियास हैं वैसे कोई दिक्कत तो नहीं आनी चाहिए as both of us are primarily Hindus despite being subcastes of Hindus unless and until मैं हिन्दुस् के बाहर शादी करूँ, कोई दिक्कत तो नहीं आनी चाहिए ।"

" हम्मम ओके और तुम्हें वह रिंग कैसी लगी जो मैंने तुम्हें propose करते वक़्त दी थी। . I am not sure की तुम वह पहन भी रही हो की नहीं?"

"– very poor observation रोहित

शायद मैंने तुम्हें फ़ोन पे compliment भी दिया था की अंगूठी मस्त है , पर तुम्हें वह भी याद नहीं है। *एक दम भूल गए हो उस compliment को very disappointing*

और अब 3 महीने बाद पूछ रहे हो? ओह्ह unbelievable यार I am wearing it since the day you gave it to me और कोई भी लड़की किसी भी jewelry या accessory को तभी पहनती है जब वह उसे पसंद होती हैं।"

"अरे you think this way, its good की मुझे याद आया और मैंने पूछा else it would have been worse !!"

"Worse तो चल ही रहा है हम तीन महीने से एक दूसरे को डेट कर रहे हैं और पहली बार तुमने कोई personal बात मेरे से की है नहीं तो हमेशा *you are talking about your stuffs and your life only ..* "

"please pardon me नेहा I apologize यार "

"ओके तो तुम्हारी कोई सिस्टर नहीं है?"

"नहीं।"

" बस नहीं अरे इसे humorous भी तो बना सकते थे?"

"humorous कैसे?"

"यह कहकर की चलो अगर सिस्टर नहीं है तो एक बना लेता हूँ अपने आफ़िस में कोई।"

" That is how निरपेश would have said he has such a टेरेफिक sense of humor .. "

"अच्छा "

"जी और एक आप हैं so well behaved Mumma's boy types .. "

."अच्छा तुम्हें निरपेश इतना पसंद है तो मुझे क्यों डेट कर रही हो?"

यह कहकर फ़ोन रख देता है रोहित। शायद उसको बुरा लग जाता है नेहा की बात का ।

"अरे hello हेलो अरे यह क्या फ़ोन काट दिया?"

..

रोहित (मन में बड़बड़ाता हुआ बोलता है) – god knows लड़कियों के मन में क्या चलता है ridiculous ...

उसके बाद नेहा का एक दो बार कॉल आता है but रोहित उठाता नहीं है, और shower लेने के लिए अपने रेस्टरूम में चला जाता है। करीब २० मिनट बाद जब वह लौटता है अपने रूम में तो नेहा का message Whatsapp में आया होता है।

रोहित उसे पढता है

" Hey रोहित what happened यार I was just किडिंग तुम तो बुरा मान गए। अरे कुछ तो है तुम में जो तुम्हें डेट कर रही हूँ।"

यह पढ़कर रोहित को थोड़ा बेटर फील होता है की लड़कियों की दुनिया में आज भी रेलेवंस है उसकी। उस टाइप की फीलिंग्स उसे आती है और वह झट से रिप्लाई करता है।

"I see nice to know you feel that way , else मुझे लगा की I am acting as a blatant fool in all this setup !!"

नेहा replies with a smiley 😊 over blatant fool sounds cute ..""

"फिर रोहित message करता है चलो फिर talk to you later "

" यह लिखने के बाद वह अपना फ़ोन टेबल पे रख देता है और अपने Laptop पे कुछ करने लग जाता है।"

दुविधा

उधर next डे नेहा का Boston का sightseeing टूर का प्लान होता है। नेहा अपने सभी आफ़िस mates के साथ पूरे Boston शहर में hop on hop off बस में यह tourकरती है at various places। वह घूम तो रही होती है इन सब जगहों पे लेकिन उसका दिल इंडिया में ही फँसा रहता है thinking about निरपेश, वर्तिका , वाणी there upcoming play on one side of her brain and evaluation of रोहित on the other side of brain ..

Sightseeing टूर से लौट कर आने के बाद नेहा वर्तिका को फ़ोन करती है

संडे की शाम को करीब 7:30 बजे नेहा वर्तिका को फ़ोन लगाती है

नेहा- वर्तु मेंरी जान कैसी हो?

वर्तिका -हे नेहा what's up babe कैसी है और क्या चल रहा है?

"बस यार पूरे हफ़्ते तो बहुत काम रहा बस आज Boston शहर घूमा अच्छे से।"

"अच्छा but I am sure तेरा मन इधर इंडिया में फँसा रहा होगा अकेले घूमना भी कोई घुमना होता है भला?"

"हाँ वह तो है यह आफ़िस वालों के साथ क्या बात करेंगे personal लेवल पे क्यों specially जब शादी किससे करेंगे यह मुद्दा सबसे ज़्यादा crucial चल रहा है मेरे लिए तो?"

"अरे हाँ यार बिलकुल ऐसे सिनेरियो में कहीं भी रहेंगी कुछ भी करेगी, यह सवाल उलझे रहेंगे दिमाग में।"

" हम्म वही यार अजीब बेचैनी सी है खुलकर enjoy नहीं कर पा रही हूँ।"

"but यार दो दो proposal लिए घूम रही है और मुझे कह रही है की एन्जॉय नहीं कर पा रही हूँ ...। एक लड़की को और क्या चाहिए की उसके अनगिनत चाहने वाले हो?"

"यार बात तो तेरी सही है यह सब कॉलेज में चलता है लेकिन अब हम कॉलेज में नहीं है कि एक साथ कई लड़कों को अपने साथ लिए घूम रहे हो we are turning 30 next year , we need to get steady with one guy and think of marriage "

"हम्म्म करेक्ट तो फिर तूने क्या सोचा है?"

"वही यार अभी भी कुछ क्लियर डिसिश नहीं हो पाया है निरपेश भी उस दिन एयरपोर्ट पे पूछ रहा था की मेरा क्या रिस्पांस है regarding his proposal , उसको भी मैंने फँसा के रखा हुआ है।"

" तूने क्या कहा फिर?"

"वही यार हमेशा की तरह टॉपिक चेंज कर दिया but I think at some point I have to clearly communicate now whatever may be the decision yes or नो else बहुत देर हो जायेगी।"

"क्यों तुझे ऐसा क्यों फील हो रहा है why are you feeling insecured?"

"अरे यार वह वाणी है न I feel there is a good chemistry developing between निरपेश and वाणी , वह बंगालन एक तो बला की खूबसूरत है , मेरे भोले भाले निरपेश पे जादू कर रखा है और उसपे डोरे डालना उसने already चालू कर रखा है you know what "

" do u know उस दिन निरपेश मुझे क्या बोला?"

"क्या बोला? यह बातें कब हुई वैसे oh is see जब तुम दोनों अंदर गए थे।"

"हाँrighthe said उसको लगता है कि वाणी उसे like करती है और उसमें interested है।"

"What? Hey come on has she proposed him?"

" नहीं propose तो नहीं किया है अभी तक पर निरपेश को ऐसी vibes मिल रही हैं वाणी से की आगे चल कर propose कर सकती है।"

" I see hmmm तो तुझे *टेंशन* हो रही है ...?"

" हाँ यार काइंड ऑफ़।"

"hey नेहा things are really getting serious now यार you should think fast and take a फाइनल call .कहीं ऐसा नहो की बहुत देर हो जाए तुम्हारे लिए।"

"उधर रोहित तुम्हें पसंद आ नहीं रहा है और इधर निरपेश भी हाथ से जाए तुम्हारे। तुम्हें जल्दी ही कुछ सोचना होगा।"

"हम्म्म सही कह रही है अगर practically देखा जाए तो अगर मेरे पास 2 options हैं between रोहित and निरपेश he too has an option in form of वाणी .. if I say no to his proposal .."

"हाँ यार but एक बात समझ में यह नहीं आती इतनी खूबसूरत लड़की निरपेश में interested कैसे है? उसको तो बहुत हैंडसम बन्दे मिल सकते हैं?"

"हम्म यह ही सवाल मेरे ज़हन में भी उठ रहा है मिल तो सकते हैं पे कुछ तो देख रही है वह निरपेश में। मुझे एयरपोर्ट पे उस दिन इतना shock लगा दोनों को साथ में हाथ में हाथ डाले देख कर। मैं कभी imagine भी नहीं कर सकती थी की मेरे अलावा वह किसी और खूबसूरत लड़की के साथ भी घूम सकता है मुझे हमेशा से लगता था की निरपेश पर मेरा हक़ है पहली बार एहसास हो रहा है वह है किसी और का भी हो सकता है। इसलिए मुझे बहुत अजीब फील हो रहा है specially from that day onwards .. "

"देख ले तेरा ही दोस्त है एक खूबसूरत लड़की उसे इतनी लाइन दे रही है।"

"खैर कोई नई बात नहीं है। तब अगर देखा जाए तो अभी तो तुम भी तो एक हैंडसम बंदे को डेट कर रही हो जो आलरेडी तुझे शादी के लिए propose कर चुका है सो वैसे ही निरपेश एक खूबसूरत लड़की के साथ घूम रहा है , *तुम दोनों के तराजू equally balanced* हैं 😊 "

"but यार attraction is the main thing। शादी में अगर एक दूसरे के लिए attraction न हो तो क्या मज़ा आएगा? मुझे लगता है की रोहित उतना attracted नहीं है मुझसे उसकी बातचीत में मुझे बहुत formality दिखती है। वह closeness नहीं दिखती जिससे पता चले की वह मुझ में काफी interested है , attracted है। plain talks करता है बहुत।"

"हम्म तुम्हें वाणी और निरपेश के बीच में कुछ आपस का attraction *दिखा ?* खैर अभी तू सिर्फ एक ही बार face to face मिली है दोनों से।"

" हम्म अभी बता पाना थोड़ा मुश्किल है जब तक उन दोनों से पर्सनली मिली न हो more frequently। यह साला असाइनमेंट भी अभी आना था जब मेंरी life का इतना crucial time चल रहा है खैर अभी हार्डली एक महीने की बात और है उसके बाद । *will rush to India to sort my personal life out ..* "

वर्तिका - हम्म्म makes sense अभी वैसे वाणी और निरपेश का चल क्या रहा है scene अभी बात ही नहीं हुई मेंरी उन दोनों से आफ्टर यू लेफ्ट for US

नेहा - अभी दोनों लोग एक प्ले में participate कर रहे हैं जोकि एक महीने बाद स्टेज होगा post closure of there acting classes और so this all will converge with the time when I will be back .. तो उसकी प्रेपरेशन में बिजी हैं दोनों आजकल।

"I see staging a play big task यार ...but यह सब scenes for the play prepare कौन कर रहा है उनके लिए ? "

"अरे यार एक बंदा है आकाश वह भी इन दोनों के साथ involved है .. not sure क्या खिचड़ी पक रही है तीनों में he is writing scenes for them .. "

"आकाश , interesting अब तेरी स्टोरी में यह नया character कौन हैं नेहा? is he a writer निरपेश इसके टच में कैसे आया?"

"अरे करैक्टर ही हैं वह। I just met him once वैसे थोड़ा चिपकू टाइप बंदा है he runs a café called Urban Dhaba in OMBR Layout वहीँ उसकी मुलाक़ात हुई होगी निरपेश से but शायद आकाश उसको काफी पसंद भी करता है और अच्छी दोस्ती भी हो गई है उन दोनों में rather तीनों में I believe वाणी also must be knowing him well by now की वह इन दोनों के लिए प्ले के scenes लिख रहा है।"

"तुझे यह सब निरपेश ने बताया?"

" हां. yes but I don't know the inside story की आकाश और निरपेशमें इतने कम time में इतनी दोस्ती कैसे हो गई what is the commonality etc ..तुम मिलो इन लोगों से तो पता करना की *how they came so close to him ..try to get the inside story ."*

"हम्म sure will check I can relate through your talks कि definitely कुछ तो पका है नेहा यार इन लोगों के बीच।"

"खैर whatever may be the case with आकाश I am more concerned कि वाणी और निरपेश के बीच में क्या चल रहा है at a personal level क्या दोनों एक दूसरे से attracted हैं की नहीं और अगर उनके बीच वाक़ई कुछ चल रहा है *then I need to evaluate my feelings whether its really affecting me or my life in any way ...* यह जानना मेरे लिए बहुत ज़रूरी है।"

" True लड़की evaluate करो अपनी फीलिंग्स को इसangleपे to get to a decision fast कि दोनों में से किससे तू शादी करना चाहती है।"

" चल फिर अभी रखती हूँ but बात करती हूँ आगे कुछ दिनों में। Let's continue to discuss this matter more frequently between us .. !!"

"हाँ गुड नाईट doll "

कॉकटेल

वेडनेसडे को अगले हफ़्ते आफ़िस ख़त्म करने के बाद निरपेश सीधे आकाश के अर्बन ढाबा पहुँचता है। शाम के करीब 6:30 बज रहे होते हैं। आकाश अपने Laptop पे कुछ काम कर रहा होता है।

"और आकाश भाई कैसे हो?"

"अरे सार्थक I am good यार अभी scenes लिख रहा हूँ कम्पलीट नहीं हुए हैं। Give me some time will complete them by next week .. "

"हाँ भाई टेक योर time आज मैं तुमसे कुछ और बात करने आया था you know our core issue that we are trying to fix .. "

"हम्मम , निरपेश कि नेहा के प्यार को पाने की जंग।"

"हाँ वह तो चल रहा है एक और बात भी थी जो डिसकस करनी थी।"

" I see आओ उधर चल कर बैठते हैं।"

दोनों लोग फिर दूसरी तरफ पड़ी खाली seats पे जाकर बैठते हैं।

" हाँ अब बताओ।"

सार्थक -यार यह वाणी है न कुछ *complicated* लग रहा है इसका scene?

" I see .. हाँ यार थोड़ी strange तो है , काफी चंचल है इनफैक्ट "

"यार मुझे क्या लगता है न कि मुझे अपना मन अब एक तरफ करना होगा I think "

" नहीं तो कुछ गंभीर लफड़ा होता नज़र आ रहा है।"

" हुआ क्या थोड़ा बताओ?"

"अभी सैटरडे को मानव की क्लास के दौरान हम चाय पीने गए थे मैं और वाणी और उसने नेहा के बारे में *enquiry* शुरू कर दी।"

"हाँ ठीक है वही सब जनरल बातें पूछ रही होगी की how is she feeling in US after reaching there?"

"अरे नहीं यार वह मेरे और नेहा के रिलेशन के बारे में पूछ रही थी।"

" अच्छा ....!!"

"हम्म अरे यार मैंने शायद तुम्हें बताया नहीं था ....।"

" शुरू में जब हम और वाणी मिले थे तो क्लास में इंट्रो session में एक scene करना था सबको तो मैंने नेहा को propose करने वाला scene जोकि तुम्हारे ढाबे पे हुआ था उसको वहाँ स्टेज पे कर दिया था। उस scene की बड़ी तारीफ़ करी थी मानव सर ने।"

" हाँ वह तो करेंगे ही , एक दम रियल तरीके से जो किया होगा उसे तुमने।"

" हाँ but उसमें surprising element वाणी का था उसको भी काफी appreciation मिला उस scene को करने के बाद की काफी अच्छा acting पोटेंशियल है उसमें।"

"I see तो इसका मतलब है की इस scene को करने के बाद ही वाणी के दिमाग में शक पैदा हुआ होगा की इतना रीयलिस्टिक scene किया गया है *ज़रूर यह रियल incident पे बेस्ड है* और उसके बारे में उसने तुमसे जानने की कोशिश की होगी?"

"बिलकुल वैसे ही हुआ।"

"तो फिर तुमने क्या बोला उसको?"

"यार मैंने यही बोला उसको की characters सब रियल हैं लेकिन scene actual में फेक है।"

'I mean लोकेशन रियल है characters रियल हैं लेकिन scene फेक है डायलॉग्स फेक हैं ।

फेक कैसे कह दिया तुमने, सब तो रियल है एक मिनट...।"

(कुछ सोचते हुए फिर थोड़ी देर में आकाश बोलता है) - " ohh *अच्छा* अच्छा .... तुमने यह बोल दिया होगा की propose नहीं किया है नेहा को असलियत में?"

"हाँ but वाणी को लगता है विश्वास नहीं हुआ था मेंरी बात पे । अभी भी उसको कुछ कुछ शक है मेरे पे।"

"But यार शक कैसे हुआ उसको तो पता है की नेहा रोहित को date कर रही है?"

"हाँ but शायद उसको यह लगा होगा की हो सकता है मैंने नेहा को propose किया recently और उसने मना कर दिया कर दिया हो शायद यह additional इनफार्मेशन निकालना चाह रही हो वाणी , the other side of the story ..!!"

"हम्म्म और अगर तुम नेहा में interested हो तो क्या अभी भी उस केस को pursue कर रहे हो despite की she is dating रोहित वह भी पता करना चाह रही हो या फिर अब next relationshipमें जाने के लिए available हो तुम की नहीं? क्यों isn't it सार्थक?"

" हम्म और अगर pursue नहीं कर रहा हूँ तो उसके लिए मैं आसान शिकार हो सकता हूँ अगर वह मुझे अच्छी line दे तो।"

"बिलकुल प्यार में दिल टूटे आदमी को इमोशनली आकर्षित किया जा सकता है अगर उसे थोड़ा सा भी भाव दिया जाए तो। बहुत सी लड़कियाँ का फायदा उठाती हैं।"

" वह कैसे?"

" वह ऐसे की लड़का इस कदर टूट गया होता है की उसको जो भी लड़की इस *situation में सहारा देती है वह उसकी तरफ खिच जाता है।"*

" I see यह attraction बड़ी खतरनाक चीज़ है।"

" हाँ अलग अलग scenarios में इसका असर अलग अलग दिखाई देता है।"

"हम्म एक बात बताओ आकाश वह जितनी बार भी मिली है तुमसे क्या उसने कभी मेरे और नेहा के बारे में पूछा है?"

"हाँ पूछा है।"

"तो तुमने क्या बोला है उसको?"

"यह ही की I am not sure कभी निरपेश ने मुझे बताया नहीं है ज़्यादा कुछ।"

" हम्म सही किया।"

"हम्म but मैं यह सोच रहा हूँ की तुमने उस वक़्त जब वह इतनी पूछताछ कर रही थी उसको बता क्यों नहीं दिया सब सच सच? ऐसा तो था नहीं की तुम्हारा कोई scene था वाणी के साथ या फिर वाणी तुम में interested थी?she was just an acquaintance at the theatre who met you for the first time ,उस time पे तुम यह बात छुपा कैसे गए?"

" तुम खुदसोचो?"

"हम्म अच्छा बेटा तो तुम दूर की सोच रहे थे बहुत शातिर लड़के हो .....!!"

"हाँ भाई स्मार्ट तो होना पड़ेगा तुम्ही तो कहते हो प्रैक्टिकल रहो life में।"

"करेक्ट but यार एक बात मेरे दिमाग में आई ।"

" वह क्या?"

"यह ही की अगर तुम सच सच बता देते की तुम नेहा में interested हो और उसे वाक़ई में propose किए हो ... *तो शायद मेरा रास्ता खुल सकता था।"*

" एक मिनट तुम्हारा रास्ता oh man don't tell me की तुम वाणी को पसंद करने लगे हो?"

"यार कौन नहीं पसंद करेगा उसको इतनी खूबसूरत है । खैर मेरे केस में I mean to say " अटेंशन तो इंसान की जाती ही है खूबसूरत लड़कियों पे। शुरू शुरू में तो मैं उसकी खूबसूरती में ही खोये जा रहा था जब तुमने मुझे उससे मिलवाया था।"

"हाँ वह दिखा मुझे जब तुम अटपटी बातें कर रहे थे उस दिन उससे और वह तुमसे तफरी ले रही थी।"

" वैसे भी मोहिनी के जाने के बाद मुझे अब आगे बढ़ कर शादी करनी ही होगी।"

निरपेश - हाँ यार सो तो है but अजीब सा cocktail बन गया है यह सब।

निरपेश कुछ confusion को महसूस करता है अपने मन में ।

" हम्मम "

निरपेश- but यार वाणी बहुत अच्छी लड़की है अगर नेहा मुझे नहीं मिली तो मैं वाणी को नहीं जाने देना चाहता हूँ अपनी life से।

"but अगर मिल गई तो वाणी का क्या होगा? but लेकिन एक बात बताओ उस दिन जब उसने तुम्हारे और नेहा के बारे में enquiry करी तो तुमने वजह जानने की कोशिश नहीं की कि वह क्यों यह सब जानना चाहती है?"

" वही तो , उसको शक है मेंरी फीलिंग्स पे ।मुझे बोलती है देखो मैं बहुत honest हूँ ,अपने दोस्तों को सब क्लियर करके रखती हूँ पहले से । अगर उनकी personalityसे attracted फील करती हूँ तभी उनको अपना दोस्त बनाती हूँ।"

" हम्म तो यह बात है?"

मनजोत- भैया आप लोग यह आलू के पराठे खाओ रात का 9 बज गया है और आप दोनों बातों में इतने मगन हो की time का कुछ अंदाजा ही नहीं है आपको।

आकाश सर 9 बज गए हैं अपन लोग पिछले 2 घंटे से बतिया रहे हैं।

"हाँ माहौल ही कुछ इतना tense बन गया है।"

(आकाश पराठा खाते हुए बोलता है)

आकाश - दोस्ती तो हम दोनों से अच्छी खासी हो गई है उसकी।

" हम्म सो तो हो गई है।"

आकाश - पे तुम देखो यह attraction भी कितनी अजीब चीज़ है।

कैसे?

आकाश- वाणी शायद तुमसे attracted फील कर रही है।

तुम नेहा में attraction ढूँढ रहे हो ..

नेहा रोहित में attraction ढूँढ रही है ..

निरपेश - और मोहिनी आपसे attracted थी।

"और अब शायद आप वाणी से attracted?"

" हैं hey come on यार अगर मैं attracted हूँ भी तो तुम्हें कोई रिस्क नहीं है।"

निरपेश के कंधे पे आकाश हाथ फेरते हुए बोलता है।

" अरे रिस्क की क्या बात है।"

"बात क्यों नहीं है। *पहला हक़ तो तुम्हारा ही है वाणी* पे।"

" अरे आकाश भाई आप कहाँ कहाँ तक पहुँच जा रहे हैं। वाणी attraction के बेसिस पे कई लोगों से दोस्ती करती है but यह ज़रूरी नहीं है कि उसे प्यार भी सभी से हो जाए। अगर उसे वाक़ई में मुझसे प्यार हो गया होता तो क्या अभी तक उसका इज़हार नहीं करती?"

"अच्छा और क्या क्या कहा उसने उस दिन? कुछ मेरे बारे में बात की उसने?"

"अरे आपको लेकर भी बहुत impressed है वह बोली इतना क्रिएटिव mind है आपका बहुत तारीफ़ की आपकी।"

"हम्मम यह ही बोला होगा की मेंरी बहुत respect करती है।"

"हाँ आपको बहुत मानती है वह। but एक बात observe की है वाणी की आकाश भाई आपने?"

"वह क्या?"

"यही की बहुत sensitive लड़की है और observation का इस्तेमाल बहुत करती है अपनी day to day life में।"

- आकाश - but यह sensitive nature लड़कियों का बड़ा dangerous होता है तुमने अखबार में पढ़ा होगा। अखबारों में बहुत बार हम देखते हैं यह न्यूज़ की लडकियां कई बार अपने sentiments

को हैंडल नहीं कर पाती है due to there extremely sensitive नेचर और सुside कर लेती हैं।

"बिलकुल मुझसे एक बात और बोली वाणी ने उस दिन अपने sensitive नेचर को लेकर।"

"वह क्या?"

" यह ही की she can be very dangerous when it comes to dishonesty and अगर कोई उसके sentiments hurt करे तो।"

आकाश- वही तो रिस्क है इस scenario में ....वाणी जिस हिसाब से हम सब की life के साथ involve हो गई है इतने कम time में मुझे थोड़ा डर ही लगता है।

उसका तुमसे तुम्हारी फीलिंग्स का enquiry करना मुझसे तुम्हारे और नेहा के बारे में पूछना इससे तो लगता है वह तुम्हें फोकस में ला रही है अपनी life में।

निरपेश-हाँ उसने एक hint भी दिया था but hint क्या ओपन एंडेड स्टेटमेंट था उसका

"वह क्या?"

"यही की उसे पता नहीं है की आगे चल कर उसकी फीलिंग्स कैसी रहती हैं मुझे लेकर कुछ भी हो सकता है।"

"हम्म गहराई है उसकी बात में।"

" जैसे?"

आकाश- यही की यार she is also 26-27 now वह भी अपने लिए life पार्टनर ढूँढ रही है और तुम उसे एक अच्छे कैंडिडेट लग रहे होंगे इसलिए तुम्हें अपनी स्कीम ऑफ़ थिंग्स में शामिल कर रही है।

"but यार एक बात तो है आजकल लड़कियाँ बहुत स्मार्ट हो गई हैं। इतना इवैल्यूएशन life पार्टनर के लिए?"

निरपेश- हम्म अब मेंरी story में इतना complication हो गया है। एक नेहा कम थी जो यह वाणी का angle भी add होता दिख रहा है।

"वैसे तुम वाणी के लिए कैसा फील करते हो?"

"हम्म्म इस सवाल का जवाब i believe मेरे पास तैयार होना चाहिए।"

" हाँ तभी तो पूछ रहा हूँ?"

" आकाश भाई सही माने में तो attraction वाली फीलिंग तो नेहा के लिए ही हैं मेंरी।"

"जहाँ तक वाणी का सवाल है मज़ा आता है उसकी कंपनी में बहुत फोकस्सड है बहुत डेडिकेटेड है but ...."

आकाश- *वह खिचाव नहीं महसूस करते हो उसकी तरफ ?*

"अगर तुम इतने क्लियर हो वाणी को लेकर तो फिर मैं approach कर लून वाणी को क्योंकि मुझे कुछ तो फील हुआ है उसकी कंपनी में जिसको आगे और परखा जा सकता है।"

"अच्छा !! but आकाश अगर नेहा की तरफ से No हो गया और उधर तुम और वाणी सेट हो गए तो मैं तो एक दम अकेला रह जाऊँगा यार।"

"अकेला तो मैं भी हूँ अभी।"

"मुझे भी तो अपनी life बेहतर करने का हक़ है।"

" बिलकुल है I know की मैं selfish हो रहा हूँ इस matter में but क्या करूँ?"

"हम्म्म और जहाँ तक मेरे अकेले होने का सवाल है मैं खुदही responsible हूँ उसके लिए। इतनी अच्छी लड़की को life से जाने दिया मैंने।"

निरपेश-बहुत complicated है यार यह सब छोड़ो let it be देखते हैं क्या होता है। जहाँ भगवान यहाँ तक लेकर आया है आगे भी वही ध्यान रखेगा।

इस बात को कहने के बाद निरपेश आकाश से इजाज़त लेता है चलने के लिए और अपनी बाइक उठाता है और निकल जाता है धीरज।

गिल्ट

Location - At Manav 's studio

Day – Saturday

Time : 10 :30 am IST

मानव (**चेयर पे बैठे हुए**) - आओ निरपेश और वाणी कैसे हो तुम लोग?

"हेलो मानव ठीक हैं हम लोग आप कैसे हैं?"

"ठीक हूँ यार।"

"guys मैंने तुम लोगों की स्क्रिप्ट रिव्यु की बहुत बढ़िया बनी है किसने लिखी है इतनी अच्छी स्क्रिप्ट?"

"निरपेश तुम लिख रहे हो?"

"नहीं सर मैंने नहीं लिखी है।"

" फिर वाणी तुमने?"

"नो सर।"

'फिर किसी professiona राइटर को engage किया है तुम लोगों ने?"

निरपेश(हँसते हुए) - नहीं सर professiona तो नहीं but amateur राइटर ज़रूर है

"कमाल है amateur राइटर होकर इतनी professional writing?"

" हाँ सर he writes well , he is very enthusiastic पर्सन,मेरा बहुत अच्छा दोस्त है इंजीनियर है पर अपने फादर का ड्रीम पूरा कर रहा है by running his café खुद *अपने ड्रीम्स को भी तलाश रहा है अभी।"*

That's nice हम्म उसकी राइटिंग में वह passion for the art form दिखता है इतना realistic writing unbelievable !!""

निरपेश- जी

वाणी - सर वह दूसरी टीम से बात हुई आपकी आप बोले थे की आप बताएँगे हमें की who can join our team to work on the scenes between मोहिनी and Ravi .?

मानव - हाँ बात की थी मैंने but एक problem है they don't have an actor who can work on this play ...उनका प्ले करेंटली equally distributed है in terms of overall characters and that too with equal participation ..इसलिए मैं सोच रहा था की (थोड़ा सोचते हुए) कि क्या तुम इस प्ले के राइटर को convince कर सकते हो यह रवि का पार्ट प्ले करने के लिए?

"Nice आईडिया .. मेरे तो ख़याल में ही नहीं आया मानव सर I think it's a good thought क्यों निरपेश what do u feel?"

निरपेश -हम्म ....सर बात तो कर सकता हूँ but उसको convince करना difficult होगा? Moreover acting करने के लिए वह कितना comfortable होगा I am not sure

मानव - that should not be a problem देखो पार्ट कोई बहुत बड़ा नहीं है जो बहुत ज़्यादा डिटेलिंग में उसे जाना होगा acting standpoint से। तुम लोगों को उसको stage basics समझाने होंगे ताकि he understands की कैसे performकरना है स्टेज पे।

वाणी – but what about characterization सर?

And what about emotions sir? यह सब कैसे वर्क आउट होगा इतने कम short span में ?

"देखो यार जितना मेरा experience है इस लाइन में जो बंदा इतना अच्छा लिख सकता है वह बंदा खुदकितना evolved होगा in terms of understanding emotions and characters .उस बंदे के लिए यह सब showcase करना उतना difficult नहीं होगा on stage as he has clear thoughts about them and his execution of thoughts उसकी scripts में दिखते हैं तो I think with few rehearsals he should be able to do this part तुम लोग बात करो उससे hopefully he will join you guys .... !!"

निरपेश- ठीक है Sir वाणी कल बात करती हैं आकाश से। थैंक्स सर ,हम लग बात करते हैं फिर बताते हैं आपको .।

"ठीक है अच्छा रिहर्सल स्पेस का क्या करोगे तुम लोग? मैंने स्टूडियो owner से बात कर ली है तुम लोगों के लिए and the other team ... You guys can share the location during weekdays from 6 pm to 11 pm IST zone में on a daily basis ..!!"

" वीकेंड पे anyhow it will happen during normal hours ठीक है?"

वाणी - ठीक है सर that is very helpful of you .. !!

" ठीक है फिर you guys carry on with your preparation let me know in case you need any help with the scenes .. "

निरपेश- sure sir .

इसके बाद मानव लंच के लिए निकल जाते हैं और निरपेश और वाणी भी शांति सागर निकल जाते हैं to have there lunch

फिर लंच करते वक़्त निरपेश के फ़ोन पे आकाश का फ़ोन आता है।

निरपेश फ़ोन उठाता है।

"Hi .. बोलो।"

"हाँ निरपेश कैसे हो अभी बात कर सकते हैं लंच time होगा I believe?"

"खाना खा रह था अभी थोड़ा 10 minutes दो मैं कॉल करता हूँ कुछ urgent था क्या?"

"अर्जेंट तो नहीं but important बात थी फ़ोन ज़रूर करना और हाँ अकेले में वाणी के पास नहीं alrite ..?"

"ओके ठीक है (यह कहकर फ़ोन निरपेश रख देता है।) "

वाणी- हम्म किसका फ़ोन था?

"एक आफ़िस का दोस्त था।"

"I see why calling on Saturday ..?"

"यार दोस्त है सैटरडे को कॉल कर सकता है ।आफ़िस में भी तो दोस्त होते हैं राइट।"

"ohh yes सही कह रहे हो but बड़ी मुश्किल से मिलते हैं आफ़िस में दोस्त mostly सब compitetors ही होते हैं।"

"वह तो है कभी कबार मिल जाते हैं।"

"हम्म वह तो है। चलो I am done with my lunch what about you ..?"

"मेरा भी हो गया।"

" चलो फिर चलते हैं स्टूडियो की तरफ।"

निरपेश-हाँ तुम चलो मैं ज़रा उससे बात करके आता हूँ।

"अच्छा अभी ज़रूरी है क्या? बाद में कर लेना फ़ोन?"

"Its ok वह बोला है कि कुछ important बात करना चाहता है so I told him की लंच के बाद कॉल करता हूँ तुम्हें।"

"ठीक है तुम बात करके ऊपर आओ फिर scenes की प्रैक्टिस करते हैं।"

"ठीक है I ll be back in 10 minutes .."

वाणी यह कहकर चली जाती है स्टूडियो।

इधर निरपेश फ़ोन लगाता है आकाश को ..

"हाँ आकाश अब बोलो यार।"

"हाँ यह बताओ वाणी चली गई? उसे शक तो नहीं हुआ की मेरा फ़ोन था?"

"नहीं मैंने उसे बोला की मेरे आफ़िस के दोस्त का फ़ोन था।"

"I see ठीक है अच्छा मैंनेज किया उसे।"

"हम्म बोलो क्या बात करना चाहते थे।"

" अरे यार मैं बस यही कह रहा था की कल की बातों को लेकर बहुत ज़्यादा टेंस मत होना तुम।"

"हम्म टेंशन तो है की वाणी के साथ कुछ गलत तो नहीं कर रहा हूँ मैं? I think मुझे उसको सब सच सच बता देना चाहिए।"

"अरे निरपेश भाई तुम यह संगीन जुर्म न करो इसलिए ही मैंने तुम्हें फ़ोन किया है बिलकुल भी ज़रुरत नहीं है वाणी को कुछ बताने की । हम दोनों को चीज़ें नेचुरल रखना है इस वक़्त देखते हैं लड़कियों का रुख किस तरफ जाता है .....।"

"But आकाश मुझे बहुत गिल्ट फील हो रहा है आपको लेकर । "

"क्यों?"

"*यह ही की मैं selfish हो रहा हूँ अपनी नीड्स को लेकर* । आप जबकि मुझे इतना supportकर रहे हो starting से मेंरी प्रोब्लेम्स को solve कराने में?मेरा *भी फ़र्ज़ है की मैं आपकी मदद करो आपकी life में खुशियाँ भरने के लिए।"*

आकाश - अरे तुम अपनी स्टोरी मुझे लिखने के लिए allow कर रहे हो ,वही बहुत बड़ी उपलब्धि है मेरे लिए। जिस स्टोरी को मैं इतने समय से तलाश रहा था वह आज मुझे मिल गई है इसके लिए मैं तुम्हारा बहुत शुक्रगुज़ार हूँ।

"but सिर्फ स्टोरी की बात नहीं है आकाश आपकी फीलिंग्स का क्या हाँ ...? आप वाणी से काफी इम्प्रेस्सेड हो वह भी आपको काफी respect करती है और मैं आप दोनों के बीच में आ रहा हूँ।"

"यार बीच में नहीं आ रहे हो अभी के scene के हिसाब से तुम उसकी पहली preferenceहो in terms of deciding over की कौन उसका life पार्टनर बन सकता है आगे चल कर...। *मैं उस scene में कहीं नहीं हूँ अभी।"*

"हाँ वह तो है but वही न मुझे उसको बता देना चाहिए जबकि उसका मेरे पे शक अभी भी कायम है। उसको मैं इतना confused क्यों रखूँ कम से कम क्लियर कर दूँगा तो एटलीस्ट आप और वाणी के बीच कुछ हो सकता है।"

"अरे यार निरपेश तुम्हें इतना महान बनने की ज़रुरत नहीं है ठीक है realisttic रहो life में। गहराई से सोचो की अगर तुमने यह महान बनने वाला काम किया और उधर नेहा ने भी तुम्हें reject कर दिया जोकि हमें अभी तक कुछ ज़्यादा positive केस लग नहीं रहा है ,एटलीस्ट वाणी तो है जो तुम्हें पसंद कर रही है । वह भी हाथ से चली जायेगी तुम्हारे तो तुम क्या करोगे *और मेरा क्या है मैं भी अभी कोई वाणी की first preferenceतो हूँ नहीं और ना ही उसने तुम्हें ऐसा कोई indication दिया है कि तुम उसकी सेटिंग करवाओ मेरे साथ।* नॉमर्ल दोस्त की तरह चल रहा है सब मेरे उसके दरमियान इसलिए let it be.. जहाँ तक अच्छी लड़की मिलने का सवाल है भगवान कुछ न कुछ रास्ता निकालेगा। जैसे तुम मेंरी ज़िन्दगी में आए और मेंरी स्टोरी जिसको मैं न जाने कब से पूरा करने का सपना देख रहा था वह पूरा हो गया वैसे ही एक अच्छी लड़की शादी के लिए मिलने की चाहत भगवान मेंरी पूरी करेंगे किसी न किसी के ज़रिये से। इसलिए जैसा चल रहा है चलने दो।"

"ठीक है आकाश जैसा आप कहो । वही मुझे अच्छा नहीं लग रहा था अंदर ही अंदर इसलिए आपसे एक्सप्रेस किया।"

"Its ok भाई हम लोग एक दम सही चल रही हैं ऐसे ही चलना है बस।"

"अच्छा आकाश एक बात और कहनी थी।"

"हाँ बोलो?"

"scenes का काम कुछ आगे बढ़ा आपका?"

"हाँ यार I am working on it mid of next week तक तुम्हें भेजता हूँ बाकी के scenes । वह रवि और मोहिनी के scenes रेडी है वह तुमने देखे ही होंगे मैंने मेल किए हैं तुम दोनों को।"

"हाँ यार बढ़िया है वह सारे scenes ! रिक्रिएशन और इमेंजिनेशन बढ़िया है जहाँ जहाँ होना चाहिए वहाँ पे दिख रहा है।"

"सही है फिर मिड ऑफ़ next वीक तक टारगेट करो and send us चलो फिर मैं निकलता हूँ । वाणी वेट कर रही होगी ऊपर स्टूडियो में।"

"ठीक है dude चलो फिर bye "

"Bye "

"इस conversation के बाद निरपेश सीधे वाणी के पास पहुँचता है और for the next couple of hours दोनों rehearse करते हैं scenes। निरपेश वाणी को observe करता है while performing और अपने कमैंट्स देता है की कहाँ कहाँ पे दिक्कत लगती है फिर शाम को दोनों अपने घर चले जाते हैं।"

रवि का रोल

Time 10 :00 am IST

Day – Sunday

अगले दिन निरपेश और वाणी अर्बन ढाबा पहुँचते हैं आकाश को बिना बताए।

आकाश सुबह सुबह बस ओपन हीं किया होता है ढाबा और अपने Laptop पे काम कर रहा होता है।

इतने में वाणी उसके पास आती है और बोलती है।

वाणी - Hi आकाश कैसे हो?

आकाश सीट से उठता है और वह उसे hug करती है।

निरपेश भी आकाश से हाथ मिलाकर उसे good morning wish करता है।

आकाश- अरे वाणी तुम लग सुबह सुबह यहाँ कैसे? मैंने निरपेश को बता दिया था की अभी मोहिनी और मेरे scenes अगले हफ़्ते मिड वीक तक रेडी होंगे बाकी recreated scenes तो already मैं तुम लोगों को भेज चुका हूँ।

वाणी - अरे वह मुझे पता है आकाश क्या मैं सिर्फ तुमसे काम के लिए ही मिलने आ सकती हूँ ऐसे नहीं?

"हाँ नहीं ऐसी तो कोई बात नहीं है ऐसे भी तुम लग मिलने आ सकते हो।"

निरपेश - हम्म that's the spirit but यार एक बात और है जो थोड़ी ज़रूरी है इसलिए मैंने सोचा की तुमसे डिसकस करूँ।

"हाँ बोलो निरपेश क्या बात है?"

"अरे यार तुम्हें याद होगा हम लोग ने तुम्हें बताया था की मानव दूसरी टीम से जुगाड़ रहे हैं वह रवि का करैक्टर के लिए बंदा but यार उसमें एक problem हो गई है।"

" कैसी problem?"

"वाणी तुम बताओ यार आकाश को।"

"अरे आकाश यार उनकी टीम में कोई बंदा available नहीं है for a short role as उनका काफी डीप प्ले है। उसमें सभी लोगों के किरदार थोड़े बड़े बड़े हैं सो कोई भी एक्टर फ्री नहीं है यह पार्ट करने के लिए।"

आकाश- ओह अच्छा फिर तो यह बहुत दिक्कत वाली बात है फिर अब तुम लग क्या करोगे?

वाणी(आकाश के पास आते हुए , उसके करीब बैठते हुए , उसका हाथ पकड़ते हुए और मुट्ठी में लेते हुए) - अब वही आकाश बस एक ही ऑप्शन है।

आकाश(हाथ छुड़ाते हुए) - कैसा ऑप्शन?

वाणी (दुबारा हाथ पकड़ते हुए) - तुम्हें यह किरदार हमारे लिए करना होगा।

आकाश - क्या कैसी बात कर रही हो मैं और acting न बाबा न वह भी इतने सारे लोगों के सामने बिलकुल भी नहीं वाणी मैं यह नहीं कर सकता।

वाणी- ओह्ह come on आकाश मेरे खातिर इतना भी नहीं कर सकते? I have a firm belief in you कि तुम कर सकते हो।

आकाश- यार मुझे समझ में नहीं आता तुम्हें मुझपे इतना ज़्यादा विशवास कैसे हैं?

निरपेश यार तुम समझाते क्यों नहीं वाणी को?

"भाई वाणी बहुत क्लियर है अपनी requirements को लेकर अगर मैं उसे बोलता हूँ तो मानने वाली नहीं है।"

" यार तुम भी न लड़कियों के आगे ढीले पड़ जाते हो ।"

"वाणी यार यह नहीं हो पाएगा scene लिखने तक ठीक ठाक था? वह भी मैं एक amateur राइटर हूँ। इत्तेफ़ाक़ की बात है कि मानव को मेरे लिखे हुए scenes पसंद आ गए वरना मुझे तो ज़्यादा उम्मीद नहीं थी।"

वाणी -आकाश यार तुम जानते ही नहीं हो अपनी वैल्यू।

निरपेश-हाँ सिर्फ हम जानते हैं तुम्हारी वैल्यू।

वाणी- करेक्ट तुम्हें पता है पिछली क्लास में क्या हुआ? मानव ने खुद कहा की इस script के राइटर से बात करो अगर वह यह role कर सकता है तो?

आकाश- अच्छा कमाल है इतनी पसंद आ गई उनको मेंरी राइटिंग?

निरपेश- करेक्ट वही even हम लोग भी surprise हुए थे इनकी यह बात सुनकर की इतना confidently वह कैसे कह रहे हैं but *वही बात है कि एक उभरते artist को एक existing artist ही पहचान सकता है।*

वाणी- right जैसे मुझे आप पे विश्वास है कि आप acting कर सकते हैं।

आकाश(गुस्सा होते हुए)- फिर से आप वाणी?

"ओह्ह सॉरी जैसे मैंने तुम पे उस दिन confidence शो किया की तुम लिख सकते हो हमारे प्ले के लिए और तुमने मेंरी बात सुनी , देखो मानव को तुम्हार कंटेंट पसंद आया राइट?"

"हाँ और आकाश एक बात और है यहाँ पे भी अगर तुम देखो तो एक existing artist जोकि वाणी है ... उसने "

वाणी- एक मिनट मैं कोई existing artist नहीं हूँ एक amateur artist ही हूँ सीख रही हूँ मैं निरपेश।

निरपेश - but still तुम्हारे पास प्रायर experience है stage performance का जो मेरे और आकाश के पास नहीं है। तो हम लोगों के comparison में तो तुम एक existing artist ही हुई न?

वाणी- तुम भी न यार कहाँ कहाँ तक पहुँच जाते हो। अच्छा ठीक है मान लेती हूँ फिर।

निरपेश - हाँ तो वही coming back to आकाश ...की देखो वाणी ने तुम्हें पहचाना तुम पे ट्रस्ट किया और motivate किया तो तुमने अच्छा perform किया सो I believe उस बात में सच्चाई हैं कहीं छुपी की existing artist एक उभरते artist को पहचानने का हुनर रखते हैं।

"हम खैर relevant तो लग रही है तुम लोगों की बातें but यार कमाल के हो तुम दोनों कुछ न कुछ कहकर मुझे convince कर ही लेते हो।"

"Yeah ग्रेट सो आप तैयार हैं काम करने के लिए हमारे साथ for Ravi's role "

"हाँ तैयार हूँ।"

वाणी- ग्रेट !!

यह कहकर वाणी आकाश को गले लगा लेती है और एक दम से उसके गाल पे kiss कर देती है।

आकाश को अच्छा तो लगता है वाणी का sudden kiss से पर वह थोड़ा सा शर्मा जाता है ,उसी वक़्त।

निरपेश एक दम से वाणी की तरफ देखता है और हँसने लगता है और बोलता है

"हे वाणी control control 😊 !!"

Jokes apart but निरपेश बहुत खुश होता है आकाश के लिए और उसकी इज़्ज़त उसकी नज़र में और बढ़ जाती है उसके एग्री करने के बाद।

आज से एक अलग लेवल का enthusiasm add हो जाता है इन तीनों की टीम में।

खैर इस हँसी मज़ाक के बाद तीनों लग खाना खाते हैं as लंच time हो गया होता है और सबको ज़ोरों की भूख लगी होती है।

खाना खा कर वाणी और निरपेश मानव के स्टूडियो निकल जाते हैं scenes की एक rehearsal strategy बनाने के लिए।

रिहर्सल प्रैक्टिस

अगला मंडे हमेशा की तरह फिक्स्ड पैटर्न में शुरू होता है। जिस तरह रेलवे स्टेशन पे लाल कपड़े पहने कुली घूमते हैं उसी तरह अलग अलग बिल्ले लगाए companies के IT प्रोफेशनल्स Bangalore की सड़कों में भेड़ बकरियों की तरह दिखाए पढ़ने लगते हैं मंडे से। वही सुबह सुबह काँच की दीवारों के भीतर बैठने के लिए निकलना और फिर शाम को वापस उन दीवारों से निकल कर अपने घर की दीवारों में आके क़ैद हो जाना बस यही ज़िन्दगी दिखाई देती थी Bangalore में।

Day - Tuesday

Time – 11 am IST

Location – Tech Mahindra Office

निरपेश अपने टीम वालों के साथ अपने क्यूबिकल में बैठा कुछ तो बिज़नेस problem डिसकस कर रहा होता है। अचानक उसका फ़ोन ब्लिंक करता है ...

" नेहा कालिंग !! "

निरपेश फ़ोन निकालता है अपनी जेब से और मन में बोलता है ।

" नेहा ....इस वक़्त काफी लेट हो रहा होगा उधर तो " घड़ी की तरफ देखते हुए।"

नेहा- Hey निरपेश!!

"सोयी नहीं अभी तक १२ बज रहा होगा तुम्हारी तरफ यार।"

"हाँ लेट तो हो गया है , मन कर रहा था तुमसे बात करने का।"

"अच्छा।"

"हाँ अभी वह फोटो फ्रेम देख रही थी कॉलेज वाला तो एक दम से मन किया तुमसे बात करने का।"

"हम्मम थैंक गॉड चलो वह तुम्हारे कुछ काम तो आ रहा है 😊 ।"

Hey hey 😊

निरपेश - तो मुझे मिस कर रही थी हम्मम?

नेहा - धत तुम भी बहुत शैतान हो मौके का फायदा उठाना कोई तुमसे सीखे।

"ha ha "

"और बताओ कैसी चल रही है प्ले की तैयारी?"

"सही चल रही है।"

निरपेश थोड़ा पैंट्री areaमें आ जाता है फ़ोन लेकर।

"scenes रेडी हो गए हैं?"

" हाँ हो गए हैं।"

"थीम क्या है प्ले का थोड़ा बैकग्राउंड बताओ यार।"

" तुम वाक़ई में interested हो जानने के लिए?"

"हाँ बिलकुल मेरा इतना प्यारा दोस्त उसमें काम कर रहा *है* , I am very much interested on knowing the content of the play ..!!"

wow प्यारा ... 😊 "

नेहा के मुँह से प्यारा शब्द सुनकर मन हीं मन बहुत खुश होता है निरपेश का।

"हम्मम सही है ..."

"यार यह एक ट्रेजेडी ड्रिवेन प्ले है जिसमेंrelationshipsको बनते बिगड़ते दिखाया गया है।

"अच्छा सो relationships ओरिएंटेड प्ले है?"

"हाँ main crux वही है।"

"हम्म so it must be interesting चलो कोई नहीं .. I will watch it directly .. don't reveal me the story will catch it through observation ..!! "

"सही है वैसे कब लौट रही हो?"

"हाँ यार टिकट is done अभी supportभी स्टेबल है तोमैनेजरसे बात हुई थी वह बोले तुम June के लास्ट वीकेंड में निकल आओ Bangalore फिर मैंने June 27th का टिकट करा लिया i e Friday night to Saturday early morning I will be in Bangalore 😊 "

" सही है यार so you will be back soon?"

"हम्म चलो फिर तुम आफ़िस का काम करो अब मैं भी रखती हूँ कल सुबह आफ़िस जाना है आलरेडी 12 am हो गया है।"

"ठीक है चलो फिर गुड नाईट।"

"अबे good morningबोलो सुबह का 12 ऍम बज गया है 😊 "

"हम्म स्मार्ट नेहा।"

" Cool चलो फिर।"

इसके बाद नेहा फ़ोन रख देती है और निरपेश भी अपने आफ़िस के काम में बिजी हो जाता है।

अगले दिन करीब शाम को 7:30 बजे IST

वाणी(ओवर फ़ोन कॉल) - Hi निरपेश

" हे वाणी बोलो।"

"कैसे हो।"

"ठीक हूँ just अभी थोड़ा time पहले लौटा हूँ आफ़िस से।"

" I see "

" अच्छा वह scenes रेडी कर दिए हैं आकाश ने उसने मेल कर दिए हैं अपने personal scenes with मोहिनी 😊 "

"I see अच्छा मैंने मेंल्स चेक नहीं की आज थोड़ा आफ़िस में बिजी थे।"

"हम्म्म अब काइंड ऑफ़ प्ले तैयार है हमारा 😊 feeling very contented atleast entire script is ready now ..!!"

निरपेश - सही है अभी स्टडी करना पड़ेगा सारे scenes को क्यों?

वाणी -हाँ यार let's do the reading अच्छे से over the rest of the वीक and फिर आकाश को engage करते हैं for the rehearsals थोड़ा उसको गाइड करना पड़ेगा over stage basics and all।

निरपेश-हाँ I think तुम फ्राइडे को थोड़ा जल्दी निकल आओ आफ़िस से और फिर आकाश को थोड़ा directions दे दो ओवर stage basics , स्टेज बिज़नेस etc ताकि वह comfortable हो जाए और next day से rehearsals में participate कर सके।

वाणी -हाँ सही कह रहे हो ऐसे ही करते हैं। अच्छा यह बताओ Rehearsals के executions कहाँ रखे जाएँ? मानव ने अपना स्टूडियो भी ओपन कर दिया है इवनिंग time में for us ..सो वहाँ भी जा सकते हैं इवनिंग टाइम्स में for practice। तुम्हारा क्या view है?

निरपेश-हाँ। think दोनों जगह pursue करते है based on availability अर्बन ढाबा पे भी जगह है side में गार्डन में उधर प्रैक्टिस कर कर सकते हैं but I think एक स्क्रीन लगानी पड़ेगी उधर ताकि customers disturb न हो और I believe वीकडेस में मानव के स्टूडियो पे भी कर सकते हैं midway on returning from आफ़िस स्टूडियो पड़ता है।

वाणी --हाँ but what about आकाश? वह भी आ जाएगा वहाँ?

निरपेश-हाँ in case of selective rehearsals we can request him to come there otherwise उसके scenes अर्बन

ढाबा पे प्रैक्टिस कर सकते हैं। let 's not disturb him much operations के angle से as उनका बिज़नेस भी चलता है all day long उसको एफेक्ट नहीं होना चाहिए।

" ठीक है सही कह रहे हो ऐसे ही रखते हैं।"

कूल।

वाणी --चलो फिर let's study the scenes फ्राइडे को दुबारा connect करते हैं उनपे ठीक है।

"Sure .. !!"

" चलो फिर बाई and टेक care।"

"Bye !"

इस conversationके बाद दोनों लग अपनी usual routine के साथ scenes भी स्टडी करते हैं और नैरेटिव of the play को अच्छे से understand करते हैं।। वाणी ओवरआल scenes को रिव्यु करती है और plan करती है उनका execution . next 2 days इन्ही सब activities में बीतते हैं दोनों के।

इस दौरान वाणी ने आकाश से भी अर्बन ढाबा का कुछ area*रिहर्सल स्पेस* की तरह use करने के लिए भी permission ले ली होती हैं।

Day – Friday

Time – 4:00 PM IST

At Infosys Office

वाणी अपनी आफ़िस की कैब की तरफ जा रही होती है और कॉल करती है निरपेश को।

"Hi वाणी "

"hey निरपेश कैसे हो?"

" सही हूँ बोलो और क्या plan है आजका?"

"अभी निकल रही हूँ आकाश के कैफ़े तुम कब तक आओगे उधर?"

" मैं करीब 7 बजे तक पहुँचता हूँ अभी थोड़ा घर जाऊँगा will get fresh and will come straight to the venue .. "

"ओके चलो फिर मिलते हैं उधर।"

"ओके।"

वाणी पहुँचती है अर्बन ढाबा। उसने पहले ही afternoon में बात कर ली होती है आकाश से की she will be arriving over the evening to his place ..!!

At अर्बन ढाबा *:*

"हे आकाश कैसे हो?"

वाणी आकाश को hug करती है।

"हेलो वाणी क्या हाल चाल हैं "

"बस इनायत नवाजिश।"

"क्या बात है उर्दू का भी इल्म रखती हो? 😊 "

"हाँ कभी कभी use कर लेती हूँ यह लैंग्वेज बहुत हार्ड है क्यों?"

"हाँ very expressive language मेंरी लिखे हुए scenes में भी तुमने देखे होंगे उर्दू शब्द।"

"हाँ dialogues बहुत बढ़िया हैं scenes के और देखिए मैं printouts निकाल कर लायी हूँ for all the scenes !"

"I see so बढ़िया ... सारा कंटेंट आ चुका है 😊 "

"अच्छा और बताओ तुम फ्री हो गए हो आज के काम से?"

"हाँ अभी थोड़ी रिलीफ है , मैंने मनजोत को बोल दिया है कस्टमर्स हैंडल करने के लिए। और उधर देखो मैंने एक partition भी कर दिया है ताकि हम लोगों के लिए प्रैक्टिस space भी रहे।"

"सही है आकाश तो एक दम ready हो।"

" बिलकुल at your service ."

"ओके चलो फिर उधर partition की तरफ चलते हैं , मैं तुम्हें थोड़ा स्टेज बेसिक्स समझा देती हूँ।"

"चलो।"

उसके बाद दोनों लोग उधर पहुँच जाते हैं और वाणी step by step आकाश को स्टेज बेसिक्स समझाती है ,सारी positions जो स्टेज पे काम करती हैं। Props जोकि use होते हैं सबकी सिग्नीफिकेन्स बताती है। आकाश इन इंटरेक्शन्स के दौरान वाणी को करीब से महसूस कर रहा होता है और वह उसके attitude डेडिकेशन,पैशन को perceive कर पा रहा होता है towards the craft और जो सबसे अच्छी बात जो उसकी उसे पसंद आती है कि वह एक सलफ्लेस artist है जो क्राफ्ट को ग्रो करने में बिलीव करती है।। बाकी अर्बन ढाबा का मैजिक तो चल ही रहा होता है उनके आस पास तो उसी में विलीन आकाश सारे basics सीखता है और अच्छे से समझता है वाणी से।

करीब 2 घंटे बाद around 7 बजे निरपेश अर्बन ढाबा पहुँचता है ...।

वोह सीधे प्रैक्टिस areaमें पहुँचता है वहाँ seats पड़ी होती हैं उसमें से एक seat occupy करते हुए बोलता है।

" समझा दिए आकाश को स्टेज बेसिक्स वाणी? How is the practice going ..?"

"एक दम perfect ...।"

"सही है आकाश भाई कैसी लगी क्लास आपको?"

"बढ़िया यार मुझे आईडिया नहीं था की इतनी technicalities होती है स्टेज पे , काफी technical process है execution का।"

"हाँ वह तो है actually essence यह है कि performance ऑडियंस को दिखनी चाहिए clearly with a good visual अपील सो शायद उसके लिए यह सारे fundae हैं।"

"अच्छा सही है।"

वाणी- चलो guys चाय पीते हैं थोड़ा टायर्ड फील हो रहा है।

आकाश- हाँ sure वाणी , मनजोत बेटा चाय लाना इधर सबके लिए।

" तीन चाय लाना ठीक है ...?"

मनजोत- जी आकाश लाता हूँ थोड़ी देर में।

वाणी -और निरपेश आफ़िस कैसा रहा तुम्हारा?

"हेक्टिक था अभी थोड़ा दूसरी तरह से हेक्टिक रहता है।"

"वह कैसे?"

"अभी मैं टीम लीड हूँ मेंरी responsibilities लोगों को हेल्प करने में ज़्यादा हो गई हैं , तो इश्यूज में involved रहता हूँ।"

"I see थोड़ी लीडरशिप करनी होती होगी?"

"हाँ यार वह तो है but मज़ा आता है।"

"हाँ वह आएगा I can definitely get that .."

"अरे तुम दोनों कहाँ आफ़िस की बातों में फँस गए ,यह लो इतने में मनजोत चाय लेकर भी आ गया।"

वाणी -Wow I badly need a tea !!

थैंक्स मनजोत मस्त बनाके लाया है न?

"दीदी आप जितनी मस्त तो नहीं बनी है but ठीक है 😜 "

" क्या बोला शैतान लड़का !! ... 😊 "

मनजोत के इस डायलॉग पे सब हँस पड़ते हैं।

"देखो तुम लोग कितना शैतान है यह लड़का।"

आकाश (आँख मारते हुए निरपेश को) - क्यों सही तो बोला 😜

निरपेश - हाँ true I must say ..!!

वाणी- अब तुम लग भी शुरू हो गए।

निरपेश - चिल यार वाणी मस्ती चल रही है।

तभी फ़ोन रिंग होता है निरपेश का।

"Ohh excuse me कहकर वहाँ से उठकर वह दूसरी तरफ चला जाता है .. "

नेहा का फ़ोन आया होता है उसके फ़ोन पे। उससे बात करने के बाद करीब 20 mins बाद वह वापस पहुँचता है performing areaमें।

वाणी और आकाश अपनी अपने scenes डिसकस कर रहे होते हैं उस वक़्त।

वाणी -अरे निरपेश किसका फ़ोन था ? देखो तुम्हारी चाय भी ठंडी हो गई।

आकाश - अरे मनजोत एक और फ्रेश चाय ले आओ भैया के लिए यह ठंडी हो गई है ।

"जी ले आता हूँ।"

"हम्मम अरे guys नेहा का फ़ोन था कल मैडम Niagara Falls जा रही हैं !!"

वाणी -सही मस्ती चल रही है यार उसकी अभी तक तो मैंने Niagara Falls शम्मी कपूर की पिक्चरों में ही देखा है।

"हाँ यार उसका प्रोजेक्ट अब डिलीवर हो गया है अच्छे से और जल्द ही वह इंडिया आ जायेगी।"

"सही है वह फिर हमें join कर सकती है रहेअर्सल्स के लिए इस बहाने उसको करीब से जानने का मौका मिलेगा आकाश क्यों हम दोनों को भी?"

"बिलकुल वाणी निरपेशअपने साथ नेहा को लेकर भी नहीं आया इधर कभी।"

"हाँ मौका लगा नहीं but अभी आएगी वह उसने इंडिया का टिकट करा लिया है 29th June को she will be in Bangalore

वाणी - I see सही है।

आकाश- वाणी फिर scenes की प्रैक्टिस कल से शुरू करें हम दोनों?

"हाँ अभी कुछ एडिटिंग तो चाहिए नहीं है scenes में। हमने रिव्यु भी कर लिए हैं रवि और मोहिनी के scenes "

"अब आते हैं सिनोप्सिस पे निरपेश तुम्हारे और मेरे scenes पे।"

आकाश- हाँ तो ओवरआल तुम्हें वह scenes कैसे लगे तुम लोगों ने पढ़े कैसे लगे?

" to be very frank its मैजिकल क्यों निरपेश?"

"हाँ क्या रेक्रेट किया है वर्ल्ड मोहिनी का आपने mindblowing

हम्म थोड़ा imagination और थोड़ा experience use किया है ..।"

" That's good तो फिर कल से प्लान यह है निरपेश की मैं अपने scenes आकाश के साथ rehearse करूँगी at अर्बन ढाबा तुम भी required होंगे अगर कुछ scenes में तो वह हम सब साथ में प्रैक्टिस कर लेंगे।"

निरपेश -ओके।

इस तरह अगले 2 weeks including weekends आकाश और निरपेश बेसिक rehearsals में बिजी रहते हैं। इस दौरान आकाश और वाणी में भी काफी closeness develop हो जाती है। उधर नेहा और रोहित आपस में बात करते रहते हैं फ़ोन पे और नेहा eagerly वेट कर रही होती है वापस आने के लिए। उसको excitement होता है इन लोगों की rehearsals देखने का। वह इस दौरान जब निरपेश से बात करती है तो अपना concern एक्सप्रेस करती है की उनकी rehearsals attend करना चाहती है before the फाइनल शो। वह पिछले कुछ दिनों में US में एन्जॉय तो कर रही होती है पर एक void सा उसके दिल में ..बना रहता है कि वह किसे अपना हमसफ़र चुने? रोहित कि formal approach towards the relationshipसे वह बहुत ज़्यादा इम्प्रेस्सेड नहीं होती है और निरपेश से दूर रहना अब उसके लिए बहुत कठिन बन गया होता है इसलिए वह जल्द से जल्द इंडिया आना चाहती है। आखिरकार २-३ हफ़्ते की जद्दो जहद के बाद आखिर वह दिन आ ही जाता है जब नेहा इंडिया फाइनली ट्रेवल करती है।

Neha is back

Bengaluru Airport

Time – 10: 00 am

Day – Saturday ..

नेहा Arrivals पे रोहित से मिलती है और उसे hug करती है।

"hi रोहित कैसे हो? finally I am back in इंडिया 😊 😊 "

"indeed वेलकम बैक नेहा और कैसा रहा ट्रिप तुम्हारा? बहुत दिन बाद देख रहा हूँ तुम्हें।"

" हम्मम मैं भी .... अभी कैसे आए हो एयरपोर्ट?"

" अपनी कार से आया हूँ।"

इस conversation के बाद रोहित और नेहा bay area में आते हैं और फिर रोहित एयरपोर्ट पार्किंग से अपनी कार निकाल लाता है। रोहित हेल्प करता है नेहा का सामान गाड़ी के अंदर डालने के लिए और वह दोनों सीधे निकलते हैं नेहा के घर डायरेक्टली from एयरपोर्ट।

करीब एक घंटे की ड्राइव के बाद नेहा के घर पहुँचता है रोहित।

At the door

वर्तिका बाहर आती है।

"Hey नेहा welcome back .. "

"हे वर्तु मेंरी जान।। कैसी है यार कितना मिस किया मैंने तुझे पता है।"

"Same here यार मैंने भी बहुत मिस किया तुझे।"

'lot of emotions in play ..हाँ।"

"yeah and its all natural रोहित between me and Vartu ...."

"अरे तुम लग बैठो अब let me make tea for both of you और ब्रेकफास्ट करो। I have already prepared it "

वर्तिका ने bread omlette बनाया होता है सभी के लिए थोड़ी देर में she serves it to both of them ..

इतने में ..

नेहा (चाय हाथ में लेते हुए) - रोहित और बताओ कैसा चल रहा है सब?

"सब सही है प्रोजेक्ट भी सही चल रहा है।"

"तुम्हारा पहला प्रोजेक्ट है asमैनेजरक्यों?"

"हाँ "

"तो अभी involved रहते हो प्रोजेक्ट में? I mean at टेक्निकल level?"

"नहीं यार डिलीवरी में दाल दिया है अब टेक्निकल लीड के ऊपर । उसको सारा टेक्निकल डिलीवरी ग्राउंड लेवल पे संभालना है मैं ओवरआल बिज़नेस पे फोकस करता हूँ।"

"So you mean to say अब प्रोसेसमैनेजरबन गए हो?"

"हाँ kind of in a way अब टेक्निकल काम रिलेटेड तो डिलीवरी नहीं करता हूँ। '

"अच्छा और वह सारी टेक्निकल स्किल्स का क्या जो तुमने gain करीं थी?"

"अरे वह सब ठीक है अब मैंनेजमेंट में उनका क्या काम?"

नेहा (ब्रेड आमलेट का बाईट लेते हुए)- I see surprising !!

वर्तिका - अरे कहाँ तुम दोनों आफ़िस के discussion में चले गए

नेहा - to be very frank वर्तिका सिर्फ इसी फ्रंट पे रोहित से डिटेल्ड बात हो पाती है बाकी पर्सनली तो यह ज़्यादा कुछ बात करता नहीं है और न हीं कुछ enthusiasm शो करता है कुछ personal लेवल पे मुझसे कुछ जानने में। खैर जानने से याद आया

वर्तिका उसका क्या हुआ? जो बात मैंने तुझेबताई थी आकाश वाला scene

रोहित – Hang on who is आकाश?

"अरे रोहित I believe तुमसे बात नहीं हुई है इस बारे में। निरपेश,वाणी और आकाश एक प्ले में participatte कर रहे हैं as part of there acting workshop with मानव . !"

रोहित – I see I can understand निरपेश and वाणी but who is this guy आकाश?

वर्तिका - आकाश अर्बन ढाबा कैफ़े का मालिक है he is good friends with them and is contributing in preparing the script for the play which they need to conduct at closure of the workshop ..

"तुम मिली वर्तिका आकाश से इस बीच I mean both निरपेश and आकाश से for any of the rehearsals .. I think they have started rehearsing now as per my last talk with निरपेश 2 weeks बैक अब तो फुल स्विंग में उनकी rehearsals चल रही होंगी।"

"नेहा यार to be very frank मैं मिल नहीं पायी इधर उनसे काफी काम था आफ़िस में अब तू आ गई है तो चलते हैं।" "

"Its ok यार अब तो मैं ही पता लगा लूँगी सारी equations as now I am here .. "

"अच्छा गर्ल्स चलो मैं निकलता हूँ अब। I have lot of things to do at home today। नेहा तुम भी आराम करो।"

"हाँ ओके चलो you also take rest at home .. फिर मिलते हैं , अब तो frequently मिल सकते हैं हम दोनों as I am बैक।"

"बिलकुल "

"अच्छा वर्तिका thanks for the lovely ब्रेकफास्ट चलता हूँ फिर।"

" pleasure yeah bye ..."

...रोहित फिर अपने घर चला जाता है नेहा भी फ्रेश होती है ..।

नहाने धोने के बाद तुरंत कॉल करती है नेहा निरपेश को।

वाणी निरपेश का फ़ोन उठाती है।

"Hi निरपेश"

वाणी - हे नेहा how are you निरपेश थोड़ा आकाश के साथ गया हुआ है उसके घर , फ़ोन यहीं छोड़ गया है और बताओ कैसी हो good to hear from you यार।

"अच्छा I see , but फ़ोन नहीं लेकर गया कमाल है एनीवे । am fine वाणी तुम कैसी हो?"

"बस बढ़िया।"

"और कैसी चल रही हैं rehearsals तुम लोगों की?"

"अच्छी चल रही हैं।"

"गुड चलो मैं देखने आऊँगी तुम लोगों की rehearsals "

" हम्मम ज़रूर आओ।"

"कहाँ पे conduct कर रहे हो rehearsals?"

" अभी तो फिलहाल अर्बन ढाबा पे ही चल रही हैं but मानव का स्टूडियो भी ओपन रहता है वहाँ पे भी मैं और निरपेश जाते हैं at times for rehearsals।"

"I see अच्छा ठीक है चल फिर निरपेश आए तो उससे बोलना मुझे कॉल करने के लिए।"

" ठीक है।"

" चलो फिर bye "

थोड़ी देर में निरपेश और आकाश पहुँचते हैं अर्बन ढाबा।

" आ गए तुम लोग?"

"हाँ यार वह आकाश के घर पे इंटरनेट का कुछ issue था तो सोचा उसकी मदद कर दूँ।"

"I see ठीक हुआ फिर?"

"हाँ ठीक हो गया अभी सही चल रहा है।"

"बढ़िया है अच्छा नेहा का फ़ोन आया था।"

"अच्छा सही है .. लौट आई वह?"

"हाँ लौट ही आई है I believe मैं तो पूछना ही भूल गई anyway उसको कॉल कर लेना तुम अभी she asked me to tell you to call her .. "

"अच्छा अभी कॉल करता हूँ।"

फिर निरपेश नेहा को कॉल करने चला जाता है।

इधर वाणी और आकाश आपस में बातें करते हैं।

आकाश- वाणी आज तो तुम बहुत खूबसूरत लग रही हो।

"अच्छा सिर्फ आज ही लग रही हूँ ... हमेशा नहीं लगती क्या 😅 ?"

"हमेशा ही लगती हो आज कुछ ज़्यादा ही अच्छी लग रही हो।"

"अच्छा जी क्या बात है बहुत observe करते हो मुझे 😊 "

आकाश ब्लश करता है !!

" खैर ठीक ठाक प्रैक्टिस हो गई है scenes की अब I think एक राउंड तो पूरा कर लिया है मैंने और तुमने सारे scenes का end to end "

"कहाँ खो गए?"

"कहीं नहीं बोलो।"

"मैं यह कह रही थी अब कल से एक फाइनल execution of rehearsals करेंगे उसके बाद tech rehearsals and then final play की तरफ हमें बढ़ना है ठीक है?"

" हाँ sure बिलकुल ठीक कह रही हो।"

आकाश धीरे धीरे बहुत ज़्यादा attract होता जा रहा होता है वाणी की तरफ और शायद वाणी को यह अंदाजा हो रहा होता है rehearsals के दौरान।

खैर निरपेश वापस आता है।

"नेहा कल आएगी guys देखने rehearsals हमारी I will have to pick her up from her home at 9 :00 am IST . "

आकाश - अच्छा सही है ठीक है कल दुपहर का खाना बाहर से आर्डर कर दूँगा मैं let's have some special food वाणी what would you prefer?

'निरपेश एक बात बताओ does she eat non veg?"

"हाँ खाती है।"

"आकाश फिर कल फिश मंगाते हैं। फिश and राइस will be a terrific combination ...!!"

आकाश - ठीक है done रहा then अच्छा कल वाणी end to end स्टार्ट करेंगे rehearsals अगर सब सही होता है तो फिर लाइन्स याद करेंगे उस हिसाब से अपनी अपनी।

निरपेश- ठीक है मैं review करूँगा सारे scenes अगर कुछ कमैंट्स होंगे तो तुम दोनों को बताऊँगा at time of execution

"और हाँ निरपेश तुम्हें भी मैं रिव्यु करूँगी इस दौरान"

आकाश – निरपेश को रिव्यु?

वाणी - ओह्ह फनी i retract i mean तुम्हारी acting को।

"...चलो फिर 8 बज गए हैं आज defer करते हैं कल मिलते हैं सुबह around 10 am फिर स्टार्ट करते हैं rehearsals।"

वाणी- sure निरपेश तुम मुझे ड्राप कर दो अपनी कार में।

"Sure "

वाणी और निरपेश कार में निकल जाते हैं वाणी के हॉस्टल।

Inside the car .. on the way to वाणी 's hostel ...

"निरपेश आकाश भी अजीब है।"

"क्यों? अजीब क्यों है?"

"यार पहले तो उसको लग रहा था हम लग उसे ज़बरदस्ती खींच रहे हैं acting के लिए लेकिनअब जब तैयार हो गया है तो इतना ज़्यादा involve हो गया है जैसे कि उसका ही प्रोजेक्ट हो।"

"अब पता नहीं वह प्रोजेक्ट कि वजह से involved है या तुम्हें इम्प्रेस करने के चक्कर में?"

"ओह्ह I see तो यह बात है , हम्मम पर उसको मुझे इम्प्रेस करने की क्या ज़रुरत है? I believe in him ..!!

"अच्छा ....सो यू बिलीव इन हिम?"

"क्यों तुम्हें कोई शक है?"

" नहीं शक तो नहीं है।"

"फिर ....? anyway .... "

"सो निरपेश फाइनली नेहा इस back तुम तो बहुत comfortable फील कर रहे होंगे?"

"हाँ अच्छा है काफी दिन हो गए थे।"

"बहुत मिस किया उसे तुमने क्यों ....?"

"हाँ शुरू में लग रहा था फिर हम लग प्ले की preparations में बिजी हो गए तो उस तरफ ज़्यादा ध्यान गया नहीं।"

"हम्म्म मेरी कंपनी में ज़्यादा मज़ा आता है तुम्हें कि *नेहा की कंपनी में?"*

"यह कैसा सवाल हुआ भला वाणी तुम दोनों के साथ अलग ही लेवल का experience होता है and हाँ दोनों की कंपनी में मुझे अच्छा लगता है।"

"हाँ वह 10 साल वाला bond मेरे साथ कहाँ फील होता होगा तुम्हें?"

" हे वाणी come on कैसी बातें कर रही हो।"

"खैर छोड़ो इनबातों कोमेरा हॉस्टल आ गया है कल सुबह 8:30 आ जाना फिर नेहा को pickup करके we will go to urban dhaba .. straight for rehearsals "

रेहर्सल्स **@ अर्बन ढाबा**

वाणी को ड्राप करते ही निरपेश नेहा को फ़ोन लगाता है करीब रात का 9 बज रहा होता है।

"Hi नेहा "

"हे निरपेश और कैसे याद किया अभी दुपहर में ही तो बात हुई थी अपनी?"

"बस यही याद दिलाने के लिए की कल 9 बजे तैयार रहना will come to pick you up "

"हाँ sure I will be ready sharp .कुछ ब्रेकफास्ट बना लाऊँ तुम लोगों के लिए?"

"नहीं अर्बन ढाबा पे सब मिलता है वहीँ कुछ खा लेंगे। "

"ठीक है।"

इस conversation के बाद निरपेश अपने घर पहुँच कर डिनर करके सो जाता है।

अगले दिन सुबह अर्ली मॉर्निंग वह वाणी को उसके हॉस्टल से पिक करता है और फिर सीधे नेहा के घर पहुँचता है।

नेहा ठीक 9 बजे उसे अपने घर पे तैयार मिलती है। *वाणी कार की फ्रंट सीट पर आज बैठी होती हैं जहाँ आज तक हमेशा आज से पहले नेहा ही बैठा करती थी।* नेहा को ऐसा कुछ अंदाजा नहीं होता है की निरपेश वाणी को पहले pickup करेगा और फिर उसको लेने आएगा।

खैर निरपेश नेहा के घर की doorbell बजाता है और वह दरवाज़ा खोलती है।

"Hi निरपेश कैसे हो। "

नेहा निरपेश को काफी दिनबाद देखती है live तो ख़ुशी के बहाव में उसको एक दम से गले लगा कर warm hug देती है।

निरपेश *भी एक दिली सुकून महसूस करता है उसको* hug *करके*। फिर नेहा घर का दरवाज़ा बंद करके बाहर आती है Verandah में और गेट की तरफ जाती है।वहाँ *बाहर वाणी को फ्रंट सीट* पर *बैठा देख उसका खून खौल उठता है बिलकुल उसी तरह जैसे उसने एयरपोर्ट* पर *first time वाणी और* निरपेश *को हाथ में हाथ डाले देखा था जब वह उसको सी ऑफ करने* आए *थे।* बहुत अजीब सा फील करती है नेहा मन में वाणी को front seat पर बैठा देख कर।

यह नज़ारा देख कर उसको लगता है की शायद निरपेश की life में उसकी जगह बदलगई है। अजीब सा एहसास उसके दिल और दिमाग पे हावी हो जाता है जो उसके अंदर की insecurities को एक बार फिर उजागर कर देता है।

बड़ी मुश्किल से वह अपने गरम दिमाग को ठंडा करती है उस वक़्त।

खैर वाणी बाहर निकल कर सीट से ग्रीट करती है नेहा को और उसे hug करते हुए good morning wish करती है।

"हे नेहा good to see you , how was your trip?"

"Hi वाणी yeah trip was good finally I am back in India .. "

"सही है we all are good to see you back finally चलो निकलते हैं अर्बन ढाबा के लिए as we have a long day ahead !!"

यह कहकर वह नेहा के लिए पीछे वाला दरवाज़ा खोल देती है।

यह सब देखकर नेहा का मन अंदर से disturbed तो बहुत हो गया होता है पर किसी तरह से वह अपनी इस emotional disturbance को कण्ट्रोल करती है।।

नेहा- sure

बड़े बेमन से वह पीछे वाली सीट पर बैठ जाती है।

निरपेश फिर खैर दोनों को बैठा कर अर्बन ढाबा की तरफ निकलता है।

कार के अंदर का conversation कुछ इस प्रकार चलता है।

वाणी- So नेहा निरपेश के लिए कुछ लाई हो तुम US से?

"कुछ ख़ास नहीं कुछ स्वीट्स लाई हूँ।"

यह सुनकर सडनली वाणी हँस पड़ती है " oh come on वह बच्चा है क्या जो स्वीट्स लाई हो? कुछ अच्छे कपड़े वगैरह लाती उसके लिए जो निरपेश की डैशिंग personality पे सूट करते।"

नेहा को थोड़ा अजीब सा लग ता है स्टेटमेंट यह " निरपेश की dashing personality" शायद नेहा ने कभी भी उसको dashing perceive नहीं किया था।

कॉलेज time से लेकर आज तक।

खैर कुछ *embarrass* सा होकर नेहा जवाब देती है।

" अब क्या बोलूँ मैं यार।"

"I think निरपेश आलरेडी loaded रहता है अच्छे कपड़ों से और moreover अब क्या तुम मुझे बताओगी की मुझे निरपेश के लिए क्या लाना चाहिए और क्या नहीं लाना चाहिए?"

"अरे I was just joking तुम तो serious हो गई just a suggestion बाकी तुम दोनों आपस में जानो।"

"Better !!"

"हे गर्ल्स कहाँ फँस गए तुम दोनों?"

निरपेश थोड़ा गरम माहौल सेंस करते हुए बोलता है।

नेहा- *बस तुम्हारे बीच हम दोनों फँस गए हैं।*

"हे नेहा come on यार तुम भी ना इतनी detailing में चली जाती हो ..।"

वाणी- खैर यार तुम गाडी चलाओ ध्यान से आज ट्रैफिक ज़्यादा है।

" हाँ sure वाणी "

"और बताओ निरपेश सारे scenes प्ले में मोस्टली तुम्हारे और वाणी के ही होंगे?"

"नहीं आकाश के भी हैं वह भी काम कर रहा है प्ले में।"

"अच्छा surprising सो तुम लोगों ने प्ले में भी शामिल कर लिया उसे?"

"मजबूरी थी कोई और एक्टर मिल नहीं रहा था।"

इतने में सब लग अर्बन ढाबा पहुँच जाते हैं।

अर्बन ढाबा पे आकाश इन लोगों को receive करता है। पहली बार नेहा से इन सभी के साथ उसकी मुलाक़ात हो रही होती है।

आकाश- Hi नेहा आपको पहली बार देख रहा हूँ इन लोगों के साथ?

"Hello आकाश।"

"आएं अंदर आएं वह area हमने seclude कर रखा है only for rehearsals "

"I see मैं बहुत कम बार आई हूँ इधर ...।"

"आपके कैफ़े में मोस्टली निरपेशआया है अपने फ्रेंड्स के साथ।"

"आपसे एक बात कहनी थी?"

" बोलिए?"

"बहुत बहुत शुक्रिया की अपने निरपेश को recommend किया मेरा कैफ़े ...।"

" बहुत फरक पड़ा है आपके उस एक्शन से ...।"

"थैंक्स किस बात का और हाँ मैं देख सकती हूँ कितना फरक पड़ा है।"

"आप सब में अच्छी दोस्ती होगई है एक प्ले में सब साथ में काम कर रहे हैं। मैं ही बस अलग थलग पड़ गई हूँ।"

"अरे आप ऐसा क्यों सोच रही हैं मेरा मतलब यह नहीं था।"

"अरे आकाश तुम इतनी सेंटी मत हो नेहा ऐसे ही कभी कबार बोलती है।"

आकाश- अच्छा अब सब लोग बैठते हैं और कुछ नाश्ता करते हैं before we start rehearsals ..नेहा क्या खाना पसंद करोगी? यह मेंनू है आप decide करो?

" अरे जो तुम लोगों को ठीक ठाक लगे मँगवा लो।"

निरपेश- चलो समोसे जलेबी खाते हैं और बढ़िया चाय क्या कहती हो वाणी?

"हाँ I am fine .. नेहा you will have right ..?"

नेहा को लगा की शायद निरपेश उससे पूछेगा पे उसने वाणी से पूछना prefer किया , खैर नेहा ने फिर वाणी के पूछने पर सबकी हाँ में हाँ मिला दी।

नेहा -ठीक है वाणी।

आकाश- मनजोत सबके लिए चाय दो दो समोसे और ३platesजलेबियाँ बनवा लो।

" ठीक है आकाश भाई अभी लाता हूँ थोड़ी देर में।"

"आकाश सुना सारे प्ले की स्क्रिप्ट आपने लिखी है?"

"हाँ बिलकुल सही सुना है।"

"थीम क्या रखा है स्क्रिप्ट का?"

"बस ऐसे ही कॉलेज goers की कहानी है different flavors दिखाए हैं।"

वाणी -हे आकाश तुम नेहा क सारी स्टोरी न reveal करो उसको खुदफील करने दो क्यों नेहा सही कहा न?

"हाँ you are right ..।"

इतने में मनजोत लेकर आ जाता है समोसे और जलेबियाँ।

निरपेश का सारा ध्यान वाणी और आकाश को serve करने में होता है न जाने क्यों नेहा की तरफ उसका ध्यान जा ही नहीं रहा होता है। यह सारे changes नेहा सुबह से महसूस कर रही होती है निरपेश के attitude में *वह स्पेशल ट्रीटमेंट जो हमेशा उसे मिलता था निरपेश से उसमें कुछ गिरावट महसूस हो रही होती है।* इनफैक्ट आज वाणी ज़्यादा बात कर रही होती है नेहा से इंस्टेड ऑफ़ निरपेश talking to her much ..

निरपेश(समोसे खाते हुए) - वाणी समोसे बढ़िया हैं क्यों?

"हाँ निरपेश!! नेहा तुम्हें कैसे लगे?"

" अच्छे हैं।"

नेहा का मूड एक बार फिर खराब सा होता चला जा रहा होता है ...। सुबह से एक तो वह थोड़ा आउट ऑफ़ प्लेस भी महसूस कर रही होती है।

कुछ तो इन तीनों की केमिस्ट्री उसे अलग महसूस हो रही होती है।

इसके बाद सब अपने अपने scenes स्टडी करने में मशरूफ हो जाते हैं सिवाए नेहा के जोकि उन क्रिएटिव लोगों के बीच में बहुत

अकेला और तनहा महसूस कर रही होती है। क्योंकि नेहा को ज़्यादा मज़ा नहीं आ रहा होता है उस वक़्त तो वह कैफ़े का एक राउंड लगाने चली जाती है। कैफ़े में लगी पेंटिंग्स और आर्टिस्ट्री को वह महसूस कर रही होती है। कुछ तो उसे एहसास होता है की इस जगह में कुछ ख़ास है जो इतनी जल्दी यह तीनों एक दूसरे के क्लोज आ गए हैं , overall घूम कर जब वह वापस आती है उस areaमें तो उससे रहा नहीं जाता है और वह आकाश से पूछती है...

आकाश यह इतना बढ़िया ambience आपने डिज़ाइन किया है कैफ़े का?

नहीं मेरे फादर का किया हुआ है।

I see बहुत गज़ब का डिज़ाइन किया हुआ है उनको मेंरी तरफ से compliment ज़रूर देना आप।

नेहा एक बार फिर आकाश को अपने फादर की याद दिला देती है खैर वह उनको याद करके बोलता है नेहा को की ...

" मेरे फादर अब इस दुनिया में नहीं हैं but उनको यह compliment तुम्हारा अपने दिल की आवाज़ से ज़रूर पहुँचा दूँगा "

“ओह्ह I am sorry मुझे पता नहीं था। "

“Its ok ”

वाणी- चलो आकाश scenes की rehearsals स्टार्ट करते हैं।

इसके बाद आकाश और वाणी अपने अपने scripts लेकर rehearse करते हैं अपने scenes की फॉर next 2-3 हॉर्स। निरपेश उनके scenes देख कर उन्हें बताता जाता है की कैसे जा रहे हैं scenes। उस scenes में वह सारा फ्लेवर नेहा experience करती है जो एक romantic कॉलेज लवर्स की पनपती स्टोरी में होता है। सभी scenes को रहेएरसे करने में अगले २-३ घंटे निकल जाते हैं। नेहा की पेशेंस भी loose होने लग ती है as उसकी .इतनी आदत नहीं होती है प्लेस देखने की। वह इस दौरान निरपेश को पास बुलाकर बोलती है।

निरपेश बहुत भूख लग रही है ...।

निरपेश फिर एक दम से announce करता है वाणी और आकाश को की let's defer for lunch

आकाश- मैं एक मिनट फ़ोन करके आता हूँ।

आकाश ने फिश बिरयानी आर्डर की होती है सबके लिए साथ में तवा फिश भी आर्डर की होती है।

थोड़ी देर में फिशरमैन'स व्हार्फ से आर्डर लेकर पहुँचता है वहाँ का एक कर्मचारी।

आकाश सबको कैफ़े में लेकर जाता है और खाना serve करता है।

नेहा- यह क्या फिश मंगवाई है तुमने निरपेश?

"हाँ कोई दिक्कत है? "

"कितने साल से तुम मुझे जानते हो? "

"करीब 9 साल से। "

"कब तुमने मुझे फिश खाते हुए देखा है? "

" हम्म्म देखा तो नहीं है मोस्टली चिकन और मटन खाते देखा है। "

फिर किस ख़ुशी में तुमने फिश मँगवाई है? ऊपर से। main कोर्स तो ठीक है .. स्टार्टर्स में भी भी फिश are you crazy or what?

अरे यार तुम upset मत हो।

वाणी – hang on let me clarify नेहा इसमें निरपेश की कोई गलती नहीं है मेरा ही suggestion था की फिश खाते हैं।

" ओह्ह और तुम्हारी बात वह टाल नहीं सकता राइट?"

वाणी – Hey नेहा you are overreacting?

निरपेश - हे नेहा कण्ट्रोल यार ....वाणी को इसमें pull क्यों कर रही हो she is telling न की उसका suggestion था और हम सब agree कर गए।

आकाश - अरे guys शांत हो जाओ ऐसा क्या है कुछ और आर्डर कर लेते हैं ..let's get rid of the fish .. नेहा बताओ क्या मंगवाना है?

"होल्ड on आकाश but निरपेश तुम तो मना कर सकते थे की फिश रहने दो, नेहा will have something else ..you could have asserted on my behalf ..?"

"हाँ कर तो सकता था but क्योंकि I know you are non vegetarian तो I thought it should be cool .. "

"सो assumeकर लिया तुमने that since I am non veg ,ill eat the fuckin fish as well? that's disgusting निरपेश"

वाणी – come on यार इतना क्या है इस बात में कुछ और मँगवा लेते हैं जो नेहा तुम्हें पसंद हो?

"नहीं अब तुम ही लग यह सब खाओ मैं घर जाकर कुछ और बना लूँगी thanks for everything यह कहकर वह उठती है और ऑटो कर के अपने घर चली जाती है।"

इस incident के बाद 4-5 मिनट तकशांति रहती है फिर कुछ सोचते हए वाणी बोलती है

"unbelievable यार क्या हो गया यार उसे? आकाश सडनली she behaved so *impulsive* "

आकाश- क्या बोलूँ यार वाणी , निरपेश ही इस बारे में बेहतर बता सकता है।

निरपेश - यार वही न नेहा कभी कभी इतनी specific हो जाती है at times कि situation बिगड़ जाती है।

"but यार why she is blaming me and what is all this कि तुम मेंरी बात नहीं टाल सकते? couldn't digest that "

निरपेश - अरे its ok वाणी इतना लोड मत लो वह थोड़ा ज़्यादा overreact कर गई ।चलो हम लग सब खाना खाते हैं और फिर रिहर्सल करते हैं।

वाणी- रिहर्सल अब क्या ख़ाक करेंगे सारा मूड ऑफ कर गई तुम्हारी दोस्त , अब डेफेर करते हैं आजके लिए post lunch let's leave for the day तुम भी जाओ नेहा के पास उससे बात करो। calm her down ...!!

इसके बाद तीनों लग खाना खाते हैं और फिर अपने अपने घर चले जाते हैं।

शाम को around 6 बजे निरपेश नेहा के घर पहुँचता है। नेहा काफी upset होती है और घर का दरवाज़ा खोलती है।

निरपेश अंदर आता है और आकर बैठता है नेहा के सोफे पर ।

नेहा कुछ सोचते हुए निरपेश की तरफ देखते हुए बोलती है ..।

"बुरा लगा न अपने दोस्तों के लिए तुम्हें?"

"हाँ तो तुमने काम ही ऐसा किया है। सबको वहाँ छोड़ के घर चली आईं।"

"मुझे यह समझ में नहीं आता है निरपेश की तुम वाणी को मना नहीं कर सके जब वह यह प्लान बना रही थी फिश आर्डर करने का।"

"मैं तुम्हें पहले ही यह बता चुका हूँ की मुझे idea नहीं था की तुम फिश नहीं खाती हो।"

"but तुम्हें यह तो idea था की non-veg में और भी option होते हैं और एक कॉमन डिश मंगा लेनी चाहिए लेकि नअब तो तम्हारी life में सबसे ज़्यादा वाणी और उसको बातें important हैं तो उसकी बात कैसे टालते तुम।"

"unbelievable यार कहाँ की बात कहाँ ले जा रही हो तुम।"

"और तुम अपना relationshipवाणी के साथ कहाँ ले जा रहे हो बताओगे ज़रा?"

"क्यों तुम्हें क्या दिक्कत है तुम भी तो रोहित के साथ आगे बढ़ रही हो ....।"

"रोहित को बीच में मत लाओ।"

वर्तिका इन दोनों को लड़ाई करते सुनती है और बाहर आ जाती है अपने कमरे से।

वर्तिका - Hey guys can you please be quiet? क्यों लड़ रहे हो तुम दोनों?

" कुछ नहीं यार फालतू के काम करती है नेहा आज मुझे बहुत embarrassment महसूस हुआ अपने दोस्तों के बीच इसकी इस हरकत से।"

नेहा- मुझे भी बहुत कुछ फील हुआ बताऊँ वर्तिका को?

वर्तिका - ओफ्फो होल्ड ऑन नेहा निरपेश बताओगे मुझे क्या हुआ है?

निरपेश- कुछ नहीं यार नेहा के टैंट्रम्स हैं। आज दुपहर में वाणी ने लंच के लिए फिश आइटम्स क्या मँगवा लिए यह मैडमवहाँ खाना छोड़ कर चली आईं। मैं कहता हूँ वह करने की क्या ज़रुरत थी पूरा कैफ़े सामने था कुछ और मँगवा सकते थे इनके लिए नहीं तो बाहर से चिकन या मटन मँगवा सकते थे। why did she need to leave from there just like that .?. कितना embarrassing और insulting फील हुआ सबको।

वर्तिका - क्या यार नेहा तू ऐसे क्यों करती है?

"हाँ वर्तिका अब तुम भी support करो इसका इसके दिमाग पे तो पर्दा दाल दिया उस बंगालन ने । बेसिक sensibilities ही नहीं काम करती इसकी और तुम भी?"

"जो भी हो नेहा , तुम्हें वहाँ सबको छोड़ कर ऐसे नहीं आना चाहिए थ। .. that was not expected इतना भी क्या गुस्सा यार।"

" एनीवे अब मैं क्या करूँ अब तो घर आ गाई हूँ and have taken my lunch as well .."

निरपेश - देख रही हो वर्तिका इसको... एनीवे you are right अब कोई फायदा नहीं है इस बात पे बहस करने से जो होना था वह हो चुका है , मैं अब घर निकलता हूँ। अच्छा इनकेस तुम्हें further rehearsals पार आना हो तो बताना वीकडेस में हो सकता है हम लग मानव के स्टूडियो पे rehearsals करें चलो फिर bye both of you !!

निरपेश ज़्यादा कुछ बात न किए निकल जाता है वहाँ से अपने घर की तरफ। काफी disappoint हुआ होता है आज वह नेहा की हरकत से।

फिलहाल उस रात डाइनिंग टेबल नेहा के घर में , रात 9 बजे कुछ इस तरह की बात शुरू होती है दोनों के बीच।

नेहा- वर्तिका तेरा काम कैसा चल रहा है? सब ठीक है आफ़िस में?

"हाँ यार ठीक है।"

"इधर घर पे सब मैंनेज हो गया जब मैं नहीं थी?"

"तेरे ऊपर काफी प्रेशर था आफ़िस भी घर भी?"

"हाँ यार मैंनेज हो गया वैसे भी अकेले में ज़्यादा काम नहीं रहता है। खैर अब तू अपने दमाग में चल रहे प्रेशर के बारे में बता अब decision लेने का वक़्त करीब आ गया है? कुछ सोचा तूने?"

"हम्म अब जल्दी कुछ करना है।"

"कैसी लगीं तुझे rehearsals आज अर्बन ढाबा पे?"

"यार rehearsals तो ठीक हैं लेकिन एक अजीब से फीलिंग महसूस हुई मुझे।"

"अजीब सी फीलिंग मतलब?"

"आज जब मैं वहाँ   पहुँची तो ऐसा महसूस हुआ की मैं एक दम अलग थलग पड़ गई हूँ इन तीनों के comparison में।"

" मतलब?"

"मतलब की यह तीनों किसी ऐसी डोर से जुड़े हुए हैं जिस डोर का हिस्सा मैं नहीं हूँ।"

"डोर से तेरा क्या मतलब है?"

"डोर से मेरा मतलब ऐसी न दिखने वाली एनर्जी या ताक़त जो इन्हें एक ही मकसद से बाँधे हुई है।"

वर्तिका - अच्छा तो तेरा रेफेरेंस क्रिएटिव aspects से है थिएटर के?

"हाँ और मैं जो हूँ एक दम misplaced महसूस कर रही थी वहाँ पे।"

"वह कैसे?"

"मैंने कई बार कोशिश की की निरपेश मेंरी तरफ ध्यान दे पर वह पूरा absorbed है अपने creative endeavor में और personal लेवल पे वाणी में।"

"अच्छा वाणी में भी काफी interest दिखा रहा था जबकि तुम वहाँ थी?"

"हाँ उसका वाणी के साथ गुल मिलकर डिसकशंस करना उसको करेक्ट करना scenes में भी physically touching her and guiding her , फिर फूड serving के time पे उससे ही रिव्यु करना कि डिशेस कैसी लग रही हैं खाने में and all that , मुझे इग्नोर करना।"

"हाँ नेहा I can get this but that is the need of the hour .. after all play वह लग अच्छे से करना चाहते हैं।"

"वह ठीक है but i didn't like the intimacy they were showing to each other मैं I mean एक दूसरे को frequently पकड़ना , कमर में हाथ डालना , इतनी ज़्यादा physical closeness से मुझे बड़ी uncomfortable फीलिंग महसूस हुई आज .. ।"

"और फिर वह तुम्हारा सारा गुस्सा जो pile on हो रहा था वह निकला लंच time पे "

"हाँ I feel so .हो सकता है।"

"हाँ नहीं तो तुम इतना खराब react नहीं करती और सारा फ़्रस्टेशन वाणी और निरपेश की तरफ नहीं निकालती।"

"हम्मम क्या करूँ यार मुझे इतना गुस्सा आया उस वक़्त की मुझे यही करना ठीक लगा।"

"हम्म तो अब तू अपनी feelings देख ले ...। कितनी strong हैं towards निरपेश । तुझे बर्दाश्त ही नहीं हुई उसकी और वाणी कि physical closeness .."

"Ohh come on वर्तिका यार तू भी न कहाँ की बात कहाँ लिंक करती है।"

यह कह कर नेहा अपने कमरे में चली गई डिनर ख़त्म करके और वर्तिका दूसरे कमरे में।

नेहा कह कर तो चली गई वर्तिका को की वह मोमेंटरी फीलिंग्स थी but अंदर से बेचैनी बहुत थी उसे वाणी और निरपेश के पनपते रिलेशन को हर दिन गहरा होते देखते हुए। उसका मन अब एक तरफ होना चाहता था। अब शायद वह आखरी पड़ाव अपना हमसफ़र चुनने का आ चुका था नेहा की life में।

नेहा(मन में बोलते हुए) - अब जल्द ही मुझे कुछ करना होगा। कल रोहित से बात करती हूँ।

इस हफ़्ते उससे मिलना होगा पर्सनली to check on him more .

"आज क्लियर लग रहा था की वाणी और निरपेश के बीच में attraction अच्छा ख़ासा है और शायद यही रीज़न है कि मुझे अजीब महसूस हुआ।"

इन्ही विचारों के बीच नेहा रात को फिर सो जाती है।

खिचाव और झुकाव

इनफ़ोसिस आफ़िस कैंपस में सुबह के 10 :30 बजे होते हैं। नेहा अपने क्यूबिकल में काम कर रही होती है और फिर करीब एक घंटे बाद ब्रेक लेते हुए पैंट्री में जाती है और रोहित को कॉल करती है

रोहित फ़ोन उठाता है।

"hi नेहा कैसी हो?"

"ठीक हूँ और तुम बताओ कैसे हो?"

"बस चल रहा है। अभी तो थोड़ा relaxed होगा तुम्हारा काम?"

"हाँ relaxed है काम तो अभी। थोड़े बहुत ticketsहैं हैंडल करने क बाकी सब सेट है **(कॉफ़ी पीते हुए)** "

"सही।"

" अच्छा सुनो मैंने तुम्हें यह बताने के लिए फ़ोन किया है कि अब थोड़ा फ़ास्ट मिलना है हमें ठीक है। I want to take decision fast now over my marriage so I होप की तुम serious हो?"

"हाँ serious हूँ पर "

"पर क्या?"

"कुछ नहीं।"

नेहा- यह ही बात तुम्हारी मुझे समझ में नहीं आती मुझे की तुम्हें इतना confusion क्यों रहता है?'

"नहीं ऐसी बात नहीं है नेहा।"

"अच्छा अब इस पर बातचीत बाद में करते हैं but यू स्टैंड प्रेपरेड़ फॉर लोट ऑफ़ मीटिंग्स इन थिस वीक and next वीक अब जल्द ही decision लेना है ओके?"

"sure "

"गुड तुम time arrange करो अब no more एक्सक्यूसेस from your side I need unless and until its very urgent ..we have to meet frequently रोहित ok .,"

"yes sure "

"ठीक है फिर शाम को मिलते हैं आज वही अपना स्टैण्डर्ड कैफ़े at 4 PM IST पर , काफी दिन से गए भी नहीं हैं उधर।"

"हाँ sure I will be there .. "

शाम को 4 बजे दोनों लोग वहाँ आते हैं।

"हेलो नेहा।"

Hi रोहित।""

"अब यह बताओ किस बात का confusion चल रहा है तुम्हें?"

"Confusion नहीं है शायद थोड़ी सी बटरफ्लाईज़ हैं ।"

नेहा- शादी को लेकर?

"हाँ।"

"क्या दिक्कत हो रही है तुम्हें?"

"अभी मुझे लग रहा है की शायद coeducation में पढाई हुई होती तो आज यह हालत न हुई होती मेरी ।"

"You mean to say वहाँ   रहकर तुम्हारी कोई न कोई गर्लफ्रेंड ज़रूर रहती?"

"हाँ एक possibility तो थी उस वक़्त अब देखो कितना मुश्किल   है।"

"इसलिए तो तुमसे कह रही हूँ कि हम दोनों को इस matter को seriously pursue करना चाहिए।"

"हम्म्म अच्छा यह बताओ मुझे मिस कर रही थी तुम US में?"

"हाँ तभी तो तुम्हें पकड़ना पड़ता था।"

"हम्म through निरपेश हाँ ?"

"जी।"

"निरपेश से याद आया क्या चल रहा है उसका how is the play preparation going on for them?"

"अच्छा चल रहा है बहुत मशरूफ हैं यार वह लोग आपस में बहुत involved हैं।"

"हम्म्म कब है फाइनल प्ले?"

I believe कुछ समय बाद होना चाहिए फाइनल प्ले , तुम चलोगे मेरे साथ देखने?

हाँ बिलकुल चलूँगा but समझा नहीं तुमने कहा बहुत involved हैं। कहाँ involved हैं?

"यह ही preparations में एक दूसरे से भी काफी क्लोसेली इंटरैक्ट कर रहे हैं अब मैं एक दिन इन लोगों की rehearsals में गई थी एक अजीब सा अकेलापन सा लगा मुझे।"

"वह इसलिए शायद की तुम एक audience कि तरह गई थी rehearsals देखने और वह सब performers थे।"

"हम्म हो सकता है।"

"But तुम जब फाइनल प्ले देखने जाओगी तो तुम्हें involvement अपना भी लगेगा क्योंकि तब एक sequence में चलेंगे सारे scenes with a story being told through it .. "

नेहा- हम्म ठीक है खैर coming back to our topic I am not getting to much positive vibes from you from marriage per se और शायद तुम्हें यह बात पता है ..

"हम्म सो तो है पर I don't know *वह खिचाव जो बेचैन कर दे मुझे तुमसे मिलने के लिए वह महसूस नहीं हो रहा है अभी* but हाँ मुझे तुम्हारे साथ time spent करना अच्छा लगता है।"

नेहा- वह शायद हमारे इंटरpersonal में एक दूसरे से ज़्यादा मिलने में आये।

"खैर अब तुम यह बताओ तुम अगले दो तीन हफ़्ते कुछ समय निकाल सकते हो over your work time ताकि हम दोनों कुछ personal time बिता सकें ..?"

"हाँ बिलकुल let me check my agenda over the week we can find some time .."

" ठीक है फिर तुम मुझे देख कर बताओ कल कॉल करती हूँ तुम्हें।"

" ठीक है।"

इसके बाद शाम को नेहा अपने घर आती है और फिर लिस्ट आउट करती है की वह किन किन जगह निरपेश के साथ जाती है जहाँ वह बहुत enjoy करती है। *उसका ख़याल शायद इस तरह से होता है की अगर उन्ही जगहोंपे वह रोहित के साथ जाती है और उसको रोहित की कंपनी अच्छी लगती है तो शायद वह decision ले पाएगी।* उसकी लिस्ट में वह सारी जगहों के नाम होते हैं जहाँ जवान लड़के लड़कियाँ जाते हैं आजकल के समय में जहाँ उन्हें एक दूसरे के किरदार से रूबरू होने का अच्छा माहौल मिलता है। उन सब जगहों को वह नोट करती है।

फिर अगले 3 वीक्स रोहित और नेहा अलग अलग जगहों पे मिलते हैं जैसे माल्स रेस्टोरेंट्स कॅफेस और एक दूसरे को बेहतर जानने

की कोशिश करते हैं। रोहित का कोऑपरेशन भी ठीक ठाक रहता है इस बार जैसा की नेहा चाहती थी रोहित से की वह समय निकाले नेहा को जानने के लिए , इस बार वह समय निकालता है। *इन मुलाक़ातों से एक आईडिया ज़रूर लगता है नेहा को की यह proposal किस तरफ जा रहा है।*

करीब 3 हफ़्ते बाद सैटरडे की सुबह करीब 11 बजे नेहा और वर्तिका अपने ड्राइंग रूम में बैठे चाय पी रहे होते हैं।

"यह लो वर्तिका तुम्हारी चाय।"

नेहा सेण्टर टेबल पर रखी चाय को वर्तिका को हाथ में ऑफर करती है।

"थैंक यू my darling "

"Pleasure sweety .. 😊 😊 "

"हे नेहा तू rehearsals में गई नहीं एक दिन भी ? इन दिनों , निरपेश को अजीब लग रहा होगा की तुम interested ही नहीं हो।"

"हाँ यार मैं नहीं गई reason being की यार अभी मेंरी priorities थोड़ी अलग हैं शादी के बारे में बहुत जल्द मुझे फैसला लेना है।"

"हम्म पे निरपेश भी तो तेरी कहानी कि एक अहम कड़ी है उसको तुम इस तरह हालातों से अलग तो नहीं कर सकती।"

"हिस्सा ज़रूर है पर पूरी कहानी नहीं है और जहाँ तक हालातों का सवाल है हालात संगीन हैं तभी उनको आसान करने की कोशिश कर रही हूँ।"

" मतलब?"

"देख वर्तिका इस वक़्त मेरा रोहित से मिलना ज़्यादा ज़रूरी था इसलिए मैं उसके साथ पिछले 2-3 हफ़्ते से उन सब जगहों पे गई जहाँ निरपेश के साथ जाती थी अक्सर।"

"अच्छा सही है। इस बार available था वह? उसने तो प्रोजेक्ट से शादी कर रखी है 😊 "

"हाँ उसको तैयार किया मैंने उसको बोला की अपनी शादी को फोकस में लाए।"

"सही अच्छा फिर कैसा experience रहा तेरा उन सभी ?"

"To be very frank वर्तिका कुछ ख़ास डिफरेंस क्रिएट होता नहीं दिखा है रोहित की तरफ से अभी तक in this relationship।"

"तू कहना क्या चाहती है की he is just dragging this relationship ..?"

"नहीं यार drag तो नहीं कर रहा है involved भी है।"

"फिर? दिक्कत क्या है तुझे?"

"दिक्कत यह है कि बहुत फॉर्मल सा इंटरफ़ेस फील होता है मुझे उसकी तरफ से।"

" वह *non formal orientation* नहीं आ रहा है उसकी तरफ से।"

वर्तिका - यार यह aspect तो time के साथ develop होता है।

नेहा- यार मैं इस बात से partly agree करती हूँ fully नहीं।

"कैसे?"

देख मैं उसके साथ रेस्टोरेंट्स कैफ़े पार्क्स सब जगह गयीं पिछले 3 वीक्स में ज़्यादा से ज़्यादा समय उसके साथ बिताया लेकिन हर जगह मुझे formal talks and discussions ही फील हुए उसकी तरफ से।

वर्तिका - यार तुम लग डेट कर रहे हो एक दूसरे को तो उसमें एक दूसरे को जान रहे हो। ऐसा तो है नहीं है की तू उसे कॉलेज time से जानती है ? अभी कुछ सालों से ही जानती है । अभी चंद महीनों से तुम लोगों ने personal फ्रंट पर बात करना शुरू किया है।

नेहा- यार वह सब तो ठीक है तेरी बात I understand की डिसकशंस फॉर्मल ही होंगे हमारे but एक बात ज़रूर होती है किसी भी relationship में अगर किसी side से attraction हो तो ...

"वह क्या?"

"यार मेरा एक observation है इन दिनों में कभी भी रोहित से फॉर्मल मीटिंग होने के बाद कभी भी मुझे पीछे से फ़ोन नहीं किया

या फिर फीलिंग्स शेयर की हो की उसको कैसा महसूस हुआ मिल
कैसा time बीता हमारे बीच।"

वर्तिका- तू कहना क्या चाहती है?

" यार मैं यह कहना चाहती हूँ इन plain terms की रात में या जिस वक़्त भी हम घर लौट के आते थे मिलने के बाद रोहित कभी भी मुझे पलट के फ़ोन नहीं करता था। *उसने एक बार भी नहीं बोला मुझे की वह मिस कर रहा है मुझे या फिर थोड़ा और समय बिताना चाहता था*। अगर वह कुछ ऐसा कहता तो शायद मेरा झुकाव भी उसकी तरफ थोड़ा develop होता but ऐसा एक दिन भी नहीं हुआ to be very frank जितनी बार भी हम मिले।"

" एक बार भी उसने मुझसे नहीं कहा कि क्या तुम मेरे लिए छुट्टी ले सकती हो आफ़िस से ताकि हम दोनों थोड़ा और समय साथ में बिता सकें।"

" हंम्म I see हाँ अब कुछ समझ में आ रहा है तू क्या कहना चाह रही है।"

"हम्म वही दिक्कत है यार।"

" तू यह कहना चाह रही है कि ऐसा लगता है की उसकी तरफ से attraction वाली फीलिंग्स generate होते हुए तुझे नहीं दिख रही हैं।"

"हाँ अब तुम सही direction में सोच रही हो।"

वर्तिका- हम्म तो यह स्तिथि है इसलिए तू कुछ अभी सोच नहीं पा रही है इस बारे में

" हाँ जैसा की मैंने तुझे पहले भी कहा था मेरे लिए बहुत ज़रूरी है की *रोहित मुझे लेकर attracted फील करे।"*

"But तू तो उसकी handsomeness पर काफी फ़िदा है।"

नेहा- हाँ I find him handsome but when it comes to day to day living if he doesn't find me attractive enough and treats me just like a friend तो उससे क्या फायदा है ..

वर्तिका- पर निरपेश तो तुझसे बहुत attracted है तेरा ख़यालभी रखता है फिर उधर तेरा मन क्यों नहीं बन रहा है?

" वह इसलिए क्योंकि वहाँ मुझे उस लेवल का attraction नहीं फील हो रहा है उसकी तरफ अभी भी सिर्फ एक अच्छे दोस्त वाली फीलिंग है उसके लिए।"

" अगर ऐसा है तो उसे बता क्यों नहीं देती।"

"वह इसलिए क्योंकि मुझे उम्मीद है की शायद की क्या अब भी कुछ better हो सकता है क्या इस रेलशनशॉप में कि यहीं तक सीमित है?"

इतने में वाणी और निरपेश दोनों नेहा के घर पहुँचते हैं। उनके हाथ में 27th July 2013 को होने वाले प्ले" *अधूरे सपने* "के ticketsहोते हैं।

वाणी - हे नेहा and वर्तिका? how are you girls?

प्ले के Tickets

निरपेश -hello नेहा and वर्तिका?

नेहा और वर्तिका- Hi Guys ..

सब लग एक दूसरे से बहुत warmly मिलते हैं।

नेहा के घर में बाहर की तरफ एक ओपन कोर्टयार्ड होता है वहीँ पर सब बैठे होते हैं। आज मौसम का मिजाज़ भी बढ़िया होता है ठंडी ठंडी हवा चल रही होती है। जुलाई के महीने में जहाँ इतनी गर्मी होती है पूरे इंडिया में सिर्फ Bangalore शहर में मौसम एक दम अलग ही ठंडा होता है। Bangalore वैसे भी अपने ख़ुशनुमाह मौसम के लिए मशहूर है और आज उसका एहसास सभी को हो रहा होता है।

निरपेश - आज मौसम कितना बढ़िया है guys क्यों? superb weather

नेहा -typical Bangalore weather.!!

वाणी- ऐसा क्या? मैं तो Bangalore अभी रिसेंटली ही आई हूँ barely completing a year now but बहुत सुना है Bangalore के weather के बारे में की बढ़िया रहता है all the year round?

नेहा -हाँ वाणी सही सुना है तुमने। बढ़िया रहता है but पहले के मुक़ाबले थोड़ी सी गर्मी तो हुई है क्यों निरपेश?

निरपेश- हाँ सो तो है due to so many people coming in the city and lot of civic disruption around ..

वाणी - civic disruption wow lovely expression... देख रही हो नेहा डायलाग बाज़ी कितनी बढ़िया हो गई है निरपेश की?

"हाँ वह तो मैं देख रही हूँ।"

निरपेश इस दौरान तभी अपनी जेब से tickets निकालता है अपने प्ले के। यह लो नेहा हमारे प्ले के टिकट्स।

" Great so the D Day has arrived finally wow what a beautiful name ' *अधूरे सपने* ' Very interesting title I must say .. "

वर्तिका- hmmm deep title !!

वाणी- *स्टोरी के बारे में बहुत कुछ कहता है यह टाइटल।*

नेहा -अच्छा ... hmmm

निरपेश- बिलकुल दर्द भरा टाइटल है।

नेहा- वर्तिका चलो देखते हैं , कैसा experience रहता *है मैं फील कर पाती हूँ इस दर्द को कि नहीं।*

निरपेश - I hope तुम कर पाओगी !!

निरपेश नेहा की तरफ देखते हुए अपने मन में कहता है।

वाणी- yes very well crafted play .. निरपेश कुछ एरियाज हैं विल डिसकस विथ यू and आकाश over the same at time of tech rehearsals जोकि अगले दोनों वीक्स में करनी हैं हमें। Basically आकाश से बातें करनी हैं मुझे थोड़ डिटेल में फॉर characterization I

वर्तिका- मैं भी आऊँगी प्ले देखने मेरे लिए tickets लाए हो न तुम लोग?

वाणी- Yes वर्तिका how can I forget you , and निरपेश ....अमितेश and रितेश से भी check कर लेना whether they will be available to join for the play ..

नेहा- हाँ एक टिकट रोहित के लिए भी guys हाँ don't forget him?

वर्तिका-I doubt की वह आएगा कुछ न कुछ बहाना न कर दे।

नेहा-फिर भी निरपेश take one ticket for him as well, I will check at my end ..

निरपेश अपने बैग्स से 2 tickets और निकालता one for वर्तिका and one for रोहित

"यह लो नेहा इन दोनों के tickets।"

"गुड निरपेश thanks looking forward to see both of you performing ... "

वाणी- आकाश भी perform करेगा नेहा उसका भी role काफी prominent है play में but निरपेश यार लास्ट वीक of the play में we would need आकाश full time working with us .. how will he manage his café during that time ...? हम दोनों भी एक हफ़्ते का off ले रहे हैं इसलिए आफ़िस से कि फुल time टेक rehearsals पर फोकस कर सकें।

निरपेश - यह workout करना पड़ेगा आकाश के साथ सही कह रही हो तुम शायद आंटी को request करना पड़ेगा।

वाणी- वह मान जाएंगी?

निरपेश- कह नहीं सकते वैसे to be very frank वह आकाश को कभी seriously नहीं लेती हैं। यह तो बहुत ज़्यादा expectation लगाने वाली बात हो जायेगी उनसे for आकाश

वाणी- ha ha हाँ true खैर try तो करना पड़ेगा।

वर्तिका- हे guys एक आईडिया है मेरे पास?

निरपेश- बोलो वर्तिका?

वर्तिका- if you guys are comfortable can I cover for आकाश in that week .. ? मेरे पास एक हफ़्ते की छुट्टियाँ पड़ी हुई हैं I would like to make use of it ..

निरपेश – अरे छुट्टी है तो घूम आओ जाकर काहे कैफ़े पे बैठ के छुट्टियों को बर्बाद करोगी तुम ..?

वर्तिका – यार निरपेश you don't know I have a strong interest for restaurant business ..!!

नेहा- हाँ निरपेश वर्तिका बहुत अच्छा खाना बनाती है मैंने तो उसको suggest किया है कि तुम अपना restaurant क्यों नहीं खोल लेती ..?

निरपेश-I see हाँ यार नेहा का suggestion अच्छा है try कर सकती हो तुम खोलने का रेस्टोरेंट अपना खुदका।

वर्तिका- हम्मम long term में देख सकती हूँ पे सबसे पहले मुझे उसका experience लेना बहुत ज़रूरी है की how things work at a restaurant ground level पे ... I

वाणी- हाँ और आकाश के कैफ़े पे तुम्हें वह experience मिल सकता है वर्तिका। निरपेश why don't you talk to आकाश वैसे भी आकाश हमें एक वीक के लिए फुल time चाहिए अगर he is ok with वर्तिका covering for him during the week then it will work both ways ..क्यों ..?

निरपेश - हाँ हमारे और वर्तिका दोनों के लिए अच्छा होगा। ठीक है मैं आकाश से बात करता हूँ इस सिलसिले में। एक बार इंट्रो करा दूँगा आकाश से वर्तिका का face to face then I think both of them can connect and later she can cover for him at the café ..during the last week of preparations and rehearsals .

नेहा - looks like an internship plan for वर्तिका ..!!

वाणी -अच्छा वर्तिका and नेहा अब हम लोग निकलते हैं।

वर्तिका -Hey Hang on वाणी तुम लोग लंच करके जाओ यार आज I will quickly prepare it for you guys .इस कदर बातों में मशरूफ हो गए हम लोग कि खाने पीने की चर्चा ही नहीं हुई कुछ।

वाणी - नहीं its ok वर्तिका we both had a heavy breakfast अभी भूख नहीं लग रही है you guys carry on फिर कभी आज थोड़ा बिजी हैं हम दोनों फिर next कपल ऑफ़ वीक्स में प्ले भी है so we have very tight weekends ahead ..!

वर्तिका -ओके ओके ठीक है वाणी जैसा तुम लोगों को ठीक लगे। हम force नहीं करेंगे तुम दोनों को।

ज्योति निवास ऑडिटोरियम

अगले 2 हफ़्ते वाणी निरपेशऔर आकाश बहुत बिजी रहते हैं टेक rehearsals और prepations में। मानव ने Jyoti Nivas ऑडिटोरियम select किया होता है as a venue for conducting the प्ले as that was near to his studio and थोड़ा convenient रहता है artists का up downकरना स्टूडियो से वहाँ तक। वाणी mostly coordinate कर रही होती है अधूरे सपने play conduct करने के लिए। कुछ एक्स्ट्रास की भी उसको ज़रूर पड़ती है प्ले में introduce करने के लिए। वह acts मानव की special request पर दूसरे ग्रुप के कुछ artists जोकि बैकस्टेज में काम कर रहे ..होते हैं उनको दे दिए जाते हैं सो that they can contribute and fill in for अधूरे सपने। *वाणी और निरपेश जब आगे की स्क्रिप्ट act out करते हैं और आकाश के साथ rehearse करते हैं तो उनको यह एहसास होता है की मोहिनी और आकाश का रिश्ता काफी गहरा था और यह रिश्ता प्ले में अच्छे से दिखाना उनके लिए बहुत ज़रूरी बन गया था।*

वाणी मोहिनी का करैक्टर को गहराई से समझने के लिए बहुत समय आकाश के साथ गुज़ारती थी।

उधर निरपेश भी आकाश के साथ frequently rehearse करता था उन दोनों वीक्स में। काफी शिद्दत से दोनों लग तैयारी कर रहे थे प्ले के लिए। आकाश भी acting के टेनेंट्स सीख रहा था। राइटिंग स्किल्स में तो वह अच्छा था ही साथ में acting में भी एक अच्छी understanding बना रहा था वह ताकि एक अच्छा प्ले तैयार हो सके।

2 हफ़्ते की मेहनत और मशक्कत के बाद आखिर वह 27 July 2013 वाला दिन आ ही जाता है। मंच बहुत खूबसूरती से सजा होता है। सेट डिजाइनिंग और लाइट्स बहुत अच्छे से वाणी और मानव ने आपस में कंसल्ट करके तैयार की होती है इस प्ले की। निरपेश और आकाश को भी काफी नॉलेज हुई होती है इन प्रोडक्शन एरियाज की वाणी और मानव के साथ काम करके और उनकी मदद करके। तीनों लोगों ने पिछले हफ़्ते सिर्फ मंच सज्जा और अपनी rehearsals पे ही फोकस किया होता है। ticketsकाफी बिके होते हैं शो के as उस दिन काफी लोग आए होते हैं। इस दौरान वर्तिका ने अर्बन ढाबा को बहुत अच्छे से संभाल रखा होता है। customer डीलिंग काफी अच्छे से की होती है और सारा logistics कैसे मैंनेज होता है कैफ़े पे सब अच्छे से देखा और समझा होता है आकाश से। आकाश पूरा support करता है वर्तिका को इन केस उसे किसी भी तरह की problem महसूस हुई होती है उस दौरान तो ...।

फाइनली सैटरडे सुबह 10 बजे अधूरे सपने शुरू होता है मानव सर की स्पीच के साथ। वह प्ले की शुरुआत में अपने स्टूडियो के बारे में introduction देते हैं और अपने बैच का विवरण देते हैं जिसके कम्पलीट होने के उपलक्ष में उन्होने इस प्ले का organize किया होता है। वह अपनी वर्कशॉप के बारे में बताते हैं अपनी स्पीच के अंत में। artists जो इस प्ले में participate कर रहे होते हैं उनका इंट्रो भी देते हैं।

मानव की स्पीच ख़त्म होने के तुरंत बाद प्ले शुरू होता है ...

आईए एक बार फिर रवि ,आकाश और मोहिनी की दुनिया में दुबारा वापस चलते हैं इस प्ले के माध्यम से और विस्तार से मह्सूस करते हैं उन हालातों को जिनसे यह तीनों अपने कॉलेज time के दौरान गुज़रते हैं ।

आइये देखते हैं की कैसे सारे scenes प्ले आउट किए जाते हैं आकाश वाणी और निरपेश द्वारा ज्योति निवास ऑडिटोरियम में।

अधूरे सपने

कलाकार -

- ***आकाश*** performs as रवि।
- **निरपेश** *performs as आकाश।*
- ***वाणी*** performs as मोहिनी।

"**Classroom Scene**" से नाटक की शुरुआत होती है जहाँ मोहिनी क्लास में लेक्चर सुन

रही होती है कुलदीप सर का और एक दम से रवि एंटर करता है क्लास में आंसर बताते हुए सवाल का जो बोर्ड पे लिखा होता है सर ने।

कुछ scenes जिनका ज़िक्र हम पहले कहानी में कर चुके हैं उनका एक संक्षिप्त विवरण देते हुए हम उन scenes में जाएंगे नाटक के जिन्हें आकाश ने बड़ी खूबसूरती से बयान किया होता है अपने लेखन से इस नाटक की स्क्रिप्ट में।

Classroom Scene – अधूरे सपने

रवि मोहिनी को इम्प्रेस करता है कुलदीप सर के बोर्ड पे लिखे सवाल को तुरंत आंसर करके spontaneously ...मोहिनी in turn उसकी कॉपी चेक करती है और कुलदीप सर को दिखाती है। जितने सवाल सर आज कराने वाले होते हैं क्लास में वह आलरेडी रवि पहले से लगाके आया होता है। कुलदीप सर बहुत तारीफ़ करते हैं रवि की for his proactiveness in front of the whole class ...इस incident के बाद मोहिनी रवि के साथ बैठना शुरू कर देती है क्लास में on the same bench as Ravi

College Canteen Scene -- अधूरे सपने

College Canteen में पहुँचते ही आकाश रवि को congratulate करता है धमाकेदार performance के लिए क्लास में और उसे request करता है की वह सेम exams में उसकी मदद करे specially मैथ्स का एक्साम् पास कराने में। रवि उसे assure करता है की वह उसकी मदद करेगा।

Class Room Mathematics Exams Scene-- अधूरे सपने

इस scene में रवि सारा पेपर आकाश को दिखाता है और आकाश सारा पेपर including रवि का roll number examiner को सबमिट कर देता है और एग्जामिनर उसको वाइट इंक से रोल नंबर मिटाने के लिए बोलते हैं।

यह बहुत ही हँसी मज़ाक वाला scene होता है जिसके लाइव execute होने पे स्टेज पे सब लग बहुत हँसते हैं ऑडिटोरियम में। बहुत तारीफ़ होती है निरपेश की इस scene में जिस नेचुरल और रियल तरीके से वह इस scene को ज़िंदा करता है थिएटर में।

Semester Exams Result Scene -- अधूरे सपने

इस scene में रवि टॉप करता है और मोहिनी बहुत इम्प्रेस हो जाती है रवि के आल राउंड performance से as he is equally active in sports apart from his regular studies at the इंजीनियरिंग कॉलेज। रवि को उसके फादर से भी बहुत appreciation मिलता है। life में पहली बार उनको अपने बेटे पे बहुत नाज़ होता है यह देख कर की उसने टॉप किया है क्लास में मैथ्स में और अपनी ब्रांच में अच्छा perform कर रहा है इंजीनियरिंग कॉलेज में। मोहिनी को रवि का *"Balanced Life "* जीने वाला attitude बहुत पसंद आता है और शायद इसी वजह वह उसे पसंद करने लगती है और उसकी गर्लफ्रेंड बन जाती है Results आने के बाद। दोनों कहीं भी जाते हैं कॉलेज में या कॉलेज के बाहर साथ ही दिखाई देते हैं।

Library Scene -- अधूरे सपने

Results आने के कुछ दिन बाद यह एक interesting scene होता है प्ले में जिसमें रवि और मोहिनी को आपस में Kiss करते दिखाया गया है लाइब्रेरी में वह भी उस वक़्त जब इत्तेफ़ाक़ से आकाश अपनी किताब जोकि लाइब्रेरी में भूल गया होता है उसे वापस उठाने लाइब्रेरी गया होता है और उन दोनों को साथ में Kiss करते देख लेता है। आकाश को उस दिनए क्लियर हो जाता है मोहिनी और रवि एक अच्छी लव relationshipमें involved हो गए हैं आपस में।

'Classroom Second Year Fourth Semester Scene -- अधूरे सपने

करीब एक साल ऐसा सिलसिला चलने के बाद सेकंड ईयर के एन्ड में एक ऐसा लम्हा आता है मोहिनी की life में जिसमें उसकी life पूरी तरह बदल जाती है इस scene में । वह रवि के एक्सीडेंट की न्यूज़ उसके बाद उमड़ी मोहिनी की मनोस्तिथि और आकाश का unconditional और selfless supportको बहुत ही कलात्मक तरीके से दिखाते हैं निरपेश और वाणी acting में। *ऑडियंस को भी एक दम से गहरा झटका महसूस होता है इस scene में क्योंकि रवि और मोहिनी की लव स्टोरी में इस हादसे की वजह से एक दम से ब्रेक लग जाता है।*

'Ravi 's Funeral Scene at Ravi's House -- अधूरे सपने

यह scene बहुत ही दिल दहलाने वाला होता है जिसमें मोहिनी के कहने पे आकाश मोहिनी को रवि के घर एक आखरी बार ले जाता है ताकि मोहिनी रवि को एक आखरी बार देख सके उसके एहसास को महसूस कर सके। इस scene को भी बहुत बखूबी दिखाया जाता है निरपेश और वाणी द्वारा प्ले में। काफी डिफिकल्ट scene लिखा होता है आकाश ने जिसको वाणी और निरपेश बहुत अच्छे से थिएटर में perform करते हैं।

आईये *अब हम उन scenes में जाते हैं जहाँ आकाश कैसे मोहिनी की मदद करता है इस दुःख के सागर से बाहर निकलने में।* इन scenes के चलते .कहानी कैसे आगे बढ़ती है आईये देखते हैं।

मोहिनी रवि की डेथ के बाद जब छुट्टियों से लौटती हैं और classes resume करती है *THIRD YEAR FIFTH SEMESTER* में तो कुलदीप सर की क्लास में न्यूमेंरिकल एनालिसिस सब्जेक्ट पे लेक्चर चल रहा होता है। मोहिनी ने रवि की डेथ के बाद आकाश के साथ बैठना शुरू कर दिया था क्लास में same बेंच पे। काफी दिनों से आकाश मोहिनी को गुमसुम क्लास attend करते बिना किसी से बात किए और classes ख़त्म होने के बाद Hostel जाते देख रहा था। यहाँ तक की आकाश से भी सुबह Hi और शाम को Bye करने के अलावा ज़्यादा कुछ उसने बात नहीं की थी। मोहिनी की मनोस्तिथि को समझते हुए बहुत हिम्मत करके आकाश मोहिनी से बात करना शुरू करता है।

आकाश - बहुत पक गए मोहिनी कुलदीप सर की class में। क्या तुम मेरे साथ चाय पीने चल सकती हो? *यह न सब्जेक्ट तो अच्छा है लेकिन कुलदीप सर का पढ़ाने का तरीका इसको पका देता है क्यों?*

मोहिनी- नहीं मन नहीं है मेरा आकाश। हाँ और जहाँ तक सब्जेक्ट की बात है मुझे यह बिलकुल भी पल्ले नहीं पड़ रहा है what is the meaning of this definition " area of mathematics and computer science that creates, analyzes, and implements algorithms for obtaining numerical solutions to problems involving continuous variables. " मेंरी समझ के परे है यह।

आकाश (आहें भरते हुए) -कल्पना से भी विचित्र व्याख्या है यह 😊

"मतलब?"

"इसको चाय पे थोड़ा और डिसकस करते हैं।"

"आकाश please ...don't force me ..!!"

आकाश- चलते हैं न देखो बाहर कितना अच्छा मौसम है। ठंडे ठंडे मौसम के बीच कितनी अच्छी धूप निकली है। कैंटीन तक वाक करते हुए जाएंगे तो अच्छा लगेगा।

मोहिनी - (**खिड़की की तरफ देखते हुए**) - ऐसा क्या –

"हम्म मौसम काफी सुहावना है तुम्हें लगता है की अच्छा लगेगा मुझे?"

यह कहने के बाद मोहिनी आकाश को घूर के देखने लगी।

आकाश (मन हीं मन कुछ सोच कर बोला)- मैं समझ सकता हूँ मोहिनी की तुम किन हालातों से गुज़र रही हो पे atleast try तो कर सकते हैं शायद थोड़ा ठीक लगे।

थोड़ा बात करेंगे over tea तो शायद थोड़ा better फील करो तुम क्या पता यह मौसम तुम्हारी life में किसी तरह का आग़ाज़ लाए?

"हम्मम सही कह रहे हो try करना ही चाहिए की इस मौसम में बाहर निकलूं और थोड़ा इसे महसूस करूँ चलो चलते हैं।"

आकाश और मोहिनी मौसम का मिजाज़ महसूस करते हुए थोड़ी देर में कैंटीन पहुँचते हैं।

In the moment –- अधूरे सपने

आकाश - मोहिनी घर पे सब लग कैसे हैं तुम्हारे?

"सब ठीक हैं बस मैं ही ठीक नहीं हूँ इसलिए वह थोड़ा परेशान हैं मुझे लेकर।"

" तुम्हारे घर में लोगों को पता है की ऐसा कुछ घटा है तुम्हारी life में ...?"

" नहीं आकाश अभी हम थर्ड ईयर में एंटर किए हैं मुझे appropriate नहीं लगा यह सब बताना कि मेरा affair चल रहा था रवि के साथ और अभी ऐसा कुछ हो गया है।"

यह बोलते बोलते उसकी आँखों में आँसू आ गए।

आकाश मोहिनी को console करता है और वह धीरे से उसके कंधे पे अपना सर रख देती है।

आकाश- सॉरी यार मोहिनी मुझे यह बात नहीं छेड़नी चाहिए थी। तुम्हारी दुखती रख पे मैंने हाथ रख दिया ....।

मोहिनी (आकाश के हाथ पे अपना हाथ रखते हुए) - its ok यार तुम्हारी गलती नहीं है मैं ही depressed हूँ ... और शायद घर वालों को भी ऐसा लग रहा था।

आकाश - यह लो चाय आ गई।

मोहिनी चाय पीती है और एक दम से बोलती है

" चाय बढ़िया है आकाश "

आकाश को ऐसा प्रतीत होता है की चलो कम से कम मोहिनी "in the moment " तो है एटलीस्ट उस वक़्त जब वह दोनों साथ चाय पीने आए हैं।

आखिरकार आकाश मोहिनी का फोकस present में set कर देता है ..... ।

आकाश - हाँ अच्छी है

मोहिनी- तुम्हारे घर में कौन कौन है?

आकाश- पापा मम्मी और मैं

" छोटा परिवार सुखी परिवार। 😊 😊 "

आकाश - what about you apart from your mom and dad?

मोहिनी- myself and my younger brother , he is still in class 12th ..

"I see छोटा है अभी तो "

"हाँ kiddo है "

खैर coming back to numerical analysis क्या दिक्कत लग रही है तुम्हें इस सब्जेक्ट को समझने में?

मोहिनी- not sure अभी थोड़ा weird सा सब्जेक्ट लग रहा है।

आकाश- हाँ weird इसलिए क्योंकि मैथ्स और कंप्यूटर साइंस को जोड़ दिया है आपस में।

"पे क्यों जोड़ा है? what was the need "

" शायद इसलिए क्योंकि मैथ्स के ज़रिये रियल life प्रोब्लेम्स को इन computers के माध्यम से solve करने की कोशिश की जा रही है।"

" समझी नहीं?"

आकाश- Leave it इतना क्या सोचना यार जैसे जैसे सर पढ़ाएंगे देखते हैं क्या समझ में आता है क्या नहीं??

मोहिनी- हम्म फिलहाल तो मुझे कुछ भी नहीं समझ आ रहा है जो कुछ भी सर ने पढ़ाया है।

आकाश- अभी तो firstचैप्टर ही हुआ है।

"बिलकुल भी पल्ले नहीं पड़ा।"

"वैसे एक बात बताऊँ आकाश सुनकर तुम्हें बहुत अजीब सी लगेगी?"

"हाँ बोलो "

"मुझे मैथ्स रवि ही पढ़ाता था .i was never good at it neither in my school days nor here at the college "

"I see फिर AIEEE exam में मैथ्स का पेपर कैसे क्लियर किया तुमने फिर?"

"Ohh come on यार !!"

"कोचिंग में तो गधे भी घोड़े बन जाते हैं।"

"I see तो तुम गधी थी और घोड़ी बन गई basically 😉 😉 "

"आकाश आँख मारते हुए मोहिनी को बोलता है।"

मोहिनी- shut up literal meaning पे मत जाओ भावनाओं को समझो यार।

First Sign of मोहिनी getting slightly comfortable in आकाश 's company .. responding to his jokes ..

आकाश(चाय का घूँट लेते हुए और मन में कुछ इस तरह से बोलता है) - तुम्हारी भावनाओं को ही तो समझने की कोशिश कर रहे हैं पिछले कुछ दिनों से।

मोहिनी- क्या बोले?

आकाश- नथिंग carry on

मोहिनी- हम्म्म वैसे interesting conversation हो रहा है न हमारे बीच?

आकाश- indeed

मोहिनी यह कहकर थोड़ा pause लेती है फिर धीरे धीरे उसकी आँखें नम हो जाती हैं।

रवि की यादें उसको घेरने लगती है।

"हे मोहिनी अब क्या हुआ? ओह्ह लग ता है again you started remembering Ravi "

"हाँ आकाश i am now worried यार रवि मुझे मैथ्स पढ़ाता था i am extremely worried की अब how will i study Numerical analysis. on my own as उसमें भी maths involved है आगे।"

" I see challenging रहेगा तुम्हारे लिए खुदसे पड़ना क्यों?"

"हम्म अब तो रवि भी नहीं है।"

" अरे its ok I mean but मैं तो हूँ तुम्हारे पास।"

" दोनों मिल कर देखते हैं की क्या चीज़ है यह न्यूमेंरिकल एनालिसिस नाम की बला।"

" are you sure? क्या तुम मेंरी मदद करोगे इस सब्जेक्ट को पढ़ने और समझने में?"

आकाश – why not? ऐसी क्या चीज़ है life में जिसे हम चाहें और न pursue न कर सकें ?

"अच्छा महाप्रभुजी मुझे याद है वह scene जब तुम रवि की कॉपी से उसका रोल नंबर भी छाप दिया अपनी कॉपी में। believe मैथ्स पेपर ही था न वह?"

😊 😊 😊 और icing on the cake was उसके बाद कुलदीप सर व्हीट इंक लाने को बोलते हैं। 😆 "

मोहिनी- 😊 😊 too much यार उस दिनतो हँसी हँसते पेट फूल गया था।

आकाश- खैर jokes apart ..अरे यार it was momentary उस वक़्त हालत कुछ ऐसी पतली थी मेंरी मन नहीं लग रहा था इंजीनियरिंग में। मनका कॉलेज जो नहीं मिला था । कभी ख्वाब में भी नहीं सोचा था की किसी प्राइवेट इंजीनियरिंग कॉलेज में पढ़ेंगे, as you know की थोड़ा अपने को काबिल समझते थे। सारी कसर निकाल दी AIEEE ने औकाद दिखा के।

"अब पास्ट के बारे में मत सोचा करो आकाश तुम्हें याद है how Ravi has been an inspiration... he used to say की *काबलियत एक एडजेक्टिव की तरह होती है आपकी life में जिसे किसी भी मंच पर आप show कर सकते हैं।*

मंच बदलते हैं इंसान को नहीं बदलना चाहिए।"

हाँ यार रवि ने आँखें खोली उस दिन शायद वह बगल वाली टेबल थी जहाँ हम तीनों खड़े थे और हमें यह क्लैरिटी दी रवि ने life के बारे में की *ज़िन्दगी अपनी काबलियत के हिसाब से जीना किसी भी चीज़ से बढ़कर होता है और अपनी काबलियत को कायम रखने के लिए लिए कोई भी मंच छोटा या बड़ा नहीं होता।*

" बस जज़्बा होना चाहिए खुदको उठाने का अपनी नज़रों में।"

मोहिनी- हाँ यार i terribly miss him

Again मोहिनी starts sobbing

"come on यार मोहिनी यह रवि को हम क्यों डिसकस कर रहे हैं बार बार let's not discuss him more from now on , its not that we don't want to ... its just that हम दोनों को दुःख

होता है । आज से थोड़ा इमोशनली स्ट्राँग बनने की कोशिश करते हैं हम..।"

"what do you say?"

मोहिनी - ya we should try ...

आकाश- ग्रेट तो तुम चिंता मत करो मैं न्यूमेंरिकल एनालिसिस खुदअच्छे से समझूँगा और तुम्हें भी पढ़ाऊँगा ठीक है?

"I see इतना confidence है तुम्हें अपने आप पर कि तुम मुझे पढ़ा लोगे?"

"क्यों नहीं try तो कर सकते हैं ज़्यादा से ज़्यादा fail होंगे बैक आएगी अगर ऐसा हुआ तो फिर कोई और रास्ता देखा जाएगा ...।"

मोहिनी -yes hopefully back नहीं आएगी शुभ शुभ बोलो यार अभी तक मेरा रिकॉर्ड क्लीन है और हाँ जहाँ तक मुझे लगता है।

i can trust on you that you will be able to teach me . उस फनीincidentके बाद मैंने तुम्हारे अगले 2 सेमेंस्टर्स के मार्क्स देखे जब Results लगे डिस्प्ले बोर्ड पे दोनों ही समेंस्टर्स यू secured well in your maths exams and that too without Ravi's help

आकाश - अच्छा ,, i see हमें पता भी नहीं की मौतअलमाह despite of Ravi's charismatic personality हमें भी फोकस में रखती थी. .. 😊

मोहिनी - क्यों नहीं करूँगी फोकस तुमपे , और moreover तुम्ही ने बढ़ा रखा था फोकस अपना क्लास में with your witty one liners exchanged between you me and Ravi और तुम्हारा असर मुझ पे और भी बढ़ गया specially after that cute ..हरकत of yours in examination hall 😊 😊 पूरी ज़िन्दगी याद रहेगा मुझे।

" हम्म्म शायद मुझे भी 😊 "

"क्या सामजिक बेइज़्ज़ती हुई थी अपनी उस दिन।"

" Hey Hey I like this word सामाजिक बेइज़्ज़ती बिलकुल सही बैठा यह शब्द इस scenario में। ... शब्दों का भरपूर प्रयोग अच्छा कर लेते हो तुम।"

"अच्छा खैर चलो इस सामाजिक बेइज़्ज़ती के बीच मुझे एक फीलिंग आराम देती है की मोहिनी जैसी खूबसूरत लड़की मुझ जैसे एकregularलड़के को भी observe करती थी क्लास में।"

"Observe से ज़्यादा आकाश तुम्हे लेकर concern भी था as you always gave me vibes of being a very lively and kind hearted person . .. i was थिंकिंग की अगर तुम्हारे मार्क्स खराब आते हैं तो मैं रवि से बोलेंगी की तुम्हारी मदद करे ताकि you get better at Maths .."

आकाश - I see nice thoughts you have about me मोहिनी ..!!

मोहिनी- अच्छा चलो अब क्लास चलें let's get ready for next लेक्चर।

दोनों निकल जाते हैं लेक्चर्स के लिए। इस मुलाक़ात के बाद दोनों के बीच की दोस्ती धीरे धीरे और बढ़ जाती हैं और शायद उसकी बुनियाद यह सब्जेक्ट बन जाता है जो दोनों मोहिनी और आकाश अच्छे से सीखना चाहते हैं और उसमें अच्छाperformकरना चाहते हैं exams में।

इस बहाने दोनों अक्सर आपस में मिलने लगते हैं। कभी लाइब्रेरी में जहाँ वह पढाई करते हैं , आकाश मोहिनी को चैप्टर वाइज न्यूमेंरिकल्स भी कराता है और खुदभी करता है, मोहिनी की परेशानी को महसूस करते हुए सब्जेक्ट को थोड़ा आसान बनाने के लिए ताकि मोहिनी को concepts समझने में आसानी हो आकाश पहले खुदअपने notes की अंडरस्टैंडिंग developकरता है और फिर वह लुसिड इनफार्मेशन मोहिनी को शेयर करता है। इस तरह डबल मेहनत करनी पड़ती है आकाश को मोहिनी को पढ़ाने में but he takes this challenge happily as after all he wanted to bring back enthusiasm and sense of hope in Mohini's life ताकि उसकी life को better mental space में लाया जा सके।

लाइब्रेरी में मिलने के अलावा इन दोनों के डिसकशंस उन सब जगहों पे जैसे कैंटीन में ,ढाबे पे, उन सभी जगहों पे जहाँ मोहिनी रवि के साथ जाया करती थी वहाँ पे होते रहते हैं और डिसकशंस का फोकस सिर्फ इस सब्जेक्ट के around ही नहीं होता है बल्कि दोनों एक दूसरे को और अच्छे तरीके से जानने में भी बराबर की दिलचस्पी लेते हैं इन मुलाक़ातों के ज़रिये।

मोहनी काफी care करने लग जाती है आकाश की इन मुलाक़ातों के दौरान। वह उसके लिए कभी खुदअपने हाथ से बनाई हुई या फिर कुछ स्पेशल नॉनवेग डिश जो हॉस्टल में बनी होती था वह ले आया करती थी लाइब्रेरी। She wanted to ensure आकाश is in a good mental space हैप्पी विथ हिमसेल्फ and contented while he is teaching her numerical analysis techniques। मोहिनी का भी interest develop हो गया था Numerical analysis सब्जेक्ट में जिस तरह से आकाश उसको *gradually upscale* कर रहा था सब्जेक्ट में। उसको आकाश का पढ़ाने का स्टाइल बहुत पसंद आ रहा था और वह अपना confidence भी इम्प्रूव होते सब्जेक्ट में देख रही थी। उसको यह एहसास हो रहा था की शायद आकाश की creative understanding and sensibilities अच्छी है और उन्हें वह शायद शिद्दत से apply करता हो अपनी पढाई लिखाई में।

Cricket Team Selections -- अधूरे सपने

समय के साथ अब दोनों में काफी closenessआ गई थी। दोनों साथ में बैठने लगे थे क्लास में। एक इमोशनल कम्फर्ट सा बन गया था मोहिनी के दिल में आकाश को लेकर .. ।

एक दिन कुलदीप सर की न्यूमेंरिकल एनालिसिस की क्लास ख़त्म होने के तुरंत बाद ...

मोहिनी - आकाश क्या तुम आज लाइब्रेरी आओगे? मुझे तुमसे बस यह एक आखरी चैप्टर समझना है exams भी क्लोज आ रहे हैं।

आकाश- यार आज तो मैं नहीं आ पाऊँगा लाइब्रेरी में as I have to go for क्रिकेट selections ऑफ़ कॉलेज क्रिकेट टीम।

मोहिनी- यार 10 days में sem exams शुरू हैं और तुम्हें cricket selections की सूझ रही है?

अरे exams पार्ट ऑफ़ life हैं चलते रहेंगे। कॉलेज की क्रिकेट टीम में अगर select हो गया तो अच्छा है न कुछ फ्रेशनेस आएगी life में वैसे भी स्कूल में मोस्टली academic focus ही था मेरा but didn't try much in the sporting arena ..यह areaभी experience कर लेते हैं कॉलेज में।

"I see और तुमने Litfest में भी participate कर रखा है जोकि I believe वीकेंड पे है।"

"हाँ yes "

"वहाँ क्या करोगे?"

"वहाँ कुछ poetry and शार्ट storytelling सेशंस हैं उनमें participate करूँगा।"

"I see क्या बात है एकतरफ क्रिकेट और दूसरी तरफ storytelling एक दम contrasting fields !!"

"हाँ contrasting तो है पर दोनों ही challenging और interesting areas हैं क्यों?"

"कैसे कह सकते हो तुम?"

"अरे तुम अपने देश में देख लो किस चीज़ का क्रेज सबसे ज़्यादा है?"

"क्रिकेट और मूवीज।"

मोहिनी- हम्म can sense that वैसे भी storytelling बेटर हो गई है मूवीज में आजकल। ..Dil chahta hai has been the cult movie ..which has changed the trend drastically of content writing in the movies .

" हाँ क्या थीम था मूवी का and ब्रिलिएंट storytelling।"

"but at the moment आकाश you should be serious about your exams as well कितने सारे सब्जेक्ट्स होते हैं सेमेंस्टर में। सबको अच्छे से पड़ना होता है ताकि अच्छे नंबर आ सकें और तुम हो की ध्यान ही नहीं दे रहे हो? यार we are in third year now ,अगले साल फाइनल year में आ जाएंगे हम लोग। ... we should get serious for our engineering studies आगे करियर भी तो बनाना है।"

"I see तो तुम्हें लगता है मैं serious नहीं हूँ ,अपने आने वाले करियर को लेकर?"

"i am really concerned ...तुम्हारी चल रही हरकतों से तो नहीं लगता है।"

"I see थोड़ा surprised हूँ तुम ऐसा सोचती हो मेरे बारे में खैर तुम एक काम करो "आकाश फिर अपने बैग से फाइल निकालता है जिसमें उसके सारे सब्जेक्ट्स के up to date उसके खुदके बनाएहुए notes होते हैं और उसमें सबसे ऊपर न्यूमेंरिकल एनालिसिस के उस चैप्टर के notes होते हैं जिसे मोहिनी समझना चाहती है उस दिन।"

"यह फाइल पकड़ो and observe this complete file and whatever is in it closely hopefully you will get all your answers...."

"बाकी आज काsessionजो हम साथ में पढ़ते वह इसमें सबसे ऊपर लगा हुआ है तुम उसको रीड करो and practice the न्यूमेंरिकल्स i think this is the last chapter of this sem syllabus for Numerical analysis तुम पढ़ कर लगाना स्टार्ट करो न्यूमेंरिकल्स बाकी we will connect in mid next week again to catch up on any numericals ... चल अब मैं निकलता हूँ मोहिनी i need to take good rest and then be there at the ground "

मोहिनी(holding file cover in her hands observing them थोड़ा सा perplexed होती है आकाश की swag देख कर ....फाइल देख कर फिर बोलती है) - ओके"

"अच्छा शाम को फिर कैंटीन में मिलते हैं once your selections are over ठीक है at around 6 PM "

आकाश - ya sure ..

उसके बाद मोहिनी अपने हॉस्टल में जाकर खाना खाती है है और फिर अपने रूम में जाकर आकाश के notes रीड करने से पहले आकाशी की सारी फाइल देखती है और she is taken aback by the amount of creative sensibilities of आकाश किस तरह से उसने सारे सब्जेक्ट्स का crux breakdown करके notes बनाए होते हैं from the exams perspective of all the subjects and कैसे सारी मार्किंग्स की होती हैं की she gets astonished to see that ..अपने मन में बोलती है क्या गज़ब लिखता है आकाश क्या beautifully उसने notes बनाएहोते हैं सारे सब्जेक्ट्स के एक दम to the point बुक्स पढ़ने की ज़रुरत भी नहीं है exams वाले दिन सिर्फ notes पढ़ो और exams दे आओ what an approach। शाम को मिलती हूँ कैंटीन में उसको मैं and will discuss further with him ..

उसके बाद थोड़ा आराम करके करीब दो घंटा पढाई करती है 4 to 6 pm तक । फिर as committed to आकाश सीधे कैंटीन पहुँचती है।

Concern – अधूरे सपने

मोहिनी at कैंटीन 6 pm शार्प

आकाश अपने क्रिकेट किट के साथ पहुँचता है कैंटीन पे। वह अपनी ट्रैक पैन्ट्स and tshirt में ड्रेस्ड up होता है and had a good smile on his face..

"Hello मोहिनी so you are right there sharp at 6 हाँ?"

मोहिनी- हे आकाश yes sir .... खैर you tell me कैसे गए selections?

"बढ़िया बहुत मज़ा आया basically experience अच्छा था।"

"अरे बैटिंग में इतनी मौज आई की कहने को नहीं। नईनईशॉट्स try कीं एक दो sixes भी लगा डाले।"

मोहिनी- i bet कि करंट कप्तान और कोच must be acting as your umpires

"हाँ बिलकुल वही लोग थे umpires "

"इम्प्रेस करने का कोई मौका नहीं छोड़ते हो तुम न आकाश?"

"ऐसा क्या? i don't think so नेचुरल था यार performance i like the game and play it from heart "

"प्रैक्टिस करते हो कहीं? कुछ नेट्स वगैरह join कर रखा है क्या?"

"हाँ around 2 kms फ्रॉम कॉलेज एक cricket academy है वहाँ पे प्रैक्टिस कर रहा हूँ पिछले 6 months से।"

" I see कभी बताया नहीं तुमने मुझे।"

" यार ज़िक्र ही नहीं हुआ तुम्हारे साथ कभी इस बात पे कमाल है वैसे इतनी बातें करते हैं हम , और बताओ इस बात का कभी ज़िक्र ही नहीं हुआ।"

" हम्म्म me too I सी ... so कब तक पता चलेगा की select हुए की नहीं?"

"देखो थोड़े दिन में पता लगना चाहिए यह लग बोले की लिस्ट ऑफ़ selected players निकालेंगे।"

"कूल यह लो चाय आ गई and मैंने तुम्हारे लिए चिकन सैंडविच भी बनाया है have it .. you must be tired but पहले go wash your hands and come .. "

" हाँ as you say mam बिलकुल।"

आकाश जाता है और हाथ धोकर वापस आता है।

ग्रेट चिकन सैंडविच and चाय क्या बात है।

आकाश एक bite लेता है।

मोहिनी - चलो let' sit there ...

दोनों चेयर्स पे जाकर बठते हैं वहाँ एक छोटी सी टेबल भी पड़ी रहती है।

मोहिनी- हम्म

आकाश एक बात पूछूँ?

" हाँ पूछो।"

"तुम्हें दुपहर में मेंरी बात का बुरा तो नहीं लगा?"

" किस बात का?"

अच्छा don't behave as if you don't know ओके?

आकाश(इधर उधर देखते हुए) – ohh I see yeah not at all मुझे तो ठीक से याद भी नहीं है 😊

"very funny no more jokes यार i am serious ."

" अच्छा बोलो।"

मोहिनी (नज़रें चुराते हुए इधर उधर देखते हुए) - वही मुझे लग रहा था की तुम अपनी एक्टिवटीज के चक्कर में पढाई में ध्यान नहीं दे रहे हो इसलिए आउट ऑफ़ concern बोला था don't mind यार .. मुझे अंदर दिल से लगा की तुम्हें sensitize करना चाहिए करियर को लेकर serious होने के बारे में।

"ok but i believe तुम्हें तुम्हारा जवाब मिल गया न? वह भी मेरे बिना बोले या आंसर किए हुए।"

" yes i indirectly I got my answer "

"वैसे भी indirect communication और केमिस्ट्री establish करने में तुम उस्ताद हो।"

" अच्छा ऐसा क्या?"

" जी unbelievable यार I was surprised to see all your notes of all the subjects। कितनी मेहनत की है तुमने यह सब बनाने में।"

"बस यार इंजीनियरिंग कॉलेज का माहौल ही कुछ ऐसा है सारे काम effectively हो जाते हैं।"

"एफ्फेक्टिवेली मतलब?"

" यही मस्ती पढाई लिखाई स्किल बिल्डिंग वगैरह सब साथ में effectively"

"हाँ माहौल तो अच्छा है तो ग्रो कर सकता है इंसान यहाँ खुली आज़ादी है।"

" वही।"

" खैर coming back but यार seriously when do u put in so much of hard work of making notes for every subject .. "

"यार रात मेंशांति में बनाता हूँ notes and लेट नाईट तक स्टडी करता हूँ एटलीस्ट 2-3 हॉर्स ओवर नाईट।"

मोहिनी – I see तभी मैं कहूँ तुम classes में लेट क्यों पहुँचते हो at times

"There you go , जिस दिन मैं लेट पहुँचूं उस दिन तुम समझ लिया करो की मैं रात में क्या कर रहा हूँगा 😊 "

"हम्म impressive naughty boy .."

"जैसे तुम्हें लगता है हो सकता है कॉलेज में सबको लगता है की मैं सिर्फ मस्ती ही करता हूँ but ऐसा नहीं है मैडम पढाई भी करता हूँ जिस काम के लिए अपन लोग यहाँ आए हैं वह भी थ्रेड चलती रहती है।"

मोहिनी - I like the way you lead your life here . काफी flamboyant लड़के हो।

"तुम भी एनालिटिकल हो काफी डिडक्शन्स अच्छे बनाती हो।"

"है है है but तेरा डिडक्शन तो कुछ अलग ही बैठ रहा है मेरे मन में धीरे धीरे ।😉 "

" जी अच्छा खैर और बताओ लास्ट चैप्टर के notes से कुछ समझ में आया की नहीं?"

"बिलकुल आया तुम कितना अच्छे से समझाते हो की मन करता है सब्जेक्ट को और करीब से जानूँ और उसमें अच्छा perform करने के लिए पूरा ज़ोर लगा दूँ *Thanks for being by my side आकाश* .. । "

मोहिनी आकाश का हाथ पकड़ती है और अपने दिल से लगा लेती है।

आकाश - - i see my pleasure ..

"और हाँ एक फीलिंग और है जो एक्सप्रेस करना चाहती हूँ तुमसे।"

"बोलो?"

"यह ही की तुम मुझसे frequently मिलते रहा करो its not necessary की हम सिर्फ पढाई के लिए ही मिलें। कभी कबार मूवी देखने या रेस्टोरेंट्स भी जा सकते हैं दोनों साथ में।"

" I see सिर्फ हम दोनों या तुम्हारे और मेरे फ्रेंड्स के साथ?"

" सिर्फ हम दोनों।"

" I see sure ..will you be comfortable moving around with me going to these places .. "

" yes why not ... i will be absolutely comfortable .. "

" सही है आज की इवनिंग में मेरे लिए यह एक *रिफ्रेशिंग मोमेंट* है।"

"एक चाय और चलेगी मैडम?"

" yes sureअच्छा यह बताओ लिटफेस्ट कि क्या तैयारी है तुम्हारी?" "

" कुछ पोयम्स हैं जो लिख रहे हैं इस वक़्त , वही narrate करेंगे उस दिन देखते हैं how it goes स्टोरीज़ तो लिख नहीं पाए हैं as exams are there in few days सो उतना bandwidth नहीं है।"

"ग्रेट तो तुम story writing भी कर लेते हो अपार्ट फ्रॉम poetry?"

आकाश - हाँ try कर रहा हूँ वह भी साथ में। अभी कोई लिखी तो नहीं है .. स्टोरी officially but एक दिन लिखूँगा ज़रूर।

" like your thoughts ..great man ..!! मैं definitely आऊँगी तुम्हारी पोयम्स सुनने।"

"are you sure? बहुत बोरिंग होती हैं पोयम्स । कहाँ तुम अपना time waste करोगी उन्हें सुनने में।"

नहीं its ok कभी कभी अपनों के लिए करना पड़ता है।

I see very fresh line अच्छा लगा सुनकर की तुम मुझे अपनों में गिनती हो।

"तुम भी तो मुझे अपना ही समझते हो?"

आकाश- how can you say so?

"अरे अगर अपनों में नहीं समझते तो मुझे इतनी शिद्दत से यह सब्जेक्ट पढ़ाते । डबल मेहनत करते हो खुदपढ़ते हो फिर मुझे पढ़ाते हो । कहीं न कहीं मैंने तुम्हारे दिल में अपनी जगह बनाई ज़रूर है।"

आकाश(सोचते हुए) - hmmm ya .... i think you are true ..thanks for the lovely compliment ..

मोहिनी- pleasure !

आकाश- देखो मोहिनी मैं सिर्फ तुम्हें खुश देखना चाहता हूँ ...। उस दिन तुम रो रही थी i know it was tough time for you but i still felt there is hope for you to pounce back into life .. and live it to the fullest खैर आजकल कैसा फील कर रही हो तुम?

"much better यार experiencing life in a better way , तुम्हारा support है both emotional and in the academic space and on top of that i know i have someone in my life whom i can depend upon .. "

" its ok यार i appreciate your thoughts .. i am just a regular guy "

" नहीं आकाश तुमregularनहीं हो।"

" फिर क्या हूँ?"

"बहुत बातें करते हो बहुत नॉटी हो चलो अब हॉस्टल चलते हैं अगले हफ़्ते से exams हैं।".

यह कहकर दोनों उठा जाते हैं अपनी अपनी seats से।

मोहिनी- और हाँ?

" बोलो?"

" सैटरडे को let's catch up at the Litfest ,i will spend some few hours with you ठीक है।"

आकाश- sure !!

Litfest Arena at Engineering College Ground -- अधूरे सपने

सैटरडे की सुबह लिटफेस्ट के उपलक्ष पे बहुत अच्छा सजा होता है ग्राउंड। कई सारे मंच विभिन्न रंग के टेंटो के नीचे सजे धजे होते हैं और वहाँ पर कहीं न कहीं चर्चायें चल रही होती है कुछ नए और उस युग में प्रचलित लेखककारों की जोकि उस लिटफेस्ट में अपनी book launch का प्रमोशन करने आए थे। बढ़िया माहौल होता है उस दिनweather भी अच्छा होता है कॉलेज में। फूड स्टाल्स भी लगी होती है। काफी जगहों पे lot of options available होते हैं to have food and snacks etc and एक डाइनिंग areaरहता है जहाँ पे buffet options enable किए गए होते हैं सभी के लिए to have lunch।

Author's Desk भी होती है जहाँ पे ऑथर्स स्टूडेंट्स को अपने ऑटोग्राफ्स दे रहे होते हैं।

कुछ renowned authors के लिए ऑडिटोरियम में मीट seup की गई होती है और वहाँ पे प्लान होता है 2 से 3 बजे के बीच में स्टोरी टेलिंग and poetry सेशंस conduct होने का , जिसमें आकाश ने एनरोल किया होता है करीब एक हफ़्ते पहले जब schedule of events रिलीज़ किया गया होता है by some of the final year students who were volunteers for the event ..!!

Event timings करीब सुबह 9 बजे से शाम 7 बजे तक की होती हैं लेकिन actual डिसकशंस वगैरह करीब 10:30 बजे schedule किए गए होते हैं। वहाँ बुक स्टाल्स पे भी अच्छी खासी भीड़ उमड़ने लगती है सुबह से स्टूडेंट्स की।

आकाश सुबह 9:30 बजे तक हॉस्टल से आ गया होता है to get the feel of the event .. मोहिनी ने उसको बोला था की वह around 11 बजे तक आएगी for few hours as she was studying over the rest of the day for the exams ..

आकाश सारे माहोल का जायज़ा लेते हुए वहाँ स्टाल्स पर जाता है and कुछ अच्छी बुक्स खरीदता है जो उसे लगती हैं की पढ़ने में उसे मज़ा आएगा। इतने में करीब 11 बजे एक बुक स्टाल पे suddenly मोहिनी आकाश के पीछे आकर खड़ी हो जाती है और बोलती है

मोहिनी(आकाश के कंधे पे हाथ रखते हुए) - Hi आकाश ...

आकाश एक दम से पलट के देखता है कि आखिर अचानक से उसे किसने आवाज़ दी और फिर वह मोहिनी को एक बहुत सेक्सी जीन्स टीशर्ट में देखता है with a cute pony tail .. उसको देख कर वह एक दम से उसकी नज़रों में खो सा जाता है और फिर मोहिनी को थोड़ी देर बाद Hi बोलता है ।

मोहिनी - अरे इतना time लगा दिया hi करने में?

यह कहने के बाद वह उसे all of a sudden hug करती है ....कहाँ गुम हो गए थे how u have been ..?

"I am good "

"एक बात बोलूँ?"

"हाँ बोलो "

" तुम आज बहुत खूबसूरत लग रही हो।"

"सिर्फ आज ही रोज़ नहीं लगती हूँ क्या?"

"नहीं ऐसे तो रोज़ ही लगती हो लेकिन"

" आज कुछ अलग दिख रही हो।"

" ओके let me guess हम्मम "

"मोहिनी analyzing हाँ 😊 "

"Ya .. क्योंकि मैंने आज जीन्स टीशर्ट पहनी है for a change and तुम मुझे on a daily basis as usual सलवार कुरते में देखते हो right इंजीनियरिंग कॉलेज में?"

" Yeah करेक्ट एक दम सही फ़रमाया तुमने शायद यही वजह है कि i was taken aback for a while .. "

"हम्म don't say so .... तुमने कहाँ मैं खूबसूरत लग रही हूँ इसका मतलब है की मैं jeans tshirt में भी equally खूबसूरत लगती हूँ जितनी कि सलवार कुरते में लगती हूँ और may be उससे ज़्यादा ? "

"येह एक दम correct ।"

" wow again i will hug you handsome man "

"अरे?"

" Come on stud !! hug तो बनता है इतना अच्छा compliment देकर you made my day today "

-" thank u mam pleasure .."

"खैर यह बताओ इतनी बुक्स किसके लिए और इतना formal बनकर क्यों आए हो? अजीब लग रहे हो?"

" पर अभी तो तुमने बोला की हैंडसम लग रहा हूँ?"

"अरे यार मेरा मतलब यह है हैंडसम तो तुम लग रहे हो but formals में अजीब तरह के हैंडसम लग रहे हो।"

"Mam उसे dapper कहते हैं।"

"हम्म स्ट्राँग expression हाँ right so you are looking dapper dude .. today "

"थैंक्स।"

" पर यह dapper लुक किस लिए? और हाँ इतनी किताबें क्यों? dude you should .... अरे सॉरी सॉरी i should not comment "

"अरे its ok तुम कमेंट करती हो तो लगता है की कोई वाक़ई में मेरा अपना concerned है मेरे लिए इस बस्ती में।"

"डायलाग बाज़ी हाँ get रियल आकाश 😊 "

"ha ha "

" खैर coming to your question अरे यार यह दुपहर वालेsessionके लिए ऐसे dressup होकर आया हूँ।"

"I see ताकि लोग तुम्हारी poetry को seriously लें for a change "

"आकाश - ha ha you interpreted it right ..so funny 😊 "

" just like that बोला but कोई ले या नले मैं तो तुम्हारी poetry आज सुनकर ही जाऊँगी उस दिनबड़े स्टाइल से बोल रहे थे की मोहिनी हाँ लिख रहा हूँ कुछ दिनों से। आज देखते हैं आपने क्या लिखा है।"

" hmmm सो इतना excited हो तुम मेंरी poetry सुनने के लिए?"

मोहिनी- yes excited to the core ..अब चंद ही घंटे बाकी हैं .. ।

"Yes mam and i am ready too ..."

"You bet चलो यार भूख लग रही है कुछ खाते हैं और थोड़ा ताड़ते हैं माहौल गरम है कॉलेज का आज।"

"बिलकुल। क्या खाओगी?"

"चाऊमीन खाने का दिल कर रहा है और साथ में आइस क्रीम।"

"अरे चाऊमीन के साथ चाय पियो why आइस क्रीम ....यह क्या combination हुआ भला?"

"अरे यार तुम नहीं समझोगे आइस क्रीम मैंने आजकल थोड़ा ज़्यादा खाना शुरू किया है।"

"पूछ सकता हूँ क्यों?"

"ताकि तुम्हारी तरह कूल calm and composed बन सकूँ। 😊 "

"वाह क्या बात है जी इतना ज़्यादा फोकस मेरे पे आजकल? कहीं यह खतरे की घंटी तो नहीं है मेरे लिए।"

"Shut up बातें बहुत करते हो। अब चल कर खाते हैं।"

इतने में दोनों chowmein के स्टाल पे जाते हैं chowmein आर्डर करते हैं और आकाश फिर one of the tents में दो चेयर्स के बीच में सारा खाना और अपने लिए चाय और मोहिनी के लिए वैनिला आइस क्रीम arrange करता है। दोनों अच्छे से पेट पूजा करते हैं।

थोड़ी देर बाद ....

मोहिनी- लवली यार मज़ा आ गया कितनी बढ़िया होती है Schezwan Chowmein?

"हाँ बहुत चटपटी होती है।"

"बिलकुल तुम्हारी तरह ... तुम भी तो कितने चटपटे हो।"

"अच्छा तुमने कब taste किया मुझे? 😜 "

"Shut up naughty boy जाओ अब मेरे लिए आइस क्रीम लेकर आओ?"

"अरे मुझे तो ख़त्म कर लेने दो।"

"ओहृह yes यू can फिनिश। तुम ख़त्म करो मैं ले आती हूँ।"

आकाश- नहीं i will go तुम यहीं बैठो i am almost done

..

आकाश जाता है और आइस क्रीम लेकर आता है मोहिनी के लिए।

आज उसे मोहिनी बहुत नार्मल लग रही होती है ऐसा लगता है धीरे धीरे वह रवि के दुःख से उभर गई होती है और अपने जस्बातों को और खुशियों को एक नए perspective में evaluate कर रही होती है।

मोहिनी उसे दूर से देख रही होती है। कुछ इस तरह के विचार उसके मन में घूम रहे होते हैं।

कितनी care करता है मेंरी आकाश जबसे मेंरी ज़िन्दगी में आया है मुझे कितना खुश रखता है। कभी भी low फील नहीं करने देता always keeps me in high spirits !!

इन्ही thoughts के बीच में अचानक से आकाश प्रकट हो जाता है मोहिनी के सामने।

आकाश-hello मोहिनी अब तुम कहाँ खो गयीं?

मोहिनी- नहीं बस ऐसे ही ... । मिल गई वेनिला आइस क्रीम तुम्हें? somehow i just love it

"चलो बढ़िया है नहीं तो मुझे लग रहा था की कहीं आइस क्रीम चेंज करने नजाना पड़े। ☺ "

"हे हे लगता है मेंरी पसंद तुम अपने आप समझ लेते हो?"

"ऐसा क्या अच्छा एक बात पूछूँ?"

"हाँ पूछो?"

" करीब लास्ट 6 months से हम साथ में हैं । mean काफी समय हम साथ में बिताते हैं क्या तुम अभी भी रवि को मिस करती हो?"

मोहिनी(थोड़ा सोचते हुए) - रवि।। हम्म यार देखो Ravi will always have a special place in my heart as he was the first love of my life but अभी मैं आगे बढ़ चुकी हूँ and i would say ..... "*confidently " आगे बढ़ चुकी हूँ* अपनी life में courtesy you अगर शायद तुम न होते तो मेरे लिए यह मुश्किल था as रवि के साथ बिताये हुए वह लम्हें मुझे haunt करते रहते आज भी। अब जब मैं तुम्हारे साथ होती हूँ तो सिर्फ तम्हारे साथ होती हूँ। तुम मेंरी अटेंशन

को अच्छे से ग्रैब किए रहते *हो। I am not sure why i think and feel there is something about you ... कैसे करते हो तुम यह सब आकाश?*

"तुम थोड़ा ड्रिफ्ट हो रही हो chill pretty girl one second अरे 1 बज गया है तुम इधर ही रुको मैं ज़रा पूछकर आता हूँ अभिषेक सर से कि कनफर्म्ड है session at 2 PM कि नहीं ? "

" yes you should go now just go and confirm to me when its going to स्टार्ट मैं सबसे आगे वाली सीट पे बैठूँगी to listen to your recitation ओके।"

आकाश - Sure mam as you say let me rush to Abhishek now ..

"अच्छा यह बुक्स छोड़ जाओ with me else खो जाएंगी इधर उधर।"

मोहिनी फिलहाल आइस क्रीम खाते खाते उसकी बुक्स देखने लगती है और wait करती है आकाश के आने का।

आकाश अभिषेक सर के पास पहुँचता है थोड़ी देर में।

हेलो अभिषेक सर कैसे हैं?

अभिषेक -हाँ आकाश बोलो?

आकाश- हाँ सर तो confirm है न poetry session at 2 PM ?

"अरे आकाश मैं तो तुझे बताना ही भूल गया भाई session कैंसिल हो गया है।"

"what? कैंसिल हो गया है ऐसा कैसे हो सकता है?"

"कुछ भी हो सकता है भाई life में।"

" सर मज़ाक मत कीजिए .. !!! just can't believe it "

"अरे यार एक गधा ऑथर हर्षवर्धन दुबे जैसा कि तू जानता है की renowned ऑथर है साले की कई किताबें आ चुकी हैं वह साला अपने scheduled time सुबह 11 बजे नहीं आ सका सुबह मुझे बोलता है .... "

आकाश अभिषेक को बीच में रोकते हुए पूछता है

"कब आज?"

"हाँ आज बोलता है की भाई reschedule कर दो 2 बजे के लिए मैं 11 तक नहीं पहुँच पाऊँगा।

"अरे तो उसको और कोई time दे देते?"

"तूने शेड्यूल देखा है न कितना टाइट है बाकी सारे authors punctual है इसी को कीड़ा काटा है स्पेशल केस है लेट आ रहे हैं।"

"आपने उन्हें बताया नहीं फ़ोन पे की नए talents के लिए एक session रखा गया है उस स्लॉट में?"

"हाँ बताया।"

"क्या बोला वह फिर?"

बोला की " क्या नया टैलेंट ? ... यह engineering कॉलेज है , यहाँ लड़का लड़की इंजीनियर बनते हैं की साले राइटर या पोएट बनते हैं कैंसिल करो session उनका।"

" i will fill during that time ."

"उसने ऐसा कहा और आपने कैंसिल कर दिया?"

" नहीं immediately तो कैंसिल नहीं किया मैंने इंग्लिश के HOD Mr अनुराग सक्सेना से डिसकस किया मैंने यह मैटर ..।"

" उन्होने क्या कहा?"

"उन्होने कहा की हर्षवर्धन ठीक कह रहा है शार्ट नोटिस पे कैंसिल कर दो session कोई फरक नहीं पड़ता। उसका sessionहो ना ज़रूरी है as वह एक ब्रांड है और ब्रांड वैल्यू से कोई compromise नहीं करना चाहते इस इवेंट में हम।"

"अरे वह आलरेडी esablished ब्रांड है उसको क्या फरक पडता अगर नहीं आता तो या फिर कॉलेज को क्या फरक पड़ता if he couldn't make it . Relevance तो इवेंट कि है इतने सारे authors हैं so much of talent moving around that is good enough उसमें से अगर एक established ब्रांड नहीं आ पा रहा है तो उसमें कॉलेज को क्या दिक्कत थी?"

"यार आकाश तुम साले हमें टेंशन दे रहे हो वैसे ही साला दिमाग खराब हो गया है इस इवेंट को organize करने में। मेरे exams

साले सर पे हैं और हम इस चूतियापे में फँसे हुए हैं। खैर तेरे जो भी concerns हैं तू अनुराग सर को जाकर बोल मुझे बोलने से कुछ नहीं होगा।"

"बहुत दुखी हूँ मैं अभिषेक सर।"

"मैं तेरा dissapointment समझ सकता हूँ। तू इस पप्पू ड्रेस में इसलिए आया था न 😅 ।"

अभिषेक आकाश से मस्ती लेता है।

" क्या सर आपको मस्ती सूझ रही है यहाँ बत्ती लग गई है अच्छे से अपनी।"

"वह कैसे मुझे तो पीछे से देख कर ऐसा लग नहीं रहा है। 😊 :

"सर इस poem को लिखने में मुझे पूरा हफ्ता लग गया है पिछले 5 दिनसे सिर्फ रात में 4 घंटे सोया हूँ ताकि इसको अच्छे से लिख सकू और आप अचानक से बोलते हो की कैंसिल हो गया है session।"

"क्या ....? मुझे नहीं पता था की तू इतना serious है इस session को लेकर ....।"

" वैरी सॉरी यार i understand but मैं क्या करूँ। have to obey the HOD orders "

"हाँ ठीक है खैर thanks for informing me "

"chill bro .. go meet your friends you will feel better ..!! "

"- thanks sir "

आकाश dissapointed होकर करीब 20 mins में पहुँचता है मोहिनी के पास उसका मुँह लटका हुआ होता है और अंदर ही अंदर उसे गुस्सा भी आ रहा होता है । किसी तरह से वह अपने इमोशंस कण्ट्रोल करता हुआ मोहिनी के पास पहुँचता है।

मोहिनी उस वक़्त किताब खोल कर उसके पीछे लगे एक ऑथर के बारे मेंपढ़ रही होती है इतने में उसकी नज़र आकाश पे पड़ती है

"hi आकाश – so the time has come ... चलें फिर?"

"कैसा time यार वह साले अनुराग ने session कैंसिल कर दिया लास्ट मोमेंट पे।"

यह कहते हुए आकाश अपने जेब से पेपर निकालता है और उसे फाड़ कर ज़मीन पे फेक देता है।

" क्या? कैंसिल कर दिया ऐसे कैसे आकाश?"

"अरे यार वह गधा हर्षवर्धन अपने scheduled time पे नहीं आ सकता था तो साले ने नए टैलेंट्स का session कैंसिल करा दिया। बताओ यह कदर है नए टैलेंट्स की।"

"what the F यार too much this is ... और तुमने अपनी poem क्यों फाड़ दी?"

"क्या करना है यार अब इसका ? छोड़ो जाने दो ... "!!

मोहिनी उन फटे हुए पेपर्स को उठाती है और धीरे से उन पेपर्स को अपने पर्स में रख देती है संभाल के।

आकाश उसे यह करते देखता है और बोलता है।

" अरे यह क्या गंदिगी purse में क्यों डाल रही हो फेक दो उसे।"

" यह गंदिगी नहीं है तुम्हारी मेहनत है। यह ऐसे ग्राउंड पे पड़े रहने के लिए या किसी के पैरों के तले कुचले जाने के लिए नहीं है।"

"अरे क्या मेहनत सब बेकार है यार मोहिनी। .Nobody cares for new talent "

" कैसे बेकार है एक इवेंट नहीं हुआ , तुम poetry recite नहीं कर पाए इसका मतलब यह तो नहीं है की तुम poetry कर नहीं सकते या तुम अच्छे पोएट नहीं हो who are these people to decide ..?"

"हाँ I understand but अब इस poetry का क्या फायदा?"

" फायदा ऐसे नहीं है यह तुम्हारा अपना interest areaहै और क्या वह अनुराग या हर्षवर्धन decide नहीं करेगा कि तुम किसी भी

मंच पे poetry कर सकते हो की नहीं कैसी बातें करते हो आकाश तुम?"

"तुम यहाँ बैठो मैं तुम्हारे लिए कोल्ड ड्रिंक लेकर आती हूँ। ..which one you are fond of? tell me fast .. "

"कुछ भी ले आओ यार दिमाग ख़राब हो रहा है।"

"which one आकाश?"

आकाश - थम्ब्स उप

" ओके।"

मोहिनी जाती है और एक फ्रेश thumbs up लेकर आती है आकाश के लिए।

आकाश एक दो सिप्स पीता है और थोड़ा बेटर फील करता है फिर मोहिनी से बोलता है।

"अच्छा मुझे वह पेपर्स वापस कर दो i understand your point "

आकाश सडनली क्यों वह poem वापस माँगना चाहता है आइये देखते हैं।

" गुड that's like आकाश .जिसे सिर्फ मोहिनी जानती है और जहाँ तक पेपर्स वापस करने की बात है वह तो मैं नहीं करूँगी तुम्हें।"

" क्यों नहीं करोगी? और वैसे भी उन फटे कागज़ों का तुम क्या करोगी they are of no use now .."

" कैसे use के लिए नहीं हैं मैं इन्हें हॉस्टल में ले जाकर वापस जोड़ूँगी।"

"अच्छा और फिर जोड़ के क्या करोगी?"

"जोड़ के तुम्हारी लिखी poem पढ़ूंगी।"

" क्या?? नहीं नहीं नहीं !!"

अचानक से आकाश थोड़ा डिफेंसिव हो जाता है।

"क्यों मैं नहीं पढ़ सकती क्या?"

"नहीं पढ़ सकती हो वैसे भी stage पे सुनाता तो तुम सुनती ही पर वह अलग बात होती।"

" अलग बात होती what do u mean ..? अकेले पढ़ने में क्या दिक्कत है?"

"वापस कर देती तो अच्छा रहता क्योंकि अब इसकी कोई relevance नहीं है।"

आकाश इमोशनली बहुत disturbed फील करता है और उसकी बातों से ऐसा प्रतीत होता है की जिस poem को उसने इतनी शिद्दत से लिखा था अचानक से कीमत कैसे ख़त्म हो गई कुछ ही पलों में।

मोहिनी आकाश केdissapointment को महसूस करते हुए बोलती है ...

"फिर वही बात देखो आकाश अभी तुम upset हो and मैं तुम्हें और भी ट्रबल करना नहीं चाहती। तुम हॉस्टल जाओ और मैं भी अपने हॉस्टल जाती हूँ और यह poem अपने साथ ले जा रही हूँ . no more questions now .. "

". Go to your room and relax dude ok ..?"

"yes i think i should restore my sensibilities back "

"मैं शाम को तुम्हें हॉस्टल में कॉल करूँगी।"

"ओके sure "

"गुड चलो फिर bye "

उस दिन शाम को मोहिनी का फ़ोन नहीं आता है शायद उसको लगता है आकाश को थोड़ा और timeदेना चाहिए।

फिर अगले दिन सुबह 7 बजे हॉस्टल में आकाश के लिए फ़ोन आता है। उस समय आकाश मन ही मन सोचता है की अब तक मोहिनी ने उसकी poem पढ़ ली होगी और वह कुछ reaction देगी पे सुबह सुबह वह एक दम नार्मल वे में फॉर्मल बात करके फ़ोन रख देती है। *आकाश समझ नहीं पाता है।*

फिर अगले वीक से exams शुरू हो जाते हैं। आकाश और मोहिनी इस दौरान बहुत ज़्यादा मिलते नहीं है एक दूसरे से फिर एक दिन लास्ट पेपर होता है न्यूमेंरिकल एनालिसिस का वह देकर आकाश और मोहिनी एक साथ कैंटीन की तरफ चल रहे होते हैं ..।

आखरी पेपर -- अधूरे सपने

मोहिनी - hey आकाश how was the paper? कैसा गया तुम्हारा??

आकाश- i think पहले मुझे तुमसे पूछना चाहिए कि कैसा गया?

"बहुत अच्छा आकाश तुम पढ़ाओ और अच्छा न जाए you deserve a kiss on your cheek for this .."

मोहिनी एक दम से उसके गाल पे चारों तरफ देखकर एक क्यूट सा Kiss करती है।

"सही है यार ग्रेटपाँचों सवाल कर दिए?"

"नहीं पाँचों तो नहीं पर चार सवाल तो एक दम सही किए।"

" पाँचवे में क्या हो गया?"

"थोड़ा फँस गई। what about you?"

"यार यू विल नॉट imagine!!"

"क्या बोलो?"

"मैंने पाँचों सवाल कर दिए और शायद पाँचों सही कर दिए मैंने। 😊 "

"क्या बात है मेरे शेर।"

" हाँ यार लग तो यही रहा है।

हम्म मुझे लगता नहीं है कोई भी सवाल गलत हुआ है।"

"क्या बात है जी कहीं यह उस " ख़ास हसीना" के inspiration की वजह से तो नहीं हुआ है?"

आकाश- ' *एक ख़ास हसीना* ' hey मोहिनी सो तुमने पढ़ ली poem finally?

मोहिनी ऊपर वाला डायलॉग मार के सीधे counter पर दो और समोसे बोलने पहुँच जाती है कैंटीन में और फिर वह बोल के सीधे दो चेयर्स ढूँढ़ती है बैठने के लिए।

"क्यों stud am i right ..?"

आकाश- no ..what are you saying ..?

"कहीं यह सब तुमने उस ख़ास हसीना को इम्प्रेस करने के लिए तो नहीं किया है?"

आकाश- ओह come on यार यह तुम क्या कह रही हो ख़ास हसीना कहाँ से आ गाई ?

"अच्छा तो कौन है फिर वह ख़ास हसीना?"

"अरे काल्पनिक पार्थ है just a creation for my poetry .."

"अच्छा मेंरी आँखों में आँखें डालकर बोलो।"

"अरे कोई truth and dare खेल रहे हैं क्या तुम भी न मोहिनी।"

"सो तुम्हारे हिसाब से वह ख़ास हसीना काल्पनिक पार्थ है वाह गुरु मस्त टोपी पहनाते हो तुम।"

इतने में कैंटीन का लड़का समोसे चाय लेकर आता है उनके पास।

मोहिनी फिर आगे उस context में ज़्यादा बोलती नहीं है सीधे दोनों लग समोसा खाने में लग जाते हैं।

थोड़ी देर में दोनों के बीच में conversation दुबारा शुरू हो जाता है पर टॉपिक चेंज हो जाता है।

आकाश- अरे अच्छा यह बताओ तुम्हारी टेंशन दूर हुई इस सब्जेक्ट को लेकर फाइनली?

"हाँ हो तो गई है sort off अपना बेस्ट दिया है exam में।। hope मेरे भी मार्क्स अच्छे से आ जाएँ।"

"बिलकुल आएंगे। don't worry "

"हाँ तुमने पढ़ाया है मज़ाक है क्या जी?"

"हाँ but वही है की मेरे भी नंबर आने चाहिए 😊 ऐसा न हो कुछ लफड़ा हो जाए।"

"don't worry खैर जो भी है dude मैंने तुम्हारी वह फाइल देखी डिटेल में पिछले दिनों । तुम यह सब *crux breakdown* कैसे करते हो ? "

"बस यार यह भी एक आर्ट है।"

"समझते हैं सारा चैप्टर ,ब्रेक करते हैं क्रक्स ,फिर notes बनाते हैं।"

"very unique कमाल है और फिर तुम्हें कुछ याद भी नहीं करना पड़ता होगा?"

"हाँ सो तो है सब छप जाता है दिमाग में as notes भी खुदबनाएहोते हैं।"

"लवली मुझे भी यह technique लगानी चाहिए।"

"बिलकुल तुम next सेम से मेरे notes ले सकती हो of other subjects as well if u want to follow and do well in ur semesters "

" is it ..? thanks आकाश but नहीं यार तेरा स्टाइल तेरा अपना है मैं अपने स्टाइल से notes बनाऊँगी and तू बस रिव्यु करना ठीक है कि am i making them good enuf capturing the crux?"

"ओके ... as you say अच्छा अब हम यह पढाई की बातें क्यों कर रहे हैं exams ख़त्म हो गए हैं राइट?"

" yes और कल हम दोनों " हम तुम "देखने चल रहे हैं और शाम को डिनर करते हुए आएंगे।"

"wow तो पहले से ही प्लान बनाएबैठी हो तुम।"

"हाँ why नॉट सिर्फ मैं और तुम ही जाएंगे alrite "

"कूल ठीक है I am ready मैडम कल कितने बजे का show चलना है।"

"3-6 वाला देखते हैं उसके बाद डिनर करने किसी अच्छे रेस्टोरेंट चलेंगे।"

" Sure"

" मोहिनी और आकाश फिर अपने हॉस्टल चले जाते हैं after this discussion अगले दिन day time में आराम करते हैं फिर around 2 बजे तक आकाश मोहिनी के पास अपनी एक्टिवा पे पहुँचता है।"

Movie -- अधूरे सपने

मोहिनी जीन्स और डेनिम जैकेट में बाहर आती है हॉस्टल से with her cute sunglasses on , आकाश भी काफी हैंडसम दिख रहा होता है।

मोहिनी- Hey Aakash so you are there bang on time ..हम्म्म अच्छा एक बात बताओ चला तो लेते हो न स्कूटी से गिरा तो नहीं दोगे मुझे? 😜

"ohh come on मोहिनी कैसी बातें कर रही हो।"

मोहिनी बैठती है उसकी bike पे और उसे अच्छे से होल्ड कर लेती है।

बैठने के बाद वह तुरंत उससे पूछती है ..

"अच्छा यह बताओ मैं कैसी लग रही हूँ?"

आकाश- *effervescent as always ....!!*

"I see तुम भी जम रहे हो कितनी शाइन है तुम्हारे फेस पे।"

"फेयर and लवली लगाते हो क्या? 😜 "

"ha ha good one मोहिनी strong sense of humor.. 😊 😊 "

फिर थोड़ी देर में मोहिनी repeat करती है अपना question?

"हे dude बताओ जी कौन सी क्रीम लगाते हो?"

" नेचुरल है मोहिनी कमाल करती हो तुम।"

" You mean god gifted हाँ?"

"गॉड गिफ्टेड है की नहीं i don't know but natural है।"

'Do you know आकाश यह तम्हारे चहरे की चमक है जो तुम्हें अलग करती है और जितने भी dumb asses पढ़ रहे हैं इस इंजीनियरिंग कॉलेज में उन सभी के बीच में।"

"is it thanks for your graceful comment !!"

" but i believe we should not pass blanket statements like these ..for other boys and girls of इंजीनियरिंग college"

"why not ...do u have any concerns ..?"

"concerns नहीं यार *we never know किसके अंदर क्या टैलेंट छुपा है।"*

" हाँ वह अगले सेमेंस्टर में दिखने लग जाएगा जब कैंपस प्लेसमेंट्स स्टार्ट होंगे कॉलेज में कौन कितना टैलेंटेड है।"

"अरे यार टैलेंट diversified हो सकता है। *Just plain academics is not a parameter to judge a person I think on his or her potential* .. सिर्फ एक जॉब लगा लेना किसी आईटी कंपनी में should not be only considered as a proof of talent "

"हाँ but for that also you need soft skills apart from technical skills?"

" I agree behavioral traits are important but its very tangential .. "

मोहिनी - can you elaborate?

आकाश - यही की अगर कोई लड़का इंजीनियर है doesn't mean that वह सिर्फ इंजीनियरिंग के लायक है , इंजीनियरिंग वह कर रहा है because उसने उसमें अपना करियर assure किया है लेकिन life बड़ी है और लम्बी है there can be more to him which life can offer him provided god has given him some other talents ..

मोहिनी- hey dude hang on one step at a time तुम्हारी फिलॉसफी I am able to appreciate but अभी मैं मूवी पे फोकस करना चाहती हूँ we are almost there at Pratibha let's park the scooter take tickets and rush to the हॉल

आकाश फिर ticketsलेता है और दोनों लग मूवी देखने चले जाते हैं।

करीब ढाई घंटे बाद दोनों निकलते हैं मूवी देख कर।

आकाश - कैसी लगी मूवी?

"मस्त थी यार वैरी romantic।"

"कितना लड़ते थे नदोनों मूवी में?"

इतनी बात होने के बाद दोनों निकलते हैं आर्यन रेस्टोरेंट और वहाँ जाकर इत्मीनान से एक कैंडल लाइट डिनर पे बैठते हैं।

Aryan Restaurant ---- अधूरे सपने

मोहिनी- अच्छा रेस्टोरेंट है न? तुम आए हो पहले यहाँ?

नहीं यार पहली बार आया हूँ कुछ फ्रेंड्स ने recommend किया है।

hey आकाश if you don't mind can i order a beer ..?

आकाश - yeah why not .. then i also need to order one ..

मोहिनी - obviously makes sense

आकाश - कौनसी लोगी?

"Foster is my favorite "

"ओके वेटर 2 फोस्टर्स लाना।"

"स्टार्टर्स?"

" chicken lollypop "

" वाओ चिकन lollypop आपको भी पसंद है?"

"जी।"

"सही।"

" बाकी डिनर पे वे विल आर्डर पंजाबी फ़ूड।"

थोड़ी देर में वेटर्स दो फोस्टर्स लेकर पहुँचते हैं और साथ में चिकन lollypop भी serve किया जाता है।

मोहिनी और आकाश दोनों cheers करते हैं और आकाश बोलता है।

आकाश - i am feeling very special today to have dinner and drinks with you

मोहिनी - my pleasure i think you are making me feel special these days ..

" वह कैसे?"

" धीरे धीरे तुम्हें पता लगेगा।"

" I see "

मोहिनी- अच्छा एक बात observe करी तुमने आज हम तुम की स्टोरी में?

" क्या?"

"यार मुझे बहुत बुरा लगा देख कर Abhishek Bachchan suddenly dies after Rani got married to him "

आकाश - हाँ बहुत surprising twist था।

" वैसे ही जैसे रवि का उस दिन एक्सीडेंट हो जाना।"

यह कहते कहते एक बार फिर मोहिनी के आँखों में आँसूं आ जाते हैं।

" अरे यार again रवि?"

आकाश उठता है अपनी सीट से मोहिनी को console करने के लिए लेकिन वह उसे मना कर देती है।

hey आकाश chill its momentary its my feeling which has poured out suddenly from the grave i will put it back in the grave

आकाश - good that's the spirit .

"You see now I am fine but यार अभिषेक को मारने कि क्या ज़रुरत थी?"

आकाश- अरे अभिषेक को नहीं मारते मूवी में तो स्टोरी आगे कैसे बढ़ती?

मोहिनी – I see कहीं?

आकाश- बोलो

"one second .let's have a refill of the beer ..

sure ill fill for you

hmmm "

आकाश- अच्छा डिनर आर्डर कर देते हैं।

sure

"बोलो क्या order करना है?"

" चिकन रोहनजोश दाल मखानी और 2 बटर नान"

" ओके mam पूरी पंजाबी नॉनवेग डिश?"

" खा कर तो देखो you will relish it "

आकाश वेटर को बुलाता है और सारा आर्डर कम्यूनिकेट करता है।

"हाँ तो मैं कह रही थी i don't know what is your take " on it ...

"कहीं ऐसा तो नहीं मेंरी life में जो यह रवि वालाincidentहुआ वह भी एक destined इवेंट था?"

"हे come on मोहिनी मूवी को तुम अपनी रियल life के इवेंट से मिक्स कर रही हो।"

"but still you see the similarity of events .."

समझाओ क्या similarity है?

"मूवी में आफ्टर Abhishek's डेथ सैफ काइंड ऑफ़ हेल्प्स रानी forget her sadness and let's her get positive about life और इधर मेंरी life में शायद भगवान ने तुम्हें भेजा है मेंरी life की sadness हटाने के लिए रवि की डेथ के बाद।"

"हम्म observation and analysis तो तुम्हारा स्ट्राँग है but i guess यह एक situational coincidence है।"

मोहिनी - what do u mean ..coincidence .. है ?

" offcourse its a coincidence "

"वहाँ कुणाल कोहली एक स्टोरी क्रिएट कर रहा है और यहाँ हकीकत में मैं और तुम वह experience कर रहे हैं।"

आकाश -मोहिनी यार तुम भी न कहाँ कहाँ तक सोच जाती हो।

"क्या मैं गलत सोच रही हूँ बताओ?"

" who am i to say that .."

"अच्छा अपनी उस ख़ास हसीना को नहीं बताओगे?"

" अब यह ख़ास हसीना कहाँ से आ गई तुम्हें बहुत ज़्यादा चढ़ गई है मोहिनी।"

" its true that i am drinking हार्ड but अभी मेरा mind एक दम मस्त काम कर रहा है।"

"और एक बात बताओ लिटफेस्ट हुए एक महीना हो गया है , तुम एक बार भी मुझसे पूछने नहीं आए कि मुझे तुम्हारी poem कैसी लगी?"

"क्या पूछता यार मुझे लगा शायद तुम्हें पसंद नहीं आई होगी इसलिए तुमने खुदसे ज़िक्र ही नहीं किया मुझसे।"

"हे आकाश तुम यार पूछ तो सकते थे वैसे भी exams आ गए थे गलती मेंरी भी है मुझे तुम्हें फीडबैक देना चाहिए था but whatever कल तो ज़िक्र किया मैंने?"

" हाँ वह कैंटीन में अजीब सी बात पूछ रही थी तुम।"

"i am still asking you who is this ख़ास हसीना .. आकाश in your life?"

" अरे बोला था न तुम्हें काल्पनिक करैक्टर था doesn't exist in real life "

"अच्छा मेरे सर पे हाथ रख कर बोलो मेंरी कसम खाकर की ऐसा ही है।"

" हे मोहिनी control your इमोशंस यार सब हमारी तरफ देख रहे हैं।"

-" i don't care , you have to tell me .."

इतने में वेटर खाना लेकर आ जाता है।

" अच्छा अभी खाना खाते हैं इस बारे में बाद में बात करते हैं।"

उसके बाद दोनों खाना खाने में मशरूफ हो जाते हैं।

आकाश उस मोमेंट में स्मार्टली टॉपिक चेंज कर देता है, वह कहता है ..

"मोहिनी I hope हम दोनों के मार्क्स अच्छे आ जाएँ, मेहनत बहुत की है हमने।"

" हाँ यार let's see when are the results coming वैसे?"

"बस यार 15 days में they will come और फिर we have to gear up for campus placements as well वह स्टार्ट हो जाएंगे gradually "

"right उसके लिए कैसे पढ़ना है यार?"

"हाँ उसकी strategy बनाते हैं।"

फिर इन बातों के बीच दोनों खाना खत्म करते हैं और फिर निकलते हैं हॉस्टल के लिए। मोहिनी ने उस दिन permission ले ली होती है की वह वापस हॉस्टल नहीं आएगी वीकेंड पर और अपने लोकल guardian के यहाँ रुक जाएगी। आकाश फिर उसको अपने लोकल guardian के यहाँ ड्राप करता है और अपने हॉस्टल आ जाता है।

सेम ब्रेक में both आकाश and मोहिनी decide to stay back at hostel .. to study for campus interviews ..

अभी कॉलेज के माहौल एक दम शांत हो गया होता है इन दिनों as most of the guys and girls had left for there homes ..during sem break ..ऐसे शांत माहौल में एक दिन लाइब्रेरी में सुबह 11 बजे दोनों लाइब्रेरी में आकर बैठते हैं।

Strategy -- अधूरे सपने

मोहिनी- और सुनाओ आकाश कैसी चल रही हैं छुट्टियाँ ?

" हाँ सही जा रही हैं।"

"nets जा रहे हो क्रिकेट प्रैक्टिस के लिए अपनी?"

"हाँ यार जा तो रहा हूँ।"

"selections का कुछ result आया?"

"हाँ आना तो चाहिए looks like exams की वजह से delay हो गई है लिस्ट।"

"हो सकता है चलो देखते हैं फिलहाल यार यह कैंपस selections की भी पढाई करनी है हमें।"

"हम्म वही उसकी strategy तो बनाने आए हैं अपन दोनों यहाँ आज।"

आकाश अपने बैग से कुछ बुक्स निकालता है और मोहिनी को दिखाता है।

" यह देखो कुछ बुक्स हैं जो हमें लगानी होंगी अच्छे से।"

मोहिनी- RS Agarwal Core Java herbert Schildt, Java interview questions , Unix interview Questions

बाप रे बाप इतनी सारी बुक्स?

"जी और इसके साथ एक चीज़ और है।"

"वह क्या?"

" यह देखो।"

आकाश एक फाइल कवर निकालता है जिसमें printouts होते हैं multiple choice questions के Java और unix के।

"यह फाइल कवर लो और इन सबके फोटो स्टेट निकाल लो।"

" great so you have done lot of research आकाश "

"हाँ यार डीप जाने की पुरानी आदत है मेरी । "

"हाँ वह मुझे एहसास हो रहा है तुम्हारे साथ रह कर।"

" वह कैसे?"

" बढ़ते समय के साथ कितना डीप हो गया है हमारा relationship।"

"हाँ डीप तो है पर फोकस भी करना बहुत ज़रूरी है individual needs पर ।"

"तुम न *फिलॉस्फर* हो पूरे कहाँ से इंजीनियर बन रहे हो तुम?"

"Hey hey "

" खैर coming to the point अभी छुट्टियों में सब बुक्स लगाना शुरू करो ताकि एक फ्लो में आ जाओ। मैं देखता हूँ if i can get some test papers of companies so that upfront we have solved most of the papers .."

" थैंक्स यार वही काफी मेहनत करनी पड़ेगी इस फ्रंट पे भी जैसे Numerical analysis में की थी।"

" उससे ज़्यादा I think "

"वही .. क्योंकि सब कुछ फ्रेश तरीके से करना है।"

" हाँ बिलकुल realistically पढ़ना पड़ेगा सब, just with the focus of clearing the company tests "

" हम्मम "

आकाश- चलो अब चाय समोसा खाने चलते हैं कैंटीन, फिर भगवान का नाम लेकर पढाई शुरू करते हैं।

"हाँ एक नईशुरुआत चाय समोसे के साथ।"

"एक नया purpose क्यों? "

आँख मारते हुए आकाश मोहिनी से बोलता है।

मोहिनी - u bet stud ..

यह कहकर दोनों निकल जाते हैं वहाँ से और पहुँचते हैं कैंटीन।

नई शुरुआत ---- अधूरे सपने

मोहिनी - hold on आज मैं बोल कर आती हूँcounter पे तुम बैठे रहो।

"Sure "

"मोहिनी आर्डर करके बैठ जाती है कुर्सी पे।"

थोड़ी देर में चाय समोसे भी आते हैं

मोहिनी- so coming back to our main discussion ..

आकाश - sure ..

" अभी भी कुछ discussion में बचा है क्या?"

"बिलकुल है।"

"बोलो?"

"यार जैसा की तुम जानते हो 'हम तुम' ' ने मुझे काफी impact किया है।"

"फिर हम तुम पे आ गयीं तुम I you were very seriously drunk that evening I believe मोहिनी।"

"आज की डेट में हम तुम से ज़्यादा interesting टॉपिक है तुम्हारे पास?"

"you mean movie ?"

"बुद्धू हो तुम अरे by हम तुम I mean you and me "

"अच्छा you and me हम्मम।"

मोहिनी- yes अच्छा एक बात बताओ तुम मुझे पसंद करते हो की नहीं?

"offcourse पसंद करता हूँ । तुम्हें कौन पसंद नहीं करेगा यार इतनी खूबसूरत हो तुम।"

"हम्म but बाहरी खूबसूरती सब कुछ थोड़ी न होती है?"

" मतलब?"

"मतलब की इंसान अंदर से भी तो खूबसूरत होना चाहिए।"

"समझा नहीं?"

"मतलब कि inner charm . being dependable , caring , affectionate "

" hmm too much to ask for क्यों? ..? यह सब words काफी भारी हैं।"

"भारी हैं तभी तो कुछ ही लग *इन words को अपनी personalityमें carry कर पाते हैं।"*

" i see .."

"u know what मुझे यह सारे traits तुम में दिखते हैं।"

"I see really?"

" जी really इसलिए मैंने कुछ सोचा है तुम्हें लेकर।"

" क्या सोचा है?"

"सही time आने पे बताऊँगी।"

"I see ... ok as u wish "

"हम्म अच्छा अब यह बताओ न *कौन है वह तुम्हारी ख़ास हसीना?"*

"तुम तो यार हाथ धो के पीछे पढ़ गई हो मेरे उस हसीना के बारे में जानने में।"

" Just Pulling your leg 😊 "

"अच्छा पहले तुम मुझे यह बताओ तुम्हें मेंरी poem पसंद आई की नहीं?"

"अरे बुद्धू पसंद नहीं आई होती तो क्या इतनी बार तुमसे ख़ास हसीना को लेकर पूछती?"

"you have written a gem of a poem ..कितना बढ़िया लिखते हो यार तुम क्या expression है।"

"I was just taken aback .. but i want to know about that special person who inspired you to write such a beautiful poem .."

Let me narrate some of the quotes ..

मोहिनी अपने पर्स से निकालती है आकाश द्वारा लिखी हुई poem को। उसने अच्छे से उसे जोड़ दिया होता है।

"तुम रोज़ इसे साथ लेकर घूमती हो?"

"..हाँ हमेशा उसे अपने साथ रखती हूँ। सोच रही हूँ की multiple laminated copies बनवा लूंन इसकी।"

"ओह्ह man इतनी इज़्ज़त अफ़ज़ाई।"

"तुम्हें कौनसा पैराग्राफ सबसे ज़्यादा पसंद आया?"

" नो specific पैराग्राफ पूरी poem ही सॉलिड है बॉस।"

" I see कितना अच्छा लगता न अगर मैं इसे recite कर पाता उस दिन। साली किस्मत ही खराब है मेंरी।"

"कोई नहीं आकाश और भी मौके आएंगे यह मंच इंजीनियरिंग का मंच है इसमें क्यों expect कर रहे हो इस तरह का recognition . anyway let me read it now verse by verse "..

मोहिनी इसके बाद पूरी poem recite करती है।

आकाश बहुत ध्यान से सुनता है।

"कुछ इस तरह से ' कवी आकाश 'लिखते हैं।"

" चारों तरफ तलाशा उस एक खास हसीना को..
न जाने कितने शहरों में खोजा उस खास हसीना को..
फिर एक दिन कुछ ऐसा हुआ ...
कि अपने ही शहर में मिला उस खास हसीना को.. ।

एक हसीन अप्सरा मेरी तन्हाज़िन्दगी में कुछ ऐसे शामिल हुई
कि उसके तसव्वुर में मेरी ज़िन्दगी यूँ रौशन हुई ..
बेरंग गुजरते दिनों में चमक कुछ ऐसे आ गई..
वो नाजनीन खुशियाँ संजोए हुए अचानक से कुछ ऐसे आ गई ।
एक एहसास में बदलाव महूसस मैनें कुछ ऐसा किया

कि एक खिंचाव सा उसकी ओर महसूस किया ..
खूबसूरती उसकी ऐसी रौनक मेरी ज़िन्दगी में लाई ..
कि मेंरी सांसों में ताजगी उसकी खुशबू से आई .. ।

सुबह और शाम उस हसीना का एहसास मुझे रहता हैं..
लम्हों में होता बदलाव मुझे रोज़ पता लगता हैं..
ज़िन्दगी एक मुकाम की ओर अग्रसर होती दिखती हैं ..
वह खास हसीना इस कदर मेरी जीवन को खुशनुमा करती हैं ।

उसकी हर एक अदा में वह ताकत मुझे दिखती हैं..
कि रोज़ एक नई तमन्ना से सुबह मेरी रौशन होती हैं ..
कुछ नया करने का सबब वह रोज़ मेरे मन में जगाती हैं ।

ऐ खुदा अब तक क्यों छुपाए रखी थी तूने मेरे बदलतें जीवन की यह कहानी ?

नाकाम राहों से रुख अब मोड़ लेने को दिल करता हैं ..
धीरे धीरे ही सही मगर सही रास्तों पर अब मेरा मन चलता हैं.
मेरी प्रेरणा के सूत्र उसकी रोज़ की बेपनाह खूबसूरती बनाती हैं ..
हर पल मेरी ज़िन्दगी उसके इल्म से निखरती हैं .. ।

दुनिया एक नए चश्में से अब मुझे दिखती हैं
उस चश्में में कुछ ऐसी यह हसीना बस्ती हैं
मेहनत , हिम्मत,किस्मत सब एक समान सही मात्रा में मेरी ज़िन्दगी को अब सम्पूर्ण करती हैं
रोज़ वों खास हसीना कुछ ऐसे काम करती हैं ... ।

प्यार मोहब्बत के अब सही मायने मुझे महसूस होते हैं

किस तरह मेरे जीवन का वह रुख मोड़ देते हैं..
पर्वत दिगार शुक्रिया अदा तुझे मैं रोज़ करता हूँ
इस खास हसीना कि दिल से इज़्ज़त मैं करता हूँ।

एक इबादत हैं यह खूबसूरत हसीना मेरी ज़िन्दगी में.
उसके होने से एक राहत सी आई है इस कश्मकश से भरी मेरी ज़िन्दगी में
रोज़ उसके नाम से दिन शुरू करता हूँ..
शाम को एक सुकून अपने दिल में महसूस करता हूँ.. ।

आप आए बाहर आई मेरी ज़िन्दगी में..
घर में रौनक और दिलो में प्यार लाए आप ज़िन्दगी में
शुक्रिया जितना भी करूँ मैं आपका वह कम हैं..
आज भी जीवन में आपका होना खुदा का एक करम हैं।

संभाल के समय बिताना मैं आपके साथ चाहता हूँ..
सभी लम्हें अपनी ज़िन्दगी के आपके आगोश में कैद रखना चाहता हूँ..
इस कदर आपने मुझे मुख्तलिफ किया हैं..
कि आज मेरे यारों और मेरे अपनों ने मुझमें आता फर्क महसूस किया हैं.. ।
खुश हूँ मैं कि आप हमेशा के लिए अब मेरे पास हैं
खुदा तेरी एक अज़ीम कायनात मेरे पास है
संभाल के रखूँगा हमेशा से उन्हे अपनी ज़िन्दगी में..

मेरे जीवन को सार्थक बनाने वाली वह एक हसीना कुछ खास है ।

मेरे जीवन को सार्थक बनाने वाली वह एक हसीना कुछ खास है।"

"so यह है सारी poem "

" unbelievable what an expression आकाश कैसे लिखते ही तुम इतना अच्छा?"

आकाश- not sure अब तुम सुना रही हो तो वाक़ई लग रहा है कि

काफी अच्छा लग रहा है सुनने में।

"उर्दू कितनी अच्छी लिखी है , यह उर्दू किससे सीखी है।"

"पापा की लाइब्रेरी में एक उर्दू डिक्शनरी रखी है इस बार घर गया था तो ले आया था उनसे पूछ के for few days कुछ वर्ड्स उर्दू में फ्रेम किए हैं उसको ही use करके।"

मोहिनी – that's great .. so i am proud to have a friend who is a poet

" amateur poet बोलो मोहिनी "

मोहिनी - i appreciate your humility but this poem doesn't seem to be less than what maestro Gulzar would have written

"कैसी बातें कर रही हो मोहिनी कहाँ गुलज़ार साहब और कहाँ मैं?"

"अच्छा एक बात बताओ गुलज़ार साहब को क्या बचपन में पता था की वह बड़े होकर गुलज़ार बनेंगे?"

"नहीं।"

-" so he must have discovered it over a period of time right through self exploration !!"

"हाँ सो तो है।"

" फिर तुम ऐसा क्यों सोचते हो believe in yourself

"बिलीव तो करता हूँ अपने में but हिस्ट्री भी तो देखो कैसी रही है मेंरी।"

" Whatever ... think about future now .."

"हम्म चलो अब निकलते हैं हॉस्टल के लिए और पढाई लिखाई चालू करी जाए लेटस गेट serious for कैंपस interviews 6th sem का result आते ही companies का invitation आना शुरू हो जाएगा।"

"rightलेटस go !!"

फिर next 15 days दोनों लग जम कर पढाई करते हैं। बीच में एक दिन आकाश मोहिनी को test पेपर सभी दे जाता है companies के और दोनों लगाते हैं वह पेपर्स शिद्दत से। काफी मेहनत करते हैं आकाश और मोहिनी next 15 days। उन लोगों में ज़्यादा तर फ़ोन पे ही बात होती है , पर्सनली वह ज़्यादा मिलते नहीं है एक दूसरे से।

शायद दोनों काफी serious होते हैं अपनी जॉब्स को लगाने के लिए .as they were studying in a private engineering college and didn't wanted to miss on any opportunity that knocks there way ..!!

Post 15 days finally the सेम result day arrives ..

दोनों आकाश और मोहिनी eagerly wait कर रहे होते हैं इस दिन का। इंटरवल में दोनों लग क्लास के बाहर निकल कर नोटिस बोर्ड की तरफ बढ़ते हैं।

6th Sem Result -- अधूरे सपने

❖ *Engineering College Campus Corridor – Comp Science and Engineering Department*

आकाश- देखो क्या होता है सबसे पहले न्यूमेंरिकल एनालिसिस के नंबर देखने हैं।

मोहिनी - हाँ यार।

दोनों नोटिस बोर्ड पहुँचते हैं।

मोहिनी- wait आकाश let me see yours first ..

वहाँ पे सबसे पहले मोहिनी जाकर आकाश का roll नंबर और नाम ढूँढ़ती है

और फिर Numerical Analysis के नंबर चेक करती है। निरपेश को 75/75 मिले होते हैं and she says yes you have done it topped in CS branch dude ....

यह कहकर एक टाइट hug देती है मोहिनी आकाश को।

"Well done stud .. "

"क्या let me see ?"

"ओह हाँ गज़ब यार अच्छा अब तेरे नंबर देखता हूँ।"

आकाश मोहिनी के नंबर देखता है , उसके 65/75 आए होते हैं।

" हम्मम 65/75 मोहिनी गज़ब यार u have performed very well मोहिनी !!"

"wow अच्छा तेरी ख़ुशी में अपने नंबर तो देखना ही भूल गई , एक मिनट देखती हूँ ..।"

"हाँ यार क्या बात है we have done it .. give me a tight hug आकाश its all because of you i am able to get this much marks ..."

आकाश एक टाइट hug देता है मोहिनी को और बोलता है उसे well done मोहिनी .. i am very happy for you ..

"अच्छा अब बाकी का result देख लेते हैं।"

" फिर दोनों देखते हैं around 75 and 77percentमार्क्स होते हैं आकाश और मोहिनी के।"

आकाश- 77 पे सेण्ट मार्क्स गज़ब मोहिनी। मेरे ख़याल से अभी तक का सबसे ज़्यादा percentage होगा तुम्हारा।

"क्यों? तुम भी मेरे मार्क्स को observe करते थे क्या?"

"नहीं observe तो नहीं करता था but इस बार थोड़ा deeply focus किया। 😊 "

" डीप जाने के बहुत शौक़ीन लग ते हो तुम?"

" hey hey कुछ आदत सी जो पड़ गई हैं।"

मोहिनी- हम्म मेरा percentage इंजीनियरिंग में करीब 75 percent के around चल रहा है what about you?

आकाश-मेरा around 72 percent.. not bad क्यों?

"हाँ अच्छा है।"

आकाश- but स्कूल में i was always scoring around 80 percent

" ठीक है यार अब तू और चीज़ें भी तो करता है सिवाए पढ़ाई करने के इतना percentage ठीक ठाक है।"

"Correct सही कह रही हो।"

यह बातें करते करते दोनों कैंटीन पहुँच जाते हैं।

Treat -- अधूरे सपने

मोहिनी- आज मेंरी तरफ से तेरे लिए *treat* आकाश।

आकाश- wow lovely surprise .. !!

मोहिनी- बोलो क्या खाओगे?

आकाश- आज तुम्हारे पसंद कि schezwan chowmein खाऊँगा।

मोहिनी- wow .. sure let me order it and 2 cold drinks right

आकाश- yeah thumbs up !!

इसको आर्डर करने के बाद दोनों बैठते हैं seats पर ।

मोहिनी अचानक से discussion छेड़ती है।

" आकाश तुम्हें याद हैं मैंने तुमसे कहा था कुछ time पहले की मैं तुमसे कुछ कहना चाहती हूँ।"

" हाँ याद है बोलो क्या कहना चाहती हो?"

"देखो अब तुम मुझे अपनी ख़ास हसीना के बारे में कुछ बता नहीं रहे हो तो मैंने सोचा की मैं तुम्हें अपने life के सबसे ख़ास लड़के के बारे में बता दूँ।"

" सबसे ख़ास लड़का तो रवि था , I थिंक तुम्हारी life में।"

मोहिनी- मैं आज की बात कर रही हूँ आकाश।

इतने में कैंटीन का अटेंडेंट चाऊमीनऔर कोल्ड ड्रिंक्स लेकर आ जाता है।

दोनों लग फिर चाऊमीन खाना शुरू कर देते हैं। वैसे भी लंच time चल रहा होता है। सो आज का लंच यही बन जाता है दोनों के लिए। इतने में आकाश स्टार्ट करता है बात।

"हाँ तो तुम ख़ास लड़के के बारे में बता रही थी।"

" हाँ तो वह ख़ास लड़के तुम हो आकाश।"

".I think day by day ..i am falling in love with you but I am not sure whether you also feel the same... for me "

"are you also in love with me आकाश?"

आकाश (एक दम से surprise होता है और देखता है मोहिनी की तरफ) - अच्छा ऐसा सोचने लगी हो तुम मेरे बारे में ?

मन हीं मन आकाश को अच्छा फील होता है थोड़ी देर के लिए लेकिन फिर थोड़ी देर में उसको फिर कुछ और ख़यालआने लगते हैं।

मोहिनी- हाँ यार infact last few months में तो बहुत ज़्यादा involve हो गई हूँ मैं तुम्हारे साथ।

आकाश - I see i respect your feelings पर मुझे लगा हम दोनों अच्छे दोस्त हैं।

" *वह तो हैं* पर *क्या अच्छे दोस्तों में प्यार नहीं हो सकता?"*

आकाश- हो सकता है but??

इतने में रितेश enter करता है कैंटीन में और एक दम से बोलता है।

हेलो मोहिनी और आकाश अरे तुम दोनों यहाँ बैठे होवहाँ companies के campus visits की लिस्ट लग गई है guys . जॉब लगने का time आ गया है।

मोहिनी - अच्छा रितेश कब लगी लिस्ट?

अरे अभी PN श्रीवस्तव ने schedule लगाया है सबसे पहले CTS दो दिन बाद, फिर 4 दिन बाद IBM आ रही है। उसके बाद और companies का schedule लगा हुआ है जोकि medium companies हैं not big brands like these two

आकाश- amazing भाई !!

रितेश- चलो फिर यू guys एन्जॉय मैं कुछ खाता पीता हूँ।

"तू रुक मैं कुछ मँगवाता हूँ तेरे लिए।"

रितेश – its ok भाई उधर कुछ दोस्त खड़े हैं उनके साथ खा लूँगा।

"साले हम तेरे दोस्त नहीं हैं?"

रितेश - भाई हो लेकिन कमिट कर चुका हूँ लड़कों को। बुरा मान जाएंगे अगर तुम दोनों के साथ बैठ गया तो।

आकाश - ok as you wish ..!!

फिर रितेश निकला जाता है ,अपने दोस्तों की तरफ।

आकाश- मोहिनी are you done चल लिस्ट देख कर आते हैं?

मोहिनी- हाँ I am done dude चलो चलते हैं।

❖ *At the College Corridor – Notice Board Computer Science and Engineering Department*

दोनों लग फिर नोटिस board पहुँचते हैं वहाँ पे लिस्ट लगी होती है companies की जोकि आ रही होती हैं। सबसे पहले वीक में CTS and IBM का लगा होता है schedule उसके next वीक में फिर mid tier companies का जैसे Infineon , sybase , syntel का लगा होता है schedule.

मोहिनी- (लिस्ट देखते हुए बोलती है) - गज़ब यार एक दम set scene है। अगले 2 वीक्स काफी hecic और interesting जाने वाले हैं।

आकाश- हाँ यार बहुत short नोटिस पे आ गया है schedule I think मेरा अंदाजा सही था की कॉलेज के खुलते ही प्लेसमेंट का schedule आ जाएगा। देखो अब सब तुम्हारे सामने हैं।

मोहिनी- इनक्रेडिबल !! you are right ... *तुम यार सही बन्दे हो।*

आकाश - ऐसा क्या ? सही होते तो क्या यहाँ पड़े होते इस कॉलेज में।

मोहिनी- अच्छा वह देखो नीचे एक छोटा सा नोट लगा हुआ है what's written there can you check?

आकाश - हाँ यार यह तो हमने देखा ही नहीं श्रीवास्तव साहब ने कुछ तो बकर चिपकाई है, लिखा है

" All students of CS branch kindly note they are requested to attend the written and interviews keeping in mind that once they get selected for a company they will not be allowed to sit for other companies .... "

"ओह्ह ...मोहिनी यह तो बहुत टेढ़ी चीज़ लिखी हुई है?"

" टेढ़ी तो है पे यार क्या पता हम दोनों का पहले वीक में हो जाए selection बाकी वीक्स में जाना न पड़े।"

आकाश- ओवर optimistic and ओवर confident नहीं होना है हमें let's stay focussed !!

मोहिनी - हम्म वह तो तुम्हारे साथ रह कर सीख गयीं हूँ मैं।

" अच्छा मतलब समझा नहीं?"

" यही की कहाँ कहाँ कितना और किस लेवल तक फोकस होना है।"

"अच्छा सुनो काम की बात आकाश।"

"मुझे तुम्हारे जवाब चाहिए आकाश ...?"

"are you sure ...you love me मोहिनी ..?"

"इसमें unsure होने वाली क्या बात है offcourse I love you !!"

आकाश मोहिनी का being deeply in love with him commitment सुनकर एक दम से बहुत तेज़ धड़कनें महसूस करने लगता है अपने अंदर। फिर बोलता है ..hmmm ठीक है।

" पर तुम मुझे अपना जवाब तो बताओ .. .?"

"मुझे थोड़ा वक़्त दो मोहिनी... too much on my plate now .."

मोहिनी - क्यों किसी और लड़की ने भी I love you बोला हुआ है तुम्हें in parallel ?

" Hey hey ... नहीं नहीं ऐसी बात नहीं है।"

" फिर क्या बात है?"

आकाश - यार अभी यह campus interviews आ गए हैं i think we should focus on this as of now

मोहिनी- अरे यार वह तो पैरेलल थ्रेड है उसका मेंरी और तुम्हारी relationship से क्या link है?

"लिंक तो नहीं है।"

"फिर क्या दिक्कत है तुम मुझसे प्यार नहीं करते क्या ? जो इतना सोचने का वक़्त चाहिए तुम्हें?"

" Please मोहिनी no its not like that "

" Then what is the problem आकाश?"

आकाश - give me some time मोहिनी .. i will surely tell you ..

मोहिनी- ओके ठीक है take your time but मुझे समझ में नहीं आ रहा है की इतना time क्यों लग रहा है तुम्हें?

आकाश- anyway अभी मैं निकलता हूँ मोहिनी तुम भी पढाई करो , let's prepare for the campus interviews ..

मोहिनी- हाँ i will , but do tell me your response for sure आकाश ..else you know how much sensitive i am ..

"sure मोहिनी।"

इस discussion के बाद दोनों लग अपने अपने हॉस्टल निकल जाते हैं। आकाश बहुत ज़्यादा anxious और confused सा हो जाता है अपने mind और heart में। मोहिनी की इस तरह अचानक से उसे propose करना उसको अंदर से हिला कर रख दिया होता है। वह अगले दो दिन पढ़ाई तो करता है अच्छे से फॉर CTS test but at the same time मोहिनी को वह क्या response दे उस उधेड़बुन में उसका mind at times slow हो जाया करता था।

CTS Written Test & Interview --- अधूरे सपने

- *Outside Seminar Room – CS &E Department*

दो दिन बाद जब CTS की preplacement talk होती है उसमें यह announce किया जाता है कि post the written test which they will conduct , they will pick up only 10 students out of 20 which they will shortlist after written test . CS ब्रांच के करीब 60 स्टूडेंट्स written test में बैठते हैं । यह कंपनी सिर्फ CS ब्रांच के लिए ही ओपन होती हैं। भगवान का नाम लेकर मोहिनी और आकाश भी test में बैठते हैं।

मोहिनी बहुत ही elegantly ड्रेस्ड होकर written test देने आई होती है जबकि आकाश भी formals में होता है और काफी स्मार्ट लग रहा होता है।

मोहिनी exam स्टार्ट होने से पहले आकाश को कुछ इस तरह से विश करती है।

"Hi आकाश Wish you best of luck my love !! "

" अच्छे से exam लिखना ऑलराइट?"

मोहिनी उसके गाल पर kiss करते हुए उसे बेस्ट ऑफ़ लक विश करती है।

आकाश- थैंक्स यार हाँ तुम भी अच्छे से देना test, all the best to you मोहिनी .. ।

उसके बाद दोनों लोग test लिखते हैं । करीब 2 घंटे का test होता है जिसमें की pure aptitude test होता है।

Test Results करीब test के ख़त्म होने के एक घंटे बाद नोटिस बोर्ड पर लगा दिए जाते हैं।

आकाश और मोहिनी दोनों अपने Results देखने जाते हैं।

इस बार Results आकाश देखता है।

वह कई बार list स्कैन करता है उसको मोहिनी का नाम तो दिखता है करीब पाँचवे नंबर पे उन बीस लोगों में , पर अपना नाम कहीं नहीं दिखता है । वह बहुत ज़्यादा अजीब फील करता है। शायद उसको embarassment हो रहा होता है और उस embarassment की फीलिंग के चलते उसका मुँह लटक सा जाता है।

मोहिनी उसका मुँह लटका हुआ देखते हुए दूर से उसके पास आती है और बोलती है

"हे आकाश what happened ... why are you sad लिस्ट में नाम नहीं है क्या हम दोनों का?"

आकाश - यार तुम्हारा नाम तो है पर मेरा नहीं है?

मोहिनी- what how is it possible?

आकाश- जाओ खुददेख लो।

यह कहकर आकाश अपना मुँह दूसरी तरफ मोड़ लेता है। *उसको मन ही मन अपनी कुछ बेइज़्ज़ती सी फील हो रही होती है। किसी तरह से वह वहाँ से जितनी जल्दी हो सके निकल जाना चाहता है ... ।*

मोहिनी नोटिस बोर्ड की तरफ जाकर लिस्ट दुबारा देखती है पर उसको आकाश का नाम कहीं नहीं मिलता है।

मोहिनी - क्या यार तेरा नाम नहीं है unbelievable पेपर अच्छा नहीं गया था तेरा क्या?

पेपर तो easy ही था।

आकाश - हाँ यार easy तो था पर लगता है तुम सब ने मुझसे ज़्यादा अच्छा पेपर किया इसलिए you all are selected for interview

"हम्म पे ऐसा कैसे हो सकता है कि मैंने तुझसे अच्छा perform किया आकाश तू तो मेरा mentor है यार?"

"हाँ तो क्या mentor fail नहीं हो सकते कैसी बात करती हो मोहिनी अच्छा तुम interview के लिए रेडी हो मैं सेकंड half में हॉस्टल होकर आता हूँ all the best for the interview ..यार।"

मोहिनी- thanks .. ok as u wish ..

उसके बाद आकाश वहाँ से निकल जाता है और सीधे मेंस की तरफ कुछ सोचते हुए जा रहा होता है। उसके दिमाग में अजीब से scenes चल रहे होते हैं । पिछले तीन चार दिनों में जो उसके साथ हुआ होता है वह सब उसके दिमाग में घूम रहा होता है। उसको यह भी लग रहा होता है की मोहिनी क्या सोच रहो होगी उसके बारे में कि उसका mentor होकर वह खुदfail हो गया test में।उसका मन अंदर से कसोच रहा होता है उसको। बहुत ज़्यादा upset होता है वह।

उधर मोहिनी initially थोड़ा surprise होती है पर फिर जल्दी से हॉस्टल से खाना खा कर अपने interview के लिए आ जाती है। करीब 15 minutes में उसका नंबर आ जाता है interview के लिए।

मोहिनी अपना interview देती है CTS के लोगों को। क़रीब 20 minutes उसका interview चलता है और वह कमरे के बाहर आ जाती ही।

बाहर आकाश हाथ फोल्ड किए खड़ा होता है और मोहिनी से पूछता है।

" हो गया आपका interview मैडम?"

"Yeah dude दे आईं।"

" कैसा गया?"

"यार गया तो ठीक not sure मुझे select करेंगे की नहीं?"

"क्यों नहीं select करेंगे इतनी खूबसूरत लड़की को कौन नहीं चाहेगा लेना अपनी कंपनी में?"

"अच्छा अगर ऐसी बात है तो तुम क्यों इतना time ले रहे हो मेरे proposal को accept करने में?"

"अरे यार मोहिनी ... तुम कहाँ की बात कहाँ जोड़ रही हो?"

"क्यों न जोडूँ तुम्हें क्या लगता है मैंने ऐसे ही तफरी में तुहें propose किया है and i will ditch you after passing out of engineering college ...?"

"नहीं मोहिनी मैंने ऐसा कब कहा?"

" इस बातचीत के बीचो बीच एक दमसे पीछे से एक CTS कंपनी का volunteer बाहर आता है सेमीनार रूम से और उधर corridor में लगे नोटिस बोर्ड पे फाइनल selected candidates की लिस्ट लगा देता है।"

"लो result आ गया देख आओ जाकर।"

" What इतनी जल्दी?"

" हाँ तुम शायद सेकंड लास्ट कैंडिडेट थी interview के लिए इसलिए जल्दी से result आ गया जाओ देख आओ।"

मोहिनी तुरंत नोटिस बोर्ड की तरफ जाती है और अपना नाम ढूँढ़ती है लिस्ट में and to her surprise उसका नाम मोहिनी चोपड़ा लिस्ट ऑफ़ 10 selected candidatesमें होता है वह भी टॉप नंबर पर ।

"हे आकाश मेंरी जॉब लग गई i have cleared in CTS dude ...!!"

"Lovely that's ग्रेट।। देखा मैंने कहा था न तुझे कि तेरा हो जाएगा .congratulations मोहिनी "

"हाँ थैंक्स आकाश its all because of you ..यह कहकर वह आकाश को गले लगा लेती है और फिर एक दम से चुप हो जाती है for 2 minutes।"

" आकाश surprise होकर मोहिनी से पूछता है .. हे मोहिनी क्या हुआ?"

"कुछ नहीं यार शायद उतनी ख़ुशी नहीं हो रही है मुझे?"

" क्यों?"

" तेरा भी अगर CTS में मेरे साथ हो जाता तो कितना अच्छा होता i would have been so extremely happy ..मैं डबल खुश होती।"

" हाँ अगर ऐसा हो जाता तो !! ****....अब तू देख ले तू ही मेरे बारे में इतना सोचती है बोलती है।"*

देख मैं एक aptitude test नहीं निकाल पाया।"

मोहिनी- ओह come on यार एक ही कंपनी थोड़ी न पड़ी है ? और भी तो companies आने वाली हैं ,तुम मन छोटा क्यों कर रहे हो । यह बात अलग है कि मुझे बहुत ज़्यादा ख़ुशी होती अगर तुम्हारा selection भी CTS में हो जाता पर ठीक है we should not loose hope stud *याद है न मंच बदलते हैं, इंसान वही रहना चाहिए।*

"हाँ रवि confidently कहता तो था।"

"हम्म चलो अब मैं चलती हूँ हॉस्टल। अब 2 दिन बाद IBM का test है मन लगा के पढो and i want to see you get through IBM ok .. "

आकाश- हाँ sure ..

Do u still count on me मोहिनी?

"yes आकाश why not ..? "

आकाश- ओके चल देखते हैं how things unfurl in आगे के tests

यह कहने के बाद आकाश फिर अपने हॉस्टल निकल जाता है।

.Next 2 days वह और जम के तैयारी करता है IBM के test के लिए। IBM और भी branches के लिए ओपन होती है और उनके यहाँ करीब 30 seats की requirement होती है।

IBM Test Day -- अधूरे सपने

❖ *Seminar Room CS& E Department*

आकाश pre placement talk के बाद सेमिनार रूम से निकल रहा होता है तभी रूम के बाहर उसको मोहिनी जीन्स टीशर्ट और एक क्यूट सी pony tail में मिलती है।

मोहिनी- hey stud ... how are you?

"कहाँ का stud मोहिनी यार देखो आज कहीं बत्ती न लग जाए।"

"शुभ शुभ बोलो यार मैं तुम्हारे लिए कुछ लाई हूँ।"

"क्या?"

"अपना पर्स निकालो और मुझे दो।"

"अरे पर्स का क्या करोगी?"

"तुम questions बहुत पूछते हो give me your purse right away .."

आकाश अपना पर्स निकाल के देता है मोहिनी को। मोहिनी अपनी जीन्स की पीछे वाली पॉकेट से अपना वॉलेट निकालती है और उसमें भगवान कृष्ण कि छोटी सी तस्वीर रखी होती है उसे निकालती है और आकाश के पर्स में डाल देती है। आकाश यह सब होते हुए देखता है और कहता है ...

"यह क्या भगवान कृष्ण की तस्वीर डाल रही हो पर्स में।"

"हाँ इनको हमेशा अपने purse में रखा करो आज से and बिलीव in him यह हमेशा वही करते हैं जो आपके लिएrightहो ...आज यह पूरे दिन तुम्हारे साथ रहेंगे और तुम्हें ज़रूर कामयाबी मिलेगी।"

"इतना विश्वास है तुम्हें इन पर?"

" हाँ बिलकुल है।"

इतने में IBM का volunteer आकाश के पास आता है और उसको written test के लिए बुलाता है।

आकाश written test लिखने जाता है क्लासरूम में। पीछे से मोहिनी उसे all the best कहती है।

आकाश थैंक्स कहकर क्लास रूम में निकल जाता है।

IBM का test मिक्स ऑफ़ aptitude and Java लैंग्वेज का होता है करीब 200 बच्चे बैठे होते हैं test में उसमें से post pre placement talk and written test 50 शॉर्टलिस्ट करने का प्लान होता है IBM का फॉर interview।

करीब 2 घंटे चलता है written test ..मोहिनी करीब 2 घंटे बाद पहुँचती है क्लासरूम के बाहर । आकाश बाहर आता है।

" कैसा गया test आकाश?"

"हाँ much better गया। i think better than the CTS one "

"अच्छा that's nice कैसा महसूस हुआ तुम्हें आज?"

"थोड़ा मन शांत रहा मेरा आज while writing the test and बहुत अच्छा कंसंट्रेशन बन रहा था at time of writing the exam .."

मोहिनी- that's good तो तुम अच्छी mental space में थे आज right at time of writing the test ..?

आकाश- हाँ exactly ...yes ...i think you are right ..

मोहिनी- *देखा उस फोटो का असर है जो मैंने तुम्हारे पर्स में रखी थी?*

"Is it ... देखते हैं अभी थोड़ी देर में पता चलेगा।"

करीब आधे घंटे बाद IBM का एक volunteer Results लेकर आता है और नोटिस बोर्ड पर चिपकाता है।

मोहिनी उसे देखती है जाते हुए और बोलती है आकाश से so here the result comes ..

मोहिनी- अब तू जाएगा देखने कि मैं जाऊँ?

"तुम देख के आओ यार मेंरी तो हिम्मत हो नहीं रही है।"

"तू भी न फट्टू है यार जा न ? अब जब अच्छा करके आया है पेपर फिर डर किस बात का।"

"तुम जो भी कहो मैं तो नहीं जाऊँगा देखने , तुम देख कर आओ।"

"अच्छा बाबा जाती हूँ।"

मोहिनी उठ कर जाती है नोटिस बोर्ड की तरफ और सीधे लिस्ट कि तरफ देखती है।

and to her pleasant surprise आकाश का नाम top of the लिस्ट लिखा होता है।

उसके मुँह से एक assertive आवाज़ निकलती है

" yesss आकाश you have made it .. that too toped the list .. "

" क्या top of the list है?"

" हाँ यार '**आकाश श्रीवास्तव** ' लिखा है देख जाकर।"

" आकाश भागता हुआ जाता है नोटिस बोर्ड पर और अपना नाम लिखा हुआ देखता है। तू सही कह रही है यार।"

उसी वक़्त मोहिनी हाथ मिलाती है और आकाश को गले लगाती है।

"well done stud written test cleared .मैजिक काम कर रहा है right अपना।"

" पता नहीं यार whatever is working but something is surely working topped the list कमाल है unbelievable .. "

"गुड so now you focus on your interview जा अब अच्छे लंच करके आ करीब एक घंटे बाद तेरा interview होगा।"

"मैं भी लंच निपटा के आती हूँ will pray to गॉड कि तेरा interview बढ़िया हो जाए।"

करीब 45 mins में आकाश खाना खाकर पहुँचता है interview रूम के बाहर ।

सबसे पहला interview आकाश का ही होता है just on time मोहिनी वहाँ पहुँचती है और फिर उसके पास आकर बोलती है "all the best my love अच्छे से interview देना।"(यह कहते हुए आकाश के गाल पर kiss करती है)

आकाश - थैंक्स मोहिनी। उसके बाद आकाश अंदर चला जाता है interview देने

करीब 10 mins बीतते हैं आकाश बाहर नहीं आता है।

करीब 20 mins बीतते हैं आकाश अभी भी बाहर नहीं आता है।

करीब 45 mins हो जाते हैं फिर आकाश बाहर आता है।

मोहिनी एक दम से उसके पास आती है और बोलती है।

"आकाश क्या चल रहा था यार अंदर 45 minutes चला interview how did it went?"

"गया तो अच्छा, सब बता दिया मैंने but यार exhaust हो गया हूँ मैं।"

मोहिनी- क्या हुआ फायरिंग कर दी सवालों की तुझ पे?

"हाँ यार पता नहीं क्या देख रहे थे मेरे में? "

"तेरी बातें सुन रहे होंगे तू जिस तरह से concepts explain करता है ...। मीठी आवाज़ में बोलता है अच्छा लग रहा होगा तुझे ड्रिल करने में उन्हें।" 😜

"हाँ यार तुम कह रही हो तो हो सकता है सच हो चलो यार मैं कपड़े चेंज करके आता हू। अभी तो करीब 49 लोगों का बाकी है interview करीब 3-4 घंटे में result आएगा तब तक मैं हॉस्टल में कपड़े चेंज करके आता हूँ, फिर तुझे कैंटीन में मिलता हूँ करीब 4:30 बजे । 5 बजे के around we will visit नोटिस बोर्ड ठीक है। तुम भी हॉस्टल जाकर तब तक आराम कर आओ।"

मोहिनी- sure बस भगवान करे तेरा selection हो जाए एक कंपनी में न सही कम से कम एक शहर में तो हो जाएंगे हम लोग।

करीब 2 घंटे बाद around 4:30 बजे वह कैंटीन पहुँचता है जीन्स टीशर्ट में । एक छोटी सी नींद भी लेकर आ गया होता है। आकाश हॉस्टल से आकर काफी फ्रेश फील कर रहा होता है। उधर गर्ल्स हॉस्टल की तरफ से मोहिनी भी आ गई होती है कैंटीन। दोनों चाय के लिए मिलते हैं counter पर । आकाश दो चाय बोलता है। इतने में मोहिनी कुछ सोचते हुए बोलती है।

"और अब कुछ minutes के बाद 5 बजे तक result आउट होगा।"

"हाँ मोहिनी देखो क्या होता है यार।"

"कैसा महसूस कर रहे हो आकाश तुम?"

मोहिनी आकाश की तरफ देखते हुए बोलती है।

"दिल की धड़कनें बढ़ी हुई हैं। अजीब सी anxiety है।"

"Can understand चल तेरी दिल की धड़कनों को थोड़ा रिलैक्स करते हैं।"

"वह कैसे?"

"पहले एक सिप गरमा गरम चाय पीते हैं।"

" दोनों एक एक सिप मारते हैं।"

"थोड़ा बेटर लगा?"

" हाँ गरमा गरम चाय अंदर गई काफी रिलैक्स लग रहा है।"

" हम्म्म अब देख मैं क्या लाई हूँ अपने साथ।"

मोहिनी अपने पर्स से लैमिनेटेड शीट निकालती है जिसमें आकाश द्वारा लिखी हुई poem होती है।

- " wow its so precious ..for यू की तुमने इसे लैमिनेट करा दिया।"

मोहिनी-यह मेरे लव ऑफ़ life की लिखी हुई खूबसूरत poem है जिसे मैं अपने दिल के हमेशा करीब रखूँगी भले ही वह मुझे नसीब हो या नहो अपनी आगे आने वाली ज़िन्दगी में।

"अच्छा ऐसी बात है?"

" बिलकुल पर मेरी बदनसीबी का आलम देखो कि यह जानते हुए की यह मेरे love of my life कि लिखी हुई poem है वह इस कदर बेमुरव्वत है की मुझे इस कविता को लिखने वाली प्रेरणा से वाक़िफ़ नहीं कराना चाहता।"

" अगर ऐसी बात है तो सुनो इतना भी निर्दयी नहीं हूँ मैं ...जितना की तुम मुझे समझ रही हो इस वक़्त।"

"तुमने इस कविता को इतना संभाल के लैमिनेट करा के अपने पास रखा है । इससे ज़्यादा खुश की बात मेरे लिए और क्या हो सकती है। मेरी ज़िन्दगी में इस वक़्त सबसे करीब तुम ही हो।।"

"फिर मुझे बता क्यों नहीं देते कि वह ख़ास हसीना कौन है?"

"अगर आज मेरा IBM में हो गया तो मैं तुम्हें इस ख़ास हसीना के बारे में ज़रूर बता दूँगा।"

"अच्छा देखते हैं ...।"

"चलो 5 बज गए हैं , result आ गया होगा ..।"

मोहिनी और आकाश नोटिस बोर्ड पर पहुँचते हैं।

नोटिस बोर्ड पर result लग चुका होता है।

आकाश की आगे आने वाली ज़िन्दगी का आज एक अहम फैसला होना था।

IBM Test Result -- अधूरे सपने

मोहिनी आकाश को नोटिस बोर्ड पर जाने के लिए इस बार , बोलती है।

" Be a Man now आकाश go and see the result !!"

आकाश नोटिस बोर्ड की तरफ जाता है और देखता है।

पहली नज़र में तो उसको लगता है की शायद उसका नाम नहीं है पर जब वह दूसरी बार देखता है तो उसका नाम लिस्ट में एक दम second last position पर लिखा होता है। आकाश अपना नाम पढ़ के एक दम से मोहिनी कि तरफ मुड़ता है और अपने हाथ में मुट्ठी बनाते हुए ख़ुशी में दूर से ही चिल्लाता है..

" yes मोहिनी i have made it .. in IBM ... !!"

मोहिनी कि ख़ुशी का ठिकाना नहीं रहता।

" yes आकाश you have done it "

मोहिनी एक दम से आती है और आकाश को उसके गाल पर kiss करती है और उसे गले से लगा लेती है। आकाश भी ख़ुशी के आलम में उसको ज़मीन से उठा लेता है और गोल गोल घुमा देता है।

फिर मोहिनी अचानक से आकाश से बोलती है।

"हे आकाश you know .. right ... i love you so much and i want to marry you यार ...तुम मुझसे प्यार करते हो न?"

आकाश - *इसका जवाब तो मैं तुम्हें इतनी जल्दी नहीं दे सकता लेकिन as i told you at the canteen हाँ तुम ही वह एक ख़ास हसीना हो जिससे inspire होकर मैंने वह poem लिखी है its you only मोहिनी ...!!*

इतना बोलते ही तुरंत रितेश आकाश और मोहिनी को ढूँढ़ता हुआ corridor में आता है और आकाश को एक दम से बोलता है।

रितेश- आकाश selection हो गया तेरा?

आकाश - हाँ हो गया।

"Congrats यार but यार एक बुरी खबर है समझ में नहीं आ रहा है की कैसे बताओं तुम्हें ... "

आकाश- क्यों क्या हुआ रितेश ?

मोहिनी- बोलो रितेश what happened ..?

"आकाश यार तेरे पापा की death हो गई है आज दुपहर को अचानक दिल का दौरा पड़ने से।"

आकाश- What?? क्या कह रहे हो यार?

" तेरी मम्मी का फ़ोन आया था हॉस्टल में, तू रूम पे था नहीं तो हॉस्टल के गार्ड ने मुझे बात करने के लिए बुलाया message लेने के लिए।"

आकाश – ohh god .. !!

यह बोलते ही आकाश एकाएक ज़मीन पे बैठ गया।

मोहिनी ने किसी तरह आकाश को अपने कन्धों में संभाला और उसका धीरज बाँधने कि कोशिश की।

आकाश- सब ख़त्म हो गया यार मोहिनी।

मोहिनी- अपने को संभालो आकाश you should be strong .. i can't believe this रितेश तुमने ठीक से सुना था आकाश के घर से ही फ़ोन था?

" हाँ यार मोहिनी आकाश की मम्मी का ही फ़ोन था।"

आकाश की आँखें आँसुओं से भर जाती है उसका दिल और दिमाग एक शून्य कि स्टेट में पहुँच जाता है। यह सब देखते हुए मोहिनी रितेश को पानी लाने के लिए भेजती है।

आकाश को पानी पिलाते हैं दोनों और फिर थोड़ी देर में आकाश जब अपनी senses में आता है तो गर्ल्स हॉस्टल के पास वाले पीसीओ पे जाता है और अपने घर पे कॉल करता है।

रितेश मोहिनी को आकाश को संभालने के लिए कहता है और थोड़ी देर के लिए कैंपस से किसी काम से चला जाता है।

मोहिनी पीसीओ के बाहर अपना सर पकड़े बैठी रहती है। आकाश अंदर PCO में फूट फूट के रोकर अपनी मम्मी से बात कर रहा होता है। फिर उसी दिन रात को आकाश पहली flight से Bangalore चला जाता है। मोहिनी उसको ड्राप करके आती है एयरपोर्ट टैक्सी में। उसका मन कहता है कि इस दुःख की घड़ी में वह आकाश के साथ उसके घर जाए लेकिन उसका दिमाग कहता है की शायद उसको इस वक़्त नहीं जाए चाहिए आकाश के घर। इनफैक्ट आकाश उसको कुछ बोलता ही नहीं है अपने साथ चलने के लिए और airport पे टिकट लेकर सीधा अपने घर चला जाता है Bangalore

करीब 5 दिन बाद मोहिनी बड़ी हिम्मत करके आकाश के घर पे फ़ोन करती है । उसको समझ में नहीं आ रह होता है की आकाश से क्या बात करे। आकाश मोहिनी से ज़्यादा बात नहीं करता है बोलता है कल उसके फादर का चौथा हो गया है और बाकी बातें वह कॉलेज आकर करेगा। आकाश करीब एक हफ़्ते बाद कॉलेज वापस आने के लिए बोलता है।

हफ़्ते भर बाद आकाश कॉलेज पहुँचता है। उसके चहरे से ख़ुशी न जाने कहाँ खो गई होती है।

गर्ल्स हॉस्टल के सामने रुक कर वह मोहिनी का वेट करता है। वाइट कुरते पैजामें में आकाश इंजीनियरिंग कॉलेज पहुँचता है अपना सामान उसने पीसीओ पे रख दिया होता है ।

मोहिनी भी वाइट सलवार कुरते में बाहर आती है ... । वह आकाश के पास आते ही उसे गले लगा लेती है। आकाश , you are back .. hope you are staying strong ..missed you a lot these many days !!

"हाँ मैं ठीक हूँ मोहिनी तुम कैसी हो?"

"ठीक हूँ।"

आकाश- चलो कैंटीन की तरफ चलते हैं, रात भर नींद नहीं आई है ट्रेन में मुझे , थोड़ा चाय पियूँगा तो शायद नींद खुलेगी। ...

" तुम ट्रेन से आए हो?"

" अरे फ्लाइट से आ जाते?"

"तीन दिन का सफर तो बहुत tiring हो गया होगा तुम्हारे लिए?"

" क्या tiring होगा यार कुछ ऐसा महसूस ही नहीं हुआ रास्ते भर खयालों में खोया रहा मैं।"

" Can understand आकाश .."

मोहिनी - anyway its ok तुम हॉस्टल जाकर सो जाओ शाम को भी बात कर सकते हैं ।

"नहीं अभी बात करनी है तुमसे मोहिनी let's go to the canteen "

मोहिनी आकाश को accompany करती है कैंटीन तक पर उसके back of the mind में चल रहा होता है कि न जाने क्या बात करना चाहता है आकाश ।

College Canteen Scene -- अधूरे सपने

आकाश कैंटीन के counter पर पहुँच कर दो चाय आर्डर करता है फिर दोनों लोग चेयर्स पर बैठ जाते हैं जाकर।

मोहिनी- (कुछ सोचते हुए बोलती है) - और तुम्हारे घर पे? अब क्या बोलूँ आकाश

"हम्म्म घर पर *सब ठीक तो है पर सब बदल गया है।"*

"मैं समझ सकती हूँ how is your mom तुम थोड़े दिनऔर रह लेते वहाँ उनके पास?"

" अगर मैं वहाँ थोड़ा time और रुक जाता तो शायद अपनी इंजीनियरिंग complete करने नहीं आ सकता था ...।"

" ओह्ह।"

इतने में कैंटीन का लड़का दो चाय लेकर आ जाता है आकाश और मोहिनी के पास और पूछता है

" भैयाजी चाय कहाँ रखूँ?"

आकाश एक पास में पड़ी हुई खाली सीट खींचता है और उस पर चाय रखवा देता है।

मोहिनी - चाय लो।

आकाश भी अपनी चाय उठाता है और दोनों लोग एक एक सिप लेते हैं।

फिर आकाश कुछ सोचता है और बोलता है।

"मोहिनी मैं आज तुमसे कुछ कहना चाहता हूँ।"

" बोलो आकाश ...?"

" मोहिनी i don't know तुम्हें कैसा लगेगा मेंरी बात सुनकर पर मैं तुमसे यह कहना चाहता हूँ कि मैं तुम्हें सिर्फ एक अच्छा दोस्त मानता हूँ और इससे ज़्यादा कुछ नहीं।"

" अच्छा फिर उस poem में यह क्यों लिखा है तुमने?

"प्यार मोहब्बत के अब सही मायने मुझे महसूस होते हैं
किस तरह मेरे जीवन का वह रुख मोड़ देते हैं .. "

" this means that you are also in love with me ..!!"

आकाश- how does it matter now मोहिनी ....?

"मैं नहीं कर सकता तुमसे शादी ....।"

"पर क्यों नहीं कर सकते ? क्या तुम मेरे से प्यार नहीं करते?"

"मैंने यह कब कहा कि मैं तुमसे प्यार नहीं करता।"

"फिर क्या दिक्कत है?"

" दिक्कत है यार मोहिनी तुम नहीं समझोगी।"

" मुझे तो कोई दिक्कत नहीं लगती हम दोनों की जॉब्स लग गई हैं वह भी same शहर में आराम से we can work , earn a living and get married to each other "

"इतना easy नहीं है मोहनी यह सब।"

" क्यों क्या दिक्कत है खुल के बताओ।"

" यार मोहिनी मेरे फादर अब नहीं रहे हैं not sure how our jobs will shape up , सारे घर को चलने की ज़िम्मेदारी including papa's ड्रीम project अर्बन ढाबा सब मुझ पर है और तुम मुझसे कह रही हो की मैं शादी कर लून तुमसे .. I am not prepared now .. I have to much in my plate यार i cannot marry you .. "

मोहिनी- why not यार .... you don't have any siblings to take care of सिर्फ मम्मी हैं घर पे उनका ख़याल हम दोनों रख सकते हैं। जॉब्स मेहनत से करेंगे हम दोनों and i am sure we will be doing well way we worked together on common goals at engineering college .. सब मैंनेज हो जाएगा यार हिम्मत करके तो देखो।

आकाश - बहुत कुछ है यार deal करने को मेरे पास हो सके तो मुझे माफ़ कर देना मोहिनी sorry i cannot reciprocate to your love for me टेक care ऑफ़ योरसेल्फ वैसे भी अब तुम्हारी सारी ongoing problems solve हो गई हैं and you got a job everything is fine with you now .. you can move ahead in your life on a positive note ..!!

यह कहकर आकाश अपने हॉस्टल की तरफ जाने लगता है।

इतने में मोहिनी पीछे से आती है और बोलती है।

" hery hold on ... तो यह thoughts है तुम्हारे अपनी सो called ख़ास हसीना को लेकर " (यह poem तुम अपने पास ही रखो)

"शायद तुम सही कह रहे थे मुझे इसे जोड़ना ही नहीं चाहिए था , मैंने बहुत बड़ी भूल की इसे जोड़कर।"

मोहिनी वापस से उस लैमिनेटेड पेपर को फाड़ कर आकाश के हाथ में फटे हुए लमिन्टेड pieces के टुकड़े पकड़ा देती है और बोलती है ।

" तो अब यह अच्छी तरह ज़ाहिर हो गया की तुम्हें मेरे प्यार, care ,अफेक्शनऔर जस्बातो कि ज़रा भी परवाह नहीं है। थोड़ा सा मुश्किल समय आया तुम्हारी life में तो उन सारे लम्हों को जो हमने इतनी खूबसूरती से इस कॉलेज में बिताएं हैं ,उन सब को ठोकर मार कर मेरी life से जा रहे हो तुम। ठीक है अगर तुम्हारा यही फैसला है तो एक दिन बहुत पछताओगे तुम अपने इस फैसले पर और तब मैं भी नहीं होंगी तुम्हारी life में।"

" आज से मेरा तुम्हारा रिश्ता .ख़त्म।"

"Take care of your family bye ! "

यह कहकर मोहिनी अपने हॉस्टल की तरफ चल देती हैं।

अधूरे सपने

समाप्त

इल्म

Present Time

प्ले ख़त्म होते ही खूब तालियाँ बजती हैं। लोग बहुत मिक्स्ड इमोशंस के साथ ज्योति निवास ऑडिटोरियम से निकलते हैं। सबको specially ladies को बहुत ज़्यादा बुरा लगा होता है जो कुछ भी मोहिनी के साथ हुआ होता है प्ले में। आकाश कि मानसिक स्तिथि से भी लोगों को काफी प्रभाव पड़ता है कि कैसे हालातों के बीच उसके मन और मस्तिष्क फँस जाते हैं जिसके चलते वह एक कड़ा फैसला लेता है अपने घर वालों के पक्ष में। कुछ लोग उसके इस फैसले से सहमत नहीं होते हैं और काफी तर्क वितर्क वाले माहौल में थिएटर से निकल के जा रहे होते हैं।

इसी माहौल में वर्तिका और नेहा भी ऑडिटोरियम से बाहर निकल रहे होते हैं।

कुछ सोचते हुए नेहा वर्तिका से कहती है

"यह अर्बन ढाबा तो वह कैफ़े है जो आकाश चलाता है?"

वर्तिका - exactly , हाँ you are right

नेहा- इसका मतलब है कि यह रियल कहानी है आकाश और मोहिनी की। पर आकाश मोहिनी के प्यार को इस कदर बेरहमी से कैसे ठुकरा सकता है उसकी life में चल रही आम चीज़ों के लिए ....। मैं समझ सकती हूँ उसके फादर की डेथ हो गई थी और उसे उनका setup किया हुआ कैफ़े संभालना था ...

"but उसको इमोशनली strong behaviourshow करना चाहिए था इस सिचुएशन में।"

" ठीक नहीं किया यार उसने मोहिनी के साथ ।"

वर्तिका - एक बात बताओ नेहा तुम ठीक behave कर रही हो निरपेश के साथ बोलो? इतना care करता है वह तेरी इतना *affectionate* है इतना प्यार करता है , तुझसे शादी करना चाहता है। फिर भी तुम उसके प्यार को ठोकर मार रही हो।

जिस तरह कि 'intimate 'दोस्ती आकाश और मोहिनी कि थी कॉलेज में उसी तरह से तो तुम और निरपेश भी दोस्त रहे हो। फिर तू वह गलती क्यों करना चाहती है अपनी life में जो आकाश ने मोहिनी के साथ की? बोल ......?

कहाँ तू निरपेश *जैसे multitalented लड़के को importance न देकर, इस mechanical और selfish रोहित के चक्कर में पड़ी हुई है?*

नेहा- जो thoughts तुम निरपेश के बारे में एक्सप्रेस कर रही हो उन फीलिंग्स का एहसास मुझे भी हुआ है प्ले देख कर और जहाँ तक रोहित का सवाल है , मैं चक्कर में नहीं पड़ गई हूँ उसके alrite ... !! बस date कर रही हूँ उसे।

वर्तिका - but i don't think you even deserve to date that sick person *.जिसको life के अहम पहलुओं की कीमत नहीं है।* अगर वाक़ई में उसे तुम्हारी life में चल रही important events या activities की चिंता होती तो आज वह प्ले देखने ज़रूर आता जबकि उसे पता था कि तुम्हारे सबसे करीबी दोस्त का प्ले है आज। क्यों नहीं आया वह बोलो?

"हाँ सुबह उसका फ़ोनआया कि कुछ ज़रूरी काम आ गया है उसको, वह नहीं आ पाएगाप्ले देखने। बोला शाम को मुझे पिक कर लेगा ज्योति निवास से।"

वर्तिका - काम काम काम my foot .... basically बहुत स्मार्टली उसने तुझे टहला दिया नेहा।

नेहा- hmmm one second i am getting a phone call

रोहित का कॉल होता है।

"हाँ रोहित बोलो।"

"प्ले ख़त्म हो गया?"

"हाँ अभी थोड़ी देर पहले ख़त्म हुआ।"

"ओके मैं करीब 15-20 mins में वहाँ पहुँच जाऊँगा काफी ट्रैफिक है आज कोरमंगला में।"

" ठीक है कहाँ मिलोगे तुम?"

"सीधे वह outdoor parking lot में आ जाना तुम।"

" ओके।"

" चलो फिर पहुँच के कॉल करता हूँ।"

" ओके।"

नेहा- हम्म it was रोहित ... !!

वर्तिका - अब तू देख ले तू observe कर उसकी हरकतों को अभी भी time है नेहा rethink about your decision ऐसा न हो की कहीं बहुत देर हो जाए।

" हम्म्म सही कह रही है पर एक बात तो है।"

नेहा- क्या acting की है आज वाणी और निरपेश ने ऐसा लग रहा था की सही में आकाश और मोहिनी acting कर रहे हो और आकाश ने भी रवि का किरदार एक दम ज़बरदस्त निभाया।

वर्तिका - yeah incredible performance ..by all of them ..

नेहा- चल backstage चलते हैं उनको congratulate करके आते हैं।

वर्तिका -हाँ चलो।

दोनों लग बैकस्टेज की तरफ जाते हैं इतने में guard उन्हें रोकता है और पूछता है कि आप दोनों कौन हैं?

नेहा उसे बताती है कि वह दोनों निरपेशऔर वाणी के दोस्त हैं और उनसे मिलना चाहते हैं उन्हें मुबारकबाद देने के लिए।

पर गार्ड उनमें से सिर्फ एक ही दोस्त को अंदर जाने की permission देता है और वह लड़की नेहा होती है जो पीछे बैकस्टेज की तरफ जाती है।

वर्तिका बाहर कैफ़े पर कुछ खाने के लिए निकल जाती है और वेट करती है नेहा का।

बैकस्टेज

नेहा बैकस्टेज में एंटर करती है । वहाँ चारों तरफ makeup का सामानऔर costumes पड़ी होती हैं।

वाणी अपना makeup साफ़ करके makeup रूम से निकल के आई होती है और निरपेश के पास आकर खड़ी होती है। निरपेश भी अपना मेंक उप साफ़ करके वहाँ खड़ा होता है

और कुछ इस तरह की बातचीत चल रही होती है दोनो के बीच...

➢ *Makeup रूम के पास में – Open Courtyard Backstage*

वाणी - Very tragic play निरपेश क्यों?

निरपेश (अपनी शर्ट पहनते हुए) - .. - Yes indeed ... feeling very sad for मोहिनी

वाणी-- निरपेश एक बात कहनी थी तुमसे... पिछले कई दिनों से मेरे मन में एक उथल पुथल चल रही थी तुम्हे लेकर और आज यह play करते वक्त मेरे वह सारे जस्बात जो मेरे दिल में तुम्हारे लिए हैं वह अचानक बहुत ज़्यादा मेरे दिलोदिमाग पे हावी हो गए है.. और मुझे लगता है कि शायद यह वह सही समय है कि मुझे तुम्हें बता देना चाहिए चाहिए कि मैं इन दिनों तुम्हारे लिए कैसा महसूस कर रही हूँ.. *जिस तरह आकाश ने मोहिनी को अपनी life में खो दिया मैं तुम्हें अपनी life में खोना नहीं चाहती।*

मुझे कुछ ऐसा महसूस होने लगा है की don't know how to say .. but the way I currently feel about you is ..

मैं तुमसे बहुत प्यार करती हूँ निरपेश ...

.. *और तुम से शादी करना चाहती हूँ* ..।

यह कहते हुए वाणी निरपेश की तरफ अचानक kiss करने के लिए बढ़ती है।

इतने में नेहा.. उसी समय वाणी के पास आती है और उसका हाथ पकड़ कर निरपेश से उसको दूर कर देती है.. और बोलती है

नेहा- hold on वाणी .. यह क्या कह रही हो तुम .. होश में तो हो .. तुम?

निरपेश मुझसे प्यार करता है.. !! उसने मुझे propose किया है कुछ समय पहले और मैं भी उससे बहुत ज़्यादा प्यार करती हूँ..।" He is mine "

यह कहकर वह निरपेश को अपनी तरफ खींच लेती है और अचानक से होठों पर उसके एक लम्बा kiss करती है।

निरपेश एक दम से सकपका जाता है नेहा कि इस हरकत से और आकाश भी makeup room से बाहर निकल के आ जाता है नेहा का confessionसुनकर ... !!

वह भगवान का शुक्रगुजार होता है कि शायद आज सारा scene clear हो गया होता है .. नेहा वाणी और निरपेश की बीच में वह भी naturally ..

वाणी यह सब देख कर एक दम से गुस्से में आ जाती है और बोलती है ....

वाणी - क्या ... ...? निरपेश what is this हाँ? ... नेहा क्या बकवास कर रही है यह.. ..?

तुम तो उस दिन Tea Point पे कह रहे थेवह proposal scene faked up था यह क्या बोल रही है नेहा..? and how come she is coming to you now , she was dating रोहित right?

नेहा - क्या फेक वाणी कुछ भी फेक नहीं है इधर । ..सब real है । मेरे states जाने से पहले निरपेश ने मुझे अर्बन ढाबे पर propose किया था.. , निरपेश बताते क्यों नहीं हो वाणी को तुम सच-सच सब..?

वाणी इतने में निरपेक्ष के कुरते का कॉलर अपने दोनों हाथों से पकड़े हुए उसे अपनी तरफ खींचते हुए बोलती है

"what ....? ohh gosh can't believe this.. so निरपेश u lied to me what the hell ...very disgusting of you निरपेश..how can you be so dishonest towards my feelings for you ? "

" मैंने तुमसे साफ-साफ पूछा था उस दिनऔर तुम मुझसे झूठ बोले How can you be so unworthy of me..!!"

निरपेश- hey calm down both of you ..let me explain ...!!

बहुत tense माहौल बन गया होता है वहाँ। अचानक... फिर

आकाश एक दम से interrupt करता है सबको , और बोलता है

"रुको निरपेश तुम मत बोलो इस बारे में मुझे बात करने दो दोनों लड़कियों से...।"

नेहा – Hey आकाश you stay out of it यार यह हम तीनों का मामला है, हम तीनो sort out कर सकते हैं आपस में.. alrite?

आकाश – off course यह तुम तीनों से related है लेकिन इस मामले का एक अहम पहलू मुझसे जुड़ा हुआ है.. जिसे इस वक्त clear करना मेरे लिए बहुत जरुरी है..। मुझे एक मौका दो बातों को clear करने का वाणी और नेहा..।

नेहा और वाणी - ठीक है बोलो आकाश ..?

आकाश - थैंक्स .. निरपेश I know कि यह तेरे लिए बहुत personal बात है लेकिन मै इन दोनो को क्लियर करता हूँ ...

वाणी मैं जानता हूँ तुम्हे बहुत बुरा लगा है कि निरपेश ने तुमसे झूठ बोला था उस दिन Tea Point पर..।

वाणी - बिलकुल झूठ बोला है निरपेश ने और ...मै इसे कभी माफ़ नहीं करुँगी इस बात के लिए very disappointing .. he has cheated on my emotions like anything..

आकाश - वाणी calm down सुनो पूरी बात....please !!

वाणी - अब क्या सुनू मैं .... सुनने को क्या बाकी रह गया है ... खैर तुम बोलो आकाश क्या कहना चाहते हो..?

आकाश – हाँ तो सुनो मैंने ही निरपेश को मना किया था तुम्हे बताने के लिए कि उसने नेहा को propose किया है औरवह उसके जबाव का इंतज़ार कर रहा है .. ..।. वोह तो तुम्हे सब कुछ साफ साफ बता देना चाहता था उस दिन पर मैंने ही उसे रोका..।

वाणी – but why आकाश तुमने ऐसा क्यूँ किया... why did u let निरपेश be dishonest towards me ......?

निरपेश –मैं बताता हूँ वाणी ... basically आकाश नहीं चाहता था कि तुम्हारे दिल को ठेस पहुँचे य़ह सुनकर कि मैं नेहा को चाहता हूँ क्योंकि उसे मन में यह लग ता था कि कहीं न कहीं दिल में तुम मुझे पसद करने लगी हो..क्योंकि मैंने आकाश को बताया था कि तुम मेरे और नेहा के रिश्ते को लेकर काफी detail में पूछ रही थी उन दिनों और फिर हम दोनों इस प्ले में भी काम कर रहे थे और वह नहीं चाहता था कि कोई टेंशन पैदा हो माहौल में हम दोनों के बीच नेहा के proposal की बात को लेकर..और हम साथ में काम न कर पाएं..।

वाणी- निरपेश इससे पूछो कि अब मुझे कैसा लगा रहा है उसे क्या इस बात का अंदाजा है ? बात करता है..।

निरपेश - अच्छा वाणी एक बात और थी ....वह यह भी सोच रहा था कि अगर नेहा का जवाब 'No ' आता है मेरे proposal को लेकर तो ultimately to atleast you & me will have chance to come together in a relationship..

The other side to it is that despite of the feelings he had developed for you after meeting you , he was willing to sacrifice that and was trying to get us together as he respected the fact that you were falling in love with me gradually ...

वाणी – *आकाश तुम अपने आप को समझते क्या हो बहुत महान शख्सियत हो जो लोगों की लव life डिside करोगे?* भगवान *हो तुम क्या..* seriously मुझे तुम पे बहुत गुस्सा आ रहा है इस वक़्त ... तुम होते कौन हो मेंरी लव life को डिside करने वाले हाँ...?

नेहा – hang on एक मिनट वाणी निरपेश तुम कह रहे थे अभी थोड़ी देर पहले कि *आकाश has developed feelings for वाणी right ...* फिर भी वह तुम्हे और वाणी को मिलाना चाहता है?

Let me check with आकाश directly ... आकाश is this true ... that you have feelings for वाणी ..?

आकाश एक दम से सोच में पड़ जाता है कि क्या जवाब दे ...। इतना महीन सवाल नेहा ने उससे पूछ लिया होता है ... निरपेश ने उसको एक अजीबोगरीब भँवर में धकेल दिया होता है, खुदही अपने बनाए समीकरण में वह अपने आप को क़ैद महसूस करता है.. ..।

निरपेश - तुमको क्या डर है बता दो ना नेहा को साफ़ साफ़ .. कि तुम वाणी को मन ही मन बहुत पसन्द करते हो और बहुत प्यार करते हो .. आज सारी बातें क्लीयर हो जाने दो सभी के बीच में ... .. !!!

आकाश - अरे जाने दो यार निरपेश..।

निरपेश - कैसे जाने दूँ आकाश भाई already तुम मोहिनी को खो चुके हो अपनी life में उस वक़्त के खड़े हुए मुश्किल हालातों की वजह से? इसलिए मैं चाहता हूँ कि इस वक़्त

तुम अपना दिल खोल के रख दो नेहा और वाणी के सामने।

आकाश फ़िर भी कुछ नहीं बोलता है.. निरपेश उसे और motivate करता है बोलने के लिए और कुछ इस तरह से कहता है।

निरपेश -वह तुम ही थे ना आकाश जो मुझको motivate करते थे नेहा को अपनी feelings बयान कराने के लिए और अब तुम्हारी बारी आ रही है तो शांत हो तुम...?

बोलो यार..*तुम्हे हमारी दोस्ती की कसम..।*

आकाश- नहीं मैं शांत नहीं हूँ, मैं नहीं जानता कि वाणी मेंरी इन जस्बाती बातों को कैसे लेगी खैर अंजाम जो भी हो ...वह मैं उस पे छोड़ता हूँ ...। *हाँ नेहा तुम सही कह रही हो मैं वाणी को मन ही मन बहुत पसंद करता हूँ और बहुत प्यार भी करता हूँ उससे..*।

नेहा - - hmmm so वाणी u see now ...its clear ....."*आकाश loves you* "

वाणी – oh god नेहा.....!! यार मैं बहुत ज़्यादा परेशान हो गयीं हूँ , कमाल के लड़के है यार यह दोनों .... Unbelievable . *!!*

मुझे बिलकुल भी हजम नहीं हो रहा है कि यह क्या हो रहा है, बहुत अजीब से इमोशंस चल रहे मेरे अंदर इस वक़्त।

नेहा - वाणी मैं समझ सकती हूँ इस वक़्त तुम्हारे मन की हालत।

ऐसा करते हैं एक ब्रेक लेते हैं अभी ....यहाँ से चलते हैं, वाणी तुम आज मेरे घर चलो।

I will not leave you alone after all this drama which we experienced backstage today .. you pick up your bags ..

. निरपेश तुम और आकाश भी मेरे साथ चलो, रोहित अपनी कार लाया है हम सब साथ उसकी कार में अपने अपने घर जाएंगे ok ...।

निरपेश और आकाश - ok जैसा तुम लोगों को ठीक लगे..।

हम दोनो को जो कहना था वह हम कह चुके.. हैं।

फिर सब लग उस अजीब से बने माहौल में बैकस्टेज से निकल के बाहर आते हैं रोहित और वर्तिका सबको कैफे की तरफ आते देखते हैं ....। उनको आभास होता है शायद कुछ तो गड़बड़ हुई है बैकस्टेज ...। इतना चुप चुप क्यों हैं सब लोग और इतना अजीब सा माहौल कैसे बन गया है..।

टेंशन

ऑडिटोरियम के प्रवेश द्वार पर – कैफे के पास गैलरी में..

वर्तिका - क्या तुम लोग ठीक हो सब लग इतना tensed क्यों दिख रहे हो..?

वाणी - - वर्तिका i think best person to answer your question is नेहा .. ..

नेहा - अरे सब ठीक है यह लोग काफ़ी थकगए हैं और अब घर चलके आराम करेंगे ..।

रोहित would you mind अगर हम सब साथ चलें तुम्हारी गाड़ी में ..?

रोहित- why will I mind सब लग तुम्हरे ही दोस्त है we all can go together in my SUV !..

रोहित गाड़ी निकलता है और सबसे पहले आकाश और निरपेश को अपने अपने घर छोड़ता है और फिर नेहा के घर की तरफ निकलता है। रोहित को नेहा ने बता दिया होता है की आज वाणी उनके घर पे ही रुकेगी .।

वर्तिका वाणी को लेकर अंदर चली जाती है। गेट पे सिर्फ रोहित और नेहा ही बात करने के लिए रुकते हैं।

रोहित के अपने घर निकलने के पहले कुछ इस तरह की बात होती है नेहा और उसके बीच में..।

रोहित – नेहा overall play कैसा था i would have joined you guys लेकिन जैसा कि तुम जानती हो कि कुछ जरुरी personal काम आ गया था मुझे ..?

नेहा - प्ले बहुत अच्छा था, बहुत अच्छा काम किया वाणी , निरपेश और आकाश ने .. तुमने काफ़ी कुछ मिस किया रोहित..।

रोहित – ohh अच्छा।

नेहा (कुछ सोचते हुए) – खैर रोहित ... *मै तुमसे कुछ कहना चाहती हूँ.. ।*

रोहित - हाँ कहो..?

नेहा- रोहित मुझे लगता है हम दोंनों को अब और आगे डेट करने की ज़रुरत नहीं है क्योंकि मैनें अब अपना मन बना लिया है..।

रोहित - अच्छा .... क्या फ़ैसला किया तुमने..?

नेहा – यही फैसला किया है कि मैं तुमसे शादी नहीं कर सकती... ..।. यह लो अपनी अंगूठी अब इसे अपने पास ही रखो तुम।

नेहा आपने हाथ में पहनी हुई अंगूठी निकालती है और रोहित के हाथ में पटक देती है।

रोहित - पर क्यों ..? मैं इतनी अच्छी नौकरी में हूँ पैसे रुपये कि कोई कमी नहीं है हमारी फैमली में । तुम क्यों मुझसे शादी नहीं करना चाहती..?

नेहा - रोहित please try to understand हम दोनो बहुत ही डिफरेंट mindset के लोग हैं तुम जिस तरह से सोचते हो शादी जैसे relationshipके बारे में ,मैं बिलकुल भी वैसे नहीं सोचती ... बहुत different minds है हम दोनो के । मैं तुमसे शादी नहीं कर पाऊँगी... ..।

रोहित - क्या कह रही हो यार तुम .?. तुम वह समय़ भूल गई जो हम लोगों ने प्रोजेक्ट्स में साथ बिताया है कितने अच्छे से एक दूसरे को हम जानते हैं...।

नेहा - तुम्हारा तो पता नहीं कि तुम मुझे कितना जानते हो या जानना चाहते हो ...। लेकिन मैं तुम्हे अच्छे से जान गई हूँ और सब कुछ जानने के बाद ही यह फैसला ले रही हूँ ..। मेंरी हेल्प करने के लिए थैंक्स हम लोग दोस्त भले ही बनके रह सकते हैं पर उससे ज़्यादा और कुछ नहीं.. चलो अब मैं चलती हूँ bye !!..

आज हम सबको drop करने केलिए thanks..

यह कहकर नेहा आपनी घर की तरफ़ चल देती है ..।. रोहित फ़िर पीछे से आवाज़ देता है नेहा को और पूछता है ...

रोहित - अच्छा अगर दोस्त मानती हो तो बाता दो वह लड़का कौन है जिससे तुम शादी करना चाहती हो ...?

नेहा पलटती है और रोहित की तरफ देखती है और बोलती है ... " निरपेश !! "

रोहित – I see ... *मुझे पहले से शक था तुम पर की*

ज़रूर तुम्हारा उसके साथ कोई न कोई टाँका भिड़ा हुआ है... you bitch ...!!

यह सुनकर नेहा एक दम से आग बबूला हो जाती है। पलट के सीधे रोहित की तरफ आती है और और उसके दाएँ गाल पे ज़ोर का चाँटा रसीद करती है और बोलती है....

नेहा - Mind your language you asshole .!!. देखा सामने आ ही गया न तुम्हारा character ?? how disgusting and a cheap person you are .. !!

तुम इतने घटिया इंसान निकलोगे मुझे अंदाजा नहीं था।

Now you buzz off from here.. I don't want to watch your face anymore !!

रोहित – you also go to hell and मुझे भी तुमसे कोई दोस्ती वगैरह नहीं रखनी है आगे।

नेहा – you don't deserve my friendship as well .. Now fuck off from here !!

यह कहकर नेहा सीधे अपने घर के दरवाज़े की तरफ चल देती है और रोहित भी अपनी गाड़ी गुस्से में तेज़ी से निकालता हुआ अपने घर की ओरे चल देता है।

फिर नेहा अंदर आ जाती है सब लोग घर में आकर बस settle ही हुए होते हैं ..।

नेहा 's House -

समय - शाम 8 बजे शनिवार

नेहा – वाणी . अरे यार तुम आराम से बैठो इधर..।

वाणी - घर तो अच्छा है नेहा तुम्हारा अंदर से ...।

वर्तिका – girls both of you relax मैं rest room से होकर आती हूँ। i will take a quick shower and come back ..

नेहा - मुझे लगता है तुम पहली बार आई हो मेरे घर के अन्दर ..। उस दिन तुम आई थी और मेंरी बेफ़कूफी देखो तुम बाहर ही बाहर से चली गई और मैंने तुम्हे अंदर भी आने को नहीं कहा .. ..। I am sorry वाणी

वाणी – its ओके उस दिन तो हम बस तुम्हे invite करने आए थे .. प्ले के लिए .।. उस दिन पता नहीं था कि यह प्ले इतना deadly साबित होगा मेंरी personal life में.. Ohh god why I did this play ...!!

नेहा – calm down वाणी i know what you are going through , i think, *मैं ही तुम्हारी इस हालत के लिए ज़िम्मेदार हूँ,* मुझे इतना लम्बा नहीं खींचना चाहिए था, यह निरपेश के proposal वाला चैप्टर..। इसने बहुत कुछ बिगाड़ दिया तुम्हारी ज़िन्दगी में..।

वाणी - नहीं यार तुम कैसै गलत हो सकती हो मैंअगर तुम्हारी जगह होती तो वही करती ..। हर लड़की को अपने मन का जीवन साथी ढूँढ़ने का हक है। ....Practically तुमने ठीक ही किया.. तुम निरपेश और रोहित का बराबर से evaluation कर रही थी...। गुस्सा इस वक्त तो मुझे सबसे ज्यादा आकाश पर आ रहा है...what does he think of himself. I don't know I mean !!

समझ में नहीं आता वह अपनी life का करना क्या चाहता है... क्या जरुरत है उसे महान बनने की... .. because of his foolish suggestion given to निरपेश my life is so badly screwed up now... आज दिमाग का भजिया तल गया है नेहा, आकाश और निरपेश की हरकतों की वजह से... guys एक सिगरेट मिलेगी क्या??

" Too much of stress man .."

वर्तिका अब तक रेस्टरुम से निकल कर कपड़े बदल कर आ जाती है उसको सिर्फ यह closing sentence "एक सिगरेट मिलेगी क्या" वाणी के मुँह से सुनाई देता है..

नेहा और वर्तिका एक साथ(surprise होते हुए बोलते हैं)- तुम सिगरेट पीती हो वाणी...?

वाणी – नहीं regularमें नहीं यार चिल... कभी बहुत ज़्यादा स्ट्रेस हो जाता है तब पी लेती हूँ अपने स्ट्रेस को कम करने के लिए....।

नेहा- मैं समझ सकती हूँ ...। वर्तिका जा मेंरी drawer से ले आ सिगरेट पैकेट ..।

वर्तिका – क्या तुम भी सिगरेट लेती हो नेहा यार ...। कमाल है?

नेहा – अरे नहीं उधर Boston में इतनी ठंड थी तो एक पैकेट खरीद लिया था ठंड भगाने के लिए..। सोचा कि जब निरपेश इंजीनियर होकर acting try कर सकता है life में excitement लाने के लिए तो मैं एक सिगरेट तो try कर ही सकती हूँ इतनी सर्दी में Boston की to ease myself ..from the cold weather out there ..

वर्तिका जाती है और मार्लबोरो का पैकेट लेकर आती है और वाणी के सामने रख देती है..।

वाणी मार्लबोरो का पैकेट खोलती है और एक सिगरेट उसमें से उठा लेती है.. और जला लेती है.।

वर्तिका - तुम लोग सिगरेट पियो..।मैं बीच में चाय बनाती हूँ सबके लिए ।आज बहुत tiring day हो गया सभी के लिए.. तुम दोनो बात करो..।

तक़रीर

नेहा - हाँ चली जाओ चाय बनाने.. पर जाने से पहले यह तो सुन लो कि क्या रायता फैल गया है आज जो वाणी और मुझे सिगरेट पीनी पड़ रही है...।

वर्तिका - हाँ you are right what happened? why is she so tensed ..?

वाणी – hang on नेहा मुझे बताने दो वर्तिका को... *वर्तिका आज मेरी life बहुत बुरी तरह उलझ गई है...।*

वर्तिका - i see that's rough थोड़ा बताओ क्या हुआ...?

वाणी - अरे यार ..

i proposed to Nirpesh today and while i was about to kiss him post expressing my feelings to him your bestie Neha landed in between us and announced that she is also in love with Nirpesh and wants to marry him ..,

On top of that Aakash also confessed his love for me today out of the blue and seriously I am very angry with him right now ..

वर्तिका – I see यहाँ तो आपसी रिश्तों कि एक उलझी हुई कॉकटेल सी बन गई हैं तुम तीनों के बीच में खैर coming back to नेहा ...।

तो नेहा आखिरकार तुमने हाँ बोल दिया निरपेश को .. great..!!

वाणी – what's great about it वर्तिका ... मेंरी feelings का क्या ..? हाँ .. तुम नेहा की रूममेंट हो तो उसकी side लोगी ...।

वर्तिका –नेहा मैंने तुझसे कहा था न इतना देर मत कर निरपेश के proposal को evaluate करने में आज देख what वाणी is going through because of you ..अब तुम ही guide करो

वाणी को what she should do ..in such a screwed up situation ....

and what about आकाश he too is messed up in all this

वाणी (सिगरेट का कश मारती है) - वर्तिका नेहा क्या करेगी यार मेंरी गलती है मैं इतना involve हो गई निरपेश के साथ ... from day 1 of acting class.. i myself complicated this ..too !!

नेहा – पर आज की situation को देखते हुए गौर करने वाली बात यह है कि आकाश के मन में तुम्हारे लिए feelings है वाणी...। तुम कैसा महसूस करती हो आकाश के बारे में उस फ्रंट पर..?

वाणी - हाँ नेहा you are right **...**looks like आकाश has developed feelings for me over the period of time, जो भी समय मैंने उसके साथ बिताया है...।

नेहा – *देख* मैंने *भी* निरपेश *को ultimately उसकी feelings of intense love towards me को देख के अपनी तरफ से हाँ बोला है... ।*

वाणी – I see अच्छा..।

नेहा - हाँ तुम्हे तो पता है मैं रोहित को डेट कर रही थी .. for around last 6 months now..इस दौरान मैंने रोहित और निरपेश दोनो को evaluate किया कि किसके साथ में ज़्यादा कंफर्टेबल फील करूँगी in terms of getting married तो ultimately i went for निरपेश considering की he treats me very well , he knows me very well , he loves me very much ..affectionate है। there is lot of good qualities he has at a personal front और professional front पे भी he is very balanced !!अच्छा perform कर रहा है आफ़िस में भी उसका प्रमोशन हुआ है..recently.

वाणी – और acting skill भी डेवलप कर रहा है. . .। लेकिन एक बात बताओ नेहा तुम तो निरपेश को इतने सालों से जानती थी फिर भी तुम्हे रोहित को डेट करने की जरुरत पड़ी in parallel क्यों..? *what was bothering you to take up a decision for निरपेश?*

नेहा – good question ..!!

इस बात पर नेहा एक और cigarette जलाती है और एक कश मारने के बाद कुछ सोचते हुए बोलती है .... वाणी basically to be very frank पहले मैं इस angle से शादी जैसे रिश्ते को देखती थी कि मुझे attraction हो लड़के से जिससे मैं शादी करना चाहती हूँ, लेकिन उसकी एक सबसे बड़ी requirement यह भी है कि सामने वाले को भी equally आपके साथ same लेवल का attraction हो to get married to you so that it balances out well and becomes a perfect scene for marriage .. ok so this was the perception in my mind ..

You know what रोहित और मैं एक ही प्रोजेक्ट में थे करीब 2 साल तक और जैसा कि तुमने देखा है रोहित बहुत हैंडसम और attractive है तो मुझे लगता है की शायद किसी भी लड़की को उसके प्रति infatuation या attraction feel हो सकता है based on his personality and outer appearance so I think वही मेरे साथ हुआ और तुम imagine नहीं कर सकती की जैसे जैसे मैंने उसे डेट किया आगे मुझे एक अजीब सा ही experience हुआ उसके साथ..?

वाणी – अज़ीब..as if ..? इसे थोड़ा और elaborate करोगी की क्या अज़ीब महसूस हुआ तुम्हे...।

नेहा – यार.. देखो हम लड़कियाँgenerally क्या सोचती हैं कि अगर कोई लड़का हमें propose करता है तो इसका मतलब है वह हमसे दिल से प्यार करता है और हमसे शादी करना चाहता है राइट..?

वाणी - हाँ true ... !!

नेहा – लेकिन इधर रोहित के केस में ऐसा नहीं था ...। *उसने मुझे propose तो किया था पर वह मुझे एक अच्छे companion का*

experience जो कि उसे मेरे साथ IT projects में काम करके महसूस हुआ था उस feeling के basis पर उसने मुझे propose करा था ..।

यह assume करते हुए कि उसकी personal life में भी same companionship हम दोनों के बीच में प्यार में बदल जायेगी ..और हम एक अच्छी शादीशुदा ज़िन्दगी बिता सकेंगे..।

वाणी – I see यह तो बहुत बड़ा assumption था उसका... आफ़िस की ज़िन्दगी में और हमारी निजी ज़िन्दगी में ज़मीन आसमान का फर्क होता है..। दोनों ही अलग platforms हैं..।

नेहा - हाँ, there you go , इसलिए मैंने उसे डेट करने का फैसला किया कि देखते हैं कि वह अपनी personal life में कैसा है इसलिए उसको मैंने personal लेवल पे outside आफ़िस environment डेट करना शुरू किया ... ...to check whether he is loving and caring towards me on a personal front as well ...

वाणी – I see फिर क्या इवैल्यूएशन निकला तेरा but i think that it's a dumb question to ask now as we all can conclude जब तुमने निरपेश को हाँ बोली है.. it clearly implies रोहित is out ...!!

नेहा - *हाँ correct वह personal फ्रंट पे एक दम बेहद selfish और narcisst टाइप का का बंदा सबित हुआ..* । हमेशा अपने बारे में और अपने कैरियर के बारे में सोंचता है, मेरे emotions और happiness कि कोई परवाह नहीं है .। उसे मेरे दोस्तों के प्रति भी कोई ख़ास अफेक्शन नहीं है.. .। तुम सब ने देखा न आज कि वह आया नहीं प्ले देखने। *वह सिर्फ मुझे तभी फिट करता है अपनी ज़न्दगी में जब उसे लगता है की उसे मुझे उसकी अपनी ज़िन्दगी कि खुदकि personal या professiona space में फिट करने की ज़रुरत है।* ऐसे बंदे के साथ मैं खुश नहीं रह सकती ..जहाँ तक शादी ब्याह का सवाल है ..मैं केवल नाम के husband नहीं चाहती... .। *मुझे एक ऐसा husband चाहिए जो मेंरी life में भी बराबर से शामिल हो जितना की वह अपनी life में involved रहता है... .। निरपेश में वह सारी*

qualities हैं... . .। Though I was miles away from him personally , he still cared for me while i was in US ... मुझे समझता है.., और इधर रोहित को मेंरी बिलकुल भी परवाह नहीं थी एक बार भी उसने मुझे अमेंरिका में खुदसे फ़ोन नहीं किया... .। न हीं कोई बहुत ज़्यादा interest दिखाया मुझको समझने में मेरे personal फ्रंट पर.।

वाणी - I see ... बहुत closely evaluate किया है तुमने रोहित को लगता है.. .।

नेहा - मैं तुम्हें कई सारे instances बता सकती हूँ जहाँ उसने मुझे ऐसा शो किया .।

वर्तिका – नेहा is right ..!! हाँ वाणी I thank god कि नेहा ने रोहित को तुरंत ही propose करने पे हाँ नहीं बोला, नहीं तो वह उसकी life hell बना देता i have seen on multiple occasions how रोहित has behaved with नेहा .. ऐसा लगता है उसे सिर्फ एक formality में wife चाहिए अपनी life में । वह एक husband wife relationshipको nurture करने में बिलीव नहीं करता है...। इसलिए मैं सोचती हूँ नेहा सही फैसला ले रही है उसको reject करके... ।

वाणी - अच्छा नेहा (चाय का एक घूँट मारते हुए).. निरपेश में तुमने और क्या अलग पाया apart from his disposition towards you while you were in US?

नेहा- (एक Bourbon बिस्कुट मुँह में डालती है) और चाय का घूँट लेती है..good question वाणी मैं जवाब देने की कोशिश करूँगी, वर्तू यार चाय सॉलिड बनी है तेरी..!!

वर्तिका – thanks ..नेहा।

नेहा - हाँ तो वाणी क्या बताऊँ यार अभी जब मैंने आज तुम लोगों का प्ले देखा तो मेंरी आँखें खुल गई ..। मुझे लग ता है कि मैंने अपनी आँखों पर पट्टी बाँध रखी थी इतने दिनों तक निरपेश को लेकर कि उसकी अच्छाइयाँ मुझे दिखनहीं रही थी जोकि एक लड़की जो अपने होने वाले पति में ढूँढ़ती है और चाहती है..। आज जब मैंने "अधूरे सपने" देखा तो मुझे एहसास हुआ कि जिस तरह से आकाश

मोहिनी को रवि दुबे की मौत के सदमें से बाहर निकाल कर एक अच्छी ज़िन्दगी की तरफ ले गया और उसके अंदर दुबारा एक नए नज़रिये से ज़िन्दगी को जीने का जज़्बा पैदा किया। उसको इमोशनली और academically supportकिया जब वह रवि के मौत के बाद से एक मुश्किल समय से गुज़र रही थी इंजीनियरिंग कॉलेज में , वह सारे पल जो इस प्ले में बखूबी दिखाए गए थे और वह सब मेरे लिए बहुत ही इन्स्पिरिंग और मोटिवेटिंग थे क्योंकि कुछ ऐसे ही हालात जोकि इससे थोड़े से अलग थे मैंने अपने इंजीनियरिंग के time में निरपेश के साथ face किए थे ।

वाणी - किस तरह के हालात...?

नेहा – मैं कॉलेज में जब आई थी तो बहुत ज़्यादा परेशान थी लड़कों से क्योंकि मेरे स्कूल डीपीएस आगरा में मुझे अपने स्कूल के लड़कों के साथ बहुत मुश्किल समय का सामना करना पड़ा था।

न जाने उन्हें क्या हो जाता था , जब मैंरी उनसे दोस्ती हो जाती तो वह सब मेरे साथ बहुत ज़्यादा seriously involved हो जाते थे और मुझे propose कर देते थे। जब मैं उनके proposals reject करती थी और उनसे दूरी बनाने लगती थी तब वह मुझे और ज़्यादा परेशान करने लगते थे। इन सब हालातों कि वजह से मुझे बहुत मुश्किल समय का सामना करना पड़ता था स्कूल में जब मैं क्लास 12th में पढ़ रही थी।

वाणी – I see अच्छा...

नेहा - यह सब disturbance के चलते मैं इंजीनियरिंग एंट्रेंस में भी बहुत कुछ ख़ास perform नहीं कर पायी थी और मैंने एक निजी इंजीनियरिंग कॉलेज में एडमीशन लिया क्योंकि मैं पूरी तरह से अपने engineering entrance exam में focus नहीं कर पायी थी even कोचिंग में भी... not sure कि क्या problem थी guys को.. हर कोई मेरे साथ relationship बनाना चाहता था...।

वाणी – I see फिर इंजीनियरिंग कॉलेज में यह सब एक नए सिरे से चालू हो गया होगा तेरे साथ...?

नेहा - बहुत सोचने के बाद इंजीनियरिंग कॉलेज में , मैं एक plan के साथ आई कि मैं ज़्यादा लड़कों से बात नहीं करूँगी । Normal सलवार कुर्ता type ड्रेसिंग रखूंगी अपनी .. जो कि मेरे basic nature से एक दम अलग थी...।

वाणी - interesting, अच्छा तब journey कैसे चली तुम्हारी...?

नेहा - इस attitude को pursue करने में मैं इमोशनली depressed भी रहने लगी थी खुदको लेकर...। एक बंदिश सी लगने लगी थी मुझे जो मैंने खुदअपने आप पे लगा ली थी..।. यार तुम imagine नहीं कर सकती कि जब यह सब स्टार्ट किया मैंने तो लड़के दूसरी तरह से छेड़ने लगे मुझे क्लास में...।

वाणी - कैसे छेड़ने लगे?

नेहा - अरे बहनजी बहनजी कहकर चिढ़ाने लगे... क्लास में मैंने एक दो बार तो ignore किया पर एक दिन क्या हुआ निरपेश मेरे लिए खड़ा हुआ और क्लास में उसने सबको डाँटा कि यह सब क्या लगा रखा है लड़कों ने, they don't know how to talk to girls and behave with them काफी confront किया उसने लड़कों से मेरे लिए..।

वाणी – I see ... लेकिन ऐसा क्यों किया उसने..?

नेहा – *may be due to humanity .. .. may be because he respects girls may be he has a good heart .. lot of may be's वाणी and i think हम instinctively correct हैं जितना हम दोनो...* निरपेश *को जानते हैं ... ।*

वाणी - हम्मम *उसी तरह जैसे आकाश ने मोहिनी को सहारा दिया जब वह बहुत ज़्यादा depressed थी रवि की मौत के बाद.. ।*

नेहा - हाँ और शायद यह एक *underlying factor था play में जिसने आज मुझे बहुत ज़्यादा हिट किया towards realizing Nirpesh's love towards me ...... और शायद तुम्हें भी.. क्यों what do u feel ..वाणी?*

वाणी - शायद तुम ठीक कह रही हो नेहा अगर गहरायी में सोचा जाए तो वह इम्पैक्ट निरपेश ने जो कि अपने अंदर *आकाश की personality carryकर रहा था* उसके किरदार ने क्रिएट किया हम दोनों के दिलों के अंदर...।

नेहा - वाणी थोड़ा और cleanly बताओगी मैं समझी नहीं..?

वाणी -हम्म अगर clearly समझा जाए इस बात को तो..

जैसा की तुमने कहा आकाश और मोहिनी की कहानी देख कर तुम्हें निरपेश के साथ बिताया हुआ हर वह लम्हा याद आ गया कि कैसे कैसी मुश्किल situations में उसने तुम्हारा साथ दिया है कॉलेज में और वह कितना commited है तुम्हें और तुम्हारी फीलिंग्स को लेकर..आज भी..। इसलिए तुम्हें महसूस हुआ कि तुम्हें उसे अपनी life से जाने नहीं देना चाहिए और मेरे केस में मुझे ऐसा लगा प्ले ख़त्म होने के बाद की मुझे मोहिनी की तरह ...जिस तरह जिन मुश्किल हालातों में उसने आकाश को खो दिया.. निरपेश को अपनी life से नहीं जाने देना चाहिए considering i had strong attraction for him and found him be a very handsome , affectionate and a good close friend of mine और फिर यही strong and very intense फीलिंग्स trigger बनी हम दोनों के दिलों में और हमने आई लव यू बोल दिया एक ही time पे ताकि हम दोनों ही निरपेश को loose न कर जाएँ अपनी अपनी lives में..।

नेहा - हाँ वाणी ... मेरे केस में आकाश जो कुछ भी मोहिनी के लिए करता था जैसे की कॉलेज में उसे पढ़ाना अपने notes के द्वारा, उसे good humor में रखना वह सारी बातें बिलकुल वैसे ही मुझे निरपेश के साथ experience होती थी कॉलेज में..। मैं firstईयर केincidentके बाद मैं निरपेश से ही ज़्यादा बात करती थी क्योंकि उसकी कंपनी में मुझे एक secured environment लगता था जहाँ पर मैं बहुत फ्री महसूस करती थी and then being him on my side उसने मुझे बोला कि तुम अपने usual self में ही ड्रेस up हुआ करो and there was no need for me to be scared of boys at the engineering college as he was always by my side as a friend .. ...

वाणी - अच्छा, that's nice of him ...anyway फिर आगे तुमने कैसे बदलाव महसूस किया अपने में..?

नेहा - फ़िर वाणी धीरे-धीरे मैं बहुत comfortable हो गई कॉलेज में और अच्छा प्रदर्शन करने लगी पढ़ाई में.. और लड़कों से भी बात करने लगी..। लेकिन अब लड़के मुझसे बात तो करते थे पे शायद उनको लगता था कि मेरा और निरपेश का आपस में कुछ scene है इसलिए कोई भी मुझसे दोस्ती के आगे बढ़ने की कोशिश नहीं करता था...।

वाणी – I see तो निरपेश भी तुम्हें अपने notes से पढ़ाता था ..? .क्या बात है बिलकुल आकाश कि तरह...?

नेहा - हाँ all the subjects में मैं उसके notes ही refer करती थी ...।

वाणी - हम्म what about campus interviews ..?

नेहा- उसमें भी उसी तरह जैसे आकाश ने मोहिनी को गाइड किया बिलकुल उसी पैटर्न पे मुझे भी निरपेश गाइड करता था कॉलेज में मेरे प्लेसमेंट interview क्लियर करने के लिए..।

वाणी - कमाल है गज़ब की commonality है events में..।

नेहा - बिलकुल .. वाणी .... निरपेश ने बहुत कुछ किया है मेरे लिए और मैं बेवकूफ उसके प्यार और उसकी भावनाओं को ना समझ के रोहित की तरफ़ जा रही थी...।

वाणी -हाँ true ..बहुत timely क्लिक कर गया तुम्हे वर्ना मैंने तो आज उसे आई लव यू बोल दिया था.. और तुम्हारे निरपेश को अपना बना लिया था ...।

नेहा - हाँ लेकिन शायद वह तुम्हारे प्यार को accept नहीं कर पाता .. .. *as he was eagerly waiting for my yes ....!!*

वर्तिका - पर इन सब हालातों के बीच एक अच्छी बात यह discover हुई है कि आकाश वाणी को चाहता है .. और एक बात और

देखने वाली है की आकाश और निरपेश दोनों का behaviourकाफ़ी हद तक similar है.... .।

दोनो ही अच्छे दिल के लड़के हैं..as we know आकाश ने मोहनी को support किया जब वह बहुत ज़्यादा दुखी थी और निरपेश ने नेहा को support किया जब उसका पहला साल था इंजीनियरिंग में और वह बहुत emotionally disturbed थी..।

और infact आज भी निरपेश emotionally बहुत support करता है नेहा को..।

वाणी मेरे ख़याल में तुम आकाश को further डेट कर सकती हो शादी के लिए इस बात को मद्देनज़र रखते हुए की उसने अपनी बेपनाह मोहब्बत का इज़हार तुमसे कर रखा है *and he is no less in terms of behaviourwhich* निरपेश *showcases ..towards नेहा ..।*

देखने में भी अच्छा ख़ासा हैंडसम है ...हाँ थोड़ा उम्र में ज़रूर थोड़ा तुमसे बड़ा है पर इतना चलता है 😊 *।*

वाणी - हाँ sense of humour भी आकाश का बहुत अच्छा है...।

नेहा – हाँ अच्छा लड़का है आकाश वाणी... एक और observation *है मेरा कि वह   काफ़ी ज़िम्मेदार लड़का है..।*

वाणी -वह कैसे कह सकती हो तुम...?

नेहा - तुम यह देखो जब आखरी scene प्ले में होता है तो वोह अपने फादर के setup किए बिज़नेस के लिए concerned होता है despite of the fact कि एक तरफ़ मोहिनी का प्यार stake पे होता है उसके लिए और दूसरी तरफ उसकी आईबीएम की नौकरी दाँव पे लगी होती है .. ...। तुम यह देखो अपने दिल पर पत्थर रखते हुए वह अपने फादर का setup किया हुआ बिज़नेस चलाने का फैसला लेता है क्योंकि उनकी डेथ के बाद being his son उसको अपनी responsibility महसूस होती है की उसे अपने फादर के setup किए हुए बिज़नेस अर्बन ढाबा कैफ़े का ख़याल रखना चाहिए जोकि उन्होने बहुत लगन , मेहनत और पैशन से बनाया था। यह जज़्बा जो उसने शो

किया वह यह दर्शाता है की he is very responsible and committed towards his family over anything ..

वाणी – लेकिन इसका मतलब यह तो नहीं है कि वह अपने बारे में न सोचे कभी और हमेशा महान बनता रहे..। मोहिनी जैसी शिद्दत से प्यार करने वाली लड़की को उसने खो दिया इन सब कारणों की वजह से...।

नेहा - वाणी वोह एक tragic aspect of the play था लेकिन तुम यह भी तो देखो engineeringकॉलेज से निकलते वक़्त हम सबको अक्ल ही कितनी होती है मोस्टली उस वक़्त भी हमारे ज़्यादा तर फैसले parents ही लेते हैं जब तक की हम settleनहीं हो जाते अपनी जॉब्स में और अपना घर खुदचलाने नहीं लगते अलग अलग शहरों में ....।.इस लिए मैं समझती हूँ की वोह आकाश की immaturity थी कि वह मोहिनी को consider नहीं कर पाया अपनी life में एक जीवन साथी के रूप में अपने परिवार के प्रति ज़िम्मेदारियों के साथ में और उसने एक तरफ फोकस करने का फैसला किया ..।

उस वक़्त practically उसको वही करना सही लगा होगा..।

वाणी - और हाँ उसने as such कोई perfect commitment तो दिया नहीं था मोहिनी को engineering कॉलेज में की वोह उसे बहुत शिद्दत से प्यार करता है और शादी करना चाहता है... जो मोहिनी को cheated महसूस होता...।

वर्तिका - हाँ .. और वाणी अब वोही आकाश तुमसे कह रहा है कि वह तुमसे प्यार करता है.. and may be he would also like to marry you as he wants to give himself a second chance so that he doesn't loose you now ..

नेहा - थैंक्स टू निरपेश यार की उसने आकाश के दिल में बसी यह बात clear की ... वाणी को।

वाणी – और वह भी तेरे पूछने पर नेहा..।

नेहा - हाँ यार...।

वाणी - looks like यह सब भगवान की ही रची हुई कोई रचना चल रही है कि naturally चीज़ें क्लियर होती चली गयीं the way he wanted इन सारी messed up relationships में।

नेहा – हाँ there you go ..

वाणी - i am feeling much better now ...... अभी तक तो मुझे आकाश पर बहुत गुस्सा आ रहा था पर नेहा और वर्तिका तुम दोनों कि बातें सुनने के बाद मुझे ऐसा महसूस होता है की ....*क्या बन्दा है यार आकाश .. great guy क्यों ... very selfless ..and very talented .... !!*

क्या गज़ब का प्ले लिखा है उसने कि हम सबकी आँखें खुल गई अपनी-अपनी relationship को लेकर... and this is all because of आकाश and *way he shared his experiences in the play ..!!*

नेहा - great .. तो इसलिए तो तुमसे कह रही हूँ don't loose him in future infact you should date him ..more and preserve such a gem of a person for your entire life ..!!

वाणी - अरे डेट करने की क्या ज़रूरत है प्ले की development में और rehearsals में मैंने उसके साथ personal लेवल पे बहुत time बिताया है..। वह निरपेश की तरह एक अच्छा दोस्त है...और क्योंकि भगवान चाहता है कि तुम निरपेश को लूस नकरो मुझे भी आकाश जैसे strong headed and फीलिंग्स वाले बंदे को इस वक़्त नहीं जाने देना चाहिए अपनी life से...।

नेहा – फिर इंतज़ार क्या कर रही हो उसें कॉल करो और उसे बताओ कि तुम भी उससे उतना ही प्यार करती हो जितना की वह तुमसे करता है।

वाणी (आखरी कश लेते हुए सिगरेट का)..- कह दूँ क्यों..?

नेहा- अरे अभी भी कुछ सोचना बाकी है इतनी सारी analysis के बाद.. मुझे लगता है इतनी तो analysis मैं अपने प्रोजेक्ट के बग्स solve करने में नहीं करती हूँ जितनी मेंरी इस complex situation को solve करने में लग गई। 😅

वाणी - हाँ नेहा थैंक्स यार i am feeling much more cooler and contented now.. *मुझे लगता है कि आकाश सिर्फ मेरे एक फोन कॉल दूर है मेरी ज़िन्दगी का अहम हिस्सा बनने में।*

वर्तिका thanks to you as well मेंरी फीलिंग्स को आकाश से जोड़ने के लिए। तुमने आज जो नज़रिया अपना आकाश के confession को लेकर दिया है वह वाक़ई में काबिले तारीफ़ है और मैं उसके लिए तुम्हारी बहुत शुक्रगुज़ार हूँ।

वर्तिका - अरे थैंक्स कि क्या बात है यार .. we all are good friends .. !!

नेहा - yes correct go ahead and call him right away ..

वाणी अपना फोन उठाती है और कॉल लगाती है ... आकाश को , रात का 1 बज गया होता है..।

करीब 8 घंटियाँ बजने के बाद आकाश फ़ोन उठाता है ..और hello बोलता है..।

आकाश -hello वाणी ... क्या हो गया है? इस वक़्त फोन कर रही हो .?. सब खैरियत?

i know you must be upset because of my stupid confession today !!

वाणी - मैं ठीक हूँ आकाश..तुम्हारे नज़रिये से वह stupid confession होगा पर मेरे नज़रिये से तो नहीं है ..फ़िलहाल।

आकाश - अच्छा तो you feel differently as well .... नींद खुल सी गई है मेंरी ..थोड़ा क्लियर करो यार वाणी ठीक से समझ नहीं पाया..?

वाणी- हाँ तुम्हें खुल के सब कुछ सुनने और करने की आदत जो है.. 😊

आकाश- अच्छा ? इसे मैं तारीफ समझूँ कि तुम्हारा ताना समझूँ..?

वाणी - तारीफ ...!! .*आकाश मैं तुम्हें ताना कैसे मार सकती हूँ । इतनी respect करती हूँ तुम्हारी, तुम्हारे क्रिएटिव capabilities की, तुम्हारी इमोशनल इंटेलिजेंस की , सोशल इंटेलिजेंस की और न जाने क्या क्या..।* कितना इम्प्रेस करते रहते हो न तुम सबको अपने कामों से.. अपने कॉलेज के दिनों से..।

आकाश- अरे कहाँ वाणी यार बस कोशिश करते रहते हैं बाकी तो सब भगवान के हाथ में है.. .। वैसे प्ले मस्त गया कल क्यों..? 😅

वाणी - हाँ बहुत अच्छा गया और यह सब इसलिए हो पाया क्योंकि तुम्हारी लिखी स्क्रिप्ट ने अपना जादू दिखाया। मुझे एक फीलिंग है कि जिस हिसाब से जो कुछ भी मेरे तुम्हारे बीच गुज़रा है भगवान ने शायद इसलिए ही मुझे तुमसे मिलवाया है कि मैं तुम जैसे इतने काबिल और होनहार लड़के को हमेशा के लिए अपनी life में शामिल कर सकूँ...।

आकाश - हम्म निरपेश के ज़रिये ही से सही पर मिलवाया तो वाणी लगता है भगवान ने ही है हमें..?

वाणी - हाँ निरपेश deserves a pat on his back for two things ...!!

आकाश- अच्छा पहली चीज़ तो मैं समझ गया..कि उसने तुम्हें मुझसे मिलवाया.. दूसरी चीज़ कौनसी है वाणी..?

वाणी – don't say u don't know आकाश?

आकाश –seriously अभी नहीं समझ पा रहा हूँ।

वाणी – अरे बद्धू उसने उस दिन जो तुम्हे motivate करके तुम्हारे दिल से मेरे लिए feelings जो convey करवाए..। उस दिनअगर ऐसा न हुआ होता तो तुम मुझे कभी बताते नहीं कि तुम मुझे मन हीं मनमें बहुत चाहते हो और पसंद करते हो..।

आकाश - हाँ सो तो है smart work done by Nirpesh !!

"हमेशा मुझसे guidance लेता रहता था ,लेकिन उस दिन मेरी ज़िन्दगी को एक दम सही जगह उसने गाइड कर दिया...।"

वाणी – I see किस तरह की guidance... वह लेता रहता था तुमसे हाँ?

आकाश - अरे just kidding थोड़ा डायलॉग बाज़ी और उसके अलावा कुछ नहीं।

" creative guidance I mean to say .. creatively मैंने उसे बहुत गाइड किया है..।"

वाणी – हम्म उसने ultimately तुम्हे अपने सही destination तक पहुँचा दिया... जहाँ तुम्हारे जीवन की गाड़ी आकर पार्क होनी चाहिए...। 😅

आकाश – which is you right वाणी..। 😊

वाणी – अभी भी कोई शक है तुम्हे आकाश..?

आकाश - शक तो नहीं है पर.थोड़ा different सा फील हो रहा है..।

वाणी – अच्छा अब इस different feeling का क्या करें.. let me formally say now शायद तब तुम्हे विश्वास होगा... i love you too आकाश . 😊 . अब यकीन हुआ...?

आकाश – is it ... एक बार फिर से बोलोगी कहीं मैं नींद में सपना तो नहीं देख रह हूँ..?

वाणी - नहीं तुम बिलकुल अपने होश और हवास में हो.. *i am deeply in love with you आकाश ..and want to spend rest of my life with you ..!!*

..

आकाश – great..ठीक है इस बात पे *फिर तुम सबको अर्बन ढाबे पर मेरी तरफ से पार्टी.. पर रोहित का क्या करेंगें उसे बुलायेंगे कि नहीं..?*

वाणी – अच्छा सही है.. seems like a great plan ... रोहित का तू टेंशन न ले उसको नेहा clear कर देगी scene कल सुबह ही.. जहाँ तक मुझे लगता है react नहीं करेगा वो.. !!

आकाश - हम्मठीक हैं next Saturday सब लग आ जाओ शाम में हम सब एक साथ celebrate करते हैं let's celebrate all of us together for a new beginning in our lives at Urban Dhaba .. and also celebrate the success of our play " "Adhoorey Sapney"

Saturday Night का dinner मेरे café पे और एक डीजे नाइट का भी इंतज़ाम करेंगे .!!

वाणी - हाँ yes definitely we all deserve a splendid celebration ... let's catchup up at 6 PM IST next Saturday at Urban Dhaba for DJ night and dinner at your place ..!!

इसके बाद दोनो लोग फोन रख देते है, आकाश उस रात बहुत चैन की नींद सोता है। उसे ऐसा महसूस होता है कि शायद मोहनी के जाने के बाद जो उसकी ज़िन्दगी में कमी पैदा हो गई थी उसे अब वाणी पूरी तरह से भर सकती है..और उसकी ज़िन्दगी में एक नई ताजगी ला सकती है..। इन सब खयालों के बीच उसे एक सकून की नींद आती है..।

इधर वाणी नेहा और वर्तिका को बता देती है कि उसने हाँ कर दी है आकाश को for his proposal for marriage और next Saturday एक पार्टी होस्ट की है आकाश ने अर्बन ढाबे पर शाम को... अधूरे सपने की सक्सेस को celebrate करने के लिए और सभी दोस्तों की life में खुशियों कि एक नए शुरुआत होने के लिए।

फ़िर रात को एक अच्छी नींद सब सो जाते है नेहा की घर में..।

अधूरे सपने सक्सेस पार्टी

आकाश निरपेश के साथ फोन कॉल पे ....

अगले दिन सुबह 7:30 बजे के आस-पास आकाश निरपेश को फोन करता है..

आकाश - HI निरपेश कैसै हो .. भाई? कैसा लग रहा है *नेहा मुबारक हो तुम्हे...* । हमारा प्लान काम कर गय़ा लगता है क्यों. 😅

निरपेश - थैंक्स आकाश भाई .courtesy you 😅 . बिलकुल लेकिन अब वाणी बहुत परेशान हो गई है हम दोनो से.. मैंने unfortunately उसका दिल तोड़ दिया...।

आकाश - ... हम्म सो तो है।

अच्छा हाँ लेकिन एक twist जो कल देर रात को हुआ वह शायद तुम्हें पता नहीं होगा...।

निरपेश - *क्या कहीं वाणी ने तुम्हारी तुम्हारे घर आकर पिटाई तो नहीं कर दी?*. After all तुमने उसको अपनी फीलिंग्स ज़ाहिर कर दी थी मेरे तुम्हें provoke करने पर कल...।

आकाश - पिटाई तो नहीं की लेकिन मेरे प्यार को accept ज़रूर कर लिया कल देर रात she said yes she is also in love with me .. !!

निरपेश - अरे सही क्या बात है सर ...!!. गज़ब congrats भाई ... 😊 😊 लगता है उसने self introspect किया होगा अपने आप को जब आपने अपनी feelings जाहिर की.।. वैसे भी वह तुम्हारी कला और काबलियत को पसन्द तो बहुत करती है.. कई बार वह तुम्हारी तारीफ़ मेरे साथ one to one में करती थी..।

आक़ाश – मैं समझ सकता हूँ ... very nice of her यार वह भी बहुत टैलेंटेड लड़की है.. क्या गज़ब का performance था कल उसका प्ले में..।

निरपेश – और मेरा performance...?

आकाश - *तुम तो गुरु कल छा गए...performance इतना अच्छा दिय़ा कि नेहा का दिल पिघल गया तुम्हे लेकर और फिर तुमने मुझे और वाणी को भी मिलवा दिया...।*

कल का दिन तो गुरु तुम्हारे नाम हुआ... thanks a lot buddy ...!!

निरपेश - अरे ठीक है दोस्ती में क्या थैंक्स...।

आकाश - थैंक्स तो बनता है भाई ,आज वाणी अगर मेंरी personal life में दाखिल हुई है तो वह तुम्हारी वजह से...।.तुम अगर मेंरी फीलिंग्स नहीं ज़ाहिर करवाते कल और मुझे push नहीं करते तो शायद वाणी को कभी पता भी नहीं चलता की मैं उसके बारे में क्या सोचता हूँ...।

निरपेश - *अरे नहीं यह आपकी personalityका जादू है आकाश भाई जो वाणी ने आपका proposal accept किया।*

आकाश - खैर गुरु next Saturday को अर्बन ढाबा पे मेंरी तरफ से पार्टी है तुम सभी को आना है रितेश और अमितेश को भी लेते आना हम सब एक साथ सेलिब्रेट करेंगे..एक DJ नाईट और एक लाइव म्यूजिक arrangeकरूँगा मैं ,तुम सभी को आना है पार्टी and डिनर के लिए मेंरे café पर...।

निरपेश – sure भाई...।

Celebrations Night @ Urban Dhaba

समय - शाम 6 बजे IST

निरपेश थोड़ा जल्दी आ गया होता है उस दिन लग भग 12 PM IST अर्बन ढाबे पे to help आकाश on the arrangements to be done at Urban Dhaba on this grand day in lives of all these friends .. कुछ इस तरह से setup किया होता है अर्बन ढाबे को दोनों लोगों ने मिलकर...।

एक स्टेज setup किया गया होता है जहाँ पे कोने में डीजे डेस्क होती है किसी भी प्रकार के डांस program को organize करने के लिए..।

एक ओपन माईक होता है जो कि स्टेज के बीच में setup किया होता है आकाश ने । अगर कुछ मेंजर announcement करने हो पार्टी के समय या फिर अगर कोई कुछ सुनाना चाहता हो... तो स्पीकर्स लगे होते हैं स्टेज के बाकी कॉर्नर्स पे ताकि कोई भी म्यूजिक जो बजाया जाता है वह ढाबे पे बैठे लोगों के बीच आसानी से सुनाई दे...।

बैठने की व्यवस्था सारी स्टेज को ध्यान में रख कर की जाती हैं ...। पार्टी के लिए सारे close friends ही बुलाए होते है आकाश और निरपेश ने..। कुछ स्पेशल लॉग जिन्हे आज की पार्टी में बुलाया गया होता है उसमें अमितेश, रितेश भी होते हैं .।.रोहित को invite नहीं किया होता है आकाश ने.. क्योंकि नेहा ने सुबह ही आकाश को फ़ोन पे बता दिया होता है की it doesn't make sense to call रोहित for the party as they were no more together in any kind of relationship .

बाकी lighting की होती आकाश और निरपेश ने मिलके बहुत अच्छी Urban Dhaba पे जैसे कि दिवालियों में घरों पर होती है । उस दिन बहुत चमक रहा होता है सारा कैफ़े..।.एक ताज़गी सी होती है...चारों तरफ...इस माहौल में...।

डिनर बुफे का अरेंजमेंट किया गया होता है side टेबल्स पर..। थोड़ा चेंज introduce करने के लिए आकाश ने beers and breezers का भी arrangement किया होता है over regular कोल्ड कॉफ़ी and हॉट कॉफ़ी being served as part of regular cuisine of Urban Dhaba ...।

रात के खाना में नॉनवेज और वेज का अच्छा मिक्स arrangeकिया होता है आकाश ने..।

ऐसे माहौल में स्टेज पे आकाश और निरपेश बैठे कुछ बातें कर रहे होते हैं... छोटू उनके बगल में धीरे से से 2 बियर can रख गया होता है ताकि दोनों थोड़ा रिलैक्स कर सकें as आज सारे arrangements करने में बहुत थक गए होते हैं दोनों और थोड़ा सा रिलैक्स कर रहे होते हैं...।

निरपेश express करता है आकाश को...beer उठाते हुए और चियर्स करते हुए।

निरपेश (आँख मारते हुए) – और आकाश भाई finally हाँ ?

आकाश – हाँ यार Cheers to *BIRA हमारी जीत के लिए...प्लान कामयाब रहा हमारा...* 😊 😊 !!

निरपेश - सबसे अच्छी बात यह है कि लडकियाँ को बिलकुल भी अन्दाजा नहीं है कि यह सब हम दोनों ने बहुत अच्छे से प्लान किया था...। 😅

आकाश - यार जो भी कहो लेकिन सब ऊपर वाले की रहमत से हुआ है..। .हम लोग तो सिर्फ कोशिश कर रहे थे कि चीज़ें बेहतर हो सके हमारी ज़िन्दगी में...।

निरपेश - हाँ finally सब सही सही बैठ गया *आखिर में पर यार मानो चाहे न मानो यह सारा अर्बन ढाबे* का *कमाल है सारा प्लान यहीं से operate हुआ था...।*

आकाश - *हाँ यार पापा ने जिस enthusiasm और लगन से इस कैफ़े का setup किया है शायद यह सब उनकी शिद्दत का नतीजा है कि हम दोनों की ज़िन्दगी आज सही ट्रैक पर आ गई है और हम दोनों को बहुत अच्छा महसूस हो रहा है..।*

निरपेश - हम्मम तुमने कभी सोचा था कि यहीं अर्बन ढाबा पर तुम्हें अपनी स्टोरी मिल जाएगी कितना परेशान थे यार तुम अपनी स्टोरी के लिए...?

आकाश - हाँ यार देखो वह सब भी अर्बन ढाबा की देन है..।

कैसे सारा स्ट्रक्चर हमारी life का सेट किया भगवान ने यहाँ पे...।

निरपेश - हाँ यह यहाँ की positive vibes *हैं* जिन्होनें हमारे जीवन पर जमी धूल को साफ़ किया और आगे का रास्ता क्लियर किया हमारे लिए .. , शायद क्योंकि तुमने अपने पापा के सपने को ज़िंदा रखा. और. उन्होने अपनी स्ट्राँग vibes से तुम्हारे सपनों को ऊर्जा दी...।

आकाश – हाँ you are correct और ज़रिया बने तुम यह सब achieve करने के लिए..। 😅

निरपेश - *फिलॉस्फी का रोल बहुत है आकाश भाई अपनी* ज़िन्दगी *में चाहे साइंस कितनी तरक्की कर जाए...।*

आकाश - हम्म् indeed ...

I am a strong believer of philosphy!!

इतने में वाणी और नेहा एक साथ अपने casual outfits में स्टेज के करीब पहुँचती हैं..।

नेहा - अरे क्या फिलॉस्फी की बातें चल रही हैं..निरपेश तुम कब से फिलॉस्फी में विश्वास करने लगे..?

दोनो नेहा और वाणी निरपेश और आकाश को गले लगाती है...।

निरपेश - आकाश भाई की साथ रहते रहते सीखगए हैं फिलॉस्फी के बारे में बहुत कुछ...।

आकाश - अरे यह सब छोड़ो welcome both of you to this place ..!!

वाणी - बहुत ही बढ़िया लग रहा है आज अर्बन ढाबा very fresh .. and good arrangements as well ..!!

आकाश तभी DJ को बोलता है बैकग्राउंड में म्यूजिक चालू करें .. DJ कुछ धीमें romantic गाने चालू कर देता है ताकि थोड़ा माहौल में गरमी आए...।

थोड़ी देर में अमितेश ,रितेश और वर्तिका भी पहुँचते हैं अर्बन ढाबा पर..।

अमितेश से रहा नहीं जाता है –

" आकाश भाई क्या arrangement हैं कितना सजा धजा दिख राह है अर्बन ढाबा आज..।"

रितेश – भाई आन्दर से भी बहुत क्लासी लग रहा है ढाबा..।

आकाश - आओ अमितेश और रितेश बहुत अच्छा लगा तुम दोनो भी आए हो हम हमारी ख़ुशी में शामिल होने..।

Good to see वर्तिका joining us as well .. !!

वर्तिका - Hello आकाश ..!!

आकाश तीनों से गले मिलता है..।

आकाश - Hello वर्तिका यार thanks for supporting my कैफ़े during rehearsals ..!!

वर्तिका - अरे thanks तो मुझे बोलना चाहिए आपको , रेस्टोरेंट बिज़नेस को संभालने का experience जो दिया आपने मुझे ..।

रितेश – Hi लेडीज़ ... I think वाणी से मेंरी मुलाकात पहली बार हो रही है.. ..।

वर्तिका – cool good to meet you रितेश!

वाणी - yes रितेश you are right how you have been?

रितेश – मैं ठीक हूँ .....।

रितेश - वाणी आप और आकाश के लिए मुझे तहे दिल से खुशी है..। मुझे लगता है कि क्रिएटिव लोग अगर साथ ज़िन्दगी बिताने का फैसला करते है तो इससे अच्छी बात और क्या हो सकती है ..। 😊

वाणी -thanks for the lovely compliment.. हाँ मुझे भी ऐसा महसूस होता है जैसा तुम कह रहे हो .. पर फिलहाल लगता है आकाश उधर स्टेज के सेंटर तरफ जा रहा है let's see what he is planning to announce ..!!

आकाश स्टेज पे जाता है और सबकी अटेंशन ग्रैब करता है।

"Guys and ladies i have a special announcement to make on this auspicious day ..!!"

"सबसे पहले मैं निरपेश को स्टेज पे बुलाना चाहूँगा..।"
"निरपेश थोड़ा स्टेज पे आओगे please. "
निरपेश स्टेज पे पहुँचता है..।
धीरे से कान में आकर उसे बोलता है
" अरे कहाँ फँसा दिया आकाश भाई आपने..।"
आकाश- चिल करो.. यार..!!
अब मैं अपनी मम्मी को स्टेज पे बुलाना चाहता हूँ..।
आकाश की माँ भी आती है..।

आकाश फिर बोलता है .. आपनी मम्मी को ऐड्रस करते हुए..।

"मेंरी मम्मी और मेंरी हमेशा एक बहस चलती रहती थी कि क्या मैं कभी अच्छी स्टोरी लिख पाऊँगा..? और क्या मैं अपनी शादी के लिए serious भी हूँ..? तो आज मैं आप सबके सामने यह इज़हार करना चाहता हूँ कि मैं अपनी माँ कि दोनों ख्वाहिशों को पूरा करने जा रहा हूँ ...।"

इस बात पर सब तालियाँ बजाते हैं.. वाणी थोड़ा सा शर्मा जाती है.. और उसी अंदाज़ में आकाश से कहती है

"अच्छा अब सबको डिटेल में बताओ ,वह दो ख्वहिशें आंटी की तुम कैसे पूरी कर रहे हो।"

आकाश - हाँ तो जैसे कि पहली ख्वाहिश तो माँ की यह थी कि मैं जो स्टोरी लिखना चाहता हूँ जिसके लिए मैंने अपनी माँ का सर बहुत खाया है वह मैं अपने आस पास कहीं ढूँढू ,आज कल कि अर्बन life से शामिल करूँ अपनी क्रिएशन में.. तो यह ख्वाहिश मम्मी की पूरी हुई मेरे बहुत ही करीबी दोस्त सार्थक की वजह से...।

नेहा - आकाश , I have a question ...यह तुम निरपेश को हमेशा सार्थक क्यों कहकर पुकारते हैं .. any special reason?

निरपेश - मैं बताता हूँ नेहा तुम्हे ... क्योंकि *आकाश जब मुझसे पहली बार मिले थे तब उन्हे लगा कि मेरे अन्दर कुछ तो बात है, जो आम लोगों से थोड़ी अलग है और जोकि मुझे energy देती है अपने सपनों को सार्थक करने के लिए है.. इसलिए वह मुझे सार्थक नाम से बुलाते हैं*

नेहा - वाह आकाश क्या बात है लेकिन guys जितने भी लोग हैं यहाँ पे हमें मानना पड़ेगा कि निरपेश ने वह जज़्बा दिखाया कुछ अलग करने का अपनी रोज़ मर्रा की ज़िन्दगी से...और हम सबको being his friends and close contemporaries should support him in his endeavors .. क्यों वाणी and वर्तिका what do you girls feel?

वाणी और वर्तिका - बिलकुल यार नेहा.. *We agree with you ..!!*

नेहा - thanks to you वाणी as well तुमने उसका बहुत साथ दिया ताकि वह अपना *passion* pursue कर सके।

वाणी - हाँ मुझे निरपेश में पहले दिन से वह बात जिसकी वजह से आकाश ने उसका नाम सार्थक रखा है वह दिख गई थी और इसलिए i became one of his very close friends .. !!

नेहा - *शायद यह अपने पैशन को जीने का जज़्बा है जो तुम तीनों को एक दूसरे के करीब लाता है।*

नेहा की इस बात बार खूब तालियाँ बजने लगती है।

वाणी - हाँ तो आकाश थोड़ा बताओगे सार्थक ने कैसे तुम्हारी मदद की कहानी लिखने में..?

आकाश – निरपेश तुम बताना चाहोगे खुदअपने मुँह से यह बात।

निरपेश – sure ..दोस्तों यह एक interesting surprise है जो I don't know कि आप सब को कैसा लगेगा पर अब क्योंकि हम सब family है i don't want to keep any surprises and secrets between us .. तो खास तौर पर जो कुछ भी मेंरी life में पछले करीब एक साल से चल रहा था मैंने वह सारी events आकाश से शेयर किए

और मेरे ख़यालसे जिस हिसाब से आज हम लग यहाँ मौजूद हैं और इकठ्ठा हुए हैं अपनी अपनी life के नए chapters शुरू करने के लिए I think आकाश तुम्हें अपनी स्टोरी का end मिल गया है... 😅 ?

आकाश - हाँ सार्थक बिलकुल .. ..ज़बरदस्त end मिल गया है... मुझे।

नेहा – this is so funny and interesting .. तो इसका मतलब है मैं, वाणी और रोहित भी आकाश तुम्हारी कहानी में होंगे...?

निरपेश थोड़ा सा डर जाता है इस सवाल से नेहा के पर विश्वास के साथ बोलता है कि

"हाँ तुम लोग बिलकुल हो क्योंकि जब मेरे around स्टोरी है तो मेरे साथ जुड़े हुए लोग भी उस कहानी में होंगे..।"

नेहा – हम्मम but don't you feel तुम्हें पूछना चाहिए था before framing our lives in आकाश 's creation निरपेश..?

वाणी – Its ok नेहा बेसिकली let me answer that ,,,

It may be due to कि आकाश एक रीयलिस्टिक स्टोरी लिखना चाहता था जिसको सब लोग अपनी अपनी lives से relate कर सकें और यही रीज़न था कि आकाश अभी तक कोई अच्छी story नहीं ढूँढ पा रहा था... और फाइनली उसको अपनी real स्टोरी निरपेश की life में चल रहे events के form में मिली।

नेहा – I see हाँ यह तो है ... पर यार वाणी रोहित का क्या करें हम लोग ...उसको पता चलेगा कि उसका नाम भी स्टोरी में आ रहा है इन केस अगर आगे जाकर आकाश की किताब छपती है तो वह बहुत offended फील करेगा...?

आकाश - हाँ तो उसका solution यह है की we will change his name in the story simple... 😊 !!

नेहा – I see but what about us?

निरपेश - अरे बाबा तुम लोगों के भी नाम अलग रखे जायेंगे बुक में..क्यों आकाश भाई..।

आकाश - सही फरमाया एक दम correct ..।

नेहा- much better..!!

वाणी – कूल अरे आंटी आप क्यों शांत खड़ी हैं स्टेज पे.. आपके लड़के ने बहुत अच्छी स्टोरी लिखी है अब जब स्टोरी में हम सब हैं तो I know कि वह बहुत मज़ेदार स्टोरी है..। 😅

आकाश की मम्मी - हाँ बेटी मुझे बहुत ख़ुशी है कि मेरे बेटे की दिल की ख्वाहिश को पूरा करने में तुम लग इतना योगदान दे रहे हो स्पेशली मैं निरपेश की बहुत आभारी हूँ, बहुत अच्छा बच्चा है यह...।

नेहा - अरे आंटी हम सब भी आपके अच्छे बच्चे ही हैं.. ..।

😊

अमितेश और रितेश - आंटी हम भी हैं हमें मत भूलिएगा..।

आंटी - हाँ बेटा तुम सब भी मेरे परिवार का हिस्सा हो आज से..। 😊 😊

वाणी - हाँ आकाश अब दूसरी ख्वाहिश आंटी की जो है उसको भी अनाउन्स कर दो सबके बीच ..। 😅

"ओवर टू यू..।"

आकाश – अरे वह सब ठीक है will do but तुम लोग सब खाते भी जाओ साथ में party is on folks !!

अमितेश - चिंता मत करो आकाश भाई मैं तीसरी बीयर ले रहा हूँ..।

नेहा - हाँ और मैं और वाणी भी अपनी अपनी ब्रीज़र्स enjoy कर रहें हैं और तुम्हारे announcement का बेसब्री से इंतज़ार कर रहे हैं..।

आकाश - हाँ तो मम्मी आपके लिए बहू का भी बन्दोबस्त हो गया है ..।

और वह आज यहाँ हम सब हम सबके बीच ही है ..।

आकाश की माँ - अच्छा... यहाँ पर मौजूद है...?

आकाश – हाँ वह लाड़की 'वाणी ' है मम्मी...।

आकाश की माँ - ओ-ओह्ह सद्द के जावां कितनी प्यारी लड़की है वाणी..।

इसको रेहर्सल्स पर बहुत मेहनत करते देखा है मैंने यहाँ अर्बन ढाबा पर..।

बेटा बहुत अच्छी लड़की चुनी है.. तूने। आज तूने मुझे और तेरे पापा की आत्मा को बहुत ख़ुशी महसूस करवाई हैं ..। उनके बनाए हुए इस खूबसूरत अर्बन ढाबे पर कितनी खूबसूरत शाम चल रही है...।

वाणी नीचे से उठकर आती है और आंटी को गले लगाती है और उनके पैर छूती है..। आकाश की माँ उसे जुग जुग जियो कहकर आशीर्वाद देती हैं..।

इतने में रितेश अचानक से एक डायलॉग मारता है।

"आंटी अब देखिए कैसे मैं इस शाम को थोड़ा और खूबसूरत बना देता हूँ..।"

निरपेश - क्यों बे ऐसा क्या करने वाले हो तुम...?

रितेश - भाई आज तुम दोनो जोड़ियों के लिए मेरे और अमितेश की तरफ़ से एक special song है ..क्या बात है .. अमितेश भाई सुलेखा आंटी को बोला था गिटार लाने के लिए मेरा लाई है न वो...?

सुलेखा आंटी - हाँ बेटा मैं लाई हूँ..।

निरपेश - अच्छा सालों ... सुलेखा आंटी को भी खींच लाए तुम लोग यहाँ..।

आकाश - हाँ मैंने ही कहा था अमितेश को उनको लेकर आने के लिए भाई इतना ख़ुशी का मौका है और आंटी न हो यहाँ पे ऐसा कैसे हो सकता है...। 😊

निरपेश - बिलकुल आंटी का होना तो बनता है इधर आफ्टर आल मेरा घर तो आंटी ही चलाती हैं उनका ही खाया पिया चल रहा है..। बहुत ख़याल रखती हैं हम सबका ..।

रितेश यार कमाल है तूने वाक़ई में गिटार सीख लिया मुझे उस वक़्त लगा था की मज़ाक है और शायद तुम दोनों क्रिकेट खेलने में interested हो और उसे pursue करने जा रहे हो।

रितेश- भाई क्रिकेट खेलने के साथ साथ हम दोनों ने यह common interest discover किया म्यूजिक का तो हमने सोचा कि मैं गिटार सीखता हूँ और यह गाना गायेगा..।

निरपेश – I see perfect start to develop a Music band of yours हाँ ..?

अमितेश – why not देखो..?

आकाश - *देख रहे हो निरपेश तुम्हारे एक कदम लेने से कितनें लोग inspire हुए है अपने जीवन में changes लाने के लिए ,* अब मान गए न तुम मेंरी बात को कि तुम *सार्थक* ही हो..?

निरपेश - हाँ सर मानना पड़ेगा आपकी पारखी नजर को..।

आकाश - थेंक्यू थेंक्यू इज़्ज़त अफ़ज़ाई के लिए शुक्रिया...।

नेहा - वैसे निरपेश आज से मैं तुम्हे सार्थक ही बुलाऊँ गी... *मस्त नाम है।*

I believe you deserve this name my love .... 😊

निरपेश – thanks नेहा।

निरपेश - अच्छा आज का एक आखरी surprising announcement मैं और करना चाहता हूँ आप सभी audience के लिए..।

नेहा -वह क्या..?

आकाश की माँ - हाँ बेटा बोलो..।

निरपेश -मेरा और वाणी का performance देख कर अधूरे सपने प्ले में मानव सर ने हम दोनों को अपने अगले 3 नाटकों में भी कास्ट कर लिया है लीड रोल्स में और हाँ he wants that आकाश should write those plays for us if possible .. and if he can find some time and act too that will be an honor for us .. 😊 !!

आकाश - great क्या न्यूज है दोस्तों !! *3 चीयर्स निरपेश और वाणी को अधूरे सपने में अविश्वसनीय प्रदर्शन करने के लिए।*

निरपेश - And 3 cheers for आकाश for making this possible !!

Hip Hip Hurray .. !!

सब लग तीन बार हिप हिप हुर्रे करते हैं.. ...!!

आकाश की माँ - बहुत बढ़िया बेटा नेहा देखो तुम्हारा होने वाला शौहर कितना काबिले तारीफ है..।

नेहा - हाँ आंटी i am proud of him और आंटी आप मुझे भी आशीर्वाद दें ताकि हमारी आने वाली life अच्छी रहे..।

आकाश की माँ - भगवान तुम दोनों का जोड़ा हमेशा सलामत रखे..।

आकाश की माँ नेहा और निरपेश को आशीर्वाद देती हैं..।

इस लम्हें के बाद रितेश और अमितेश का गिटार और वोकल performance होता है**..** और एक बहुत ही खुशनुमा माहौल बन जाता है अर्बनढाबे में..।

रितेश गिटार बजाता है और अमितेश गाना गाता है।

जो गाना वह दोनों गाते हैं वह कुछ इस प्रकार होता है

– "***RHTDM***"मूवी का गाना

" दिल को तुमसे प्यार हुआ..."

रितेश और अमितेश द्वारा गाया जाता है"

दिल को तुमसे प्यार हुआ ..
पहली बार हुआ..
तुमसे प्यार हुआ... ।
मैं भी आशिक यार हुआ ...
पहली बार हुआ..
तुमसे प्यार हुआ...।
छाई है, बेताबी..
मेरी जां कहो मैं क्या करूँ..।

दिल को तुमसे प्यार हुआ...

खो गया मैं ख़यालों में..
अब नींद भी नहीं आँखों में..
करवटें बस बदलता हूँ...
अब जागता हूँ मैं रातों में..
अब दूरी ना सहनी...
हर लम्हां कहता है ..
ना जाने हाल मेरा
ऐसा क्यों रहता है
मैं दीवाना तेरा बन गया जाने जाना
मैं फसाना तेरा बन गया जाने जाना
हसीना गोरी-गोरी, चुराए चोरी-चोरी
चुराए दिल चोरी चोरी चोरी चोरी चोरी
दिल को तुमसे प्यार हुआ...।

आरज़ू है मेरे सपनों की
बैठा रहूँ तेरी बाहों में
सिर्फ तू मुझे चाहे अब
इतना असर हो मेरी आहों में
तू कह दे हँस के तो
तोड़ दूँ मैं रस्मों को
मर के भी ना भूलूँ
मैं तेरी कसमों को
मैं तो आया हूँ यहाँ पे बस तेरे लिए
तेरा तन-मन सब है मेरे लिए
क्या हसीं नजारा, समा है प्यारा-प्यारा
गले लगा ले यारा यारा यारा यारा यारा
मैं भी आशिक यार हुआ...
पहली बार हुआ..

तुमसे प्यार हुआ...।

गाना ख़त्म होने के बाद सब लोग खूब तालियाँ बजाते है अमितेश और रितेश की लाइव performance देख कर .। फिर सब बढ़िया से डिनर करते हैं .. और आपस में बातें शातें करते हैं। इस तरह से अर्बन ढाबे पर बिताई हुई यह खूबसूरत शाम निरपेश, आकाश, नेहा, वाणी, अमितेश और रितेश इन सभी दोस्तों की life में एक खूबसूरत ज़िन्दगी जीने का नया जज़्बा और एहसास पैदा कर देती है....।

अर्बन ढाबा समाप्त

www.ingramcontent.com/pod-product-compliance
Lightning Source LLC
LaVergne TN
LVHW060307051026
849517LV00003B/1025
9789394920118